GOLDEN
TRIO

赵冬苓 —— 原作
孟祥鹏 —— 改编

山东文艺出版社

第一章

　　幽暗的长廊尽头是一扇紧闭的铁门，稀疏的月光下，门内传来轻轻的撬锁声。孙前程头戴礼帽，背着包，鬼鬼祟祟地钻了出来。突然身后有人吼了一嗓子："跑啦！孙前程跑啦！"紧接着，小楼里的灯全部亮了。刚刚还自鸣得意的孙前程瞬间慌张起来，他回头一看，几个壮汉冲了出来，嘴里大喊着："快追！"孙前程大惊失色，像无头苍蝇一样，在院子里东逃西窜。就在他气喘吁吁，快跑不动的时候，围墙外响起了两短一长的汽车鸣笛声。孙前程邪魅一笑，知道是小岳来了。

　　书包先被扔了出去，墙下接应他的小岳险些被砸中。

　　"累死我了！"墙头上露出了孙前程青筋暴起的脑袋。到底是岁数大了，孙前程几番挣扎，才勉强爬了上来。

　　"往下跳，跳！"小岳在底下捏着嗓子催促。

　　孙前程害怕地往下瞅了一眼："催什么催，我刚跑了个半马！过来搭把手。"

　　"快点吧！我接着你呢！快跳呀。"小岳急得直跺脚。

　　院子里的呼喊声和脚步声越来越近，孙前程回头看了一眼，心里一慌，径直从墙头栽了下来，趴在地上"哎哟哎哟"地呻吟着。

　　此时院门打开，几个壮汉追了出来："在那里，快追，别叫他跑了！"

　　小岳见状扯起孙前程就跑："快，孙叔，车在那边，快呀，他们追上来了！"

　　小岳开着车，孙前程坐在副驾上，他把座椅调得很靠后，双腿舒舒服服地搭在驾驶台上，喘匀了气儿，已经不是刚才那副狼狈模样。

　　"P2P，你懂吗？不懂是不是？和没文化的人没法聊。"

小岳笑笑，没搭理他。

"跟你说吧，"孙前程继续解释，"P2P，网络信贷公司，最现代化的金融机构。怎么样，人家叫我当部门经理，说起来，也算是公司高管了。可你孙大爷就是不想干。一辈子闲云野鹤惯了，不自由，毋宁死。"

小岳挖苦他："孙叔，这群同事对您可真好啊！刚刚那阵势，是想十里相送？"

"他们那是想忽悠我，"孙前程说，"可他们也不想想，我是天鹅的时候他们还是个蛋呢！你猜他们让我当这个部门经理干什么？是让我去专门忽悠老年人！他们也太小瞧我了，威逼利诱，我孙前程面不改色，宁死不屈。"

小岳又问："孙叔，怕是只威逼，没利诱吧？要不您不能拒绝吗？"

孙前程一本正经道："我赚钱那都是靠脑子，违法犯罪的事我从来没干过！做人还是要有底线的！"

小岳哈哈大笑。

孙前程忽然严肃起来："说真的，你来接我，陈新城不知道吧？"

"放心吧，"小岳说，"您不是嘱咐过我，不让我告诉他吗？再说了，集团出大事了，陈总成天焦头烂额的，顾不上这些。"

孙前程点点头："这我都听说了。"

"哟，没想到您在里面消息还挺灵通啊！"

"我是谁啊！他陈新城当初退伍转业，和我们一样是个普通职工。后面他承包了工厂，发了大财，怎么轮也该轮到他倒霉了。"

小岳纠正他："您这么说可就不对了，我们陈总为了集团可不容易，我那天看他头都快愁秃了。"

"小岳，你还是年轻啊，"孙前程语重心长地说，"那句老话怎么说来着？福祸总相依！有些事未必是坏事！再说了，我不是要回去了嘛！"

"那您是福是祸啊？"小岳问。

孙前程摆摆手："少废话！把音乐打开！找个欢快的！大点声！"

观众席没人，但舞台上的肖长庆和合唱演员们穿得很隆重。肖长庆穿了身燕尾服，戴着白手套，手持指挥棒，一帮头发花白的老头老太太在唱《爱我中华》。

"哎，哎，女声部，"肖长庆挥手暂停，"声音太弱了，这样表现不出我们的豪情，再来一次，准备——开始！"大家各自调整了一会儿，然后直着喉咙继续唱起来："五十六个星座，五十六枝花，五十六族兄弟姐妹是一家……"突然，队形被打乱，孙前程挤开合唱的人群，从里面钻了出来。

"你怎么在这？"肖长庆吓了一跳。

"嚯，阵势挺大，还统一服装了，"孙前程打量着说，"你这小西服穿得还挺像样，这得是多大的演出啊？"

肖长庆翻了个白眼："管得着吗你，怎么着，在外面混不下去，又回来啦？我瞧瞧，不错不错，这回脸上没伤了，全须全尾的。"

孙前程把嘴一噘："比不了你们，家雀不挪窝，一辈子灰头土脸，到老倒是画上红脸蛋，抛头露脸啦？"大家对他的言论很不满，纷纷议论起来。

"他这什么意思啊？""他这是上哪坑蒙拐骗一圈又回来了？""自己不正干，专门给别人泼冷水。"

肖长庆安抚道："别理他，大家记着啊，集团成立三十周年大庆马上就到了，到庆典上，就看我们的了。我们这些人，上过山，下过乡，经历过自然灾害，又经历了改革开放，最后还提前下了岗。可我们人老了，革命豪情不减，所以，我们一定要在庆典上表现出我们的风采来。记住了吗？"

大家异口同声道："记住了！"

"好，解散！记着衣服都保管好了，唱完了还得收回来。回家以后叠好了放箱子里，别穿着去跳广场舞，更别叫小孙子尿了。"

"知道了肖指挥！"大家嘻嘻哈哈地和他开着玩笑，各自散了。

肖长庆也小心翼翼地把燕尾服脱下来，装进一个盛西装的套子里，换上了他的旧夹克。正忙着，孙前程又上前来了："你倒是真上心，真是百足之虫，死而不僵，发挥余热呢！"

肖长庆用不太想理他的表情问："你这是在哪里坑了一圈又回来了？"

"听听，听听，这什么话？"孙前程斜着眼瞪他，"有心帮帮你，张嘴就说这个，三观不一样，真是没法聊。"

肖长庆说："那就不聊呗，还帮我？我可谢谢您啦。"

孙前程继续巧舌如簧："你整天费事巴拉地忙活这个图什么？你唱得再好，他陈新城能返聘你继续当工会副主席吗？顶多是个强身健体，空虚得很哪。"

"成天想当官想发财的那是你，我可没想那个，"肖长庆好像受到了侮

辱似的,"当年我可是咱们厂宣传队队长,别忘了当时你还给我拉二胡呢!"

孙前程冷笑:"当年陈新城还给你拉手风琴呢,有啥用啊?"

"行了行了!"肖长庆说,"集团三十年庆典,我干这事我高兴。"

孙前程说:"那我可告诉你,没三十年庆典了。"

"什么?"肖长庆以为自己听错了。

孙前程神秘地四下张望,声音也放低了:"不会有三十年庆典了,新城集团马上要被先力集团收购了。"

"收购?不可能,陈新城到现在还干劲十足呢。"

"那叫垂死挣扎,陈新城也六十三了,只要两个集团一签协议,第一个被踢出局的肯定是他。集团都要被收购了,还有什么庆典?庆典什么?庆典集团破产被收购?"

肖长庆愣了愣:"我不听你的,你这个人嘴里没实话,南山说话得上北山听。我还有事,不和你瞎扯了。"说着,背上他的燕尾服就走。

孙前程在后面追:"哎,哎,长庆,咱们是多年的老朋友了,我是为了帮你才来找你的。老话怎么说来着?乱世出英雄,集团发生这么大变化,这是你我的机遇啊。"可肖长庆头也不回地走了。

孙前程很遗憾地咂着嘴:"机会砸到头上都抓不住,活该你没出息。"

陈新城拿着文件夹,器宇轩昂地走在前面,身后的几个下属快步跟着。虽然他已经六十三岁了,但身材挺拔,声音洪亮,一点都看不出年纪。

"收购?收什么购?我新城集团好好的,谁答应要被收购了?敢背着我开董事会,反了他们了!"

下属们低头互相使眼色,都不敢回答。

"集资,一定要集资!"陈新城说,"当年电子管厂九死一生,就是靠集资才有了今天的新城集团。现在集团到了生死关头,又到了需要奋力一搏的时候了。你们说怎么样?"

大家面面相觑,陈新城回过头去质问他们:"说话啊!都哑巴啦?"

旁边人小心翼翼地赔笑道:"陈总,咱们现在亏损那么多,大家集资能集多少?杯水车薪啊。"

"不在于多少,在于一股精神,"陈新城说,"一股宁可站着死,不愿跪着生的气节!"

有人小声嘀咕了一句："气节又不能当饭吃。"

陈新城侧脸呵斥："你说什么！"

小岳及时从后面跑出来，殷勤地给陈新城递过来一个保温杯："陈总，别上火，慢慢说。"此时陈新城的手机响了，是肖长庆打来的。

"陈总，我向您汇报一下三十年庆典的事。咱们这帮老同志热情都挺高的，加班加点排练，不光组织了一个大合唱，还想加练一段老年迪斯科。您看什么时候咱们商量一下节目单的事？"

陈新城没心思跟他聊这个，不耐烦道："以后再说，我这还有事。"挂完电话，恢复了气势，往前大步走着，边走边问小岳，"走半天了，他们在哪儿开会啊？今天我一定得拨乱反正！"

小岳凑过来低声说："您走太快了，走过了。您确实得拨乱反正。"

陈新城一愣，回过头去，下属们识趣地让出一条道。他尴尬地咳嗽一声，又挺了挺脖子，从下属中间走过："水太烫了，下次注意。"

肖长庆看着手机发愣："难不成，是真的？"

"哼，信了吧？"孙前程一脸的未卜先知，"我说什么来着？"

肖长庆回头看了他一眼，没说话，推上自己的车子要走，孙前程连忙抓住他："哎，哎，你去哪？"

肖长庆说："我去问问他，当初他让我召集大家排练，大热天让大家天天往这跑，连服装都是大家自己花钱做的，要是庆典没了，怎么和大家交代啊？"

孙前程一屁股坐在了后座上："咱俩一块去。"

"你去干什么呀？你又没参加合唱团。"

"长庆，埋头苦干，这事你行；运筹帷幄，还得靠我，咱俩是天生的搭档。"

肖长庆不服气："你？就你？就靠你坑蒙拐骗？"话虽这么说，肖长庆还是带上他一起去了。

新城集团会议室里正准备召开董事会。袁英时正和几个人低声商量着什么。门开了，陈新城大步流星地走了进来："小袁，这是干吗呢？哟，这不都是董事吗？开董事会呢？怎么没人通知我这个董事长呢？"

袁英时赶快站起来："陈总，召开董事会的通知早就送达给您了，先力集团催得挺急的，我先和大家通通气，打个招呼。"

陈新城瞥了他一眼："我不是说了吗？他急他的，和咱没关系。咱们就俩字，不卖！新城集团是集团全体员工的，不是哪个人说卖就能卖的。"

袁英时为难道："陈总，这也不是讲气节的时候，咱们得面对现实。"

"人活一口气，啥时候不得讲气节啊？"陈新城激情十足地说，"现在的现实是什么？现实就是企业遇到了危机，需要上下同心，团结一致，共克时艰，而不是一卖了之。"

袁英时点点头："陈总，我知道咱们集团一向团结，可现在只靠团结，恐怕改变不了什么。"

"小袁啊，"陈新城说，"从过去的电子管厂到今天的新城集团，大家一路走到今天容易吗？我正在想办法，马上就有办法了。另外，我再提醒一句，没有我参加，不能开董事会。"说完转身走了。

袁英时看看大家，苦笑了一声："第五回了，就是不开董事会，这种情况还能开吗？"

"当然能开，"大家附和，"符合程序。"

袁英时摇头叹息："陈总这个人啊，还活在过去的时代里。那，咱们开？"

"开！"众人同声，"不能让企业死在他一个人手里！"

马上有人发言："我先说一个议题，董事长已经六十三了，该退休了吧？"

陈新城回到办公室，坐在他的老板椅上慷慨陈词，屋里几人沉默地听着。

"沧海横流，方显英雄本色，"陈新城的话抑扬顿挫，掷地有声，"新城集团三十年的历史中经历过一次又一次惊涛骇浪，这次不过是一波小水花。我们要把三十年庆典，办成一次鼓士气、聚人心、凝人力的动员大会、鼓劲大会，同时在这次会上提出来集资方案。重要的不是大家拿多少钱，重要的是让全体职工和集团成为一个命运共同体。小范啊，集资方案你来起草；小马，你想几个鼓舞人心激励斗志的口号，发布在我们集团的职工群里，张贴在会场上……"

门一开，小岳伸头道："陈总，肖师傅和孙师傅来了。"

陈新城回了一句："忙着呢！"

小岳说:"他们说有急事。"

陈新城站起来:"还有,小田,要叫马儿跑,就得叫马吃草。小田,你起草一个报告打上来,买一批五斤装的花生油,庆典大会的时候作为职工福利发放。"一边说着一边走了。

几人面面相觑。"这都哪跟哪啊?""对啊,都什么时代了?""你们发现没发现,陈总确实老了,都什么年代了,用桶五斤装的油就想让大家再卖命?"

肖长庆和孙前程在接待室里等着,两人正咬着耳朵说悄悄话,门一开,陈新城进来了。孙前程像没事人一样马上和肖长庆分开了,还掩饰性地咳嗽了一声。陈新城瞥了瞥他:"腿没摔断啊?孙前程,这也就是你,换个人我才不管。你说说你,一把年纪了,不在家养老,到处搞歪门邪道。"

孙前程笑笑:"我是活到老,奋斗到老嘛。"

"别来这套,这些年,哪回不得我把你救回来?"陈新城像教训晚辈一样,"能不能老老实实在家过日子?"然后转头问肖长庆,"长庆,你来有事啊?"

肖长庆略作犹豫:"新城,怎么我听说先力要收购新城,庆典要取消了呢?"

陈新城睁大了眼:"你听谁说的?"

孙前程得意地在旁边插话:"我说的,这么大的事能瞒住我吗?"

陈新城义正词严道:"我警告你,少造谣传谣,我是集团的董事长,我不同意,哪个敢收购?"

孙前程说:"是,你是董事长,可在集团里占多少股份啊?要是其他的股东联合起来同意,你有什么办法?"陈新城不吭声了,这被孙前程说中了。

旁边的肖长庆慌了:"这么说庆典真不搞啦?新城,我不管集团收购不收购,我也不管你庆典搞不搞,排练这些日子,花的这些钱你得给我报了,不然我对大家没法交代。"

陈新城说:"长庆,让我说你什么好?集团现在生死存亡,你只盯着眼前的蝇头小利,仨瓜俩枣,咱集团为什么走了下坡路?就因为有你这样的员工。"

肖长庆一听恼了:"你说什么?我退休前年年先进,还评过劳模,我退

休前集团蒸蒸日上呢。我才退了几年，集团就要垮了，还不就是被你搞垮的！"

陈新城也恼了："肖长庆你这话什么意思？你今天得给我说清楚。"

孙前程急忙从中规劝："好了好了，别说了，"他大声喊着把俩人拉开，"说起来呢，新城这些年，没有功劳也有苦劳，夙兴夜寐是肯定的。可话又说回来，他要不夙兴夜寐，集团也垮不了这么快。"

陈新城指着他："孙前程，你什么意思？你成天在外面坑蒙拐骗，集团的工作一点不干，要不是我，集团能给你保留身份吗？到这时候了，你又说这话。"

"不是，不是，我不是那个意思，我是说肖长庆呢。肖长庆是谁啊？那就是新城集团一条老黄牛。勤勤恳恳是不错的，可现代社会了，勤勤恳恳换一个说法就是没想法没能力。公司干垮了也有你一份责任！"

陈新城赞同道："没错。"

肖长庆跳起来了："新城集团不是靠我这样的老黄牛干起来的，难道是靠你坑蒙拐骗干起来的啊！"

陈新城猛烈地点头："就是！"

孙前程说："好了好了，再吵没完了，不管怎么说，咱们仨，从上中学的时候就是老同学，一块进了厂是老工友，一起进厂宣传队是老战友。老话怎么说来着？上阵亲兄弟。这个时候，咱们得团结。新城，收购这事是真的吧？"

陈新城支吾了一下："八字还没一撇呢。"

"新城，你听我说，"孙前程冷静地分析，"是，你是董事长，但现在谁不知道主事的是你徒弟袁英时，你不过是个被他架空的太上皇。"

陈新城反驳道："谁胡说八道啊？新城集团还是我说了算。"

孙前程两手一伸："马上你就说了不算了。"

肖长庆安慰他："别急，别急，新城，咱仨不见外，你跟我俩装也没意义，现在重要的是，怎样才能让你继续说了算。"

陈新城声音突然矮了下来，少了很多底气："那怎么能继续说了算呢？"

孙前程说："那肯定不能让他们收购成功啊。破家值万贯，新城再不济，凭什么叫别人收啊？要人家收了去，咱们算什么啊？得想办法叫对方知难而退。"

陈新城问："怎么个知难而退法？"

孙前程声音也矮了下来，仿佛有谁偷听似的："看见长庆了不，他身后不就代表着一群人吗？新城集团是从电子管厂改制过来的，厂里没别的，就是老职工老干部多。这些人哪个身后都拖着一个家，你就拿着这个说事呗。"

陈新城好奇地问："说什么事？"

肖长庆吧唧了一下嘴："得，压根就没想过我们。新城啊，你就跟先力说，必须把原来电子管厂的老职工老干部管起来，吃喝拉撒、退休工资、五险一金，各种福利，一样也不能少。"

"对，你看看先力怕不怕。"孙前程点头赞同。

陈新城说："也对，当初我承包这个厂时，就差点让这些包袱压垮了。"

肖长庆不满："说谁是包袱呢？"

陈新城手机响了。他看了看来电显示，接起来："英时啊，什么？我不在，谁决定我要退休了？你们等着，我马上回去！"

"看看，看看。"孙前程说，"你不在，他们搞政变了。新城，你就听我的，保你继续说了算！"

陈新城欲要起身，肖长庆一把拉住他："等等，这发票得报！"

陈新城无奈道："我服了你了！报报报！"然后头也不回地走了。孙前程拉了长庆一把，俩人也颠颠地跟了过去。

大会议室里，袁英时领着一帮人坐在西侧，东侧坐着两个身着西装的人，袁英时正和他们握手。"欢迎，欢迎先力集团，今天算是我们第一次正式的接触，我们以最大的诚意来对待这次收购，希望在收购条件上能达成一致。"

门开了，陈新城走进来："谁啊？谁决定接受收购了？这二位是谁啊？谁叫你们进来的？"

"陈总，这二位是先力集团的，"袁英时赶忙解释，"刚才您不在，董事会开了会，大家一致决定让您退休。"

陈新城反问道："董事长不在，你们就开会了？谁给你们的权力？"

袁英时客气而坚决地说："陈总，会议通知早就送达给您了，您就是不同意开，无奈之下我们才在您缺席的情况下开了。全体董事会成员只差您一个人，符合公司章程和法定程序。还有，国资委的同志就在隔壁等您谈话呢。"

陈新城大怒："小袁，是我把你一手提拔起来的，你翅膀硬了，背着我搞宫廷政变，把我掀下台了？"

袁英时说："师父，再不接受收购，新城就死路一条了。您是我师父，是新城集团的董事长，但您也只是董事会的一员，是新城集团的普通一员，请您为集团的整体利益考虑，让出您的位置，退休吧。您个人对退休待遇有什么要求，咱们都好商量。"

"胡说！"陈新城愤怒道，"难道我是为我个人考虑？我陈新城三十年前临危受命，一手把这个企业带到今天，什么时候为我个人考虑过？好吧，你们先力不是想收购吗，那就不能只收新城的优良资产，新城的一切你们都要负责。新城有八百多位离退休的老同志，还有五千多位职工，你们都要对他们负责。"

两位先力的代表嘀咕了一下，其中一位先开口了："陈总，在研究收购方案的时候，我们已经讨论过了，新城所有的资产和债务我们都愿意接手。您刚才提出的问题，我们集团已经有所考虑，收购以后，新城集团所有四十五岁以上的员工一律离岗，该退休的退休，不想退休的可以拿离职费另谋出路，先力按照国家有关规定，承担离退休和离职人员的社保待遇，这样总可以了吧？"

陈新城一下子愣在那里。袁英时补充道："陈总，要是靠我们自己，我们连离退休老同志的工资都发不出来了。"

孙前程和肖长庆像壁虎一样趴在隔壁房间的墙上，急得抓耳挠腮。"听不见，只听见嚷嚷，什么也听不见。""错了，不是那里，是这里，这里能听见。""离退休人员工资劳保……啊，什么意思啊？好像先力一口答应了。""孙前程，你出的这馊主意。"

陈新城冲着袁英时发了火："小袁，外人可以这么对待我们自己的员工，你作为企业的CEO也能这么说吗？新城集团怎么有的今天，不就是这些老同志干起来的吗？怎么，你们现在想另找东家，就把他们当包袱甩了？"

袁英时无力地解释："陈总，不是那个意思。"

"你说你是什么意思？四十五岁以上的就离职，四十五岁就不能干了？"

隔壁房间的孙前程兴奋道："好，好样的，就这么怼他们！"

"好什么好？"肖长庆说，"四十五岁以上的都不要了，咱都六十多了。"

先力的人赔着笑解释："陈总，别怪我们说话直接啊，新城从原来全市有名的好企业，为什么走到今天？不就是因为老企业包袱太重吗？现在市场竞争这么激烈，企业必须轻装上阵，您作为一位老企业家，不会不懂得这个道理吧？"

陈新城哼了一声："谢谢，谢谢你们还承认我是个老企业家。正因为是个老企业家，我才知道，一个企业，不仅仅是指这些房子、设备，更是指企业的员工，没有新城的这些员工，新城能有今天吗？"

先力的人问："您是指新城走到破产的边缘吗？"

陈新城怀疑自己听错了："什么？"

袁英时赶快打圆场："好了好了，先力的同志不是那个意思，陈总时刻为企业员工着想，这种情怀值得敬重。我提个建议好不好，像新城这样的老企业，老员工的安置确实是个问题。陈总，还记得我们在黄庄那个大仓库吗？我们把那里改为老职工安置和活动中心好不好？就交给您来打理。"

孙前程听得激动，拼命地往墙上趴着："黄庄？老厂区？天哪，那个地方！答应，答应啊！你个傻瓜，答应！"

肖长庆听得稀里糊涂："老厂区？咱们要那干什么呀？"

袁英时把先力的两个人送出去，然后把门关上："现在，我们召开董事会紧急会议。同意我刚才提议的请举手。"

一只只手举了起来。

陈新城吼道："我不同意！"

袁英时说："六比一。陈总，这是董事会的决定，您退休，成为集团的荣誉董事，有权列席董事会议。同时，把黄庄仓库辟为老职工活动中心，具体交由您负责运营。陈总，国资委的同志已经等您多时了。"

肖长庆还糊涂着："不是，孙前程，你给我解释解释，你到底什么意思？黄庄仓库我又不是不知道，废弃了多少年了，咱们要那干什么呀？"

孙前程说："我这不是为你考虑吗？长庆啊，这庆典肯定是搞不成了。集团都成人家的子公司了，还什么三十年庆典啊。你拉着大家排练了几个月，还让大家花了不少的钱，不能没个结果吧？你不是听到了，集团要把黄庄仓库改成老职工活动中心，你就对大家说，叫大家到黄庄唱去呗，要是不愿意去，那就怪不着你了。哎，对了，不是给你报销了吗？还不赶快去找小岳，贴发票签字报销领钱？过了这个村，可没这个店了。"

肖长庆也慌了："也是啊，万一真收购了，陈新城也退休了，这报销都

不知道找谁去。不行，我赶快找小岳贴发票去。"

孙前程坐在陈新城的老板椅上打电话，向一个朋友打听国家对养老地产都有什么优惠政策，正说着呢，陈新城气冲冲地进来了。

"孙前程，我上了你的当，还让我拿老职工去说事，结果怎么样？白搭！"

孙前程挂掉电话，嘻嘻哈哈地说："不是有效果吗？不是把黄庄厂区交给你管了吗？"

陈新城问："你怎么知道的？你又偷听了！"

孙前程笑笑："我也就是听了那么一耳朵。这个不重要！重要的是把黄庄那块地交给咱们，这可是天大的好事啊！"

"你什么意思？谁和你咱们啊？再说了，我堂堂一个董事长，跑那破地方算怎么回事？"

孙前程安抚他："别急，你别急，听我慢慢说。黄庄厂区好啊，你应该知道，黄庄那一带一共有三个派出所，你知道三个派出所一共管辖多少人口吗？说出来吓死你！几十万人口啊！那么一大片地方，周围还有几十万人口，还不够咱们扑腾的？"

"你什么意思？什么叫多大片地？周围有多少人和我有什么关系？"

"新城啊，你是人在家中坐，一大块狗头金砸头上了。集团和先力就是跟你有一样的想法，没把黄庄那块地当回事，才愿意交给咱们管。但事实可不是他们想得那样，咱们得把握住这个机会！你现在就去找小袁，趁他还内疚着和他讲条件，第一，那个地方不能叫老年职工活动中心，应该叫养老中心……"

陈新城不理解："养老中心？听着就暮气沉沉，我不同意。"

孙前程继续解释："不是那意思。新城啊，你想想，活动中心和养老中心，虽然名字只差两个字，内容可是千差万别。活动中心，那不就是老人到时候去玩玩，打打太极拳，跳跳广场舞啥的？那地方离市中心那么远，谁没事跑到那里去活动啊？养老中心可就不一样了。养老中心得能住人吧？住老人得有地方看病，有地方吃饭，有地方活动吧？知道咱们国家已经进入老龄化社会了吗？以后养老就是个朝阳产业，新城，先力集团这是刚进来，不了解情况，稀里糊涂把一块大蛋糕扔了出去，你可得接住了。你趁着他们还没清醒过来，赶快去找小袁谈条件，以后那个地方就是咱们的了。"

陈新城想了想："要这么说，那个破地方可不行，集团得投资改造。"

孙前程急忙打断他："千万别！我要跟你说的第二点就是，既然把那个地方交给你，以后就和集团没了关系，要保持独立运营。"

"独立运营，为啥啊？"

"你仔细想想，现在他们把那地方交给了咱，你要叫他们投资改造，以后那地方算谁的？"

陈新城多疑地看着他："孙前程，你一口一个咱到底是啥意思？咱可把话说明白喽，集团是把那块地方交给我管的，和你可没啥关系。"

"我知道我知道，"孙前程说，"我这不是为你打算吗？新城，你要自己把那个地方开发出来，那个地方以后就是咱的，你就别让集团再插一杠子了。"

陈新城不说话了，瞅着他如何打算盘。

"那个啥，新城，我知道你是干大事的人，那么块小地方扑腾不开你。要不然，你就任命我当那个养老中心的管委会主任呗。"

陈新城笑笑："你？就你？我可真是没人了。"

"咦，你这话啥意思？"

陈新城说："我要叫你当了管委会主任，估计没啥人敢去，谁不怕上当啊！"

"你把我看成什么人了？"孙前程说，"那这样，新城，你信不过我，肖长庆总行吧？整个集团没有不相信他这老好人的吧？你任命他当管委会主任呗，我来当个主任助理。"

陈新城拖着长音："肖长庆嘛……"

肖长庆忙着和他的合唱队员解释庆典的事，大家围着他嚷嚷着发表不满。肖长庆赔笑解释："咱们是把唱一次改成长期唱了。黄庄仓库知道吧？多大的舞台啊！以后咱们天天上那唱去。"

"长庆，拿我们当傻子呢？黄庄多远啊，再说一个破仓库，唱给谁听啊？"

肖长庆说："退休了，唱歌不就是自娱自乐嘛。"

"你早说啊，自娱自乐我们还用天天跑这么远吗？"

"就是啊。我们还花着自己的钱买水买饭，还做了好几身演出服。"

肖长庆总算抓住了机会："这正是我要对大家说的，唱歌呢，以后咱们上黄庄唱，可大家这段为演出所花的钱，集团给咱报了。钱报了，演出服归

了大家，大家白赚了几身演出服，这样的好事上哪找去？这样，报销的钱，明天就能拿到了，大家到我这里来领钱，演出服自己留着，爱穿着跳广场舞就跳广场舞，爱让孙子尿就让孙子尿。"大家一听果然都高兴了，像得了大便宜一样笑起来。

肖长庆手机响了，他接起来："前程啊，有事吗？"

孙前程躲在公司的楼梯间，压低了声音，神神秘秘地说："长庆啊，忙什么呢？我给你说件事，你才是人在家中坐，喜从天上降，我给你谋了个官职。"

肖长庆仔细听着："什么？你是说，以后那地方就是集团的养老中心，老职工都上那去？让我当这个中心的管委会主任？"

孙前程说得唾沫星子四溅，眉飞色舞："你想想吧，以后，那个地方就交给咱们三个人管理，而你是管委会的主任。所有的人，除非他不老，老了就要听你的。你叫他向东他不敢向西，你叫他打狗他不敢撵鸡。"

肖长庆动心了："黄庄仓库我有些年没去了，那啥时候咱们去看看？"

孙前程兴奋地挥了挥胳膊："你在哪呢？我马上叫小岳去接你，咱们和陈新城一块去看看将来咱们的地盘去！"然后挂断电话，兴冲冲地出了楼梯间。

街道很窄，路边还有各种小摊贩，又脏又乱。小岳开着车载着他们三个艰难地开过来。陈新城看着外面纷乱的景象紧紧地皱着眉，孙前程却看得很兴奋。看着院子里陈旧和破败的景象，肖长庆先开口道："多久没来了啊，还挺怀念的。你看这锅炉房，这树，还是以前的样子。"

"是啊，怀念啊！"孙前程从旁附和。

肖长庆醒悟过来："不对，孙前程，都说你是大忽悠，我没想到你忽悠到自己老哥们头上了。还让我当管委会主任，我管啥啊，就管这破厂破房啊！"

陈新城慨叹一声："唉，我陈新城在商场纵横半生，难道后半辈子就圈在这鸟不拉屎的地方了？"

"新城，长庆，你们不能只看眼前，"孙前程宽慰他们，"一定要看到将来！走走走，咱们转一转，找个地方坐着细聊！"

肖长庆苦着脸说："哪有地坐啊？"他一边抱怨着，孙前程一边要拉他们二人往厂房里走。陈新城却拗着不动："这里面多少年没开过门了，不得攒了几十斤灰啊？"陈新城灰心道，"要不这事算了吧，我回去跟小袁说说。"

孙前程赶紧拦着："哎，别走，这可不能算了呀，不就是一点灰吗？咱们仨略微这么一打扫，准保像模像样。扫去这多年的尘埃，也是扫去新城集团的晦气！吉利，吉利啊！"

陈新城还是不乐意："说谁晦气呢？"

"我是说，有了我们两兄弟的帮衬，新城啊，你的好日子就要来了！"孙前程胸有成竹。

陈新城摆摆手："等等，我要上厕所，厕所在哪来着？"

肖长庆瘪着嘴道："荒了这么些年，哪还有厕所啊？你翻过那边的墙头，到处都是厕所。"陈新城摇摇头，背着手走远了。

孙前程小声吐槽："懒驴上磨屎尿多，说鸟不拉屎，自己去拉了。"又对肖长庆道，"肖主任，先抄家伙，打扫个能坐下来的地方！"

肖长庆问："管委会主任也要亲自扫地？还扫这么大个厂房？"

"格局，要注意格局啊肖主任，"孙前程苦口婆心，"古有刘备编草鞋、朱元璋要饭，今天让你扫扫地，不委屈。这不，还有我陪着你呢。"说着，孙前程迈步进入厂房，兴奋地把扫帚往地上一立，"大风起兮云飞扬！"扫帚一动，积攒多年的灰尘飞了起来。

直到肖长庆和孙前程累得气喘吁吁、灰头土脸之时，陈新城才抱着两瓶水和几张报纸跑上来了："哟，扫得挺干净。"

肖长庆放下扫帚："你刚跑哪去了，去国外上厕所了？"

陈新城无辜道："路比较远嘛！来来来！喝口水，歇一歇！"陈新城把报纸铺开，三人席地而坐。

孙前程说："新城啊，你看，这地方是真大啊！大说明什么？说明咱们大有可为啊！你想啊，等咱们开发起来，周边又成了CBD……"

陈新城别过头去："别吹了，就这荒郊野岭，还什么CBD。"

孙前程强调道："我是说只要咱们开发出来，首先咱们得开发呀。"

肖长庆问："怎么开发？"

"知道国家对养老地产的优惠政策吗？新城，趁着袁英时内疚，你赶快去找他，要求他向上面提申请，要批文，把这块地批成养老地产，只要这里成了养老地产，后面就好办多了。"

陈新城正色道:"孙前程,老毛病又犯了?这回想骗到国家头上了?你一个破厂区,凭什么给你养老地产的批文?"

"说了要开发一下,咱们先把这里弄得有点养老中心的样子,批文不就可以解决了吗?"孙前程转头指着肖长庆道,"肖长庆,到时候你这个管委会主任可有事干了。"

肖长庆四处看看,说:"这么大个地方,可真够管的。"

陈新城犯了愁:"那也得有钱啊。袁英时说了,地方可以交给我们经营,但集团没钱投,让我们自己想办法。"

孙前程拍拍巴掌:"这不就行了吗?只要给咱们个支点,咱们就能把地球撬起来。前期开发投入的钱,我去找。"

陈新城一脸不相信:"你?就你?"

"新城,你这就不对了,"肖长庆指责他,"老同志有积极性,咱得支持!"

"怎么着,"陈新城又冲着他道,"你等着当管委会主任呢?"

肖长庆不满:"你这话什么意思?你行你来啊。新城集团差点就被你搞垮了,再来搞垮这个?"

陈新城一听这话立马恼了:"你说谁呢?是谁差点把新城集团搞垮的?"

肖长庆斜着眼:"我说谁谁知道。"

孙前程赶忙劝和:"行了行了。虽然新城集团没搞好,可新城也是劳苦功高,把那么大个集团搞垮也不容易,对吧?"

陈新城嘶了一声:"你再说一遍?"

"我是说你有功劳。那咱们就说定了,新城,你负责去忽悠,不,不是忽悠,是说服。你负责说服上面,把这块地方申请为养老地产。我呢,去搞前期开发的资金。长庆,你二儿子公司搞得不错,他不是有钱吗,叫他投点呗。"

肖长庆吓了一跳,急忙摆手:"少来少来,他可没钱。"

"那新城你呢,你在集团里不是有股份吗?股份不就是钱吗?"

陈新城也摆手:"别打我的主意!我的股份是我在集团的话语权,我不卖。"

孙前程说:"好,那咱们就把话说明白,钱,我去找,我来投,可既然钱是我投的,我就得要权力。"

陈新城一脸不可思议:"什么,你还想要权力?"

肖长庆说:"行了行了,好商量。新城,你就让他先把钱找来再说吧。"

16

第二章

晚上，孙前程提着一个包来到晓晴家门口。他整了整衣服和头发，深吸一口气，满脸兴奋和期待地按响了门铃。孙晓晴打开门，看到孙前程露出了惊喜的笑容，上前一把抱住他："爸！你回来了！"

屋里很宽敞，显得冷冷清清，墙上挂着晓晴和顾明的大幅婚纱照。

晓晴盘腿坐在沙发上："爸，你笑什么呢？光看我也不说话。"

孙前程说："这么长时间没见我的宝贝，心里想啊，看不够，你又瘦了。"

晓晴笑了："您说得好听，这一年您又跑去哪了？给您打电话，要么打不通，要么急匆匆地挂了，我有时候瞎想，您是不是被人关起来了！"

孙前程尴尬道："爸爸闯荡江湖这么些年，厉害着呢，谁敢抓我？"

晓晴兴奋地问："那这次回来，您就不走了吧？"

"不走了不走了，"孙前程连连摆手，"爸爸这次回来是干大事的！"

晓晴笑："您就吹吧！从小您就爱忽悠我。"

孙前程拍着胸脯保证："真的，这次还有你肖叔陈叔，我们一起。"

"有肖叔陈叔跟您一起，那还算靠谱一些。"

孙前程话锋一转："你还真是长大了，嫁了人都敢笑话爸爸了。"

晓晴笑道："爸，您都这岁数了，干不干得成大事不重要，只要您愿意留下来，过两天安稳日子，比什么都强。"

孙前程顿了顿，看向桌子，上面放着一份还没吃完的外卖盒子。他指着外卖盒问："你在家就吃这个吗？顾明那小子不管你吗？"

晓晴赶紧起身收拾："他工作太忙了，很少回家吃，我自己开火太麻烦。外卖多方便呀，您饿了吗？想吃什么我给您点。"

孙前程叹了口气，拦住她说："别忙活了，你也很久没尝爸爸的手艺了，今天我给你做饭！"

饭馆里,陈新城和肖长庆坐在一个小桌前等着上菜。陈新城先开口了:"你说孙前程怎么这么积极啊?"

肖长庆哼了一声:"他这人干啥不积极啊?"

陈新城说:"那可不一定,有便宜的事他积极,没便宜的事你见他积极过吗?叫我看啊,他居心叵测。"

肖长庆问:"他有啥居心?"

陈新城说:"你没听他口口声声提这块地吗?还叫我去申请上面的批文,把这块地批成养老地产,他是打这块地的主意呢。"

"可地不是你的吗?"肖长庆想了想,"和他有啥关系?"

陈新城说:"所以他积极地去找投资啊,我实话告诉你,这块地,早就拿到养老用地的批文了。"

"真的啊?"

"我办的我能不知道?当时也是为了解决老电子管厂退休职工的养老问题。可地批下来,公司的经营出了问题,没钱投了,就这么搁下来了,下面的人把这事都忘了。要不袁英时咋就这么痛快地把这改成养老中心呢?这事,你别告诉他啊。"

"也就是说,孙前程要真能拉来投资,这块地就真能当养老地产开发了?"

"他打的就是这个主意,可是长庆你想想,他要真找来了投资,他不就成了股东了?到时候他有钱在里边,咱俩没有。我倒无所谓啊,我是代表新城集团来管理这个养老中心的,你可就惨了,顶着个管委会主任的头衔,没啥实权。"

肖长庆一听急了:"这个可不行。新城,咱们一把岁数了操心出力地来干这个,是为了给集团的老职工办事,光想发财可不行。实在不行你和集团说说,把孙前程踢出去呗。"

陈新城胸有成竹:"别急,咱们现在不是还没钱吗?等他弄来钱再说。"

肖长庆想了想:"这样,有批文的事,咱们先别告诉他,让他想办法找投资去。可是权力的事,咱们不能放。新城,您是集团的董事长,噢,对,前董事长,是代表集团来管理这个养老中心的;我呢,是您任命的养老中心的管委会主任,到时候咱俩是领导,他是群众,投票的时候,咱们二比一。"

陈新城邪魅一笑,计上心头:"这你就不懂了。企业的高管,有不同的投票权，到时候咱这样……"

晓晴家里，父女俩一人一碗面坐在餐桌前，晓晴大口大口地吃着，脸上都是满足："您这阳春面我可太久没吃到了，小时候妈妈不在家，您天天给我做，我记得有一次妈妈出差一个月，咱们就吃了一个月。"

孙前程歉疚道："也怪爸爸别的不会，就会做个面，那时候委屈你了。"

晓晴摇摇头说："我就喜欢吃这个，天天吃都不腻。"

孙前程沉默了一会儿，磕磕巴巴地问："你妈妈……她怎么样？上次我听说你去她的公司当助理了？还适应吗？"

晓晴腮帮子鼓鼓的，听到这话笑容消失了："爸，我被辞退了。"

孙前程不解："辞退了？夏明舟她怎么能辞退你呢？"

晓晴低着头，小声道："没什么，是我能力不够。"

孙前程厉声道："胡说，你一直都很优秀！一个助理需要什么了不起的能力？肯定是你妈又整幺蛾子，不行，我得找她说道说道。"

晓晴辩解："爸，跟妈没关系，是我自己的问题。"

"那你跟爸说说，到底是为什么呀？"孙前程和蔼地问。

"其实，工作并不难，"晓晴放下碗筷，"但因为我是夏总的女儿，所以没有人把我当正常的同事相处。他们怕夏总，所以也怕我，不敢给我安排工作，所有人都像在陪我玩游戏……最后，我的工作绩效没有达标，妈妈很生气，就当众把我辞退了。"

"胡闹，真是胡闹！"孙前程拍了下桌子，"这些事情你没有跟你妈说吗？"

晓晴苦笑一声："要是您，您会说吗？"

孙前程哑然。晓晴说："其实在家也挺好，安安静静的，我没事的，您不用担心我，也别找妈妈说这件事，她已经很累了。"

孙前程叹了口气："好吧，对了，今天是你的大日子，爸爸可记着呢。"然后从包里拿出一个毛绒小兔子，递给孙晓晴。

晓晴兴奋地埋怨道："爸，我都多大了，您还送我这个。"但还是不自觉地去抚摸那只兔子。

"这是你小时候爸爸答应给你买的，"孙前程叹道，"因为和妈妈的一些事情，爸爸一直没来得及兑现诺言，但爸爸一直都记着这件事。今天是你的

结婚纪念日，按理说这礼物不该我来送，但我要告诉你，你再大，哪怕你嫁了人，你也是爸爸的好孩子。"

电梯里，顾明对着电梯轿厢的反光给自己喷香水，然后陶醉地闻自己的衣服，突然电梯门打开了，孙前程出现在眼前。

顾明一慌，随即笑着迎了过去："爸，您回来啦？咋没提前说一声，我好去接您啊。"

孙前程打量了一下顾明，脸色并不好看："喝酒了？工作挺忙？"

"爸，您知道的，"顾明解释，"公司应酬比较多，所以回来得比较晚。"

孙前程点了点头，摆了摆手准备离开。

"爸，您见晓晴了吧，她可每天都念叨您，盼着您回来呢。要不您住一晚吧，家里房间多，我也陪您说说话。"

孙前程审视着顾明，问："今天是什么日子？"

顾明"啊"了一声，被问蒙了，答不上来。

孙前程见状，脸色比刚才更差了："我先走了，你回家吧。"

顾明继续献殷勤说："要不我还是送送您吧。"

"不用，"孙前程果断拒绝，"晓晴还自己一个人在家呢。"

顾明看出孙前程的情绪不好，也不敢再多说什么，刚要往家走，孙前程突然想起了什么，回头叫住顾明："等等！"孙前程走回顾明身边，打量着他，然后指了指顾明的衬衫，"你的衣服扣子系错了。"

顾明一惊，然后强装镇定："啊，应酬喝酒喝多了，吐在衣服上了，刚刚在车上换了一身，喝得有点晕，没注意。"

孙前程眯着眼，看着顾明的眼睛，顾明也看着孙前程，两人都没有说话。

"工作再忙也要注意身体，酒喝多了，晓晴还得照顾你。"

"是是是，您说得对，那我先进去陪晓晴了。"

回到家，顾明坐在沙发上，解开衬衫，深呼一口气。晓晴端了一杯茶走过来："爸刚来过了。"

顾明点点头："在外面碰到了。"然后看了眼桌子上的兔子玩具，"那是什么？"

"那是爸爸送我的礼物，"晓晴说，"因为今天是个很重要的日子。"

"什么日子需要爸送你礼物？"

"你不记得今天什么日子吗？"

"又来了，晓晴，"顾明不耐烦地说，"我跟你说了很多次了，我们已经结婚了，长大了，我们不能像那些没事干的人一样，一年要过十几个乱七八糟的节日，想方设法地讨对方开心，这样没什么意义。"

晓晴低头不语。

顾明继续道："你要理解我，我不像你在家那么闲。我每天的工作行程都安排得满满当当，忙得焦头烂额，根本没有时间也没有精力去记这些虚头巴脑的事情。婚姻，过得就是柴米油盐，过得就是平平淡淡，把每一天都过好，不就可以了吗？"

晓晴还是不说话，顾明更加不耐烦了："到底什么日子啊？"

晓晴叹了口气，转头看着窗外夜色。顾明掏出自己的手机，打开日历，发现是结婚纪念日，神色瞬间有些慌张："结婚纪念日……"

晓晴转过脸来，哀怨地看着顾明。

顾明想了想，柔声说："晓晴，虽然我不喜欢这些节日，但我也知道结婚纪念日对每个女孩都很重要。"

"但是……"晓晴刚要发作，被顾明打断："你等我一下。"顾明从包里拿出一个盒子，叹了口气，拿着盒子蹊到晓晴面前，"你看，礼物我早就准备了，你试试，好不好看？"

晓晴打开盒子，是一串项链。她把项链戴在脖子上，调整了一下说："好像有点松。"

顾明上前查看："松吗？"

晓晴说："没关系，松的戴着舒服。"停顿了一会儿，她对顾明说，"其实送不送礼物都不重要，你能记得，我就很高兴了。"

"你这是高兴的样吗？"顾明看着晓晴，一股烦躁涌上心头，转了个话题，"对了晓晴，爸爸来了很久了吧？"

"嗯，"晓晴答道，"还给我做了顿饭。"

"爸爸回来这么大的事情，你总应该通知我一声。"顾明说。

"你告诉过我，你工作的时候尽量不要打扰你，所以……"

"爸爸跟妈妈的关系你是知道的，我每天都在公司，万一妈妈知道爸爸回来了，还知道他来过家里，问起我，我怎么说？你不及时告诉我，岂不是

让我在妈妈面前难堪？你难道就没考虑过我吗？"

晓晴不知道该怎么解释："我……"

"晓晴，我告诉过你，"顾明义正词严，像重申合同里的条约，"婚姻是建立在沟通和信任的基础上的，我在外面忙，如果家里的事你都瞒着我，不及时跟我沟通，我们的婚姻怎么维持呢？"

"对不起，这件事是我错了，"晓晴给他道歉，"是我考虑少了，以后肯定不会了。"

"这虽然是件小事，但也看得出你确实对我缺少关心，对我们的婚姻缺少态度，这让我有点失望。"

"真的对不起！"

"不要总说对不起，对不起是口头上说的，我希望你以后能通过行动来证明你真的在乎我，在乎这个家，就像我在乎你一样。"

晓晴被他训得眼圈都红了："我会的，以后我真的会注意。"

"好了，我累了，"顾明收起战火，"我要休息了，今天我在书房睡，你再好好想想吧。"顾明走进房间，留下晓晴一个人坐在沙发上，一个人看着客厅挂着的婚纱照。她从桌上拿起药瓶，将一颗药片塞进了嘴里，是她治疗抑郁症的药。

次日，明舟集团内，顾明板着脸给几个员工训话："都准备好了吗？一会儿要出了问题，后果是什么，不用我多说吧？"

"放心吧顾总！"一个员工答复道。

随着铿锵的脚步声响起，所有人紧张起来。未见其人，先闻其声，夏明舟来了。

"采购方案你们是怎么做的？"夏明舟厉声责问，"四个字，一塌糊涂！这就是你们所谓的工作成果吗？不要跟我解释，回去全部重做！"她看上去五十八九岁，不显老也不显小，凌人的强者姿态，脸色阴沉，走在一大群人前头，后面的人都紧紧跟着，生怕步履节奏出一点差错。

顾明看到夏明舟立刻换上笑脸："夏总！我这都准备好了！"夏明舟点了点头，脚步未曾放缓，顾明和员工们全都赶紧跟了上去。路过一堆空调和家用电器时夏明舟突然停住了，所有人也都停下了脚步等候吩咐。

夏明舟指着一台冰箱："这噪音对吗？"

旁边的员工答道："夏总，我们都测试过了，肯定没问题。"

夏明舟坚定地说："不可能！"

员工尴尬地看着夏明舟，不敢接话。顾明赶紧上前："还不快去查！"

员工领命后便匆忙退场，不一会儿，他查完又跑了回来："夏总，这台机器的噪音确实超标了，是我们工作的失误。"

"失误？"夏明舟厉色道，"我觉得让你在这个岗位上就是一个失误！"大家被吓得不敢说话，仿佛此时大声喘气都是在犯错，顾明马上凑过来："你们搞什么名堂？夏总推了这么多行程来视察，你们就犯这种低级错误？"

那名员工连连认错。斯黛拉走上前来，趴在夏明舟耳朵边嘀咕了几句。夏明舟皱皱眉："告诉他，我没空。"斯黛拉又小声补充："他说有急事，还说您要不见他，他就直接过来了。"

"老东西！"夏明舟白了一眼，"你去跟他说，让他等着。"转身继续往前走。

"好的夏总。"斯黛拉答应道，转身离开前与顾明对视了一眼。

孙前程舒展着四肢，坐在夏明舟的老板椅上，这儿摸摸，那儿看看。斯黛拉进来了，礼貌地微笑着："孙叔，夏总一会儿就过来了。"

孙前程看到了一个智能机器人，问："这是什么？"

"这是明舟集团刚刚研发的智能家居产品，"斯黛拉回答他，"夏总办公室的电器都是可以通过语音控制的，小明，打开空气净化器。"而后机器人嘀了一声，空气净化器开始运行。

"哟！"孙前程感叹一声，"还挺花哨。"

斯黛拉笑笑："您在这稍等一下，夏总很快就来，我先去忙了。"

斯黛拉离开后，孙前程继续打量眼前的机器人，眼瞅着四下无人，便趾高气扬地喊道："小明，开灯！"

机器人没反应。

孙前程疑惑地拍了拍机器人，很认真地，一字一句地对着机器人喊："小明开灯！"

机器人还是没有反应。

孙前程急了："什么破玩意。"然后又不服输地跑到机器人面前，语气温柔、讨好地说，"小明，开开灯好不好啊？"

灯突然亮了。孙前程一拍沙发，骂道："真是狗仗人势，夏明舟压我就算了，你个机器人都欺负我是不是？"

门开了，夏明舟走进来。孙前程马上站了起来，赔着笑："开会呢？"

夏明舟用厌恶的眼神打量着他："我听说你入了传销组织了？"

"哪有？没有，没有。"孙前程不好意思地狡辩。

"不是爬墙逃出来的吗？"夏明舟颇有落井下石的意思，"我都听说了。"

"错啦！"孙前程给她解释，"那不是传销组织，就是个P2P，很现代的企业。人家叫我当部门经理，我不想当官，就没干。"

夏明舟冷嘲热讽道："现代企业有把人圈起来的吗？你说说你，也一把年纪了，年轻时候不正干，老了还闹这些幺蛾子，你不嫌丢人吗？这回接受教训了吧？还不错，自己逃了出来，没像上回一样需要我去派出所捞你。既然回来了，就老老实实在家里守着闺女过日子吧，钱的事不用愁，我养你。"

"哪能呢，我好歹也是个男人，哪能吃软饭呢？"孙前程道，"明舟啊，我现在找到一个好机会，你放心，这回一定能发大财，连我以前替你投资的钱也全能赚回来。"

"成天编瞎话，自己不嫌烦吗？"夏明舟转过身去，"别说了，我不想听。"

"这回是真的。"孙前程绕到她身前，"你放心，不是传销，不是保健品，也不是磁疗床垫，这回这个绝对靠谱，一本万利，只需要咱们前期一点投入就可以了。这就和钓鱼似的，你总得下点鱼饵。"

"一本万利？"夏明舟笑道，"我在商场上打拼了半辈子，还不知道市场上根本没有一本万利这种事？说吧，是不是把我上回给的钱又全花完了？要多少？两万，三万，够了吗？"

孙前程说："差不多，也就是差四百九十七八万。"

"什么？"夏明舟皱着眉。

"明舟，我是和你说真的……"孙前程把黄庄大仓库改成养老中心的事从头到尾絮叨了一遍。话还没说完，夏明舟打断他："孙前程你照照镜子看看自己，你家祖坟上长发财草了吗？以前的事就算了，反正我就当遇人不淑，多了个累赘，可现在不一样了，现在我带着一家大企业，你在外面声名狼藉，会给我们企业带来恶劣影响。你还是好好收回心来过日子，就算我倒霉，养了一个吃白饭的。"

孙前程央求道："明舟，这回是真的，我向你保证……"

"你不用向我保证，你向我保证的东西，没有一回实现过。"

孙前程不说话了。

"没事了吧？"夏明舟问，"我那边的会还没完呢。"说着站起身来就要走。

孙前程拦住她："明舟，我很难过。你说得都对，这辈子，一直是我在拖累你。这样吧，我好歹是个男人，不能老是拖累老婆，咱们离婚吧。"

"什么？"

"离婚，"孙前程佯装决绝，"不是早分居了吗？干脆别保留那张纸了，离婚，以后各走各的。至于财产分割的事，就按法律办呗。"

夏明舟气愤地盯着他，孙前程把脸别开，不去看她。

"知道咱俩离婚，我的股权就得分你一半是吧？"

"哦？"孙前程说，"法律是这么规定的吗？要这么规定，我也不多要，就这么办吧。"

"知道我不能拿企业的前途开玩笑是吧？"

"这怎么叫开玩笑？这叫遵纪守法。"孙前程继续耍无赖，"你在明舟电器占多少股份啊？百分之十二是吧？哟，我要是分百分之六，也是大股东吧？"

夏明舟盯了他一阵，埋怨自己说："我年轻的时候怎么就昏了头，怎么就让牛粪糊了眼。"

孙前程嘿嘿一笑："有句话叫初恋时我们不懂爱情。"

夏明舟狠狠地白了他一眼："别和我说那俩字，恶心。"她像紧箍咒失灵的唐僧，对眼前的孙猴子毫无办法，咬牙切齿地说："这钱我认了！我想办法。我再管你这最后一回。记住，这是最后一回！你要再来纠缠，我这个企业不干了，豁出去了也要和你一刀两断！"

"好好好，"孙前程连连点头，"最后一回，绝对最后一回。"

夏明舟挥挥手："你走吧。"

孙前程站起来刚要走，忽然想起什么："哎，晓晴被你辞退的事我可听说了，你这事可做得不对，你知道中间发生了什么吗？你关心过她的感受吗？"

"用不着你管晓晴的事！"夏明舟不耐烦地说道。

"我关心自己女儿怎么了？"孙前程认为自己理由充分。

"现在跟我提关心了，"夏明舟说，"你早干什么去了？她小时候生病的时候你去哪了？她考试升学的时候你去哪了？她恋爱结婚的时候你去哪了？谁都能说我不关心晓晴，就你孙前程不能说！"

"我……可是你当众辞退她，对孩子的伤害还是很大的……"

"只要工作干不好，哪怕我自己的女儿也必须走人，这就是明舟集团的规矩！一个小小的助理都干不好，她还能干什么？她真是随了你，一点出息都没有。以后你少见女儿！"

"出息，出息，你就只看这个……"

"别再说了，"夏明舟制止他，"不然刚刚的事我就反悔了，赶紧走。"

"我走，我走。"孙前程叹了口气，怏怏地离开。

肖长庆家坐落在一条窄窄的胡同里，是一座老旧的老北京四合院。

厨房内，一条鱼下了锅，吱吱啦啦地响着，肖长庆扎着围裙，忙得不亦乐乎。老母亲颤颤巍巍地走上前来："什么日子还吃上鱼了，这鱼现在多贵啊。"

"妈，一条鱼咱还是吃得起的。"

老母亲长吁短叹地出去了，肖长庆却感到纳闷。

忙活得差不多了，肖长庆从厨房走出来，发现肖母在沙发上坐着叹气。

"妈，鱼炖上了，一会儿就开饭，今天这鱼可新鲜，你得多喝两碗汤。"

"喝啥啊，妈没心思。"老母亲唉声叹气道，"你日子是过好了，你个当哥的，就不管你妹妹了。"

肖长庆一愣："妈，我怎么不管啊？爸死得早，长莉从上学到工作到找对象结婚，不都一直是我在操持吗？"

"可你看你现在过的什么日子？"肖母用右手的手背敲打着左手的手掌，"长莉过的什么日子？那是一个天上，一个地下。"

肖长庆无奈地说："您老就能夸张，我咋就天上了，长莉咋就在地下了？"

"你看看她那小房子，人进去连个身都转不开，"肖母继续数落着，"她儿还要娶媳妇，巴掌大一块地方，还能叫她把媳妇娶在家里？那婆媳俩可打架吧。你当哥哥的不管，谁管啊？"

肖长庆不说话了，这突如其来的问题，让他不知道该说点什么。

"你妹上午来找我哭过。她想再买个房子,让乐乐结婚结到新房子里去,可她哪有这么多的钱!"

肖长庆赔着笑说:"妈,可肖林一家也和咱娘俩一块挤着呢。"

肖母却有自己的逻辑:"你这意思你得先让儿子的日子过好,才轮得上你妹是吗?"

"不是那个意思,"肖长庆解释,"可马玲一直念叨着不想和咱们一块住,想有自己的房子,钱不够还没买成呢,我要是这个时候提出来给他姑姑钱买房子,叫儿子媳妇咋想啊?"

肖母委屈失望道:"那就算了,你别管你妹了,是死是活随她吧。哎哟他爸啊,你咋就走这么早啊。"

肖长庆赶忙安慰:"妈,妈,您别这样,您让我想想行吗?"恰好此时手机响了,肖长庆赶紧借机拿着手机出了饭厅躲进卧室,他长叹一口气,接起电话,"是新城啊,有事吗?"

陈新城神秘地说:"长庆,孙前程打电话来,他真弄到了五百万。"

肖长庆泄气道:"弄就弄来吧,人家有本事,咱有什么办法?"

"咦,你这是什么意思?"

"新城,我想了,管委会主任我不干了,光我家里这摊子事还抖擞不清呢。"

"什么?长庆,你这辈子就毁在你这个家上,你就是为你这个家活的吗?"

"我一大家子人,我不为家活着为谁活啊?"

陈新城开解他:"人活着,首先得为自己。你自己活得好,才能顾得上别人啊。这样吧,你等我会儿,我们当面说。"陈新城挂断电话,打了个车朝着肖长庆家去了。车子刚拐进胡同,肖长庆已经等在了那里。

"新城,那事我真不想干了,"陈新城刚打开车门,肖长庆就苦着脸说,"家里事太多了。"短短的时间里,他反反复复打了好几通退堂鼓。

陈新城推开车门,示意他:"上来,上来聊。"肖长庆犹豫了片刻,上去了。

"我告诉你,"陈新城苦口婆心地给他做工作,"集团已经同意把那个地方交给咱们前期开发。孙前程又从他老婆夏明舟那弄来了五百万。你知道他打的什么算盘吗?他是想打着养老的旗号,开发房地产。这时候,可缺不了

你啊。"

前天孙前程刚从夏明舟那里拿到钱,就催着陈新城去办理养老用地的事,说只要能把批文搞下来,就等于是栽了棵梧桐树,不愁引不来金凤凰,意思是他先投五百万,然后用这五百万当引子,引别人来投资。陈新城没告诉他那块地已经是养老用地了,装模作样地找袁英时谈了谈,实际上是去签了开发合同。

肖长庆没听懂:"我算个啥啊,怎么就缺不了我了?"

"长庆,你怎么就想不明白呢?"陈新城说,"你是集团任命的管委会主任,孙前程是你的助理,他要是借着养老中心的名义坑蒙拐骗,出了事拍拍屁股跑了,你能择干净吗?你这辈子的好名声不就搭进去了?你这家里还能安生?"

"那可不行!绝对不行!"

"对啊!"陈新城乘胜追击,"所以咱俩得盯着他啊!就按上次商量的,咱们得逼着他把假戏唱成真的。"

肖长庆想了想,瞬间改了主意:"行!只要不耽误我照顾家里,我干!"

没几天,"新颐养老中心"的牌匾制作完成了。小岳带人把牌匾挂到了大门上,三人站在底下仰头看着,热烈地鼓掌。鼓完掌,陈新城背着手往里走,肖长庆和孙前程一左一右跟在后面,小岳也紧紧地跟在他们后面,仔细地听他们讲话。小岳现在对养老中心充满了热情,前几天陈新城跟袁英时签开发合同的时候他就在旁边,袁英时趁着陈新城去洗手间的工夫问他:"小岳,你跟陈总跟了几年了?"

"六年了。"小岳回答。

"六年,时间不短了,"袁英时说,"我的司机跟了我五年,我就叫他去办公室工作了,现在的领导,谁还有专职司机啊?"

小岳也是个机灵人,马上明白了他的意思:"袁总,还是您关心下属,陈总他只知道让人干活,我不光给他开车,还兼任他的生活秘书呢,一天天忙得。"

"小岳,你是陈总的人,我也不好说什么。他要去办那个养老中心,你跟着他去,有什么情况及时向集团汇报。他都六十三了,还能干几年啊?等他不干了,啊,明白了吧?"

小岳兴奋道："明白了。谢谢您袁总。"

"你虽然是陈总的专职司机，"袁英时提醒他，"可关系还在集团里，说到底是集团的职工。"

"当然，我知道。"小岳点头。

"哎呀，"陈新城打量着养老中心说，"咱们这也算正式成立了，要说起来呢，凭着我在企业界多年的影响力，发个通知，让大家送点花篮、条幅啥的，把这装点得五颜六色的不成问题。可咱们都是干实事的人，不搞那些虚的。你俩说说，咱们这事怎么干呢？"

孙前程道："我都跟你说过了，先弄来批文，再吸引投资商。这么大块地，盖两座高层绰绰有余吧？房子一卖，这还不挣大钱了？"

肖长庆细想道："这不是借着养老的幌子蒙人吗？"

"怎么就蒙人了？"孙前程反驳他，"我们拿出几层楼来给老人养老，剩下的作为商品房出售不行吗？再说了，蒙人需要往里砸五百万吗？哎，咱们可说好了，钱是我拉来的，谁拿钱谁老大。以后这中心的事可得我说了算。"

陈新城说："你这价值观不对啊。什么叫谁拿钱谁是老大？袁英时不是说得很明白，这地是新城集团的吗？要说起这个来，咱们三个得明确一下，我是集团董事会委派来管这事的，肖长庆是集团董事会任命的管委会主任，以后我俩手里一人握有两票的投票权。"

"什么什么？"孙前程不乐意了，"你俩一人两票，我才一票，凭什么？"

"凭职务大小呗，"陈新城说，"在咱们这不信有钱就老大那套。"

"那不行，我不干了。"孙前程双臂抱在怀里，转过身去。

陈新城说："不干？行啊，那你就带着你那五百万走人呗，反正批文就是钱，那批文不定哪天就下来了。"

孙前程被堵得说不出话。肖长庆看着很解气地笑了："前程啊，你这么精明一个人，这个账算不明白啊？你那五百万和这片地相比，能占多大股份啊？百分之五撑死了吧？我和新城是集团任命的，一人两票都是少的，说起来，我俩一人应该占五票。"

"行行行，你们两票，我一票，行了吧！"

计谋得逞，陈新城和肖长庆同时笑了。陈新城打量着面前的领地："好！那就这么定了！这地方虽然破，但也算是广阔天地，大有作为。前程啊，那

钱，既然已经从夏明舟那儿讹来了……"

"去去去，"孙前程纠正他，"啥叫讹来了？她是我老婆，她的钱有我一半。"

"不管怎么来的吧，"陈新城说，"反正是弄到手了，别在肋巴条上串着，得花，不然批文下不来。咱们先把这里里外外改造一下，先运营起来再说。"

孙前程牙疼似的哼着："站着说话不腰疼，还里里外外，这得花多少钱啊？"

"舍不得孩子套不得狼，别只盯着眼前的小利益，眼光长远点！"陈新城说。

孙前程眼珠子一转："这样吧，你先走，我和长庆合计合计。"

"好吧，反正我还忙着，"陈新城说，"你说这退下来了吧，公司里还离不开，小袁一天十个电话请示我。这两天我不过来了，这里的事长庆你多操心。"

肖长庆撇了撇嘴，小声揭他的短："就吹吧，都叫人家逼下台了，还吹呢。"

陈新城带着小岳走了，孙前程赶快把肖长庆拉到一旁："长庆，叫我怎么说你呢，你傻啊？"

"我怎么啦？"肖长庆不解。

"你看看他那架势，"孙前程歪着嘴道，"还拿自己当干部呢，明摆着是把咱俩当使唤的了。他是代表集团在这儿的，到时候他大权独揽，干活的是咱俩，得利的是他，你还和他站在一起干什么？"

肖长庆恍然大悟："也是，新城当官多年，现在虽然下了台，但虎死虎威在，更别说袁英时就是他徒弟，是他一手带出来的。"

"对啊。万一将来有个什么事，人家袁英时支持谁啊？"

肖长庆给了自己一巴掌："前程，幸亏你提醒。以后，咱俩统一战线。不过，新城说的一个道理是对的，你那五百万，你不想花，只攥着可能不大行。"

"我知道我知道，我计划计划，咱们得把钱花在刀刃上。"

肖长庆看看表："这一天一晃就过去了，我得赶快回家做饭了。"

孙前程喷了一声，瞧不起地说："你呀，男子汉大丈夫，成天绕着锅台

30

转。你先走吧，我把这里再规划规划。"

几日之后，陈新城带着集团里的程处长、刘科长来养老中心"考察"，这二人负责扮演土地部门的审批领导，演戏给孙前程看。

孙前程殷勤地为他们介绍着："程处长，刘科长，你们看，这中间这一大片，也就是现在仓库的位置，我们准备开发成老年人活动中心，里边有医疗室、健身室、棋牌室啥的。这周围呢，我们准备建老人的居所。"

程处长问："就这些吗？"

肖长庆补充说："哪里，这所有的房子，我们都要针对老年人的特点进行改造，比如墙上安扶手，所有有台阶的地方都要修无障碍通道，卫生间要有紧急呼叫按钮啥的。"

"总之，"陈新城说，"我们要让老人们在这儿住得安心，吃得舒心，玩得开心，把这儿打造成老年人的养老乐园。"

程处长皱着眉："可你们现在什么也没做啊。"

孙前程赔笑解释："程处长，规划我们是做了，咱们能不能先把养老用地的规划批下来，然后我们再……"

程处长很严肃地说："那可不行，现在有许多不法商人就想钻国家政策的空子，以开发养老社区或者养老中心为幌子，批文拿到手，却把地拿去做商业开发，从中赚取不法利润，有关方面正在严厉打击呢。"

孙前程吓得一缩脖子。程处长停下话茬："你们的想法是不错的。但是，三位老同志，干事情不能停留在想法上。我们建议你们先把养老中心干起来，你们干得好，也方便我们审批时，对你们优先考虑。你们看这样行不行啊？"

孙前程还没表态，那两位已经抢着说话了："没问题，我们马上就干起来。"

小岳负责开车送两位领导，三人站在原地目送。陈新城和肖长庆热情地跟人家招手再见，只有孙前程苦着脸站在那里。

"走了，"陈新城说，"前程啊，方向有了，路线明了，咱们就干起来吧！"

孙前程埋怨道："这哪来的处长科长啊，不是假冒伪劣的吧？什么叫咱们先干起来？先干啥啊？"

肖长庆问他："你前面不说得挺好的吗？什么活动中心，这个室那个室

的,最起码得弄几间能住人的房吧,要不怎么叫养老中心呢?"

孙前程敷衍道:"我刚刚就是说一说!"

肖长庆说:"这可不能说一说,人家领导可都听进去了,到时候再来视察,你啥也没有怎么办?"

"好吧,"孙前程两手一摊,"听你们的,能建的先建了,可有一条我把话先说明白了。"

两人问:"什么?"

"可以先改造几间房当居所,但记住,就是做做样子,让上面相信我们是在做养老中心,绝不能让老人住进来,不能自己给自己找麻烦,明白了没?"

两人互相对视一眼,急忙点头:"明白了明白了。"

"不过,"陈新城又问,"改造几间房当宿舍,我们自己用还是可以的吧?不然大老远跑过来,连个休息的地方都没有,谁受得了啊?"

孙前程掐着手指头算了算:"也行,先改造三间吧。不,五间,另外两间算员工宿舍,男的一间,女的一间。"

施工团队很快就进场了。

工人们粉刷墙壁,改造中间的仓库,修理旁边的配房。孙前程摆张桌子在中间指挥着,桌上还放着一个安全帽。这天他正和小岳讨论应该给工人们买矿泉水还是烧自来水,手机响了。孙前程看看来电显示,赶紧接起来:"王总,您到啦!您在哪呢?您在门口等着,我这就来迎您。"一边说着,一边慌慌张张站起来,抓了个放在椅背上的工装套在身上,又抓起安全帽戴头上跑了。

"王总,你看看我们这里,进展得如火如荼的。"刚接到王总,孙前程便忙不迭地介绍起来。

"嗯,不错,"王总环顾着四周,"中间这一大片,建几座高层没问题吧?"

"没问题,一座起码三十层,王总您赚了,"孙前程试探着问,"咱们联合开发呗,我有一家叫新颐的小公司,还没什么实力,跟着王总您就发财了。"

"养老用地的批文拿下来了吗?"王总问。

孙前程支吾了一下:"暂时还没有。"

32

"暂时是什么意思？"

"意思就是打上报告去，只等着批了。"

王总呵呵一笑："老孙，我一直知道你能忽悠，这又忽悠到我这里来了？报告谁不会打啊？养老用地审批很严，我估计人家要知道这事有您在中间，审批得更严。这事咱们还是等您拿到用地的批文再说吧，我还有事儿先走了。"

孙前程赶紧追上去："哎哟王总，您再听我解释解释。哎，王总，王总。"

王总走了，孙前程沮丧地回来。肖长庆戴着安全帽从活动中心的改造现场出来："前程啊，您当改造这么大工程是蜻蜓点水呢，你就批那么点钱，够干什么的呀？这不，墙皮才刷了一半，没钱了。赶快赶快，再批点钱。"

孙前程恼了："敢情这不是花你家的钱是吧？"

肖长庆两手一甩："你要不批，那我可回家做饭去啦。"

孙前程鼻子一扭："就知道回家，回家。"然后招手让他上前，"长庆，你说陈新城跑哪里去了？他不掏钱也不出力，到时候功劳还全是他的。"

肖长庆说："那怎么办？谁叫人家是原董事长呢。"

"原董事长的意思就是他现在啥也不是了。我这五百万，照这么个花法，根本不够花的，他凭什么当甩手掌柜啊？咱们得想办法让他掏点。"

肖长庆思索着："对啊，不过他现在啥也不是了，哪有批钱的权力？"

"他自己有啊。你别忘了，他有股权激励金呢。只要他真退休了，这些股权激励金就能折成钱。"

肖长庆笑笑："陈新城什么人你不知道啊？现在都下台了还天天去集团上班呢，怎么让他真退休啊？"

孙前程："这个我有办法。"然后朝肖长庆耳语了几句，问，"怎么样？"

肖长庆竖起大拇指："你真损啊！但是我同意！"

两人心领神会，击了一下掌。

陈新城怒冲冲地回到办公室，一进门就把门摔上，骂了句："什么东西！"

"哟，这是和谁发这么大脾气呀？"这声音把陈新城吓了一跳。他扭头一看，孙前程和肖长庆悠闲地坐在他的沙发上正喝着茶呢。

"你俩怎么来了？也不提前预约一下。"

孙前程问:"是不是去开董事会,人家没让进?"

"谁说的?我看哪个敢!"

肖长庆说:"要我猜啊,进是肯定进了,没有权了,是不是?"

孙前程咧着嘴:"长庆你这说法不对,这叫列席,从董事长,变成列席了。"

"什么列席不列席,老子还不想干了呢。"

孙前程很吃惊:"什么,你决定放弃了?你辛辛苦苦干了这么多年打下的江山,拱手相让了?"

"这不叫拱手相让,这叫江山代有才人出,"陈新成说,"为了新城集团的长远发展,我让贤,让给小袁了。"

孙前程有点急了:"袁英时能干什么?他不过就是把公司卖了而已。"

"别在我面前挑拨离间。"陈新城大手一挥,"我陈新城虽然对个人待遇不满,但还是顾大局识大体的。先力集团的收购方案我看了,条件还是很公道的。目前,这也是新城集团的唯一出路。"

孙前程说:"你不是就甘心这么退出历史舞台了吧?你能干的事情还很多啊。不管怎么说,是你把电子管厂辛辛苦苦干成新城集团的。"

"当然也是你带垮的。"肖长庆补充道。

"你们这是什么意思?"陈新城瞪了一眼。

"长庆,"孙前程语重心长,"咱们别哪壶不开提哪壶。新城啊,不管怎么说,你是新城集团的精神代表吧?你做做公司的形象代言人总可以吧?老职工都信你,你负责做做职工的思想政治工作也可以吧?"

陈新城不说话了。

收购的事算是敲定了。一拨拨的老职工听说了这个消息,纷纷到集团门口和集团的大牌子合影留念。孙前程在一旁鼓励着大家:"集团被先力收购了,以后新城就不叫新城了,还不知道叫什么,赶快和集团留个影吧。你留的不是影,你留的是你的青春,你一生的奉献和牺牲。"

陈新城从里边西装革履地出来了。孙前程赶快招呼大家:"陈总出来了,大家和陈总合影啊。"于是大家争先恐后地和陈新城打着招呼,上去拉他合影,陈新城很受用,来者不拒,一边笑容可掬地和大家合影,一边解答着大家的疑问。

"陈总，新城被先力收购了，以后还有新城吗？"

"谁说没有？收购方案我看了，所谓收购，就是先力给咱们集团注资，新城集团还是新城集团，还是独立经营，不过是找了个实力雄厚的新东家。"

"陈总，新城换了东家，咱们这样的老职工怎么办啊？"

"你们放心，所有的老职工都是集团的宝贵财富。集团不会让大家离岗的，大家一个都不能少。"

"陈总，我的医药费都好几年没报了。"

"啊，有这事？你拿来，我找袁英时给你报。"

"真的啊？陈总，还有我的。"

孙前程在一旁看着，高兴道："热闹了。"

此时的袁英时正和那两个先力的代表商量着工作。袁英时很恳切地说："我知道，像我们这样的老厂，包袱都比较重。但这些老职工，毕竟为企业奉献了一辈子，我们的意见，该退休的退休，该离职的离职，但退休和离职待遇，一点也不能少。"

一个干部模样的人敲敲门伸进头来："袁总，您快出去看看吧，陈总鼓动着老职工在门口照相呢，还鼓动大家不要退休。"

袁英时大惊："啊？"

第三章

陈新城被热情的老职工包围着，态度和蔼可亲，看起来很享受这种时刻。袁英时跑出来了，老职工一看到他就蜂拥了上去。"袁总，集团被先力收购了，以后我们怎么办呢？""袁总，集团改换门庭，不管老职工可不行啊。"

袁英时笑容可掬，耐心地对大家说道："老职工是集团的宝贵财富，集团不会不管的。大家先回去吧，不要影响生产秩序。"又回头对陈新城说，"回去！师父，别添乱，马上回去，咱们上去再说。"

陈新城说："哎，英时，一个企业领导，应该敢面对群众……"话说到一半，袁英时不由分说便把他拉了回去。

孙前程在一旁看着，暗自高兴，这回看你还退不退。高兴了一会儿又跑到旁边打电话给肖长庆："我告诉你，陈新城这回彻底退休了，他能带一笔钱来，咱们商量商量这事啊。"

肖长庆接到这通电话时正和儿子肖林、儿媳马玲坐在一起。"前程，我家里有事，现在没空，得空我给你打。"放下电话后，继续对肖林和马玲说，"你们看这事怎么样啊？"

马玲没说话，只是看了肖林一眼。肖林憋了一阵，然后为难地开口："爸，小姑有自己的家，自己的孩子，她家买房的事……"

"你爷爷去世的时候你姑还小，跟着我这个没本事的哥哥，打小就受了不少苦。"肖长庆准备长篇大论。

"爸，我说话可能不好听，"马玲打断他，"您帮姑姑够多了。您拉扯大她，供她读书，帮她找工作，后来她下了岗，您又帮她做起了现在的小生意。她家现在那套房子，不也是您帮她买的吗？您还能做什么呀？现在我和肖林连自己的房子都没有，咱们四代五口人挤在这么一个院子里，您还要帮她买房子……"

肖林抬手，示意马玲别说了。肖长庆接着解释："你们虽然没有自己名下的房子，可咱们家这套房子将来就是你们的。你们要不放心，咱们现在就去过户，把房产证改成你们的名字也行。"

马玲顾不上肖林的阻拦："爸，您这话说得，好像我和肖林回家来抢房子似的。这房子就是您的，将来您百年以后，这房子就是您的遗产，肖林是老大，更不能和肖建抢，兄弟俩都有份。我们将来还是要有自己的房子。"

"知道，知道，"肖长庆叹息道，"爸就是觉得，你奶奶一直念叨这事，咱们多少帮衬你姑姑几个。"

"这样吧，"马玲对肖林说，"爸要孝顺，要当好大哥，咱们当小辈的也不能说什么。再说了，咱们也都工作多少年了，老依靠家里也不对是吧。爸要帮小姑买房子就帮，和咱们没关系。咱们就搬出去单过呗，暂时买不起房子，咱们租不就完了吗？"

肖长庆一听急了："这是说哪去了？马玲，你奶奶就喜欢一大家人家欢欢喜喜挤在一起过，热闹，彼此有个事也好照应。再说伊伊还小，需要大人帮着你们照顾呀。"

马玲看起来态度坚决："爸，伊伊一年年大了，作业也一年比一年重，总和奶奶住一间屋也不是事。我和肖林早就商量着想买自己的房子的，就看着奶奶的面子不好意思张嘴。爸，您帮小姑我们没意见，可这些年我们住在家里，也没少往家里交钱。"

"是，"肖长庆点头，"你们交的钱都给你们存着呢，爸一直想着不管怎么说，只要你奶奶在世，咱们就在一块过。等你奶奶走了，爸再帮你们买房子。你们放心，帮你姑姑的钱，不会动你们的。"

"那我们更不能说什么了，"马玲往后一靠，对肖林说，"爸该帮就帮呗，咱们先租房子搬出去。"

肖林为难地不说话。马玲见状生气了："你说句话呀。"

肖林勉强开口："马玲，这事吧，你让爸和奶奶商量一下，别让她伤心。"

"好啊，"马玲说，"那我上班去了，你们商量去，商量好了给我个信就行，我走了。"说着站起来，提着包把伊伊从房间里叫出来就走了。

袁英时把陈新城拉回办公室，师徒两人为刚才的事正理论着。陈新城伸着脖子嚷嚷："我怎么啦？我做什么啦？"

袁英时痛苦道："师父啊师父，您为什么要这么做？"

"我做错什么了？你把话说清楚。"

"是谁给您的权力把老职工都叫来的？咱们和先力最后的合同还没签，您这样胡乱表态，给集团带来多大的麻烦啊！"

"怎么着，为了和先力合并，你要把老职工像你甩你师父一样当包袱甩了？要真是这样，这个收购不搞也罢。"

"师父，我一直尊重您，我知道是您把我带出来又把我推上来的，可是您这样做我很不理解。这样吧师父，您彻底退休吧。"

"什么？"陈新城顿了一下。

"彻底退休，"袁英时坚决道，"您不要再到集团来上班了，以后养老中心就是您的工作地点。车还给您配着，小岳跟着您到养老中心去。师父，请配合我的工作吧。"

陈新城笑笑："小袁，你可真长大了。"

袁英时轻叹一声："我没办法。我通知人力资源部马上给您办手续。您的股权激励金值多少钱，我也让他们从优计算。师父，人总有退出历史舞台的那一天，这一天对您来说到了，接受吧。"

陈新城蹒跚着从楼里出来，小岳搬着一个纸箱子跟在其后。陈新城回过头，看着自己工作了几十年的大楼，脸上的神情失落又迷惘。

小岳把东西放车上，拉开车门说："陈总，上车吧。"

计谋得逞的孙前程着急忙慌地跑过来："捎上我，捎上我。"

"孙叔，"小岳问，"陈总回家呢，捎上您去哪？"

孙前程说："我也回家，顺道。"说着，不由分说地钻进了车里。

陈新城靠在后座，孙前程坐到副驾上，反着身子热切地和陈新城说话。

"这袁英时不就是条白眼狼吗？他还记得自己怎么起来的吗？你陈新城的儿子和他也差不了几岁。想当年，你本来可以推自己儿子上位的，可你不管大志，一心一意提拔他。现在好了，大志还是个社会闲杂人员，他袁英时成了大企业的老总……"

"大志怎么叫社会闲杂人员了？"陈新城不爱听了，"你当大志是你？大志是有志气，不靠他老子吃饭，自己创业呢。"

"自己创业，"孙前程念叨着，"话又说回来，我不也自己创业吗？"

陈新城一瞪眼，孙前程赶快改了口："总之，你没顾自己的儿子，培养了他，他反过来把你给撅出来了。这叫什么？这就叫没良心。哎，你的股权激励金他怎么给你算的呀？"

陈新城一听这个，马上紧紧地闭了嘴。

孙前程又转头去问小岳："小岳知道不？你老板辛辛苦苦干了这么多年，怎么着也得算个几百万吧？"

小岳哼了一声："几百万也不多。"

"啊，那有上千万？"

陈新城在旁提醒："小岳别胡说。"

"新城啊，"孙前程语重心长道，"上千万你放在家里干吗？你不怕遭贼惦记吗？投到养老中心来呗。"

提到钱，陈新城立刻调转话题："前程啊，快到你家了吧，不该下车了吗？小岳，停车，叫他下车。"

陈新城回到家时，妻子张桂荣正在打扫卫生。"哟，今天太阳这是打哪边出来了，还没到半夜就下班了？"

"小岳，东西放这儿，你走吧。明天一早来接我上班。"陈新城吩咐道。

小岳没明白他的意思，问道："陈总，您都退休了，就在家好好歇几天呗。一早上哪上班啊？"

"什么，退休了？"张桂荣一惊，"老天爷，这是要变天吗？"

"你什么意思啊？我就不能退休，我就不该歇歇？"陈新城说。

张桂荣很高兴："该歇，该歇。小岳，在家里吃饭呗，一会儿就好了。"

"不吃了，阿姨，"小岳说，"以后陈总总在家待着，您老两口可有得打了。我先走了。"说着就一溜烟跑了。

"真退啦？"张桂荣放下手里的鸡毛掸子问。

"这还有假？"陈新城答道。

"都说江山易改，本性难移，看来这话不对。离了工作就不能活的人，居然退休了。这是有根线短路了，还是搭错了？"

陈新城大模大样地往沙发上一坐，一副甩手掌柜的姿态："什么都不是，就是干够了，想歇着了。大志呢？"

"真稀罕，一进家就找儿子。你爷俩整天和仇敌似的，王不见王，咋今天惦记上了？"

"哼，"陈新城说，"孙前程居然说大志是社会闲杂人员，叫我当场骂了他一顿。骂归骂，大志三十多的人了，一没成家二没立业，这不是丢我的人吗。"

张桂荣继续拾掇："我就知道找大志没好事。你倒说说看，你爷俩是不是前世的仇家，怎么你闲着没事就想敲打你儿子呢？"

"我成天敲打他也没把他敲打成器。哼，不提他不来气。"

"哎，大志到底是三十多岁的人了，知道上进了，他忙着呢。"

"忙什么，又忙着捣鼓他那艺术呢？"

张桂荣剜他一眼："你这话说得，大志这是创业。"

"你说说他创业多少回了？他那也叫创业，他那不叫瞎折腾吗？大学不听我的劝，非得学什么导演系，毕业找到工作了吗？我想让他进集团帮我的忙，他干吗去了？跑到南方混什么剧组，被人坑得饭钱都没了，灰溜溜地跑回来。后面又带着一群人跑到四川老林拍什么古村，再后来又跑到甘肃无人区拍什么骆驼。我的妈，十天半个月一点消息都没有，吓得我速效救心丸半夜都握在手里，生怕背过去。"

"你懂什么呀，孩子都说了，那是艺术创作。"

"什么艺术创作？那叫不着调。这么多年了，他赚过几块钱啊？我陈新城一辈子踏踏实实，怎么生了这么个不争气的儿子！"

"这回不一样。"

"哪回你都这么说。"

"真不一样，"张桂荣坐到陈新城身边来，"他说他和那几个好朋友注册了一家公司，说了，这回一定会成功。"

"开公司？"陈新城更着急了，"这么大的事你怎么不早告诉我啊？他是开公司那块料吗？"

肖长庆一连几天为妹妹买房子的事茶饭不思，无奈之下，只好去求助二儿子肖建。肖建正和女儿婷婷吃饭，一个四十多岁的阿姨在照顾他们。门铃响了，肖建起身去开门，见是肖长庆，微微愣了一下："爸，您怎么来了？"回头对女儿说，"婷婷，爷爷来了。"

"爷爷！"婷婷开心地跑上前去，肖长庆也高兴地答应着，抱住婷婷在脸上亲了一下，然后转头对肖建说："肖建，爸找你有点事。"

肖建转身对阿姨道："吴姐，您照顾婷婷吃饭，一会儿送她去上学。"然后带着肖长庆去了书房。

"婷婷她妈妈呢？"肖长庆问。

"哦，出国学习去了。"肖建回答。

"啊，什么时候走的啊？"

"一个月了。"

"一个月了你都没告诉家里？"

肖建摇摇头："我能应付得了，就不劳家里操心了。什么事？"

肖长庆不好张口的样子："有件事，我实在没办法了。"

"说吧。"

"就是你小姑姑。这不你表弟准备结婚嘛，买房子钱不够，你奶奶的意思，让咱们家帮帮她。要说起来，我不是没钱，可你哥和你嫂子还想买新房子。我要是这时候拿钱帮你姑姑，怕你嫂子多想。"

"噢……"肖建点点头，"也难怪嫂子多想，姑姑家生活也不算困难，自己的儿子结婚买房，再让咱们拿钱是说不过去。我哥也是，快四十岁的人了，还住在那个院里，要我，我早就搬出来了。"

"你可别这么说，"肖长庆道，"当初你要离开家，你奶奶哭了好几回，你哥他懂事。"

肖建一笑不说话了。

"肖建你看看……"

"多少？"

"无多无少，咱们就是做个姿态，让你奶奶高兴。说起来，你小时候，还在你姑姑家住过两年。"

"这样吧，"肖建说，"我出二十万。不过得让我姑或者我表弟出个借据，这是借他们的，将来得还我。"

"一家人，出什么借据啊？"

"我姑姑都五十多了，孩子都二十七八了，就算是一家人，也得明算账。"

肖长庆叹息一声："好吧，我替她出个借据。"

肖建站起来："要是您，就算了，我不要了。"

肖长庆看着肖建，肖建无奈地叹了口气。

"这样吧，"肖建说，"明天，明天我把钱打您卡上。"

肖长庆站起来刚想说什么,阿姨敲门进来:"肖总,我先带孩子去补习班了。"肖建点了点头,阿姨便带着婷婷离开了。

"肖建啊,"肖长庆开口,"你公司里忙,婷婷妈又不在家,你就把婷婷放家里去呗,我是她亲爷爷,我照顾着她,你也省点心不是。"

肖建没同意:"有阿姨就不麻烦您了,爸,没别的事,我回公司了。"

陈新城听说大志开公司后就一直惴惴不安,在客厅里焦躁地走来走去,张桂荣看在眼里,嘴上却什么话也没说。陈新城思来想去,最后还是拨了儿子的电话。陈大志正在公司里忙着,宽大的会议桌上,一群人盯着墙上的大屏电视,电视上是一个预算表,旁边的墙上还贴着大志公司正在拍摄的纪录片《二十四》的概念海报。大志坐在最中间,皱着眉头。

手机响了,来电显示"老顽固"。大志把电话挂了。

"大志,资方那边的钱还是没有到账。"大瓜说。

大志说:"之前不是说已经在走流程了吗?"

大瓜摇了摇头:"流程走了一个多月,又说遇到了很大的资金问题,可能会撤出这个项目。"

大志叹了口气:"意料之中。"

"项目开始到现在的费用都是咱们自己垫的,接下来怎么办?你是主心骨,得拿个主意了。"

大志转头问小乐:"你那边有消息吗?"

"有几家公司回信了,"小乐说,"但是他们对项目的要求跟咱们的设想有些出入,他们想要的是娱乐性和市场性强的内容,对底层人物和社会边缘人的纪录片不感兴趣。"

大志苦笑:"可能这就是市场吧。"

"当然他们还是很看好咱们这个团队的,也肯定了咱们的想法,如果能更改一下内容,有很大希望。"

大志摇了摇头。

大瓜插话:"大志,我说句实话,要别人投钱,就得听话,有舍才有得。"

"得到什么?"

"当然是钱啊名啊,这还用问吗?"

"那要舍去什么?"

大瓜沉默片刻："大志，我知道你的意思，但现实就是这样，不可能永远按照咱们的想法来，有些坚持和初衷该放弃的时候就要放弃。我们最重要的，不是先让公司活下去吗？"

大志看着大瓜，又看了看其他人："你们也是这么想的吗？"

其他人都沉默了。

大志站起来，走到桌前："还记得当时我们为什么聚在一起吗？还记得我们当时为什么要做这个项目吗？"

其他人还是沉默。

大志随手拿起桌上《二十四》项目策划案的打印稿，一一展示着："你们看，这里面有一天通勤时间六小时的上班族，有打三份工的陪读妈妈，有从来没看过一场电影的电影院清洁工……"大志越说越激动，小乐不忍心，想让他平复一下："大志……"

大志没听到，继续高声道："他们都在用尽全力生活，我们当初不正是被这群人身上的生命力打动了吗？从大学起，我们就约定好要做我们真正想做的事情，所以我们才坐在这里，对吗？我们梦想的生命力难道就止步于此了吗？"

"大志，你说的我们理解，"大瓜打断他，"但是有些困难不是靠我们的理想就能解决的，这个项目花了我们很多心血，大家也都垫了钱，但是这样下去不是办法啊。"

"钱的事我来解决。"大志说。

大志的手机又响了，显示的是"妈妈"，但他还是把电话挂了。

手机又响。大志叹了口气，只好把电话接起来："爸！"

不用猜他也知道，陈新城打不通，换了张桂荣的手机打的。

"爸，有什么事非要现在找我啊？"大志急匆匆地赶回家。

陈新城指了指沙发示意陈大志坐下。陈大志一脸无奈地坐下。陈新城想要问他公司的事，却不知道怎么问，两人谁也不说话，陈新城随手拿起报纸看了起来。

"爸，到底什么事啊叫我回来？"

"没事我就不能叫你回来了吗？你现在架子这么大吗？"

"不是爸，我那边有一大摊子事要忙呢，您要真有事就说事，让我回来陪您看报纸啊？您忙起来的时候……"

"我现在不忙了，我退休了。"

"爸，您退休了？"

"我不能退休吗？"

"不是，您退休了当然好。"

"退休好什么？"

"不是，不好您干吗退啊？"

张桂荣赶紧从厨房出来："大志，来帮妈妈盛饭。"大志一愣，看着陈新城，又看了看张桂荣。

陈新城说："愣着干什么？先去帮你妈端饭，这么大的人了，没点眼力见儿。"

大志赶紧跑到厨房，悄悄地问张桂荣："我爸火急火燎的，到底什么事啊？"

"没啥，就是你爸知道你开公司了，想多了解了解情况，一会儿他说什么你就老实听着。新城集团被人家收购了，他被退休了，现在看啥都不顺眼，你可别惹他，知道了吗？"大志赶紧点了点头，端着饭出去了。

一家人吃着饭，大志在父亲面前很拘谨。张桂荣情绪很好，看看这个，又看看那个："咱们三口一起吃顿饭不容易，以前不是你在外面加班，就是你在外面创业，只剩下我一个人在家里进进出出，咳嗽一声都能把自己吓一跳。大志啊，你爸退休了，对集团等于是没用了，对咱们家里的人还有用……"

陈新城眉头一皱："你这话说得，什么叫我没用了？"

张桂荣嘴一撇："咦，你有用，袁英时还会叫你退休吗？"

"我那是自愿的，给年轻人机会。格局！你懂不懂？"

"对对对，你格局最大。"

陈新城不理她，转头问："大志，我听你妈说，你最近开了个公司？"

大志看了看张桂荣，张桂荣朝大志使了个眼色。大志放下碗筷："对，还是跟以前那群朋友。"

"你那公司是干什么的？谁提出来让你开公司的？你是法人吗？"

大志被问蒙了。张桂荣提醒儿子："大志，你爸不是教训你，是关心你，你赶紧把你办公司的事和你爸说说。不管怎么说，你爸也是老江湖了，他是想帮你出出主意。是不是啊？老头子。"

大志连忙点头："哦,是影视公司,是我提议的。大家一拍即合就干了。"

陈新城又急了起来："你说你这么大人了,这种事怎么不跟家里说一声呢?"

大志辩道："我第一时间就跟妈说了,是您最近忙得都不接我们电话,您不知道这事也不能怪我啊。"

陈新城又问："哦对了,你开这个公司花了多少钱?钱从哪来的?是不是又跟你妈要的?"

大志有些不耐烦了。张桂荣说："没有没有,我可没给他钱。"

"开公司的钱是我这些年攒的,"大志解释,"剩下的是我们一起筹的,谁也没坑我没骗我,您要没别的事,我就先走了,公司还有一堆事等我忙呢。"

大志起身就要走,陈新城不高兴了："就你那影视公司能忙什么啊?有人等你给你送钱吗?"

"爸,我们还在创业初期,哪有那么快见成果啊?"

"创业?你们有技术吗?有生产能力吗?有合格的产品吗?一群小屁孩拿着父母的钱过家家,真以为自己干大事呢。"

"爸,我们是文化产业,跟您说的不是一回事……"

"文化产业,就是除了文化啥也没有呗。现在开麻将馆、棋牌室的都能挂个文化有限公司,街上打个喷嚏都能掉下几块影视公司的牌子。还文化产业!"

大志忍着怒气："我们是正儿八经的影视公司,是有追求的,是要拍作品的。"

陈新城继续火上浇油："你们以为自己拿着个相机,天南海北地跑一跑,拍几段有的没的,就有人会掏钱买?凭什么啊?你屋里那些带子,除了收垃圾的愿意五毛一斤要,谁要啊?"

大志急了："您啥也不懂,我跟您也说不明白!"

二人你来我往,没聊几句就越吵越凶,最后大志实在听不下去了,起身穿上衣服,转头对张桂荣说："我走了妈。"

张桂荣还想追过去,但陈新城已经气得捂着胸口骂"小王八蛋"了。张桂荣只好赶紧去给他按摩:"没事吧?"

陈新城说:"赶紧给我把降压药拿过来!"

养老中心那边的工作快马加鞭地进行着。孙前程和肖长庆一人戴顶安全帽，坐在院子里看着工人施工。

"陈新城的激励金你没搞定？"肖长庆突然想起什么似的问。

"没有，"孙前程愁闷道，"这么下去，钱很快就花没了。哎，你不是围着你那一大家子转呢吗，怎么又跑过来了？"

"烦得很，"肖长庆说，"出来透透气。"

两人都叹了口气，情绪很低沉。肖长庆正因马玲非要出去租房子的事忧心不已。孙前程听闻，笑着说："叫我看马玲没毛病，你和你妈才有毛病。年轻人有几个愿意和老人住一起的？多不方便啊。你啊，别找讨厌，识趣点，趁早叫他们搬出去。那句话怎么说来着？距离产生美。儿子单过，星期天回来吃顿饭，两家都高兴。成天挤到一起，勺子还有不碰锅沿的？肖林忍了这么久，做得已经算不错了。"

肖长庆不说话了，心里反复盘算着该如何解决。

"长庆，"孙前程又说，"这陈新城退了休，哪怕不给咱这投钱，恐怕也要把注意力放到这儿了。他当官当惯了，要来到这里颐指气使的，你受得了吗？"

肖长庆还惦记着家里那点事，没理他。

孙前程继续说："咱俩还是得想办法，让他把钱投进来，还不能让他有权力。"

肖长庆突然站起来，说："我先走了。"

"哎，哎，你上哪儿？我说的可是正事啊！"

"现在我的正事就是家，我得先把家搞好了。"

马玲租房子的事，肖长庆在心里已经翻来覆去想了些日子，这会儿，他突然有了主意。肖长庆回到胡同里，在一扇门上敲了几下，没一会儿，门开了，建华的脸露了出来。建华是肖家的邻居，最近正准备搬家。他家儿子马上去读高中了，恰好他们家在那边有套小房子，一家人准备搬过去陪读。

"肖叔，您怎么来了？"建华热情地招呼着，"赶快家里坐，家里坐。"

肖长庆进屋打量了一番，问："这是准备搬了？"

建华把一杯茶放他面前："差不多了。"

肖长庆跟他寒暄了几句，问道："建华，我听说这房子你打算出租？"

"对啊，起码得空三年呢，放着也是放着。"

"这租金多少啊？"

"怎么，肖叔您想租？"

肖长庆笑笑："这不我们家一大家子人家，住得也确实有点不方便，我寻思着租了给肖林三口住，我们住隔壁，也方便。"

"那敢情好，肖叔，要是您租，我就不说什么了，您看着给就行。"

肖长庆说："那可不行，咱们该多少就多少。"

"肖叔，您这么说可就客气了。我家孩子小的时候，上学放学成天您帮忙，还经常在您家吃饭。"

"都是邻居，应该的。建华，你要不按市场价，我就不租了，那我就得跑外面租房子去。"

"叔，您这让我怎么说？"

"多少，"肖长庆果断道，"你就说个数吧。"

"叔，这房子我在网上挂的六千，要是您……"建华犹豫着。

"那就六千。建华，我先给你打半年的租金，这房子我租了。"

晚上，肖长庆一家人正吃着晚饭，一把钥匙被推到了肖林面前。

肖长庆神情很兴奋："建华家的房子比咱家小一些，但该有的都有，建华他们知道咱们要租，把那院子打扫得干干净净的。你们住隔壁，和一个家差不多，家里大事小情我都能照应着，这多好。"

肖林问："租金您交了？"

"交了呀，"肖长庆说，"一次交了半年的。以后的你也不用管，我都说好了，以后我直接打给他。"

马玲在下面踢了肖林一脚，赔着笑："爸，我和肖林正在外面看房子呢。我们的意思，我们想在肖林公司附近租间房子。肖林他们公司太忙了，肖林成天加班，住得远太耽误时间。"

"他加他的班，你加你的班，把家交给我不正好吗？"肖长庆说，"哎对了肖林，肖建的媳妇出国学习，都走了一个月了，这事你知道吗？"

肖林想了想："好像听肖建说过一嘴。"

"这孩子，也不告诉我，雇了个阿姨照顾婷婷怎么行？"肖长庆嘟囔着。

肖母在旁埋怨："肖建这孩子心就是大。那天电视上演的，保姆趁着家里没人打孩子，吓死人了。"

"妈，咱不拿坏心眼想人家，"肖长庆说，"可毕竟孩子是咱亲生的，不是人家亲生的不是？以后肖林、肖建都忙，我把两个孩子的事都管起来。你爸老了，在外面可能没用了，在咱们家还是主劳力呢。"一边说着一边高兴地笑了，把钥匙又往肖林面前推了推，"一共五把钥匙，我新换的锁芯。这三把给你们三口，剩下两把，我和你奶奶一人一把，赶快收起来吧。"

马玲又在底下踢了肖林一脚，但肖林还是把钥匙收起来了："谢谢爸。"

吃完饭，肖林和马玲到隔壁看房子去了，在院里转了一圈，马玲对肖林的表现很不满："咱们怎么商量的，你怎么就答应了呢？"

肖林说："爸一片好心，再说租金都交了。"

马玲不乐意："这倒好，五把钥匙，他和奶奶还各一把。要我说，还配什么钥匙啊，从这翻个墙就过来了，这搬不搬走有什么区别啊？"

肖林揽着她肩膀："他也是为了照顾我们方便不是。"

"肖林，你都快四十的人了，还离不开他照顾呢？"马玲瞪他。

"我也就是这么一说，"肖林笑笑"一个月租金六千呢，这笔花销也不小。"

"可咱们一个月往家里交多少？你听说了吗，他从肖建那里要了二十万给了小姑姑，从家里还不知道拿多少。"

"你别这么想，"肖林说，"爸和我说了，家里的钱攒着帮咱们买房子，所以爸才去向肖建张了口。肖建和我爸一向关系不亲近，爸能张这个口也不容易，这不都是为了咱吗？"

"还不知道都是为了谁。我要是肖建，我不掏这个钱。姑姑都多大了，还要巴着他。除了姑姑，还有爸岳父他们那家，也是啥事都找爸，要是妈还在也好理解，可妈都走了十来年了，爸这种情况，我见都没见过。"

肖林叹了口气："说起来这是爸的一块心病。我爷爷走得早，姑姑是在爸的肩头上长大，从小苦过来的，长兄如父，爸也没办法。还有，妈当时说起来不算什么大病，可爸打年轻的时候就是老积极、老模范，成天扑在工作上，没拿妈的病当回事，谁知道突然就恶化了，没救过来。爸总觉得是他的疏忽造成了妈早死，所以对那娘家……"

"那也不能管他们两家一辈子啊，"马玲掰着手指头，"一个姑姑，五个舅舅，三个姨，肖林，我先说下，爸想管他岳父家也好，妹妹家也好，我一个当儿媳的管不着，可他要拿咱们的钱去孝顺他家，我可不愿意。"

肖林叹了口气："知道了，爸不会的。"

第四章

从公交车上挤下来，肖长庆整理了下衣服就赶紧往肖建家的小区走去，为了赶时间去送婷婷上学，他连早饭都没顾上吃。远处肖建家的保姆正领着婷婷迎面过来，肖长庆老远张开笑脸迎了上去："婷婷，爷爷送你去上学。"

婷婷隔着老远也喊爷爷，但阿姨没松手，笑着说："大叔，婷婷爸爸让我去送婷婷上学的。"

肖长庆不由分说就去牵婷婷的手："我来了，就不用你了，你该忙什么忙什么去吧。"

阿姨却又把婷婷的手拽了回去："大叔，肖建嘱咐过的……"

肖长庆不满意了："你这人怎么回事啊，我是孩子的爷爷……"

恰好肖建的汽车开过来，在他们身边停下，肖建伸出头来："爸，告诉过您不用过来，婷婷有阿姨接送。吴姐，赶快送婷婷走吧。"

肖长庆愣在那里，阿姨领着婷婷走了，肖建的车也开走了。清晨喧闹的大街，显得他有点落寞。

这日，孙前程又带了个大老板去新颐养老中心，一圈视察结束，当人家得知没有批文时，便不肯再谈了："孙总啊，说太多也没用，没有批文，咱们没有谈的必要。"

孙前程哈着腰说："这个您放心吧，很快就会下来了。"

大老板笑笑，招招手就上了车："那就等下来了再给我电话。"

孙前程笑容僵在脸上，望着车子离去的背影，遗憾地念叨："奇了怪了，怎么就没有上当的呢？"手机响了，是女儿晓晴打来的，孙前程接起来听了几句，立马慌慌张张地跑回家。等他回到家，晓晴已经坐在门口睡着了，一个半瘪的包放在脚下。他喊了声"晓晴"，晓晴才倏地睁开眼，赶紧挤出个笑容:"爸。"

"你怎么能在这儿睡呢?"孙前程关切地问道。

"没事爸,"晓晴说,"等你的时候有点困,不知不觉就睡着了。"

孙前程心疼地看着她:"这孩子,先回家再说吧。"

孙前程住的房子在一栋老式居民楼里,家具都很老旧,却满满当当地摆着一些从各地淘来的新鲜玩意,显得杂而不乱。

他提着晓晴的包将女儿领进门,刚进门就开始东塞西藏:"你来之前跟爸爸说一声啊,家里乱着呢,也没收拾收拾。"

"爸,别忙活了,"晓晴说,"我就是想你了,过来看看你。"

孙前程很高兴:"你快坐,我去找找有什么好吃的。"然后打开冰箱,发现里面都是腐烂的蔬菜水果,孙前程左挑右选,拿起这些蔬菜,挠了挠头。

晓晴走过来问:"爸,需要帮忙吗?"

孙前程赶紧把冰箱关上,笑着说:"来爸爸这还用你动手?你歇着吧,一会儿吃好吃的。"晓晴笑着回到客厅,孙前程重新打开冰箱,拿出看起来还不错的蔬菜,左挑右选地忙活起来。不一会儿,孙前程端着一碗方便面走了出来,上面缀满了各种零碎的蔬菜,虽然是碗方便面,却做得十分丰富精致。

"爸爸家里没什么好吃的,你快尝尝。"

晓晴接过面:"爸,你可真厉害,这面做得跟广告里一样。"

孙前程在晓晴旁边坐下:"你看起来怎么这么累啊?脸色也不好。怎么一个人来的,顾明那小子呢?"

"我没事,"晓晴一边吃面一边回答,"顾明工作忙,有些时候一两天都不回家,我又没什么朋友,一个人在家有点无聊。"

"不回家?这小子有那么忙吗?"孙前程纳闷道,"离开他,明舟集团就干不下去了?地球就不转了?跟你妈一样。你在家,不陪你也就算了,出门也不陪着。刚刚你都在外面睡着了,小姑娘一个人在外面多危险啊。"

"爸,我都这么大了,能有啥危险?"晓晴说,"妈妈也是信任顾明,才让顾明这么忙,我能理解。"

"我的傻孩子,"孙前程摇头,"你就永远为别人考虑,你什么时候考虑考虑自己啊?"

"爸，没您想得那么严重。"晓晴说着，往厨房走去。

孙前程看着晓晴桌子上的包，露出了一个药瓶，疑惑地拿了起来。

晓晴从厨房拿了瓶水出来："爸，您这面可太好吃了。"看到孙前程把自己的药拿了出来，神色慌张，赶紧冲过去把药抢过来往包里放。

孙前程站起来，着急地问："晓晴，你怎么还吃上药了？"

"这是普通的感冒药。"

"你以为爸爸是傻子吗？上面写着呢，是镇静药。晓晴，到底出了什么问题？赶紧告诉爸爸。"

"就是一些小问题，没您想得那么严重。"

"什么小问题，这东西能随便吃吗？这是治抑郁症的药！"

晓晴小心翼翼道："爸，您知道啊？"

"手机一查就能查到，"孙前程攥着手机说，"晓晴你跟爸爸说实话，这病是怎么得的？什么时候？多长时间了？医生怎么说？你要一五一十、一字不落地告诉爸爸。"

"爸，"晓晴低下头，"我吃了药就没事了。"

"什么没事？这病是这么简单的事情吗？新闻里多少年轻人因为这个病又是轻生又是寻死的。呸呸呸！晓晴，你别瞒着爸爸，爸爸真的担心。你说实话，这病是不是因为顾明？他欺负你了？"

"不是，不是，"晓晴慌忙解释，"跟他没关系，是我自己的问题。"

"肯定是顾明！"孙前程笃定道，"当时他追你时，我就反对。我走南闯北这么多年，什么人没见过？那小子我第一眼看上去就不顺眼。"

"爸，您别这么说，顾明不是您想得那样，他很优秀，是我没做好。"

孙前程彻底激动起来："放屁，他算个什么东西，一个从农村出来的野小子，在明舟集团工作不到十年，凭什么就当上了公司副总？还不是因为他追求你，娶了你，你妈才一直提拔他。好了，现在他当了驸马爷了，事业有成了，反而把你弄成这个样子。他知不知道你吃药的事情？你妈知不知道？"

晓晴说："顾明知道，他也很担心，但真的跟他没关系。"

孙前程听了这话更生气："他知道你生了病，还敢让你一个人出门，还敢不回家？他在外面到底在干什么，真的是在忙工作吗？"

"爸，您先冷静一下消消气，"晓晴拉着孙前程的手，"能陪我坐一会儿吗？"

孙前程看着晓晴可怜巴巴的样子，叹了口气，坐在沙发上。

明舟集团正在开董事会，顾明一身高档西装，坐在夏明舟旁边。

斯黛拉负责分发文件，发到顾明的时候，顾明偷偷在斯黛拉手上摸了一下。斯黛拉看着顾明，眼神里都是娇嗔，互相使了个眼色。

夏明舟带领众人研究了本月的销售数据，又详细制定了次月的工作计划，就在大家以为会议要结束时，她却环顾了一下在场的人，说："咱们再把新产品开发的事情讨论一下吧，上次顾明提议的咱们要开发AI技术和新能源汽车，大家有什么想法？"

"夏总，"坐在夏明舟另一侧的田总发难了，"对不起，我想发表点不同意见，家电和数码产品虽然目前利润比较薄，但却是我们的拳头产品，也是我们每年利润的大头。再说数码产品也是我们这两年花费了巨大的研发成本开发出来的，目前刚刚形成规模，在现在的形势下，如果我们多点开花，四面出击，我怕我们的能力还达不到。"

夏明舟点了点头。

顾明回应道："田总，当初开发数码产品的时候你也反对过，如果不是当时夏总锐意改革，大胆拼搏，我们现在还在靠家电的老本混日子呢。"

田总说："我不这样认为。我们明舟电器就是靠家电打天下的，我们企业发展二十多年的历史绝不能用'混日子'三个字来概括。您说混日子，把大家的奋斗放到了哪里？"

顾明发觉自己失言，赶快赔笑："我不是那个意思，我是说我们年轻人，不能躺在老一辈人的功劳簿上睡大觉。夏总，您看……"

"好了，不要争了，"夏明舟道，"顾明这个提议不错，但是田总的担心也是合理的，我们还需要各部门再商议一下，今天就先这样吧。"见众人皆无异议，夏明舟说，"先散会吧，顾明你想说什么，来我办公室。"

夏明舟回到自己办公室，把本子丢桌上，叹了口气，拿了茶杯想去倒水。顾明敲门进来前脸色并不好，但一进屋马上换了张脸，急忙抢过杯子给她倒水，双手捧上去："妈，小心烫……"

"顾明，"夏明舟问，"刚刚会上我没有支持你，你心里是不是有些失望啊？"

"妈，您这话说得，"顾明语气拿捏得刚刚好，"您肯定比我看得要远要全。既然您认为我的提议有问题，那肯定是有我没想到的地方，我怎么会失望呢？"

夏明舟点点头："你这么想我很欣慰，我愿意培养你，不是因为你是我的女婿，是你本身就有能力，我是为企业发展考虑的。但你确实还是缺少经验，还需要时间。这件事先放一放，先把销售的事情抓一抓。"

顾明笑着说："好，我知道了，我会先把精力放到销售上。"

夏明舟再度向他表示肯定，然后问起女儿晓晴："对了，晓晴最近怎么样？"

"晓晴挺好的，"顾明说，"只是她在家没什么事情做，所以经常胡思乱想，有时候情绪不是特别稳定。也怪我，平时在家时间不多，不过最近爸回来了，我和晓晴都挺高兴的，有爸在，晓晴也不会那么孤单了。"

夏明舟生气道："别提他爸，用他的时候找不到，老了回来装慈父了。让晓晴少接触他，本来就没什么本事，再学了他爸那套不务正业，这孩子就废了。"

"妈，您别生气，"顾明满脸担当的样子，"我觉得晓晴有没有本事不重要，只要她能开开心心的就好。养家的事有我呢。"

夏明舟叹了口气："顾明啊，晓晴从小心理就脆弱，抗压能力差，上次她工作干不好，我开除她，也是为了集团的公平公正，事后我也不知道怎么去跟她说。你应该理解我，就多操操心吧。"

"我理解，我当然理解，那件事后我一直在开导她，解释了妈妈您的苦衷。"

"一个助理都干不好，我还是很失望的，"夏明舟放下水杯，"但你说得对，她在家开开心心的就行。"

"妈，晓晴作为妻子是完全合格的，"顾明道，"也是因为有她在家，我才能安心地跟着您打拼事业。"

"你也别老替她说好话，"夏明舟说，"我是她妈，她是什么料我最清楚。她今天这个样子，全怪他那个不争气的爸。就因为他爸，我才觉得一个女人必须要靠自己，所以从小就对她要求很严。可是我越严，这孩子就越不争气，直到变成现在这个样子。顾明，我现在不指望晓晴有什么成就，但晓晴是我唯一的女儿，你得对她好。"

顾明答应："您放心，您放心。"

晓晴的面还剩几口没吃完，接到顾明打来的电话，说今天下班早，问晓晴去哪儿了。晓晴闻听此言，面也顾不上吃了，说要赶紧回家给顾明做饭。

孙前程一脸严肃地阻拦她："他一个大男人，离了你还能饿死不成？"晓晴听不进劝，说顾明上班太辛苦，非要亲自回去照料。孙前程见拗不过她，便跟女儿一起回了家。

晓晴回家一打开门，顾明黑着脸站在那里。

"对不起顾明，"晓晴赶忙解释，"我刚刚去爸那儿了。"

孙前程跟在晓晴身后进了屋。顾明看到孙前程立马变了脸色，叫了声爸，然后很温柔地拍着晓晴："这有什么对不起的，你跟我说一声，多陪陪爸啊，这么着急回来干什么？我一个大男人，还能饿着不成？"

孙前程过去把晓晴拉开："晓晴你先进去，我有话跟顾明说。"

"爸，"顾明笑着答应，"您有什么事要吩咐我啊？"

晓晴放心不下，站在卧室门口，孙前程则严肃地瞪着晓晴，一言不发。顾明转身对晓晴说："晓晴，那你先进去吧，我陪爸爸单独聊聊。"晓晴又不安地看了一眼孙前程，孙前程朝她点了点头，她才走进卧室。

"你知道晓晴抑郁症的事情吗？"孙前程问。

"抑郁症？"

"对，抑郁症！她在吃药，你不知道吗？"

"我知道爸，"顾明脸上的表情慌乱了一下，"我当然知道。"

"你知道？你知道还敢让她一个人在家？你知道还敢夜里不回家？你跟我说实话，你在外面到底忙什么？"

"爸，我工作上的事很复杂，说了您也不了解。"

孙前程毫不留情道："你少来这套，我警告你，最好老实一点，我不像夏明舟那么好骗。"

顾明压低姿态，赔笑解释："爸，您这话说得太严重了，我真的只是在忙工作，不信您可以去找妈问。"

"别拿夏明舟压我，"孙前程说，"现在晓晴有了抑郁症，我不管你工作有多忙，也不管你在忙什么，晓晴是我的女儿，要是你敢背着我欺负她，让她受一点伤害，我豁出这条老命来也要找你算账！"

"爸，您这话说得，好像我做了对不起晓晴的事情一样。您真的是误会了。"

孙前程刚要说话，晓晴走了出来："爸，顾明累一天了，让他先休息一下吧，没别的事，您就先回去，改天我再去看您。"

孙前程看着晓晴，着急道："晓晴啊，我跟你说……"

晓晴再次打断孙前程："爸，为了我好，别难为他了好吗？"

孙前程看着孙晓晴的眼睛，又看了看身后一脸无辜的顾明，无奈地叹了口气。

送走孙前程，顾明坐在沙发上沉着脸，晓晴怯生生地关了门。

"顾明……"

顾明不耐烦地问："你跟爸说什么了？为什么要告诉他你得抑郁症了？你看他对我什么态度？就好像你生病是因为我。你是真的从来不关心我的处境吗？你到底想干吗呀？"

晓晴低着头："我没有告诉他，是不小心被发现的。我真的没跟爸爸说你。"顾明不说话，晓晴怯怯地讨好他，"顾明……"

顾明还是没回答，突然抬起手来，狠狠地抽自己的耳光，一下接一下，打得很用力，也很响亮。顾明边打自己边自言自语："为什么说这么多次，你都不听！为什么？为什么！"

晓晴吓坏了，扑上去抱住他的胳膊："顾明，别这样，是我错了，是我错了不行吗？你别这样。"

顾明流着泪抱住她："晓晴，我真的很难过，为什么你总是这样，永远不考虑别人的感受呢？你知不知道，我在公司要面对多少麻烦？回了家，你还要让我为你的不懂事去担心？我真的很累！你是真的爱我的吗？你要是爱我，为什么要这么伤害我呢？"

"顾明，我爱你！我真的是爱你的。我真的再也不会做这种事了。"

"你现在生病了，你必须听我的话，听医生的话，你现在的行为是病态的，你需要的休息，是安静，而不是到处乱跑。妈跟我说了，让你以后少跟爸接触，爸给你的都是负面情绪，知道吗？"

晓晴说："好，我听你的话。"

孙前程从晓晴家离开后，怎么想怎么放心不下。他觉得这事谁也不怪，只能怪夏明舟有眼无珠，看不穿顾明那小子的真面目。如若不是她硬要把顾明放在身边，还捧到高位上，他的宝贝女儿也不至于在顾明手里低三下四。于是他一气之下去了明舟集团，准备找夏明舟好好掰扯一下这件事。

门突然被孙前程打开了，孙前程进来，后面跟着几个员工："对不起夏总，我们劝了，但实在拦不住孙叔。"

孙前程怒气冲冲道："夏明舟！我有话跟你说！"

夏明舟挥挥手对员工道："你们先出去。"

大家纷纷退出门去。夏明舟放下手里的文件，开口嘲讽："你不是又来要钱的吧？孙前程，败家也没有你这个败法的。"

孙前程把一瓶药往夏明舟桌子上一放："你看看！"

"什么东西？"夏明舟皱着眉头，"我跟你说，你就算服毒威胁我，我也不会再给你一分钱。"

"这是晓晴正在吃的药！"孙前程嚷嚷道。

夏明舟这才抬起头来，拿起药瓶："晓晴？这是什么药？镇静药？她为什么吃这个药啊？"

"那不得问问你找的好女婿！"

"顾明？这跟他有什么关系？"

"有什么关系？晓晴得的是抑郁症！顾明要是对她好，她过得开心，怎么会得这种病？"

夏明舟不解："抑郁症？她凭什么得抑郁症？她每天不需要工作，没有生活上的压力，想吃什么吃什么，想玩什么玩什么，世界上还有比她活得轻松的人吗？她要是抑郁，我明舟集团几万个辛苦工作的年轻人都应该跳楼了。"

孙前程不仅生气，还有点失望："你就这么看这事的？"

夏明舟不以为然，把药往桌上一放："我了解晓晴，这个孩子神经过敏，心理脆弱，从网上听说个抑郁症，不疼又不痒的，就觉得自己也是了，都是小女孩闲出来的矫情而已，没那么严重，我看啊，她就是想博关注。"

"夏明舟，她好歹是你亲生女儿，她生病了，你就这么想她？难道你觉得顾明对她很好吗？"孙前程拍着桌子问。

夏明舟也提高了音量："顾明对她哪里不好了？他工作能力强，又会心疼晓晴，这样都算对晓晴不好，难道要像你这样才算好吗？"

"哈哈，"孙前程无奈地笑笑，"你还真是被猪油蒙了心，连亲生女儿受苦都看不见了。我问你，你公司的事这么忙吗？忙到顾明三天两头不回家？"

夏明舟微微一愣。

"你不知道吧？我一开始就觉得这小子不老实，整天不知道在外面干什么，把晓晴一个人撇在家里。我那天碰到他，他下车身上的衣服扣子都系错了，你告诉我，谈什么工作能把衣服谈下来？他对晓晴这样，晓晴还能好吗？"

"别胡说，"夏明舟虽然有所动摇，但嘴上还是替顾明辩解，"公司里最近事情是够多的，顾明一身兼两职，确实太忙了。你以为天底下的男人都像你一样游手好闲？"

"哦，"孙前程故作恍然大悟的样子，"天天忙到下半夜两点？经常忙得夜不归宿？"

"好了，事情我知道了，我会去问他。不过孙前程，我警告你，他俩的生活你少插手。顾明是青年俊杰，没你想得那么龌龊。"

好不容易把孙前程打发走，夏明舟立刻把顾明喊过来盘问此事。顾明从办公室出来的时候撞上了气势汹汹的孙前程，大概也知道夏明舟为什么事找他，心里早有准备。

"妈，您最近对销售额的要求太高了，我为了完成任务，带领销售部的兄弟姐妹真是把命都拼出来了。您看看这个……"说着他拿出手机，找出一张图片给夏明舟看，"这是大华商城发来的收购合同。为了拿下这个大单，我一连好几天陪着他们，又吃又玩，喝酒喝得昏天黑地。有一次把衬衫喝脏了，换衣服都不知道系错了扣子，还是回来的时候，爸提醒我，我才发现的。"

夏明舟眯了眯眼："晓晴吃药的事情，你知道吗？"

"您说的是那个镇静药吧，没想到这您都知道了。"

夏明舟问："到底怎么回事？"

"晓晴得了抑郁症。"顾明故作伤感道。

"还真是抑郁症。为什么不告诉我？"

"您别着急，"顾明安慰她，"晓晴最近情绪越来越不稳定，经常大半夜起来哭，我实在不放心，就带晓晴去看了最好的医院，看最好的心理医生，医生判断她是中度抑郁症，我也很害怕。但是医生说，只要患者按医嘱按时服药，保持愉悦的生活环境，不要给她太大压力，就没什么问题。我是想跟您说的，但是晓晴怕您知道以后担心，又帮不上忙，再打扰您工作，我看晓晴也是为您着想，就听了她的话。"

夏明舟又问："你知道她有抑郁症，为什么还夜不归宿？"

顾明的回答可谓滴水不漏："妈，我也想陪她，但是您知道的，我们工作的时候，一喝酒就到大半夜。晓晴的病，医生说要保证足够的睡眠。我真的怕打扰晓晴休息，再加重她的病情，所以有两天太晚了，我就住在了酒店里。"

"原来是这样，"夏明舟低声说，"晓晴这孩子，这么大的事怎么能瞒我呢？"

"妈，您别担心晓晴，"顾明说，"有我照顾着，医生说了，只要她按时吃药，不会有什么事的。只是我有时候不在家，也不知道她有没有按时吃药。"

"好的我知道了，"夏明舟说，"我会再打电话嘱咐她的，你做得很好，回去好好工作吧。"

窗外起了阵风，树影婆娑。夏明舟望着远处出了会儿神，等回过神来，先是叹了口气，然后掏出手机打给晓晴，没多久，晓晴接通了电话。

"晓晴啊，最近怎么样？"她问。

"妈，我挺好的，"晓晴说，"顾明对我也很好，您不用担心。"

夏明舟顿了顿："我知道你吃药的事情了。"

"啊？"晓晴慌忙解释，"是爸告诉您的吧？其实没什么大事的。"

"你这孩子，"夏明舟心疼地数落她，"要出多大的事才叫大事？你的身体健康都不是大事什么是大事？你为什么不跟妈妈说？"

"妈，"晓晴声音低下来，"是我错了，我是怕您对我失望。"

夏明舟轻声责备："晓晴，别怪妈妈生气，妈妈已经不指望你能有多大出息，在工作上能帮我和顾明什么忙。妈妈只希望你在家能平平安安、健健康康的，如果这个要求你都做不到，妈妈才会真的失望。"缓了口气，又道，"现在顾明的工作很忙，有时候照顾不到你，你也不要有情绪，要学会自己找事情做，不要胡思乱想。最重要的听医生的话，按时吃药，不要再给我们添麻烦。知道了吗？"

"知道了……"晓晴在电话的另一边频频点头。

挂了电话，夏明舟看着桌子上孙晓晴的照片，想起这些年自己在事业上的打拼和对女儿的冷落，一股难以言表的柔软和悔意从心底涌出，自言自语道："这时候，我倒真希望你能随你那个没心没肺的爹了……"

工人们按照施工计划改造活动中心，肖长庆坐在旁边的长椅上，小岳站在旁边陪同："肖叔，别惦记家里了，您都当一辈子老黄牛了，够意思了。"肖长庆苦笑着摇了摇头。

孙前程坐到肖长庆旁边，见他神色低落，问："这是咋的了？"

肖长庆总算逮到了诉苦对象，没头没脑地开始了："家里的事永远忙不完啊……就说我那大儿子，明明家里有房子，还想买新房子。等我走了，这套房子不就是他们的吗？还有我那二儿子，宁信保姆，也不信他爸。还有我岳父那家，天天找我，刚刚还打电话让我帮忙卖苹果……"

孙前程眯着眼说："你真是操心命，你会分身术啊？自己给自己找罪受。但有时候我也羡慕你，我现在是想管孩子还不愿意，让我管好自己呢。"

"你是说晓晴？"肖长庆问，"不会吧？晓晴多好的孩子啊。"

"别提了，"孙前程无奈道，"那孩子现在精神状态很差，说什么也不听，分不出好赖人了。"

肖长庆说："其实也别怪晓晴，你也不想想，当初你和夏明舟打架的时候，晓晴过的什么日子？孩子那时候才多大啊？天天低着头，都不敢大声说话，我们看着都心疼。现在变成这样，都是你们两口子的责任，特别是你的责任。"

"是是是，"孙前程答应，"老话说，不是一家人，不进一家门，我和夏明舟就是进错门了。要放到今天，早就应该离了，就这么硬凑在一起，苦了孩子，也苦了夏明舟啊。"

肖长庆叹了口气，孙前程也叹了口气，小岳跟着叹了口气。两人都看向小岳，肖长庆问："你这孩子，跟着掺和啥啊？"

孙前程附和道："就是！"

小岳犹豫了一会儿："肖叔，孙叔，我年轻啊，看问题比较浅薄，但我有一些看法不知道该不该说。"

"那你说说？"

"那我说了，"小岳一笑，"肖叔您呢，就是操心太多了，我们这些年轻人都有自己的想法。您有工夫管他们，还不如管管咱们这养老中心，您要是不往前凑，指不定他们自己就把家里的事解决了。"肖长庆看了一眼小岳，咂摸他话里的滋味。

小岳又看着孙前程说："孙叔，我看您和夏总才是天生一对，谁都看不好谁，但谁又离不开谁。您以前操心得少，现在去管，谁也不高兴，不如您就听晓晴的，先管好自己的事，把这养老中心办好，夏总也高看您一眼，是不是？"话音刚落，又一个人过来，不声不响地坐在他们身旁，两人一看，是陈新城。

肖长庆打趣他："哟，叫人家撅出来了才想着过来啊！"他指的是陈新城"被辞职"的事。

陈新城说："谁敢撅我？是我自己不想干了，我想歇歇了。"

"你还真不能歇着，这里百废待兴，正需要你大展拳脚呢。"肖长庆说。

陈新城瞧不起地打量着面前的破仓库："我主要起个领导作用，具体的事情，你们俩管就行了，我集团那边还有一大摊子事呢。"

孙前程问："不是彻底退休了吗？"

"行政职务退了，"陈新城说，"我还有党内职务呢。"

"新城啊，"孙前程亲切地搭着陈新城的肩膀说，"你这大企业领导人，到这地方确实屈才，不过你放心，你指挥，我和长庆干就行。另外呢，就是上次跟你说的股权激励金的事，你再考虑考虑呗。"

陈新城摇了摇头："不考虑，我陈新城也是全市数一数二的企业家，这个地方……"说到一半，看着面前的地盘发开了呆。小岳不知道从哪儿拿回来一瓶矿泉水递给陈新城。

孙前程对肖长庆说："咱俩坐半天了，他也没给咱们一瓶水。"小岳嘻嘻笑着，又从两个裤兜里分别掏出一瓶来递给他俩一人一瓶。

孙前程继续说正事："不投就不投，但是土地管理局的那俩处长呢，该请他们来看看了吧？"

陈新城一下子没反应过来："什么？"

"你忘了？批文！"孙前程提醒道，"咱们这儿现在像个养老机构了吧？"

"好好好，"陈新城故作正经道，"我明天就联系他们。"

"新城，"肖长庆突然插话，"你有什么认识的朋友没有？"

"干吗的？"陈新城问。

肖长庆郑重其事道："能帮我联系联系，给我岳父家那边卖点苹果吗？"

一段日子的忙碌之后，改造工程终于结束了。中间的房子改成了活动室，棋牌室、健身房、乒乓球室、台球室、卫生室之类的也一应俱全，四周的房子有几间也改造了出来，几个年轻的女孩穿着整齐地站在一旁，是新招来的员工。陈新城、孙前程和肖长庆正陪着"假冒"的程处长和刘科长重新视察。

孙前程跑前跑后的，小心翼翼地生怕出一点差池："程处长，刘科长，你们看怎么样啊？"

程处长连连点头："还不错，还不错。"

"那，批文的事……"

"什么批文？"程处长今天入戏不深，一时没反应过来。

孙前程急了："咦，不是要把这块地批为养老用地吗？"

肖长庆暗里碰了陈新城一把："怎么，事先没排练好？"

陈新城赶忙插话："程处长，孙前程问你养老用地批文的事。"

"哦，哦，这个呀，"程处长不慌不忙道，"陈总，你们这儿建的是老年人活动中心，还是养老社区？"陈新城还没回答，孙前程抢上去说："当然是养老社区啊。我们叫养老中心，其实就是养老社区。"

程处长说："养老社区得有居民啊。你们只有活动场所，没有居民，算什么养老社区？现在有些人啊，打着建养老社区的旗号，欺骗国家，把土地弄到手就搞商业开发，陈总，你们不是也这样吧？"

孙前程吓了一跳："我们当然不是，我们是实实在在地办事情。程处长，您不是都看见了？"

"那养老社区怎么没居民呢？"程处长还是这个问题。

孙前程被问住了。陈新城解释道："这不才改造好吗，马上就有了。"

孙前程在后面扯他衣襟，小声说："别许愿，别许愿。"

肖长庆也小声说："不许愿人家不信。"

程处长点点头："好，那就等有了居民再说吧。"

三人站在那里，目送程处长和刘科长离开。

"看见了吗？"陈新城说，"必须得有老人入住，真办成了养老社区，才可能批地。这事你们看着办，我走了。"

孙前程愁眉苦脸地往回走，肖长庆安慰他："事不大，你看着办。我小舅子进城推销苹果，我得去给他帮忙，我也走了。"

孙前程一个人在院里转悠，看着空荡荡的院子发愁，小岳在后面跟着他。一个穿着制服的姑娘跑过来："孙总，表演结束了吧，说好的演出费呢？"

孙前程掏出一把钱来："一人一百，拿着走吧。"

姑娘不乐意了："不是说好一人二百的吗？"

"说的是表演一上午，"孙前程跟她讨价还价"这还不到一个小时呢。哪里有一个小时挣一百的活，你给我介绍一个。"

姑娘一把接过钱，边走边生气地小声骂："老头子，说话不算话。"

孙前程也埋怨道："这什么人啊这是。"他继续在院里转，一边转一边发愁地说，"小岳，你说这可怎么办呢？不住人，不像养老社区；不像养老社区，上面不给批文；弄不下批文，就引不来投资；可真住上人，又请神容易送神难。这可怎么办呢？"

小岳说："孙叔，别人不进来，你们三个搬进来不就完了吗？"

孙前程一愣，十分兴奋："对啊，我们也是老头啊，把他俩忽悠进来，不就有人了吗？小岳，还是你脑子转得快啊！"

"哪里哪里，"小岳陪着孙前程乐呵，"还不都是孙总教导有方。"

"成，你等着，我先去上个厕所。"孙前程说。

"好的孙叔，您慢点。"趁着孙前程离开的工夫，小岳赶紧把这边的进度向袁英时汇报。袁英时在电话那边笑道："这么说，孙前程要首先把他们忽悠进去？"

"是啊袁总，"小岳低声说，"养老中心总得有老人啊。他们三位进去，养老中心就有了老人了，万事总有第一步嘛。"

袁英时夸赞道："不错，只要这个养老中心真办成了，以后啊，你懂的。"

小岳喜笑颜开："袁总放心吧。"

第五章

　　肖长庆骑着自行车来到养老中心，院里静悄悄的没人。他正奇怪着，突然看到小岳穿了一身制服，还戴着个厨师的白高帽，托着一个盘子从食堂那边过来，盘子上放着两盘菜，一瓶红酒。

　　"小岳，小岳，你这是干吗呢？"

　　"肖师傅，您来啦。"小岳招呼道，"这不到饭点了，孙主任叫食堂给他做的饭。"

　　"什么什么，他什么时候变成主任了？主任是我啊。"

　　"他说你们都不来，他就是主任了。所以，肖师傅您得过来呀。"

　　肖长庆说："这可不行，这官可不是自己想当就能当的。"

　　肖长庆要去找孙前程对质，结果刚闯进门自己吓了一跳。只见孙前程大模大样地倚靠着沙发，两条腿跷在茶几上，嘴里叼着根雪茄，身边一个穿着制服的美女恭候着，小岳正把菜放到一个餐车上推过来，很恭敬地说："孙主任，饭准备好了，把酒给您醒上？"

　　孙前程一副大老板做派："放那吧，等我抽完这根雪茄。"转头看到肖长庆，"哟，长庆也来啦？"

　　"前程，你这是啥意思啊？"肖长庆问，"这中心到底是谁的呀，你怎么一个人在这儿享受开了？"

　　孙前程满不在乎道："你也来呀，你来了，这地方就是咱俩的，新城再来了，就是咱仨的，人再多了，就说不定了。长庆，你为家奉献了一辈子，还要操劳到什么时候为止呢？老了老了还不该为自己活着？来吧，你看看这地方有多好，真是天高任鸟飞，海阔凭鱼跃。你横着走也行，竖着走也行，实在不行在这空地上翻个跟斗也随你。来吧，为别人活了一辈子，该为自己活活了。"

"不行，"肖长庆斩钉截铁地说，"别人我可以不管，我还有老妈呢。"

"那就带着她老人家一块来呀，"孙前程说，"咱们装修好的那几栋房子，随你挑，你愿住哪栋住哪栋。你儿子媳妇不正为了房子的事发愁吗？你带着老妈搬到这儿来，把家里的房子留给肖林，问题不就解决了？"说话间他们来到一间已经装修好的房子里，肖长庆转着，看着，动了心："可是，我住在这里怎么算呢？"

"这正是我想和你说的，"孙前程道，"这房子是我们养老中心装修的，我在其中有股份，你要住，付租金就可以。但有一个条件，将来养老用地的批文下来了，这儿要搞房地产开发，你得随时准备搬出去。"

肖长庆犹豫着，孙前程继续劝道："长庆，这块地方是咱们自己的，将来就算开发了房地产，你还怕没有你的吗？我保证以最优的价格给你留一套。你现在把旧房子留给肖林，将来有了新房子，再和肖林换回来，他也有了新房子，多好的事情，你还不来干什么？"

肖长庆问："那你呢？"

孙前程一挑眉："我已经搬来了，欢迎你跟我做邻居！"

从养老中心回到家里，肖长庆一边忙活着做饭，一边忖度着孙前程的话，这样一来，自己和老母亲有地方住，肖林和马玲也不用为房子发愁了，对于眼前的局面来说，他觉得也算个主意。

吃过午饭，肖长庆正收拾着碗筷，肖长莉哭丧着脸来了，还带来一个让人无语的坏消息。

"啊？"肖长庆吃惊道，"刚给你二十万，没啦！上哪啦？遭抢啦，还是遭贼啦？"

长莉低着头："哥，不是，那天我刚收到钱，就碰到个理财的，说有一个高息的理财产品，买二十万，一个月能回来八千。我寻思着，那房子离交房还有五个月呢，五个月不就是白挣四万吗？就……就……"

"所以就拿我给你买房子的钱买理财了？那你理的财呢？"

长莉带着哭腔："谁知道那天杀的是骗人的，我刚买了几天，老板就卷着钱跑了，警察说追回来的可能性很小……"肖长庆一时没说话，欲哭无泪。

肖母看看肖长庆，伸手就去打长莉："你这个没出息的，你当你哥拿这二十万容易吗？你哥还得再帮你拿二十万啊？"

"妈,您这前一半话说对了,"肖长庆疲惫地说,"我筹这二十万是不容易,后半句,我当您没说。长莉,我家的情况你不是不知道,我上次给你的钱,是我去跟肖建要的。肖建这孩子,打从学校毕业工作以后从来没给家里要过一分钱,还经常贴补家里,我一有事就朝他张嘴,张得我自己都不好意思了。那二十万没了,只要肖建不提,我也不提,但买房的事,你也别再提了……"

肖母看这情势,旧戏重新上演:"唉……你爸要是在就好了……"

"妈,您也甭来这一套,"长庆冷冷地说,"我爸就是还在,他有钱给长莉吗?"

肖母摇着头:"我是说你妹不容易,她要有个爸疼着长大,能这么缺心眼吗?好好的就叫人坑了……"

"又是我这当哥的没当好了,"肖长庆苦涩地笑笑,"没办法,妈,您这个儿子就这么大本事了。长莉都马上当婆婆的人了,我帮她一回两回,不能帮她一辈子。这回我实在是爱莫能助了,长莉,自己想办法吧。"

长莉抹抹泪:"妈,不怪我哥,怪您闺女没本事,买不上房子,哥,我今天不该来。妈,我走了。"

肖长庆听着,别开脸没说话。肖母见状:"你等着,长莉啊,把我床头上那个小包袱拿过来,我跟你住去。"

肖长庆赶忙上前:"妈,您这是干什么呀?"

肖母板着脸说:"买房的事我帮不上忙,帮她扫地做饭,让她少受点罪总行吧。"

肖长庆无奈,点点头说:"行,妈,反正是您亲闺女,您要想去住几天就去吧,我帮您去拿东西。"说着去了母亲房间。

长莉小声问:"妈,您真跟我去啊?我那里哪有您住的地方?再说了,您去了,我还有什么理由来这啊?"

肖母想了想:"长莉,你哥他确实也不容易,要不你回去等几天,我慢慢和他说吧。"正说着,肖长庆拿着个包从母亲房间出来了:"妈,您平常换的衣物,还有您吃的药,都在里面了。"

长莉即刻换上个笑脸:"哥,妈和您开玩笑呢,她哪里舍得离开您啊?妈,您是我哥家的定海神针,我可不敢把您老搬过去。妈,哥,我走了,别送了,哥再见。"

肖长庆不说话，低着头回来，沉重地坐在沙发上。肖母左瞅瞅，右瞅瞅，讪讪道："长庆，你妹她真的不容易。"

　　肖长庆抬起头："妈，她不容易，我就容易吗？马玲整天说想买房子，您知道我为什么不敢开这个口吗？她两口子打结婚就往家里交钱，可那些钱，我整天给长莉，给孩子的姥姥家的舅和姨，根本没存下几个，我不敢让马玲知道啊。妈，我得管您，得管两个儿子两个媳妇两个孙女，还得管他姥姥家那堆舅舅和长莉……就算是有三头六臂，我也管不过来呀。"

　　肖母不说话，抬头看儿子已经见出苍老来了，两鬓已经现出白发。肖母突然动了情，伸出青筋暴露的手，在他松弛的脸上摸了一把："唉，辛苦你了。"

　　肖长庆声音有点涩，抓住了母亲的手："妈，马玲是个好孩子，自从进了咱们家，就和肖林一起帮我撑起了这个家。可因为房子的事，这两年脾气变得越来越差。咱不能怪她，是咱们考虑不周，四十岁的人了，谁也想有间自己的房。您看这样行不行，我们集团办了个养老中心，那里边有房子，我带着您，咱们搬到养老中心去住，把这套院子给肖林，您看这样行吗？"

　　肖母不说话。肖长庆笑着哄她："妈，那边的房子我看了，条件真不错，那边还有食堂，有老人活动的地方，您去了也有伴。我知道您对这儿感情深，您看这儿有什么用习惯的物件，咱们可以一块带过去。"

　　肖母不乐意："老了老了，还得背井离乡。"

　　肖长庆摘掉笑容："妈，您老要这么说，我就没话说了。"

　　肖母没辙了，说："我去，我去。唉，老的不都是为孩子活着的吗？"

　　晚上接到通知后，肖林和肖建都回来了。

　　马玲坐在肖林身旁，伊伊和婷婷在一旁玩着小女孩玩的游戏，肖建坐在另一侧的椅子上。肖长庆把情况说了一遍，结果一家人都不吭声。肖长庆看看这个，又看看那个，先问肖建说："肖建，你没意见吧？"

　　肖建说："我没意见，我哥为家里出力最大，我也早就劝他买自己的房子搬出去。哥，您看呢？"

　　肖林没搭话，对肖长庆道："爸，您这么大岁数，我奶奶都八十多岁了，再抛家舍业地住到外面去，叫别人说我们什么？"

　　肖母说："肖林，谢谢你还想着你奶奶。我这把老骨头，扔到哪里都行。"

肖林摇摇头："奶奶，您要这么说，我可真不敢要这房子。"

"你奶奶不是那个意思，"肖长庆解释，"养老中心的房子挺好的，以后那儿就是我们的家。"

肖林犹豫了，问马玲怎么看。马玲决绝道："我不同意。"

"爸，我早就说过，"马玲冷着脸，"我们是老大，做事不能占便宜。这套院子以后就是他兄弟俩的，给我们自己不合适。"

"嫂子，您不用考虑我，"肖建说，"我有房子……"

"你的房子是你自己的，和我们没关系。再说了，我和你哥在这院子里挤了十来年，做梦都想有自己的新房子。爸，我和肖林前一段看了一个楼盘，就在上新街那边，离我和肖林上班都近，离伊伊的学校也不远，我们想在那边买房子。我们暂时在隔壁住着，那边的房子还有几个月就开盘了。"

肖长庆语塞了一会儿："啊，买新房子啊。"

马玲继续说："爸，我们在家里过了这十来年，每个月往家里交三四千块，再说我们自己也存了点钱，到时候把钱凑凑，再贷点款就够了。爸，小姑家买房子您都给了二十万，我们买房子，您不会……"

肖长庆连忙澄清："你小姑姑家买房子，我是跟肖建要的钱。"

"爸这意思是，我们买房子家里就不会帮了吗？"

"也不是。家里的意思是有现成的房子，何必再买新的？"

马玲看样子下定了决心："那我们就不靠家里，爸您和奶奶也不用搬出去。我们占不着家里的便宜，还背一个把老人赶出去的骂名，我们不干。"

家庭会议的尴尬收尾，阻断了肖长庆搬到养老中心的计划。第二天，肖长庆把家里人的想法转述给孙前程，孙前程也不知该如何是好，开始犯愁。这儿没人住，就不像个养老社区，养老用地就批不下来，可批不下养老用地，这儿就还是新城集团的资产，要是运营不起来，先力和新城哪天睡醒了，说收回去就收回去了。

"到时候，你还有主任当吗？"孙前程说，"你老了，以后就专门在家伺候老的，照顾小的？"

一语惊醒梦中人，肖长庆当即摆手："不能，不能，死活不能让集团再收回去。咱们得弄人来。"

孙前程接着说道："别人，我不想让他来。咱们刚起步，又没钱又没人，弄一堆人来你养得起吗？说起来，就你和陈新城最合适，你又不来。小岳倒是一心一意想来，不符合条件啊。"

肖长庆："要不咱们先把陈新城忽悠来呗。他原来是集团的董事长，要是他来了，袁英时投鼠忌器，也不敢再把这块地收回去呀。可人家陈新城家住着大房子，他干吗上这里来呀？"

肖长庆和孙前程来到孙前程家里，陈新城正因为儿子的事和张桂荣吵架。一进屋，孙前程握住张桂荣的手就劝开了："老嫂子，我还没下电梯呢就听见了，你们这不是叫人笑话吗？老夫老妻了，有什么事不能好好说啊。新城他刚刚退休，这叫退休综合征，你别跟他一般见识。"

"你少给我来这个，"陈新城说，"谁说我退休了？我还有党内职务呢。"

孙前程冲肖长庆丢个眼色："长庆，你陪着新城出去散散心，我和老嫂子说说话。"

张桂荣哼了一声："他才不出去。自从退了休，就不愿意出门了，说看见人觉得丢人。"

陈新城一听火更大了："我丢什么人了？我怕谁啊？我陈新城一辈子干这么大一事业，我还怕见人？"

肖长庆安慰他："不怕，咱不怕，顶多就是被人赶下来，见了人臊得慌。"

肖长庆赶紧找补："走走走，咱怕谁啊？我陪着你，咱们出去遛个弯呗。"

陈新城把手里的遥控器往沙发上一扔："遛就遛，不看见这老婆子不生气。走。"

俩人出了门，孙前程劝开了："老嫂子，不是我说你，自己嫁了个什么人自己不知道？一辈子都快过去了，值得和他生这么大气吗？气坏了身体，还不得自己伺候自己，新城他能伺候你吗？"

张桂荣忧伤道："他孙叔，你算是说对了。他这个人叫人伺候了一辈子，不知道体贴别人。我看看有一天我要是先走了他怎么办。"

"呸呸呸！千万别说这不吉利的话，"孙前程作紧张状，"老嫂子，这回又是因为什么呀？"

"唉，都说家丑不可外扬，我是没办法了，"张桂荣长吁短叹，"全世界就没见过老陈这样的爹，只要是大志做的事，没一件入过他的法眼。你嫌大志不行，你教他啊。不教，专门冷嘲热讽。大志办公司，我说他没经验，你去帮帮他，可他倒好，什么难听说什么，逼得大志都不回家，天天住在公司。我有心不管他，想去看看儿子，可他一个人，连顿饭都吃不上。他孙叔，您就不知道我整天过的什么日子。"

孙前程同情地连连点头："一样的，一样的，家家有本难念的经啊。老嫂子，这样下去不是办法呀。以后新城他不上班了，在家里不成天吹胡子瞪眼的，你这家还有宁日吗？"

"我也正为这个犯愁呢，好好的怎么就叫他退休了呢？依着我，他这种人，干到死才好。"

"你听听你说的，"孙前程眼珠子一转，"老嫂子，我倒有个主意。像新城这样的大领导啊，突然退休，可不看哪哪不顺眼，得有个适应期，过去这个时候就好了。"

"那他这个适应期得到什么时候啊？爷俩本来就不对付，以前他在外面忙还好，现在天天在家，隔三岔五地找麻烦。"

"所以问题才越攒越大呀。大志现在创业呢，压力本来就大，新城再天天折腾，孩子和你都受不了啊。为你们考虑，不如让新城跟你们分开一段时间。"

张桂荣问："咋分开呀？"

"老嫂子，"孙前程语重心长地说，"新城怎么变得脾气这么暴躁啊，不就是因为在家闲着没事干吗？你得给他找点事儿干。我给个建议啊，既然他爷俩不能照面，不如你们先让大志回来住。我们三个现在不是办了个养老中心吗，那边有房子，你和新城不如先搬到养老中心住一段。一方面，让新城有事干，另一方面，也让大志有个好心情工作，爷俩也能缓和一下关系，你看这样可好？"

张桂荣拒绝说："那可不行。"

孙前程一愣："怎么？"

"这爷俩为啥像仇家似的？"张桂荣解释，"我刚生下大志不久，他就承包了电子管厂，没白没黑地干他的事业。大志上学他上班，大志睡觉他下班，爷俩就没什么机会说话，有时候碰到了，说不了几句就吵架，孩子就和他爸生分了。好不容易现在他退休了，大志又开始忙了，现在分开，这辈子他俩的关系还有指望吗？"

孙前程叹了口气："这样吧，我再给你出个主意，看看能不能让爷俩关系先缓和一下……"

陈新城和肖长庆从家里出来，溜达了一圈，在公园长椅上坐了下来，有个孩子正在蹒跚学步，肖长庆看得津津有味，不时地笑出了声，看着孩子一踉跄，又情不自禁地要扑上去扶，而陈新城则完全没兴趣，看到肖长庆这么忘情还瞧不起："你可真无聊。"

肖长庆啧了一声："这啥意思？"

"一个孩子看把你乐得，你就不能考虑点大事吗？无聊。"陈新城说。

"新城，"肖长庆掏心掏肺道，"以前咱们是老哥们，老兄弟，自打你官当大了，咱们就没话说了。不是我说你，一辈人有一辈人的活法，你成天管那么多干什么？孩子大了，老话怎么说的来着？儿大三分客，你对他得客气点。"

"那可不行，"陈新城犟道，"这一代孩子不行，他们什么时候长大过？他们真能离开父母吗？我不知道别人，我知道我家大志，要是没有我，他早晚得饿死。这些孩子们呀，一旦成了人，就觉得父母老了，没用了，可实际上呢？"

提到这个，肖长庆深有体会，感慨道："可不是，这人老了有什么好啊，连自己的孩子都嫌弃，可他们要真能离开咱们也好。"

"离开？你让他们离开试试！"

"没错，特别你家大志，三十多了，连个自己的家也没有。新城啊，你还真不能撒手，得好好帮着大志，万一他这次成了呢，你不也免一桩大心思吗？"

陈新城叹息一声："我也是这么想的。他再不成器，不也是我儿子吗？总不能到我闭眼的时候，他还没个工作没个家。孙前程成天算计我那几个钱，我能花到别处吗？万一大志赔了呢，我不得给他准备着吗？"

肖长庆连连点头："应该的，应该的。新城，养老中心那边有我呢，你就别操心了。"

下午陈新城坐在沙发上看报纸，张桂荣坐在一旁看电视。陈新城奇怪地看她一眼，张桂荣假装没看到。陈新城重新低头去看报纸，把报纸翻得哗哗响，张桂荣还是无动于衷。陈新城咳嗽一声："哟，快四点了。"

"还不到做饭的时候。"张桂荣说。

"不做饭就没别的事了？"陈新城问。

"老两口，都退休了，除了一日三餐，还有啥事啊？"

"好，没事。"陈新城答应着，又去看报纸。张桂荣继续拿着遥控器翻电视。

陈新城又忍不住了："我说你无聊不无聊啊，就没点正事干干？"

"啥叫正事？你倒说说看，俩退休的老头老太太还有啥叫正事？"

"你儿子你不管了？"

"你当爹的都不管，我有啥好管的。"

陈新城不说话了，过了一会儿，问道："他那公司搞得怎么样了？"

"不知道，"张桂荣说，"反正我也不懂。说起来也没啥大不了，顶多是赔钱呗，赔光了就死心了，回家来吃闲饭。咱们不是还存了些钱吗，到咱们死的时候留给他，估计他这辈子也够吃的了。"

"这是当妈的该说的话吗？"

"当妈的应该说什么？你教我。"

陈新城没话说了，叹口气，站起来，去卧室换上件衣服往外走。

"你上哪？"张桂荣问。

"你别管我。"陈新城语气僵硬地说。

张桂荣大喜，掏出手机发微信：前程啊，谢谢你，你教我的那一招还真管用！发完，兴冲冲地跟出门去了。

陈新城沿街溜达着，找着，打听着，终于找到了他要找的地方：一座二层小楼门口，挂着"鸿志文化传媒公司"的牌子。

陈新城看了看，嘀咕一句："还鸿志。"不远处张桂荣尾随过来，也跟着进去。陈新城进去后，发现一群人围着大屏幕，大屏幕上是一个三维动画，展示的是纪录片的拍摄场景，大瓜正手舞足蹈地讲解着什么，小乐正在操作电脑，大家七嘴八舌地讨论得很开心。笑声突然停下了，不知道谁发现了进来的陈新城，冲大家做了个嘘的手势，大家一抬头，陈新城正用诧异、严厉的目光盯着他们。

"你们这是……上班呢？"

"啊，您是哪位啊？"

陈新城挺了挺胸膛，一字一句地说："我是陈新城。"

大瓜疑惑地看了看小乐。小乐比较机灵："哦，陈先生，您有什么事吗？"

陈新城一愣，有些不爽："陈大志呢，他在哪里？"

大瓜指了指角落里一个小格子间："您找陈总啊？他在办公室，我叫他一声。"

"不用了，"陈新城说，"我自己过去。"说完面色铁青地朝那扇门走去。推开门，看到大志坐在电脑前，正抱着一把电吉他轻轻弹着，不时还在电脑软件上调整一下录入的声音。陈新城咳嗽了一声。

大志低头继续按琴弦："大瓜啊，我真是太久不弹琴了，怎么都找不到感觉。这音轨进去，感觉咱们片子哪哪都不对了，要不是咱们钱上紧，我肯定让你去找个专业吉他手来录音。"

陈新城又咳了一声。

大志问："感冒了？我这有药，一会儿拿给你。"

陈新城索性喊了句："陈总。"

大志一抬头，这才弄清状况："爸，您怎么来了？"

"来看看你创的业啊。陈总，我怎么没看懂这创的啥业，不务正业吗？"

"爸，您说什么呢，我这不是在工作吗？"

陈新城一笑："你在屋里玩吉他，他们在外面玩游戏，这就是你们的工作啊？"

"爸，他们那不是玩游戏，哎哟，跟您说您也不明白，我是在录个音轨铺到片子里。"边说边要关电脑。

"别关啊，"陈新城不依不饶，"什么轨？我看你是心里有鬼。"

"爸！您到底什么意思啊？"

"就是来见识见识你所谓的公司，"说着往外看了看，"你这公司有多少人啊？"

大志点点头："外面的都是。"

"这些人都是你给发工资吗？"

大志沉默了会儿说："现在公司刚刚起步，大家都没要钱。"

"什么，上班不要钱，那为了什么？都疯了啊？"

"我们是小公司，大家都有股份，以后项目盈利了，会分红给大家的。"

陈新城嘴一撇："哪有这么好的事？我跟你说，江湖险恶，没有人是不为了钱干活的！谁知道他们想坑你点什么！"

大志脸色一变："爸！我跟您说了很多次了，我们跟你想的不一样！你不要拿你过去的想法套在我们身上，更不要侮辱我的朋友！"

陈新城再也忍不住了："商场如战场！生意上哪有什么朋友？没有利益，他们凭什么跟着你在这儿瞎闹？"

"爸，我说服不了您，也不想再跟您吵。既然如此，咱们以后井水不犯河水，各走各道不好吗，您来这儿干什么呢？"

陈新城也生着气："我倒不想来，我怕有一天你被人坑，被人骗，把自己都赔进去，还得我花钱捞你。"

大志说："那你就放心吧！我这辈子哪怕穷死、饿死，也不会给你找麻烦的。我相信他们，他们也信任我！绝对不会出现你和你徒弟那种事。"

这句话踩到了陈新城的痛点。"你说什么？"他指着大志的鼻子说，"你再说一遍！"

张桂荣冲进来，一把抱住他，把他爷俩隔开："这是干什么呀？好好的说着说着怎么又吵起来了？大志，你爸是关心你才来的。"

大志埋怨："他这是关心我吗？有这么关心的吗？"

"陈大志，"陈新城吼道，"我就告诉你一句话，你爱听不听，你这买卖不行！趁早关门回家。"

"我不听！"大志昂着头，不正眼看他。

"好，将来等你赔干净了，别来找我！"陈新城决绝道。

"您放心吧，我死也死在外面，绝对不找您！"

张桂荣拉了这个拦那个，哪个也拦不住："都少说一句，少说一句行吗？我的两个祖宗。"

"惯子如杀子，你就惯他吧。"陈新城指着张桂荣。

"老陈啊，你闲着没事先回家行吗？外面都在工作呢，大志是老板，你一点面子不给他留，让他如何当这个家啊？"

陈新城讥讽道："哼，老板？他把自己当老板吗？你看看他们这个公司的样子。"

张桂荣推他："求你啦，你先回家吧，就算为了我，行吗？你先回去，我一会儿就回去做饭去。走吧，走吧。"

她把陈新城推出门去，公司里的男女们都被他们吓愣了，面面相觑地站在那里。陈新城瞪他们一眼，哼了一声走了。张桂荣把门关上，无奈地看着大志。

"妈，您别再说了，我知道你要说什么。"

"大志，你爸的话你可以不听，但有件事，你得告诉我，大瓜他们都给公司出了钱是吗？"

"妈，您问这个干什么？"

"妈害怕呀。你赔上咱们自己的钱不要紧，你要赔上别人的，刚才又发了那样的狠誓，将来怎么对人家交代呀？"

"您放心吧！他们都是我兄弟，我就是真赔了，也不会让他们吃亏的。只要项目拍完卖出去，我们就不会有问题了。"

张桂荣看看外面，陈新城走了，外面的男男女女有些不知所措。大瓜和小乐敲门进来，问："阿姨，刚才动静挺大的，你们没事吧？"

"大瓜，阿姨问你，"张桂荣温柔道，"要是你们项目成了，你干这个，开多少钱一个月合适啊？"

大瓜开玩笑说："我不得开两万一个月啊，我之前那份工作就一万八了。"

张桂荣顿了顿："小乐，你呢？"

小乐也打趣道："大瓜两万，那我不得三万？"

张桂荣又问："那外面那些人呢？"

大瓜说："那个九千，那个年轻，起点别太高，六千就行……"张桂荣低头开始掰手指头。

大志赶紧拉住她的手："妈，别当真，我们都是拟定，拟定。"

张桂荣想了想说："这样吧，大志，妈想好了，从明天开始，妈上你这里来上班。"

大瓜以为她说笑："阿姨，您也想来啊？您来从我这扣一万给您。"

大志听出张桂荣不是在开玩笑："您别听大瓜胡扯，您怎么能来上班呢？"

张桂荣说："你们现在困难，我也帮不上什么忙，但妈妈可以帮你们做饭、打扫卫生。我看你们天天吃外卖，咱们自己做不比从外面买便宜吗？还能省一笔雇保洁的钱呢。大志，你们都不容易，钱得省着花。"

大志面露愧色："您说什么呢？妈，我们就是再困难，也不能让您给我们做饭、打扫卫生啊。"

大瓜在旁边附和："对啊，阿姨，您还当真了。我们挺好的，怎么能让您来伺候我们呀？"

张桂荣说："那有什么的，我都伺候他们爷俩一辈子了。怎么，你们不欢迎阿姨来吗？"大瓜和小乐对视一眼，有些尴尬。

隔日，天还没亮利索，张桂荣就来儿子这边上岗了。打开密码门，灯一开，看着大志的公司，脸上泛着开心。刚喘了两口气，就拿起扫帚、拖把开始干活了。没多久，刚刚还略显脏乱的办公区，转眼间就变得井井有条。张桂荣摸了摸头上的汗，心满意足地看着眼前的工作成果。

大志打着哈欠从楼梯上走下来："妈，这么早，您还真来了啊。"

张桂荣笑笑："妈什么时候说过瞎话，站着别动，我刚拖了地。"

大志看着眼前的办公区，瞪大了眼睛："妈，这是您刚刚干的？"

"当然，你们这也太乱了，还好我在这儿，不然哪像个要赚钱的公司啊！"

门被推开，大瓜小乐几人有说有笑地走进来，看着眼前的公司都愣住了。

大瓜说："阿姨，我这辈子没见公司这么干净过。"

小乐爷附和道："阿姨，您也太辛苦了，这得干了多久啊？"

张桂荣笑着说："都别站着了，我给你们买了早餐，都在你们的工位上，小乐你不吃猪肉，阿姨给你买的牛肉包子。"

养老中心办公室里扯了两部电话，孙前程和肖长庆一人把着一部在联络业务。

"老马，我肖长庆啊。咱们集团的养老中心开业了，你不来活动活动？哪里？不就是黄庄仓库吗？不远，坐2路公交车坐五站，再倒15路坐两站，倒6路再坐三站就到了。你在家憋着干什么呀？"

"老牛，我是孙前程啊，咱们集团的养老中心开业了，过来看看啊。咱们开业大优惠，各种娱乐设施七折收费。咦，你这个老牛，退休工资留着干吗呀？不过来消费消费……"

陈新城进来了，小岳拎着他的包跟在后面。"小岳啊，告诉门口，咱们这里是机关单位，无关的人不许乱进。"

"陈总，门口哪有人啊？"

陈新城一想，也是，于是他把官腔用在了肖、孙二人身上："干啥呢？电话费不要钱吗？"

肖长庆解释说："这不前程说这里没人，上面就不给批地，正找人来呢。可咱们这里太远了，大家都不过来。"

"从开始不就知道吗？"陈新城瘪着嘴，"大家闲着没事就在家门口转悠，还用跑到这里来吗？"

孙前程发愁道："这可怎么办呢？没人，上面就不信咱们在搞养老社区，也不会给咱们批文。"

陈新城看着他，慢吞吞道："真想找人来啊？"

"当然了，"孙前程点头，"这还用说。"

"要真想叫人来也有办法。不过呢，舍不得孩子套不着狼。"陈新城神神秘秘地说。

超市里采购来的桶装油和大米很快就堆在了活动中心门口，这是陈新城管理企业的撒手锏之一。这招果然奏效，来领福利的老人排起了长队。孙前程不放心，怕弄错了账，亲自发放。

"好，下一位。"

一个老太太过来了："前程啊，我家两份呢，我和我老头子都是电子管厂退休的。"

"老嫂子，对不起，"孙前程解释，"就是一家一份。"然后对着队伍喊，"哎，领了油和大米先别走，到活动中心参观参观。咱们开业大优惠，所有活动娱乐设施七折优惠。您闲着没事在家里干吗？吆喝几个人上这里来打麻将呗。"

老太太说："哟，这么远，不够跑腿的，我可没工夫。"说着，抱着大米和油就走了。

孙前程很遗憾也很无奈："下一位。"抬头看看，后面的队还老长，陈新城和肖长庆却不见踪影了，于是问小岳，"小岳，那俩呢？"

小岳挠了挠后脑勺："刚才我看见在大门口呢。"

"大门口？"孙前程突然觉得哪里不对，站起来吩咐道，"小岳，你来发。记着，一家一份，不许多发啊。"然后慌慌张张地朝大门口跑去。

陈新城和肖长庆站在大门口，把领了油和米的人截住，正在做他们的工作。

"老杨，你也和孩子挤一块呢吧？孩子马上结婚了，你不怕你和老伴招人烦吗？你和老伴搬到咱们养老中心来，租养老中心的房子住，老了还有老伙伴，大家抱团养老，多好啊？"

"你有自己的房子？不怕呀，你搬来养老中心，租养老中心的房子住，把你自己的房子出租。你那房子在市区，一个月能多租好几千，这几千你干点啥不好啊？买肉吃不香吗？"

孙前程跑出来，见状急了："干什么干什么呢？大家都领了福利了吧？领了就走吧，别耽误了回家做饭。走吧走吧。"

肖长庆不解："你这是啥意思啊？"

第六章

　　桶装油和大米不一会儿就发完了，现场一片狼藉，养老中心人去楼空。

　　三个人坐在那里大眼对小眼，孙前程气呼呼地质问他们："捣乱是吧？花我的钱你们不心疼是吧？"

　　"不是，我们怎么啦？"陈新城问，"花钱买了这些东西白送给大家，不就是想拉人来吗？"

　　"咱们说清楚喽，"孙前程生气道，"是拉人到这里来活动，而不是拉人来住。真住进来了，你还能赶得走吗？"

　　肖长庆不理解："养老养老，你非但不养，怎么还赶人家走呢？"

　　"你倒会充好人，"孙前程对他翻白眼，"等地批下来了，就得搞开发，要是这么多人住进来，怎么开发啊？"

　　"孙前程，你到底在打什么鬼主意？"陈新城警戒地看着他，"要开发，也是养老社区，你想开发什么？"

　　"当然是养老社区，"孙前程答道，"但咱别急行吗？我的意思是，要一下子进来这么多的老头儿老太太，怎么养啊？"

　　肖长庆说："到时候再想办法吧，现在你不让人住进来，大老远的没人来活动；没有人，这地就批不下来。"

　　小岳热络地出谋划策说："陈总，孙叔，肖叔，要真没人来，就叫我爹来呗，叫他来当个传达，也过过城里人的日子。"

　　孙前程坚决制止："不行！你爹来了就走不了了。"突然身后一阵动静，大家回头一看，一个六十多岁的老太太收拾了一大堆的纸盒子，捆成捆，艰难地拖着从活动中心出来了。

　　肖长庆赶快过去接："哟，这不是牛大妈吗，您怎么没走啊？"

　　牛大妈说："这里边到处是能卖钱的东西，扔了可惜了。我的油和大米呢？"

小岳招呼道："牛大妈，您让我帮您放着，在这儿呢。"然后从花丛后面给她提出了一桶油和一袋大米。

牛大妈又问陈新城："陈总，我听说这里是养老中心，您不当老总，管这里啦？"

陈新城解答说："大妈，不是我管，我是分管，这里具体负责的是他，肖长庆肖主任。"

"对对对，"肖长庆凑上前去，"大妈，这里我管，有什么事您就对我说吧。"

"肖主任，"牛大妈哆嗦着说，"您是个好人，我的事您能管不？"

"能。什么事，您说吧。"

牛大妈一把抓住他："老天爷，我可算找到正主了，肖主任，我的房子被人骗走啦。"

肖长庆和陈新城同时"啊"了一声。孙前程却很紧张，在后面紧扯肖长庆："别问，别问。"

肖长庆回过头来："不让问？你骗走的？"

陈新城和颜悦色道："牛大妈，您是咱们集团的老职工了，有什么事我们一定给您做主，您别哭，慢慢说。"

孙前程猛咳一声，两人同时回头："你啥意思啊？"

孙前程拉着他俩走到一旁："二位，这种事你们不如我有经验，千万别问，问也是白问，问了就甩不掉了。"

肖长庆说："不问咋知道发生了啥事儿啊？"

"不用问也知道，太阳底下没有新鲜的，这种事最近发生了好多了，她肯定是贪便宜，被人忽悠拿房子去抵押，买高息理财产品，最后房子和钱都没了，肯定就是这样。你们问出来，又有什么办法？这牛大妈的为人和性格你们又不是不知道，到时候被赖上了怎么办？"

陈新城听了不说话了，用怀疑的目光看着他。孙前程被盯得发毛："你盯我干什么？"

"前程，你老实交代，这种事你在外面的时候是不是干过？"

肖长庆也跟上："是不是干过？"

"没有没有，"孙前程连连摆手，"这么丧天良的事，我怎么会干？听我一句，这事不能管，尤其是牛大妈，更不能管。"两人听了，回头打量牛大妈，牛大妈还坐在那里鼻涕一把泪一把地对小岳诉苦。

"长庆，我平常和这牛大妈接触不多，她家里什么情况？"陈新城问。

肖长庆说："牛大妈老伴死得早，家里就一个闺女。不过我听说她闺女挺有出息啊，大学毕业，工作也不错。牛大妈就算再爱贪便宜，有她闺女在呢，能让人那么容易把房子骗走？"

"万一她闺女也被骗了呢？"孙前程绞尽脑汁地寻找合理性。

肖长庆说："不能吧？"

"你别说，"孙前程继续分析着，"为了发财上当受骗这种事，那是地无分南北，年无分老幼，只要利足够大。"

"不管怎么说，"陈新城又看了一眼牛大妈，"她是电子管厂的老职工，她受骗，咱们不能不管。"

肖长庆点头："就是。咱们是办养老中心，老人的事咱们不管，还办这个中心干什么？"

三人回来，陈新城亲切地拉住牛大妈的手："牛大妈，您放心，无论发生了什么事，相信党，相信政府，相信法律，相信……"

肖长庆把他往旁边一拽："别说这些套话了，牛大妈，到底怎么回事？"

"都怪我那姑爷。"

"姑爷？您闺女什么时候结的婚啊？"

牛大妈自卑道："是准备结婚，我闺女说我那姑爷是开公司的，可优秀了，本想去家里见面的，但我那个破家，我闺女怕人家嫌弃，就在饭店见的面。"

孙前程问："头回拜见丈母娘，这姑爷，一定给您送了重重的见面礼吧？"

牛大妈炫耀地把手伸出来，手腕上戴着一个玉镯子："送了，看见了没？这个就是我姑爷送的，说是清朝乾隆年间的。"

孙前程伸头看了一眼："这是玻璃的，十块钱卖你赚八块。"

"啊，假的吗？"牛大妈瞪大眼睛，不敢相信。

"假得不能再假了。"孙前程说。

"甭管怎么样，他给了您个镯子，是不是想让您干什么？"陈新城问。

牛大妈叹了口气："唉，陈总您也是办公司的人，您知道办个公司不容易。"

孙前程未卜先知:"不用说,他公司肯定遇到资金问题了,需要贷款是不是?"

牛大妈吃惊地问:"你怎么知道啊?"

孙前程说:"还用问吗?老狗学不会新把戏。"

"那您就答应帮他了?"肖长庆问道,"牛大妈您可真是,您哪有那本事啊?"

孙前程说:"她不是有套房吗?"

牛大妈点头:"对啊,我有房啊!"

孙前程继续为她占着旧卦:"有套房,那您可以用房子去抵押贷款啊,您放心,我只用几个月,只要等我周转过来就把钱还了,到时候不仅让您把房子拿回来,每个月还付你利息!"

牛大妈连连称奇:"对对对!就这么说的,一点都没错!五分利呢!"

肖长庆瞪了孙前程一眼:"就你能耐!"孙前程摊了摊手。

陈新城遗憾道:"牛大妈,您活了大半辈子了,见过出门天上掉金子的吗,怎么就能信呢?"

牛大妈说:"开始我也不信,我和老头子在电子管厂干了一辈子才落下这么套房子,一心一意将来给我闺女当嫁妆的,怎么能随便抵押呢!"

"这不挺明白的吗?"肖长庆说,"怎么就出事了?"

"因为我闺女啊,"牛大妈慨叹,"我不同意,我闺女就在我面前哭,说如果我姑爷困难的时候她不伸手,他俩的事就成不了。让我帮他一把,还说这事她考察过,叫我一万个放心,三个月肯定能回来,不会有问题。"

孙前程斜着眼:"对啊,您信不过我,总信得过你闺女吧。所以把您的房子过户到你闺女名下吧。"

"是是是!我过户给我闺女了,我信我闺女啊。前程你又知道了!"

肖长庆接着问:"后来呢?"

孙前程抢答道:"后来?后来就简单了,她姑娘已经被爱情蒙蔽了,房子一抵押,人家钱一到手,头一个月给她点钱,让她放松警惕,然后人就消失了。"

牛大妈说:"对,对,对。"

孙前程说:"房子没了吧?"

牛大妈支吾着："嗯……"

孙前程说："人也没了吧？"

牛大妈继续支吾："嗯……"

孙前程抖抖手："你看看。"

陈新城说："长庆，咱们回去真得查查孙前程有没有犯罪记录了。"

肖长庆点头："我也觉得很有必要。"

孙前程把手一甩："行行行，我不说了，你们继续。"

肖长庆问："这房子抵押了多少钱啊？"

牛大妈答："两百万。"

"啊？"陈新城惊道，"两百万？"

牛大妈点了点头。

肖长庆说："你那个姑爷，不是，这哪是姑爷啊，就是个骗子！你们被骗了，你闺女没反应过来啊！"

牛大妈说："我闺女回来哭，说都怪我。她说生错了家庭。要不是生在我这样的家里，也不能找不到更好的对象，不会碰到我姑爷这样的骗子。"

肖长庆皱着眉："您这是养了个什么闺女啊？她把骗子带来的，现在反过来怪您？"

牛大妈自责道："是我让孩子脸上没面子。"

肖长庆跺着脚说："气死我了！"

陈新城拍拍他肩膀："长庆你冷静，牛大妈，您总会报案吧，警察不管吗？"

孙前程忍不住又插嘴："怎么管啊！那房子抵押了，是她们还不上贷款，房子才回不来。找谁也没用！"

肖长庆说："就算警察不找，你闺女也应该去找啊！"

牛大妈摇摇头："我闺女嫌丢人，不愿意去找……"

肖长庆吃惊："什么？"

牛大妈说："我闺女忙，她公司里重用她，她工作可多了。再说了，就算她有空，我也不能让她去，丢人现眼的事，我能让我闺女去干吗？但是，我蹲了好几天，还是堵住那骗子了！"

肖长庆惊喜道："啊！找到了！他说什么？"

孙前程哼了一声："能说什么？钱我一定还，但现在要钱没有，要命一条。"

牛大妈大惊失色:"啊,前程,你怎么什么都知道啊?他是不是跟你学的?"

孙前程苦笑:"什么就跟我学的!"

牛大妈一下子站起来:"前程,你是不是认识他?你们是不是一伙的?"

孙前程赶紧往后躲:"别瞎说啊!怎么就认识了?怎么就一伙了?"

陈新城和肖长庆也眯着眼看孙前程。孙前程咳嗽了一声,尴尬地看向别处。

牛大妈带着哭腔说:"陈总,我的日子没法过了。那贷款的还款日期就要到了,他们说还不上钱就要拍卖我的房子。我辛辛苦苦一辈子,老了老了就要被人赶到街头上去了,我真没法活了。"

陈新城问:"你那房子不是过给你闺女了吗?催债应该找你闺女催啊,怎么找你头上了?"

牛大妈说:"哪里能让他们去找我闺女啊?万一被她老板知道了……"

肖长庆气恼道:"耽误她前程!可你闺女就不怕她老妈被人赶到街头上吗?"

牛大妈歇了半晌才说:"所以我找你们来了。陈总,长庆,前程,你们不是管养老吗?你们就帮帮我吧,不然我只有死路一条了。"

陈新城说:"长庆,你看……"

孙前程猛咳一声。

陈新城说:"长庆,你看……"

孙前程又猛咳一声。

肖长庆火了:"怎么啦?被痰噎住了?没噎死啊?"

孙前程赔着笑:"小岳啊,你陪着牛大妈好好说说话。新城,长庆,你们过来一下,这事咱们再好好商量商量。"

小岳小声提醒:"陈总,这事你们可千万别管哈。"

陈新城问:"为什么啊?"

小岳说:"牛大妈还好说,她那个闺女,是个人就受不了。"

肖长庆问:"怎么,你认识她?"

小岳不好意思道:"也……也算不上啥认识。"

孙前程把俩拇指并了并:"说,是不是这个过?怪不得你对牛大妈特

83

别亲。"

小岳说："不是，我俩相过亲，可人家没看上我，觉得我不过是个司机。"

陈新城不乐意了："什么？连我的司机都看不上。小岳，你告诉她，今天你看我不起，明天我叫你高攀不起。你放心，集团会培养你的！"

小岳很高兴："陈总，我就靠您了。您三位商量，我去陪她。"说着跑到牛大妈那儿去了。

三人又商量了一番，可惜骗子实在太高明，这骗局让人一时半会儿找不到漏洞。但肖长庆表态了："牛大妈的事咱们不能不管。否则，咱们趁早各自回家，这个养老中心就别干了。"

孙前程不同意："咱管养老，咱还管她为了闺女犯傻？"

肖长庆说："我不管你们，我是这个中心的主任，这件事我非管不可。你们在这儿聊，我去和她说。"说着就要走。

孙前程拦下他："真不想帮你们出这个主意。现在，其实还有个办法止损。"

肖长庆问："什么办法？"

孙前程说："那二百万，她肯定是追不回来了。可她的那个房子我知道，咱们宿舍小区是好地界，起码能卖五百万。现在的楼市挺好的，最好的办法，是让她趁这个时候抓紧时间把房子卖了，还上贷款，还有二三百万的结余，她养老肯定是够了。"

肖长庆问："房子都没了，她怎么养老？"

孙前程满脸精明："长庆你傻啦？让她来咱们养老中心租房子住啊。房租一个月还不到三千，二三百万的利息就够她养老了。我真不想教她这招，她这样的人，进来也是我们的包袱。可看在她可怜的分上，我认了。"

陈新城说："这倒是个办法。"

但肖长庆仍不同意："难不成房子被骗子骗走就骗走了？"

孙前程说："已经骗走了啊。"

肖长庆道："朗朗乾坤，我还真不信这个邪了。空口白牙骗走人家的房子还合法，打死我也不信这个理。这件事，我管了。"说着就回去了。

孙前程急得团团转："新城，新城，你劝劝他。"

陈新城说："我也不信这个理，这件事，我和长庆一起管了。"说着也回去了。孙前程直叹气，没办法，也跟着回去了。

牛大妈还在继续对小岳哭诉："小岳，当初她要跟你就好了。"小岳尴尬地挠头，哭也不是，笑也不是。

三人回来了，肖长庆刚想说话，被陈新城抢先："长庆，你让我先说几句。"然后端出领导的架势，"牛大妈，你是电子管厂的老职工了，这么多年，怎么思想觉悟一点也没提高呢？这件事，首先是你想占便宜，还一个月五分的利，你见过这么便宜的事吗？贪小便宜倒大霉！这事，你得深刻检讨。"

肖长庆说："新城啊，这时候就别批评她了，咱们能先帮她追回房子来，检讨以后再写行吗？"

陈新城摆手阻止："不行！首先得叫她提高觉悟，否则，咱们就是帮她追回房子来，也会再次被人家骗走。"

孙前程嘴一噘："哼，还想把房子追回来。"

陈新城不高兴了："孙前程，你要再这样，这养老中心的主任助理，你趁早别干了。"

孙前程说："好好好，我不说了，看能不能帮她把房子追回来！"

牛大妈眼巴巴地看着他们："陈总，长庆，前程，真能帮我把房子追回来？"

肖长庆说："肯定能！"

陈新城说："一定行！"

孙前程撇了撇嘴，没说话，

"好，好，"牛大妈感动得老泪纵横，"自从房子被骗走，我能找的地方都找了，没人理我。到底是咱们自己的养老中心。那，我先回去等着？"

"嗯，放心吧！"肖长庆说，"您就回家等消息吧。"

陈新城盼咐道："小岳啊，开车把牛大妈送回去。"牛大妈千恩万谢地跟小岳走了，小岳帮她提着大米和油，她还要背那捆纸盒子。

肖长庆说："这些破烂就算了吧。"

牛大妈说："那可不行，能卖好几块钱呢。您要怕我弄脏车，我不坐了。"

陈新城哭笑不得："算了，小岳，送她走吧。"

牛大妈背着破烂跟着小岳走了，三人看着她佝偻的背影都有些感慨。

陈新城说:"这牛大妈年轻的时候还行,我记得还经常评个先进啥的,怎么老了老了变成了这样?"

肖长庆也叹息道:"日子过得越差,人就活得越不像人。"

孙前程提醒他们:"二位,像牛大妈这样的,绝对不能成为咱们养老中心的目标居民。一个养老机构的层次,取决于它的居民的层次,如果咱们的居民都像牛大妈这样,咱们养老中心的层次也高不了。"

陈新城严肃地说:"因果关系倒了,咱们得叫咱们的居民因为住进咱们的养老中心而变得层次高起来,而不是养老中心因为帮助了几位经济困难的居民就降低了层次。来,咱们三个分分工吧!"

第二天一大早,肖长庆就到牛大妈家把情况又具体了解了一下,检查了房产过户的材料和贷款协议并拍了照片,拿回养老中心跟陈新城和孙前程商量。

"乙方,大融信贷有限责任公司,这是一家民间借贷公司。"肖长庆指着材料给他们看。

陈新城闭着眼睛喊:"小岳,小岳。"

小岳伸伸头:"啥事陈总?"

陈新城说:"我们讨论重要事项呢,你过来做做记录。"

小岳为难地说:"陈总,工程那边还有些事情需要我扫扫尾呢。您都退休了,自己做做记录也可以吧?"

"什么?"陈新城睁开眼睛,小岳已经不见了。肖长庆和孙前程互相丢了个幸灾乐祸的眼色。

"好吧,"陈新城对他们道,"接着说吧,也就是说,她闺女抵押了属于她的房子,贷了二百万,借给了她那个好对象。"

肖长庆看着手机:"她那个对象叫项怀才。听听这名字,有骗人的天才。这不,人家留了借据,借了她闺女二百万。这是银行流水,这二百万是从大融的账上打到她闺女账上,从她闺女账上打给这个项怀才的。"

孙前程说:"我说什么了?一切都合法吧。她闺女自愿用房子抵押贷款,贷款协议上写得很清楚吧?她抵押了房子,人家给了她二百万,这二百万真金白银地打到了她账上吧?人家贷款公司合法吧?她和这个项怀才谈恋爱,自愿把钱借给了项怀才,项怀才还给她留了借据,又合法吧?谁也不能不许民间互相借贷呀。当然，最后一步，钱没了，没了有什么办法？你们找项怀才要啊，项怀才不是不还呀，人家不说要钱没有要命一条了吗？他没钱还你有什么办法？"

肖长庆说："我查了查，像她这种情况还真不少。"

"我不是说了吗，"孙前程说，"这种多得是，这几天我就找到了四五家，全都是老年人，贪图小便宜，要不就用房子做抵押去买高息理财产品，要不就像牛大妈，用来抵押贷款。有些人比牛大妈还惨，已经被人赶出来了。"

陈新城问："那些人最后有什么办法吗？"

"能有什么办法？有人哭，有人闹，最后还是得乖乖地把房子交出来，谁叫你贪图小便宜来呢？"

陈新城不说话了，闭着眼睛想了半天："长庆啊，依你看，这事怎么办啊？"

肖长庆牙疼似的："我一时还真想不出办法。我刚才拿着拍的这些照片给肖林肖建看过，他们也说没办法。这骗子确实狡猾，一切都是合法的。"

"事到如今，我的办法是最好的办法，"孙前程把之前的话又重复了一遍，"就是趁高位让牛大妈把房子卖了，还上贷款到咱们这来租房子住。说实在的，要不是看她太可怜，我还真不想要她。"

陈新城说："前程啊，你怎么一点劳动人民的感情都没有？牛大妈辛辛苦苦一辈子，就这么一套房子，你眼看着她被人坑？"

孙前程说："有些人想叫人坑，你拦都拦不住。"

肖长庆继续补充："我查了一下，她这个姑爷，骗了不止她闺女一个，和她闺女谈完，又谈了两个，那两个和牛大妈家的情况差不多，家里都有一套房子，最后都被他骗去抵押贷款了。"

陈新城一拍手："这不就行了吗？孙前程，掏钱。"

孙前程问："干什么？"

陈新城说："哪怕要不回房子来，咱们起码得把这个骗子绳之以法，帮牛大妈出口气呀。他要坑了牛大妈一个，咱可能还没办法，他坑了好几个，诈骗意图就很明显了。咱们帮牛大妈请律师，告他！"

孙前程不解："她打官司她掏钱请律师，关咱们什么事啊？"

陈新城头一歪："不掏是吧？不掏你就拿着你的钱走吧，我找集团出钱。

可这个养老中心也没你什么事了。"

孙前程只能服软："掏，掏。天哪，我欠谁的了？这样吧，长庆，律师你去请，两千块。"

肖长庆摇头："两千能请什么律师？"

孙前程说："这种事，请律师和不请律师差不多，咱们三个都能看明白的事，还用得着律师吗？就两千，你看着请吧。"

肖长庆接下这项差事后，花了好几天，满大街地去找律师，结果人家要么嫌案子难做，要么嫌证据不充分，啥进展没有，咨询费倒是交出去不少。终于，第四天的时候，找到了一家"天正律师事务所"。

肖长庆坐在王律师面前，王律师看着像五十多岁，西装很廉价，会客室也很寒酸。王律师说："这案子您找别人，肯定会告诉你不好打，可找到我，就算你找对人了。这样，咱们先签代理协议，签完了，我告诉你怎么打。"

肖长庆紧张地咽了一下唾沫，还下意识地按住了口袋："王律师，这老太太被骗惨了，确实没钱了。代理费得多……多……多少钱啊？"

王律师伸出五根指头："少了五千没法干。"

肖长庆长出一口气："王律师，我说句实话，这老太太只能出两千。这样吧，我看着老太太太可怜，我自己再帮她出两千。四千块，一口价，怎么样？"

王律师瞅着他："律师这行，可是一分钱一分货。"

肖长庆点头："我知道，我知道。说起来也没我什么事，咱们不都是见义勇为吗？怎么样，四千块？"

王律师一愣怔："见义勇为，见义勇为，四千就四千吧。"

律师找好了，但委托协议需要牛大妈的闺女来签，于是肖长庆又给牛大妈打电话，两人说好了一起去找她闺女。肖长庆在她家楼下等了大半天，牛大妈终于提着个包出来了。

"好我的牛大妈哎，"肖长庆无力地埋怨道，"又不是小姑娘了，出门还得打扮打扮，怎么这么久啊？"仔细一看，牛大妈还确实打扮过了，换上了新衣裳。

"昨天你一说去找我闺女，我给闺女包的大包子，刚出锅，你看，还热着哩。"牛大妈扯开布包。里边用毛巾裹着，确实还冒着热气呢。

"你包包子不会叫闺女回来吃吗？还得送去。"肖长庆瞅了一眼，说，

第六章

"快走吧。"

肖长庆被牛大妈带着来到一群高档写字楼中间,在里边前后左右地转悠,肖长庆不敢相信地抬头打量着那些金光闪闪的写字楼:"牛大妈,您说您闺女在这些楼里工作?"

牛大妈骄傲地说:"不是眼前这座,我闺女的楼,比这楼还高呢。"

"可了不得,"肖长庆感叹道,"鸡窝里飞出来了金凤凰。"

牛大妈不高兴了:"你这啥意思?"

肖长庆意识到自己说错了话,连忙岔开话题:"没啥意思,没啥意思。你闺女到底在哪座楼里啊?"

牛大妈也转晕了,说:"我来过一回,这些楼长得差不多,我认不出来了。"

肖长庆说:"那赶快给你闺女打个电话,叫她出来接啊。"

牛大妈摇摇头:"我闺女不许我上班时间给她打电话,她老板会不高兴的。"

肖长庆扶着额头:"我的天哪,她到底在哪工作啊?集中营吗?牛大妈,这里得有几百家公司,你不打电话,咱们转一天也找不着。"

牛大妈犹豫了一阵:"那,我打个吧。"

打完电话,牛大妈带着肖长庆又兜了几圈,终于来到一座写字楼的大门口。肖长庆抬头打量着面前的写字楼问:"你闺女在这里?"

牛大妈骄傲地:"我说是最高的吧?"然后走上前去问保安,"先生,后门在哪里啊?"

肖长庆说:"怎么找后门啊?"

牛大妈小声解释:"咱们去后门等她,在前门被她同事看到了不好。"

肖长庆说:"怎么,你这个妈叫你闺女没法见人啊?"

保安指了路,牛大妈拽着他说:"行了赶快走吧。"

两人在后门口等着,等了差不多半小时,一个年轻时髦的女孩才从后门走了出来。牛大妈老远招手:"秀菊,秀菊,妈在这儿呢。"

王秀菊左看看右看看,才一路小跑地过来:"妈,我和您说过什么?别上我单位来找我,您又来了,有事吗?"

牛大妈说:"秀菊,这是你肖叔,我和你爸的老同事。你爸那时候成天把你背到厂里去,你肖叔叔还抱过你呢。"

89

王秀菊冲肖长庆点头笑笑，继续问牛大妈："有事吗？"

牛大妈说："就那房子的事，你肖叔说是帮咱找回来。"

王秀菊这才认真看了看肖长庆："能行？"

肖长庆说："行不行的得试试，毕竟不能白叫骗子这么骗走了啊。我帮着找了个律师，让人家帮咱打官司。不过呢，这房子已经过户到你的名下，需要你出面和律师签协议。"

王秀菊为难了一阵："肖叔叔，这件事我不想声张。"

牛大妈说："秀菊，我也不想声张，可不声张没办法，讨债的成天堵门。"

肖长庆说："对啊秀菊，这么下去也不是办法，你总得管啊！"

王秀菊哭丧着脸："我管了，我已经打了上百次电话了，就是没人接，我也报警了，但是警察也帮不了。我能怎么办？"

肖长庆说："但房子毕竟是在你手上被骗走的，你不声张这事就能解决吗？骗子能自首吗？几百万能自己回来吗？律师我都帮你找好了，你就去签个字总行吧！"

王秀菊憋了一阵："对不起，我还得上班，我不想在这件事上过分纠缠，您愿意帮忙，我谢谢您，您要不方便，我就让我妈处理。妈，我还忙着，我回去了。"说着就要回去。

"你！"肖长庆气得说不出话。

牛大妈连忙把那个还冒着热气的毛巾包裹拿出来："哎，秀菊，妈给你包的大包子，羊肉馅的。"

王秀菊说："妈，以后在这里别叫我秀菊，叫我多萝西。我们办公室不许吃东西，您拿回去吧。"

牛大妈劝她："还热着哩，要不然你在这儿吃了？"

王秀菊说："妈，我站在这里吃东西，您不怕丢人，我还怕丢人哩。"

肖长庆大怒："什么，你说什么？你出息了，成多萝西了，嫌你妈给你丢人了。你回来，你回来和你妈好好说。你信不信我敢大声叫，把大家都叫出来看看你这好闺女？"

王秀菊脸一变："妈！"

牛大妈赶紧劝阻："长庆，长庆，你这是干什么？秀菊你赶快回去吧。"

王秀菊一闪，人不见了。

肖长庆大口喘着气："可气死我了。牛大妈，你别拉我，我去找她老板，他收了个啥员工啊？"

"长庆，你别去，我不许你去。"两人纠缠着，牛大妈突然就冲他发开了火，"你想干什么？我的事，你别管了！"

肖长庆一愣："牛大妈，我是为了你啊！"

牛大妈沉默了一会儿："可那是我闺女啊。我闺女好不容易出息了，我可不许你坏她的事。"

肖长庆愣了一阵："好，算我多管闲事。你这事我本来就不该管，你回家吧，我也走了。"他走了，走了几步，听身后没动静，回回头，发现牛大妈扶着墙站在那里，正抹着泪哭呢。肖长庆看了她一阵，没奈何，又倒回去。

"牛大妈呀，不是我说你。都说人都是为孩子活着的，这话是不错。可如果咱们养出来的孩子，长大了连咱们都不认了，那养他们是为什么呀？"

牛大妈哭着说："你别管，我高兴。"牛大妈又补充道，"我这辈子就活成这样了，我不想让我闺女像我一样活。现在我姑娘这么好，哪怕她不认我，我都高兴！"

肖长庆叹息一声："那房子的事呢，你闺女不想让咱惊动她，也不想让别人知道，你还找吗？"

牛大妈两行热泪齐刷刷地落下："得找啊长庆，我和她爸一辈子，就留给她这么一套房子，可不能就这么丢了呀。"

肖长庆叹息一声："好吧，那咱们回去吧。"

王律师寒酸的办公室临着大街，坐在里面，能听得见大街上的叫卖声此起彼伏。肖长庆看着牛大妈在协议上一笔一画地签下了自己的名字，然后把协议还给王律师："王律师，您看行了不？"

王律师说："真要说起来，这协议应该她闺女来签的，房主是她闺女嘛。"

牛大妈还是那么倔："要叫我闺女出面，这官司我就不打了。"

"好吧好吧，"王律师说，"只要你闺女承认我是她的代理律师就行。你们坐下，我告诉你们做什么。"肖长庆连忙扶着牛大妈坐下，眼巴巴地看着他。

"这官司，没什么好打的。人家这游戏玩得太好了，一切都合法，哪怕到了法庭上，咱们也赢不了。"王律师说。

肖长庆愣住："你说什么？"

王律师摆摆手："我下面要说的话才是重点，这几句话本来值五千，我打了个八折，现在只有四千了，赶快回家，趁着你那房子还没被查封，也趁着现在的楼市行情好，把房子卖了去。卖了房子，还上贷款，还有结余。那些钱，就是你的养老钱。完了。"肖长庆彻底愣住。

王律师看看手表："好了，本次代理结束了，我下面还有案子。二位，慢走。"

肖长庆还愣着，牛大妈回头看看他，问："长庆，就完了？"

王律师提起包："二位，不好意思，我得锁门了。"

第七章

王律师提着包要走,肖长庆上前一把抓住他。王律师吓了一跳,嚷嚷道:"干什么?你要干什么?"

"好啊,"肖长庆怒发冲冠,"你敢来坑我们!你当我不敢打你怎么着?要么帮我们打官司,要么退我们四千块。说,选哪一种?"

"你想干什么?我打110啦!"王律师威胁道。

"哼哼,"肖长庆从牙缝儿里挤出冷笑,"你打119我也先打你一顿再说,你信不信,我敢把你打得生活不能自理?"

王律师虚张声势地掏出手机:"我打110。"

肖长庆一把把他手机夺过去:"先做了决定再打,是帮着打官司,还是退钱,还是想讨顿打?"

王律师继续狡辩:"这位大叔,您怎么就不明白呢?这官司没法打,打了也得输。你现在接受输的结局,不过是赔上四千块;你再打官司,还得交诉讼费,赔得更多。我这是为你们着想。"

"不行!我不信!"肖长庆说,"这个项怀才同时骗了好几个,我就不信法律能支持他,一定有办法治住他。我们不懂,你应该懂,你得想出办法来。"

王律师张嘴就喊:"来人……"

肖长庆一把把他的嘴捂住了:"说,选哪一个?"

王律师被憋得脸通红,示意让他放手他再说。

肖长庆松开手:"说吧!"

王律师无奈道:"真没见过你这样的。这样吧,我给你指条道,你要是能走得通,我就帮你们打这官司,走不通,就怪不着我了。"

"说!"

王律师道:"这类案子,最近发生了好几起了,我注意到一个奇怪的现象。"王律师指着材料说,"你来看看,你们提供的材料上,这房子过户也经过公证了。我了解好几个被骗房子的,公证都是一家公证处办的,就是帮你们办的这家,名为华正公证处。我猜测啊,这骗子和这公证处没准有勾结。如果你们能拿到证据,先把这公证打掉,这官司就有的打了。"

把牛大妈送回家,肖长庆骑着自行车回到养老中心。院里只有孙前程一个人,躺在一张圈椅上,晒着太阳睡着大觉,太阳帽扣在脸上。肖长庆兴冲冲地过去推他:"前程,前程,醒醒,醒醒。"

孙前程睁开眼问:"又有啥事了?"

"新城呢?"

"回集团,列席董事会去了。这人啊,死也不甘心退出历史舞台。没劲,没意思透了。"

"前程,告诉你个有意思的,那个骗子,我能抓住了。"

孙前程彻底醒了过来:"啊?哪个骗子?"

"放心,不是你,是牛大妈那个姑爷项怀才。告诉你,我有办法抓到他了。赶快起来,咱们一块去抓他。"

"怎么抓?"

"人家律师说了,"肖长庆两眼放光,"几个受骗的老人,房子过户都是一家公证处做的,这家公证处肯定和项怀才有勾结。只要咱们把他们勾结的证据拿到,这官司就能赢啦。"

孙前程一听又泄了气:"不用说,为了这几句话,那两千块又赔上了。"

"什么两千?四千呢,我自己贴上的。"

孙前程恨铁不成钢地说:"长庆啊,不是我说你,牛大妈叫人骗了一遭,你又叫律师骗了一遭。他这话有什么用啊?他们背后就算有勾结,你抓得到吗?"

"怎么抓不到?老话怎么说来着?莫伸手,伸手必被捉。盯紧点肯定抓得到!别闲着没事睡大觉了,你和我一块去。"一边说着一边就去伸手扯他。

"我不去!"孙前程挥手,"我不想惹麻烦!"

肖长庆恼了,扯着他嚷嚷道:"孙前程,我早就看出你心术不正,居心不良,只想用这个地方发财,不想为老人办事。今天这件事,你办也得办,不办也得办。告诉你,我刚刚在外面揍过律师,你不老实我一样动手啊。你去不去?"

孙前程吓得抱着脑袋大叫:"救命啊!"

"别叫,这里没人听得见。"

"我去,我去,"孙前程连连求饶,"别扯我衣裳啊,很贵的。"

华正公证处在一条繁华街道的中间位置,是一座二层小楼,来办业务的人络绎不绝。墙角处,肖长庆和孙前程戴着墨镜,牛大妈正带着他们偷偷地窥视。

"就这家公证处,"牛大妈说,"当时,还是他们公证处的主任亲自帮我们办的。"孙前程墨镜一摘,眼珠子骨碌一转,心生计谋。他趴在肖长庆耳边说了几句,然后把肖长庆的墨镜一摘,两人进了大楼。

前台小姐站起来迎接道:"二位大叔,请问你们找谁啊?"

"这位小姐,我们想做房屋过户公证,该找谁啊?"一边说一边还东张西望,装出一副没见过世面的样子。

"房屋过户公证啊。二位大叔旁边椅子上坐一下,我马上打电话联系。"

两人在椅子上坐下等着。前台小姐打电话,声音还压得很低。墙上有介绍公证处工作人员的照片,两人打量着。最上面是一个人的照片,下面写着公证处主任杜伟,是一个四十来岁的男人。两人看着,彼此交流着眼色。前台小姐打完电话,微笑着说:"二位大叔,我们主任亲自给你们办,二位请上去吧。"两人赶快答应着上了二楼。

照片上的杜伟热情地和他们握手:"二位老人家,坐,请坐吧。请问,二位要做什么业务啊?"

"是这样,"孙前程说,"最近有人向我们推荐了一款高息的理财产品,月息三分呢。我们俩都退了休,一个月就那点退休工资,实在不够花。人家说可以把房子抵押贷款买这款产品。可是我们岁数大了,好像我们去做抵押做不了,得把房子过户到我们子女的名下。我们是来咨询这事的。"

"这事啊,"杜伟道,"二位老人家,最近来咨询这事的不少,二位老人家对这款产品了解吗?对发行这款产品的公司了解吗?最近我们已经发现有几位老人上了当,房子抵押了,买了产品,老板卷了款就跑了,最后钱拿不到,房子也没了。"

"啊,真的啊?前程啊,我害怕,咱们别做了。"肖长庆畏畏缩缩道。

孙前程说："可这一退休，收入减了一大截，成天又得买药又得买保健品的，真不够花。杜主任，您了解的情况多，有可靠的项目给我们推荐推荐不？"

杜伟微微一笑："要说这个呀，大叔您是找对人了。我知道有一家公司，推出专门针对老人的产品，最近买这款产品的老人不少，个个都发财了，一个月能拿十万左右的利息呢。"

"十万？"孙前程惊呼，"长庆啊，有这十万我啥也不干了，成天坐在家里捋着胡子喝香油。"

肖长庆赶忙问："那是什么产品啊？谁做的？"

杜伟耐心解释道："这款产品，就是针对许多老人只有住房没有收入设计的，叫以房养老。主要做这项业务的人叫项怀才。"

"哦，那太好了。"二人交换了个眼色。

在杜伟的引荐下，肖长庆和孙前程不费力气地就找到了项怀才。

项怀才坐在两人对面，殷勤地介绍着产品："过去的三年里，我们的理财产品收益成倍地增长，到目前为止还没有一款理财产品亏损过。"

肖长庆睁大眼："这么好啊？你们收益成倍，那我们能分多少？"

项怀才说："我们和投资者五五分成。也就是说，你们每月有五分的利。"

肖长庆激动道："前程，还等什么？买吧。"

孙前程连忙问："我们把我们的房子做抵押就行吗？"

项怀才说："这个不可以。你们的岁数太大了，信贷公司不会贷给你们的。如果要做，需要你们把房屋过户到你们子女名下，由他们来做。当然，如果你们信任我们的话，最好的办法是我们双方签订合同，然后你们直接把房屋过户到我们公司名下。房子你们照住着，而你们按月吃高额的利息。"

肖长庆点头称赞："那敢情好，我那几个孩子天天盯着我的房子，打来打去的。倒不如过到人家公司名下，到时候把利息分给他们就完了。"

孙前程则说："我就一个闺女，反正早晚也是她的，房子过给她也没事。"

项怀才很高兴："都是可以的。这款理财产品在市场上很受欢迎的，如果二位出手慢，恐怕就买不着了。那么，咱们什么时候去公证处办手续？"

肖长庆和孙前程互相看看。"这倒不慌，我回去再想想。"肖长庆说。

孙前程附和道："我也需要和我闺女商量商量。走吧，长庆。"

一番高规格的接待和送别后，两人从楼里出来了。

肖长庆先开口："怎么样？这二人有勾结。"

孙前程两手一伸："白搭。明明知道他们有勾结，没证据还是白搭。"

肖长庆说："别着急，我就不信凭咱俩抓不到证据。这样，咱俩分分工，一人盯一个。他们要有勾结，早晚还会碰面，咱们看看他们在一起捣什么鬼。"

孙前程苦着脸："天哪，人家一人四个轮子，咱们可就两条老腿啊。"

肖长庆笑笑："总会有办法的。这样吧，我负责盯项怀才，你去盯那个姓杜的。随时手机联系啊。"

接下来的几天，二人抛下手头上的所有琐事，兵分两路。孙前程负责监督杜伟，肖长庆负责监督项怀才，连续作战，不辞劳苦。他们眼见着一个个上当受骗的老年人进了大楼，连连叹息，心里干着急，暗暗祈祷让不法分子赶紧落网。终于，有一日，两名被监督对象同时往一个方向动身，这可把他们给高兴坏了。孙前程赶紧打电话："地瓜地瓜，我是土豆。我这边已经上车了，你那里如何？"肖长庆在电话那头道："土豆土豆，我是地瓜，跟踪行动有序进行中！"结果折腾了半天，杜伟去了一家名叫品味居的饭店跟年轻女子吃饭，项怀才则去了健身房。

陈新城听完笑得前仰后合："你们啊，狗熊他妈是怎么死的？我怎么有这么笨的两个部下。"

肖长庆恼怒道："你不笨，你不笨你出山啊。正事不干你非跑回去讨人厌。人家早就让你退休了，还不甘心退出历史舞台，非叫人家轰出来才死心吗？"

"咦，抓不住人家，怎么冲着我来了？"

孙前程泄气地说："长庆，我说过了，没办法的。人家就是勾结，也是在私底下，咱们不可能抓住的。"

肖长庆怒气冲冲地说："不行！老话说得好，要想人不知，除非己莫为，我就不信，他们做这么多的坏事就抓不住他们！新城，跑腿的事我们俩干，你得帮我们想想办法。"

陈新城说："光集团的事就够我忙的，我有什么办法？"

"不行！你非想出来不可，否则我们俩以后不许你再进这个门了！"

"你以为我愿意来啊？我在集团有大办公室，干吗要到这儿和你们挤？"

肖长庆说："那你走，你马上走，不许再回来！哼，除了我们这儿，还有哪里稀罕你！"

陈新城鼻子一歪："走就走！我走啦。前程啊，我走啦！"

孙前程懒洋洋地说："走就走呗，用不着和我说。"

陈新城作势走了几步，没人理他，没奈何，自己停下了："有了。"他回过头来说。

"什么？"肖长庆问。

"办法啊。"陈新城说，"有句话叫敲山震虎，还有句话叫打草惊蛇。"

"什么意思？"

"你们不是说还不断有老人上当吗？你们带上牛大妈，最好再找几个老人，去找项怀才或者那个姓杜的，他们看事情要闹大，自然会凑到一起商量办法，到时候……"

肖长庆笑了："到底是当了多年领导的，有办法。"

孙前程白了一眼："什么办法？还不是咱们跑这几天的腿，把事情都办得差不多了，他下山摘桃子来了。"

肖长庆说："前程，走。"

陈新城伸手拦住："慢着，你们去找谁？"

肖长庆答："带着牛大妈去找项怀才啊。"

陈新城说："别，你们去找姓杜的。"

肖长庆问："为什么？"

陈新城说："杜伟那边是公证处，国家监管得严，他更怕出事。你们一找他，他就得找项怀才。"

肖长庆和颜悦色道："新城，打今天起，我不崇拜别人了。"

陈新城扬扬自得地说："你以为这辈子的商场是白混的？我需要你崇拜的地方还多着呢。赶快去吧，有情况随时汇报。"

公证处这边，杜伟刚从外面赶回来，肖长庆和孙前程已经坐在他办公室等他了，杜伟高兴地上去和他们握手："二位，过来办公证啊？把房子过到谁名下？怎么对方没来啊？"

肖长庆说："杜主任，公证的事先别慌，我们有件事问问您。"

"什么事？"

两人身子一闪，露出坐在后面的牛大妈来。

孙前程问："杜主任，这牛大妈房子的事是怎么回事啊？"

杜伟一愣："这什么意思？这位大妈是谁？我不认识啊。"

牛大妈一把抓住他："姓杜的，你敢说你不认识我？我房子过户，不是你给我公证的吗？前几天我还来找过你，这才几天你就装不认识了？"

杜伟急了："干什么？你想干什么？你要把你的房子过户给你闺女，是你真实意思的表达，我不过是帮你们公证了一下，有什么问题吗？"

牛大妈喊道："你这不是还记得吗？可我后来才知道，我办过户有什么问题，什么风险，你们应该一条条地和我说清楚，你说了没？你拿过文件来就抓住我手让我签字了，你为什么不给我解释啊？"

杜伟否认道："谁说没给你解释？我当着你和你闺女的面，一条条给你们解释的，你怎么翻脸不认人呢？"

牛大妈指责他："这不是当面说瞎话呢吗？你和那个项怀才，一左一右，一唱一和，告诉我们把房子过给我闺女，拿着去做抵押贷款，一点风险也没有，恨不得抓着我的手签的字，什么时候给我们解释过了？"

杜伟对肖长庆和孙前程一笑："二位，别听她的，这老太婆穷疯了。"

孙前程一脸正气，宛若再世包公："是吗？是她穷疯了？那这几位呢？"

杜伟一转头，不知道什么时候又有好几位老人进来，站在那里用怨恨的目光盯着他。杜伟吓得一下子站起来："你们想干什么？我警告你们，你们在妨碍公务啊。"

孙前程笑道："妨碍公务？杜主任，到底谁利用公权力坑蒙拐骗，欺骗老人呢？这几个人的女儿，都和那个项怀才谈过恋爱，都把自己的房子在您这过给了他们的女儿，贷款给了项怀才，你敢说，你和项怀才之间没有勾结吗？"

杜伟翻脸不认账："你什么意思？谁是项怀才？"

肖长庆说："你连项怀才都不认识了？前两天不是你把我俩介绍给项怀才的吗？你和项怀才到底在搞什么鬼？你老实告诉我们，否则，我们和你没完！项怀才不过是个社会上的小混混，我们奈何不得他，可你这是堂堂的公证处，你和社会上的人勾结起来坑害老百姓，我们管不了你，总有地方管你！"

杜伟吓得汗流浃背，赔着笑解释："这位先生，我们和项总那儿是正常的业务往来。有时候他的业务需要公证，就介绍到我们这里来，仅此而已。至于你们说的情况，我一点也不了解。这样吧，我们马上了解一下，一定给大家一个交代，行不行？"

几个老人一起喊："不行！你现在就得给我们一个答复！"

杜伟半弯着腰："各位，你们说的情况我确实不知道，总得给我一点时间去了解一下。请你们相信，我们是堂堂的公证机关，我们会对大家负责的。"

肖长庆和孙前程装模作样地低声商量了一下，然后肖长庆转头去安抚老人们："各位，他说得对，他这儿是国家设立的公证处，他要是作假，那就是贪赃枉法，自有国家处理他。咱们就给他一点时间让他去了解一下。放心吧，这么大个公证处在这里，跑不了他。杜主任，需要多久？"

杜伟说："五个工作日吧。"

大家又一起喊："不行！"

孙前程说："是不行。五个工作日，项怀才都能跑到越南了。两天，一天也不能再多了，要不然，我们马上就去报案。"

杜伟慌忙挥手："别别，别报案，报假案也是需要负责任的。两天就两天。"

"什么？只有两天时间？"陈新城听闻后拍案而起，"你们怎么回来了？你们打草惊了蛇，敲山震了虎，然后自己就回来了？他们要跑了怎么办？这两天就是决战关头，一刻也不能松懈。哼，这事，我就知道少了我不行。"

小岳在后面接上了："就是。有些事，下面的人能办，有些事，还非得领导出面不可。"

陈新城命令道："小岳，从现在起，你归他俩指挥，随时听他俩调遣，他俩指哪你打哪。"

小岳不可思议地问："什么？"

陈新城说："你不说非得领导出面不可吗？现在他俩就成你领导了。"

小岳点头："好我的陈总，您在这儿等着我呢。"

肖长庆不敢相信地摸摸自己的脸。孙前程说："新城，这才一辆车，我们得同时盯两个人啊。"

陈新城道："我马上再从集团调一辆车来。"摸出电话就打给袁英时，"小袁，我这边有紧急情况，你马上给我派一辆车来，四十八小时以内，随我派遣，就这样！"扣上电话，得意地看看那两位。

孙前程颤抖道："这还真是虎死虎威在呢。"

陈新城不屑地说："说什么呢？我在集团还有党内职务呢。走吧。"

肖长庆和孙前程同问："你上哪？"

陈新城说："第一线啊，这个时候，领导同志能缺席吗？你俩，一人带一辆车盯一个，我去和公安的同志保持联系，有需要一声招呼，警察同志第一时间出现在现场。"

肖长庆坐在小岳车上，拿着手机正在打电话："地瓜地瓜，我是土豆。一号目标出洞了，正向顺河街的方向行驶，目的地不明……"

孙前程坐在袁英时派来的另一辆车上："土豆土豆，我是地瓜，二号目标暂时还没有动静。出来了！二号目标出来了！"

果然，杜伟戴着墨镜，从公证处出来，左右看了一下，孙前程赶快缩到车玻璃以下，再起身，看到杜伟上了一辆车，开车走了。

孙前程拍拍司机："小林，快跟上他。"又对着手机说，"二号目标也向顺河街方向行驶。土豆土豆，我是地瓜，听见了吗？"

小岳的车停在一家银行门口，肖长庆坐在车上，看到项怀才提着一个大书包从银行里出来，把包放到车上，开车走了。书包看上去很沉。

肖长庆拍拍小岳让他跟上，自己打电话。

肖长庆拿起电话："地瓜地瓜，我是土豆，紧急情况，一号目标刚从银行里出来，看样子取了一书包钱。"

孙前程正紧跟在杜伟的车后面，一听电话很振奋："啊？是不是二号目标威胁一号目标，向他敲诈钱啊？如果是那样就太好了，咱们可以来个人赃并获了。土豆土豆，一定要紧紧跟上。"挂上电话，又拨给陈新城，"毛芋头毛芋头，我是地瓜。一号目标从银行里取了一大包钱，两人可能要现金交易，毛芋头毛芋头，我是地瓜……"

"毛芋头收到！"陈新城正在派出所里和两名警察说明情况，放下电话对警察道，"我说什么了警察同志，他们就是一个内外勾结，专门坑害老年人的犯罪团伙。现在，他们正准备分赃。"

两名警察却很诧异："谁是毛芋头啊？"

项怀才停下车，从车上提下那个书包，匆匆进了饭店。小岳跟在后面也停下车，肖长庆刚要下车，看到一辆车从对面开过来，肖长庆赶紧停住，看到杜伟从车上下来，也匆匆进了饭店。接着孙前程坐的车也开了过来。肖长庆和孙前程同时从车上下来，让汽车开走了，两人像做地下工作一样，鬼鬼祟祟地凑到一起，还装不认识，互相使了个眼色进去了。

孙前程低声嘱咐："镇静！一定要保持镇静！别叫他发现了！"

肖长庆的声音有点抖："放心吧。前程啊，你说，他们身上不会有枪吧？"

孙前程摇摇头："也说不定。"

"啊？至于吗？"

"那包里，起码得有一百万吧？为了钱，这些人可是什么事都能干出来。"

"啊？我还有一大家人家呢。"

"你在外面，我进去。"孙前程说。

"什么？"肖长庆转头质问他，"从开始你就泼凉水，是我坚持才有今天的，到立功的时候了，你想把我支走？我不怕。"说着不怕，到底还是打鼓，"前程啊，这事说起来还是我了解的情况多，万一出了啥事，你掩护我先跑。"

孙前程问："凭什么呀？到时候咱们就拼谁腿长呗。"

饭店里正是上客人的时候，喧哗鼎沸，很热闹，他们进来，一位小姐赶紧迎上来："二位有预订吗？"肖长庆刚想说没有，被孙前程拉住了。

孙前程说："我们是客人，有人预订了。一位姓项的先生预订的，有吗？"

"项先生吗？有，在六号包房那边。"说完要带他们过去。

孙前程挡住她："小姐，我们自己去就可以了。"

两人顺着走廊过来，走到六号包房门口，屋里静悄悄的，孙前程趴到门上听，听了半天没反应。

肖长庆着急地问："说什么了？听见什么了？"

孙前程不让他说话，继续听。

肖长庆心急地也趴上去听:"什么也听不见啊。"

两人动作很轻微地把门推开了一条缝,看到杜伟和项怀才坐在沙发上,那个包就放在项怀才脚边,说话声依稀传过来。

项怀才说:"没事,几个老头老太太能闹出什么事来?您是不是太小心了?"

杜伟谨慎道:"我不是你啊,我是公职人员,万一这事泄露了,对你无所谓,顶多是个欠债不还,我可就不一样了。你呀,还是赶快走吧,走得越远越好。你一走,他们就拿我没办法了。"

孙前程掏出手机,打开录音,悄悄把手机伸到门缝里去录音。

项怀才笑道:"我刚又找到两张肉票,正准备这几天送到您那儿公证呢。"

杜伟一推手说:"赶快走赶快走吧,那俩老头分明是有备而来,不定盯咱们多久了。哎,让你带的东西带来了?"

项怀才点头:"带来了。杜主任,您的胃口太大了,我只带来了一百万。"

"什么?"杜伟瞪大眼睛,"你在这几票上挣了多少?没有我的帮助你能挣这么多吗?"

项怀才无耻地说:"我只有一百万,杜主任如果嫌少,去公安局告我啊。"

杜伟气道:"真是个流氓,拿来吧。"

项怀才把包提上来,打开了,露出满满一书包钱来:"杜主任,要不要当面清点一下?"

肖长庆看到钱,激动地"啊"了一下,不由得一用劲,门被他推开,两人一下子滚了进去。屋里的人吓了一跳,顿时跳了起来。孙前程顾不上别的,还没从地下爬起来就开始用手机拍照。拍了几张,两人站起来转身就跑,杜伟和项怀才连钱也顾不上过来就追。

饭店门口,两位小姐在门口一左一右迎宾,突然肖长庆和孙前程冲出来,两位小姐一鞠躬:"欢迎下次光临。"话还没说完,杜伟和项怀才又冲出来,还把其中一位小姐撞了个趔趄。肖长庆跑在前面,孙前程落在后面,眼看着就要被后面的人追上了。

"长庆,接着!"

肖长庆一回头,一个黑乎乎的东西被抛过来,他敏捷地接住,然后捂着就跑。后面的两个一看,放过了孙前程,盯着肖长庆就追。肖长庆捂着那个东西拼命跑，但哪里跑得过两个年轻人，被项怀才一把拉倒在地下，两人扑上来，抓住他就打。肖长庆双手护住那个东西任他们打。

杜伟气急败坏："交出来！把手机交出来！"

肖长庆说："不给！打死也不给！"

两人下了狠手，对肖长庆又踢又打，杜伟扑上去，拉住肖长庆的手拼命掰，肖长庆就是不松手。杜伟对项怀才喊："快，来帮忙啊！"两个人一起去扯肖长庆的手，到底把他的手扯开，把他手里的东西拿出来后愣住了，不过是一小块石头。

肖长庆正准备往回抢，一看是块石头，也愣在那里，终于明白过来，往地下一躺就笑起来，越笑越厉害："孙前程，你这个老狐狸，我又被你涮了一道。"

杜伟明白过来："我们上当了，赶快，去找那一个！"

孙前程和陈新城坐在养老中心的办公室里开怀大笑。肖长庆挂着拐杖，脸上青一块紫一块的走了进来。

肖长庆指着孙前程道："孙前程，从南京到北京，找不到人比你精。你抛了块石头给我，让我替你挨了顿胖揍。你是人吗你？"

"长庆啊，喝口水，"孙前程端水上来，"消消气，咱们年纪大了，生气影响身体啊！"

"我生不生气身体都已经被影响了。"

"我知道，我知道，虽然你个人是受了一些屈辱，但是从整体上来看，咱们还是收获很大的呀！"

陈新城说："对啊，我正要跟集团打报告。"

肖长庆问："什么报告？"

陈新城说："你们听听啊。"然后清了清嗓子，开始朗读自己写的报告，"最近在破获专门针对老年人的诈骗团伙的斗争中，养老中心在陈新城同志的正确领导下，同志们分工协作，团结一致……"

两人惊叹道："什么？"

肖长庆说："揍是我挨的，你不是在大后方吗？你领导鸡毛了！"

孙前程说："对啊，证据是我拿的，怎么就在你领导下了？头功怎么也得是我的吧！"

三人刚要再吵架，陈新城手机响了。陈新城看看来电显示说："袁英时来的。"然后赶快打开手机，"小袁啊，有事吗？我正忙着呢。"

　　电话里的袁英时说："陈总，集团党委得悉你们英勇无畏，勇于担当，协助公安部门破获了诈骗老人房产的大案，帮助我集团好几位受骗退休老员工追回了被骗房产，我谨代表集团党委向你们表示热烈的祝贺。你们的所作所为，完全说明了你们人老心不老，老有所为，老有所任……"

　　挂了电话，三个人面面相觑。

　　"报告还没打，袁总就先知道了？"肖长庆问。

　　孙前程一瘪嘴："这说明什么？咱这儿有内奸啊！"

　　旁边的小岳嘿嘿一笑，殷勤地给他们端茶倒水："信息时代啦！再说好事传千里，这么大的事，谁不知道啊？"

　　陈新城笑着说："算了算了，知道就知道了。"

　　孙前程赔着笑："是啊，也算是给咱们长脸了！对吧，长庆？"

　　肖长庆捂着脸说："是长脸了！"

　　门开了，王律师进来了："就这儿啊。"

　　肖长庆说："王律师，您来啦。那证据我们拿到了，公证处的那个杜主任和那个姓项的骗子都叫公安抓起来了。您看这回咱们这官司能打赢了吗？"

　　王律师笑道："我说什么来着？还是按我指出的路走的吧？不过，如果警察抓了他们，证据又确凿的话，这就变成公诉案件了。没关系，我仍然可以代理民事部分，向他们要求赔偿。但是，我们得另签代理协议。"

　　肖长庆说："签就签吧，不过我们不会再交钱了，还是那四千。"

　　"什么？"

　　"王律师，您听说了吗？警察一把他俩抓起来，公安局门口都被受骗的老人围住了。现在这案子又出名又有钱。您要不愿意代理呢，我们就找别人，有的是愿意代理的。"

　　王律师无奈道："好吧，就算我法律援助了。"

　　肖长庆连忙纠正："没有，你收了我们四千块钱呢。"

　　忙完这摊子事，肖长庆接到电话，婷婷病了，他连忙打车去了医院，可在医院待了没多久，又被肖建打发回家了。他刚进家门就重重地叹了口气。肖林见状从沙发上站起来问："怎么了爸？"

肖长庆瞥了他一眼，无奈地说："保姆把冰箱里刚拿出来的食物给婷婷吃，导致婷婷得了肠胃炎，在医院吊水呢。"

"要不要紧？"肖林问，"我去看看？"

"倒是没什么大碍，"肖长庆埋怨道，"你说这个肖建怎么回事，要我说压根不用请什么保姆，婷婷交给我照顾就行了，他死活不肯。"

"肖建不就那样吗，"肖林安慰他，"从小就比较独立。"

俩人又聊了几句婷婷的病情，肖林突然开口道："爸，我这边也有件事……"

"什么事？"肖长庆问。

肖林有点难以启齿地说："市里新划了区，咱们这里和实验小学、实验中学变成了一个区，您知道了吧？"

"啊？那咱们这儿的房子不是要涨价了？"

"是，还涨不少呢。可是，我们租的那房子的房租也要涨了。"

肖长庆点头："啊，我没想到这茬。建华和你们说的？"

"对。他不好意思和您张口，在微信上和我们说的。"

"应该的，应该的，别人都涨了嘛。他要涨多少啊？"

"不少，一个月要涨三千呢。"

肖长庆惊讶道："那不一个月九千块了？太多了吧？"

肖林说："是不少。不过我打听了一下周围的价格都差不多，要不是因为咱们这是老破院子，还会更贵。"

"一个月九千，一个月九千，"肖长庆念叨着，"没事，肖林，你们只管住着，我把钱给他。"

"爸，那哪行？您退休工资也就八千吧？我寻思着不行到我公司附近租间便宜的住，可马玲她不愿意。毕竟现在咱们和实验小学一个区了，马玲想把伊伊转到实验小学去。"

肖长庆略作犹豫，说："这样啊，那要不这九千块咱们各拿一部分，你负担三千，能行吗？"

"爸，"肖林为难道，"我公司最近效益不好，奖金一年没发了，工资也要降。"

"啊，那你们的意思……"

"我想能不能想办法把伊伊的户口转到您名下来，这样伊伊可以上实验小学，我另外租房子住去。"

"行，怎么不行！爸这儿怎么都可以。马玲同意吗？"

"这就是我来的意思。爸，您能帮我劝劝马玲吗？"

马玲正趴在伊伊的桌旁辅导她写作业。

"马玲，爸来了。"肖林喊道。

马玲迎出来，问候道："爸来了。"

肖长庆问："伊伊呢？"

马玲伸手一指，说："在房间写作业呢。"

肖长庆点点头："啊。伊伊这两天学习怎么样？"

"还行吧，这孩子，就知道玩。爸知道了吧，咱们这儿归到实验小学校区了，我正在找人把伊伊转到实验小学去，教育质量比她现在这个学校强。"

肖长庆说："马玲，房子的事肖林和我说了。这院子一个月九千，实在是太贵了。我觉得肖林的办法行，把伊伊的户口转回家，还可以上实验小学、实验中学，你们到肖林公司附近另租房子去，一个月能省好几千呢。"

马玲不说话了。

肖林见机恳求道："马玲，咱们只需要孩子能上学就够了，咱们没必要一个月多花这好几千啊。"

马玲说："伊伊是咱们的孩子，一家人不在一个户口本上算怎么回事？万一将来不允许这样呢？岂不是把伊伊害了！"

肖长庆沉默了一会儿，点点头："马玲说得也有道理，肖林，那你们就在这儿住着，房租贵点就贵点呗。爸帮你们承担点。"

肖林不说话了。

马玲小声抱怨："要是咱们早点买了房子，也就没这些事了。"

肖林还是不说话。肖长庆心疼地看看儿子，突然想了起来："对了，还是按上次说的，把这房子给你们，我和你奶奶搬养老中心去。马玲，你放心，这院子破旧，你看不上不要紧，先住着，将来咱们还是给你们买新房。"

肖林想劝阻："爸……"

"别说了，"肖长庆道，"都是为了伊伊上学，就这么定了。不用担心我，孙前程早就搬过去了，一个人过得和皇帝似的，我可不能让他把福独享了。我明天过去安排一下，把那边的房子安排好了我们就搬。"

第八章

这天陈新城刚回家,发现张桂荣在厨房里收拾着,假装吃惊道:"吓我一跳,我还以为家里进了鬼呢。你还知道回来啊?"自打张桂荣去大志公司帮忙以来,他经常这样阴阳怪气。

张桂荣说:"饭我做好了,你去吃吧。"

陈新城看看她说:"去给儿子打杂有什么高兴的?"

张桂荣白他一眼:"你管我,打杂我也开心。"

"行行行,"陈新城终于服了回软,"你这几天不在家,我瘦了小一斤了快,食堂里的饭怎么也不如你做得好吃。"

张桂荣笑笑:"现在知道我重要了,等着。"然后转身把大包子拿了出来。

陈新城一屁股坐在那里就开始大口吃:"嗯,香,就馋这一口,好吃。你不吃?不吃我一个人吃了。"接着陈新城又说,"你啥也不懂,去他们那儿,不是给他们添乱吗?"

"什么添乱,那群孩子都可喜欢我了。"张桂荣整理了下头发。

"有免费的保姆当然喜欢了,大志……他们做得怎么样啊?"

"你问我干什么?你这么关心大志,自己去看看他啊。"

陈新城说:"我才不去呢,老婆子,你以为我还真指望大志挣钱吗?哪怕大志跟我说,他一辈子就想吃喝玩乐,当个纨绔子弟我都认了。但是呢,他不能老打着什么艺术啊创作啊,掩饰自己贪玩不想正干的事实啊。"

张桂荣不解:"你怎么老把儿子想成这样?我跟你说,大志他们可努力了!"

陈新城哼了一声:"努力个锤子啊!我看你是被你儿子给哄住了。"

张桂荣打了他一下说:"臭老头子,不跟你说了,你别吃了。"起身把陈新城眼前的包子收了。

陈新城嚷嚷:"干什么?我还没吃饱呢!"

孙前程这边忙完了突然想起来,自己已经好几天没见到女儿了,便拎了点吃的,来到晓晴家里。晓晴见到他高兴得很,父女二人相对而坐,晓晴跟小孩子似的,扶着下巴,听孙前程手舞足蹈地讲故事。

"我们就这么把那群诈骗团伙给抓住了,警察都夸我们干得好呢!"孙前程得意道。

晓晴鼓掌:"爸,你们真厉害。"

"厉害吧?当然爸爸是最厉害的,那最关键的证据,可是爸拿到的。"

晓晴笑起来:"爸,我还记得小时候,您每次从外面回来,我就缠着您,让您给我讲您在外面的故事,就像现在这样……"

孙前程认真地说:"晓晴,爸爸过去不是个太负责的爸爸。现在,一定要让你看到,只要我们自己努力,完全可以活成令自己骄傲的模样。爸一定能做到!"

肖长庆带着肖母到养老中心入住了。他们住的地方是改造过的两室两厅,虽然是平房,但功能齐全。一家人忙活了一下午,终于把屋里收拾得差不多了,肖林和肖建赶着回去工作,肖长庆站在门口送他们。

肖母不舍地挽留道:"吃了饭再走吧?"

肖林说:"奶奶,我还得回去接孩子呢。"

肖建也说:"我公司还有个会。"

肖长庆挥手说:"行吧行吧,你们别耽误事,回去吧,别挂念,走吧。"

大家一走,屋里顿时冷清起来,肖长庆在屋里转了个圈,突然不知道该干什么了,再看看母亲,也悾悾惶惶。

肖长庆勉强笑着说:"妈,您看看这里多好啊,熟人也多,不比咱们家那老房子强吗?"

肖母只是点了点头,没有说话。

肖长庆又道:"妈,还没吃饭呢,要不我带您去食堂转转吧。"

肖母嘴里念叨:"住公家的房,吃公家的饭,哪里还像个家呀!"

肖长庆说:"妈,这不刚搬来吗?打明天开始,咱们还是自己开伙。"

正说着,孙前程端着一个托盘进来,上面又是饭又是菜:"来喽!大娘,长庆，赶快来。盼星星，盼月亮，总算把你们盼来了。前些日子，这么个大院子，就住着我自己，还有个小岳，晚上还总不在家。大娘不怕您笑话，我一个人在屋里，总听见有人敲门，我不敢开，怕是突然来个狐狸精。"

肖母扑哧笑了："前程啊，好几年不见，你还没长大呢。"

孙前程说："大娘，有您在，我不敢老。大娘啊，您老可好好保重，您就是咱们养老中心的一宝。只要您健康长寿，我和长庆就还年轻呢。"

肖母笑出了声，这回是由衷的笑："好，好。"

孙前程说："今天咱们一块吃饭，给你们温锅。长庆，拿三双筷子来。"

门外传来一个声音："四双。"大家一抬头，陈新城也进来了，手里带着酒水饮料。

孙前程惊道："哟，你怎么又回来了，不是早走了吗？"

陈新城说："走到半路又拐回来了。咱们新颐养老中心来了新居民，还是咱大娘，我哪能不参加啊！"

小岳也端着两盘菜闯了进来："还有我，还有我呢。"

肖长庆招呼大家坐下，说："妈，您看多热闹，咱们又是一个大家庭了。"

肖母点点头，笑了。

晚饭过后，三人坐在那条长椅上。院子里很静，只有几间屋里有灯光，天上的月亮很圆，院里还有蟋蟀声。

陈新城说："真静。"

肖长庆也说："太静了。"

孙前程问："这就算起步了吧？"

三人往周围看着，灯光寥落。

"这就算起步了？"陈新城重复了一遍。

孙前程说："起步了。你们信我的话，将来这儿会成为城市的CBD的，而我们开发的房产就在城市的中央。"

陈新城点头说："我们的中心会住满了老人。"

肖长庆继续畅想："一到周日和节假日，老人们的儿孙全到我们这儿来相聚，一家人在这里其乐融融……"

随着他们的美好想象，眼前还略显荒凉的画面，逐渐变成了一所现代化的养老社区，设施高端，清洁漂亮，老人们在其间谈笑宴宴，身边儿女绕膝，孩子们跑来跑去。三人陶醉地望向远处，脸上都含着幸福的微笑。

第八章

诈骗案的庭审结束了，被告人项怀才犯诈骗罪，判处有期徒刑五年。法警把戴着手铐的项怀才押下去，肖长庆高兴地"啊"了一声，和牛大妈热烈握手："大妈，祝贺啊，咱们赢了！"

牛大妈却一点高兴不起来："咱们赢什么了？"

肖长庆说："您不是都听见了，你那姑爷判了五年呢。"

"把他抓进去有什么用啊？"牛大妈说，"我叫他还我那房子，法院判他还钱，他的钱早就花没了，没钱还，判了不也等于白判吗？"

陈新城柔声安慰道："牛大妈，话不能这么说啊，起码正义得到了伸张吧？"

牛大妈却说："那和我有啥关系啊？那放贷公司还整天逼着我腾房子呢。"

肖长庆一愣，一抬头看到王律师正收拾了资料要走，肖长庆赶快跑出去，一把抓住他："王律师，您不能走啊，事儿还没完呢。"

"怎么没完？"王律师说，"不是宣判了吗？项怀才当庭表示认罪伏法不上诉，案件已经结束了。"

"可是牛大妈的房子没回来呀。"

"她的房子回不来，和我有什么关系？你们花四千块钱委托我打了个官司，我帮你们打赢了，还想怎么样？对不起，我还有事。"

肖长庆抓住他不肯松手："王律师，您再帮着想想办法，老太太太可怜了。"

王律师笑了一声："肖先生，您说别人可怜，您还不知道您自己多可怜呢。委托人应该是她女儿，她女儿自始至终没露过面，只有您跑前跑后。我就奇怪了，这事和您有什么关系？对不起，委托结束了，您愿意多管闲事，我不愿。我走了。拜拜。"说着，甩开他的手，扬长而去。

此时，陈新城也在里边对检察官说："检察官同志，我们牛大妈的房子明明是被骗走的，刚才判的那个被告和公证处的那个主任勾结起来做的虚假公证，这个法院已经认定了，为什么不判把牛大妈的房子还回来呢？"

检察官礼貌地回复道："同志，这里边有两个法律关系。在头一个法律关系里，被告以谈恋爱为名，取得了受害人的信任，骗取受害人把房屋做了抵押贷款，这个法院已经认定了，也判被告还受害人钱了。但是受害人用自己的房屋做抵押，去向信贷公司借贷，他们抵押了房屋，信贷公司真实地把二百万打到了受害人的账户上，这个法律关系是真实有效的，是受法律保护的。所以，法庭只能认定，被告欺骗了受害人，应该还受害人的款，却不能判抵押房屋无效，明白了吧？您啊，还得多学学法。"说完便走了。

陈新城很气愤："说谁呢，谁不懂法呀？"说完也转身走了，结果等他见了牛大妈，却也丧气了，"牛大妈，没别的办法了，赶快卖房子吧。"

"不行！我不卖！"

肖长庆劝道："牛大妈，事到如今，咱们还是面对现实吧。"

"什么现实啊？长庆！当时你们说会管我的，这官司也打了！骗子也抓了！怎么我的房子回不来了呢？你们这是怎么管的！"

肖长庆说："怎么还成我们的错了？刚刚人家已经说得很清楚了！法院也已经判了，您现在说这些有什么用啊？你现在拖着，利滚利，亏的是你自己！"

牛大妈低着头，十分委屈的样子："反正我不卖！就是不卖！"

孙前程有点烦躁地说："行了行了，牛大妈，说什么您都不听，那您去找您闺女吧！让她想办法！"

陈新城点头："就是，这么大的事她都不露面！您要不愿去，我们再去找她！"

牛大妈慌忙劝阻："别再去找她了！她不想声张！千万别再给她添麻烦了！"

三个人回到养老中心，沉闷地坐在长椅上，气氛有点压抑。

"这是怎么啦？"孙前程抱怨道，"她找咱们帮忙，咱们自己掏钱帮了，官司也打赢了，正义也伸张了，而且人家自己不愿意声张，咱们有什么办法？"

陈新城很严肃地叹息一声："牛大妈这个思想觉悟需要提高。"

肖长庆恼了："她都六十多岁了，你还想让她提高到哪里去？官司打赢了，房子还是成了人家的，有什么意义吗？"

陈新城说："你这个同志觉悟也需要提高，你这水平不和牛大妈一样了吗？怎么就没意义了？起码让知道这个案子的老人不再上当了吧！"

孙前程冷笑一声："未必，想上当，挡都挡不住。"

肖长庆反问："对牛大妈有什么意义吗？"

陈新城说："也有啊，是一次很好的教育嘛。"

肖长庆说:"天哪,你这辈子就会教育别人,你还会点别的吗?"

陈新城恼了:"肖长庆,你这是什么意思?我这辈子办成了一个大企业,你竟然不承认?"

孙前程赶紧上来劝:"他哪是那个意思?长庆、新城,这事是牛大妈的事,怎么咱们三个倒打起来了?总之,事情已经结束了,现在要做的是善后。咱们不是愿意为牛大妈做出最大的牺牲,吸收她为咱们养老中心的居民了吗?那不就结了吗?牛大妈卖房子,咱们腾房子,然后皆大欢喜。"

肖长庆犯愁道:"牛大妈她不愿意卖房子啊。"

肖长庆孤身来到牛大妈家,气喘吁吁地爬楼梯上来,正好撞见两个穿着法院制服的年轻人在拍门。

门里,牛大妈激烈地喊着:"谁敢来动我的房子,我就死给他看!"

肖长庆问:"同志,怎么回事啊?"

工作人员问:"您是?"

肖长庆回答:"我是她的老同事,有什么事您和我说吧。"

"是这样,这栋房子已经抵押给了大融信贷公司,人家起诉要求房主还款,提了诉前财产保全,我们来查封这房子,她不接查封通知,态度还很恶劣,我们正准备把查封通知贴到她门上。"

肖长庆叹道:"唉,她岁数大了,又没文化,房子是被人骗走的,你们和她讲什么保全不保全,她哪能听得懂啊?你们把通知给我吧,我给她解释。"

另外一名工作人员拿出一个信封来:"那,您在这文件上签个字,表明我们送达了。"

肖长庆在他指定的地方签了字,两个人和他点点头走了。肖长庆去敲门:"牛大妈,人走啦,我是长庆啊。"门开了,露出牛大妈警惕的眼睛来,左右看后,才打开门把肖长庆让进去,拉住他哭起来。

肖长庆给她讲了一番道理:"咱们还是面对现实吧。这是法院的查封通知,我帮您收下了。"

牛大妈一下子就翻了脸:"肖长庆,谁叫你收下的?我叫你代我收了吗?"

肖长庆一愣:"人家法院的同志就上门送个通知,您不收就等于没接着吗?"

"我不收,不就等于他们没送到吗?通知是你接的,这事你得负责。"

"您这是什么意思？我掏上自己的钱帮您打官司，为您的事跑前跑后，倒跑出不是来了？"

回到养老中心，肖长庆抱怨了几句，孙前程幸灾乐祸道："我说什么了？有些事，不能帮；有些人，不值得帮。这事就到这儿了，以后的事是法院和她闺女之间的事，和咱们没关系了。"

陈新城问："你这话什么意思？你这就说得没感情了。牛大妈是电子管厂的老职工，她的问题咱们能不管吗？"

孙前程笑笑："管，你去管啊，就等着你给她做思想政治工作了。"

陈新城说："该做的思想工作还是得做。长庆啊，你的工作方法不对。你不能只给她讲利益，你还得给她讲大局。"

小岳在旁附和："关键时候，还得领导出马。"

隔日，陈新城果然出马了，他在前面，小岳和孙前程、肖长庆跟在后面。喊了半天，牛大妈才开门。牛大妈戴着一顶安全帽，手里还拿着一把刀，警惕地左右看看，把门打开。四人进来，屋里的情况吓了他们一跳，能当武器的全放门口来了，桌上还放着几个盛满了液体的瓶子。

陈新城问："牛大妈，瓶子里放的什么呀？"

牛大妈说："油，就上回在你们那儿领回来的。要是有人硬要进来，这就是燃烧弹。"

孙前程两手一拍："得，犯罪工具还是咱们提供的。"

陈新城说："牛大妈，这不行啊，这不是破坏安定团结吗？您是咱们厂的老同志，您得识大体、顾大局，法院的同志不是把道理都说清楚了？"

牛大妈不上套："少给我讲大道理，我就要我的房子。"

陈新城感叹："你这个人，受党的教育一辈子，怎么这么不可理喻呢……"

孙前程赶快去拉他："新城，新城，别对牛弹琴了，赶快回去吧。"

陈新城推阻："不行，我得好好和她说说。"

孙前程不由分说地把他拉出去了。

肖长庆还不死心："牛大妈，您知道吗，最近市里改区划了，咱们这儿失去了一些优势，您要不赶快卖，您这房子还得跌价。"

牛大妈拿了一个燃烧瓶就过来了："你再说，你再说试试！"

四人几乎是抱头鼠窜出来的，跑了好远才停下。孙前程回头看看牛大妈没追出来，突然笑起来。

"你笑什么?"陈新城问。

孙前程说:"放心吧,她这房子没事。"

"没事什么意思?"

孙前程和陈新城边走边聊:"你仔细想想,就牛大妈这一招,谁拿她也没办法!你要房子,就不给你腾,你要玩硬的,她就死给你看!谁不怕啊!走吧,这事咱们别管了。"

陈新城想了想,也笑起来:"你说的也是,那年咱们扩建新厂房,就那一个钉子户,拖了咱们一年的工期,最后付出了三四倍的高价。行,咱们不管了。"

肖长庆闷声闷气地说:"你们回去吧,我拐个弯。"

陈新城问:"你上哪儿?"

肖长庆说:"我再去找找她闺女。"

孙前程说:"我刚才说的你没听明白吗,人家的冷脸你还没看够啊?"

肖长庆说:"我不忍心,都是人,得活得像个人样啊。"

陈新城愤愤地说:"是她自己不知道自爱。"

肖长庆说:"可咱们知道,咱们不能看着她这样,我去找找她闺女。"说着扭头就走。那俩互相看看,也跟了上来。

四人来到上次那栋大高楼跟前,肖长庆客气地问保安:"小哥,麻烦您给王秀菊打个电话,就说有人找她,我们去后门那儿等她。"

陈新城说:"慢着,有前门,咱们干吗要到后门等她?"

肖长庆解释:"她闺女怕这事被公司里的人知道,不敢在前面见人。"

陈新城不满:"惯的毛病。"过去掏出名片来对保安说,"我是新城集团的董事长陈新城,我要去见你们一个叫王秀菊的员工有点事。赶快叫她出来迎,不然我们就直接上去了。"

保安想了想:"我们这儿没有叫王秀菊的。"

肖长庆突然记起来:"她在这儿叫多萝西。"

陈新城转过头去:"还是惯的毛病,我就叫王秀菊,她敢不答应,我叫上派出所管户籍的来叫她,走吧,我们上去。"

他气势太足,保安不由自主地让开了路。

小岳说:"陈总,我就不上去了,我在这儿等。"

"为啥啊?你不上去,有事我招呼谁啊?"

小岳有点不好意思:"我不是曾经和她那个过嘛……"

孙前程补充:"他曾经和秀菊谈过一段,人家没看上他。"

陈新城说:"那更得上去了,提醒秀菊,她是从哪里来的。走吧。"

四人进了屋,王秀菊从里边跑出来:"陈总,孙叔,肖叔,你们怎么来啦?"然后瞥了小岳一眼,好像不认识他似的,小岳也不由得一缩。

陈新城大声道:"秀菊啊,我们找你说说你妈那事啊。小岳,你不认识啦?"

王秀菊畏缩道:"陈总,办公室里不能大声喧哗,咱们到会客室谈,行吗?"

三人来到会客厅,分别落座,王秀菊低头坐在他们面前,小岳站在一旁。

王秀菊说:"三位,你们不该到这儿来。"

"秀菊,"肖长庆说,"你也是我们看着长大的,你妈把你供养出来太不容易了。现在那房子的事就僵在那里了,人家告的是你,你不朝面,法院封了那房子,到时候输了官司就要拍卖,你妈要以死相抵,你还不管,真想看着你妈为这事死在里边啊?"

王秀菊烦躁道:"我妈也真是的,没文化,没教养,我提醒过她的。"

陈新城不乐意了:"这是什么话?你妈没有,你不是有吗?这本来就是你的事,你推给你妈干什么?"

王秀菊红着脸解释:"陈总,对不起,我有我的情况。"

陈新城打着耳罩,大声地问:"你说什么?啥情况?"

孙前程悄悄冲他伸了伸大拇指,小声提醒:"再大声点。"

王秀菊吓了一跳:"陈总,您别大声喧哗。"

"不是,我耳背,听不见,你再说一遍。"

"我是说这事我不想声张,被公司里知道。"

陈新城还是大吼大叫:"怕公司里知道,赶快解决了不就没人知道了吗?你赶快回家,劝你妈同意卖房子,卖了房子,还上人家钱,就没事了。"

王秀菊央求道:"陈总您能别喊吗?"

陈新城装作没听见:"你说什么?"

孙前程从旁辅助:"没办法,陈总他为工作日夜操劳,耳朵已经聋了。"

有人推了一下门,好奇地往里看看,王秀菊吓了一跳:"梁总,我乡下来了几个亲戚。"

陈新城大声质问:"什么?你说我们是什么?"

王秀菊再次央求:"求求你们,办公区域真的不能大声喧哗。"

小岳同情地看看她,上来插话:"秀菊。"

王秀菊打断他:"这儿没什么秀菊。"

陈新城声音更大了:"你不叫王秀菊啊,那你叫什么?"

王秀菊身子一扭,几乎哭起来了:"陈叔!"

小岳说:"秀菊,那房子现在卖了,也还能剩下几百万呢,那几百万你不要了?为你着想,也为你妈着想,还是赶快回家劝你妈卖房子吧。"

王秀菊犹豫了一番:"好吧,我回去。"

牛大妈戴着安全帽,拎着根棍子守着门口,有人敲门。她警惕地问:"谁?"

"妈,是我。"

牛大妈一听,赶快起来去把门打开:"秀菊,你咋回来了?"

"妈,您这是干什么?"

"秀菊,吃饭了没?上回包的大包子,妈还没舍得吃,在冰箱里放着哩。妈去给你蒸蒸。"

"妈,你看看这家里被您弄得,您就不怕人笑话?"

"不怕。秀菊啊,家里的事不用你管,你在外面好好过你的,家里有妈呢。妈保证,这房子谁也弄不走,最后还是给你当嫁妆。"

王秀菊一屁股坐下就哭。

牛大妈吓了一跳:"怎么啦秀菊,有人欺负你啦?"

"妈,您是我妈,您该替我想想,那被告是我,将来如果判我输了,法院来拍卖房子,您赖在里边不走,事情闹大了,被公司知道了,说我什么呀?您让我在外面怎么抬头啊?"

牛大妈茫然地说:"可是,妈不这样怎么办?妈一辈子就这一套房子啊。"

"我私下里问过律师了,咱们官司赢的概率很小。妈,赶快卖了,还上账,还能剩下一二百万。"

"可是,妈怎么办?妈没了房子住哪去?"

王秀菊低下头,踌躇一阵:"妈,对不起,我现在没办法安顿您,我自己还是租房子住呢。那天陈总他们三个找到了我公司里,我和他们商量了,您把房子卖了,住到他们养老中心去吧。"

牛大妈愣住了。

王秀菊哭哭啼啼道："妈，对不起……对不起。"

牛大妈突然激动地喊："不，不行！妈不同意！妈和你爸活了一辈子，什么也没落下，就是这栋房子了，如果连房子都没了，我哪有脸在底下见你爸啊！"

"妈，这房子咱们保不住了呀！"

"我不管！我死也不离开，我看他们能把我怎么办！"

王秀菊不说话了。

牛大妈油盐不进，决绝地转身进了厨房："妈去给你蒸包子。"

王秀菊突然大叫一声："够了！"

牛大妈吓了一跳："秀菊，你怎么啦？"

王秀菊哭起来："我怎么这么倒霉，生在这样一个家里呀。"

"怎么……"

"妈，我求求您，您已经老了，您替我想想行吗？我还有一辈子呢。"

"妈这不就是替你想吗？"

"您要真替我想，就别叫我丢人。"

牛大妈怔怔地看着女儿："秀菊，妈真的让你这么丢人吗？"

王秀菊不敢抬头看她："妈，我真的不要这房子了，我求求您就卖了吧，早卖还能多卖点钱，您留钱给我不是一样吗？"

牛大妈就这么看着王秀菊，百感交集，一句话也说不出来。

王秀菊说："妈，对不起！"

牛大妈沉默良久："好吧，我卖，我卖房。"

王秀菊戴着墨镜来到养老中心，三个老家伙坐成一排看着她。

"我妈同意了，"王秀菊说，"马上把那房子卖了，那房子现在在我名下，但这事我不想再管了，我给了我妈一个委托书，由我妈处理，我妈她什么也不懂，只好拜托你们来帮她了。"

肖长庆说："好，好，我马上帮她卖。"

陈新城一抬手："慢着。"陈新城冷不防一伸手，把墨镜从她脸上抓下来，"装什么外宾啊，你不就是在电子管厂宿舍拖着鼻涕跑来跑去的王家小妮吗？那房子现在是你的，你不卖谁卖？凭什么我们要帮你卖？卖多卖少了怎么算？"

肖长庆上前拉扯："新城，新城，算了。"

陈新城推开他，说："不行，我最见不得这种人。你妈辛辛苦苦供出了你，嫌你妈丢你人了？"

王秀菊扭头就走："对不起，我把话都说清楚了。"

陈新城嚷嚷着："哎，你回来，回来！你不管，我们也不管。"

王秀菊没回头，留下一句："你们不管就算了。"

陈新城生气道："这什么人啊？真气死我了。她不管，咱们也不管！"

孙前程在旁发笑："嘿，我看看你不管。"

陈新城愣了愣，说："还真叫她治住了。"

晚上，肖长庆正和老妈一起吃饭。白天他陪牛大妈把房子在中介那边挂出去了，但肖长庆还是有心思，心不在焉。吃着吃着，他突然想起什么，站了起来："妈，您慢吃，我到隔壁串个门。"肖长庆跑到孙前程那边疯狂地敲门，孙前程刚打开门还没说话他就挤了进去，"前程啊，我怎么突然觉得不对啊。"

"哪里不对？"

"牛大妈那房子年初还值五百六十万，她做抵押那会儿房价更高，应该能值六百，为什么当初那项怀才做抵押的时候，才借了二百万？"

孙前程说："没做过抵押生意，也没借过钱是吧？信贷公司傻吗？你值二百的东西，他顶多抵给你一百，你三百的东西，顶多抵一百五，都这么干。"

"那也不对啊，当时那房子应该值六百呢，为什么才抵了二百？"

"你啥意思啊？"

"你说，这项怀才是不是和那借贷公司之间也有猫腻？"

孙前程问："就算有猫腻又能怎样？"

"你想想啊，当初咱们怎么把公证这一道打掉的？不就是发现了项怀才和公证处主任之间有猫腻吗？可法院判抵押贷款是合法的，所以没支持咱。如果咱们发现他们之间也有猫腻的话……"

孙前程看着他："真是人有多大胆，地有多大产，你以为你是谁啊？"

肖长庆一脸正气："这和我是谁有什么关系？"

孙前程说："没关系，所以我才说你贱。怎么着，牛大妈说咱们耽误了她几个月，所以她卖房子才赔了钱，你觉得还不够是吧？"

肖长庆解释："牛大妈心心念念的就是保住她的房子，如果咱们发现项怀才和借贷公司之间有猫腻，帮着把借贷的合法性也打掉了，咱们不就帮她把房子保住了，也没有什么赔钱不赔钱的了呀。"

孙前程说:"问题是可能吗?这些民间借贷公司,借贷手续有几个完全合法的?问题是,就凭咱们抓得出来吗?你抓不住人家,几个月又过去了,万一她房子再跌,牛大妈转过头来还得赖咱。"

肖长庆不说话了。

孙前程拍拍他肩膀:"咱们帮她帮到这一步,可以了。她现在如果能把房子卖了,剩下的钱,还够她住在这里养老的,你就别多事了。万一——耽搁,把她的养老钱也跌没了,咱们怎么办?把她当咱妈弄进来孝顺着?"

肖长庆还是不说话。

孙前程把他的身子转过去:"您哪,赶快回家陪老妈吃饭睡觉吧,想孝顺,咱们自己不还有妈吗?"

肖长庆什么也没说,走了。

肖长庆回去刷了碗,准备洗漱睡觉,可心里始终被这件事堵着,思来想去决定亲自去问牛大妈。

"牛大妈,牛大妈,我是长庆啊。"他敲了好几分钟才算把门敲开。

肖长庆一进门就问:"牛大妈,我问您件事。当初您这房子做抵押,为什么才贷了二百万?"

"二百万还少吗?我那姑爷说他公司就缺二百万。"

"是这样啊。牛大妈,我总觉得这事有哪儿不对,咱们还查不查啊?"

"查了会怎么样?"

"要真的查出来不对,说不定就能把您这房子保住了。"

牛大妈开心起来:"那敢情好。那咱查。"

肖长庆说:"可要查,现在这房子就没法卖,万一——耽误,您再赔了钱咋办?"

牛大妈茫然道:"咋办?"

"对啊,万一这房价再跌,再加上您那边的利息还在涨,不又赔钱了吗?"

牛大妈说:"反正我什么也不懂,我只听你的,你不能叫我赔钱吧?"

第九章

陈新城西装革履地从楼里出来，小岳的车在门口等他，陈新城刚上车，肖长庆骑着三轮车从后面赶过来，老远就喊："新城，新城。"

陈新城探出头来，佯装很忙的样子说："你看看，一大早就叫我去开董事会，最近集团刚刚被先力收购，事情很多，中心的事就靠你了。哎，注意着点孙前程啊，别叫他捣鬼。"

肖长庆说："新城，有件事我和你商量一下，牛大妈的房子做抵押贷款的事，我总觉得哪儿不对，要不再查查吧。"

"啥意思？你说那个贷款有问题，有啥问题你和我说说。"

"说来话长，你还是先去开会吧，别耽误了集团的工作！"

陈新城清了清嗓子，从车上下来："不去了不去了，他们的事情哪有群众的事情重要！快快快，说说！"

于是三人再次找到牛大妈，把事情重新捋了一遍。牛大妈认真地听，听完一脸茫然。

陈新城问："长庆给你解释的，你听明白了没？"

牛大妈点头："我听明白了，你的意思是我的房子能保住了。"

孙前程转过身去："得，合着这半天白说了。"

"牛大妈，不是这个意思，"肖长庆说，"我们仅仅是怀疑，还得调查。但是一调查，这房子就暂时卖不了，卖不了，就会继续赔钱，这事儿……"

牛大妈转向陈新城："陈总，我是咱们厂的老职工，钱不能让我自己赔吧？"

陈新城说："你的房子你自己做主，你不赔谁赔？牛大妈，现在选择放在你面前，你还想不想查清这事儿？查清了，两个结果，一个是人家就是这么贷的，合理合法，查了也白查；另一个就是可能中间真捣了鬼，也被咱们抓住了，再和他们打官司，又两个结果，可能赢，也可能输。总之呢，这事儿查，有四分之一的可能，你的房子能保住，不查，你的房子肯定就没了。但如果查的话，你的房子暂时就不能出手，不出手就意味着你得继续赔着钱，你自己选择。"

牛大妈沉思一番，决绝道："我听你们的！"

孙前程说："怎么又听我们的了？"

陈新城也说："不行！我们是来听你的。你要想查，就承担可能赔钱的风险，我们去帮你查；不想查，那就现在卖，还上债后，还够你养老。"

牛大妈犹豫着。

孙前程悄声道："听我句劝，还是现在卖了吧，能抓住一个是一个。"

牛大妈还是犹豫。

肖长庆说："要不跟你闺女商量一下？"

牛大妈点了点头，连忙给秀菊打了个电话，母女两人拉扯了几句，抬起头来："我闺女说是卖。"

肖长庆松了一口气。

陈新城说："不行，气死我了。"一把夺过手机，对着手机就吼起来，"秀菊，你妈和王师傅怎么养出了你这么个东西！那房子是你爸妈一辈子的心血，你怕丢人就不要了？我告诉你，房子你可以不要，但这事你躲可不行！你不管，我马上去你们公司告诉你们老板，我可认识他！你和你妈好好说。"牛大妈又跟秀菊说了几句，秀菊便把电话断了。

"我闺女说，让我听你们的。"她抬起头来，可怜巴巴道。

陈新城无奈："又来了，这什么闺女呀？"

孙前程说："各位，够了，已经够了，再管就多余了。"

陈新城说："卖了吧，叫她卖了吧。"

肖长庆说："牛大妈，房子卖了，这事可就再也查不清了，您不会后悔吧？"

牛大妈犹豫着，三个人各自抱着胳膊看着牛大妈。

牛大妈最终下了决心："我还是想查。我和他爹一辈子就这么套房子，我不能就这么卖了。"

陈新城问："查？想好了？"

牛大妈道："查！我不听我闺女的了。"

陈新城从包里拿出一张打印好的纸来:"那行,在这上面签个名,是你要求我们帮你查的,一切后果由你自己负责。"

牛大妈胆怯地看着,又在犹豫。肖长庆想说什么,被孙前程拉住。牛大妈翻来覆去地看,最后终于还是拿起笔,一笔一画地签上了自己的名字。

三人从楼上下来,陈新城得意扬扬地走在前面,那俩跟在后面。

陈新城忽然想起什么:"以前咱们公司的老杨打过一件类似的官司,我问过集团法律顾问,他说只有一种情况可能把这个抵押打掉,证明这是虚假贷款。"

肖长庆问:"怎么可能是虚假贷款?人家借贷公司确实打了二百万到秀菊的账户上,然后由秀菊转给了项怀才呀。"

陈新城说:"这里边的奥秘,就不是你们这些没搞过经济的人能懂的了。"

孙前程恍然大悟:"我知道了,我知道了,那二百万,很可能是项怀才事先借的那家借贷公司的。也就是说,他欠了借贷公司二百万,现在通过这种方式,用牛大妈的房子抵了二百万,是来还前面的欠债的。"

陈新城奇怪道:"你还挺明白?"

孙前程说:"就你懂经济啊。可咱们怎么证明这个贷款是堵前面窟窿的?"

陈新城说:"我去查了查法院对项怀才的判决书,牛大妈的房子是他骗的第一栋房子。这说明,很可能他前面有欠债,是借贷公司给他出了这损招。他尝到了甜头,从那以后一发不可收拾。现在项怀才已经进监狱服刑了,可以见人了,我回集团,让集团出面和警方说说,开个介绍信,你们去会见一下他,说不定他现在愿意说实话。"

肖长庆和孙前程带着王秀菊来到监狱,小岳在旁陪从。在窗口处办完手续后,王秀菊把会见单拿出来,看着眼前的三人犹豫着。

小岳见状,把会见单从她手里抽出来,往两人手里一塞:"你们去见他吧,别叫秀菊进去了。"

孙前程纳闷道:"她就不见了?毕竟好过一场。"

王秀菊低声道:"孙叔,您说什么呀。"

小岳在旁边帮腔:"孙叔,您就别难为她了。"

肖长庆和孙前程进去了，小岳和王秀菊在原地尴尬地沉默着。

"你还好吧？"小岳问。

"还好，"王秀菊点点头，"小岳，看在咱们过去曾经谈过几天的分上，你让他们别再来骚扰我了行吗？"

小岳说："三位老同志在帮你解决你们家的房产问题，怎么是骚扰你呢？你现在已经富成一栋房子都可以说不要就不要了吗？"

王秀菊说："不是。"然后犹豫了一下，"我和你说实话，我谈了个新男朋友，和我在同一家公司里。我一直没敢让我男朋友去我家，也没见过我妈，我担心他……"

"你担心他一去你家，一见你妈就不愿意了？秀菊，他要真是这样一个人，你觉得他会爱你吗？"

"我有什么办法？你不知道我在他面前是如何自卑。他的家境很好，父母都是大学老师，我一直告诉他……告诉他……我父母都是中学老师。"

小岳怜悯道："天哪，你这么做图什么呀？"

王秀菊自怨自艾："我为什么会生在这样一个家庭里？生在这样一个家里，我什么也抓不到。好不容易抓到一个，我无论如何也不想撒手，哪怕让我多抓一会儿，保留一会儿幻觉也好。小岳，我希望你能理解我，帮我。"

"好吧，"小岳叹了口气，"我劝劝他们。"

肖长庆和孙前程见到了项怀才，他身穿囚服，隔着玻璃坐在他们对面。

项怀才嘲笑道："二位，老了，在社会上没用了，给自己找事儿干，证明自己还有用是吧？要不是你们多管闲事，我能进来吗？现在想让我帮你们，没门！"

肖长庆说："做人得讲良心吧？当初你可能冲人家的房子去的，可秀菊是真爱过你啊。你反正已经判了刑，对你没影响了，可对她娘俩还很重要呢。"

项怀才说："什么爱过，真是不怕笑掉了大牙。她爱的是我吗？她爱的是我有公司，是老板，还有钱。她这号女人，活该。"

肖长庆撇着嘴："咦，你到底长没长良心啊？"

孙前程赶快拉开他："长庆，你和他讲良心，那不是缘木求鱼吗？你给他要他根本没有的东西，他怎么给你？"然后转头问道，"项怀才，这里边怎么样?"

"你说呢?"项怀才白了他一眼。

"哟,这小身子骨,细皮嫩肉的,这回可吃苦喽。五年呢,熬着吧。"

"你什么意思?"项怀才问。

孙前程说:"知道在监狱里立功可以减刑吗?"

项怀才一愣:"知道啊,可是我怎么立功呢?"

孙前程说:"这不我们把立功的机会给你送来了吗?你要是帮着查清那家信贷公司欺骗客户的事实,你可就立了大功了。"

项怀才犹豫了片刻:"我说!我说!"

情况被顺利地问了出来,和猜想的大致相同。项怀才欠了这家公司的二百万,是这家公司给他出了这个主意,现在,只要法院去调取他们的银行流水就可以了。

王秀菊不可思议地问:"什么?"仿佛这事和她没关系。

陈新城说:"你出律师费,我们帮你请律师,和那家信贷公司打官司。"

肖长庆从旁解释:"秀菊,这是为维护你和你妈的利益,这个律师费你必须出,但事情我们可以不张扬。"

王秀菊犹豫了一阵:"好吧。"

有了项怀才的证词,官司打得很顺利。庭审结束后,陈新城由律师陪同着从法庭里走出来,门外早就等满了记者,一起把话筒伸到他面前:"陈总,我市发生过多起老人住房被骗走的案件,房产能追回的这是第一起,请问您是怎么做到的?""听说您是代表新颐养老中心代为维护老人的权益,能给我们介绍一下新颐养老中心吗?""陈总,请问如何防范这一类的违法犯罪呢?"

陈新城意满志得地回答道:"我们新颐养老中心是隶属于新城集团的一处养老社区,专门为老人服务,维护老年人的合法权益。牛宝兰大妈的被骗房产就是在我们新颐养老中心的全力帮助下成功追回的……"

一个老太太挤进人群,一把抓住陈新城:"陈总,陈总,你们新颐养老中心专门维护老人的权益是吧?"

陈新城说:"当然了。看看牛大妈的房子,没有我们,怎么能追回来?"

"那我的呢?我的房子也被骗走了。"

又几个老人围上来:"还有我的,还有我的……"

"对不起,"陈新城说,"我们只维护属于新城集团退休老职工的。"

"打第一个官司的时候,我们还给你们做过证,怎么着?用完我们不管我们啦?"

陈新城被问得瞠目结舌。

律师拉他一把,小声地说:"陈总,赶快走吧,不走就走不了了。"

陈新城犹豫着说:"可是这些老人怎么办?您能……"

"陈总,别再说了。牛宝兰的房子能追回来是个例,对他们大多数人来说,房子被骗走就是被骗走了,追不回来了。走吧。"他拉着陈新城低下头,一路小跑下了台阶,上了等在那儿的车。陈新城回过头来,看着那些老人,他们还不死心地在后面追着,叫着。

"等等,让我再和他们说几句话,"陈新城说,"小岳,停车。"

小岳停下了。陈新城下了车,对着那些老人说:"各位,自己的利益说到底还是要靠自己维护,牛宝兰老人也是最后站起来坚持要维护自己的权益,才把房子追回的。对大家的诉求,我深表同情,但爱莫能助。但有一点我想提醒大家,只要不贪图便宜,不指望天上掉馅饼,你手里的东西,是没人能骗得走的。希望大家接受教训。我能做的,只是把这几句话告诉大家。再见!"

孙前程和肖长庆一路争执着来到牛大妈楼下。"房子都帮她要回来了,还管她干吗呀。"孙前程抱怨。

肖长庆说:"像她这样的,咱不管她,早晚还会被人骗。"

孙前程求饶道:"我的大圣人,你也得想想咱们呀,牛大妈有多难缠你这几天体会得还不够深刻吗?她要去了养老中心谁还去啊?谁想跟她做邻居啊?到时候开发商来了,要让她走,她再拿燃烧弹怎么办?"

"但是……"肖长庆还想说点什么,被孙前程打断了:"没有但是!一会儿见了她,你别说话,听我的。"

牛大妈茫然地坐在自己家沙发上,孙前程巧舌如簧地劝她:"牛大妈啊,房子既然回来了,您就在这儿安心地住着,每天和左邻右舍的老姐妹们聊聊天,扯扯东家长西家短,没事打两圈麻将,一切照旧!多好啊!"

肖长庆看着牛大妈茫然的神情,很不忍地说:"牛大妈,您一个人在家,日子过得不像个日子，要不然……"孙前程猛地戳了他一下。里边门一响，王秀菊出来了，手里还提着一个大包。

"哟，这不是秀菊吗？"肖长庆笑道，"房子回来了，你也现身了。"

王秀菊勉强对他们笑笑："孙叔，肖叔，谢谢你们帮我妈要回了房子。"

孙前程纠正道："不是帮你妈！是帮你！那房子是在你手里被骗走的！"

牛大妈小心翼翼地问："秀菊，房子真不要啦？"

"啊？"孙前程惊呼一声，"房子不要啦？"

王秀菊说："我们已经商量好了，房子我不想要了，把它卖掉。"

肖长庆问："那你妈呢？"

王秀菊说："你们不是办了养老中心，可以入住吗？以后我妈就住到你们那儿去，租金我拿。房子我已经委托了中介尽快卖出去。"

孙前程听着她的话，目光一闪，没说话。肖长庆却忍不住了："秀菊啊，你妈为这房子，差点把命搭上！现在房子好不容易回来了，怎么又要卖了呢？"

"不卖干什么？这种破烂的小区，破烂的房子，能卖出去就不错了。"

牛大妈茫然地问："那，这一房子东西怎么办？"

王秀菊说："叫个收破烂的来收走。也不知道弄这些东西干什么，不嫌丢人吗？妈，您收拾一下，和孙叔肖叔他们定一下什么时候搬，搬家的时候我再回来一趟。"说着就要走。

肖长庆一下子火了："秀菊，你什么意思啊？你妈养你一辈子给你丢人了？你不是在这里长大的吗？"

"对不起肖叔，我还有事。"

"不行！秀菊，你妈把你养大不容易啊，当年……"肖长庆准备长篇大论。

"够了！"王秀菊打断他，"别说了！我听得耳朵都起茧子了。我爸我妈养大我不容易，这事难道我不知道吗？可您想让我怎么样？因为他们不容易，所以我就得永远生活在这种地方，生活得像我妈一样吗？"

肖长庆磕巴道："你……一个人，总不能忘本吧？"

秀菊眼眶泛红："为什么不能忘？我想忘！我做梦都想忘！"她哭了，泪水在她化得很精致的妆容上流下，冲出一道道泪痕，"你们只看到我父母养育我的不容易，你们知道我生在这样一个家庭里，带给我的自卑和压力吗？别人的父母都有知识有文化，为什么我的父母就生活成这样？"

从王秀菊开始激烈地指责牛大妈，孙前程的神情就变了，很同情地看着在女儿面前好像矮半截的牛大妈。牛大妈在女儿的指责声中又羞涩又惶恐，深深地埋下头去。

王秀菊抹了一把脸上的泪："不管你们说什么，这个地方我是不会回来了，你们如果接收她，就让她住到你们那儿去，你们不接收，我就另给她找个养老院。我是她的女儿，这个事实没办法改变了，我来支付费用就是了。"

孙前程问："这房子真的要卖？"

王秀菊说："卖！卖得越快越好。"

孙前程犹豫了一下："牛大妈，您一直说，您和王师傅一辈子就落下这么套房子，也只有这套房子证明你们来过，您真忍心就这么卖了？本来，这话我不想说，可是……牛大妈，您可以住到养老中心去，但您仍然可以把房子留下，交到养老中心去帮您打理，租金用来支付您在那边的费用还会有结余，房子的主人还是您，您看这样好不好？"

牛大妈眼睛亮了，抬起头，小心翼翼地看着自己的女儿。

王秀菊说："不要，我已经找到买家了。"

肖长庆劝道："秀菊，你不想回来，可以不回来，只是把房子留在你妈名下，让她觉得在这世上有个家，也不碍你的事啊！"

王秀菊说："我不想，我就想把这个地方尽快出手，越早越好。再说了，我也需要这笔钱。妈，新房子我已经交了定金了，得拿到这边的钱才有钱买，就这么定了吧。"

肖长庆说："你买了新房子，让你妈跟你住不就行了吗？"

王秀菊问："我妈不是住你们那儿吗？"

肖长庆火了："你……"

牛大妈赶快拦在中间："别说了，我也没打算去住，闺女说卖那就卖了吧。"

"妈，那我走了，过两天我带人回来看房子，您也赶快准备搬家吧。"说完王秀菊便转身走了。王秀菊走了没多久，孙前程追出去，他还有些话想对她说。奈何年纪大了，追了几百米没追上，喊了几声，王秀菊也没应，头也不回地消失在街角。孙前程失魂落魄地往回走，碰到了从楼里出来的肖长庆。

"就这么走了，连头都没回。"孙前程抿了抿嘴，失落地说。

肖长庆问他："你这是怎么啦？"

"看到她，我就想起晓晴……"孙前程嘟囔着。

肖长庆说："你别乱想，虽然都是闺女，王秀菊哪能跟晓晴比啊。"

"话是这么说，"孙前程叹了口气，"但我想，人要是活了一辈子，到最后连自己的儿女都瞧不起，还有啥意思。"

"你最近怎么这么多感慨啊？"肖长庆问。

孙前程摇了摇头："没什么，走吧。"

养老中心为牛大妈安排了套一室一厅的房子，朝南，房间很大。家具设施虽然简单，但应有尽有。牛大妈客人似的坐在沙发上，没开灯。有人敲门，是孙前程的声音："牛大妈，牛大妈，安顿好了没？我过来看看您。"

牛大妈颤巍巍地过去打开门，孙前程端着一个托盘进来了，托盘里放着两盘菜一碗饭："我让食堂给您炒了两个菜，算给您温锅。吃饭了没？"

牛大妈说："还没呢。"然后紧接着问，"前程啊，这里的气多少钱一方啊？"

孙前程说："哟，牛大妈，还是您想得细，一来就注意到了。咱们这儿啊，还没拿下房地产开发的资格，所以现在的水电气都是商业价格。等咱们拿下批文，正式开发，就便宜了。"

牛大妈说："我琢磨着就是这样，所以没敢用。"

孙前程看到牛大妈桌子上放着吃了一半的馒头咸菜，问："牛大妈，您不会因为水电气价格高一点就吃这个吧？这哪行啊，来，来，您吃这个。"

牛大妈说："肚子饱得很，吃不下，您帮我放厨房里吧。"

孙前程答应着端着饭去了厨房，打开灯，把菜放下，突然注意到水响，一转头，看到水龙头开到最小，水滴滴答答，下面一个水桶接着。孙前程看了一阵，把水龙头拧紧，感慨地摇摇头出去了。

"水龙头漏水，我给您拧上了。"孙前程说。

"啊？"牛大妈埋怨道，"前程，你也是多事，那样滴着，一夜能滴一桶，水表也不会跑。"

"牛大妈，何必呢？"孙前程说，"您一个月退休工资四千多，您这套房子租金才两千，剩下的钱可着您花也花不完，您何必活成这样呢？"

"我还有孩子呢。"

孙前程不知道该说什么了，待了一阵站起来："牛大妈，爱惜您自己，安心地在这儿养老吧。"

孙前程走了。牛大妈赶快站起来去了厨房，又小心地把水龙头拧到滴水的状态，又仔细观察了一下水表，水表不动，这才长出一口气。

从牛大妈那儿出来，孙前程坐在院子里发呆。肖长庆和陈新城也从屋里出来，坐到他旁边。

孙前程问："新城啊，咱们又多了一户居民，这回土地批文没问题了吧？"

"我那天去问了，有关部门说，只有你们三户居民是不够的。"

"那得多少才能批啊？"

"没具体说，我估计，要让他们相信我们是真的做养老社区，起码得住个十几二十户的吧？"陈新城煞有其事地说。孙前程发愁了，陈新城和肖长庆互相丢着眼色。

肖长庆想了想："要说起来，十几二十户居民也不难找，光咱们集团有多少退休职工？"

孙前程道："新城，长庆，我同意咱们继续接收老人住进来，但丑话得说在前头，到时候开发商来了，万一他们觉得有问题，你们想办法解决。"

肖长庆想说什么，被陈新城按住了。陈新城答应："好好好，一事一议，一事一议。眼下，先吸引居民住进来再说。"

一波又一波的宣传之后，十几个老人来到养老中心，三人忙前忙后，领着他们到处参观。孙前程细致地讲解着："这是咱们的居住区，这是活动中心……"

不多时日，他们的宣传初见成效，老人们纷纷把家从市里搬到了郊区的养老中心，场面变得热闹起来。孙前程到处跑着忙活，指挥这个指挥那个。

赵亮抱着一只公鸡喊："老孙！"

"哎哟，老赵，你也来了，欢迎欢迎！"

赵亮说："我也是下了很大决心才来的，长庆说这里宽敞，能养鸡呢。"

"啊……"孙前程犹豫着一笑，"能养能养，地方大着呢。"

薛大爷老远也喊道："老孙！"

"哟！"孙前程招呼着，"老薛，你也来了啊！"

此时旁边的赵亮翻了个白眼。

薛大爷瞥了一眼赵亮，阴阳怪气道："他能来我不能来啊？"

赵亮小声嘟囔："真是哪也躲不开你，跟狗皮膏药一样。"

薛大爷不服气："你这话说得，好像我是奔着你来的一样，我也是为了给孩子们省心，也支持一下老伙计们的工作。"

赵亮说："厂里这么多退休员工，数你事最多，你别给人家添乱就好。"

薛大爷说："你再胡扯，信不信我把你鸡给炖了！"

赵亮连连退后："你别过来啊！"

孙前程在旁边看着，老人们陆陆续续地搬过来了，脸上露出高兴的笑。

肖长庆搬着行李，引着徐大妈和杜玲玲往自己的住处走："师娘，您能来我太高兴了。"

"长庆哥，"杜玲玲说，"还不是因为您在这，不然我也不放心啊。"

"是是是，"肖长庆说，"你放心玲玲，有我在这儿，师娘不会有任何问题的。"

徐大妈说："长庆啊，你师傅在的时候就夸你人实在，懂事，孝顺。这些年你也没少照顾我们娘俩，我来这儿住不会给你添麻烦吧？"

"您说什么呢师娘，当年要不是师傅和您照顾我，我哪能有今天啊，师傅走得突然，我来不及孝顺他。现在您来了，是老天爷给我一个报恩的机会，我珍惜还来不及，怎么能是麻烦呢？您啊，就踏踏实实住。有事随时跟我说。"

隔了几天，老人们安排得差不多了，陈新城和肖长庆坐在办公室里正谈着什么，孙前程兴冲冲地进来了："已经十一家了，新城，你去催一下批文？"

陈新城说："前程啊，我正和长庆商量另外一件事，进来的人越来越多。这么多人，要吃要喝要娱乐，咱们的收费又特别低，钱从哪里来啊？"

孙前程说："不是有租金吗？"

陈新城说："那点租金根本不够，再说本来咱们也没打算从租金上挣钱，全是亏着本租的。钱你管着，咱们账上有多少钱，你没数吗？"

孙前程问："你们怎么打算的？"

肖长庆说："我的意思是叫新城回集团里申请一点经费。咱们办这么大的事，也是为集团分忧解难嘛，集团有投入也是应该的。"

孙前程说："集团刚刚被收购，百废待兴，哪有闲钱往养老上投？"

陈新城一笑："哎哟，觉悟啥时候提高了？"

肖长庆说："他是怕集团进来挤占他的股份。"

"哪里？"孙前程辩驳，"我是为咱们三个着想。集团现在是没把这儿放眼里，如果集团有投入了，他们就会把这里看得越来越重。到那时候，谁会让三个老头管一块产业？"

肖长庆说："我和新城倒想了个办法。"

孙前程很警惕："什么办法？"

陈新城说："前程啊，办企业哪有不贷款的？可贷款得有抵押物。咱们有什么？不就是房子吗！搬来这儿的老人，有的需要把原来的房子留给儿女，有的不需要。咱们给这部分老人签订合同，把他们的房子交给中心来打理，咱们可以把这些房产出租，也可以做抵押去贷款，资金的事不就解决了？"

孙前程吓了一跳，说："不行，不行。这谁出的馊主意？"

肖长庆说："我听着挺好，怎么是馊主意？"

孙前程解释："这不是自己给自己找麻烦吗？他们不会把房子白交给中心吧？他们得要求股份吧？"

陈新城说："那当然。否则人家自己出租不就完了吗？"

孙前程说："这就是了，咱们要这么多的小股东干什么？咱们就这些股份，将来人家开发商来了不要求股份吗？咱们都给了别人，将来开发商来了怎么办？"

陈新城眯着眼："你是怕影响开发商吗？你是怕你的股份被稀释吧！"

孙前程说："我的利益也得保证，毕竟我是第一个投钱进来的。新城，你的股权激励金呢？你把你的钱当放贷放进来呗。"

陈新城说："那不行，我的钱有我的用。"

肖长庆说："前程，你不要股东进来，那钱的事就得你想办法。"

孙前程说："我想办法就我想办法。只要批文能下来，开发商自然就得提着钱来。咱们还是先跑批文吧。"

孙前程又邀请了那两个领导来视察，陈新城和肖长庆在后面跟着。

肖长庆说："这孙前程精得跟猴儿似的，俩假冒的处长一趟趟来，他居然就没发现。"

陈新城很得意："你也不看看这个套是谁给他下的！我告诉你，你要想让别人上当，就得给他下个钩子。这钩子下得准不准，就看本事了。孙前程最想咬的钩是什么？土地批文啊。你给他送两个管批文的处长来，他肯定上当。"

肖长庆说："都十来户居民了，也差不多了吧？"

陈新城摇摇头："还不行，再等等，再等他做大一点。"

孙前程小心翼翼地问："程处长您看，现在咱们这院里已经住了十一户居民了，已经初具规模了，那地可以批了吧？"

程处长严肃地看着："嗯，很好，很好，老人们看上去很高兴嘛。"

孙前程说："那是。他们在这儿生活，又有人照顾，开销还比在家里少，这样的好事上哪里找去？可现在土地成了制约我们发展的瓶颈。土地批不下来，我们没办法找开发商，我们用水用电用气都比居民贵，这也导致许多老人对我们这儿望而却步。程处长，您看这批文……"

程处长问："现在有多少人入住？"

孙前程说："十一户。"

陈新城补充说："包括他和我们肖主任。"

孙前程生气地看了他一眼。

程处长说："才九户，同志，太少了。一个养老社区起码也得几十户到上百户吧？好好发展，土地的问题上面会考虑的。"

孙前程愁眉苦脸地看着程处长他们二人上了小岳的车。陈新城和肖长庆站在一旁心怀鬼胎地看着他。孙前程打起精神，回过头安慰他们："只要把这几位老人照顾好，一传十，十传百，会有人来的。"

陈新城接了个电话，然后对孙前程说："前程，许工的儿子来电话，让我们去看看许工，听上去他希望许工也能到咱们这儿来。"

孙前程问："许工？就是电子管厂的总工程师许杰吗？他退休了？"

去许工家的路上，陈新城给他们介绍了许工的情况。许工从电子管厂干到新城集团，一直是技术上的一把手，可没想到，进入互联网时代，他的技术突然落伍了。之前新城集团新上了一条生产线，陈新城让他去负责技术问题。结果他去站了一天，什么也没说回来了，把自己关在办公室里待了一夜，第二天同事们一开门，发现他好像一夜之间老了十岁，不久后他就提出来退休了，集团的任何活动也不参加，人好像一下子消失了。

几人说话间，汽车已经来到一个小区门口，一个四十岁左右的男人站在小区门口等着，他是许工的儿子许建设。三人下车，许建设迎上来和他们握手："来啦，真不好意思给你们打这个电话，可我真是拿这个老爸没办法了。"许建设一边陪他们往家里走，一边诉说自己的问题，"我小时候，觉得我爸和天神一样，无所不知无所不能，可不知道为什么，自从退休以后，突然就老了。特别去年，我妈去世以后，我爸连门也不出，也不和人交往。你们能相信吗？他一个搞电子技术的人，居然不会用智能手机。我真担心，这样下去他会得老年痴呆。可我公司正在发展时期，实在顾不上他，无奈之下才……"

三人点了点头。

许建设一边说着，一边领着他们进去，推开卧室的门，许工坐在窗前的圈手椅上，呆呆地看着窗外。是一位干干净净、高高瘦瘦的老人。

"爸，您看谁来了？"

陈新城抢上几步过去："许工，好久不见了，您还好吧？"

许工站起来，有点恍惚和羞涩地看着他，迟疑了半天："您是……"

陈新城说："我是新城，您连我也不认识啦？"

"哦哦哦，"许工答应道，"陈总啊，认识，认识。"

肖长庆和孙前程也上去和他握手，许工艰难地辨认着："这位是……肖长庆，工会主席，我认识。"

肖长庆笑着说："副的。许工，那时候咱俩没少打交道。"

许工握着孙前程的手，看了半天："这位，不好意思，认不得了。"

孙前程说："我是孙前程。我干过采购，那时候您交代的东西最难买。"

陈新城说："许工，您不记得他是应该的，他这个人啊，一辈子走南闯北，没干过正事儿。"

孙前程把嘴一撇："咦，我现在干的不是正事吗？"

陈新城说："许工，我们是来接您去咱们集团办的养老中心的。您一个人在家多闷啊？到咱们那儿去，和过去的老员工在一起，大家说说笑笑，就好像过去一样。许工，去吧。"

许工不说话，习惯地抬头看儿子。

许建设说:"爸,我的意思,您就像走亲戚一样,先过去住几天看看。前两天邻居曹伯伯住进去了,我去考察了一下,条件挺好的。您去了,要是不习惯就再回来。"

许工温顺地"喔"了一声,不说话了。

陈新城问:"许工,您乐意不乐意呀?"

许工答应:"行。"

三人从许工家里出来。孙前程一出门就高兴地笑起来,说:"高端客户,这就是咱们梦寐以求的高端客户。新城,一定要说服许工搬到咱们中心来。"

陈新城不急不缓道:"二位,咱们商量一件事,这许工家的情况我了解,许工这套房子,二百多平方米,在这个地界出租,怎么着也得租个上万块。建设这孩子有出息,手里一个大公司,自己也有大房子,许工的房子他也不会在意。我建议,咱们用许工做以房养老的试点。也就是说,咱们和许工签协议,许工无偿地入住咱们养老中心,许工的房子交给中心打理。他可以要利息,也可以要股份。如果要股份的话,将来他百年以后,他的股份许建设可以继承。"

孙前程摆手:"要利息给他利息,股份的事就算了。"

肖长庆说:"孙前程,你什么意思啊?就你一人当股东,别人都不行?"

孙前程说:"我不是那意思。"

肖长庆说:"那你什么意思啊?你提议办的养老中心,现在遇到困难,你就光想自己?"

陈新城说:"前程,事不大,你看着办。咱们现在是亏本运营,收上来的那点房租,连正常的开支都不够,更别提发展了。可如果咱们有几套房产,那可就不一样了。"

孙前程紧张地思索着。

陈新城说:"要是必须走以房养老这条路,还有比许工更合适的人选吗?"

孙前程终于下了决心:"好吧。但咱们可得说好,考察股东得谨慎。目前,咱们只要许工一个。"

三人下定主意后,回去把想法跟许建设一说,许建设便爽快地答应了:"陈总,听您的。只要能把我父亲的晚年照顾好,他百年以后,我把房子捐给咱们养老中心也行。反正我们也用不着,一切按咱们的意见办。"

第十章

院里住的老人已经不少了,有的在跳广场舞,有的在散步聊天,有的人去了活动室,一派生机勃勃的景象。陈新城觉得很有成就感:"我说什么了?是金子在哪里都会发光的,哪怕把我扔到沙漠里,我也能给它变出一片绿洲来。"

孙前程一撇嘴:"又吹,又吹。"

"吹?你倒是也吹一个看看啊?我这辈子不管咋说,做成了一家大企业,你这辈子呢?"

"嗯,企业还在,倒是没你什么事了。"

肖长庆眼见着又要拌嘴,赶快拉开他们,恰好这时陈新城的手机响了,他接起电话,刚说了几句就脸色大变:"长庆,这儿你负责,有什么事情随时向我汇报。我还有事先走了。"

张桂荣焦急地原地转着圈,门一开,陈新城进来了。张桂荣赶快从桌上瓶里拿出一片药来,不由分说地给他塞嘴里:"先把药吃上。"

陈新城问:"你这是干吗,怎么回事?"

张桂荣哆嗦着说:"新城,咱们给大志买的那房子,就要被银行收走了。"

"什么?"

张桂荣安慰他:"你别激动,千万别激动。听我说,大志的项目遇到了资金困难,他为了把项目做完,把他的房子抵押了。这帮孩子真的非常努力,为了那个片子不眠不休的,只是他们片子现在还没卖出去。这两天,银行说贷款到期,大志没钱还,贷出来的钱也花完了,银行催着大志还款,说他再不还就把他的房子拍卖了。他还想瞒着我,但这哪瞒得住啊,银行电话都打到我这来了。"

陈新城大吼一声："都是你惯的好儿子！"

张桂荣的手机响了，她赶快接起来："大志，你现在在哪呢？"

大志的声音倒很轻松："没事，妈，别着急，我本来以为我把房子卖了，把银行的钱还上就可以了，没想到银行说还不行，这房子是他们的抵押物，要卖也由他们来卖。我一会儿就去银行办手续。"

陈新城一把夺过电话吼道："陈大志！你哪儿也不许去！你就在那儿老实地待着，我和你妈马上去了。"

张桂荣在后面跟着："新城啊，虽然大志这事儿办得不对，但这时候你说话千万要小心啊。"

陈新城哼了一声："我倒过来叫他爹行不行？快走吧。"

大志公司里，一群人正围着看屏幕上的成片，大志自己鼓掌叫好。其他人都看着大志，神色沉重。门开了，张桂荣和陈新城火急火燎地进来。大志一抬头，看到陈新城铁青的脸。"妈，爸。"他怯生生地喊道。

其他人也站起来，神色紧张："叔叔、阿姨。"

张桂荣赶快插到两人中间："大志啊，到底是你爸，一听你这儿有困难，二话不说就来了。新城啊，大志有他的想法，你听他说说。"

陈新城哼了一声："说吧，我听着呢。"

张桂荣着急地示意大志："大志，说啊。"

"说……说什么？"

"说说这到底是怎么回事，还有你接下来打算怎么办，快和你爸说说呀。"

大志略一停顿："爸，公司项目遇到困难，我就把房子抵押了，但是这钱没有乱花，都用片子上了，片子只要卖出去，肯定能赚回来。"

陈新城笑了一下："那你倒是卖啊。"

大志说："我们正在谈，还要花一些时间。"

"狗屁！"陈新城怒道，"你觉得你拍的这些东西能赚回一套房子？你做什么白日梦呢！"

"爸，您不懂。"

"我不懂，你懂，你懂别赔上我的房子啊。"

"我说了，我们没有赔钱，只是还没有变现。"

"变现？来，你变一个我看看，我就坐在这儿，看看有没有人来变现！"

"爸，项目回收成本是需要时间的，您这不是胡闹吗？"

"到底谁在胡闹？你把我买的房子赔了，你说我胡闹？"

张桂荣赶快扑上来劝和："大志，新城，都少说一句吧。银行那边都要卖房子了，你们还在这里吵。赶快商量商量怎么办吧。"

陈新城说："我不管。他这么厉害，他自己解决。"

大志也义正词严道："我本来就要自己解决啊。"

陈新城苦笑："你听听，你儿子多厉害？行，我看他怎么解决！"

张桂荣说："都这个时候了，别说气话了，赶快想想怎么办吧，总不能眼看着银行收走房子。"

大志的手机响了，他转身到旁边去接。放下电话对陈新城和张桂荣说："银行让我过去一趟，没别的事，你们就先回去吧。"

陈新城说："这是赶我们走啊？偷着把我买的房子做了抵押，还赶我们走？我养你这样的儿子干什么！"

"那你就别管我啊！"大志喊道。

到了银行，大志和一位银行工作人员对面而坐，张桂荣坐他身边，陈新城抱着胳臂坐在后面靠墙的一张椅子上。他们两人放心不下，最终还是跟来了。

"对不起，我暂时没钱还，"大志说，"但房子现在也没办法拍卖。我和你们签订一个分期还贷的协议行不行？我保证，一年之内，我连本带息还上。"

工作人员很礼貌地微笑着："对不起，陈先生，我们当初的协议上写得很清楚，您逾期不还，我们有权利拍卖抵押物。当然，在还清贷款以后，拍卖剩余所得全部归您。"大志为难地想回头看看身后虎视眈眈的父亲，又止住了。

张桂荣说："同志，那房子不能卖啊，那房子是我们给他买的婚房，值六百多万呢，他不过欠你们一百多，你们怎么可以卖房子呢？"

"不好意思，我解释过了，我们有权利拍卖这房子，拍卖所得，除了还我们的欠款，剩下的全部归陈先生所有。"

大志问："分期还贷真的不行吗？"

"不好意思陈先生,我们还是履行原来的协议吧。"

陈新城坐在后面稳如泰山。

"好吧,"大志说,"那贷款我马上还。"

张桂荣提醒他:"能的你啊,除了房子,你拿什么还?"

大志说:"我去借,现在网上一些放贷的不要抵押的。"

"你疯了?"张桂荣急了,"他们是不要抵押,后面要的是你的命。"

大志为难地没说话。张桂荣偷偷拉他一下,小声道:"求你爸呀。"

"我不。"大志歪过头去。

"傻孩子,"张桂荣扶着他的肩膀,"这个时候和你亲爸赌什么气呀?"

大志又重复了一遍:"我不。"

工作人员说:"对不起,我们再给您一个星期的时间,届时您还不上贷款,我们只能拍卖这房子了。"陈新城站起来往这边走来。大志虽然背身坐在那里,但也感受到了脚步声对自己的压迫,高度紧张起来。

陈新城走到他身后,却没和他招呼,直接问银行工作人员:"他欠多少?"

工作人员回答:"他当初贷了一百万,现在连本带息,已经一百一十三万五千六百四十二块六分钱了。"

陈新城丢到桌上一张卡:"卡上有二百万,从上面扣吧,一次还清。"大志咬着牙,忍辱负重的样子。

"好嘞。"工作人员轻快地答应,然后把卡插进去说,"请您输一下密码。"

陈新城从大志脑袋上把手伸过去按着密码。大志盯着那只大手,心内翻腾着说不清的情绪。

"好了。"工作人员把卡抽出来还给陈新城,对大志说,"陈先生,您的欠款都还清了,感谢您使用我们的服务。"陈新城话没再说什么,装起卡,扬长而去。

张桂荣松了口气,说:"大志,他走了,没事了。"

大志神经质地站起来,把椅子都碰倒了,然后夺门而出。

张桂荣急忙在后面追:"你这是去哪?大志,大志……"大志不理,出了门快步往前继续走。

张桂荣哎哟一声,一下子被绊倒了,半天爬不起来。大志这才慌忙回来，弯下腰去拉她："妈。"

张桂荣没起，抬起一双泪眼看大志："大志，你到底怎么了？你别吓妈妈。"

"妈，我没事，您让我一个人冷静冷静。"

"冷静什么，你爸不是帮你把事解决了吗？"

"是解决了……我只是有点累了，想休息一下。妈，我帮您叫辆车您回家。"

"你呢？"

"我回公司。"

"不行，"张桂荣担心地说，"你要回家，你们总是不在家，你和你爸才变成现在这样的。"

大志说："我不能回家，我现在不知道该怎么面对他。"他伸手为张桂荣打了一辆车，把张桂荣塞车里，"妈，您回家吧。"

张桂荣还是不放心："大志，你爸到底是疼你的，你还是回家吧。"

大志苦笑着，冲她摆摆手，车走了。

陈新城率先回了家，坐在沙发上看《参考消息》，报纸翻得唰唰响，内容丝毫没往心里去。门一开，张桂荣也回来了。陈新城头也没抬，吩咐道："该做饭了。"

张桂荣站在那里，盯着他问："新城，图什么？"

陈新城还是没抬头："我怎么啦？"

"你这样对他，你有什么好啊？"

陈新城一丢报纸抬起头来："我怎么对他了？你又要说我打击他？好吧，就算我打击他，那也是精准制导，一打击一个准。我现在后悔打击晚了，我要是早打击，能赔上这一百多万吗？"

"是，大志在你眼里不成器，可他真的努力啊。你比他有经验，懂市场，懂管理，你一个当爹的，你去帮他呀。你前面不管不问，专等他犯了错羞辱他，证明你行，他不行，你到底图什么啊？"

"这怎么又怪我了？犯错的是大志，你回来批评我？"

"我不和你争，我是真怕大志想不开。我希望你能去一趟，在儿子面前说句好听的话，让他回来。"

第十章

陈新城把报纸往桌子上一扔："刚让我出了钱，又让我去哄他，我欠他的？你就惯他吧，越惯越没出息。"

张桂荣说："他没出息，你有出息，所以靠你去拉他呀。去吧，再这样下去，我怕这孩子就真回不来了。"

"我不去，赔上一百多万的又不是我。"

"真不去是吧？"

陈新城倔强道："当然不去。让我哄他，等我死了吧。"

张桂荣把放下的包又拿起来："好吧，那你自己在家过吧，我走了。"

陈新城吓了一跳："你去哪？"

张桂荣说："爹不管妈管，我去找他。"

大志一回到公司就把自己关在办公室里。大瓜和小乐在外面担心地朝里面张望。其他人站在他们身后，不知所措。两人交换了眼色，然后推门进去了。

"大志，这是刚刚拿回来的剪辑意见，你看一下。"大瓜把一摞材料递给他。

大志有些低沉，但还是强打精神说："放那儿吧。"

"平台和影展那边我正在联系，反馈的消息都不错，我正在跟进。"小乐在旁边补充道。

大志对他们俩点了点头："辛苦了。"

两人看着大志，对视一眼，都不知道应该再说点什么。

大志笑了，问："怎么了，还有别的事吗？"

大瓜犹豫着开口："大志，银行那钱……"

大志说："还了。"

大瓜拿了一张银行卡，放在大志的桌子上。

大志问："这是什么意思？"

大瓜说："这叫够意思！我们所有人一起凑的钱，虽然不多，解解近渴。"

小乐说："小凑了十万，也算是彰显了我们部分实力吧。"

大志站起身道："抵押房子的是我，欠钱的也是我，跟你们有什么关系？你们这是干什么？"

"我们有事的时候,你帮我们扛。现在你有事了,就不让我们帮你扛,你咋这么自私啊?"大瓜捶他一拳。

"就是,"小乐说,"人品这么差,以后谁跟你做兄弟啊?"

大志低头看着银行卡:"但是,你们已经垫了很多了……"

小乐撇撇嘴:"再多有一套房子多吗?"

"就是,"大瓜把卡塞他手里,"别废话了,给你就收着。"

大志把银行卡一收,笑着:"行,确实也不多,我拿着也没啥压力。"

大瓜一巴掌拍大志脑袋上:"不多,不多,老子就差卖肾了。"

小乐也想打,但忍住了:"那是老子的棺材本。"

大志赶紧捂着头,作势求饶。

"行了,"大瓜说,"别把陈总脑子打坏了,还指望这玩意儿挣钱呢。"

大志抬起头,看着大瓜和小乐,认真道:"谢了,兄弟。"

大瓜白他一眼:"别恶心,把你鼻涕眼泪擦干净,工期这么紧,大家都等着你开会呢。"随后两人围着大志走出办公室,突然发现张桂荣就站在角落里看着他们,眼睛有些湿润。

"妈……"大志哽咽着喊了一声。

张桂荣走后,陈新城打电话给小岳,让小岳买了几样菜带过来,两人正吃着聊着,刚小酌了几杯,突然敲门声响了起来。"应该是阿姨回来了,我去开门。"小岳说着起身。

"哼,还知道回来。"陈新城呷了口酒。

"大志哥?"小岳打开门,发现是陈大志,身后还跟着大瓜和小乐。

陈新城一听是大志,连忙把碗一放,站起身来:"哟,陈总,您怎么有空来我这儿视察啊?小岳,还不赶紧给陈总倒杯水。"小岳尴尬一笑,赶忙倒水去了。

"爸,我不是来跟您吵架的,"陈大志毫无波澜地说,"有件事我做完就走。"

"哼,那陈总有什么指示呀?"陈新城继续阴阳怪气。

大志掏出银行卡,还有一张欠条,拍在桌子上。陈新城一愣,刚刚端着的气势一下子没有了,他拿起来看了看:"这……这是什么?"

"这是银行卡,"大志说,"密码是妈生日,里面有十万块钱。这是欠条，我已经签好了字，按好了手印。我原本欠您本金一百一十三万五千六百四十二。扣除这十万块，一年之内，我会按照百分之五利率，分期还给您一百零八万七千四百二十四。您要同意，就签个字吧。"

陈新城不由得看向小岳，有些慌了："什么意思？"

小岳在旁规劝："大志哥，陈总是您父亲，这是干啥呀？"

"亲父子，明算账，"大志说，"爸，我知道您瞧不上我，觉得我丢人。但没关系，我知道自己在做什么，我身边的人也知道，这就够了。他们愿意陪着我一起努力，所以无论结果怎么样，您认不认同，我们都会一起做下去。"

陈新城哑然。

"这银行卡和欠条，我就放在这里，无论您签不签，钱我会按时打到卡上，直到还清为止。"陈新城看着大志认真的样子，一下子蒙了。大志没再说话，起身直接离开，留下陈新城和小岳大眼瞪小眼。陈新城哆哆嗦嗦地拿起卡和欠条，脸色复杂，既愤怒又有点可怜，既尴尬又有点伤心。小岳看着陈新城的样子，努力憋笑。

"你说，他怎么敢这么干呢？他是怎么想的呢？"陈新城自言自语。

小岳说："大志哥这么有志气，您该高兴才对啊。"

"我该高兴？我怎么感觉有点迷糊呢？这还是陈大志吗？"

小岳笑笑："可能您从来就没真正了解过大志哥。"

"算了吧，我能不了解他？我觉得他就是演戏给我看，弄张纸糊弄我呢，跟我玩以退为进，你真以为他能按时把钱打这个卡上？"

"陈总，您又来了。要我说，以后大志哥的事您少操心吧，人家刚刚态度也很清楚，根本不需要您操心。"

"是吗……"陈新城茫然道。

"真的，"小岳点头，"陈总，养老中心现在运作起来了，光靠孙叔他们也忙不过来，你要真的没事干，不如……"

"你这话什么意思？"陈新城不乐意了，"什么没事干？我在集团也没彻底退休啊，我的党内职务还在呢。"

"陈总，我说话可能有点难听哈，"小岳直言道，"叫我说，以后集团的事您真的别管了，再管就是讨人厌了。集团把黄庄仓库这么大地盘给了您，够意思了。您以后就在养老中心管管这些老头老太太吧。"

"咦，小岳，你也瞧不起我，"陈新城瞪他一眼，"我一做大企业的人，就配来管这些老头老太太？"

"您要真能管好就很不错了。"小岳说。

陈新城咬着牙："那我真得管出个样来给你看看。小岳，给肖长庆和孙前程打个电话，即日起，我正式全面接管养老中心的工作。"

小岳伸出大拇指："这还差不多。"又小声嘀咕一句，"有好戏看了。"

陈新城问："你说什么？"

"没什么，我说养老中心的好日子要来了。"

"什么？什么？"肖长庆接到小岳的电话连连惊呼，"他来全面接管工作？什么时候？啊，吃完饭就过来？我知道了，那一会儿见吧。"

"我说什么了？"孙前程故意啐了一口，"看着咱们把架子搭得差不多了，他就下山来摘桃子来了。"

肖长庆也不理解："他抽的哪股风啊？不一心一意还想回集团夺权吗，怎么看上咱们这巴掌大点地盘了？"

孙前程一副天机算尽的样子："还用说吗？肯定和大志有关系。"

肖长庆说："那赶快收拾一下吧，他一会儿就过来了，还叫咱们准备好向他交代工作。"

"你真准备把工作交给他？"孙前程问。

"那有什么办法？毕竟当初集团就是把这个地方给他的。"

"可你这管委会主任当初也是集团任命的。肖长庆，你这辈子没做过官，当了个工会主席还是副的，你真想把权力再还给他吗？"肖长庆不说话了。

"他那个人你又不是不知道，"孙前程继续添油加醋，"官架子十足，还又好名，又好利。如果他回来主持工作，你看着吧，他得把咱俩像陀螺似的支使得团团转，可最后名啊利啊的全是他的。你甘心？"

"不甘心又有什么办法？"

"事在人为。只要不甘心，总有办法。"

肖长庆想了想说："可以让他回来主持工作，可不能让他夺了咱们的权。"

"对，"孙前程点头，"可咱们也不能把他惹恼了。万一把他惹恼了，回到集团去给咱们下点眼药，集团再把这地方收回去，那大家全完了。"

陈新城坐着小岳的车，气派十足地来了。孙前程和肖长庆一人一边等在那里。车一停，孙前程就抢着上去给他打开了车门，恭敬道："陈总，您来啦，欢迎您回来主持全面工作。"

　　陈新城奇怪地看看他："孙前程，我当董事长的时候你都一口一个新城，你一叫我陈总，我咋觉得不对呢，是不是又在捣什么鬼？"

　　孙前程说："没有没有。我检讨自己，过去对您不够尊重。您主持咱们这儿的工作，咱们这儿就是集团级的，我和长庆应该主动地维护您的领导权威。"

　　肖长庆也说："新城，小岳一打电话来我就教训他了，别拿豆包不当干粮，新城虽然在集团没人用了，可在咱们这儿，那还是最大的官，得尊重。"

　　陈新城皱着眉头："谁说在集团没人用了？我的党内职务还留着呢，再说我还是荣誉董事呢。我是看着咱们这儿管理混乱，以前就咱仨无所谓，现在人多了，不能不加强管理。"

　　"是是是。"肖长庆和孙前程一起点头。说干就干，借着热乎劲儿，陈新城带着两人视察去了。

　　陈新城背着手走在前面，指指这里，指指那里："你看看，你看看这院子，咱们不是有专门的清洁工吗？这扫过吗？扫过为什么地下还不干净呢？马上派人再扫扫。人越老，越得讲究……哎，那是谁啊，咋穿着睡衣就在院子里晃啊？这叫外人看见了像什么？提醒大家，无论活到什么岁数，得爱好。马上提醒她，出门就得穿得正式点……那俩年轻的是咱们雇的人吗，咋大白天坐在那里嗑瓜子呢？这管理啊，从开始就得立规矩、定制度，否则，好人也用懒了……"

　　无论他说什么，孙前程都唯唯诺诺，还拿着个小本子认真地记录着。

　　肖长庆不愿意了，趴在孙前程耳边嘀咕："这刚下车就叽里呱啦，凭什么？"

　　孙前程一使眼色："你管他呢。只要他不管事，宁可把他当个牌位供着，什么叫太上皇啊？他要面子，咱俩要里子，这有多好啊。"

　　正咬着耳朵，陈新城突然一回头，孙前程马上毕恭毕敬："陈总不愧是做过大企业的人，虽然把企业做没了，可经验还是有的。"

　　陈新城觉得话不好听，侧着耳朵问："你说什么？"

孙前程笑笑："我的意思是，您不说，我俩不知道；您一提，我们没做到的地方太多了。您这两天没来，要不然，我俩给您汇报一下工作？"

陈新城装模作样地看看手表："集团还等我去开会呢。"

"哪儿能呢？"孙前程道，"集团的工作很重要，咱们这儿的工作也重要啊。您虽然日理万机，可也不差这一会儿，先听了我们的汇报再说别的。"

陈新城假装不情愿地说："好吧。"

回到办公室，陈新城坐在办公桌后面，肖长庆和孙前程坐在他对面，规规矩矩地像两个小学生。

"这办公室也是太简陋了些。好在我忙，也顾不过来。再说了，创业阶段总是要吃苦的，想当年我刚刚承包电子管厂的时候……"

肖长庆小声嘟囔："得，没俩小时拐不回来。"

孙前程很给面子地打断他："陈总，您当年的事迹当然感人至深，不过还是咱们眼下的工作要紧。要不然，咱们开始？"

"好好好，"陈新城掐断话头，"开始开始，你们说吧，我听着。"

孙前程示意了一下："长庆，你先来，我补充。"

肖长庆正了正衣冠，咳了两声："最近，在集团党委的领导下，养老中心重点抓了以下工作，第一，对入驻居民进行政治思想教育，及时发现不稳定的苗头，比如昨天上午，牛大妈和王大爷因为扔垃圾的事打起来了。"

"啊，刚进来就打起来了？"陈新城吃惊道。

"可不，"孙前程解释道，"这王大爷去扔垃圾，必须经过牛大妈门口，牛大妈不想让王大爷扔垃圾走她门口，王大爷扔垃圾非经过牛大妈门口，牛大妈认为，如果扔垃圾一定要走她门口也要绕道而行，王大爷认为，大路朝天各走半边，扔垃圾走牛大妈门口最近，而绕行的话要多走十来步……"

陈新城皱着眉头说："真是闲的。"

孙前程点头："谁说不是呢？俩人就因为这十来步打起来。"

肖长庆说："打得还不轻，差点就动了拳头，还都问候了对方祖宗八代。"

陈新城怒斥："不文明，没素质。"

肖长庆继续说："还有，钱大妈因为刘大妈多看了她一眼，朝对方面前吐了口唾沫，导致两人发生激烈纠纷。"

陈新城不可思议："啊，因为多看了一眼？"

"可不，"孙前程解释，"钱大妈说刘大妈年轻的时候就和她不和，这回在养老中心遇见了，是有意多看她，可刘大妈说，像钱大妈这样的又不是猴，请她看都不看，钱大妈说刘大妈骂她是猴，刘大妈说谁是猴谁知道……"

陈新城摆手："算了算了，别说了，下一件下一件。"

"徐大妈和林大爷在食堂买饭的时候发生纠纷，俩人互相往对方身上泼菜汤。"

陈新城瞪大眼："这又是因为什么？"

孙前程解释："林大爷排在徐大妈前面，徐大妈火眼金睛，发现炊事员给林大爷的菜多，而给她的菜少。据她考证，是因为林大爷喜欢那个当炊事员的女孩，她怀疑俩人有不正当的关系，而事实上，林大爷是头一回到食堂吃饭，也是头一回见那女孩。"

陈新城无奈："算了算了，下一件。"

"牛大妈向大家传授滴漏而水表不跑的经验，夏大爷可能是技艺不精，水表跑了，一夜多跑了一个字，夏大爷一气之下举报了居民们偷水的行为；有大妈举着纱巾到花坛里拍照，践踏了鲜花，保安上前阻止的时候，双方发生了冲突……"

陈新城越听越痛苦，眉头越皱越紧，绝望地呻吟了一声："怎么说……我当年也是全市有名的企业家来着……现在居然要来管这些婆婆妈妈的事。"

孙前程邪魅一笑："有啊，有不婆婆妈妈的呀。"

陈新城来了精神："什么？"

"您在集团不还有党内职务吗？"

"是啊，我还是荣誉董事呢。"

"我听说，集团被先力收购以后，把电视机生产线拆了。"

陈新城果然来了精神，叫了一声，一拍桌子站起来："什么？"

肖长庆在旁附和："千真万确。前天就开始拆了，居然没人告诉你？看起来人家根本没把你放眼里啊。"

陈新城说："不行，我马上就让他们知道我还在呢。小岳！小岳呢？"

孙前程回答："对不起，小岳去自来水公司了。咱们不是想杜绝偷水的行为吗？想请自来水公司帮咱们加装更加精密的水表。"

陈新城不乐意了："小岳是我的司机！"

孙前程说："当初养老中心想要一辆车，袁总说了，小岳就是养老中心的。"

"那不行，"陈新城市一边整理衬衣扣子一边往外走，"那你得给我另派一辆车，我必须马上到集团去。"

集团内部，袁英时正和几个人在开会，桌上电话响了。袁英时接起电话："什么事？什么？我知道了。"放下电话，叹息一声，说，"大家等一会儿，陈总来了，被保安拦在门口了，非叫我亲自下楼接他。"

其他人议论纷纷："这是找存在感呢。"

"英时，我听说电视机线拆了？这么大的事，我怎么不知道啊？"陈新城灰扑扑地坐在办公室里，摆着架子质问道。

"陈总，这是公司董事会集体决议的。"袁英时谨慎地说。

陈新城问："我不是有列席会议的资格吗？怎么，把我列席的资格也剥夺了？"他长叹一声，继续道，"英时，咱们引进这条生产线不容易，想当初，为了引进这条生产线，我八跑德国，五跑韩国，三跑日本，当年，新城集团就靠这条生产线打天下的。这以前是咱们的拳头产品啊！怎么说拆就拆了？"

"陈总，时代早就变了，"袁英时赔着笑，"这条线不拆实在没办法了。不生产不赔，生产一台赔一台，生产得越多赔得越多啊。"

陈新城说："那是你们管理得不好。"

袁英时犹豫了一会儿："陈总，您要是觉得不该拆的话，您来负责这条生产线好不好？可如果您负责，咱们就要立军令状，今年以内就得扭亏为盈，再不许赔钱了，您看怎么样？"

陈新城眼睛眨巴了几下，不说话了。

肖长庆和孙前程还在叽里咕噜地说着什么，门一开，陈新城灰头土脸地进来了。俩人即刻闭嘴。孙前程热情地迎上去："哟，这么快就回来了？问题解决了？这才真是，老将出马，一个顶俩。瞅瞅，长庆你瞅瞅，为了工作，新城这累得满头大汗。啧啧，这身上怎么还油渍麻花的，你到底是上哪去了？"

陈新城用手扇着风："累死我了，给我倒杯水来。"

第十章

"哟，咱们这儿得雇个服务员还是咋的？"孙前程挖苦道。

"水，水。"陈新城嚷嚷着。

肖长庆去给他倒了杯水端过来："您慢慢喝，慢慢说。"

"那边的事处理完了？"孙前程问。

"完了。"陈新城说。

"这么快？对了，袁总和您说了吗？他们要把您当年艰苦奋斗盖的办公楼拆了，盖新办公楼。他们这是想彻底抹平您在集团的痕迹啊。这事您不管？"

陈新城摆摆手："以后别和我提集团的事，集团的事和我没关系。以后我就在这里上班啦。"

"啊？"那俩一起喊了一声。

"怎么着？当初集团就这么决定的呀。"

肖长庆说："不是，我们是觉得……"

孙前程推着肖长庆往外走："长庆，长庆，以后新城就正式回咱们这儿工作了，你去组织一下咱们的居民，得让领导讲话啊。"一边说着一边拥着他出去。

肖长庆一边招呼着大伙儿一边向大家下达通知："陈总正式回咱们养老中心，要领导我们了。说起来呢，陈总是咱们电子管厂的老领导了，当年的电子管厂就是陈总弄没的。虽然人家弄没了电子管厂，但人家弄出个大集团啊。当然了，集团也快叫他弄没了，不过我向大家保证，咱们养老中心他是绝对弄不没的……"

陈新城正对着桌上一面小镜子整理自己的西装，孙前程还拿着一把小扫帚，给他这儿扫扫那儿扯扯，服务得很周到。

孙前程说："有摩丝吗？没摩丝要不要头发上抹点水？说起来，现在的居民都是过去的老员工，听说老领导正式上任都很激动，一致要求您讲话，您得以良好的形象出现在他们面前。"

陈新城拿着小镜子左照右照："不要。你是过去的陈新城，他们也是过去的老同事，走吧。"

陈新城从活动中心出来，院里已经集中了几十号老头老太太，神情各异地看着他。陈新城一个个辨认着，神情越来越激动，感情越酝酿越饱满："丁师傅，马师傅，夏师傅，徐师傅……同志们，工友们……"他的声音抖了。

突然，人群中有人说话了："陈新城，你也有今天啊！"

陈新城一愣。

"我还以为你把电子管厂弄没了，你能落下什么好呢？""就是。把大家的铁饭碗砸了，你倒得便宜了。""你也真好意思，好好的一个厂毁在你手里，你倒得了利，可大家得什么啦？"

孙前程和肖长庆站在一起，互相丢着意味深长的眼色，咬着腮帮子偷笑。

"这什么意思？"陈新城说，"当年电子管厂都要宣布破产保护了，不是我带着大家把电子管厂起死回生的吗？"

"电子管厂是铁饭碗，倒闭了国家也管，是你把大家的大锅饭给弄没了。"

陈新城反驳："咦，不能这么说吧，都吃大锅饭，国家怎么发展？"

"可我们呢？没了大锅饭，谁来管我们？"

孙前程赶紧走上前来："工友们，工友们，过去的事就不要再提了。从现在起，陈总就变成了咱们中间普通的一员，大家欢迎陈总回到群众队伍中来。"孙前程这么一说，大家果然热烈欢迎起来。陈新城哭笑不得，只好赶快鞠躬致谢。孙前程殷勤地扶着陈新城下去，肖长庆上来了。

"各位，这退休制度可真好啊。别管你过去当多大的官，一退休，就变成平头老百姓了。什么叫平等？这就叫平等，对吧？"笑声，掌声，大家一起叫好。陈新城苦着脸和大家一起鼓掌，这才发现，肖长庆和孙前程在台上，而他却和大家站在一起，真的变成他们中的一员了。

第十一章

养老中心的院子里,老人们各自活动着,孙前程和肖长庆在一块空地上打太极拳,小声交谈着。"他不就想当官吗?"孙前程说,"这样,你们不是党员吗?咱们这养老中心现在党员也不少了,得成立个党支部吧?他是支部书记。党领导一切,他不就是最大的官了吗?"

肖长庆说:"好,党的工作他负责,行政的事咱们负责。前程,咱们可说好了,行政上的事情也得分个大小,我这个管委会主任可是正式任命的。"

孙前程点头:"好,好,你说了算,我辅佐你,这总行了吧?"

突然,一辆中型货车拉着家具轰隆隆进来了,一直向办公室那边开过去,两人一愣。"这怎么回事啊?没叫人买什么呀!"孙前程咕哝着。

肖长庆说:"我昨天看着他在办公室里踱方步,好像在量距离。"

孙前程意识到了什么,两人快步向办公室那边跑过去。一进门,两人顿时傻了眼:办公室这一会儿全变了,中间地方摆上了一张宽大的老板台,两个工人又把一个老板椅抬进来,陈新城前后张罗着:"放这里,对,就是这里。"

工人把老板椅放下,把一张单子放陈新城面前:"老板,这是发票。"

陈新城一屁股坐在新买的老板椅上,冲小岳招招手:"来,小岳,咱们接着说。《人民日报》《参考消息》《光明日报》《环球日报》订全套。买个报架,就放那儿。还有《红旗》《求是》《党建》也要订全了,政治学习,任何时候都不能放松。哎,沙发,沙发,往那边一点。对了,买一台台式电脑,把必要的软件全装上。先买这些,马上去办吧。"

小岳问:"那,陈总,钱呢?"

陈新城正忙着指挥:"茶几!茶几轻点,那是玻璃的!"说完了才转向小岳,"没多少钱吧?你先垫上,回来报销。"

小岳说:"得一万多吧,我可没这么多钱。"

陈新城转向孙前程:"前程啊,你先把钱给他,回来报销。"

孙前程站在那里:"这啥意思啊,谁叫你买的啊?"

陈新城顾不上回答他,又对小岳吩咐道:"小岳,你先去忙,回头我找你。对了,你在那三张桌子里,给自己挑张办公桌,等着在门口给你隔个小隔间,你就在小隔间里办公,秘书要有个秘书的样子。先出去吧。"

孙前程急了:"不是,这到底怎么回事啊?"

陈新城说:"我不是已经告诉你们了吗?我正式到咱们中心来办公。我来办公,得有间办公室吧?得配必要的办公家具吧?这有什么好奇怪的?"

孙前程质问他:"你花这么多钱,通过谁了?"

"什么什么?"陈新城觉得不可思议,"我可是负责人哪。"

肖长庆说:"你在集团里负责,到咱们这儿可不一定。我和前程商量了,你负责党的工作,行政工作我俩负责。你哪怕花一分钱,也得找前程,前程再拿着找我,我签了字才能报销。"

"什么?"陈新城指着窗外,"集团指派我分管中心的工作,我连个置办办公家具的权利都没有?"

"是让你分管,不是让你负责,"肖长庆说,"要说分管,你在集团里办公,时不常地过来检查指导一下工作就行了,你要是到这里来办公,就是这里的普通一员,得服从我俩的管理。这是大家的办公室,你凭什么一个人独占?你一进门就大兴土木,谁给你的权利?信不信我到巡视组去告你腐败?"

陈新城可怜巴巴地说:"可……可我大小也是个董事长,总不能连自己的办公室也没有吧?"

"有哇,"孙前程拍拍他肩膀,"我和长庆都替您考虑好了,您跟我来。"

二人带着陈新城来到卫生间旁边的一个小房间,孙前程推开了门。这个房间也就五六平方米大,还是个三角形的,原本是用来盛放工具的,现在里边还放着拖把、扫帚、垃圾桶等物件。

"哟,"孙前程装腔作势道,"这里边的东西怎么没拿走啊?老王,老王。"

一个清洁工跑过来:"孙总。"

陈新城瞪着眼:"孙总?他什么时候成孙总了?"

"老王,昨天怎么吩咐你们的,怎么这些东西还没拿走呢?赶快拿走。"孙前程指责道。

第十一章

陈新城问:"怎么,叫我在这里?"

肖长庆说:"这里还不行吗?单独一间办公室哦,我们都没这待遇。"

陈新城说:"对着厕所?"

肖长庆笑笑:"谁不得吃喝拉撒?"

陈新城把手一甩:"别叫他们收拾了,我不同意。"

孙前程委婉道:"可这事您说了不算。建设这个中心,您一分钱也没投,凭什么还想当老大?您要想说了算,可以啊,把你的股份激励金拿出来。"

陈新城想了想:"算了算了,我就在这里吧。我买的老板台和老板椅……"

一张桌子差不多就占满了整间房,椅子摆在那个三角处,最终,陈新城还是可怜巴巴地委身在这里。人坐下,门就打不开,要想开门,就得先绕出来,然后把桌子往后拉。就这样也没忘了报纸,一个报架塞在桌子和门之间的过道里,要想从桌子后面出来,还得先把报架拉到一旁。

大办公室那边,老板台摆在中间,孙前程和肖长庆正乐呵呵地抢那个老板椅。肖长庆已经坐下了,说:"谁先抢到是谁的。"

孙前程挤过去说:"不行不行,是我逼他让开的。"肖长庆笑嘻嘻道:"皇帝轮流做,明年到我家。轮着来,轮着来。""好吧,"孙前程起身,"一三五归我,二四六归你。"

小岳敲门进来:"肖总,孙总,陈总让我给他再订一本《新华文摘》。"

孙前程说:"订,订,他爱订什么订什么,你告诉他自己报销。"小岳走后,孙前程突然想到什么,"陈新城年轻的时候跳过舞是吧?"

"对啊,"肖长庆说:"你忘了,那时候咱们一块在厂里宣传队,他当过宣传队的领舞。唉,说起来,我那时候是工会干部,他还得听我领导呢。"

门被悄悄地推开了,陈新城两只脚在地上画着圈。孙前程和肖长庆伸进了半个脑袋偷偷看着,窃窃私语。

"他这是干吗呢?"

"看着人家跳舞,脚痒呗。"

"那就出去跳呗。"

"还用说吗?放不下架子,"孙前程说,"他要是跳上广场舞,还顾得上和咱们争权吗?"

孙前程咳嗽一声,陈新城吓了一跳,两只脚马上老实了,还整了整衣领，板着脸转过身来："外面的空气不错嘛，比这厕所的气味新鲜多了。"

"可不是嘛，想跳广场舞啊？出去跳呗。"孙前程鼓动道。

"说什么呢，我是跳广场舞的人吗？"陈新城一脸不屑。

"怎么不是？"肖长庆提醒他，"当年你不是在厂文工队里当过领舞吗？不还因为A角B角成天找我闹吗？"

孙前程说："过去的事就别提了。可新城，你现在不是当官的了，你应该与民同乐呀。"

陈新城闪开他们的目光："我可没那闲工夫。看见了没？一大早集团送来了一堆文件，我还得看文件呢，我可不像你们是来养老的，我是来工作的。"

肖长庆不厚道地笑了起来。孙前程赶快推着他往外走："好好好，别耽误了陈总批文件。不过，我就是想问一句，你现在批文件还有用吗？"

陈新城气恼地抬头，俩人已经没影了。

从陈新城屋里出来，孙前程和肖长庆议论着。

"他呀，就是放不下这架子，得想办法找个人勾引一下他。"

"找谁呢？来这儿的大部分都是成双结队的，他去勾引人家老婆，万一叫人老公打折了腿，不还得咱给他治吗？"

孙前程一抬头："有了。"

牛大妈正扛着一个牌子从外面回来了，牌子上有王秀菊的照片，还歪歪扭扭地写着王秀菊的介绍和找对象的条件，无非是城市白领有房有车之类的。

孙前程喊了一声："牛大妈。"

牛大妈过来了，神情很沮丧："你说说现在的社会到底怎么啦？怎么剩下的全是好女孩呢？"

肖长庆问："牛大妈，又上山给你闺女找对象去了？"

"唉，我不去帮她找又有啥办法？她老板太重用她，成天拉着她工作，连个谈恋爱的空都没有。"

肖长庆说："哟，没空咋给您找了个姑爷回家把您的房子骗走啦？"

孙前程赶快挡住他："长庆啊，别哪壶不开提哪壶。牛大妈，找到了没？"

牛大妈摇摇头："你说气人不，我天天在那里站半天，连个问的都没有。"

孙前程说："知道人家为什么不问不？"

"为啥？"

孙前程说："要说秀菊长得是挺漂亮，可白搭，人家来相亲的见不着啊。人家看见的是谁？是您哪。牛大妈，您看看您这个样，要模样没模样，要身材没身材，穿得也不讲究，人家一看到这丈母娘就够了，谁还想见你闺女呀？"

牛大妈问："那咋办？"

肖长庆说："这还不容易？要想嫁闺女，先从改变自己开始。牛大妈，您先得让自己可爱起来。人家一看，哟，这丈母娘不错，养的姑娘也错不了，秀菊她就有戏了。"

牛大妈急忙拉住他们："我咋变？"

孙前程推着她走到跳广场舞的大爷大妈前面："先跳跳舞，把身段练练。牛大妈，您还别不信，这跳舞的人和不跳的人就是不一样。你看看那段大妈，和你岁数差不多吧？"

牛大妈不乐意："你长的啥眼啊？她比我大三岁呢。"

孙前程故作吃惊："真的？可她看上去比您年轻五岁。这不都跳广场舞跳得吗？牛大妈，您跳上一个月，我保证您大变样，到那时候，别说秀菊……"

肖长庆咳了一声："不该说的话就别说了。"

孙前程笑道："不说，不说，牛大妈，您听我们的话，去跳跳舞……"

陈新城端了几十年的官架子，还放不下身段，只能窝在办公室里看《参考消息》，一边看一边大发感慨："这世界政治形势真是瞬息万变啊。"

窗外的广场舞声音太大，陈新城过去关窗户，突然看到牛大妈就在正对着他窗户的地方跳着舞。可她跳的如果叫舞也太亵渎舞了，动作笨拙，步伐混乱，关键是还顺拐。陈新城看了一眼，摇摇头，想关上窗，可又忍不住看了一眼，把窗关上回来坐下看报纸，忍不住又把窗打开看着，越看越气，终于忍不住了。

"牛大妈，您在那儿跳大神呢？"

牛大妈瞥他一眼："我跳舞呢。"

陈新城摆摆手:"快别糟蹋那俩字了,首先你别顺拐呀。你听我的,迈左脚,甩右手,迈右脚,甩左手。不对,我说话你听不懂吗?"

他越指挥,牛大妈跳得越乱,连后面的人都带乱了。后面的人开始抗议:"陈总,您不跳别捣乱好不好?"

陈新城严词拒绝:"我日理万机,哪有空跳这么无聊的东西。"

"陈总,已经退休了,就别端着了,过来和我们一起跳吧。"

陈新城一脸瞧不起:"哼,你以为我像你们?"刚想关上窗户,看看跳舞的人们,又叫他受不了。"也不知道狗熊他妈是怎么死的。你们等着。"他把报架挪到桌上,侧着身子出去了。陈新城来到跳舞的人群中,站在牛大妈身边,耐心地教她:"来,跟上我。左右左,左右左。"教着教着他发现牛大妈实在是太笨,最后索性亲自上阵,变成了广场舞的领舞,又摇又摆,跳得很起劲。

肖长庆和孙前程趴在窗户上看着这一幕,很得意地笑了。

孙前程回到办公桌前:"长庆,咱们现在有多少居民了?"

肖长庆一算:"二十三户了,加上经常来活动的,小一百人了。"

孙前程说:"他们不能说咱们办的不是养老社区了吧?他们没理由不给咱批地了吧?长庆,咱们就要成功了。"

肖长庆叹了一声:"前程,你这个人,我这辈子没见你这么渴望成功过。"

孙前程说:"不渴望不行了,我就算不为我自己,也得为了我闺女,我得让我闺女看到她有个令她骄傲的老爸。"话音未落,身上的手机响了,孙前程看看来电显示,赶快接起来,"晓晴啊。"

晓晴带着哭音的声音一下子冲出来:"爸,再见了。"

孙前程吓了一跳:"啊?再见?你要上哪啊?"

肖长庆也注意起来。

"爸,您别问了,您保重身体。"电话一下子挂了。孙前程赶快又往回拨,传来关机的提示声。

肖长庆赶紧安慰:"前程,你别慌,出什么事了?"

孙前程急了:"我不能不慌,这孩子跟我说再见,让我保重。长庆,我该怎么办?我怎么办呢?"

陈新城这会儿也跑了过来:"怎么啦?"

第十一章

肖长庆说："晓晴出事了。再打打，也许刚才线路不好。"

孙前程又拨，电话还是关机："天哪，出事了，她一定是出事了。顾明那个小崽子不知道对她干了什么。"

孙前程先打电话给顾明，顾明正跟着夏明舟在车间里巡查，接到电话后赶紧往回赶。顾明回到家时，孙前程已经等在门口了，两人进屋挨个房间找了一圈，没找到。

孙前程气呼呼地说："顾明，我女儿最好能安全，否则你也别想活了。"

夏明舟也踩着高跟鞋急急忙忙地赶过来了，一进来就上气不接下气地问："晓晴呢？"

"我早上走的时候她还在床上睡觉，"顾明答道，"您看看，被子还没叠呢。"

"她好好的能对我说那些话？"孙前程对夏明舟道，"你把闺女交给他，你就不怕他把晓晴害了？"

"你胡说什么呢！"夏明舟转过问，"顾明，晓晴可能去哪儿？"

顾明也很茫然："她平常不出门的。"

孙前程从楼里跑出来，迎面碰上了气喘吁吁的肖长庆和陈新城。

"孩子找着了吗？"

孙前程神色仓皇："没。完了完了，我有预感，晓晴出事了。天哪，这可怎么办呢？"

"前程，先别说这个话，"肖长庆安慰他，"咱们那儿人多，也都认识晓晴，我去发动大家一起找，你把晓晴可能去的地方想想，电话告诉我。"说着走了。

陈新城说："别急，我给集团打个招呼，调几辆车过来。"

各路人马纷纷出动，经过大半天的地毯式搜寻却毫无结果。过了大半天，就在准备播报交通广播和电视广告时，陈新城和肖长庆无意间在河边发现了孙晓晴。他们二人躲在花丛里，看着她背身坐在河边。小岳开着车过来，车一停，孙前程下来。他们示意他小心，先别出声。

孙前程稳了稳自己，轻步过来，问："怎么找到的？"

肖长庆捏着嗓子："我俩顺着河边跑，就看见了她。"

"在这里站了二十来分钟，这孩子一动没动过。"陈新城补充道。

孙前程落泪了："我可怜的孩子。"

肖长庆嘱咐他："前程，你可小心，别让她激动。"

孙前程点点头，小心地一步步过去："晓晴。"

晓晴转过脸来，她神情呆滞，脸上有伤，上衣最上面的扣子被撕掉了，她像不认识一样看着孙前程。

"爸……"

孙前程努力微笑着："晓晴，没事了，爸来了。"然后一把拉住她，想领着晓晴向上走，晓晴下意识地想要挣脱，孙前程紧紧搂着她的肩膀，"不要害怕，有爸在呢，跟爸爸回家，咱们回家说。"

肖长庆和陈新城见状也立刻上前迎着他们，让开了路，孙前程领着女儿从他们身边过去。父女俩刚想上车，一辆汽车开了过来。车一停，顾明下车跑过来，径直朝晓晴的方向去，死死地盯着她："晓晴，你怎么在这儿？又闹什么啊？回家！"

晓晴一看到他，有些害怕，下意识地往后缩了一下。顾明一伸手抓住了晓晴的胳膊。孙前程则一手搂着晓晴，用另一只手抓住顾明的手腕，想让他的手离开孙晓晴。两人暗暗较着劲。

回到孙前程在养老中心的家，晓晴怕冷一样坐在沙发上，双手捧着一杯热茶，孙前程洗了一盘水果端上来。晓晴看了一眼，坐着不说话。

"晓晴，出什么事了，跟爸爸说说。"

晓晴还是不说话。

孙前程有些着急："晓晴，无论发生了什么，有爸爸在呢，你不要胡思乱想，爸看看你手怎么了？"他拉起晓晴的手，要捋起她的衣袖，晓晴躲开了："爸，没事儿，我没事儿。"

孙前程到底把袖子给她捋起来了，胳膊上青一块紫一块。晓晴赶快挡住："爸，我不小心碰在橱子角上了。"

孙前程被眼前的景象气呆了："什么不小心？这明显是不同时间的伤！"

"没有，真没有，是我自己碰的。"

孙前程怒吼："放屁，顾明这个王八蛋，敢打你！"说完就要起身。

晓晴哭着喊了一声："爸！"紧紧抓住孙前程的腿，使他动弹不得。

孙前程强迫自己冷静下来，走到晓晴边上，温柔地问："晓晴，你别害怕，告诉爸，到底发生了什么？"

第十一章

"是我自己的问题,真的爸,我没事。"晓晴抹了抹眼泪。

孙前程急了:"什么没事,你说,你说了爸去给你解决啊!"

"爸,别问了,就是跟您说了又有什么用,您又能干什么呢?"

听到这句话,孙前程愣住了,看着孙晓晴失神的样子,呆呆地坐下了:"晓晴,你现在不愿说,爸爸也不问了。爸爸知道你累了,那你现在什么也不要想,好好地在这儿歇歇好吗?爸给你下碗面,热乎乎地吃了,然后好好地睡一觉,等你醒过来,咱们再好好说。"

陈新城和肖长庆坐在那里,紧张地等待着消息。门一开,孙前程回来了。两人赶快起身问他,"晓晴怎么样了?"

孙前程一屁股坐下,埋怨自己道:"我真没本事,我一个当爹的,连自己的女儿都保护不了。"

"前程,到底怎么了?"肖长庆焦急地问。

孙前程把手机往桌上一放:"你们看,晓晴身上有伤。有伤!这个顾明,我看他是活够了。可是我那个傻孩子,什么事都不说,就说是自己的错。"

肖长庆想了想:"这孩子,莫不是被夏明舟或者顾明洗脑了?"

陈新城哼了一声:"要我说啊,也别怪晓晴,要怪就怪晓晴不幸,生在你们这样的家庭里。"

孙前程不愿意了:"你这话什么意思?"

"什么意思你不明白吗?你们这两口子,天下少找,举世无双,一个太要强,一个不正干。多好的闺女,夹在你俩中间,生生地被你们折磨成这样。"

"陈新城,你这说的是人话吗?我闺女受了这么大的苦,你还说这样的风凉话。大志倒幸运,生在你这样的家庭里,也没见他有多大出息啊。我闺女没出息还没把房子赔上呢。"

陈新城也恼了:"孙前程,你怎么说话呢?是晓晴寻死觅活的,又不是我家大志,你提大志干什么?"

"你要不提晓晴,我能提大志吗?"

肖长庆想劝他们,按住这个又去拉那个,可两人越吵越上劲,伸着脖子越离越近,眼看着就动手了。

肖长庆一声大吼:"行啦!晓晴这事到底咋办?你们啊,叫我说你们什么？哪个孩子不是当爸的疼大的？现在孩子遇上这么大的事，你们俩还在这里争这个尖。"

陈新城气来得快，消得也快，主动服软说："对不起，我不该那么说。"

孙前程也赔礼道歉："是我不好，不该揭你的伤疤。"

陈新城顺嘴来了句："那你没伤疤？"

眼看着又要吵，肖长庆赶快按住："行了行了，谁活到这把年纪不是伤痕累累啊。虽然晓晴不愿说，但肯定是被家暴了，咱们赶快商量商量怎么办吧。"

一提这事，孙前程耷拉下了头。

陈新城说："别怪我说话不好听啊，你这个女婿不能要了。"

"打开始我就不想要他，"孙前程上来委屈了，"可是夏明舟和晓晴都被他骗了，我怎么说也没用。"

肖长庆说："咱们得想办法在夏明舟面前揭露这个顾明的真面目。"

"这还用揭吗？"陈新城指着手机，"孩子身上有伤，叫她看看不就完了？"

孙前程说："她也得信才行啊，晓晴在我面前都不说实话，能跟夏明舟说实话吗？顾明再颠倒黑白说几句，夏明舟就被骗过去了。"

陈新城哼了一声："前程，别怪我说话不好听啊，我和夏明舟在商场上斗了半辈子，从来不认为她是个明白人。"

这话孙前程又不爱听了："她不明白，你怎么还没斗过她呢？"

陈新城嘶了一声："咦，我咋就没斗过她？"

"斗过了，明舟电器还在，新城电器怎么就被收购了呢？"

陈新城恼了："孙前程，我可是在帮你姑娘说话呢！"

孙前程两眼溜圆："哎，那你也不能说我老婆啊！"

门突然开了，小岳冲进来："孙叔不好了，晓晴姐又要走了。"

顾明很殷勤地扶着晓晴出来，正往大门口走。孙前程忙不迭地跑出来，那俩跟在后面。

"晓晴，你上哪儿？"

"爸，顾明他来接我，让我跟他回家。"

"咱们不是说好了，在爸这儿歇歇吗？"

第十一章

顾明拦住他，微笑着："爸，两口子床头吵完床尾合。一直在您这儿也不是个事，您说对吧？"

"滚吧你，"孙前程骂道，"晓晴身上的伤哪来的我还没问你。"

顾明转过头去："晓晴，你身上的伤哪来的没告诉爸吗？"

晓晴看了顾明一眼，对孙前程说："爸，真的是我自己碰的。"

"晓晴啊，你到底在想什么啊？你回去遭什么罪你自己心里不清楚吗？不行，爸绝对不让你回去。"孙前程苦口婆心地劝道。

晓晴又犹豫了："我……"

顾明笑着对孙前程说："爸，晓晴都多大了，您别把她当小孩子了，让她自己做主。晓晴，你要愿意继续留下陪爸爸，我马上就走。"顾明揽过晓晴，在耳边轻轻说，"我可给你面子了，你不要，后面可就没有了。"

晓晴沉默了片刻马上说："爸，我想清楚了，也不能一直在您这儿，我还是跟顾明回去。"

孙前程扑上去："你……"

晓晴坚决道："爸，别说了。"然后跟着顾明走了。

孙前程呆呆地站在那里，看着晓晴离去的背影。

"就这么让她回去了？"陈新城问，"谁知道回去以后顾明怎么对她？又在夏明舟面前怎么说？"孙前程拔腿就气势汹汹地走。

"他这是上哪儿去？"陈新城问。

"还用说吗？"肖长庆无奈道，"追晓晴去了呗，新城，咱们不能让他自己去。"

顾明和晓晴回到家，屋里光线十分昏暗，顾明并没有理晓晴，而是一个人坐在沙发上。晓晴也不说话，紧张地坐在一旁的椅子上。两人沉默了很久。晓晴站起来，想去开灯。

顾明突然抬起头来，眼神中带着凶狠："你一定要这么丢人吗？"

晓晴低着头，站在原地。

"你也是快三十岁的人了，"顾明训斥道，"整天演这种寻死觅活的戏，让大家去耗费时间精力找你，不觉得幼稚吗？博关注也有个限度好吗？"

晓晴还是不说话。

顾明更烦躁了："说了多少次了，能别给我添麻烦吗？你就安安稳稳在家待着，没事别去找你爸，很难吗？"

晓晴依旧不说话。

"好，你就这样，千万别说话，永远别说，我走了。"说着转身就要走。

晓晴终于崩溃，大声地尖叫，发疯一样地扔手边上的东西，各种摆设被扔到地上。顾明怒火中烧，对着晓晴喊："你疯了！"

晓晴还是不管不顾地又扔又砸，一个盘子摔碎在顾明的脚边。顾明再也忍不住情绪，一步走到晓晴身边，抡圆了胳膊，啪的一声，打在晓晴脸上。晓晴一下子摔在沙发角上，额头破了，流出了血。

屋里一下子安静了。

突然，门被人擂响了。孙前程趴在门上拼命地擂着门："开门！顾明，你马上把门给我打开！开门！"他左右找了找，看到墙角里放着一个旧拖把，操在手里继续砸门。

顾明愣在那里，看看门，又看看晓晴："你爸来了，你要不想咱俩完，知道该怎么做。"

顾明打开门，凶狠的表情瞬间消失，变成了笑脸："爸……"

一声还没叫完，孙前程冲进来，一记老拳打到他脸上，顿时满脸开花，鼻血四溅，顾明捂着脸发出一声惨叫。

孙前程扑上来抓住他继续打："你这个狗东西，我看你是活腻了。老子宝贝一样疼大的女儿是叫你打的？我叫你打！我叫你打！"

顾明站住了，抱着头："爸，您这是干什么？都是误会，有话好好说……"

晓晴躲在一边："别打了，爸！"

孙前程说："晓晴你别管！"

顾明眼里突然有了股狠劲儿，伸手挡住了孙前程的拖把，然后使劲夺了过来，一把推开了孙前程。孙前程瞪着顾明，顾明手里握着拖把，瞪着孙前程，两人对峙着。"爸，我敬您是长辈，不跟您动手。但我也是个男人！您要是再打，我可要……"

一个声音从门外传来："你想要干吗呀？"

那俩人赶到了，吆喝这一声的是陈新城。陈新城揉着手腕，肖长庆抻着脖子，两人气势汹汹地走了过来。三人一起上前，狠狠地瞪着顾明。

顾明被三个人的气势吓到，手里的拖把一松，掉在地上，发出一声响声，回荡在房间里。

第十二章

第二天，孙前程气势汹汹地闯进明舟集团。

"夏明舟呢，我要见夏明舟。"他出了电梯就开始嚷嚷。

斯黛拉闻声赶紧从旁边的办公室出来拦住他："孙叔，夏总现在不方便……"孙前程并不理她，一路横冲直撞，重重地推开了夏明舟办公室的门。

顾明正在卑躬屈膝地站在夏明舟身边，三句真两句假地给她讲事情的来龙去脉，并绘声绘色地把自己描述成一个受害者的形象。夏明舟见孙前程来者不善，对顾明说："顾明，你先出去吧。"

孙前程堵住门口："他不能走！"

"孙前程，你到底想干什么？"夏明舟厉声质问。

"夏明舟，你不把晓晴害死，不死心是吧？"孙前程也底气十足。

夏明舟冷冷一笑："孙前程，像个男人行不行？自己一辈子没出息，也巴望女儿找个像你这样没出息的男人？"

孙前程指着顾明："他那叫有出息？啊呸！你口口声声说什么明舟集团的规矩，这个势利小人，是怎么爬上现在的位置的，你心里没数吗？这世上还真有你这样的妈，把成功看得比女儿的生命都重要。"

夏明舟站起身来："你有什么资格说这话？我瞎了眼，嫁给了你，硬把自己当成了男人用，难道你想让晓晴重蹈我的覆辙吗？他们的事跟你有什么关系？"

"一个阳奉阴违、性格残暴的小人欺负我女儿，你说和我没关系？难道我一个当父亲的要眼睁睁看着他把我女儿害死才和我有关系吗？夏明舟，就算成功对你再重要，我也绝不允许你拿着女儿的幸福和安全不当回事！"

夏明舟一愣："什么意思？"

孙前程打开手机，把几张照片给她看："看看，这是我拍的。你看晓晴这些伤，深深浅浅，一看就是不同时候的，这是手臂上的，这是小腿上的，她身上，还不知道有多少伤。你觉得这些伤是哪来的？他对晓晴家暴你知道不知道？难道你还要把女儿交到他手里？"

夏明舟看着，脸色也变了，她指了指顾明："顾明，你过来解释一下？"

顾明看了一眼："妈，刚刚我跟您说过晓晴额头上的伤是怎么来的，这张胳膊上的伤，是上周的事情。这是她晚上上厕所时不小心碰到桌角伤的。"

夏明舟皱了皱眉。

"这张腿上的伤，是两周前晓晴出去骑自行车摔伤的。"

"晓晴一个成年人，这么容易就摔倒碰倒？"夏明舟疑惑地问。

顾明说："我也担心这件事，后来我就问了医生。是因为她吃的那些治疗抑郁的药和安眠药造成的，那些药会让人昏昏沉沉的，我有时候看晓晴走路都不稳当。"

夏明舟再次确认："真是这样吗？"

"千真万确！我可不敢当着您的面撒谎。"顾明掏出手机，"您看，这是我从网上买的护腿护膝，还有贴在家具上的软胶防护条，还有治疗跌打外伤的药，都是给晓晴备着的。也是因为发生这些事，我实在不放心她自己在家，刚刚才跟您提那些事。"

"哈，顾明我真是小看你了，"孙前程冷笑道，"做戏都能做全套，你咋不去横店当演员啊！"

顾明无奈地说："爸您对我有误会，我说什么您也不会信。妈，您不如给晓晴打个电话问问她，看我说的是不是真的。"

夏明舟盯着顾明："顾明，我就这一个女儿，你说的话最好全是真的。"说着就拿起了电话，那俩一起盯着。

电话里传出晓晴怯怯的声音："妈。"

"晓晴，你爸爸拍了些你身上有伤的照片，你和妈说实话，这些伤是怎么造成的？"

晓晴说："是我自己弄伤的。"

顾明长出一口气，得意地看了孙前程一眼。

孙前程急了，扑上去，一把夺过电话："晓晴，你胡说什么！明明是他打的，你为什么还要替他说话？晓晴你把真相告诉你妈妈！"

夏明舟直接扣了电话,看着他冷笑一声:"行了!晓晴都这么说了,你还有什么话可说?"

孙前程气急了:"就因为你这个样子,晓晴才不会对你说实话,受了委屈也把责任归到自己身上。你在害我们女儿知道不知道?"

夏明舟冷笑一声:"我不相信她们难道相信你?一个一辈子嘴里没几句实话的人?你没事就走吧,我们还忙着。"

"明舟,你可以不相信我,可是你一定得去看看晓晴,看看她身上其他地方,她一个人不可能弄那么多伤。顾明对她家暴,利用晓晴的懦弱来欺骗你,蒙蔽你。明舟啊,你再不管,晓晴可真危险了,你就听我一句吧。"

"行了,"夏明舟呵斥道,"是你该去横店吧,来我这里过戏瘾来了?你动不动就往外跑的时候,没见你这么关心过她。现在来当慈父刷存在感了?你走吧,我不想再听了,晓晴那边我会去看她。"

"你什么时候去?"

"等我有空,你以为这世上的人都像你一样游手好闲?"

"你过几天再去,她身上的伤也好了。"

"好了不是更好吗,难道你希望孩子身上的伤好不了吗?"

"我不是这个意思。明舟,你可以对我不满意,你如果想,咱们立马离婚也行。你放心,你的财产我可以一分钱都不要,可是晓晴的生活你得关心。你就信我一回吧,顾明真的不是个东西,他在背着你折磨晓晴,晓晴已经完全没有自我了,你是孩子的亲妈,你得关心孩子啊。"

顾明委屈道:"妈,爸这么说,我不知道该怎么解释了,要不然我现在就回家把晓晴接过来,您当面看看。"

"好!"孙前程说,"你现在就去!"

夏明舟制止道:"去什么去,我们很闲吗?孙前程,这个世界上没人比我更关心晓晴,但是我有自己的方式。你走吧。"

孙前程央求道:"明舟,你不能被顾明欺骗,我们的孩子真的危险了。"

"你再不走,我叫保安了!"夏明舟无情地说。孙前程痛苦而无奈地看着她。顾明拍拍他:"爸,别惹妈生气了,我送您出去吧?"

孙前程甩开他:"别叫我爸!"转过身往外走,顾明殷勤地跟出去。

夏明舟盯着顾明的背影,脸上现出犹疑,又拿起了电话拨给晓晴,外面突然传来顾明的惨叫声,夏明舟一愣,急忙丢下电话跑出去。她推开门,看到孙前程抓住顾明打得正欢，顾明抱着脑袋一边躲一边叫爸，而两侧站满了看热闹的员工。

夏明舟大吼一声："孙前程！你竟然敢在这里闹事了！"

孙前程一愣，停下。顾明趁机摆脱了他，跑回到夏明舟这边来。

顾明边跑边求饶："爸，您别打了！"

夏明舟喊："保安！保安呢？"

两个保安跑过来："夏总。"

夏明舟一指孙前程，不客气地说："把他赶出去！没有我的允许，再不许他进来！"两个保安上来，一边一个，把孙前程架了出去。

"明舟，你可以不见我，但是你不能相信他呀！"孙前程喊着。

顾明殷勤地上前："妈，您消消气，爸爸也就是朝我撒撒气，没啥大事。"然后转过头冲着人群喊，"斯黛拉，斯黛拉呢？"斯黛拉拨开人群跑过来，和顾明一起搀扶着夏明舟，忍俊不禁地和顾明互相丢了个得意的眼色。

"夏总，您别生气，"斯黛拉声音甜美，"孙叔这个人这辈子都这样，您又不是不了解。"

顾明一边冲她抛着媚眼，一边严厉地说："斯黛拉，你是夏总的秘书，以后没有夏总的允许，不能让无干的人随便进来。再这样我要扣你奖金了！"

斯黛拉都要笑出来了，口气却很恭敬："知道了顾总。"

晓晴在屋里看着他和顾明的婚纱照发呆，听到急切的敲门声，缓缓起身开了门："爸……"

孙前程急匆匆地一步迈进来："晓晴，你为什么不说实话啊，你为什么不跟妈妈说啊？"

"爸，还有别的事吗？我不想聊这个了。"

孙前程急了，一把拉住晓晴，把晓晴的袖子一撸："这些伤明明就是顾明那个王八蛋打的！你怎么就……"

晓晴把手一下子抽了回来，孙前程愣了。

"爸，我记得跟您说过了，这是我自己碰伤的。您前几天带着肖叔和陈叔跑到我家打顾明，现在又不经过我同意，偷偷拍这些照片去找妈妈告状。这些事我都不提了，但您以后能不能不要再掺和我和顾明的事情了？"

孙前程不解地问："你说什么？"

"我说，您以后能不能不要再管我了！"

"不管了？你是我闺女啊！我怎么能不管了？那个王八蛋三天两天地不回家，他一个大男人在外面能干什么呀？他回家以后又对你做了什么，你不清楚吗？他到底给你灌什么迷魂汤啊？晓晴，千万别犯傻！你得告诉你妈，不能就这么任他欺负啊！"

晓晴的情绪突然爆发："够了爸！别再说了！"孙前程看着晓晴的样子，一下子傻了。

晓晴情绪越来越急："是，顾明是经常在外面过夜，但是他最起码会回家啊。可我从小到大，您和妈又有几天是在家的呢？我自己一个人害怕的时候，您又在哪儿呢？"

孙前程听到孙晓晴这些话，愣住了，片刻后说："过去是爸爸不对，但现在爸爸真的是为你好啊！"

孙晓晴眼睛泛红："您为我好？你要真觉得顾明不靠谱，当时我和顾明恋爱需要您把关的时候，您去哪儿了？为我好？我的婚礼，就我妈一个人在，所有人都以为我是单亲家庭的时候，您又去哪儿了？为我好？我小心翼翼地维持着这个小家，可是自从您回来以后，我的家变成什么样了？现在您说为我好？您真的为我好了吗？"

孙前程窘迫地说："晓晴……爸爸怎么会……你听爸爸的，爸爸是过来人啊，顾明在伤害你，你得相信爸爸……"

晓晴流着泪："是，您是过来人。但这些年，您和妈的婚姻是什么样子？咱们家是什么样子？您口口声声干的事业又是什么样子？您这辈子做成过一件事情吗？您让我相信您，我怎么相信您啊？"

孙前程彻底愣住了，他看着晓晴，竟一句话都说不出来。

养老中心那边肖长庆和陈新城正焦急地等着。他们不知道夏明舟会不会相信孙前程，如果不信的话，这件事就比较难处理了。孙前程推门进来，脸色铁青。两人问了几句，孙前程一言不发，坐了一会儿，直接回了自己的房间。

两人大眼瞪小眼，知道孙前程心里不是滋味，毕竟女儿遇到这种事，天底下有哪个父亲心里会好受呢。

肖长庆说："夏明舟如果不信孙前程的话，晓晴就得继续在那小子手底下受苦，继续被他家暴，难道咱们就看着？晓晴那孩子可是咱们看着长大的。"

"别说是咱看着长大的，"陈新城说，"就算是生人，也不能见死不救啊。见义勇为是一个党员应该有的基本素质吧？你可能没有，我一向都有的。"

"算了算了，"肖长庆转过脸去，"这儿没人，等到了大家面前再吹吧。那咱怎么办？"

陈新城问："你相信那小子在外面肯定有女人吧？"

肖长庆答："肯定有啊。上次孙前程说那小子衬衣系错扣子的事情，我就明白了，可夏明舟就是不信，怎么办？"

陈新城说："前程这个样是指望不上了，还得咱俩出手。咱们这样……"

两人很快制定了一份详细的作战计划，陈新城负责在晓晴家楼下蹲守，肖长庆负责在明舟集团门口蹲守，誓要在顾明身上找出漏洞。

这天傍晚，肖长庆以为要无功而返的时候，顾明开着一辆车出来了，他赶紧掏出手机打给陈新城："地瓜地瓜，我是土豆，目标出现了，现在是五点三十五分，你看着他是不是准时回家。"

挂完电话，他试图追了几步，但两条老腿难敌四个轮子，汽车已经远去。肖长庆停下，准备放弃，突然看到汽车在路边停下来，一个女孩从路边的饮品店里出来，一闪就上了汽车。

肖长庆激动地又打电话："地瓜地瓜，我是土豆，目标接了一个女孩。"

"土豆土豆，我是地瓜。那女孩是谁看到了吗？"陈新城在电话那边问道。

"没看清，太远了。但我觉得身影有点眼熟，好像在哪见过。地瓜地瓜，你盯着那边，看看目标几点回家。我先撤了！"

第二天一早，两人出发前先在长椅上碰了个头，各自戴着墨镜，鬼鬼祟祟的，生怕被人偷听了去。

陈新城说："你觉得那女孩你见过？"

肖长庆挠了挠头："我不确定，实在太远了。可我觉得有点眼熟。"

陈新城又问："你又没去过明舟电器，怎么会见过明舟电器的人？"

肖长庆说："不知道。"

陈新城说："这样吧，我和明舟电器明争暗斗了半辈子，我对他们的人熟。今天咱俩换过来，我盯那边，你去盯晓晴家楼下。"

肖长庆点点头："好。那我走了。"重任在肩一样，转过身就走，走了两步又倒回来，"对了，那小子昨晚几点回家的？"

陈新城说："快十二点。"

肖长庆咬牙切齿："五点三十五就出了门，接上了一个女的，快十二点才到家。他要在外面没点事，我把头拧下来给你。"

陈新城说："先别急着死，惩罚了恶人再死，赶快去吧。"然后做了个及时打电话的手势。

新方法果然奏效，这天晚上两人已经有了重大收获。陈新城的办公室里，空间狭小，两个人隔着报架左晃右晃。肖长庆吃惊地问："你是说，小三是夏明舟的秘书？"

"错不了，"陈新城笃定道，"我以前和夏明舟多次谈判，最近这几年她带着的都是这女孩，姓什么来着？张，斯黛拉。对，就是她。"

肖长庆半天合不上嘴："怪不得我觉得有点眼熟，有一回夏明舟去孙前程家，身边也跟着她。天哪，这也太狗血了吧？夏明舟一个秘书一个亲信，俩人搞到了一起，联手把夏明舟蒙在鼓里，夺她的权，还残害她闺女？"

"生活比戏剧都精彩。"陈新城说，"我去问了那个饮品店的人，这个女孩天天下了班到那里，点一杯甜品就坐在那儿等着，车一来，一闪就上了车。因为每次动作太快，才引起了饮品店的人注意，他们早就怀疑这俩人好了。"

肖长庆说："走，去告诉孙前程！"

陈新城说："别慌，孙前程现在情绪不稳定，一听这事肯定沉不住气，那就打草惊蛇了。"

明舟集团门口，小岳的车停在不远处，肖长庆和陈新城二人戴着墨镜，全副武装，在隐蔽处盯着。肖长庆看看手机说："不对啊，以前五点半左右就出来了，现在都快七点了。"

陈新城拿手机拨了个电话："夏总啊，我陈新城啊，好久不见啦。夏总，我退休了，这一退休，就想起以前生意场上的对手来了。想请你吃顿饭，就现在，您有空吗？"

"陈总，您早就该退了，"夏明舟正在开会，顾明和斯黛拉坐在夏明舟身边,"如果您早退两年,新城电器未必变成今天的样子。对不起,我这里忙着。在开会,没空吃闲饭叙旧,您找别人吃吧。再见。"把电话挂了,冷笑一声,"继续开会。"

顾明说:"那我接着汇报发展新能源汽车和人工智能的情况……"

被挂断电话的陈新城很生气:"不吃就不吃吧,还挖苦了我一顿。孙前程这辈子也不知道咋受的。"

肖长庆说:"别管她挖苦了,你打电话干吗?"

陈新城笑笑:"当然是探探那秘书在干吗,看来今天没戏了,他们在开会。"两人打算放弃,想改天再来,但一合计又觉得已经蹲了这么久了,兴许一会儿会议就结束了呢。思来想去,决定再等等看。于是更改了策略,两个人轮番上阵,一个集中注意力,另一个可以散散步,伸展一下拳脚,别走远就行。小岳则坐在车上在不远处的车上随时备战。

"出来了!出来了!"大概过了半个小时,陈新城喊道。

顾明的车从里面开了出来。俩人回头就往小岳那儿跑,分别上了车,陈新城紧张地说:"慢慢跟!别被发现了,反正他还要停下来接人。"

果然,顾明的车在他们不远处停下来,斯黛拉一脸春风地从饮品店里出来,顾明已经事先打开了车门,斯黛拉一低头就往车上钻,上车以前还看了一眼四周。陈新城和肖长庆正伸长了脖子看着,见她张望,赶快把头埋下。

陈新城说:"这回看这小子往哪跑。"

肖长庆嘿嘿一笑:"我真想看看夏明舟看到证据的时候说什么,还挖苦我。"

小岳在前面发感慨:"哎呀,人老了真有意思。"

肖长庆不解:"你这话是什么意思?"

小岳说:"居然还对捉奸这种事这么有兴趣。"

陈新城纠正他:"小岳,你这话可不对哈。我们是对捉奸有兴趣吗?我们是弘扬社会正气。"

小岳连忙点头:"是是是,是是是。"

过了红绿灯,三岔路口左拐,顾明的车最终进了一家酒店的停车场。

肖长庆说:"果然来开房了,这么好的酒店,挺舍得花钱。"

小岳的车刚停好,他们就看到顾明拥着那女孩从车前过。两人柔情蜜意,顾明还不时低下头在女孩脸上亲一下,女孩被亲得咯咯笑。肖长庆赶紧掏出手机抓拍。随后顾明和女孩进了电梯,两人也跟着下了车,而且大晚上的还戴着墨镜,穿着带帽子的连兜衣,把自己包裹得严严实实。三人进来,绕过前台,径直往电梯走,看着电梯,发现电梯的数字正往上升,停在了六楼。于是他们折身回前台开了间房,小岳负责在外面监督、接应,陈新城和肖长庆进到房间里去等待消息,伺机捉奸。

两人刚进到房间里坐下来,小岳打来电话说:"陈总,他们刚刚下来了。"

陈新城吓了一跳:"什么,他们走了?"

"应该没有,他俩没拿包,也没穿外套,应该是出去买东西了。我打听到他俩就住在你们屋出门写字那手第二间。我在楼下盯着,你们得抓紧找证据!"

陈新城一脸要冲锋陷阵的表情:"好,我知道了。"

酒店安静而幽深的走廊里,一扇门悄悄开了。肖长庆和陈新城的脑袋神神秘秘地同时露出来,左顾右盼。肖长庆挪着小碎步出来:"正好这会儿没人。"

陈新城紧随其后:"哪间来着?"

肖长庆说:"我怎么知道?小岳怎么说的?"

陈新城想着:"写字那手,第二间。"手往左边一指,"那边!"

两人先是在趴在门上探听了一番,确认了房间里没人,然后等打扫卫生的服务员走近时,上演了一出喝醉酒忘带钥匙的戏码,成功博取信任,打开了门。肖长庆和陈新城蹑手蹑脚地走进来,肖长庆把门关上,环视了一圈说:"这是顾明开的房吗?"

陈新城匆匆忙忙地寻找着,说:"赶紧吧,看看能翻到什么证据。"

肖长庆抱怨说:"本来咱们光明正大地来捉奸,让你弄得跟做贼似的。"

陈新城说:"别烦了,有这工夫还不赶紧帮着找证据!"

"哪能有什么证据?"肖长庆嘴上这么说着,但还是拉开抽屉看了看。二人正找着,突然听到门口传来刷卡的声音,二人大惊失色。

陈新城瞪着眼指着床下面:"快快!"拉着肖长庆匍匐在了床下。

门开了,一男一女走进来,刚进屋就拥吻在了一起,男的戴着眼镜,女的一头短发,显然不是顾明和斯黛拉。女的说:"我先去洗澡。"男的温柔地点点头。

床下,肖长庆和陈新城面目狰狞地靠在一起。肖长庆用口型提醒他:

171

"不是！错啦！"

陈新城回过神来，问："怎么办？"

肖长庆用手点陈新城脑门："都怪你！"

男的哼着小曲走到床边，一屁股坐下，掏出手机开始玩游戏，声音开得很大。肖长庆还在比画。陈新城用口型安抚他："少安毋躁！等他们走。"

没多久，浴室传来女的声音："亲爱的，你要不要一起洗？"男的一听，立刻从床上弹起来，边脱衣服边往浴室的方向走。二人半晌才反应过来，赶紧从床底下钻出来，悄悄开了房门，出了房间。

他们刚出来，迎面撞见了小岳，小岳问："二位爷怎么从这间里出来了？"

陈新城对准小岳屁股一脚踢上去："不是你说的吗？写字那手，第二间！左右你能说清楚吗？"

小岳龇牙咧嘴："陈总，我不分左右您又不是不知道。"

肖长庆气愤道："那他是左撇子，你又不是不知道。"

小岳说："不好意思，我的错，我的错，是621。"

肖长庆和陈新城踱到621门口，和他一起贴在门上听，果然，屋里传出那女孩的嬉笑声，还有顾明的声音。

"上次那个项链的事情是我不对，我也忘了那天是结婚纪念日啊，我为了咱俩不被发现，只能先委屈你了。"

斯黛拉说："我不管，那是我挑的，现在挂在她脖子上了，我不高兴。"

"明天我就给你买条新的，更贵的，更漂亮的，好好补偿你。"

"骗人。"斯黛拉的话语里满是娇羞。

顾明下流地说："没骗你，不然我现在就好好补偿你。"

跟踪行动结束后，他们将一摞洗出来的照片放到了孙前程面前。

孙前程低头看着，顾明在饮品店门口接到斯黛拉、顾明拥着斯黛拉低头吻她、两人一起进宾馆、两人从621房间里出来、两人从不同角度拍的拥吻的照片……孙前程看着，呼吸急促起来，忽地一声站起来。

"慢着，"陈新城拦住他，"你上哪儿？"

孙前程气愤道："我去砸断这小子的狗腿！"

肖长庆说："你就这么砸断他的狗腿，岂不是太便宜他了？坐下，还没完呢，听新城给你介绍。"

陈新城说："情况我们已经调查清楚了，这个女孩叫斯黛拉，是夏明舟的秘书。前程你肯定见过。我甚至怀疑，顾明当时就是为了接触夏明舟，才跟这个秘书勾搭上的，这么看，顾明和她好了也不是一天两天了，甚至可能跟晓晴结婚前就有一腿。后面的事，可能都是二人合谋的。"

孙前程把牙咬得咯咯响。

肖长庆说："这件事啊，得亏咱们发现得早。如果咱们不发现，后面的事情不敢想。你想啊，等夏明舟退了休，顾明不就能如愿和晓晴离婚，然后娶斯黛拉吗？再说夏明舟也不是省油的灯，到时候发现顾明是在欺骗她和晓晴，夏明舟能轻饶了他？所以，顾明肯定不能走合法地和晓晴离婚再娶斯黛拉的道路，那他想怎么办呢？"

陈新城说："整一出尼罗河上的惨案啊。"

孙前程站起来："别说了，我走了。"

肖长庆又拦住他："别急，别急。事情都到这一步了，就不用急了。"

孙前程直着脖子就和他吵："你啥意思啊？敢情那不是你闺女。"

陈新城说："前程，我们面对的可能不是一个小人，我们面对的可能是一个计划周密的犯罪集团。和一个犯罪集团作战，需要运筹帷幄。这样，咱们起码要达到三个目的。"

"什么？"

陈新城掰着指头："第一，要让晓晴从对顾明的盲目信任中醒过来。"

肖长庆说："最重要的，是要晓晴知道，婚姻出问题并不是她的错，她不过是不幸地碰上了一个渣男。"

孙前程气急败坏地说："什么渣男？是犯罪分子！"

陈新城说："对，犯罪分子，犯罪分子，只不过暂时还没得逞。"

肖长庆也掰着指头："第二，我们要让夏明舟知道，是她亲手毁掉了女儿的幸福，把一个巨大的危险带到了她和女儿的身边。"

"哈哈，"陈新城笑道，"我和夏明舟在商场上争斗的时候就说过，夏明舟这个人，看起来聪明，实际上是聪明反被聪明误。"

孙前程不屑："她那点聪明对付别人都不行，对付你还绰绰有余。"

陈新城一皱眉头："咦，事到如今你还替她辩护。"

肖长庆提醒说："第三……"

孙前程摆摆手:"第三不用说了,我知道,第三把这小子打回原形,绝不能让他得逞。说吧,怎么打?什么时候打?"

"慢着,"陈新城说,"作为一名党员干部,我一定提醒大家,打人是违法的!你打他一顿,除了发泄有什么意义?反而惹一身麻烦。我们当众把那小子的真面目暴露出来,让他的痴心妄想破灭,比打他一顿更解气。"

孙前程说:"我知道了,我同意,但我要是忍不住怎么办?"

肖长庆补充说:"那也是咱们三个打他一个。"

孙前程点点头:"好!"

第二天傍晚,三个人的计划开始周密实施。

肖长庆在明舟电器门口蹲守着,见顾明下班从公司里出来,车照旧开往那家宾馆的方向。他给孙前程打了电话:"那小子出来了,好戏要开始了!"

孙前程按响了晓晴家的门铃。晓晴看到孙前程问:"爸,你怎么来了?"

孙前程温柔道:"晓晴,爸爸来陪陪你。"

晓晴有些慌张:"爸,顾明快回来了,要不您还是……"

孙前程说:"他回不来。"然后叹了口气进屋去了。

陈新城打电话给夏明舟:"明舟啊,我陈新城,有个情况不知道你知道不知道,我最近发现,你们公司有个员工在顺河街如意宾馆出卖你们公司的情报。"

夏明舟正在吃着晚饭,拿着电话愣住了:"谁?谁出卖我们的情报?"

陈新城说:"你做梦也想不到的人。我现在就在如意宾馆呢,你能不能马上过来一趟,我保证让你当场抓住他。"

夏明舟犹豫了一下:"好吧,我马上过去。"

孙前程坐在沙发上,温柔地看着晓晴,晓晴不安地在屋里走来走去。

"爸,您突然来,有什么事吗?"

孙前程和缓道:"晓晴,你坐下,爸和你说件事。"

"什么事啊?"晓晴问。

孙前程抿了抿嘴:"晓晴,顾明他骗了你,他在外面有情人了。"

晓晴一愣,激烈地摇头:"不可能!爸,这话您不能乱说啊!"

"晓晴,这是真的。顾明他真的背叛了你,他的情人你还认识,就是成天围在你妈身边，给你妈当秘书的那个斯黛拉。"

晓晴愣着："不可能！绝对不可能！"

孙前程怜悯地看着自己的女儿，不说话了。手机响了，他接起来："新城。"

陈新城躲在一边，看着顾明拉着斯黛拉走进了宾馆："前程，好戏马上就要开场了，你把晓晴带过来吧，让晓晴亲眼看看口口声声说爱她的这个人渣。"

孙前程略作犹豫，说："不了，我改主意了。我不想让晓晴看到了。你们按计划进行吧，我也有我的计划。挂了。"然后拍拍身边的晓晴，"你坐下，听爸和你说话。"

晓晴泪汪汪地哀求道："爸，您告诉我，顾明他没有。"

"晓晴，这件事你可能不愿意承认，但你跟他朝夕相处，有些事情你应该比爸爸更清楚，不是吗？"晓晴听到这句话似乎想起了很多的细节，低下了头，抽泣了起来。

孙前程赶紧抱着晓晴："没事孩子，咱们不提他了。爸和你说说爸爸和妈妈，说说我们年轻的时候是如何相爱，如何产生了裂痕，又如何把一桩婚姻经营到后来你看到的样子的。我们可能没有好的经验给你，但爸有大把的教训告诉你，让你避免再犯爸妈犯过的错误。晓晴，你好好听爸和你说。"

宾馆大堂内，肖长庆从后面过来拍了拍陈新城的肩膀，把陈新城吓了一跳。

"孙前程呢？"肖长庆问。

陈新城说："他不来了，说不想让晓晴看到这些事情。"

肖长庆表示理解："说得也对。"又问，"顾明呢？"

陈新城说："人已经上去了，我刚刚开了间房，上去确认了一遍，621。现在就等夏明舟来了。"

肖长庆说："那我先上去盯着。"

陈新城点了点头。

孙前程含着怅惘的微笑，细细地和晓晴说："那时候啊，爸爸是个文艺青年，一脑子不切实际的幻想，爸喜欢写作，喜欢艺术，又喜欢吹拉弹唱，还和你陈叔叔、肖叔叔组过一个乐队。你妈那时候还是个很单纯的女孩，性格也不像现在这么强势。晓晴，当你安静下来的时候，从侧脸一看，特别像你妈妈年轻的时候。那时候，喜欢爸的女孩不少，可你爸也不知道怎么的，一眼就看中了很安静的你妈妈。为了追你妈，爸那时候可没少费劲了。"

晓晴不禁好奇："可后来你们怎么变成了这样？"

孙前程叹口气："是啊，我们怎么就变成了后来的样子！那时候，我们可真年轻，真单纯啊。我们还以为两情相悦就是爱情，一旦爱上了就是一辈子，我们怎么能想到生活会把一切都改变了呢？"

晓晴笑起来："我知道了爸，是妈对您不满意了。"

孙前程说："是，你妈啊，一直对生活、对男人有过高的期待，她希望自己嫁一个世上最有出息的男人。可爸这个人啊，只凭着爱好去生活，爸干什么都没常性，忍受不了长久的、孤独的、需要持之以恒付出极大耐性的过程。"

陈新城坐在如意宾馆的大堂里看报纸，夏明舟匆匆进来了："陈总，你说的人在哪儿呢？"

陈新城抬头："明舟，来啦。"

夏明舟问："谁在出卖我们公司的情报？"

陈新城说："你坐下，出卖的情报在这里。"然后把那摞照片拿出来，摔在夏明舟面前。

夏明舟一看，脸白了："这是什么意思？"

"不明白吗？你为晓晴挑的好女婿不光在家里折磨晓晴，还在外面和你的秘书明铺暗盖，押了张你们公司的支票在这家宾馆，成天在这里约会。"

夏明舟不敢相信地摇摇头："不可能！"

陈新城说："他们此刻就在621房间，你要不要亲自上去验证一下？"

夏明舟没再吭声，丢下照片站了起来，径直走向前台："请问这儿有押的明舟电器的支票吗？"

前台问："您是哪位？"

夏明舟丢了张名片进去："我是明舟电器的董事长夏明舟。"

另一位工作人员说："对对对，电视上见过的。"

然后他们立刻查了查，说："是有一张支票押在这里。前面已经有两张支票结算过了。"夏明舟二话不说就向电梯走去。

孙前程还在细细地讲着："慢慢地，我们就变成了你后来看到的样子。你妈把自己变成了男人，而我，这辈子都在跳来跳去，在任何一件事上都没做长久，在任何一件事上都没取得你妈要求的成功。我现在想，我们俩根本就是两路人，我们的婚姻是个错误。其实如果我们年轻的时候离婚还不晚，可你爸总不死心，总想在你妈面前证明自己；而你妈呢，更不甘心自己年轻的时候嫁错了人，她把离婚也当成自己人生的失败，而她又是个不能容许失败的人，于是我们就这样凑合下来，只是苦了孩子你。晓晴啊，是爸妈不好，对不起你。"

晓晴拉起孙前程的手："爸……"

621房间内，斯黛拉还躺着，顾明已经坐在床边开始穿衣服了。斯黛拉惆怅地看着他："又要走啊？"

顾明在她脸上亲了一下："没办法，家里还有个神经病，回去晚了又得发疯。"

斯黛拉不高兴道："又是她，又是她。你得陪她到什么时候？"

顾明停下动作，回过身来安慰她："宝贝，咱们当初怎么说的？老太婆马上就退休了，只要哄着她把我送到董事长的位置，熬到她退休，咱们就无所顾忌了。"

斯黛拉哼了一声："还不知道猴年马月呢，我看老太婆根本不想退休。"

"尽着她干又能干几年呢？宝贝，没办法，只能暂时忍耐。"

斯黛拉生气道："忍耐忍耐，我都忍了四五年了，还得忍多久啊？如果她始终不退怎么办？"

"她怎么可能不退呢？她不退，董事会也不同意啊。"

斯黛拉说："如果她再干个三年五年，我也老了。到时候你当了董事长，身边围满了年轻女孩，你心里还有我吗？"

顾明皱皱眉："又来了，又来了。"

斯黛拉把脸一转："顾明，你别想耍我。当初是因为我，你才有机会接触到夏明舟。结果呢，你竟然娶了她女儿。"

顾明说："我不是跟你解释过了吗，不娶她女儿，我怎么能爬上去啊？

我不爬上去，又怎么能让你成为以后的明舟集团的老板娘啊。难道你以为我每天对着那对母女很轻松吗？这都是必要的牺牲啊。"

斯黛拉恶狠狠道："你要是敢耍我，别怪我不客气！我到夏明舟面前，把你的事情全都告诉她。"

顾明厌恶地皱皱眉，又克制了自己，回过头去亲她："宝贝，听你说了些什么？你难道连我也信不过吗？"

夏明舟走出电梯，等候很久的肖长庆也不多说，指了指621的房间门。夏明舟铁青着脸，走到门前敲了敲。

"谁啊？"房间里顾明的声音。夏明舟没有回答，仍然一下接一下敲着。

顾明以为是宾馆的工作人员，便喊道："不需要服务！"

夏明舟开口了："顾明，开门，是我。"

第十三章

夏明舟疯狂地敲着门,嘴里大喊:"开门,顾明,我听到你在里边了。"

"怎么办啊顾明,要叫她看到我就全完了。"斯黛拉急得带着哭腔。

顾明突然醒过来,拉起斯黛拉,一下子把她塞进衣橱里,又把她的衣服抱起来塞进去,小声道:"别出声。"然后整理了一下自己,这才过去打开了门,一脸惊讶,"妈,您怎么来了?"

夏明舟闯进来,四处看:"顾明,你在这里干什么?"

"妈,我怕打扰晓晴休息,所以下班以后我才来这儿躲个清静。我正准备回家呢。"顾明一脸镇定地说。

"你一个人在这儿?"夏明舟问。

"当然了,妈,您不是怀疑我……"

"你一个人,怎么屋里还有双高跟鞋呢?"眼尖的陈新城指着高跟鞋喊。

顾明一愣,说:"我也不知道。也许是前面客人的,服务员忘了收拾。"

夏明舟用可怕的眼神打量着顾明:"顾明,你最好说实话!"

顾明惶恐地一笑:"妈,我说的是实话。"

夏明舟突然一把拉开了衣橱门,斯黛拉一下子从里边滚了出来,她叫了一声,急忙扯过自己的衣裳把自己裹住。

"顾明,现在你还有什么解释?"夏明舟问。

顾明愣了,腿一软,突然一下子跪下了。

家里很安静,孙前程还在和晓晴聊着天。"仔细想起来啊,有件事,爸和你都做错了。"孙前程说。

"什么事?"晓晴问。

"我们一辈子活在别人的期待里,我们一直照着你妈的定义活,想活成让她满意的成功者，结果却失去了自己。"

晓晴仔细想着："是。爸，我们活在别人的定义里。小时候，我总希望我能成为让妈妈满意的女儿；后来成了家，我也希望能成为让顾明满意的妻子。可是我越努力，离他们的要求越远。有时候他们看我一眼，我都害怕，觉得我又犯了错，让他们失望了。"

孙前程叹了口气："可是他们失望不失望和我们又有什么关系？我们的人生是我们自己的啊。"晓晴点点头，满眼星辰。

"晓晴，上天多么慷慨，它给了每个人平等的美好的生命，我们为什么不按照自己觉得最舒服，最美好的样子活？我们为什么要活成别人喜欢的样子？"

"行吗？"晓晴有点不自信地问。

"当然行。"孙前程点头。

孙前程手机响了，他接起来，是陈新城的声音："你爷俩还不过来？再晚了就看不上好戏了。"

晓晴警觉地问："什么动静？我听着电话里好像有顾明的声音？"

孙前程把手机捂到耳朵上："不过去了，我们不想看到那丑恶的场面。"

顾明双手交替着扇自己耳光："妈，夏总，您听我解释。是我不好，经不住诱惑，妈，都是斯黛拉她勾引我的，我一时糊涂就……"

斯黛拉一听，扑上去就打他："你说什么？你这个王八蛋。夏总，别听他胡说，他当初就是为了爬上去才主动找我的，他一直瞒着你呢……"

顾明冲上前就要捂她的嘴："你这个不要脸的女人！明明是你勾引我！"斯黛拉听不下去了，疯狂地与顾明厮打。

肖长庆在旁边提醒："哎哟，穿上点衣服再打啊，光着膀子容易着凉喽。"

陈新城则很夸张地别开了脸："有伤风化，有伤风化。"

夏明舟回头看了一眼门口的陈新城和肖长庆，两人看着夏明舟却不知道说什么。夏明舟语气冷漠地对顾明和斯黛拉说："明天你们自己去找人力办离职。"然后转身黑着脸离开了。

肖长庆两手一摊："戏唱完了，后面咱们怎么办啊？"

陈新城说："那就是他们的家事了，咱们帮不上忙，回去等孙前程消息吧。"

晓晴静静地坐在那里看着窗外："爸，真静啊，我心里好久没这么安静了。"

孙前程温柔地拍拍她："那就去睡一会儿吧，爸在这儿守着你。你小时候怕黑，经常需要爸看着你才能睡的。"

晓晴刚要答应，突然门打开了，夏明舟走了进来，把晓晴吓了一跳。晓晴怯怯地喊了声："妈。"

夏明舟对孙前程说："你先出去，我有话要跟晓晴说。"

孙前程说："我不出去，都这个时候了，难道你还不想放下你的架子？"

夏明舟看看孙前程，憋了一阵，低声道："晓晴，是妈错了。"

晓晴低着头没说话。

夏明舟说："刚刚妈都看见了，是妈看错了人，把一个人渣带到你面前，让他伤害了你。"

晓晴还是不说话。

夏明舟看着晓晴的样子，心急如焚。拿出手机打给顾明："顾明，你马上到我女儿家来，我给你一个小时！马上来！"

孙前程急了，问："你干什么？"

"我要让他来这里把事情都说清楚！跟晓晴当面道歉！"

"明舟，怎么能这样做呢，你不觉得这对晓晴太残忍了吗？"

夏明舟白他一眼："你懂什么！事情已经发生了，现在逃避又有什么用？她必须学会去面对，只有她面对了，经历了，她才能走出来！她现在越痛，将来她才越坚强！"

"你……"孙前程还想再跟她辩驳，却被夏明舟打断，"我是为了她好！难道你想让她永远走不出来吗？"

三口人坐在那里等着，墙上的钟嘀嘀嗒嗒地走。这种一家人在一起的画面很久没有出现过了，三人稍微都有点不安。

"其实啊，"孙前程突然开口，"我觉得顾明虽然有错，但是不全是他的错。是谁给了他这个机会？是谁给了他最大的肯定从而鼓励了他的野心？"

夏明舟厉声道："别说了！"她别开脸，眼睛里有泪光闪，但却倔强地保持着沉默。

晓晴抬着头盯着墙上的钟:"一个小时到了。"

夏明舟咬着牙道:"他居然敢不来!"

孙前程没说话,过去打开了门,一个人影露出来,是顾明,他早就来了,缩在门口不敢进来。晓晴不敢相信地看着顾明,顾明低着头。

"进来吧,"夏明舟说,"当着晓晴的面,像个男人一样,告诉她你都对她干了些什么。"

孙前程说:"明舟,真的,就别让他在这儿说了吧。"

"不!"夏明舟严词拒绝,"说!不说就没有离职补偿。你的离职补偿可不少吧!晓晴,你好好听着!说啊!"

顾明突然抬起了头,他的脸上并没有畏惧也没有歉疚,而是平静。夏明舟看着顾明的表情,内心突然有些慌。顾明随意拉出一把椅子,大大方方地坐下。他盯着三人,似乎自己才是审判者一样:"好吧,既然夏总让我说,那我就一五一十地慢慢说。晓晴,其实从一开始,我就没有爱过你,从来没有。"

晓晴愣住了。

孙前程不想晓晴再受他的刺激,吼道:"别说啦,别说啦!"

"不,我要说,"顾明无耻地冷笑,"晓晴,你认识我的时候,是不是以为我跟你很有缘分?你喜欢的我都喜欢,我们总有无穷无尽的话题。那是当然的,为了让你能注意到我,你知道我做了多少努力吗?我调查了你所有的喜好,在追求你的时候,我说的所有话,做的所有事,都是我提前设计好的。我从来不喜欢你喜欢的任何东西,什么音乐电影,什么美食明星,那都是假的。都是假的!我是忍着恶心跟你谈恋爱,你知道吗?"

晓晴不敢相信地看着他,浑身颤抖,脸色越来越白。夏明舟的神色也开始变化。

"住嘴!你住嘴!"孙前程捏紧了拳头。

顾明突然指向夏明舟:"但我还是选择了结婚。为什么?因为你有这个成功的妈妈。我一个无权无势的野小子,在这样的大城市,如果我不做一些努力,怎么能改变自己的命?所以在你妈面前我伏低做小,我逢迎巴结。你以为我愿意吗?你以为我愿意这样吗?我每天的生活,在公司面对你妈那张脸,回家又要面对一个我压根不喜欢的女人,你知道我多痛苦吗?"

"你出去!"孙前程咬着牙,"你给我滚出去!"

顾明却越说越兴奋："不，这些话，我已经憋得太久了。夏总，我的妈妈。你现在肯定很愤怒，你这么聪明的人，却被我骗成这样。但这是你自找的。是你亲手毁掉了你女儿，毁掉了你自己的家。"

夏明舟哆嗦着嘴唇，脸色煞白。

顾明说："还有，我说这些并不是因为想要什么离职补偿。在明珠集团这么多年，我早赚够了。这些钱我不要，毕竟我从夏总您身上学到的东西可比钱重要得多。谢谢您，夏总，我正式通知您，我顾明，辞职了！"说完笑着站起身来，什么也没有带走，转身离开了。

屋里静了下来，三个人像是刚经过了某种灾祸，神色凝重而呆滞。

晓晴几乎哭了整整一个晚上，快要天亮了才渐渐入睡，孙前程寸步不离地守在她身边。原本夏明舟也要留下来，但孙前程不同意，他和夏明舟还为此大吵了一架。他觉得晓晴之所以受到如此伤害，都是因为夏明舟没能及早识破顾明的真面目。而夏明舟却觉得，这个家庭一切不幸的根源，都是因为晓晴有一个他这样无能的父亲。

孙前程站起身，活动了一下筋骨，望着窗外的灯火和月色，他打了个电话给肖长庆："长庆，睡了吗？"

肖长庆从床上坐起来："嘿，几点了你打电话？也别说，今天晚上特兴奋，怎么也睡不着了。"

孙前程先是叹了口气，然后对着电话轻声说："我们一定要把这个养老社区办好，无论花费多大代价，无论付出多少努力。我们已经老了，可我们仍然是我们儿孙的榜样，我们要让我们的儿孙们为我们骄傲，让他们知道，他们的父亲曾经这样活过，一直这样活到了老！"虽然声音很轻，但字字铿锵有力。

陈新城在肖长庆屋里聊着天，一把将电话抢了过去："老家伙，不想用养老社区发财了？"

"不想了，"孙前程看着玻璃窗上自己的倒影说，"不，还是想。但是发财不是目的，骄傲地活着才是目的。天快亮了，我得给女儿做饭了，挂了。"

吃过早饭，孙前程领着晓晴来到了养老中心。父女俩站在门口，院子里一片勃勃生气。老人们或者跳广场舞，或者打太极拳，或者帮助工人们打扫卫生，所有人脸上都洒满了阳光。

"晓晴，"孙前程对女儿说，"这里所有的人，他们的生命都开始走向暮年，他们度过了别人眼里或者成功，或者不成功的一生，但没有人能评价他们哪一个是不值得活的。跟爸爸在这儿歇一阵，然后再继续你的人生吧。"

陈新城和肖长庆迎上来，对晓晴亲切地笑着："晓晴来啦。"

"对了，有个任务要交给你，"孙前程指着坐在远处小树林里发呆的许工说，"你许叔叔，至今还不会用智能手机呢！"

晓晴回应着大家的关爱，对孙前程说："放心吧，包在我身上！"

晓晴的事情告一段落。这天晚上，疲惫的三个人又坐在院子里那条长椅上，看着月亮，吹着风，陈新城和肖长庆把掩藏已久的事向孙前程坦白了。

"什么？"孙前程听完，不可思议地质问道。

"没听明白吗？"肖长庆又简单地概括了一遍，"这块地早就是养老用地了，新城当董事长的时候就批下来了，只是他没能耐开发，就烂了尾，放在这里。新城他瞒着你，还雇了他两个朋友假装土地管理局的人来骗你。"

陈新城嘿嘿笑着："我要不骗你，你现在不知道往这里招来几个开发商了，哪里会办成真正的养老社区？"

孙前程入神地看着面前的院子："你们说，世界上有成功这回事吗？"

"当然有啦！"陈新城说，"比如我，怎么着也得算成功吧？比如你，再怎么说也得算不成功吧？"

肖长庆摇摇头："我倒不这么看了。大家嘴里的成功，不就是社会怎么看你吗？如果你自己对自己满意，别人怎么看又有什么关系呢？"

孙前程点头表示赞同："所以啊，绝对的成功，是不存在的，夏明舟在别人眼里算成功吧？可你现在问问她自己去。就说新城你，你成功了吗？这事不应该也问问大志吗？"

陈新城烦躁地瞪他们："哎，花好月圆的，咱们别哪壶不开提哪壶行不行？谁还没有个短板？"

"所以啊，"孙前程总结道，"所谓的成功，在你努力的过程中。比如咱们办这个养老社区，咱们能办成功吗？咱们老了，留给咱们的时间不多了，可只要咱们在努力，让它一天比一天好，这不就是成功吗？"

三人不说话了，用骄傲的目光看着院里的灯火。

袁英时带着人来了，他和三个人轮流握手："真没想到，一个烂尾的地块，被三位老同志弄这么好，给集团解决了大问题，集团向你们表示感谢啊！"

肖长庆骄傲地说："当初我们就说了，只要给我们一个支点，我们能把地球撬起来。"

孙前程一撇嘴："明明是我说的。"

陈新城说："火车跑得快，全靠车头带。英时，我在我们这个小集体里是车头，集团是我们养老社区的大车头，以后还要多支持啊。"

肖长庆小声嘀咕："听见了没？功劳又成他的了。"

几人围着办公桌坐下来，袁英时坐在三个老家伙对面，陈新城把养老中心的情况简单地介绍了一下，说："大概就是这样。目前困难不少，希望更大，我们有决心，有信心在集团党委的坚强领导下……"

袁英时鼓了鼓掌："陈总，肖师傅，孙师傅，我很感动！三位的所作所为，充分展示了三位共产党员的广阔胸怀……"

肖长庆提醒道："袁总，孙前程他不是党员。"

孙前程说："党外积极分子。"

袁英时说："好吧，三位充分展示了老同志的广阔胸怀和锐意进取的精神。鉴于养老社区工作已经取得了很大进展，并且还需要有更进一步发展的现实，集团决定，在养老社区成立党支部，陈新城同志为党小组长，直接向集团党委负责。"

肖长庆再次提醒："袁总，就俩党员，孙前程他不是。"

陈新城说："咱仨里边有俩，咱们社区的居民中还有好几个呢。"

袁英时点点头："就是啊。再说，还有一位，进来吧。"

门一开，小岳进来了。三人一愣。

袁英时说："小岳不也是党员吗？小岳也参加，和你们一起活动。"

孙前程恍然大悟，小声对另外俩人嘀咕道："咱们这儿的情况集团了如指掌，不是这小子告的密吧？"

小岳赶忙鞠躬敬礼："三位长辈，我爱咱们养老社区，尊敬三位，以后请多指教。"三人客套地笑着，不紧不慢地鼓掌。

次日，肖长庆带着食堂的老马去采购办公用品。集团给配备了新采购车，不用再开以前的三轮车了，两人有说有笑地聊着，说有了经费以后，日子过得就是轻快。装完货，肖长庆刚准备上车离开，一回头发现隔壁的咖啡厅里，肖林竟然坐在窗边发呆。肖长庆让老马自己先回去，自己进了咖啡厅。他都走到跟前了，肖林还没发现。肖长庆伸出一个巴掌在他眼前晃，肖林这才醒过来，抬头一看，吓了一跳："爸！"

肖长庆问："今天星期几啊？不是星期三吗？咋没上班？在这里干吗呢？"

"没事……我……"肖林磕磕巴巴地说，"出来办点事，随便坐坐，喝了杯咖啡。爸，我还忙着，先走了。"说着提起包，慌慌张张地走了。

肖长庆转过身，看着他的背影，不禁有点好奇。

晚上，肖长庆越想越觉得奇怪，吃完饭后，索性回了家一趟。他带着肖母搬到养老中心后，以前的老院子现在肖林一家住着，肖长庆回到家时，马玲正在书房里辅导伊伊写作业。

敲门声响了，马玲打开门，肖长庆站在院子门口，马玲有点意外："爸，您回来了。"回头对着屋里喊，"伊伊，爷爷来了。"

伊伊从书房里跑出来，一头扑到肖长庆身上："爷爷，爷爷，您这么久也不回家，我都想您了。"

肖长庆在伊伊头上亲了一下："想爷爷啦？想爷爷也不去看爷爷。"然后把手里一个方便兜交给马玲，"在超市刚买的，放冰箱吧。肖林呢？"

马玲进了厨房去放东西，说："上班呢。"

"这都几点了，还没下班？"

马玲从厨房出来："他那工作您还不知道？天天加班，没几天不加班的。话又说回来，现在经济形势不好，还有班可加，说明他们公司效益好啊。"然后对伊伊说，"伊伊进屋写作业去吧。"

伊伊摇摇头："我想和爷爷玩。"

肖长庆也劝道："好孩子，先去写作业吧，爷爷一会儿去看你的作业。"

伊伊不情愿地回去了。

"爸，您和奶奶还好吧？"马玲引着肖长庆在沙发上坐下，"我正说和肖林这周末去看您呢。您和奶奶住养老社区，肖林心里老大的不过意，总觉得好像他不孝顺似的。"

"哪儿的话，"肖长庆说，"时代不一样了，老观念也该改一改了。我们三个在那儿办那个社区，干得浑身是劲，觉得好像又年轻了。"

马玲说："肖林可不这么想，肖林这人心思重，您又不是不知道。所以，我寻思着，等我们新房交了房，还是把这院子腾给您，您和奶奶再搬回来。"

肖长庆吃了一惊："你们买房啦？"

"嗯，"马玲说，"刚交了首付，肖林不大想买，怕您多想，我说爸是个通情达理的人。"

"你们买房子也没和我打招呼，我帮着拿点钱啊。"

"首付我们还付得上，肖林不让和您说。您和奶奶搬出去，他已经老大的不过意，说您的钱让您留着和奶奶养老。"

"这孩子，成天为别人着想。马玲，肖林最近没什么事吧？"

马玲戒备地看了肖长庆一眼："天天上班下班，有什么事？我们挺好的。"

肖长庆犹豫了一下："他……工作上没什么问题吧？"

马玲有点无奈："爸，您是不是准备管他一辈子啊？我们挺好的。"

肖长庆吞吞吐吐道："马玲，我咋觉得……"

"爸，肖林都四十了，您什么时候能对孩子真正放手呢？"

肖长庆点点头，欲言又止："唉，也是。我去看一眼伊伊的作业就走，别耽误孩子学习。"

从家里出来，肖长庆走到胡同口，发现昏暗的路灯下有一辆车停在那里。肖长庆往前凑了凑，车里没亮灯，车窗户摇下来一条缝，有烟气从里边冒出来。他趴在玻璃上仔细看，看到肖林靠在椅背上闭着眼睛，车载烟灰缸里都是烟头。

肖长庆敲了敲车窗，肖林被惊动了，吓了一跳，急忙摁灭烟从车上下来。

"咋不回家，坐在这里抽烟？"肖长庆问。

"爸，我刚回来，马玲不让在家里抽烟，我在这里抽支烟就回。爸您走啊？"

肖长庆语调一沉："肖林，没什么事吧？"

"没事，哪有什么事。爸，需要我送您回去吗？"

"不用，前面就有公共汽车。"肖长庆作势走了没两步，停住脚转头问，"你真没什么事吧？你过去不抽烟啊。"

肖林说:"偶尔也抽根,我没啥事,爸,您要不让我送我就回去了。"

肖长庆说:"回吧。"他站在原地,看着肖林慌慌张张地消失在胡同口。

肖长庆心神不宁地回到养老中心,刚打开门,房间里传出母亲混浊的声音:"回来了,这么晚才回来?"

肖长庆去了肖母屋里:"我回那边看了看。妈,您没事吧?"

"没事。你妹打过一个电话,因为房子的事,又和儿媳妇闹不愉快。"

"又怎么啦?不是帮着她把首付付上了吗?"

肖母道:"儿媳妇嫌买的房子小。说起来也是,现在的年轻人谁不想住个大房子啊!"

肖长庆不说话了,半晌,不高兴地说:"妈,她儿媳妇嫌房子小,用不着打电话跟您说吧,您老人家想帮她换个大的?"

"我也没说什么呀。唉,你妹可怜,打小也没个爸……"

肖长庆有点不耐烦:"可她有个哥啊,有几个哥能做到我这样?妈,您要觉得我做得还不够,您让她想办法换个哥也行。"

"你听听你,还不让我说话了?"

肖长庆闷闷地坐了片刻:"妈,肖林没和您联系吧?"

"那天来过一趟,给我送了点水果来,你不在家,他没让我叫你。我这辈子,就算没养好儿子,总算养了个好孙子。"

肖长庆问:"他哪天来的?"

肖母想了想,说:"前天。"

"前天,那不是周一吗?几点来的?"

"上午十点多,咋了?"

前思后想,怎么想肖长庆都觉得不对劲。肖林刚和马玲交首付买了房子,伊伊学习成绩也还不错,也不像是出轨有外遇的样子,他怎么也想不到儿子会遇上什么问题,因此把来龙去脉说给了陈新城听。

陈新城从报纸上抬起头来,笃定道:"他丢工作了。"

肖长庆隔着报架站在那里:"什么?"

陈新城说:"肯定是丢了工作了,不好和家里人说,就一个人憋着。"

肖长庆瞪大眼睛:"你别吓我。肖林写计算机软件的,才四十岁,正当年呢,怎么会丢工作?"

"这就看出你落伍来了。"陈新城说,"这个时代技术发展太快了,特别软件这一行,几年就是一代。四十岁,技术开始过时了,有家有孩子有负担,可薪酬又特别高,企业遇到困难,不裁他裁谁?咱们集团前年开始效益下滑,首先裁的就是这批人啊。"

肖长庆愣道:"不可能啊,他们公司老总一直很重用他的。"

门开了,小岳伸进头来,却进不来,递进来两瓶矿泉水:"有家企业听说了咱们养老社区,慕名而来参观,送给咱几箱矿泉水,二位尝尝。"

两人一看到他,马上紧紧地闭上嘴不说话了,肖长庆只把水接过来。

小岳好奇道:"你们说啥呢?"

"没啥,老了,聊闲天呗。"陈新城搪塞道。

小岳走了,陈新城又叮嘱肖长庆:"以后在他面前说话小心。真没想到啊,咱们身边睡上赫鲁晓夫了。"他们已经摸清了小岳是袁英时的眼线,最近几天事事都避着他。

"长庆,你想想许工,"陈新城继续道,"许工我不重用吗?可他说不行就是不行了,我想重用也没办法用。我换个年轻人,知识背景比他强,没有家庭负担,能冲能打,薪酬也就是他的一半。你是老板,你用谁?"

肖长庆瞪着他:"你们当老板的都是冷血动物吗?"

"没办法,义不理财,慈不掌兵。"

肖长庆哼了一声:"怪不得新城集团被人收购了。"

肖长庆觉得陈新城的话有点道理,吃过午饭百无聊赖,他准备午睡,可心里揣着事儿睡不着,于是起身,穿戴整齐,出了养老中心,打上一辆出租车,准备亲自去验证猜想。

肖长庆来到一栋写字楼前,前台小姐见有人进来,礼貌地问候:"欢迎光临明天科技!请问您找谁?"

肖长庆说:"我找肖林,他是你们这儿的技术总监。"

前台说:"对不起,肖总已经不在我们这儿了。"

"啊?"肖长庆问,"他去哪儿了?"

前台说:"这我也不清楚,公司人员调整,肖总离职了。"

肖长庆愣了会儿:"这是什么时候的事啊?"

前台看了看桌上的台历:"快三个月了吧。"

"你那个儿子啊，心思重，有事自己扛着，还憋着不说。这样的人，活得都累。"话是孙前程说的。他们正带着几个老人在养老中心院子里的空地上种花。

肖长庆愁眉苦脸道："你说他怎么扛得住啊？他家刚刚又买了新房，马玲还怀了二胎，他如果找不到工作，这个家怎么办？"

孙前程出谋划策道："你去找找新城，毕竟肖林这个技术用着的地方多，咱们集团就用得到。陈新城虽然退了休，但袁英时是他带出来的，只要他张口，这张老脸袁英时还得给他。"

肖长庆摇摇头："我不找他，这个人说话太难听。"

孙前程笑笑："这个时候还拉不下架子吗？"

肖长庆说："新城用得到，明舟也用得到啊。前程，你和夏明舟说说？"

孙前程语重心长地说："长庆，我不是驳你面子。夏明舟现在四面伏击，我早看出来了，新城集团的今天，就是明舟集团的明天，不信你看着。哪怕肖林去了，说不定干不了几天，又得考虑辞职。"

肖长庆忧愁道："那这可怎么办呢？"

孙前程说："不管他干什么，首先一件事，他没了工作这件事，得让家里人知道，不能一个人憋着。长庆，这就看你的了。"

肖长庆想了想，觉得确实需要有人帮他分担，于是先把这事告诉了肖建。

"啊，我哥失业了？没听他说啊。"肖建也吃了一惊。

肖长庆说："这就是你哥。一家人谁有事他都出头，就是自己有事不说话。肖建，你叫你哥上你公司里来干行吗？老话说得好，打仗亲兄弟，上阵父子兵。你哥来了，也是你的一个帮手。"

肖建想都没想："爸，我公司现在不招人。"

"招你哥一个还不行吗？"

肖建说："不太合适。"

肖长庆看着肖建，不由得连连摇头，站起来说："好吧，算我白来。"

肖建说："爸，哥现在没了工作，还买了新房，我嫂子又怀了二胎，您要是为大哥着想，不如劝嫂子把新房卖了，不用还房贷，大哥的压力会少很多。"

第十三章

肖长庆一下子恼了:"你什么意思?就该你住大房子,你哥就该住旧院子是吧?你小时候就是在你哥背上长大的。家里有一口好吃的,你哥先给你吃,有新衣裳,别人家都是老大穿了老二穿,只有咱家,老二穿新的,老大穿旧的。没有你哥,哪里有你的今天?今天你哥遇上事儿了,你倒想推个干净!"

肖建没反驳:"爸,您怎么想都行,可这些话您该说还得说。您要是不好说,我来说。"

"行,你去说吧,只要你说得出口。"说完,一扭头走了。

晚上马玲正在厨房里做饭,敲门声响了起来。"谁啊?"马玲边去开门边喊。

"我。"肖长庆拎着大包小包的东西站在门口,他担心肖林没了收入,家里日子过得紧巴。

伊伊从书房里跑出来:"爷爷来了,爷爷来了。"

马玲过去打开门:"爸,您咋……"

"马玲,来的路上顺便买的。这边是些鸡蛋,你小心别打了,这边是挂面杂粮啥的,过日子都用得着。"

"爸,您咋突然想起买这些了?家里啥都不缺。"

肖长庆说:"顺手买的,你放起来吧。"马玲提着东西去了厨房,肖长庆和伊伊亲热地说话,"伊伊,爸爸还没下班呢?"

"没呢。爸爸天天晚上加班。"伊伊说。

"伊伊,赶快去写作业吧。"马玲从厨房出来了。伊伊跟爷爷告别,不情愿地回去了。

"马玲,你们买的那个新房,月供是多少啊?"肖长庆问。

"还行,"马玲说,"一个月交四千多。"

"啊?四千多还行呢?"

马玲掰着指头算了算:"我俩工资一个月一万八,用我的工资拿来供房和日常花销,肖林的工资还能存下几千呢。"

肖长庆犹豫一下:"那地界怎么样啊?"

"还行。就是学校不大好。不过那周围新起的小区很多,教育局对那边也有规划,等伊伊上中学的时候,应该就不错了。"

肖长庆劝道:"马玲,那儿哪里比得上咱们这儿啊?虽然房子是老点儿,但学校好啊。人不就是为了孩子活着的吗?"

"爸,您什么意思?"

肖长庆问:"那房子还能转手吗?趁着没交房,要是有买家,就不用走二手房交易这一道了吧?"

"转手?"

肖长庆说:"你看,伊伊还没长大,以后花钱的地方多的是,你们这么急着买房子吗?要不然,先把那房子让给别人,等伊伊以后上了大学,我再帮你们买栋新房。"

马玲有点不高兴:"伊伊上大学还得十多年呢。合着我和肖林就该一辈子住旧房,老了老了买栋新房等死去?"

肖长庆说:"你听听你说的,咱们不是为了给孩子多存点钱吗?"

马玲喘气有点不匀了:"不是我说话难听,不就是这么回事吗?爸,我就不明白了,凭什么别人都能住新房,我和肖林就该住旧院子呢?再说了,新房子不仅仅是房子新,还意味着小区的管理和居民不一样,比现在这个乱糟糟的环境要好得多。"

肖长庆说:"可咱们这边有生活气息啊。你看看咱们这胡同卖什么的都有,超市就有好几个。"

"爸,房子是我们买的。本来买房的时候,我想让家里出一部分钱,肖林没让,我也就不说什么了。可现在,您又反过来劝我们把买好的房子转出去。爸,买房卖房,都是我们自己的事,让我们自己做主,行吗?"

"不是……马玲,我的意思是量入为出。"

"您怕我们供不起,跟您要钱?放心吧,我们穷死也不会向您开口的。"

从家里出来,肖长庆走到胡同口又远远地看见了肖林在车上发呆,但这回肖长庆没惊动他,偷偷走了。

第十四章

　　肖建约肖林出来吃了顿饭，他帮肖林找了份工作，想趁着这个机会介绍给他，但肖林看起来不想求助于人，只跟肖建聊了小时候的一些事，丝毫没表现出需要帮助的模样。肖建知道哥哥的脾气，他也没敢贸然开口。饭后，兄弟两人互相道别，他想来想去，还是准备去找父亲谈一谈。

　　来到养老中心，院子里一片热闹。肖长庆正被几个老人围在中间。

　　"我住进来俩月，马桶堵了两回了，肖主任你们这活是怎么干的呀？"

　　"程师傅，您用马桶得用卫生纸，不能用报纸啊。上回堵马桶掏出来的是什么，您不知道吗？"

　　"卫生纸多贵啊。"

　　"那您把用过的报纸丢垃圾篓里行吗？您先回去，我马上派人给您疏通。"

　　"肖主任，咱们的电表是不是有毛病啊，怎么转得这么快？"

　　"哎哟我的老嫂子哎，您上个月就四十来块钱的电费，还嫌贵呢？咱那电表全新的，您放心，一点问题都没有。"

　　肖长庆突然看到肖建站在不远处，急忙对大家说："大家有什么问题一会儿到办公室找我，我儿子来了。"老人们也都认识肖建，纷纷和他打招呼，然后各自散了。

　　肖长庆还因为上次肖建拒绝自己的事情，带着气问："你来有事吗？"

　　肖建点点头说："爸，我帮着问了几个单位，像我哥这种情况，不乐观。为他考虑，爸您最好出面劝劝我哥，第一，要把自己面临的困境告诉嫂子，夫妻共同面对；第二，接受现实，去找一份技术含量低，薪酬也不高的工作。"

　　肖长庆听着，两只手不知道在桌上找什么，明显是更生气了。他抬起头来，一脸怒气："你是说你大哥没用了吗？"

　　"爸，我不是那个意思。"

"你什么意思？上次我舍着老脸上门求你，你一口拒绝，现在告诉我你哥活该，他就应该被淘汰，应该过苦日子，你说说你还有啥意思？"

肖建憋了一阵："爸，您真不明白我为什么不让我哥去我公司？"

肖长庆撇着嘴说："怕你哥占你便宜呗。"

"爸，我哥是个爱面子的人，从他丢了工作三个月都没对外人说一个字就可以看得出来。他打小是我哥，什么事都是他罩着我，现在突然要倒过来，靠这个弟弟讨生活。我公司里有没有适合他的工作先不说，他去了，我也会付他高薪，可我哥会怎么想？别人会怎么看他？在别人那种目光里，我哥怎么办？"

肖长庆叹气道："都到这个时候了，还顾得上那些？"

肖建解释："男人自尊很重要，我哥也是因为自尊心，才一直扛着不吭声。这个时候我让他去我那，只会让他更难受。爸，到底该怎么帮我哥，咱们都得好好想想。"

肖长庆不说话了。

肖建走后，肖长庆仔细咂摸了他的话，虽然不中听，但好像确实是那么个意思，肖建似乎比他考虑得还多一点。

胡同口依然停放着肖林的车。有人敲窗，肖林抬头一看，玻璃上贴着肖长庆那张慈爱的笑脸。肖林吓了一跳："爸，您怎么来了？"

肖长庆打开车门，上了车坐到肖林旁边，伸过来一个冰激凌："刚买的，巧克力味的。你小时候就爱吃这个，咱家那时候条件差，不能经常买，偶尔买一个，你舍不得吃，全留给你弟弟了。吃吧，咱爷俩一人一个。"

肖林不好意思地笑笑："爸，我又不是小孩子了。"

"在爸眼里，你们都还是小孩子。赶快吃吧，别化了。"

肖林接过来，爷俩一人一个吃冰激凌。"好吃吗？"肖长庆问。

肖林说："好吃。可不知道为什么，不是小时候的味了。"

肖长庆笑笑："可不是嘛，有些事错过了就错过了，以后再想找补都找补不回来了。肖林啊，你小时候没过过少年时代，小小的年纪就跟着爸扛起了这个家。现在，爸就是想给你补，都补不回来了。"

肖林摇摇头："哪里，咱们家全靠爸。"

肖长庆把手搭到儿子肩上："肖林，没有你，爸一个人扛不起这个家。你帮着爸抚养大了弟弟，孝顺着你奶奶。别人家没了妈，家不像个家，可咱们家，因为有了你，这个家才完整。为了这个家，你早早地逼着自己长大了。"

肖林低着嗓子："爸，您别这么说。"

肖长庆叹口气："肖林啊，现在奶奶老了，爸爸也开始老了，你现在成了咱们这个家的顶梁柱啦。爸是个平凡的人，爸这辈子最大的骄傲，就是养出了两个好儿子，有了一个大家庭，而且这个大家庭里的每个人都相亲相爱，有了困难互相帮助。肖林啊，事情爸都知道了。"

肖林一惊："您知道什么？"

肖长庆别过头去，道："你没工作了，对吧？"

肖林不说话了。

"工作的事不用着急，慢慢找。找不到好的，咱们找次一点的。可这件事你不应该自己扛着，你应该告诉大家，咱们全家人一起扛。首先，你不能瞒着马玲，你应该告诉她，你们是夫妻啊。"

肖林有点抗拒地说："爸，您让我怎么说？马玲啊，什么都好，就是有点虚荣，爱攀比。她其实一直暗中和肖建一家较着劲呢，总觉得我是老大，生活不应该比老二差。她坚持要买房子，也是因为这个。她如果知道我没了工作……"

肖长庆安慰道："肖林，马玲是你老婆，你仔细想想，她真是那样的人吗？是，你说的缺点她是有，但她是个持家的好女人。她进咱们家这么多年，和我还有你奶奶一大家人家挤一起生活，换个女人能受得了吗？相信爸的眼光，马玲是个好孩子，只要你告诉她，她一定会和你同甘共苦的。更重要的是，一个家是全家人的，不是哪一个人的，你不该瞒她。"

肖林迟疑道："要是她受不了怎么办？"

肖长庆肯定地说："不会，马玲不会。再说，你还有咱们一大家人家呢。回去吧肖林，别一个人苦自己，回去告诉她。"

肖长庆搂着肖林往胡同口走："回去吧，一点也别瞒她。"

肖林问："爸，您不去？"

肖长庆说："那是你们自己的事，爸不掺和了。"

肖林往家门口走，肖长庆突然又叫了一声："肖林！"

肖林回头，肖长庆叮嘱道："记住爸刚才的话，无论到什么时候，你不是一个人，你还有爸，还有咱们这个家呢。"

肖林忐忑地回到家，客厅里没人，马玲在书房里喊道："肖林，你回来了？吃饭了没？我辅导伊伊写作业呢，饭在锅里，要没吃你自己弄。"

肖林没回答，走到书房门口，马玲陪着伊伊坐在那里，一团温暖的灯光罩着母女俩。马玲抬起头来，用奇怪的眼神看他一眼："咋不说话？"

肖林犹豫了一下："马玲，有件事，不知道我该说不该说。"马玲意识到可能有问题，于是拍拍伊伊示意她自己写作业，然后走了过来。

夫妻俩把自己关在卧室里。马玲惊讶地抬起头："你是说，你三个月前就没工作了？"

"是。"

马玲又问："那你天天早出晚归的在哪里？"

"我不敢告诉你，白天出去到处转，找工作。找不到，又怕费钱，就找个咖啡馆一坐一天，下午他们下班了，我就在车上待着。"

马玲低头不说话了。

肖林愧疚地说："马玲，对不起，我没本事……"

马玲突然站起来，走到他身边，一把把他抱在怀里，用拳头擂着他后背，哭了起来："你呀，你呀，你让我说什么好，你为什么不告诉我啊？"

肖林颤抖着手抱住她："对不起！我说不出口。我是这个家里的男人，我想自己扛过去。"

"难道我不是你老婆吗？"马玲埋怨他，"肖林啊，我恨死你了！"

"对不起，对不起了。"肖林一声声道着歉。两人相拥而泣。

马玲首先擦干了泪，安慰他："肖林，别难过，现在不是过去了，没有大锅饭可吃，丢一份工作经常的事。"

肖林摇摇头："我投了许多简历，也找了好多单位，一直找不到合适的。"

马玲说："咱继续找，找不到好的找差的，挣不到大钱挣小钱，实在不行咱们自己干。现在的社会，只要不怕吃苦，总能过下去。啊，怪不得爸来劝我转卖新房子。肖林，我明天就去打听打听，看咱们的房子能不能卖掉。对了，你等一下。"她打了个电话，"月子中心吗？对不起，我订的月嫂不要了。"

肖林问："你干什么？月嫂总还是要的，要不到你生再现订，订不上。"

马玲挡住他，对着电话继续说："对不起，我们准备回老家生，所以用不到了。明天我过去咱们办办手续，就这样。谢谢。"把电话挂了，带着没擦干的泪痕冲他一笑:"你看,咱们过去攒下了不少钱,我一个月六七千,把房子再卖了,哪怕你一年找不到工作也没问题。肖林,不急,慢慢找。"

肖林呆呆地看着她,再次把她拥进怀里:"马玲,我爱你!我从来没像现在这样爱过你呀。"

马玲也紧紧抱着他,点头说:"我也是,肖林。"

隔天,一家人聚在一起吃饭。肖母也来了。肖林和马玲紧紧靠着坐在一起,两人看起来比从前更甜蜜了一点。马玲说:"房子那边还挺顺利的,我正和销售讲的时候,来了个想买房的,当场就说好了,我把房子卖给他们,只是不收这两个月的利息了。销售中心答应帮我们办手续,这几天就能办妥了。"

肖建犹豫着插话道:"嫂子,要不房子别卖了,您和我哥一直想住新房,您买的那个小区挺好的,这回卖了,以后买不到了。我来替你们还房贷吧。"

肖长庆说:"不用你,还有我呢。"

肖建说:"爸您的退休金留着和奶奶花吧。再说咱们还有一大堆亲戚呢。"

肖母也说:"这个时候顾不上亲戚了肖林,就让你爸替你交房贷吧。"

肖长庆笑笑:"你奶奶可真不容易,还知道里外亲疏了。这钱还是我拿了吧。能为儿女出力,也是当父母的幸福。"

马玲看看肖林:"不了。富日子也是过,穷日子也是过。好房子总是有的,我们渡过这一段,等将来过好了,我们再买更好的。"

肖建也看着肖林,想听听他的意思。肖林笑了笑,说:"就听马玲的吧。"

"哥,"肖建说,"我帮您打听了几个单位,如果想坚持原来的收入,恐怕很困难。哪怕只是小幅度降薪也不容易。"

马玲不解:"可肖林的技术不比年轻人差啊。他这些年一直坚持学习的。"

肖建解释说:"问题就在这儿。嫂子,我哥的技术不比年轻人差,他一直在坚持学习,可这事只有咱们自己知道。再说了,如果他和一个年轻人差不多,用人单位为什么不选择一个年轻人?"

肖长庆此时突然想起来了,对肖林说:"你陈叔帮你找了个工作。"

肖林惊了一下:"啊?"

肖长庆说:"那个老东西,我还以为他退了休没人理了呢,没想到还行。不过说到底,是因为袁英时之前就了解你,他说他用过你写的软件。"

肖林说:"对,他们买过我们公司的软件,袁总是搞技术出身,他了解。"

肖长庆说:"新城集团被先力集团收购以后,有了钱,要搞什么 AI 技术。"

"爸,那叫人工智能。"肖建告诉他。

肖长庆点点头:"反正就那个意思。集团要成立研发小组,需要人,陈新城打了个招呼,袁英时同意要你。不过,那个研发小组全是年轻人,你去了是年龄最大的。而且,袁英时说,他不确定你能不能适应,去了,要去干基础工作,工资也肯定赶不上你原来的,具体多少,要你去和他们的人力资源部谈。"

肖建说:"哥,您去了,年龄最大,为年轻人服务,工资可能还不如他们,您好好考虑。"

肖林点点头:"我去,我相信我的技术不比年轻人差,只要我能进去,我相信我会干到关键岗位的。"

"说得好!"肖长庆竖了竖大拇指,"这就和我们三个当初去办这个养老中心似的,别人看不起我们三个老家伙,我们说了,只要给我们个支点,我们就能撬起地球来。"

肖母撇了撇嘴:"又吹,又吹,连自己一家人都照顾不好,还要照顾那么多的老头老太太。"

肖长庆说:"妈,那些老头老太太也包括您呢。"

全家人一起笑起来,家里弥漫着一种久违的温暖气氛。

没几天,手续办好之后,肖林就去新城集团上班了。早晨吃过饭,把肖林打点走,马玲又把家里简单收拾了一下,也出了门。

"魏总,我来了,咱们说的那事……"马玲来到售楼处,言辞恳切。

对方抱歉地回复她:"马女士,对不起,我问了,这样操作不合适。合同我们是和您签的,已经备案了。您要转卖,就得走二手房交易中心,可那样你们双方都得损失一大笔钱。"

马玲失望道:"这样啊。"

"不过,出现了一个新的买家。"魏总指了指身后。

马玲问："谁？"

一个正背着身在那儿看沙盘的人转过脸来，微笑着喊："嫂子。"

马玲惊喜地上前："肖建，你怎么来了？"

"嫂子，我和魏总说好了，"肖建说，"房子还在您名下，以后房贷我来付，您不用管了。"

马玲连忙摇头："这怎么行？你哥不愿意的。"

肖建说："您暂时不要告诉我哥。嫂子，我是在我哥背上长大的，小时候，我受人欺负的时候，哪回都是我哥替我出头。长这么大，一直是我哥罩着我，我没为我哥做一点事。嫂子您就答应了吧，不然我心里不好受。"

养老中心那边，陈新城每天都按时上班，需要处理的琐事不多，他就窝在办公室里看报纸。这天他一如往常地看着报纸，门开了一条缝，肖长庆挤进半张脸来："新城，谢谢啊。"

陈新城眼都没抬："谢什么？"

肖长庆说："肖林的工作啊。"

陈新城斜了他一眼："和我有什么关系？"

肖长庆推开门："咦，不是你给袁英时打的招呼吗？"

陈新城故作豪气："小事一桩，一句话的事，我说了，他不敢不办。"

肖长庆恭维他："还是你厉害，所以得谢你。"

陈新城说："不用谢，我又不是为了你。"

肖长庆不高兴了："那是为了啥啊？"

陈新城说："为了肖林啊，多好的孩子，摊上你这么个爹，白瞎了。"

"咦，你这是啥意思？大志摊上你没瞎？"

陈新城也不高兴了："怎么的，我帮你一回最后落了个这？"

"我还正想说呢，你这个人，帮了人也落不下个好。你咋说话呢你？"

陈新城说："我的意思是，帮人也得看值得不值得帮。帮肖林，我愿意，那孩子我看着长大的，是个好孩子，去了也不会给我丢脸；要帮你，我不帮。"

肖长庆急赤白脸地问："我怎么得罪你了？帮了我就给你丢脸？"

陈新城一摆手："差不多。别打扰我，我在研究世界政治格局呢。"

肖长庆把门一关，愤愤道："这人，怪不得叫人家逼着退休了。"

晓晴从徐大妈家出来，头发湿漉漉的。她刚爬到树杈上帮赵大爷抓鸡，然后又被徐大妈喊去帮忙修理水龙头，身上已经没有几处干净的地方了。她失神地坐在长椅上，叹了口气。

肖长庆急匆匆地跑过来："晓晴，哎哟，你怎么成这样了？"

晓晴强颜欢笑："没事肖叔，帮老人们干了点活。"

"你见你爸爸了没有？"肖长庆问。

"没有啊，怎么了？"

"你妈来了……"肖长庆指着办公室的方向说，"我刚从那儿出来，迎面撞上你妈，你妈正找你呢。"

孙晓晴顺着肖长庆的目光一看，果然是夏明舟过来了。晓晴紧张得一下子站了起来。

"没事，有叔在呢，"肖长庆安慰她，"哟，夏总，您咋来了？"

"我来看看女儿不行吗？"夏明舟话里带刺。看到晓晴灰头土脸的样子，火气一下子上来了，"你干什么了这是，掉坑里了？"

肖长庆慌忙解释："没有没有，晓晴是工作太辛苦了。晓晴还不赶紧去洗洗。"晓晴点了点头就要走。

夏明舟说："等等。"然后用挑剔的目光打量一下四周，"孙前程整天一副天降大任的样子，还把女儿带过来，就在干这个？围着一群老头老太太转？"

肖长庆不满："咦，你这啥意思？你不马上也是老太太了吗？你知道不知道，中国现在已经是老龄化社会了，养老产业是一门朝阳产业。"

夏明舟讥讽地一笑："就你们这样也好意思称产业。晓晴，事都过去了，你年轻轻的在养老院里算怎么回事？跟妈回去，到妈公司上班吧。"

晓晴摇摇头，怯懦道："妈，我不想去，在这里挺好的。"

夏明舟指着晓晴质问："你这也叫挺好的？"

晓晴低下头。

夏明舟说："不行，难道你在养老院里待一辈子？妈奋斗了大半生，才把明舟集团带到今天的位置，妈得培养自己能信得过的人。你年纪还不算大，跟妈摔打几年，争取以后干点正事。"

晓晴还是不说话。

孙前程从远处慌慌张张跑过来了:"夏明舟,你怎么来了?"

晓晴赶快跑过去:"爸,妈叫我跟她去公司,我不愿意。"

孙前程急忙把晓晴护到身后:"不愿意就不去。夏明舟,孩子刚刚缓过劲来,你又想怎么样啊?"

"孙前程,你打算现在就让晓晴在这儿待着养老?"夏明舟问。

孙前程说:"不是养老,是在这里休养,晓晴的病情需要的是正常的生活,需要的是多跟人接触。"

夏明舟不屑道:"我们明舟有几万员工,想接触为什么不去我们那儿?"

孙前程说:"去明舟干什么?再被你当众辞退吗?"

夏明舟被噎了一下,冷冷地盯着孙前程:"你自己怎么浪我都不管,但晓晴还有未来。"

"行啦,"孙前程转过身去,"晓晴的未来不用你操心,你还有事没事?要是没别的事,你就回吧。"

夏明舟哼了一声:"我是来找你的。"

孙前程的屋子里摆放着各种新奇的东西,扫地机器人,智能音箱等等,都是最新款的。夏明舟四处打量着:"没想到啊,你竟然买了这么多明舟的产品啊。"

孙前程有些腼腆地笑着说:"这不是支持你工作嘛,你别说,不愧是明舟的东西,好用!"

"行了,说正事吧!"夏明舟语速比较快,又全是些专业术语,孙前程愣了半天,总算听明白了,说:"明舟集团和新城集团在收购格调科技的事情上杠上了,市里要公开招标,你想让我通过陈新城打听一下新城集团的底牌?"

夏明舟含混地说:"你这么理解也行,这次收购对我们集团很重要。格调科技虽然不大,但他们有几项技术还是不错的,我们集团势在必得。"

孙前程说:"这不像你啊?你在商场上攻城拔寨,摧枯拉朽,什么时候打过情报战啊?"

夏明舟解释:"现在的新城集团有了先力集团的注资,他们已经今非昔比。我听说他们和格调科技眉来眼去已经很久了,袁英时这小子做事不讲规则。"

孙前程一笑:"你通过陈新城打听别人的底牌,这是谁不讲规则呀?"

夏明舟恼了:"你帮不帮吧?"随后又放低了姿态,"顾明的事情,闹得我很狼狈,集团内部对我的议论也很多,我需要一场胜利。"

孙前程趁机又指责她:"顾明的事情还不就是你的责任嘛!"

"你到底帮不帮?"

孙前程语重心长地劝她:"明舟,不年轻了,该下来的时候就下来吧,这世界终究是年轻人的。"

夏明舟站起来往外走:"我就知道永远指望不上你。"

"好好好,"孙前程说,"我帮你去找陈新城问一问。"

陈新城这回没看报纸,靠在窗台上看后面院子里的大妈们跳广场舞,一边看一边指挥着她们。"哎,鼓点儿,鼓点儿,没听见吗?我这才几天不带你们,技艺就下降了。你们这些人,一点艺术细胞都没有。"

大妈们笑着:"陈总,还得靠您来带啊,出来一块跳呗。"

陈新城把头一歪:"你以为我是你们?我忙着呢。"

门被敲响了,陈新城赶快从窗边回来正襟危坐:"谁啊?"

门开了,孙前程挤进来半张脸:"新城,开开门。"

陈新城捡起跟前的报纸:"我忙着呢。"

孙前程说:"夏明舟来看你了。"

陈新城不屑道:"她是你老婆,能来看我?"

"真的,"孙前程说,"快开门吧,她说有事找你。"

"真来啦?"陈新城赶快站起来,"你叫她去大办公室,我马上过去。"

孙前程用眼神示意门外:"她就在我身后呢。"

陈新城气愤地用目光挖他一眼:"诚心的是吧?"

于是起身把报架挪到桌上,绕出来,把桌子推回去,然后打开了门,想出去把夏明舟堵到门外,说时迟那时快,孙前程已经引着夏明舟进来了。

"夏总,哪阵风把您吹来了。"陈新城客气道。

夏明舟不敢相信地问:"陈总,您现在就在这里办公啊?啊哟哟,调得开屁股吗?什么味?孙前程,你们这厕所下水道除臭没弄好啊。人家陈总再怎么说也是你们原董事长啊,退休了你们就给这待遇?"

陈新城说:"是我自己看上了这块地方,高高在上的不接地气,现在这样挺好,咱们到大办公室坐?"

夏明舟笑笑:"就在这里说吧。"

陈新城只好把门关上,然后把桌子推出来,自己绕回去,坐到自己的椅子上了:"对不起,就一张椅子。"

"没关系,站着就行,"夏明舟说,"陈总,新城集团这样对待你太不够意思了。这不是卸磨杀驴吗?"

"我是驴啊?"

"哪里?我是觉得不公平。没有你,哪有新城集团啊?当然,你后来把新城集团也搞垮了。可要不是你把新城集团带到今天,先力也不会看上新城啊。"

陈新城撇撇嘴:"你是来为我打抱不平来了?那您和我说有什么用?您应该去找袁英时啊。"

夏明舟说:"我不是没找过他,上次在市里开会的时候我就公开说过他了。陈总,咱俩虽然在商场上斗了一辈子,可有句话怎么说来着?英雄相惜。"

陈新城说:"谢谢。总算你还承认我是个英雄。不行喽,英雄迟暮喽。"

夏明舟说:"不不不,还有句话怎么说来着?老骥伏枥,志在千里。"

"新城,"孙前程在旁边补充,"我这辈子没见过夏明舟这样拍过谁的马屁。"

夏明舟瞪他一眼:"这叫拍马屁吗?我这是说实话呢。"

孙前程点头哈腰道:"好好好,实话实话。"

"夏总啊,有什么事你就直说吧,你也不会拍马屁,就别费劲了。"陈新城给她倒了杯水。

夏明舟接过去,说:"陈总,新城集团这么对不起您,我想您也不必再对它那么忠诚了吧?"

"什么意思啊这是?"陈新城问。

夏明舟看看孙前程,吩咐道:"你出去。"

孙前程摇摇头:"我出不去。"

夏明舟一看,屋里塞得满满的,门根本打不开,是出不去。

"是这样,"夏明舟说,"最近格调科技在公开竞标拍卖,我们集团和新城集团都是投标方,你帮我们打听一点新城的内部消息怎么样?"

"你是让我当间谍?"陈新城不可思议道。

"哪里,不过是提供一下方便。陈总,您虽然退休了,但是经验还在啊,在这儿养老不可惜了吗?只要您帮我们这个忙,新城不要你,我明舟集团要你,我请您去明舟集团当副总。"

孙前程着急地冲陈新城直丢眼色:"夏明舟,你这不是强人所难吗?陈新城就算退了休,新城集团也是他一手带起来的,他怎么会干这种事?"

夏明舟说:"你少插嘴。陈总,我不是要求你出卖新城集团的利益,是我研究过了,格调科技的那些技术对新城没什么用,但对明舟集团开辟新的赛道可是至关重要。你不光是帮我们,你也是帮新城避免一次不理智的投资。"

陈新城哼哼哈哈道:"这样啊,明舟集团的副总是什么待遇啊?"

孙前程急了:"新城,你不是要真的……"

夏明舟打断他:"孙前程你别说话。"转过身来对陈新城说,"陈总,要请别人,也就是年薪一百来万;您去,待遇您自己提,只要不比我高就行。"

陈新城说:"只需要我打听一下新城的底牌?"

夏明舟点点头。陈新城看着夏明舟突然哈哈大笑,夏明舟以为他同意了,也跟着笑,孙前程虽然不知道两人为什么笑,但脸上也露出尴尬的笑容。

"看来陈总是同意了?"夏明舟确认道。

陈新城笑着摇头:"夏明舟啊夏明舟,咱俩斗了半辈子,我可从来没想过有一天能从你嘴里听到这些话。"

夏明舟说:"没有永远的对手,只有永远的利益。"

陈新城点点头:"你说得对,来,还有句话我要告诉你。"

夏明舟赶紧凑上去:"什么?"

陈新城说:"你老了,该退休了!"

夏明舟脸色一变:"陈新城,你什么意思?"

"我什么意思?你过去在商场上也算是杀伐决断,现在呢,竟然用私下收买对手这种下作的招数,还请我陈新城打听新城集团的底牌?你这种行为本身就说明你已经老了,失去了基本的判断力。与其这样下去,到最后把明舟集团带垮,还不如听我的劝,早早退休回家,当个普普通通的老太太,说不定和孙前程的关系能改善改善,是不是?"

第十四章

孙前程附和道："这话说得……好像有点道理。"

夏明舟气急了站起身来："好，陈新城，你不同意就算了！我告诉你，我夏明舟再怎么着，也不会混成你现在这个样！咱们走着瞧！"说完起身就走，但是空间太拥挤，一时之间没法出去。

陈新城说："我再提醒你一句，新城集团已经不是过去的新城集团了，你应该能感觉到现在你们明舟集团的吃力了吧。还是不要小看袁英时，怎么说那也是我手把手带出来的徒弟，这次你想轻松拿下，可没那么容易哦。"

夏明舟狠推了一把孙前程，孙前程赶紧让开，然后夏明舟气势汹汹地走了。孙前程笑着朝陈新城竖了个大拇指："可以啊你！"

没几天，新城集团召开董事会，陈新城列席旁听。他坐在袁英时身旁，戴着老花镜，仔细地翻看着手里厚厚的一摞文件。

"最后一件事，"袁英时说，"就是关于收购格调科技。据我们了解，虽然参加这次公开竞标的单位不少，但真正势在必得的就是我们和明舟电器两家。我的意见是，必须要拿下，他们的技术专利可以帮我们开拓新的市场。"

"袁总，"坐在右手边的一个科长说问，"那咱们就报价十二亿？我估计，明舟电器顶多出价十亿，十二亿，应该是稳了。"袁英时点了点头。

陈新城抬起头来："英时，一定要买吗？"

袁英时不置可否："陈总，您有什么意见吗？"

陈新城说："我觉得这个决定太冒险了。"

袁英时略带一点兴奋说："这是次赌博，当然冒险，但只要赌赢了，我们新城将是未来新赛道的领头羊，不管明舟还是其他竞争对手都将被我们远远甩开。"

"那万一赌输了呢……"陈新城提醒他。

袁英时一时语塞："陈总，我提醒您一下，您只是列席旁听，决策方面您还是不要参与了。"

陈新城站起来："小袁，抛开我原董事长的身份，下面这些话，我想以你师父的身份跟你说，行吗？"

袁英时愣住了："好吧，您说。"

"最近新城集团有了先力的帮助，各方面工作都很顺利。我也能看出来，你现在很自信，觉得没有什么事情是你做不到的，没有什么赌你是赢不了的，这个阶段我也经历过。"

"我……"

陈新城挥手打断了袁英时："但你要知道，你现在是新城集团的当家人，每个决定都影响到集团上下几万人的生活。我要提醒你，人越是顺利的时候，越容易失去判断力，你要谨慎、警觉，否则我当年的错，就会在你身上重演。"陈新城拿起手上的资料，"我看了这份资料，虽然格调科技有这两项技术的专利，可发明人都已经离职了，这两项技术也没给格调创造多大的效益。再说这技术能否适配到我们的产品上还是个未知数。现在的技术发展这么快，等我们研究、掌握再到生产，不知道要多长时间，市场需求一变，说不定就过时了。我劝你们再考虑考虑。"说完，陈新城在众人的注视下径直离开。

看着陈新城离去，董事们都大眼瞪小眼。右手边的科长喊了声："袁总？"

袁英时叹了口气："我师父说得有道理，再讨论一下吧。"

明舟集团那边的董事会议，夏明舟也正因此焦头烂额。对于收购格调一事，董事们产生了比较严重的分歧。"我说了多少次？凡事不要只看风险，要看到未来！"夏明舟一拍桌子，"天天抱着这种想法，还干什么事业？不如回家卖红薯吧。"

一个董事质疑道："夏总，但是咱们报价十六亿，太贵了吧？格调值吗？"

另一位董事附和："对啊夏总，能不能再考虑一下？我估计十二三亿就差不多能拿下。我们分析过，新城那边报价不会太高的。"

夏明舟脸色铁青："我要的不是分析，我要的是结果，我要的是百分百地赢下竞标，干掉新城，这件事没有必要商量，就这么定了，散会！"

竞标当天，陈新城一大早就去了新城集团，坐在会议室焦急地等待消息，公司里人来人往，搞得他心神不宁，早晨梳得整整齐齐的头发也被他搓得乱蓬蓬的。直到竞标结果出来之后，他悬着的心才放下来，微微一笑，离开了那里。

从集团回到养老中心，陈新城刚进办公室，想关门没关上，回头一看，孙前程也跟进来了。

"新城，听说了吗，明舟集团赢了，但是价格比新城集团多出了一倍啊！"

陈新城笑说："当然知道，小袁告诉我了，现在夏明舟可不好过了！"

"哎哟，你知道吗？"孙前程担心道，"夏明舟本来就因为摊子铺得太大，四面出击，集团里怨声载道，竞标这事一出，内部已经出现要弹劾她的声音了。"

陈新城哈哈大笑："疼老婆了？"

孙前程说："我现在也是心情复杂啊。一方面呢，我当然希望她能休息休息，但另一方面，我不希望她跟你一样被人扫地出门啊。"

"什么话什么话，"陈新城指画着说，"我告诉你，就夏明舟的性子和做事风格，成也是它，败也是它。这结局早就注定了。"

晚上，夏明舟眼睛通红，因为连日来没休息好，脸看起来干巴巴的，她死死地盯着屏幕，两手不停地在键盘上敲打着："格调科技虽然连年亏损，但它们掌握着两项核心技术，综合考虑，这笔收购还是划算的……"

孙前程提着个饭盒进来了："明舟，吃饭了没？晓晴包的饺子，想着她妈呢，非让我给你送来……"

夏明舟白他一眼："不吃，别打扰我。"

"明舟，"孙前程安慰道，"事情已经发生了，想太多意义也不大。话又说回来，判断失误也没关系，要是他们让你负责，大不了咱们不管这些烦心事了，回家安心过日子呀。"

"你住嘴！没事就好好回去养你的老吧。出去！"

孙前程无奈地看着她，摇摇头走了。

第二天，夏明舟在董事会上正高声朗读她写的那个文件："格调科技虽然连年亏损，但它们掌握着两项核心技术。综合考虑，这笔收购还是划算的。收购以后，如何充分发挥核心技术的作用，才是我们应该考虑的……"

旁边的田总打断她："对不起董事长，我们刚刚收到报告，格调科技的那两项技术的发明者已经提出了仲裁，要求这两项技术的所有权，目前正在跟格调公司打官司。这两项技术能不能使用还是未知数。公司在做出收购的决定前，没做全面调查，是有关人员的失职，应该追究有关人员的责任。"

各位董事也相继提出异议。

"有关人员在调查中对这种情况已经知晓，并且已经提请夏总考虑，可夏总根本听不进别人意见，坚持以高价收购格调科技，给集团带来了重大损失。"

"还有，最近集团四面出击，放弃了自身的优势产品，贸然突进自己根本不熟悉的领域。二季度，集团出现了全面亏损。这种情况再不改变，恐怕明舟集团会步新城集团的后尘。"

"还有，顾明的问题，也不是一个简单的离职就应该过去的。事实证明，顾明无论是才，是学，是人，都不足以提拔到集团的领导岗位上来，是某些人任人唯亲，才对他越级提拔重用。他离职的时候，审计才发现，他给集团造成了重大损失。"

夏明舟恼了："你们什么意思？对着我来的是吧？"

大家一片沉默。

"说啊，怎么不说了？你们到底是什么意思？"夏明舟咄咄逼人。

几个董事互相看看，田总说："夏总，您曾经对集团的发展做出过重大贡献，但您已经到了退休年龄，判断力和认知都出现了问题。您应该退休了。"

"什么？"夏明舟不可思议地问。

其他几个董事也借着田总的议题继续发挥："夏总，我知道您对集团有感情，正因为有感情，所以您绝不愿意看着集团在您的错误领导下，滑入被收购或者破产的深渊。所以，为了集团的发展，退休吧。"

田总说："我们可以给您新城集团陈新城一样的待遇，您退休，成为荣誉董事，有权列席董事会。同时，优惠计算您的股权激励金。"

夏明舟大怒："没有我，哪来的明舟集团？你们居然这样对我？我不退！"

另一名董事坚决地说："夏总，恐怕这个您就说了不算了，明舟集团不是您一个人的，您不过是董事会七名成员之一。我建议我们表决吧，同意夏总退休的举手。"

一只只手举起来，七名成员，除了夏明舟，其他人全举起来了。

夏明舟悲愤交加："我不同意！我坚决不同意！当初带着大家一起把明舟集团拉出泥潭的时候，我就发过誓，只要我夏明舟活一天，就要为明舟集团奋斗一天，我要死在工作岗位上！我不退！坚决不……"她身体一软，突然倒了下去，会议室里一片纷乱。

第十五章

　　夏明舟虚弱地躺在病床上吸着氧气，平日里被精心掩藏的白发此刻一览无余。她的床边只有金秘书陪着，金秘书也心不在焉地坐在一旁打瞌睡。
　　夏明舟缓缓睁开眼，看看旁边的金秘书，不耐烦地晃晃她："小金。"
　　金秘书猛地惊醒："要上厕所吗？"
　　夏明舟叹口气："人除了上厕所，总还有些别的事吧？公司今天怎么样？"
　　金秘书说："挺正常的呀，我听说董事会一直在开会，还请了律师，准备和格调那两项技术的发明人打官司，其他的都挺好的。"
　　夏明舟很失落："我不在，他们居然很好？"
　　金秘书一笑："夏总，您安心养病，这地球离了谁不转呀？"
　　夏明舟不说话了。
　　门一开，孙前程领着晓晴进来了："明舟，晓晴听说你病了，都急哭了……"
　　晓晴连忙按照孙前程的眼色上前献花："妈，早日恢复健康。"
　　夏明舟上下打量着她，晓晴在犀利的目光中低下头去。"还在养老院呢？"夏明舟恨铁不成钢地问。
　　孙前程说："那不叫养老院，是养老社区。"
　　夏明舟翻了个白眼："不一回事吗？金秘书，你看看我这闺女多有出息，才二十几岁，进养老院了。"
　　金秘书笑着对晓晴说："可说呢，要说进也该你妈进，轮不着你呀。"
　　夏明舟脸色一变，又不说话了。
　　晓晴惴惴不安地问了句："妈，您没事吧？没事我先回了。"
　　孙前程摆摆手："先回吧，先回吧。晓晴最近一直在社区帮忙，工作多着呢。金秘书，您也回吧，我陪她一会儿。"

孙前程拉张凳子在病床前坐下："没事吧？"

夏明舟不吭声。

孙前程又问："你病了，你公司就派金秘书陪你？"

夏明舟还是不吭声，只别开了脸。

孙前程起身把窗帘拉开，让阳光进来："也好，你是咱家的人，有了病应该家里人照顾。你看看这外面，阳光多好啊！大夫说你不要紧，你能动吗？要是能动，我陪你到外面走走，晒晒太阳。你呀，一年从初一忙到年三十，难得有这么轻闲的时间。"

夏明舟突然在身后哭出来："凭什么呀？"

孙前程吓了一跳，一回头，夏明舟鼻涕一把泪一把地念叨："他们凭什么这样对我啊？没有我，明舟集团有今天吗？我不过是做错了一个小小的决策，就这样被他们赶下台了？想当初，明舟集团濒临倒闭，是我一个弱女子，承包了销售部，三个月的时间把全国跑了一遍。别人都知道我跑细了腿，他们还不知道我背地里流了多少泪，终于把明舟集团拖出了泥潭。可今天，他们居然……"

孙前程叹息一声："明舟啊，世上事，天道轮回，你方唱罢我登场。谁都有登台的时候，也有下台的时候，哪有上了台就不想下台的道理？"

夏明舟眼泪一抹："哈？你登过台吗？"

孙前程一下子被她堵住了。

夏明舟不舍气地说："也轮不到你来教育我。要不是你一辈子荒唐，不正干，靠不住，我至于把自己逼成个男人吗？现在被别人这么欺负，你充什么好人呀？"

孙前程不说话了，站起来往外走。

"没话说了吧？要走了？这就是你！一辈子都这样，遇到事就躲，就跑。你走吧，永远别再回来！等我好了，咱们就去办离婚手续！"

孙前程停下脚步，黯然回头道："只要你想好了，我等你。你放心，你的财产我不要。"推开门走了。

夏明舟吼着："你走，你走，你走呀！"一抬头，才发现孙前程真走了，屋里只剩下她自己。夏明舟颓然倒在床上，又开始流泪。

过了大概两分钟，门响了，她飞快地扯起被角把泪擦掉，一看是孙前程。她冷冰冰地问:"怎么又回来了?怎么着,说不分割我的财产后悔了,回来要钱?"

孙前程在床前坐下来:"不管你如何烦我,我还是想把心里话说出来。明舟啊,无论你想不想,你们集团已经做出了让你退休的决定,你恐怕只能服从了。人可以和任何东西对抗,不能和自然规律对抗。古今中外,有人曾经长生不老吗?你要还想干事业,就换个地方接着干呗。我们那个养老社区,里边还有咱们的股份呢,当初你给我的那五百万,全投在里边了。"

夏明舟哼了一声:"你们那也叫事业?"

孙前程说:"你去的时候不是看到了?我们那儿现在红红火火的,都住了三十多户老人了,经常去活动的有一百多。当初我还为不是养老用地发愁呢,后来才知道是陈新城骗我的,他当董事长的时候就把那地方改为养老用地了。明舟,我们有那么一大块地,还愁找不到钱吗?恐怕开发商得排着队的去送钱吧?那个地方,周围有将近一百万的人口,将来开发商把那儿开发成高档小区……"孙前程说着说着,话锋开始转了,"小区清洁漂亮,安静舒适,配套齐全,老人们从容自在地生活在其间。因为老人在,节假日孩子们也在,医院、超市也会在周围出现。那儿一定会成为城市的 CBD 吧?"

夏明舟一撇嘴:"还 CBD,围绕着养老院开发出 CBD,真不怕人笑掉大牙。"

孙前程已经听不到她的话了,他激动着:"对,这就是你来干这个的价值,这就是你的初心,不是为了钱,不是为了名,不是为了所谓的成功,只为了让所有人,最终都有一个自在的去处,让所有人都活得有尊严!"

夏明舟嫌弃地瞪着他:"你说什么?"

孙前程站起来:"明舟,你好好想想,想好了,愿意去,我来接你。我走了。"说着就踌躇满志地走了。

夏明舟看着他的背影:"这个人在胡说什么?真是有病。"

孙前程从外面回到养老中心时,门口停着几辆车。再往院里细看,陈新城和肖长庆陪着袁英时还有几个人正在院里转悠。陈新城老远招手让他过去:"前程,过来过来,集团来考察我们养老社区呢。"

袁英时说:"几个月不来,没想到你们办得这么好。依我看,我们完全可以把新颐社区当成我们集团的又一个产业板块。"

肖长庆一听很担心，悄悄扯了陈新城一把："别给我们收走啊。"

陈新城嘴一瘪："放心，谁敢打咱们的主意，让他站着进来，横着出去。"

袁英时笑吟吟道："三位老同志在养老社区的开发上劳苦功高，你们辛苦了！我回去就向集团申请对你们三位的表彰，授予三位荣誉在职职工称号。"

肖长庆皱着眉头："荣誉在职职工，这是个什么称号啊？"

孙前程悄悄解释："这意思就是你们三个已经退休了，不是我们的在职职工了，我们还承认你们是集团的人，但只是荣誉的，你们就别干实事了。"

陈新城说："小袁啊，你在我面前就别来那些弯弯绕了，直接说了吧。"

袁英时笑嘻嘻道："陈总，前一段一直在忙先力收购的事，这边的事顾不上。可集团这么一大块地，怎么能交给三个退休职工打理呢？这样吧，三位，这块地方呢，由集团正式接手，三位呢，还是社区的居民，也可以是社区业主委员会的负责人，但社区的运营就还给集团吧。这两位，宋科长、陈科长，三位都是认识的，以后由他们具体负责社区的开发工作，组成养老社区临时领导小组，小岳作为参与了前期开发工作的集团成员，也参与到领导小组中来。"

"什么？"

"凭什么呀？"

"我们开发好了，你们下山摘桃子来了？"

袁英时耐心地说："陈总，肖师傅，孙师傅，人总是会老的。社区下一步开发，要招商引资，开发房地产，要和各路人马谈判签合同。这事交给你们三个，集团怎么能放心呢？"

肖长庆说："为什么不放心？黄庄仓库废弃了那么久，也没见你们哪个不放心过，怎么我们把它开发出来了，你们就不放心了呢？"

宋科长说："肖师傅，您是老员工了，这个道理您不懂？公家的东西，朽了烂了没关系，但你把它拿到家里去，你就是贪污盗窃了。这地方丢着，没人想起它，现在开发出来了，值钱了，集团当然得管啊。"

孙前程说："您这意思是，当初我们三个就不应该开发，让它继续朽着烂着就对了，是吧？"

袁英时笑笑："孙师傅，话不是这样说的。没有三位的开发，养老社区不会成为集团的重要资产板块，这是肯定的。但为了进一步开发，集团就要加强对这儿的领导啊。"

陈新城说："加强领导，好啊，加强，小宋小陈，你们以后归我领导吧。"

小岳赶快举手："还有我。"

陈新城瞪他一眼："我不要告密者。"

小岳惭愧地低下了头。

袁英时的脸很难看："陈总，您这样就让集团为难了。"

孙前程说："先别慌，先别慌。袁总，集团下一步打算怎么开发，能和我们这些先行者说一说吗？"

袁英时高瞻远瞩道："我们已经和市政规划那边联系过了，以后，这儿会发展成城市的另一个商圈，集团打算把这儿开发成高档写字楼和商业地产，也可能附设一个高档小区。"

孙前程问："那，养老社区呢？"

袁英时答："集团到郊区另找一块地方，把老人们迁到那儿去。"

"什么？"三人同时发问。

陈新城用大义灭亲的姿态说："小袁，当初这块地方，可是作为养老用地批下来的，你擅自改变用途，那就别怪我们向上级举报你了。"

袁英时笑笑："陈总，您得为集团的利益最大化考虑。您见过在市中心开发养老社区的吗？"

孙前程摇摇头："我不同意。"

袁英时吃惊地说："什么？你？你算是……"话没说出口，意识到不妥，他及时咽了回去。

孙前程骄傲道："我是个老人，也是这个养老社区的开拓者之一，所以，我最有发言权。什么叫利益最大化？利益最大化，必须站在人的角度考虑，也就是让每个人，无论处在人生的哪个阶段都能活得体面，活得有尊严。我们不觉得新城集团把它最好的一块地用来开发养老地产就不符合利益最大化的原则，相反，它使所有的人都看到，新城集团把人，把它的员工有尊严地度过一生放在了第一位，这样的集团，这样的企业才是令人尊重的，这样的价值观才是一个企业应该有的。所以，这块地方必须继续作为养老社区开发，否则，我们将抗争到底！"

小岳插话道："我来说几句行吗？"

大家转头看着他。

小岳说："我承认，我来以前，袁总是找我谈过话，让我把这儿的情况随时向他汇报。这么大块地方交给三个老人，集团不放心，我觉得是可以理解的。我来了，每天看着三个老家伙忙忙碌碌，从互相争斗到团结一致；从各打算盘到共同为社区的发展群策群力。我开始不明白，他们到底为了啥？慢慢地我看出来了，就像孙师傅刚才说的，他们想好好地活着，无论在人生的哪个阶段，他们都想活得有价值，有尊严。他们不光想自己这样活，也想让他们遇到的每一个老人都这样活，所以他们才办这个社区。袁总，再也没有比他们更适合主导这个社区发展的人了，就交给他们吧，直到他们干不动的那一天。"

袁英时听完，应该是有所触动："集团董事会再商量一下，在做出进一步的决策以前，这儿的工作暂时还由三位负责，但重大事项必须向集团汇报。"

三人站在门口，送袁英时一行人上车。袁英时走后，三个人也转身往回走，一回头，看到小岳站在后面。

"陈总，肖师傅，孙师傅，对不起！"

三人互相笑笑，陈新城走上前拍拍他肩膀："小岳啊，当了那么久的卧底，我居然没看出来。年轻人，有出息！以后等我们干不动了，这儿就是你的了。"

三个人回到办公室开会。孙前程在偷偷嘀咕着什么，满心里都在算计自己的事，根本没关心另外两个。

肖长庆捅捅陈新城，陈新城咳了一声："前程啊，这集团一重视，估计开发商和钱就涌进来了。我刚才和袁总商量了一下，咱们中心成立招商小组，负责对开发商初步筛选，然后由集团决定。这个招商小组呢，由我和肖长庆负责，你呢，也可以在中间办事。"

孙前程干脆地说："不，我负责，我来审查开发商的资格。"

肖长庆对陈新城说："听见了没？他想的就是这个。"

孙前程说："到现在为止，你俩一分钱没往里投，我投了五百万。谁投资谁说了算，这件事必须我负责！"

"咦，"肖长庆感叹，"这么大产业，你五百万算什么呀？"

陈新城说："要是谁投资谁说了算，那应该集团来负责。"

孙前程点点头："行啊，你们想把咱们一手干起来的这个地方交给集团，我没意见。反正我在里边有股份，你们没有。"

陈新城和肖长庆紧张地私语了几句。"这样吧，"陈新城说，"集体领导，咱们成立三人小组，咱们三个负责。"

肖长庆连忙附议："对对对，集体领导好，集体领导好。"

经过一番筹备，招商工作很快开始了。一张桌子摆在大办公室的正中央，三人坐在后面，陈新城居其中，另外两个把边。桌上放着厚厚的材料。

开发商 A 坐在他们面前，拿着一张示意图向他们表述着："这是两座三十二层的高层，有六种户型，最大的三百平，最小的也有一百二十平。地下还有两层车库，这周围全是绿地。"

陈新城和肖长庆伸头看着。

陈新城问："估计将来的均价会是多少？"

孙前程直接摆手说："不行，户型太大了。"

"这位先生，这您就不懂了，"开发商解释，"大户型慢慢会变成市场的主流户型。特别是咱们这一带，这儿将会是精英人士的聚集地，所以……"

孙前程抓起他的示意图塞还给他："对不起，我们不考虑了，请回吧。"

开发商 B 坐到他们面前，说："考虑到这块地的优惠，将来的利润空间也比较大。这块利润，我们愿与贵集团分割……"

孙前程又抓起他示意图塞给他："对不起，请下一位吧。"

门关上，三个人争吵起来。

陈新城说："这个不行那个不行，你到底什么意思吗？"

肖长庆也质问道："你还想用你那五百万把整个养老社区把控在你手里？"

孙前程说："他们不合适。"

陈新城问："哪里不合适？我看个个都诚心诚意的。你是怕人家分你的利吗？前程，无利不起早，当初你要不是看到这儿有利可图，你也不会拿着从夏明舟那儿讹出来的钱往里砸呀。"

肖长庆说："前程啊，舍不得孩子套不着狼，你不让人家的钱投进来，你的那五百万也挣不到钱。"

孙前程说："他们不是为办养老社区来的。"

那俩一愣，似乎才想起这茬来。

孙前程分析道："三百多平，二百多平，最小的一百多平。你们想想，我们的老人有多大的经济实力，能住得起这样的房子？再说了，一个养老社区，总不能只住人不考虑别的吧？活动中心呢？医院呢？食堂呢？养老用地的优惠，是倾斜给老人的，而不是给开发商挣的。"

那俩互相看看。陈新城自责道："也是，怎么把这茬忘了？"

肖长庆说："只想着这回能挣大钱了。新城，咱俩这党员比起前程这觉悟来可差远了。"

陈新城指着孙前程问："前程，写入党申请了没？我介绍你入党。"

三人折腾了一天，吃完晚饭，伸着懒腰走到院子里，安静地坐在长椅上，打量着面前的社区，讨论了一番，感觉招商陷入了僵局。那些开发商盯上的只是养老用地的优惠，根本就不想开发养老地产。如果不让他们来，他们就弄不到钱，没钱就无法维持下去。

孙前程问："你们相信养老是朝阳产业吗？"

陈新城说："那当然了，两亿多人的大市场还不朝阳？"

"既然相信是朝阳产业，那就应该相信我们将来一定会挣钱。"孙前程说。

三人沉默着。

陈新城扑哧笑了："前程，你是咋的了？"

"是啊，"肖长庆也说，"好像突然变了个人。"

陈新城问："不爱钱了？"

肖长庆摇摇头："说他不爱钱，打死我也不信。说说，你到底咋想的？"

孙前程笑笑："我就想办好这件事，就这么简单。"

肖长庆问："你那入党申请写了吗？介绍人不是得俩吗？我当另一个。"

夏明舟在医院住了些时日，这天换上自己的衣服准备出院了。田总带着几个人来接她。"集团派了两个清洁工，把您家彻底打扫了一下，被褥也换了新的，一会儿集团的车送您回家。夏总，您回家以后先好好休息几天，等身体恢复了，再回集团办正式退休的手续。"

夏明舟保持着风度微笑着："谢谢集团对我的照顾。"

田总说:"集团下午还有个会,那我就……"

夏明舟点点头:"别在一个老太婆这儿耽误时间,你快走吧。"

田总点点头,走了,夏明舟看着他把门关上,抓起桌上的杯子摔出去。

恰巧金秘书推门进来,吓了一跳。孙前程和晓晴跟在她身后也进来了。

"好啦?好得还真快。"孙前程嬉皮笑脸道,"明舟啊,晓晴现在在我们那儿工作,你也退休了,就搬过去,咱们一家三口在那儿团聚呗。你要不愿意,就自己住一套房,自己开伙,怎么过随你。"

"你让我现在就去住养老院?"夏明舟觉得不可思议。

孙前程义正词严道:"我再说一遍:不是养老院,是养老社区。就是岁数大的人住在一个小区里而已,大家仍然生活在自己家里。你去不去?"

夏明舟转头吩咐:"小金,送我回家!"

孙前程朝晓晴使了个眼色,晓晴赶紧劝道:"妈,您还是去我们那儿吧,您在那儿住着,愿干什么就干什么,还能经常看到我和我爸,多好啊。"

夏明舟哼了一声:"我就是不愿意看到你爸。"

晓晴噎住了,像被打了一下,不再吭声。

孙前程无奈道:"金秘书,那劳您驾,还是送她回家吧。"

夏明舟的房子很大,打扫得过于干净,但空荡荡的,显得没有人气。门开了,金秘书扶着夏明舟进来:"夏总,您看还需要我……"

夏明舟摆摆手:"你走吧,我自己来就行。"

金秘书又问:"要不我扶您到床上休息?"

夏明舟说:"不用,我还没老到卧床不起。"

金秘书说:"那,我走了?您有事打我电话。对了,夏总,田总让我回去到办公室报到,也许以后我不能专门为您一个人服务了。"

夏明舟悲凉地点点头:"我知道了。你走吧,以后我不会麻烦你的。"

包还放在地下,夏明舟在屋里转着。几个大房间都干干净净,没有一丝生活的气息,再拉开冰箱,里边空空荡荡。夏明舟叹息着,掏出手机,翻找着通讯录里面的号码,不知道给谁打电话。半晌,又把手机装起来,站在窗前,看着暮色四合的城市。夏明舟喃喃道:"就这么老了?老了?退出历史舞台了?"

晚上外面风雨交加,夏明舟睡得很不安生。几个房间已经被她弄乱了,东西丢得到处都是,餐厅的饭桌上,胡乱放着几个空餐盒,这么多年了,她的日子还是靠快餐打发的。一声响雷，夏明舟醒了，挣扎着起来要去上厕所。睡衣的带子搭在地下，她没看到，一脚踩上，一下子倒在地下。她挣扎着想爬起来，努力了几次没能成功，伸手想去拿手机，手机就在床头柜上，距离只有半尺之遥，却无论如何也够不到。夏明舟哭了，无力又绝望地放弃了努力，躺在了地毯上。

再次回到病房的夏明舟，安静地躺在那里，比上次更加显老。孙前程坐她床前，劝了又劝。夏明舟摆摆手，示意他别再说了："我去了单独住。"她无奈地叹口气，事到如今，自己似乎已无法再改变什么。

孙前程一口答应："行。"

夏明舟又提了个要求，说："女儿跟我。"

孙前程摇摇头："这个不行。晓晴已经是成年人了，她也想单独住。"

夏明舟说："既然我有股份在里边，我去了得参加管理。"

孙前程继续摇头："是我们的股份。"

夏明舟说："那些钱是我的。"

孙前程纠正她："是我们的，夫妻共同财产。"

夏明舟说："那好吧，我们的。那我也得参与管理。"

孙前程想了想，说："这个我和他们商量，应该问题也不大。"

夏明舟又说："我要单独的办公室，陈新城那间不行。"

孙前程一笑："没问题，我来办。"

经过孙前程和肖长庆的一番协商、准备，没几天，夏明舟在养老中心的一切都已安排妥当。一套大开间，宽大的办公室，办公室里还放了老板台、老板椅，桌上有电脑，桌后有文件柜，一切和夏明舟在明舟集团时差不多。

肖长庆累得一屁股坐在椅子上："这完全是女王驾到啊。"

陈新城一步跨进来，高兴道："哈哈，功夫不负有心人，这个开发商差不多。他们基本上接受我们的条件，回去以后尽快研究，争取定下来早日动工。"说完四处打量了一番，好奇道，"这是给我准备的办公室？这还差不多。我早就说过，办一个企业，软件固然重要，硬件也很重要。为什么引来的开发商不敢请到我办公室坐？他们进了我办公室，这事还能谈成吗？小岳先别走，去我办公室，把我的报架搬过来。"

孙前程制止道："对不起，这不是给您的。"

第十五章

"那是？"

肖长庆冲孙前程努努嘴："夏明舟要来了。"

陈新城愣着，突然火了："夏明舟有什么了不起？她是来干什么的？领导工作？没人任命啊。养老的？那就是咱们的一个普通居民，凭什么待遇这么高？比我还高，你们把我放到什么地方了？"

孙前程说："她是股东，原始股东。你知道，那五百万是我从她那要的。"

陈新城说："股东是你，不是她，她顶多是股东的家属。"

肖长庆从中调和："算了算了，夏明舟不管怎么说是一个大企业的领导，来咱们这儿养老，有一些优惠待遇是应该的。"

陈新城说："那不行。她是大企业领导，我领导的企业小吗？"

肖长庆无奈道："我就知道，她来了，这俩人肯定得你死我活，我们就坐山观虎斗吧。"

"再说了，孙前程，你怎么就想不开呢？她这辈子都凌驾于你之上，退休了，还想当你领导，你是受虐狂还是咋的？正好趁她退休，改改她这毛病。"陈新城义愤填膺道。

肖长庆说："对啊，新城原来也有这毛病，这不叫咱改得差不多了吗？"

孙前程想着："也是。"

陈新城接着吩咐："小岳，小岳，把我的报架给我扛过来。"

孙前程提醒他："夏明舟也要一间办公室的。"

陈新城说："原来我那间不挺好吗？"

夏明舟第二次出院后，故意把自己将要前往养老中心的消息散布了出去，明舟集团的几位董事都来探望，顺便欢送。夏明舟雍容华贵地站在那里，挨个和他们握手问候。

田总说："夏总，一定要去养老院吗？您还是我们的荣誉董事啊。"

夏明舟一本正经地纠正道："不是养老院，是养老社区。我不是去养老的，我是去开辟事业第二春的。事实上，我是那里的股东，我早就在做我的产业布局，在那儿投了资。"

另外一位董事奉承道："看看夏总，到底是企业家，目光长远，早就看出养老产业将来是片蓝海。夏总，咱们集团大力支持啊。"

田总说:"夏总,集团商量了,您去养老……"

夏明舟打断他:"我再重申一次,我不是去养老。"

田总点头道:"对对对,是去开辟事业的第二春。夏总,您去开辟事业第二春,咱们集团全力支持。集团商量了,您的车带过去,金秘书也继续为您服务。以后无论您有什么事,打个招呼,集团一定办。东西收拾好了吗?我们带了几个人来帮您搬家,送您到养老……您的新岗位去。"

一列车队开过来,前面是几辆小车,后面跟着一辆拉东西的小货车,浩浩荡荡的。夏明舟坐在第一辆车上,金秘书陪在副座上,田总坐在第二辆车上,正在打电话:"陈总,我老田啊。我们集团把夏总给你们送来了。老太太刚下来,落差太大,挺失落,我们董事会集体把她送来的。您能不能组织人欢迎一下啊?"

陈新城懒洋洋地坐在老板椅上,两只脚还搭在桌子上:"行,我们组织一下,你们来吧。"

车队开到养老中心门口停下,老远就听到了锣鼓声。田总一溜小跑地过来给夏明舟开门,殷勤道:"夏总您听听,人家还组织了锣鼓队。"

可抬眼一看不对,门口冷冷清清,就有个保安,再仔细一看,锣鼓是院里传来的。田总说:"欢迎仪式在里边呢,夏总咱们进去。"

他扶着夏明舟往里走,在门口被保安拦住了:"干什么的?"

夏明舟愣愣地问:"你不认识我吗?"

保安说:"你是孙前程的老婆,他们是干什么的?我们这儿无关人员不能随便进。"

夏明舟大怒:"你说我是孙前程的老婆?"

保安奇怪了:"你不是吗?"

孙前程跑出来,身后还跟着晓晴:"哟,来啦?明舟,赶快进来吧。晓晴,赶快扶你妈。"

晓晴上前来,拘谨地喊了声:"妈。"

夏明舟往里看看,问:"陈新城没组织……欢迎队伍?"

"啥队伍?"孙前程说,"明舟,你看看,院里净跳广场舞的,你叫他们过来围观,好吗?"

夏明舟看看那些老头老太太,回头对董事会说:"谢谢你们送我,我到这儿来创业,一切从头开始,车和人我都不要了。你们回去吧。"

董事们假惺惺地和她客气着:"您一把岁数了,没人照顾哪行?"

越这么说,夏明舟越来劲:"我说不要就不要,我不需要任何人照顾,把我的东西卸里边,你们回去吧。"说着,就雄赳赳地自己进去了。

孙前程和晓晴已经帮夏明舟安顿好了,夏明舟站在那里看着。孙前程拍拍手问:"明舟,你看这样行吗?"

夏明舟挑剔地环视了一圈:"先暂时这样吧。领导班子呢?我过去见见。"

孙前程陪着夏明舟从公寓楼到办公室,夏明舟像视察的领导一样时而点头,时而摇头,发表着高论,孙前程只有点头称是的份。

孙前程推开门让进夏明舟来:"这儿就是你的办公室,你一个人的。"

"什么?"夏明舟不可思议道,"这儿不是陈新城的办公室吗?"

孙前程说:"你来了,他让给你了。"

"你们居然就把我安排在这种地方?"

"明舟,你是来养老的,不是来当官的,将就着吧。我和肖长庆连办公室都还没有呢。"孙前程赔着笑说。

夏明舟不屑道:"你?你一辈子没干过正事,要什么办公室?谁说我是来养老的?不是说好了吗,我是来管理的。"

孙前程故作为难:"管理这事,你得去和他俩谈。"

夏明舟问:"陈新城呢?我和他谈。"

陈新城躺在那张崭新的老板椅上,一边看报纸,一边发表着看法:"这道琼斯指数是抽风了吗?昨天升了二百点,今天又降了二百点。这要是抽水马桶倒不错。"

门一开,孙前程领着夏明舟进来了。陈新城从老花镜和额头的缝儿看着他俩:"哟,到底是秤杆离不开秤砣,老头离不开老婆,打了一辈子,好啦?"

夏明舟却顿时明白了怎么回事:"陈新城,这是给我准备的办公室吧?"

"哪里?"陈新城说,"你叫它它答应吗?这是我的办公室。"

"我前天通知给我准备办公室,今天你就有了新办公室,把旧办公室腾了给我，不是占的我的又是什么？孙前程，你说，是不是这么回事？"

孙前程说："你这么理解，倒也没什么错。"

"陈新城，别鸠占鹊巢啊。"夏明舟厉色道。

陈新城说："夏明舟，知道有个词叫先来后到吧？这个养老社区呢，是肖长庆和孙前程在我的具体领导下创办的。我们是打天下的，你是来享受革命成果的。我作为社区的创办者和领导人，理应有一间大办公室，而你呢，有一间办公室就不错了，不能挑肥拣瘦。"

夏明舟气得咬牙切齿："孙前程……"

"新城，"肖长庆进来了，"一部分老人喜欢跳广场舞，一部分老人喜欢安静，咱们得商量一下，把动静区分开。"

陈新城招呼他："长庆，来来来，这不，夏明舟也到咱们这儿来养老了。"

肖长庆一看："哟，夏总来啦。"

夏明舟说："我不是来养老的，我是来管理的。这个社区有我的投资。"

陈新城说："长庆啊，你把咱们当初制定的规则给她讲讲。"

"好嘞！"肖长庆点头道，"夏总，虽然前程当初投了一部分钱，可这个地方，说到底是新城集团的。当初我们创办的时候就规定好了，陈新城代表新城集团分管这儿的工作，我是这儿的管委会主任，前程呢，只是管委会主任助理。说起投票权来呢，新城和我一人两票，前程他一票。"

"什么？只有我们投了钱，我们的投票权最小？"

肖长庆说："您那点钱和这个地方比算什么？要按股份投，前程他连一票都够不上。"

陈新城宽宏大量道："这样吧，毕竟你也是有多年管理经验的，你也加入我们的管理班子，有一票的投票权。你和前程加起来，就两票了。"

夏明舟怒冲冲地转身就走，孙前程赶快跟上。陈新城在后面哈哈大笑，说："这样还促进了他们夫妻团结，是吧？"

夏明舟进了自己的办公室，随即把桌子推回去，自己绕到桌子后面坐在椅子上，随后赶来的孙前程想进却进不来了，只挤进来半张脸。

"明舟，别急，慢慢来。你看看，原来我只有一票，你来了，只要咱俩一心，不就有两票了？"

夏明舟翻了个白眼："谁和你一心？拿了钱，还说话不算数，给别人抬轿子。孙前程，你一辈子没出息，我看你干得挺起劲，还以为在这里出息了，没想到还是老样子。"

孙前程难过地看了她一眼，没再说什么，走了。夏明舟坐在那里生闷气，听到窗外有锣鼓声，打开窗户看看，大妈正在跳广场舞，夏明舟冲着她们吼了一声："办公重地，不许大声喧哗！"说完就把窗关上了。

大爷大妈们被她吼了一声，不知所措地停下来，互相看着。

"这谁啊，发什么神经呢？"

牛大妈说："那不是孙前程的老婆吗？"

徐大妈说："孙前程的老婆，能管得住孙前程，管得了咱们吗？"

薛大爷说："不管她，跳咱的，跳咱的。"

锣鼓重新响起来，大妈们跳得更欢了。

"素质真低！"夏明舟这样嘟囔着，听到外面厕所有拉水阀的声音，伸头往外一看，一个老头儿提溜着裤腰从厕所出来。她皱了皱眉，从抽屉里找出一卷胶带，直接把厕所的门给封了。封完厕所，又简单地把办公室整理了一下，夏明舟坐回椅子上往集团打电话："小金啊，这两天集团里情况怎么样啊？什么？他们把新能源汽车项目砍了？我还没办退休手续呢，他们就把我打下的江山败坏了？"

窗外的锣鼓突然又响起来，夏明舟不得不提高了声音喊："小金，你去找老田来，我和老田说话！"

金秘书恳求她："夏总，我现在在办公室打杂。我有这份轻闲的工作不容易，您让我夹在您和田总之间，不是砸我饭碗吗？您要有什么事，直接给田总打呗。我挂了。"说着就把电话挂了。

夏明舟高声嚷嚷着："你不叫他，转告他也行，咦，怎么挂了？"她看看手机，想再拨回去，但外面的锣鼓越发响亮，夏明舟推开窗往外看了看，又费事巴拉地推开桌子，出去了。

夏明舟从商店买回来一台音响和两个喇叭，正带着送货的小伙子要进办公室，忽然看到陈新城和肖长庆过来了，就没进去，抱着膀子站在那里看着。

老头老太太看他俩来了，一起告状："陈总，肖主任，这是怎么回事啊？"

"是谁把厕所封了？管天管地还管得住人拉屎放屁吗？"

陈新城也很奇怪："长庆，怎么回事？"

肖长庆也摸不着头脑："不知道啊，是不是厕所坏了？"

夏明舟说："没坏，我把门封了。"

陈新城惊讶道："啊？夏明舟，你怎么能干这个？"

夏明舟说："它在我的办公室门口，影响我工作，我当然要封。"

陈新城指挥道："长庆，你是管委会主任，这事归你管，你上。"

肖长庆上前解释："夏总，咱们这个活动中心里边就这一个厕所，您这样做，让大家怎么办？"

夏明舟冷着脸说："外面不是还有吗？叫他们上外面的吧。"

大家乱纷纷抗议，陈新城直接下令："给它撕开！"

夏明舟恶狠狠道："你们要是撕开，我下回就直接破坏马桶了。"

陈新城鼻子一歪："你这是破坏公物，我要报警。"

夏明舟不讲理地说："报啊。不让警察来把我抓走，算你没本事。"

孙前程匆匆忙忙跑过来问："怎么啦？怎么啦这是？"

陈新城说："孙前程啊孙前程，赶快过来管管你老婆吧。"

孙前程了解了来龙去脉，说："新城，长庆，不怪明舟啊，你们把她的办公室安排在这种地方，她能不封厕所吗？封得好。哎哟，明舟，中午吃坏了肚子，得上厕所。"

夏明舟下巴一抬："到外面上去。"

孙前程抱着肚子嚷嚷："不行，跑不到了。哎哟，我先撕了啊。"说完就把男厕所的封条撕去了，他这一动手，就有老太太把女厕所的封条也撕掉了。

夏明舟生气道："真没出息。"然后进屋了。

陈新城和肖长庆互相看看，笑道："一物降一物，卤水点豆腐。"

夏明舟回到办公室，干劲十足地把买到的设备装起来。她鼓捣了一辈子电器，对这些新玩意上手很快。外面大妈们正和着音乐跳得正欢，突然有别的音乐传过来，大妈们的步伐一下子乱了。大家停下来，四处寻找。不知道是谁先发现了夏明舟的窗台上摆着两个喇叭，而且还调放到最高音量。

"这啥意思啊？"

第十六章

夏明舟的喇叭在窗台上放着音乐，声音震天响，夏明舟坐在椅子上安稳地看报纸。孙前程一推门："哟，你不怕聋了耳朵吗？"夏明舟没反应。

"明舟，明舟。"孙前程继续喊她。

夏明舟一抬头，摘下一只耳机，原来耳朵里堵着耳机呢。

孙前程问："你晚上回家吃饭还是在食堂吃？"

夏明舟说："我不回家吃，我单独生活，我吃食堂就行了。"

孙前程说："你最好回家吃饭，我怕食堂的饭不卫生。"

夏明舟一下子抬起头来："什么？"

孙前程说："炊事员都是陈新城招来的，也不知道有卫生证没。"

夏明舟站起来："不用说，他不会管这个的。这个人，一向钻在钱眼里，丁企业的时候不顾工人的死活，到这里也不会顾这些老人的死活。我去看看。"说着，不辞辛苦地绕出来，把桌子推回去，打开门出去了。

孙前程连忙跑回大办公室："快，快，调虎离山了。"

陈新城问："什么意思？"

孙前程说："我把她支走了，她不在她办公室。"

"那我去把她的大喇叭给她搬了去。"肖长庆说着就要出去。

"不行！"孙前程制止道，"她有钱，你给她搬了，她买个型号更大的。来个干脆的。"

陈新城问："那怎么办？"

孙前程嘿嘿一笑："把她屋里的电线给她铰了。"

陈新城也笑起来："果然，还真是一物降一物。"

夏明舟快步到了食堂，很严肃地检查师傅们的卫生证。师傅们一脸蒙，但还是老实地挨个把卫生证拿出来给她看，个个都有。夏明舟也一脸蒙地走了。回到自己的办公室，夏明舟一屁股坐到椅子上，拿起耳机想塞上耳朵，才发现喇叭不响了。很奇怪地去开，还是没动静，再检查，发现没电了。

大办公室里那三人凑在一起，低声商量着什么，还不时嬉笑，看样子很得意。门一开，夏明舟进来了，三人互相捅一把，同时抬头看她。

夏明舟说："我屋里的电坏了。"

孙前程假装吃惊道："电坏了啊？新城，赶快给明舟修修。"

"噢，修！"陈新城说，"可明舟啊，你也知道，咱们这儿就是个破仓库改造的，电线还是二十世纪七十年代扯的，早就老化了，坏是经常的事。可咱们这儿没钱，也没有专门的电工。长庆啊，你联系个电工。"

肖长庆连连点头："行，我先预约上。"

夏明舟说："没电工不要紧，我懂，我自己修。"

陈新城说："那可不行。动电得需要上岗证，你有电工证吗？"

夏明舟说："我不需要，不过是电断了，接上就行。"

肖长庆大惊小怪地说："那怎么行？明舟，我刚听前程说你去食堂检查师傅们的卫生证，你要求得真是太对了。你对别人有要求，到这事关人命的大事上，怎么能无证上岗呢？等着吧，我马上预约，电工有了空会过来的。"

孙前程催促道："快点啊，别耽误了夏总办公。"

肖长庆连连答应："好，快点，快点。"

夏明舟瞪他们一阵，一阵风似的旋走了。三人忍不住一起大笑起来。门突然又开了，夏明舟又像旋风一样旋了回来，孙前程急忙把笑收住。

夏明舟多疑地盯着他们："你们在笑什么？"

孙前程说："没有，没笑啊。"

"当我是聋子还是瞎子？孙前程，你的嘴还咧着呢。"

孙前程吓得不由得一捂嘴："没……没呀。我就是笑……笑陈新城成天能得不得了，就是拿着自己的儿子没办法。"

夏明舟警觉道："不对！我刚走你们就笑，你们在笑我呢。"

肖长庆语重心长地说："明舟啊，你是不是太拿自己当回事了？我们三个大男人笑你一个妇道人家干什么？"

夏明舟问："妇道人家怎么了？"

陈新城说："这又不是在明舟集团，你上管天下管地，中间管空气，但你管不着我们这一段啊，我们爱笑就笑，不想笑就哭，和你有什么关系？"

夏明舟哼了一声："很快就会有关系的，我要当管委会主任。"

三人同时张大嘴巴："什么？"

夏明舟说："论资历，我比肖长庆深；论职务，我比肖长庆高；论水平，更没办法比，根本不在一个层级上。更重要的是，我在这里有投资，而肖长庆没有。所以，这个管委会主任应该我来当。"

肖长庆很激动："不可能！这个养老社区是新城集团的，我这个管委会主任是新城集团任命的。"

夏明舟说："以前是新城集团的，现在不能这么说了。新城集团接受了我的投资，现在这个社区由我和新城集团共同持有。"

陈新城说："可你那五百万只不过占百分之……"

夏明舟说："哪怕占百分之一，我也是股东，而你和肖长庆都不是。所以，这个管委会主任必须我来干。"

三人面面相觑。陈新城立刻赔笑："明舟，你看这样行吗？社区的职务也不是我们自己定的，是集团任命的。我们马上向集团汇报。"

夏明舟想了想，说："我等着，今天必须给我答复。不答复，我直接找袁英时去。"说着又一阵风似的旋走了。

肖长庆一拍手："完了，还不如给她修电路呢。"

夏明舟回到自己办公室，不知道从哪儿找出来一套设备，螺丝刀、测电笔、钳子、黑胶带，应有尽有，撸着袖子准备检查线路。这时候手机突然响了，是金秘书打来的，说有重要的事，想请她回集团一趟。

"夏总，在养老院待得怎么样？"夏明舟回到集团，田总热情地招呼她说，"我觉得那家养老院条件一般，如果您同意，咱们集团可以帮您联系更好的。"

夏明舟生硬道："你找我就这事？"

田总恍然："对不起，对不起，我把正事忘了。夏总，是这样，您退休的事情，上面已经批下来了，今天想请您回来办理正式的退休手续。我都已经安排好了，您一会去人力那边签个字就行了。"

夏明舟没说话。

田总继续道："集团感谢您多年来对集团的辛勤付出，以后欢迎您常回来看看，对我们的工作多提宝贵意见。我马上要开会，就不陪您了。"

养老中心这边，三个人商量着制服夏明舟的策略，聊得热火朝天，门突然开了，夏明舟进来，神情古怪，看也不看他们三个。屋角桌上放着一些矿泉水，夏明舟径直过去，抱了几瓶矿泉水，回头就走，好像屋里根本没人似的。

三人面面相觑。陈新城问："这是怎么啦？"孙前程不放心，赶快出去了。

老人们还在那儿跳广场舞，夏明舟抱着几瓶矿泉水从队伍旁经过，视若无睹。孙前程从后面追上来："明舟，明舟。"夏明舟没反应。

孙前程试图去帮她拿水："明舟，电路的事我已经叫他们去请电工了。"夏明舟还是没反应，进了自己的公寓。

孙前程欲跟进，门砰一声关上了，再推，已经反锁了。他无助地四处看了看，看到了晓晴。"晓晴，晓晴。"孙前程勾着手，示意晓晴过来。

"爸，什么事？"

"你妈好像不大对，出去一趟回来就像丢了魂似的，把自己锁屋里了。"

"啊？"晓晴担心地说，"那我去看看。"

孙前程说："别别别，你就在这儿帮我盯着点动静，有事招呼我。"

晓晴往母亲房间看看，勉强答应了。

接下来的大半天，夏明舟都在狭小的屋里转着，喃喃自语："你一个大企业的董事长，就这样被赶下来了。之后你就要在这种地方，和他们为一点蝇头小利明争暗斗，争权夺利。可悲不可悲？意外不意外？"

晓晴在门口盯了很久，愈发觉得不对劲，连忙跑去找孙前程："爸，我咋觉得我妈不大对劲啊？这都快一天了，也没出门。中午也没去食堂吃饭。"

孙前程没往心里去："也许她自己做了呢。"

晓晴说："你看我妈像自己做饭的人吗？"

父女俩来到夏明舟门口，孙前程敲门："明舟，开门哪，你吃饭了没有？"

夏明舟还在屋里转着，嘀咕着："孤独啊，寂寞啊，没人理解啊。"

孙前程还在门外喊着："明舟，明舟，开门啊，你没事吧？"

屋里传出夏明舟严厉的声音："死啦！"

孙前程吓了一跳，嘱咐晓晴一句："你在这儿等着。"转身就往回跑。

第十六章

陈新城和肖长庆在办公室里跟投资商热情握手:"我们一定认真研究,尽快给你们答复。谢谢啊!"

孙前程一头扑进来:"夏明舟出事啦!我不管,她要是出事,就是你俩逼的。我就这么一个老伴,万一她有个三长两短,我和你们没完。"

陈新城问:"啥意思啊?到这时候了,她又成了你老伴了?"

孙前程气势汹汹道:"不是我老伴,难道是你老伴?"

肖长庆着急道:"天哪,还有心在这儿拌嘴,赶快过去看看吧。"

自打陈新城正式进入养老中心以来,张桂荣的心思全都扑在照顾大志上了,没日没夜地为大志的公司操劳,做饭、打扫卫生、取快递、处理杂物……因为有了她无微不至的照顾,大志他们的片子也得以顺利完成。

这天,大志、大瓜、小乐和张桂荣等人围在桌子前,桌子上放着一个快递纸袋。所有人都屏气凝神。大志和众人对视一眼,大家冲大志点了点头。大志才颤抖着拿起快递纸袋,深吸一口气,慢慢撕开,露出一张精美硬纸。上面写着三个大字:邀请函。

"邀请函!"大志激动地喊道。

大志结巴着问:"真……真的吗?"

大瓜一把夺过来,小乐也赶紧凑过来,大志愣在原地看着。

大瓜打开邀请函,清清嗓子:"尊敬的陈大志导演……"

小乐高兴地大喊:"真的成啦,成啦!"

大瓜打了小乐一下:"让我念完。"然后埋头继续一字一句地读着邀请函上的内容,"恭喜您和您团队的作品《二十四》入围"爱奇艺春芽电影节"纪录片电影竞赛单元。诚挚邀请您……"

所有人欢呼起来。张桂荣看着大家那么高兴,但不知道发生了什么,便问:"大志!怎么了?这么高兴?"

大瓜激动地说:"阿姨,入围了!我们入围了!我们就要成了!"

张桂荣问:"什么入围?什么成了?"

大志笑着说:"妈,还没成呢,现在只是提名。"

小乐说:"阿姨,我们的片子从影展一百二十部电影里冲出来了,只要能拿到奖,除了有现金奖励,还会有更多的人注意到我们!有投资,我们就可以一直拍下去了!"

张桂荣激动道："真的吗？大志！妈妈就知道你没问题！妈可太高兴了！"

大志说："妈，我有件事想求您。"

"什么求不求的，你说什么妈妈都答应你。"张桂荣眼泛泪光。

大志说："我希望您能跟我们一起去参加电影节的颁奖典礼。"

张桂荣说："哎哟，这种事我不懂，我也帮不上忙。你们这么多年轻人，我一个老太婆去干什么呀？"

"妈，这不是我一个人的想法，这是大家共同的想法。如果最后我们真能拿到奖，我希望那个时候您就在我们身边。"

大瓜说："阿姨，您是我们团队的一分子啊。对大志来说，那是这辈子最重要的时刻了！您怎么能缺席呢？"

小乐也说："对啊，阿姨，您就答应我们吧。"

陈新城在养老中心觉得肚子受了委屈，准备回家去吃顿饭。回到家，一进门就大叫："张桂荣，老太婆。"屋里没人应答。结果一扭头他看见了盛装打扮的张桂荣，吓了一跳，问，"老太婆，穿这样干吗！你这是唱的哪一出？"

张桂荣说："你别管！你过来，你过来我和你说。"她把他拉进厨房里，打开冰箱门，"看看，这些是我给你准备的粮食。这包是面包，面包认识吗？面包的好处是不用热，吃凉的就行。还有这些酸奶，无糖的，一次一盒。"

"又来了你！"陈新城问，"你要上哪儿啊？"

张桂荣精神很好，开心道："去参加颁奖典礼啊。"

"什么？"

张桂荣说："老陈啊，咱儿子的片子要拿奖了。"

"什么片子？什么奖？"

"你看着吧，儿子这回就肯定行，只要拿了奖，就有奖金，他们公司也会有人投资，大志就成了。"

陈新城一脸不相信："你说什么乱七八糟的，这世上哪有这么简单的事情，也就是你觉得你儿子是个大宝贝，还拿奖，还投资呢！"

张桂荣讥讽他："你厉害？你的新城集团能从全国一百二十多个企业里窜出来吗？哦，当年是窜出来了，不过你亲手又弄垮了。算了，和一个老得没人理的糟老头子说什么，你在家好好照顾自己，我走了。"

"不是，"陈新城拦住她，"就算他要去参加颁奖典礼，你跟着去干什么？"

"大志要拿奖，那么重要的时刻，我当妈的当然得亲眼见证啊！"

"八字还没一撇的事，你还当真了！"

"你自己看！"张桂荣把电影海报和电影提名名单往桌上一拍就走了。

陈新城气愤地嘟囔："这个老东西。"随后拿起电影海报看了看，上面是一个工人的背影，写着《二十四》。

张桂荣走了，陈新城在家里觉得无聊，站也不是，坐也不是，于是又喊小岳来接他回养老中心。小岳提醒他："陈总，说不定阿姨说的是真的，大志哥这次真能成呢。"

陈新城冷笑道："狗屁吧，这世界上就没有那么容易成功的事。"

"但大志哥入围那个电影节是实打实的，我都查过了，不是骗您的。"

陈新城警惕起来："行了行了。小岳，回到中心，大志的事情一个字不许给他们说哈。"

"行，"小岳点头，"不过啊，陈总，您想没想过也许您看错大志哥了？"

"看错什么？我什么时候看错过大志？他是什么料我还不清楚？"

小岳说："他拍的东西我不懂，可您几次让我去找阿姨，我都看到他们一帮年轻人在努力地工作，又热烈，又紧张，我看着还挺羡慕的。陈总，您真盼着大志有出息吗？还是您怕大志有了出息，就不需要您了呢？"

陈新城不可思议地问："小岳啊，是不是一重用你，你就忘了自己姓什么了？"

小岳笑笑："好好好，陈总，但我把话撂这，大志将来肯定比您有出息。"

"我巴不得呢。不过我刚才的话你记住了，回去以后不许提大志的事。"

陈新城回来了，那俩赶紧迎上去。肖长庆说："新城，我听说大志去参加电影节了。好事儿啊！"

孙前程也说："你天天说大志这不行那不行，怎么样？人家大志这次给你啪啪打脸了吧。"

陈新城转头问小岳："他们怎么知道的？"

小岳连连摆手："陈总，我可啥也没说啊，别冤枉我。"

肖长庆说："是张桂荣给我俩打的电话，怕你一个人活不下去，让我俩多看着点你，怎么，还不想让我们知道这事啊？"

"这女人，就是多事。"陈新城小声念叨。

肖长庆说："嫂子也是关心你。咦，你这情绪不对啊，大志出息了，我们当叔叔的都这么高兴，你这当爹的咋跟欠了你钱一样？"

孙前程一语道破天机："这你还看不明白吗？以前大志没出息，他怎么说都占着理。现在大志成事了，他怕以后就没法说了，怕大志用不着他了。"

陈新城郑重其事道："胡说！你们啊还是没干过大事。现在社会多复杂啊，就他那个什么电影节提名，指不定花点钱就能上，有什么好拿出来说的？"

"得了吧你，"孙前程说，"这春芽电影节我们可查过了，规格相当高，评委全是大导演和大制片人，要没点真本事啊，根本别想入围。你要觉得这事花点钱就能办，你也去办一个我看看。"

肖长庆也数落他："就是，狗嘴里吐不出象牙，孩子的努力不认可就算了，怎么能说这种话。怪不得大志天天不回家呢，摊上你这爹可真够受的。"

陈新城坐在电脑前，一会儿警惕地看看门外，一会儿看看电脑，笨拙地打着字。

"春芽电影节……陈大志……怎么搜不到啊？"

"陈总！"小岳拿着饭盒突然推门进来，陈新城赶紧扣上电脑。

"您这是干什么呢？"小岳问。

"没什么……"陈新城紧张兮兮地说，"你把饭放下吧。"

陈新城打开饭盒，问："那俩呢？"

小岳说："马桶又堵了，您是不知道，流得到处都是。可把我们忙坏了。"

陈新城把饭盒一关。

小岳问："您不吃了？"

陈新城白他一眼："我吃什么吃？我吃得下去吗？"

小岳说："那我先走！"

"等等。"陈新城叫住他，"那个电影节，你知不知道在哪办啊，什么时候颁奖啊？"

"我知道啊，"小岳说，"今儿晚上颁奖，好像在城西一个文化馆，几个小时的路，我前几天还去那儿相过亲呢。您是？想去看看？"

"我看什么看？有什么好看的！"

小岳说："那没事我先走了。"

"等等！"陈新城又叫住他，"备车，我要出门。去城西办点事。"

小岳笑了笑："办什么事您非得去城西啊？"

"少废话，去备车！"

文化馆外人流量很大，有一条红毯通向文化馆里，两边都是春芽电影节的海报。小岳把车停下，陈新城恍惚着下了车。

小岳摇下玻璃笑着问："您是在这儿办事吧？"

陈新城说："是在这附近。回去以后给我保密，知道了吗？"

"您啊，明明心里挂念着，真是死要面子活受罪。"小岳笑着说。

"走走走，赶紧走！不用来接我了。"陈新城摆手驱赶道。

小岳把车开走了。陈新城看着文化馆的布置，整理了一下衣服，自言自语道："阵仗还挺大。"

陈新城来到门口，进馆时却被保安拦住了："您好，请出示您的邀请函。"

"邀请函，什么邀请函？没有不能进吗？"

"不好意思，先生。"

陈新城说："我儿子，我儿子叫陈大志，是个导演，他在里面领奖呢，我当爹的不能进去看看吗？"

"对不起，没有邀请函不能进。您可以打电话给您儿子，或者让认识您的工作人员出来接您。"

陈新城一愣，拿起手机，又放下了："我说小同志，颁奖典礼就快开始了，您就让我进去吧。"保安摇了摇头。

突然，外墙上一个巨大的显示屏发出了声音："第二届春芽电影展颁奖典礼即将开始。"行人纷纷驻足。

陈新城看着大屏幕，问保安："嘿，我在这儿看，不需要邀请函吧？"

保安摇了摇头："不需要，您自便。"

陈新城哼了一声："不通情理！"

颁奖礼开始了。陈大志紧张地坐在座位上，他回头看向最后。坐在最后一排的张桂荣和大瓜等人朝大志比了个大拇指。大志笑了笑。

台上正在颁发"最佳纪录片"奖项，颁奖嘉宾对着台本念道："接下来颁发的最佳纪录片，获得提名的是……"

陈新城在门口冻得瑟瑟发抖，身边也有路人驻足，他们抬着头看着大屏幕，大屏幕里出现了陈大志的镜头。"影片《二十四》，细腻的拍摄风格，充满关爱的镜头语言，带领观众走进二十四个普通人二十四小时内的精神世界，具有穿透心灵的力量。"

陈新城兴奋得难以自持，他拉着路人大喊："看，这是我儿子拍的！"

路人有些尴尬地点了点头离开了。

陈新城指着保安："看，这个，这个提名的就是我儿子！"

大屏幕切换为现场镜头，颁奖嘉宾用充满悬念的嗓音说："最佳纪录片奖的获得者是……"

此时画面分成四块，出现了包括陈大志内的四个人，每个人都神情紧张。

陈新城紧握颤抖的双手，放在脸前，眼睛眨都不敢眨地盯着屏幕。

"《上学路上》！恭喜李翔导演！"

画面定格在一个陌生的年轻人脸上，年轻人兴奋地庆祝着，而在画面边缘，是一脸失落的陈大志，他也站起身来，面带微笑，恭喜着那位获奖的年轻人。

陈新城看着画面里陈大志的样子，一下子愣住了，显得有些手足无措。

陈新城一直等到颁奖礼结束，死死地盯着出口，突然他看到大瓜等人围着陈大志走了出来，张桂荣也紧紧跟着陈大志，大家情绪都很低落。

陈新城赶紧躲到一块广告牌后面，大家都没有发现他。

张桂荣安慰说："没关系，真的没关系。你们已经很棒了！"

小乐抹着眼泪，大瓜在安慰小乐。

大志拍了拍小乐的肩膀："我们走到这一步已经很好了，大家都别丧气，后面的事情我会想办法。"

大瓜低声问："大志，真的还有办法吗？"

大志说:"当然,我们能获得提名,证明还是有很多人认可我们的。你们陪我妈先回去吧,我东西忘拿了。"

张桂荣关切道:"你不跟我们一起走吗?我们等等你就是了。"

"不用了,"大志说,"你们先回。"

张桂荣似乎明白了什么,她握住大志的手:"好孩子,别太晚。"

众人离开后,昏暗的路灯下,大志一个人坐在长椅上,周围很安静,他终于忍不住情绪,眼泪流了出来,怕被人听到,大志只能低着头抽泣,身体颤抖着。陈新城远远地看着大志的背影,叹了口气。

大志抬头看着不远处《二十四》春芽电影节的海报,正在被工人收走,心里更加难过。他听到旁边有声音,慢慢转过头,却发现昏暗的路灯下,自己的父亲不知道什么时候坐在了他的旁边,正默默地看着他。大志再也控制不住自己的情绪,眼泪无声地淌出。

陈新城像安慰朋友一样单手揽着大志肩膀拍了拍,父子两人一句话也没有说。过了很久,大志情绪逐渐平稳的时候,陈新城才对他笑笑,说:"大老爷们,这点事算什么。"

颁奖礼结束后没几天,大志接到了投资方的电话,虽然片子没有得奖,但投资方比较看好这个团队。大志对公司的人解释说:"《二十四》这部片子走的是分账模式,最后收益如何还是看片子本身的质量。至于投资,是要看我们前期的工作,只要我们的内容和制作方案通过他们的审核,他们作为合作方和出品方,当然会投钱。"

大瓜高兴地说:"太好了!我说什么来着?峰回路转,峰回路转啊!"

小乐也开心道:"这下有盼头了,咱们可以一直干下去了!"

大志笑着说:"先别高兴得太早了。能不能做下去,还是要看我们的工作成果。"

小乐说:"没问题!我们一定没问题。那接下来我们准备拍什么?大志,你有什么想法了?"

大志点点头:"想法倒是有一个。"

"你快说啊,"大瓜催促道,"我就知道你脑子里永远有想法。"

大志说:"我想拍,老人。"

小乐和大瓜不太理解。

大志说:"碰到一个人,他告诉我,人可以老,但人不可以倒。他还给我讲了很多他的经历,以前我从来没有听过的故事。那些故事很动人,让我有了很多的思考。所以,我才突然有了这个想法。"

大志说的那些话是陈新城讲给他听的。那晚的颁奖礼结束后,父子二人找了一家小餐馆,深夜对酌,促膝长谈。他们很多年没有这样交流过了,敞开心扉之后,大志觉得似乎重新认识了自己的父亲。

"怎么样,大家有什么意见吗?"大志问。

大瓜思忖了一会儿:"你一说我才反应过来,我们家里都有老人,但我好像从来没有主动去想过他们是一群人。"

大志点头:"是啊,就是因为大家认为他们已经老了,属于他们的时代已经过去了,所以才会习惯性地忽略他们。但正因为这样,他们才值得我们关注。"

大瓜说:"我也支持你的想法,但是去哪儿找这些老人呢?"

大志笑了:"我知道一个地方。"

投影仪上放着一张图片,一个夕阳下的老人,上面写着:纪录片《夕阳》。陈大志对着 PPT 宣讲着,大瓜和小乐站在一旁。他们对面坐着陈新城、肖长庆和孙前程。

大志把自己的想法讲完,几个老家伙互相看了一眼。陈新城使了个眼色,孙前程咳嗽了一声,不搭腔。陈新城又碰了碰肖长庆,摇了摇头,肖长庆明白了陈新城的意思。

肖长庆笑着说:"大志啊,你的想法我们听明白了,就是想给我们中心的老人拍戏。"

"肖叔,不是拍戏,是记录。"

"对对对,记录记录,我也不懂你们年轻人的东西。你的工作我们当然支持,但是叔叔还是有一些疑虑。是这样,我们中心的老人呢,年纪都比较大了,我是怕……是怕……前程你说吧。"

孙前程晃过神来:"怎么成我说了?大志啊,你肖叔的意思是,怕……我哪知道你怕什么?你自己说。"

大志说:"我知道肖叔叔想说什么,是怕我们影响老人们的正常生活吧?"

第十六章

肖长庆说:"你看看大志,多聪明的孩子,一点就通。"

"这个您尽管放心,我们是纪录片,要的是真实自然。我们会把机器架在固定的地方,在保证不打扰老人们正常生活和隐私的情况下拍摄。当然,我们选定好合适的拍摄对象后,肯定会和他们沟通,他们同意我们才会拍。"

肖长庆点点头:"那……我没问题了。"

陈新城瞪了肖长庆一眼,肖长庆赶紧喝了口水当没看见。

陈新城又看向孙前程。孙前程说:"大志啊,不打扰老人们的正常生活当然是好的,但是呢,孙叔也有些疑虑,你看啊,我们和你爸在这里才刚刚起步,工作很烦琐也很劳累,怕到时候没空照顾你们。"

"孙叔,我明白您的意思,如果你们同意我们进来拍摄,我们肯定不会打扰养老中心的正常工作。当然了,我们用了养老中心的场景和客户,按我们的规矩,我们一定会给养老中心付一笔场景费,还希望您不要拒绝。"

孙前程兴奋道:"什么打扰我们工作,你这话说得,这是正事儿,叔叔们都看着你长大,还能不支持你?这事我没问题了。那个,场景费大概多少……"

陈新城咳嗽了一声,孙前程也闭嘴了。

大志赶忙鞠躬:"谢谢叔叔们,爸……"

所有人都看着陈新城。

陈新城无辜地说:"都看我干什么?"

肖长庆说:"我们都表态了,你儿子的事难道你当爹的不表态吗?"

陈新城说:"现在谈的是公事,工作场合,什么儿子爹的?我要表态也是从养老中心负责人的角度表态。"

孙前程说:"好好好,陈总,您对鸿志影视公司来此洽谈的纪录片业务,如何表态啊?"

陈新城咂巴着嘴:"你说你,拍点什么不好,来拍群老头老太太,他们有什么好拍的?弄个机器摆在那叫纪录片了?我安个监控不就完了吗!你小子,刚有点小成绩就开始翘尾巴了。"

"得,好一个负责人表态!不还是训儿子吗?"肖长庆转过脸去。

陈大志笑了笑:"陈总,怎么拍这事,我想我们应该更专业一点。"

孙前程一口茶水喷出来,肖长庆哈哈大笑。

"笑什么笑?不管你们同意不同意,反正我不同意!一个大小伙子,事业刚有点起色，天天往这儿跑，传出去算怎么回事？"陈新城越说越激动。

孙前程憋着笑："既然陈总说了是公事，那就按照公事办，投票表决吧。"

陈新城问："怎么就投票表决了？"

孙前程说："四比二。"

陈新城没反应过来："哪就四比二了？"

孙前程说："你自己说的，你和长庆一人两票，我和我们家明舟一人一票，现在她虽然抱恙，但是我可以代投。"

"什么？"陈新城还是一脸蒙。

肖长庆说："现在四票比两票，这事就这么办了。大志，你们什么时候来拍，提前跟我们打个招呼。"

孙前程补充说："对了，你要想了解养老社区的情况，可以去找你夏阿姨，毕竟她这些年接受采访的经验比较多，也能帮上你。"

第十七章

　　夏明舟穿上了一身利落的职业装，对着镜子整理了一下自己，抬头挺胸地走出了屋子。大志、大瓜和小乐举着机器等在门外。夏明舟一出来，犀利的眼神看向几人，几人瞬间感觉有些腿软。

　　大志怯怯地笑着："夏阿姨，好久不见。"

　　夏明舟点点头："走吧。"她在前面走着，如同视察一般，大志和小乐大瓜紧紧地跟在后面。

　　夏明舟介绍道："这是生活区。"

　　老赵伸出头来跟夏明舟打招呼。夏明舟严厉道："老赵，看好你的鸡。我要再在路上看到鸡屎，明天就给它炖了！"老赵悻悻地赶紧缩回屋里去了。

　　大志和大瓜小乐互相使了个眼色，表情都很尴尬。

　　夏明舟说："大志啊，这个养老社区目前还是有很多问题的，既然是真实记录，阿姨也希望你不要刻意回避这些东西。"

　　大志连连点头："好的夏阿姨"。

　　几人来到食堂，大志他们看着夏明舟教训着食堂工作人员。"都几点了，还不赶紧收拾准备？今天这菜怎么看着不新鲜啊？是不是想以次充好啊？"工作人员连忙摇头，夏明舟嘟囔着，"真的是，都拍下来了没有？"

　　大志看了一眼大瓜，大瓜赶紧指着机器点头。

　　几人又来到大妈们跳广场舞的地方。看到夏明舟等人来了，众人互相使了个眼色，拔下音响赶紧走。夏明舟喊道："跑得倒是很快，下次别让我逮着你们。"又看看小乐一直举着的话筒，"影响收音了吗？"

　　小乐摇头说："没有，没有。"

　　孙前程被肖长庆、陈新城从另一边推了出来。孙前程有些害怕不愿意过去。肖长庆指责他："你不是说你们家明舟肯定没问题吗？"

"我说了吗？"孙前程装疯卖傻，"啊，这不没什么问题吗？"

"还没问题？你惹的事，你去解决。"陈新城一把把孙前程推了出去。

夏明舟看见了孙前程，孙前程赶紧换上笑脸："明舟，转这么久，累了吧？赶紧去歇歇吧。"

夏明舟说："这才到哪儿，你过来干什么？没事别打扰我们。"

孙前程又转头去劝大志："哎哟，大志，这天也不早了，参观了解不急于一时，有时候了解得太透彻也不好，艺术啊，还是朦胧一点好。你说对不对？"

大志看到孙前程朝自己递过来的眼神，立刻明白了："是是是，阿姨今天我们就到这儿吧。"

"这就累了？这才干了多久啊？"夏明舟问，"天暗了不能打光吗？你们应该有灯吧？"

"不是阿姨，我们也没想到今天会拍这么多素材，这机器都拍没电了。"大志解释着，大瓜、小乐赶紧点头附和。

夏明舟感叹道："年轻人就是年轻人，工作不够细。打仗怎么能不准备好子弹呢？就现在这个情况，你要是在明舟集团，我肯定扣你半个月奖金。"

孙前程又朝大志使眼色。大志赶紧点头："对对对，阿姨您教训得是，我们下次来肯定好好准备。"

夏明舟有些不满意："初犯，勉强能理解，那今天就到这儿吧。"说完就走了。孙前程赶紧追上去，留下大志、大瓜和小乐在原地苦笑。

晓晴坐在一家咖啡馆的靠窗位置，桌上摆着一杯奶茶。她耳朵里塞着耳机，望着窗外的人来人往发呆。大瓜、小乐、大志端着餐盘坐在晓晴背后不远处。大瓜感叹道："大志啊，可吓死我了，你这个夏阿姨就是明舟集团前董事长啊，名不虚传，她看我一眼，我感觉魂儿都吓飞了。"

大志抓着一块三明治狼吞虎咽，没搭理大瓜。

小乐喝着饮料说："要让我摊上这么个妈，那可真要了命了……"

大瓜又问："大志，她孩子应该跟咱们差不多大吧，怎么没听你说起过呢？"

大志说："别废话了，吃你的东西吧。"

大瓜八卦起来："怎么不让提啊？不对劲啊你。"

第十七章

大志塞给大瓜一个面包:"我看你是闲的。"

突然咖啡馆角落的一桌传来了喧闹声,餐厅里的人都抬头看向那个方向,大志三人也转头看去,晓晴也拿下耳机看向那边。

一个男人正在大声训斥对面一个脸上带着伤的女人:"那衬衫说了别洗别洗,今天面试要穿,你是听不懂吗?你知道我刚才面试就毁在衣服上了吗?"

女人怯怯地说:"新衣服过一遍水穿着舒服一些,而且,早晨就干了啊。"

"干了为什么不熨好?明明知道我一早就要出门,你是不是成心的?是不是想让我跟你一样天天赖在家里?"女人低着头。

晓晴看到这一幕,渐渐变得紧张,呼吸开始急促,端着奶茶的杯子不自觉地颤抖,她的脑海中又浮现出了顾明跟她相处的片段,顾明跟眼前的男人渐渐重合起来。

她身后的大志的手渐渐握紧,显然已经听不下去。大瓜和小乐用眼神示意大志不要惹事。

男人继续数落:"我跟你讲话呢,哑巴了?"

女人求饶一般:"先吃饭吧,你面试完肯定饿了。"颤抖地递过来一个汉堡。

"吃什么?被你气都气饱了!"说着一把打掉女人手里的汉堡。女人一声惊叫。

"回家!"男人吼道,"别在这儿给我装可怜,回家看我怎么收拾你!"

女人不动。男人暴怒,指着女人:"给你脸了是不是?信不信我抽你!"

女人一句话不说,低着头抽泣。暴怒的男人举起了右手。

晓晴看着男人举起手,下意识地闭上了眼。突然,哐当一声巨响,然后便是男人的惨叫声。晓晴猛地睁开眼,看向那桌,只见大志一手握住男人的右手,另一只手按住男人的脖子,把男人的脑袋死死地按在桌子上。

晓晴看着大志,一下子站了起来。

"你要干什么?"男人怒吼。

大志把男人松开,推到一边,把女人护在身后,盯着男人。男人一边揉着肩膀一边看着大志。

"男人打女人,算什么本事啊?你有本事过来打我。"大志挑衅道。

男人问:"你谁啊?这是我的家事,关你屁事啊?"

大志说:"我不管是不是你的家事,打女人就是不行!我看见了就得管。"

男人恶狠狠道:"行!跟我这牛是吧,来,咱出去练练,一会儿别喊疼!"

大瓜和小乐对视一眼,站了起来,走到大志身边,恶狠狠地盯着对面的男人。三人就这么看着他,一步步把男人逼到咖啡店外面。男人指着看着三个人:"行,小子,你们有种!等着!"说完就慌忙离开了。

大志回头看着低着头哭泣的女人,叹了口气:"姑娘,家暴只有零次和无数次,"大志上前劝道,"你脸上的伤是他打的吧?去报警吧,用法律武器来保护自己,知道吗?如果需要,我们陪你去,我们都是证人。"

女人点了点头,又摇了摇头:"不用了。"

大志想了想:"这样吧,你父母家在哪儿,我们叫车送你回去,千万不要再一个人面对他。记住,回家一定要把这件事情告诉你的父母,这个世界上没有父母会接受自己的女儿受到这样的伤害,他们一定会保护你。"

女人点了点头,站了起来出去了。

大志松了口气,坐下来,伸手叫服务员:"服务员,来杯可乐。"

一瓶可乐突然放在他面前。大志一愣,抬头一看,孙晓晴正笑着看着他。

大志惊讶道:"晓晴!"

晓晴和大志肩并肩走在路上,两人好久没见了,彼此都有些拘谨。晓晴笑着比画着刚刚大志擒拿的动作:"记得小时候你总挨打,没想到现在身手这么好。"

大志笑了:"可能是总结了太多斗争经验吧。"

"你刚才挺勇敢的。"晓晴说。

"我一个大男人,不能看着一个女孩被欺负是不是?"大志有些害羞地挠了挠头,"咱们这是几年没见了?"

晓晴说:"不记得了,好像是大学后吧。大学的时候还能经常收到你从全国各地寄过来的明信片,但是好像突然就没联系了。"

大志说:"主要是怪我,我上大学的时候天南海北到处转,家都没回过几次,经常失联。后来我想找你来着,但听说你准备结婚了,我就……"

晓晴神色一变。

"不好意思啊,"大志连忙道歉,"你的事,我听说了,你……还好吧?"

晓晴看着大志,沉默了片刻后,笑着说:"没事,都过去了。"

"过去就好,过去就好……"大志咕哝着。

两人沉默地走着。晓晴看看天色,说:"不早了,我先回去了。"

大志问:"你住哪啊,我送你回去。"

晓晴摇头:"不用,我住的地方离这里远着呢。"

大志说:"多远也得送,要让孙叔和夏阿姨知道我让你大晚上自己回去,肯定饶不了我。"

晓晴笑了:"那你知道新颐养老中心吗?"

大志的车停在养老中心门口,两人坐在车里,谁也没动身下车。晓晴看着车窗外,说:"还真没想到你要在这儿拍纪录片。"

大志说:"我也没想到你竟然住在这儿。"

晓晴问:"那以后你是不是会经常来啊?"

大志点点头:"当然,最近一段时间,我天天来。"

晓晴说:"那你以后要来了,跟我说一声,我熟悉这儿的人,指不定能帮上你的忙呢。"

大志高兴道:"好!那可太好了!"

两人对视着,一时间又有些尴尬。晓晴想起什么似的,连忙下车:"大志哥,谢谢你送我回来,我就先回去了。"大志点了点头。

晓晴下车后对着大志的窗户挥手说了句"再见",然后转身进门。大志顿了顿,说:"我陪你走进去吧?"晓晴已经走远了,没听见。大志看着晓晴离开的背影,有些失神。

晓晴走在路上想着白天和大志的相遇,有些心不在焉,笑容不自觉地在脸上浮现,突然黑暗里一个人影慢慢走过来:"晓晴!"

晓晴吓了一跳:"妈……这么晚了,你不休息,怎么在这儿?"

"回来这么晚,干什么去了?"夏明舟问。

"哦,我刚刚在外面碰到了大志,好久没见,没注意时间就回来晚了。好多年没见,真巧,他还说以后会来这里拍片子呢。"

夏明舟自说自话:"电池都不带,拍什么片子!"

晓晴没听懂，问："妈，你在说什么啊？"

夏明舟语气突然严厉："晓晴，妈跟你说，你想留在这里，妈劝不动。但是你毕竟是大人了，不能每天想着玩，还玩到这么晚，外面多不安全。"

晓晴低下头说："妈，我知道了。"

夏明舟叹了口气："行了，赶紧去休息吧。"

"等等！"晓晴刚要走，夏明舟又喊住她，以后你出去玩，记得把手机充满电……"夏明舟说完就走进了黑暗里。

晓晴赶紧从包里掏出手机，才发现手机早已经没电关机了。望着夏明舟远去的背影，她才明白妈妈是担心自己才在这里等着，心里忽然一暖。

回房间洗漱一番，晓晴躺在床上准备睡觉。手机已经充了点电，她打开一看，上面出现很多消息，有孙前程发来的很多微信，还有三条夏明舟的未接来电。翻到最后，是大志发来的一条消息：早休息，明天见。

她看着床头柜上放着的镇静药，把手机握在手里，自言自语："明天见。"

第二天早晨，大瓜和小乐在院子里摆弄着机器。大志在旁边研究镜头脚本。小乐鼻子一抽一抽地寻着气味到处闻，一直闻到了大志头上。

"你头发怎么这么支棱啊，打发胶了吧？"

大瓜也凑上前去："什么味？你还喷香水了？陈大志，你疯了！"

小乐伸手就要去揉大志的头发，大志慌忙躲闪："别摸别摸，我弄了半天。"

小乐质问他："你是出来老老实实工作的吗你？"

嬉闹间，晓晴迎面走过来："大志哥！"

小乐和大瓜看到晓晴，一下子傻了。

大志一把推开小乐和大瓜，立马笑了："晓晴，不打扰你工作吧？"

"不打扰，不打扰，我爸跟我说了，协助你们就是我的工作。"

大瓜看着小乐，坏笑道："我一下子就明白了，你明白了吗？"

小乐说："明白了呀，这还有啥不明白的。"

大瓜和小乐架着机器在旁边拍，陈大志一脸兴奋地跑来跑去，交流着，几人脸上挂着笑，眼里冒着光。不远处的晓晴看着大志他们工作的样子，眼里都是羡慕。

大志走过来，拍了拍晓晴："发什么呆呢？"

晓晴轻轻叹了一声。

大志发觉她情绪不对，低下身来问："晓晴，怎么了？"

晓晴笑着说："你们看起来真有意思，打打闹闹的，看不出你们是同事。"

大志说："是同事，也是哥们，认识十几年了。"

"真羡慕你们，一群朋友在一起做喜欢的事。哈哈，等你们老了，肯定跟我爸肖叔陈叔他们一样。"

大志笑了，问："今天你有空吗？"

"有空啊，怎么了？"

"我看你也不太忙的样子，要不，我带你出去玩吧。"

"出去玩？"

"对啊，"大志说，"小时候咱俩不经常跑出去玩吗？怎么长大了，害羞了？"

"才没有，我是担心……"

大志说："放心，今天肯定不会像昨天那么晚。我一会儿跟孙叔打个招呼。"

晓晴还是有些犹豫："不会耽误你工作吗？"

"没事，工作都安排好了，我再指指点点，就是给他们添乱了。"

晓晴看着大瓜和小乐在忙活，大志冲大瓜、小乐打了个手势，那两人也给他回了个OK。

大志说："你看，没问题啦，走吧。"

晓晴点点头："好！"

两人去游乐场坐了过山车、海盗船，然后去射箭、鬼屋探险，玩了一圈下来，又租了自行车去沿海公路骑行，骑累了，买了两杯可乐，边喝边散步。

大志喝着可乐，给晓晴讲他去青藏高原拍牦牛的趣事，晓晴听得津津有味。晓晴笑着说："一晃这么多年了，你还是喜欢喝可乐。"

大志笑笑："我还有好多没变的习惯呢。"

晓晴说："我还记得上中学的时候，你总是惹事，陈叔要打你，你就往我家跑，因为你知道只有我家大人很少在家，不会给你告密。有一次你跑过来，碰到我妈在家，吓得腿都软了，你那模样我现在都还记得呢。"

大志说："你也别说我，我记得有一次你没考好，哭着在学校门口乱转不敢回家，不还是我帮你把试卷给改了吗？"

晓晴一听这话，埋怨他："你还说呢，你光改了分数没改题，我妈一眼就看出来了，那天让我罚写到凌晨三点多。"

大志挠了挠头："我哪知道你妈真有时间看啊。"

晓晴笑着："谁知道小时候你那么不着调，现在都成了大导演了，今天看你工作时候的样子，真羡慕你能坚持做自己一直喜欢做的事情啊，我就做不到像你这样。"

"为什么做不到？"

"没有你的才能啊，也没有你的勇气。而且我可能自己都不知道自己到底想做什么。"晓晴把可乐一饮而尽。

"别这么说，"大志安慰她，"你怎么还跟小时候一样，这么没自信啊。"

晓晴说："不是没自信。你看，你呢，就像这可乐一样，大家都喜欢喝，稍微晃一晃，就感觉很有力量，随时都能冲出来，谁也拦不住。"

晓晴又拿起自己喝完的可乐瓶，说："我就像这喝完的瓶子，到处可见，普普通通，放在一边也不会有人注意，只能扔掉。"

大志不说话了。晓晴看看他："对不起啊，我不是故意影响你心情的。"

大志摇头："这话你可说错了。"他笑着，伸手拿过可乐瓶，然后从包里拿出一把多功能瑞士军刀，把可乐瓶割开。

晓晴问："你这是干吗？"

大志手里忙活着，不一会儿，一个喝完的可乐瓶就在大志的手里变成了一个漂亮的塑料花篮。大志把花篮放到晓晴面前："你看，谁说喝完的瓶子就没有用了？"

晓晴看着眼前的塑料花篮，愣住了。

大志说："就算你真的是个普通的可乐瓶，只要你不把自己当成垃圾，按照自己的想法去努力，最后你是什么，是你自己说了算的，不是吗？"

晓晴看着大志认真的样子，片刻的沉默后，笑着点了点头。

这天晚上，孙晓晴躺在床上。床头柜上本来放着药瓶的地方，已经放上了一个塑料花篮，花篮里装着水，水里插着美丽的满天星。

第十七章

　　第二天，大志们正在拍摄老人们就餐的场景。晓晴走进食堂，大志看见晓晴打了个招呼，晓晴也笑着冲他招手。一个老人端了饭过来坐下，对同桌的老人说："今天这饭真不错啊。"

　　晓晴端着饭坐到夏明舟对面去，喊了声"妈"。夏明舟脸色不太好，抬头看了一眼，没有继续吃。晓晴也不多说，只是低头陪着夏明舟吃饭，顺手把碗里的一片肉轻轻地夹给夏明舟。夏明舟看着那片肉，突然停下了动作："你给我夹肉干吗，连你也觉得妈妈没用了，需要你来照顾了是吗？"

　　"不是，妈，我没这个意思。"晓晴解释。

　　突然，隔壁桌的老人捂着脖子，努力地喘气，脸通红，然后慢慢倒在地上。这一变故让周围人都吓了一跳，老人们都围了过来。

　　大志看着老人痛苦的样子，连忙冲过去："是吃东西被卡着了！大瓜、小乐你们赶紧去叫人！"夏明舟也傻了，赶紧站起来，拿出电话拨打120。

　　晓晴看着老人们还在围着，此时也顾不上什么，突然冲了进去："都让让！"

　　她从后面抱住老人，用海姆立克急救法，按压老人的腹部，一下又一下。

　　夏明舟还在打电话："对，请你们赶紧来！"然后挂掉电话，扒开人群看到晓晴满头是汗，问，"晓晴！你这是……"

　　突然，老人猛地咳了一声，一个大枣核被吐了出去，老人开始喘粗气，脸上的青紫色也褪去。晓晴看到异物被吐出，一屁股坐在地上，满头是汗，大口大口地喘着气，脸上露出微笑。

　　大瓜和小乐带着孙前程和护工冲了过来。大家看到老人没事，都松了口气。

　　孙前程跑过来询问："没事了？好了？"

　　旁边一个老人说："没事了，多亏了你们家晓晴啊！"

　　老人揉着喉咙，虚弱地说："对，幸亏晓晴，不然我这条老命可就没了……"

　　孙前程没看到过程，便问："晓晴，晓晴怎么了？"

　　晓晴赶紧上前扶住老人，笑着说："还好我跟着几个护工姐姐一块培训了几天，我刚刚也是没办法，只能试试了。"

孙前程高兴地拍了拍晓晴的肩膀，骄傲和欣慰写在脸上："好啊！真好！"

人群慢慢散去，晓晴和护工还在帮忙检查老人的身体，大志冲晓晴竖了个大拇指，晓晴笑了笑。

孙前程对夏明舟说："刚刚吓着了吧？明舟，我没说错吧，你看晓晴现在多棒啊！"夏明舟看着晓晴，疲惫但眼睛里却散发着光彩，神色复杂。她没理孙前程，转身离开了。

夏明舟回到房间，坐在床边，从桌子上拿起一张合照，上面是晓晴小的时候他们一家三口的合影。夏明舟摸着合影思考着什么。门外响起了敲门声。

夏明舟放下照片，起身开门，发现门外怼着一张孙前程的笑脸，立刻就把门关上了。

"明舟啊，明舟，我怕你没吃饱，给你带了份饭来。"

"我不饿，没事你就走吧。"

"一会儿我们社区所有人都要去开季度总结会，你一个人在这儿要有事也不方便啊，你也是社区的一分子啊。"

"你们这破地方有什么好总结的？不去不去！"

"晓晴也去，这会还是我主持呢，去听听吧。"

"那我更不想去了。赶紧走！"

"好吧，你不想去就不去吧，那我把饭给你放门口了。"孙前程失望地走了。

养老中心的院子里，所有老人都带着小马扎，有说有笑地坐在一起，手里都拿着一张纸，肖长庆、陈新城、晓晴等人坐在最前面。前面有个投票箱，后面放着一个小黑板，小岳拿着一根粉笔站在黑板前。大志、大瓜和小乐也架好了机器。

孙前程拿着一个话筒，拍了拍，还呼了呼麦："新颐养老社区的各位居民，大家好啊！今天是咱们新颐养老社区的季度总结大会！我们要表彰为社区做出突出贡献的员工们，也要表扬给社区居民起模范作用的居民们，本次我们采取不记名投票……"

夏明舟在远处漫无目的地溜达着，看到了不远处聚集的人群，也听到了

248

第十七章

孙前程的讲话声。她皱着眉头，轻轻地走到人群后面的一棵树边上，看着他们。

黑板上，小岳已经画上了很多的"正"。

孙前程兴奋地宣布："好，根据大家的投票，最佳护工奖已经出现了，就是我们的小刘同志！"

叫小刘的女护工高兴地跑上台，还给了孙前程一个大大的拥抱。孙前程也热烈地回应着，抱得那叫一个开心。坐在台下的肖长庆说："好家伙，怪不得孙前程非要主持呢。"

夏明舟自己轻声嘟囔："这老东西！还抱上了。"说着，手上一用力，把一根细树枝给掰断了，转身就往回走。

孙前程那边继续宣布说："下面我们要选的是'最佳员工奖'。"然后把手伸到投票箱里，拿出一摞纸，开始唱票，"肖长庆！"

听到自己的名字，肖长庆笑着站起来跟大家示意。

陈新城哼了一声："嘚瑟什么啊，这才一票。"

肖长庆说："一票也得表示感谢啊。"

孙前程掏出第二张纸条，纸条上写的是"陈新城"，但孙前程面不改色，拱了拱手，满脸笑容："孙前程一票！"

肖长庆也说："得瑟什么啊，才一票。"

陈新城不乐意道："我还没有呢。"

肖长庆安慰他："马上就到你了。"

孙前程抽出一张纸，看到纸上的名字，突然脸上的表情凝固了。陈新城在底下催促："念啊！停什么？赶紧念啊。"

孙前程看着孙晓晴，眼圈慢慢红了。晓晴看着他，有点不知所措。孙前程一字一句，声音响亮地说："孙晓晴！"

刚走出没几步的夏明舟听到这个名字，慢慢回过了头。

孙前程又拿出一张选票："孙晓晴！"晓晴不敢相信地看着黑板上，自己的名字底下又画上了一道。

"孙晓晴。"

"孙晓晴。"

每一声，孙前程都看着孙晓晴，喊得用力，喊得激动。肖长庆和陈新城看着父女两个，脸上挂满了笑。黑板上，孙晓晴的名字底下，画满了

"正"。

最后一张念完了，孙前程声音哽咽道："我宣布，获得最佳员工的是，孙晓晴。"

听到这句话，在场的所有人都站起来，给晓晴鼓掌，叫好。

孙晓晴回头看着一个个老人对着她慈祥地笑。大志站在摄像机器旁边，眼睛里都是温柔。大志冲晓晴点了点头，晓晴的眼泪掉了下来。

孙前程走过来一把抱住孙晓晴："晓晴，你做得好！爸爸为你骄傲！"

晓晴趴在孙前程怀里，哽咽着喊了声："爸……"

远处的夏明舟看着人群之中的孙晓晴，眼睛红了。

人群散去，大志、大瓜、小乐准备收拾机器。陈新城走到投票箱旁边，一张一张翻看。大志见状，又把机器对准陈新城。陈新城翻着，终于翻出自己的一票。

陈新城嚷嚷起来："这不有我一票吗？有我一票！"抬头看见大志的机器，"大志，拍下来证据了吗？这个孙前程，我要罢免他的唱票资格！"

大志等人笑作一团。

由于人口日渐增多，广场舞的队伍也日益庞大，大爷大妈们跳广场舞的地方亟须修整。孙前程带着俩工人，指挥着他们翻新路面，几个大妈在一旁看着。

徐大妈说："前程，以前没见你这么勤快呀。"

牛大妈夸奖道："看看人家前程这个细心。"

孙前程乐呵呵地笑着："这还不是为了你们跳舞方便吗？老胳膊老腿的，地面不平，万一哪个摔倒了，我能负得起那个责任吗？"

大妈们笑起来。徐大妈说："老婆和闺女来了，你是越来越负责了。"

牛大妈说："对啊前程，你把你老婆藏家里干什么？叫她出来和我们一起跳呗。"

孙前程说："我老婆呀，可不像你们，我老婆是干大事的人。"大妈们笑得更欢了，七嘴八舌地和他开着玩笑。

两个工人干完了活，孙前程要带着他们走，被大妈们扯住了。

"前程，和我们一块跳呗。"

孙前程说："我可没那闲工夫。"

"前程，你不会跳吧？我看你笨手笨脚的。"

孙前程被激起来了："不会跳？我年轻的时候跳过四小天鹅呢。音乐！"

大妈们给他放了首《小苹果》，孙前程即刻随着音乐跳起来，大妈们闹着、笑着，也和他一起跳起来。

墙角后露出夏明舟多疑的眼睛，有大妈发现了，彼此丢着眼色，故意靠近孙前程，孙前程不知道，仍然起劲地跳。夏明舟突然从墙角后面冲出来，一下子把音乐关掉。大家停了下来。

"哎，干什么？为什么把音乐关了？"大家问。

孙前程急忙过去，一边给大家赔笑，一边拉了夏明舟走："明舟，你又怎么啦？"

来养老中心这边报送提案的投资商络绎不绝。这天，陈新城和肖长庆又送走了一个，两人一边议论一边往回走。

陈新城说："拿咱们当外行呢这是。"

肖长庆埋怨："这些人都怎么啦？他们家里没老人吗？还是觉得自己不会老？"

陈新城突然停住脚："你看，你看呀。"

夏明舟在离他们不远的地方走着，漫无目的，旁若无人。孙前程跟在她身边苦口婆心地劝着。

陈新城喊："前程，前程。"孙前程听到声音，对夏明舟叮嘱了几句什么，朝着他们走过来了："有事？"

陈新城指了指夏明舟："你还问，她这是怎么啦？我怎么看着不对啊。"

肖长庆说："她精神是不是出问题了？前程，得早治啊。"

孙前程摇摇头："没事，她这是更年期。"

陈新城说："这岁数了也叫更年期？"

孙前程肯定道："对，就是更年期。她年轻的时候太辛苦，没来得及更，现在有时间了。这几天社区的工作我忙不上，得去照顾她。"说着就回去了。

"明舟……"孙前程回到夏明舟身边，刚喊了一句，夏明舟便严厉地冲他吼："你起开！"

孙前程温柔地说："我不靠近你，我就在这儿陪着你。"

夏明舟瞪着他："我不要你陪。"

孙前程听话地点点头:"好,好,我不靠着你。这样行了吗?"

"不行!你离我远点。"

孙前程又离开她一尺:"这样总可以了吧?明舟啊,小心看眼前,有个坑。"

晓晴站在离他们不远的地方,难过地看着自己的母亲。

夏明舟越来越喜欢在院子里转。无论什么时候,孙前程都忠诚地陪着她。开始前后拉得有三尺远,慢慢越来越近。

与此同时,孙前程用温柔的口吻和她细细地说着话:"明舟啊,说起来,明舟集团没有你,就没有今天,养大一个孩子还有感情呢,更何况是自己亲手带出来的企业?可所谓的人生,就算养了个最好的孩子,一辈子也不是只为孩子活的吧?一样的道理,企业再好也是大家的,不能让企业把你的人生填满了。你一辈子过得那么辛苦,现在有钱了,也闲了,不正好吗?"

"你想得永远这么简单。"夏明舟不屑道。

"是啊,我就是简单啊,你总嫌我跳来跳去,一辈子没干成正事,你知道为什么吗?我这个人啊,就是耐不住总在一个地方待着。世界那么大,人生这么短,我要是一辈子总在一个地方待着多闷啊。等我老了,走不动了,回忆起这一生,除了工作就是工作,多亏呀。"

夏明舟不说话。

"明舟,你现在功成名就,明舟集团又把时间还给你了,多好啊。等你哪天高兴了,咱们一起去周游世界啊。等将来咱俩都老了,走不动了,坐在炉子旁边,我回忆起自己的一生,只是到处在跑,看倒是看了,干成的事不多,而你呢,你又干成了大事,又看了许多地方,你的人生多好啊,多令人羡慕啊。"

随着他的念叨,夏明舟的神情慢慢平和下来。

"明舟,对不起,因为我不成器,以前让你孤独、寂寞,以后不会了。"

夏明舟没说话,但到底是抬头看了他一眼。

隔了几天,夏明舟又在院子里瞎溜达,孙前程陪着她说话,夏明舟突然摆摆手,示意他别说话。不远的地方,牛大妈缠着肖长庆:"你那时候说咱们这儿是商业用地,用电也是商业用电,现在可是养老用地了吧,为什么电费还这么贵啊?"

肖长庆耐心地解释："牛大妈，这事咱们向上面反映过，上面答复说，虽然咱们这儿批成了养老用地，可到现在为止还没开发不是？开发过程中还是属于商业用电，等开发好了才能……"

夏明舟过去了，质问道："肖长庆，哪有这样的道理？"

肖长庆一愣："明舟，我问上面，上面就是这么答复的。"

夏明舟说："你当这个管委会主任就是这么搪塞群众的？明明是养老用地，为什么让他们按商业用地收电费？这事你们必须管。"

肖长庆说："我们不是不管，是管不了。"

夏明舟来劲了："你要真管不了，就干脆让贤。事关群众利益，不能用一句管不了糊弄过去。"

几个大妈你一句我一句，一起控诉肖长庆。徐大妈说："明舟，他们糊弄群众的事多了。我家的马桶经常漏水，一看就是残次品。依着我，这就该换，可每次找他们，他们只派人修，就是不给换。"

牛大妈说："就是！我家的门才住了多久啊？七漏烟八漏气，门缝有一指宽，当初也不知道是谁选的这门，肯定没少贪污。"

肖长庆苦着脸："哎哟我的大妈哎，你们这是照死里打呀？咱们这地方，就是想贪污，也得有东西可贪呀。那门的质量我也知道不好，当初不是没钱吗？这事，你让前程说说。"

夏明舟转身盯住孙前程："怎么，这是你干的？"

孙前程张开手安抚大家："各位，各位，咱们就事论事，别上纲上线好不好？当初咱们没钱，再说这儿只是临时过渡房，以后不是要重新开发吗？大家有意见尽管提，能改的我们一定改。"

夏明舟袖子一甩："和他们说没用，找陈新城去。"一呼百应，好几位大妈跟着她走了。

肖长庆抹把冷汗，和孙前程站到一起看着她背影："前程，你这不是祸水东引吗？够陈新城喝一壶的。"

孙前程欣慰地看着夏明舟干劲十足的样子说："她活过来了。她在死里走了一遭，终于活过来了。"

陈新城满头大汗地被围在中间，一群大爷大妈叽叽喳喳地理论着。

"大家听我说几句，听我说几句，"陈新城安抚道，"大家反映的问题都是存在的，管委会保证马上想办法解决。可有一条，修理可以，换，目前咱们没那条件。请大家相信，随着咱们的社区发展壮大，一切都会越变越好的。"

夏明舟站出来："大家听我说几句，要倡导把权力关进笼子里。权力需要监督，没有监督的权力必然导致腐败。所以，我建议成立社区监督小组。"

大家振臂高呼："同意！同意！"

夏明舟当即举手表示："我要竞选监督小组组长！"

陈新城赶快拉一把肖长庆："赶快，你也竞选，别叫她选上。"

肖长庆颤颤巍巍地举起手："我也竞选。"

"我选夏明舟。"

"我也选夏明舟！"

民心所向，众望所归，顷刻间夏明舟成了夏组长。

"夏组长！"从办公室出来，大爷大妈们纷纷与她打招呼。

"那报栏里的报有一个星期没换了！"夏明舟对肖长庆说，"别告诉我现在都用手机看报，老人有多少用手机看报的？你们订了报纸只给陈新城看，什么意思吗？这不是典型的只顾领导喜好，不顾群众死活吗？你马上给我派个人来，我来管这件事。"肖长庆答应着走了，夏明舟瞪了他一眼，回了自己公寓。

她倒了一杯凉水咕咚灌下，抹一把嘴欲再出门，突然看到桌上的镜子，拿起来照着自己，咕哝了一句："夏组长。"她把镜子放回原处，突然又看到旁边摆的一张照片，照片上是她上台领奖，奖牌上写着"十大优秀企业家"。夏明舟呆呆地看着，一滴泪落在相框上，赶快抹了去，又一滴滴在上面，夏明舟又哭又笑，和照片上的自己对视着。

孙前程进来了，看到这情景没打扰她，无声地退了出去。靠在走廊上，神情很是欣慰。

"爸。"晓晴从远处过来了。

孙前程小声问："你来干什么？"

晓晴说："肖叔让我来的，说我妈叫我干什么事。"

"那你进去吧，你妈在屋里呢。"

"爸，她会叫我干什么？"

第十七章

孙前程说:"别管干什么,你和她商量。去吧,别担心,她是你妈妈呀。"

夏明舟放下照片,平静地坐在窗前。晓晴敲门进来了:"妈,肖叔说您叫我。"

夏明舟点点头:"报栏是你管的?"

"啊。"晓晴答应着。

"该换新报纸了。"夏明舟说。

晓晴点头:"好,我这就去换。"

夏明舟起身:"走吧,我和你一块去。"

母女俩来到报栏跟前,更换着报纸,配合默契,但都保持着沉默。

晓晴拍拍手:"换好了,还有别的事吗?"

夏明舟顿了一下,说:"以后,就打算在这儿干了?"

"嗯,"晓晴点头,"我喜欢这儿。"

夏明舟说:"你既然喜欢,那就好好干吧。"

晓晴笑笑,喊了声"妈",酝酿了一些煽情的话要跟她说,夏明舟却突然改了话题:"晓晴,虽然大家对你评价不错,但是工作这件事,只有更好,没有最好。你要是跟你爸一样,做什么都马虎糊弄,我这可过不了关!"

晓晴笑了笑,说:"知道了妈!"

次日,办公室里,一张养老社区的规划图挂在小黑板上,孙前程和肖长庆正争着向夏明舟介绍着养老社区的规划。

"这儿,这儿是住宅区,"孙前程说,"三座十二层的小高层,全都是南北通透的电梯洋房。一二层是活动区,三层以上全是居民。"

"这儿是附设的医院,"肖长庆指着图上的一块地方说,"是专门针对老年人的二甲医院。咱们周围还有两座三甲医院。将来咱们的特色,就是医养结合。"

夏明舟问:"这个规划里,怎么没有游泳池呢?"

"这就不错了,"肖长庆说,"别要求这么高。老胳膊老腿的,游啥泳啊?"

夏明舟一听不愿意了:"肖长庆,你这是什么意思?老了要求就不能高了?老了生活质量就该下降了?辛劳了一辈子,为社会创造财富一辈子,老了就不该享受了?孙前程,这规划是哪家公司的?告诉他们重做,不然我们通不过。"

"我说两句啊，"陈新城插话道，"夏明舟，你要求也太高了吧？"

"你什么意思，你以为我是为我自己吗？"夏明舟瞪他一眼。

陈新城说："不是这个意思。原来咱们以为，有国家对养老用地的优惠，开发商得扑头上脸，没想到人家算算账，如果只做养老设施，很难赚到钱，更别说咱们这样的养老社区，更不能高收费。"

"为什么不能？"夏明舟说，"我们可以差异化经营啊，开发的时候设计出不同的生活区，收入不同的老人可以选择不同的生活区。再说了，我注意到在咱们这儿的老人大部分没有车，而现在这个规划图里每一栋楼下都是车库，我们完全可以拿出半个车库的地方来造游泳池。"

陈新城看着："就怕开发商不干啊。"

夏明舟说："那咱俩一块去和他们谈。"

孙前程吃惊："你俩？"

陈新城也吃惊："啊？咱俩？"

夏明舟瞪了另外两人一眼："他俩这辈子干过什么呀？跟开发商谈判这么大的事情，当然要咱俩这种有经验的来。"

孙前程问："什么意思啊？"

陈新城点头："我觉得夏总说得有道理，就这么办。"

小岳的车停在那儿，陈新城和夏明舟并肩过来。陈新城西装革履，夏明舟也穿着从前的职业套装，两人都很精干的样子。"别说，这俩人走到一块还挺登对。"路过的老人们议论着。

肖长庆和孙前程在后面，和前面这俩比起来，就显得不是很讲究了。

陈新城说："长庆，如果谈得顺利，也许我们中午就回来了，如果不顺利，我和夏总在外面随便吃点，下午接着谈，家里的事就拜托你俩了。"

肖长庆给他们加油打气："放心吧，好好谈，争取谈下来。"

夏明舟吩咐道："孙前程，群众反映楼里的厕所反味，你带两个工人去查一下。当初装修这活是怎么干的？"

孙前程看着他们没说话，脸上不情不愿的。

"听见了吗？"夏明舟厉声质问。

肖长庆赶快替他答应："听见了，回头我就带人去看看。"

第十七章

两人走到车旁，陈新城很绅士地先帮夏明舟打开车门，还用手扶住车门上方以防碰头，等夏明舟上去，自己才绕到另一边上车，车开了。

肖长庆感慨道："这可真是人靠衣裳马靠鞍。你看，这俩人打扮起来，还真有当年叱咤商海的感觉。"

孙前程拧着脸，不满道："叱咤什么叱咤，明明副座空着，他也跑到后座去。"

肖长庆问："什么意思？"

孙前程没说话，闷闷地走了。

晚饭后，陈新城和夏明舟正在办公室里热烈地争论着什么。规划图挂在墙上，两人指指点点，圈圈画画，一会儿和颜悦色，一会儿又激烈争吵，一会儿又恢复了平静，一个说，另一个频频点头，看起来非常默契。

门开了，孙前程进来，他也换上了西装，只不过西装又肥又大，穿在身上像口袋："明舟，天不早了，该回家了。"

夏明舟说："我们忙正事呢。"

孙前程说："你不是睡眠不好吗？晚上别工作了。"

夏明舟瞥他一眼："我的事不用你管，家是我自个的，我和陈总还有些事情没谈完，你走吧。"孙前程没办法，只好准备走，夏明舟正准备再说话，突然一愣，注意到孙前程身上的西装，"这西装哪来的？偷来的？"

"你这什么意思啊？"孙前程眼睛一瞪，"我买的。"

夏明舟说："赶紧脱了，别整天花里胡哨的。"

陈新城自负地整了整西装，说："前程啊，把这套西装脱了吧，穿上龙袍你也不像太子啊。"

"你什么意思啊？"孙前程摆好了较劲的架势。

"行了行了，赶快走吧。"夏明舟往外推他，孙前程只好悻悻地走了。

第十八章

夏明舟趴在办公桌上写东西，陈新城敲门，然后露出半个脑袋："还忙着呢？"

夏明舟兴致勃勃地抬起头："差不多了，我改了几处，你进来我说给你听。"

陈新城说："我进不来啊。"

夏明舟这才想起来，赶快绕出去推桌子，把陈新城放进来，回身拿起小本子："我和你说啊……"

陈新城环顾这狭小的空间："夏总，把你塞在这么小的地方，委屈你了。"

"你也别叫我夏总了，叫明舟吧，没关系。我身居陋室，胸怀天下。"

"这样吧，"陈新城慷慨道，"我那间办公室够大，坐俩人没问题，你搬到我办公室去吧，以后商量事情也方便。我看了，管理这个社区，以后主要还得靠咱俩。那俩，一辈子被人管，哪里管过人啊？经验和水平都不行。"

此刻孙前程坐在那里生闷气，肖长庆还一无所知地看着报纸说笑话。

"你看，"肖长庆说，"这男人一死，五个女人抱着孩子上法庭争遗产。你说说这男人不是没事找事吗？"

孙前程烦躁地推开他："你一大老爷们成天在这里看八卦烦不烦呢？"

肖长庆摸不着头脑："哎，前程，你这两天咋回事，怎么和吃了枪药似的？"

"我还吃枪药，我都想杀人啦。"

肖长庆吓了一跳："啊，谁惹你啦？"

孙前程还没说话，突然看到陈新城和夏明舟抬着一张桌子从门口经过，孙前程赶快起身出去。

他们俩抬着一张写字台，陈新城抬的是带柜子的那边，夏明舟抬的那头比较轻。陈新城累得直喘，一下子放到地上："不行，老了，歇歇再走。"

夏明舟说："你抬的那头太沉了，要不然咱们换换。"说着就过来要和他换。

陈新城赶快挡住她："哪能呢？我一个大男人，还能让一个女人干重活？不行不行，还是我抬这头。"

两个人一个要争，一个不给，纠缠到一起。孙前程出来了，看着面前的一幕又妒又气。肖长庆也跟着出来，倒没看出什么来，说："哟，这是干什么啊？"

陈新城说："当初咱们三个小心眼，把明舟塞在那个小地方。我叫她搬我办公室去，反正我那里够大，以后商量工作也方便。"

"什么？"孙前程不敢相信地瞪着大眼。

陈新城又重复了一遍："我说以后我和明舟一间办公室，你和长庆一间办公室，这不正好吗？"

肖长庆倒是很高兴："来，明舟，我来帮你抬。前程，来搭把手啊。"

孙前程原地不动："没那闲工夫，平常没见他这么勤快过。"

陈新城没发现哪儿不对，还在开着玩笑："为别人不这么勤快，为我们明舟那就得勤快。"一边说着，一边和肖长庆一起把桌子抬进了办公室。

孙前程生气道："听听，什么话，还我们明舟，什么时候成你的了？"

肖长庆搬完桌子回来了，孙前程还在那儿生气。

肖长庆感叹："哎呀，这陈新城，什么时候变这么大方了？"

"你还说，你还说！"孙前程坐立不安，每个动作幅度都很大。

"你怎么啦？原来把那个地方给一个女人，我就看不过去。现在俩人一间办公室，多好啊。"

"好，当然好啦，比好还好。"

"咦，你这个人，这两天怎么回事，阴阳怪气的。有什么事吗？"肖长庆递给他一个苹果。

孙前程很干脆地说："没有！"说着就出去了，苹果也没接。

肖长庆一头糨糊："真是神经病。"

夏明舟搬过来后，和陈新城的办公桌对着，陈新城正在看夏明舟整理好的规章制度，夏明舟坐他对面看着他。

"好，好!"陈新城边看边夸赞，"一看就是做过企业的人，有水平。你来了，我就算有了知音了。他俩，论起管理这一块儿，和两个文盲差不多，根本没办法和他们交流，说得不好听一点，那就是对牛弹琴。"

夏明舟说："有时候我就在想，孙前程要有你一半的本事，我也不至于过成现在这样。"

陈新城叹口气："都是命，我有时候也在想，当年咱们要不把对方当死敌，咱们联手，新城集团和明舟集团强强联合，那又是一副什么光景啊!"

夏明舟也叹了口气："相见恨晚啊!"

陈新城说："是啊，相见恨晚啊!"

窗外露出孙前程的眼睛，一闪又不见了。

肖长庆吃完手里的苹果，喊着牛大妈、王大妈去小办公室调解去了，两人因为上次打饭的事打了起来，调解了半天，还没调解出个结果，孙前程进来了。肖长庆这回一眼就发现他的神情不寻常，赶快把那俩打发走，然后把门关上，问："谁惹你了?"

孙前程气汹汹道："谁? 还能有谁?"

"新城? 是新城吧? 他怎么着你啦?"

"他勾引我老婆!"

肖长庆一声大叫："什么?"他赶快扶桌子坐下，"你说什么?"

孙前程白他一眼："没听见啊? 陈新城勾引我老婆!"

肖长庆结结巴巴地说："陈新城勾……勾……勾引夏明舟? 你确定?"

孙前程不愿意了："肖长庆，我倒想问问你这是什么意思! 你的意思是夏明舟不值得勾引吗?"

"不是不是，我不是那意思。我的意思是说，我估计陈新城没有那兴趣……不对，我也不是这意思，我的意思是，他勾引谁也不会勾引夏明舟……也不对，我也不是这意思。"

"你不是这意思也不是那意思，那是什么意思? 你今天得给我说明白。"

"你看看，我不是你理解的那意思，我也不是说陈新城这个人不花，可你看看这俩人，特别是夏明舟，和个男人婆似的，陈新城就算有色心，他也会去勾引个女人啊。"

孙前程不满意了："你这意思，我和个男人过了一辈子喽？"

肖长庆解释："也不是这意思，我是说咱们院里有这么多的女人……"

孙前程又说："你是说夏明舟连咱们院里的大妈也不如？"

"算了，我不说了，越描越黑，"肖长庆往窗边一靠，"前程，你先说说这事准吗？你没弄错吧？"

"你看这些天，他俩进进出出，成双结对的。一口一个新城，一口一个明舟，会有错？"

肖长庆急忙解释："夏明舟作风一向是很正派的，可只凭这，也不能说俩人就有啥关系吧？"

孙前程掏心掏肺地说："肖长庆，我一直觉得咱俩关系不错，可你又偏向陈新城，又贬低夏明舟的……"

"不不不，我一点也没贬低夏明舟。这样吧，我去帮你提醒陈新城，叫他注意他的作风问题，行了吧？"

孙前程哼了一声，走了。

肖长庆长出一口气，一屁股坐在椅子上，心想：这老醋缸，差点引火烧身。想了想直接起身，他得去提个醒，别闹出风流韵事来，谁脸上都不好看。

肖长庆来到大办公室门口，发现小岳忠诚地守在那里。

"小岳，你站这儿干啥呢？和尊门神似的。"肖长庆问。

小岳摸不着头脑："我也不知道，孙师傅让我站这儿的。"

肖长庆明白了："我的天，五步一岗，十步一哨，已经得防到这种程度了吗？小岳，没事了，你走吧。"小岳如蒙大赦，赶快走了。

屋里，陈新城一个人坐在那里，嘴里念叨着"相见恨晚哪！"门一响，陈新城马上正襟危坐，抓起张报纸来看着。门开了一条缝又关上了，响起肖长庆的声音："可以进去吗？"

"长庆，搞什么鬼？进来吧。"

肖长庆先伸进头看了看："你一个人在啊？"说完才到屋里来。

"什么叫我一个人在？你想找谁？"

肖长庆又伸头往外看看，把门关紧了，在他对面坐下来说："新城，这办公室，坐两个人，还行吗？"

陈新城一本正经地看着报纸："还行吧，凑合着，创业时期，要求不能太高。"

"不过呢，到底也是孤男寡女，还是注意点影响。"肖长庆说。

陈新城从报纸上抬起头来："你这话是啥意思？"

"没啥意思，我就说这件事。前程呢，说起来大大咧咧，和夏明舟名义上是夫妻，实际上也是名存实亡。但孙前程对夏明舟看得紧着呢，你也注意点。"

"我注意什么？"

"就是个人形象呗。新城，你这辈子都行得端走得正，老了老了别叫别人说出闲话来。"

"什么闲话？"

"那我可就说了哈，"肖长庆清了清嗓子，"孙前程怀疑你和夏明舟……"

陈新城火了："我和夏明舟？他怀疑啥啊？我俩可是正儿八经地在工作，为大家谋福利。他个老醋坛子，闹脾气去找他老婆，找我算怎么回事？"

"这老话说得好，"肖长庆耐心道，"一个巴掌拍不响……"

陈新城不肯了："肖长庆，你是说我作风有问题，是不是？"

肖长庆连忙摇头："不是，我是说咱们都这岁数了，就别胡思乱想了。"

"谁胡思乱想了？你以为我是你呢！"陈新城嚷嚷道，"我告诉你吧，我陈新城，这大半辈子喜欢我的女人多了去了，什么考验我没经历过？但我就是一身正气，年轻的时候作风没问题，老了更不可能出问题！"

第二天早晨，陈新城刚要去办公室，和夏明舟迎面碰上。夏明舟穿得十分年轻，陈新城也打扮得很精神。陈新城抢着打招呼："明舟，早啊。"夏明舟也一脸春风地笑着："新城，早。"两人并肩进了办公室。

肖长庆和孙前程正好看到了这一幕。肖长庆吃惊得嘴张得老大，接着意味深长地点了点头。孙前程则又急又气："现在你还说什么？你看他俩打扮得……"

"我说什么？"肖长庆一摊手，"我什么也没说啊，打扮打扮怎么了，人家俩也没干什么呀。"

陈新城和夏明舟进了办公室，夏明舟说："新的方案我已经看过了，我觉得挺好的，不知道你什么意见？"

陈新城说："你没意见，我当然也没意见。明舟，你今天打扮得很漂

第十八章

亮啊!"

夏明舟笑笑:"一会儿要去跟他们聊,当然要精神一点,你今天也不错。"

陈新城整整衣领:"人靠衣装嘛。"

夏明舟拿起一摞新的资料说:"那我先过去准备着。"

夏明舟从陈新城办公室出来,看到孙前程站在门口,目光向这边盯着。

"看什么?"她问。

孙前程咧着嘴:"打扮得可真漂亮。"

"漂亮不漂亮的和你有关系吗?"说着就气昂昂地从他身边过去走了。

孙前程的笑脸转为哭脸,满脸沮丧。

开发商来提交新的规划图了,四人在院子里陪着开发商代表聊天,边聊边对着规划图和院子里的空地比画。陈新城和夏明舟凑得很近,两人讨论得也很热烈。孙前程在一旁插不上嘴,情急之下扯了夏明舟一把,夏明舟一转脸冲他吼了一嗓子,转头就把他这个人忘了,继续和陈新城说话。

孙前程从外面怒冲冲地回办公室去了,肖长庆在后面追:"前程,前程,你看看你,人家就是为了工作,哪有的事啊?"

孙前程一指他:"长庆,我告诉你,这养老社区马上就会闹出风流韵事来,你不信等着瞧吧。"

"想多了前程,和你这么说吧,你打死我,我也不相信这俩人有事。"

孙前程说:"没事倒怪了。你看看这夏明舟对我是啥态度,对他是啥态度?"

肖长庆想了想:"可明舟这辈子对你也没有过好脸啊。"

孙前程铁青着脸:"你不管是吧?不管我就走,反正我和他不共戴天。"

"管,管,"肖长庆说,"天哪,这合伙做事呢,事没做成,成仇家了。"

大志和晓晴在院子里散步,正给她讲着自己在沙漠里拍片子遇上沙尘暴的事。晓晴说:"这么危险的事,怎么从你嘴里说出来那么好玩呢。"

"好玩吧,我这好玩的事多着呢,有机会我都讲给你。"

晓晴笑着点了点头。两人突然的对视,让气氛有些尴尬,两人都赶紧看向别处。许工从外面走过来,跟他们打招呼:"晓晴,哎,这不是陈总家的大志吗？"

晓晴喊了声"许叔"，大志也赶忙上前寒暄："好久不见了，许叔，很久之前就听我爸说您退休了，您身体还好吧？"

"很好，老远就听见你们在笑，都这么多年，你们感情还是这么好啊。"

"我们也是很久没见了，瞎聊天呢。"晓晴说。

许工说："小时候我就记得他经常带你来厂里玩，那时候我们都开玩笑，陈总和前程两家定了娃娃亲呢。"

"哪儿有，"晓晴有点羞涩道，"许叔，您就爱跟我开玩笑。"

"大志啊，"许工上前一步，故作神秘地对大志说，"晓晴真是个好姑娘，我们这里谁提起晓晴都夸。"

大志连连点头："我知道，我知道。"

肖长庆从院里经过，看到大志和晓晴陪着许工坐在那里说话。两个年轻人看上去那么亲密，还不时互相对视一笑。

肖长庆看着这一幕，一拍脑袋，灵光乍现："有了！"于是赶忙跑到陈新城和夏明舟的办公室去，敲了敲门，问，"我可以进来吗？"

陈新城自己在屋里，白他一眼："你的脑袋已经进来了。"

"新城，我和你说件事。"肖长庆进来，站在陈新城跟前。

"什么事？"

"你这些日子没注意大志吗？"

陈新城说："我注意他干吗呢？他正忙着呢。长庆啊，我早就说过，我这个儿子大器晚成，不鸣则已，一鸣惊人，你看着吧。"

肖长庆神秘地说："我发现他和晓晴，可能在谈恋爱。"

陈新城一声大叫："什么？"

"你别吼，"肖长庆低声道，"我跟你说，八九不离十。小时候他俩就天天在一块，明明这么多年没见，但一点不生疏，看着可黏糊了。我是过来人，一看俩人那状态，现在没有，将来也肯定有事。新城啊，你是要当老公公的人了，未来的儿媳就在眼前，而且还是夏明舟的闺女，你得注意点举止风度……"

话还没说完，陈新城突然站起来就跑出去了。

陈新城跑出来，左右寻觅，果然看到大志和晓晴坐在一起和许工聊天，两人一看就很亲密。陈新城又急又气，想过去，又不好过去，站在那里看着。

肖长庆过来了："你看看，男才女貌的，多般配啊。"

陈新城不乐意了："般配什么？我家大志是要干大事的，晓晴她……什么情况你不知道吗？这事，坚决不行！"

肖长庆吓了一跳："新城，你别再干糊涂事啊。"

陈新城说："你才糊涂呢，你咋不早提醒我？"说着转身就走。

"新城，你看你这桌上乱得，"夏明舟一进办公室就问，"材料你看了没？"

陈新城没搭话，有点严肃，又有点不知所措："哎，夏明舟，管好你闺女。"

夏明舟一愣："我闺女？晓晴？晓晴怎么啦？"

"她勾搭我家大志。"陈新城转过脸去说。

"什么？"夏明舟脸耷拉下来，"什么勾搭？你跟我说清楚！"

"行行行，我说错话了，"陈新城说，"我的意思是，你闺女肯定看上我儿子了，他俩要有事。"

夏明舟恼了："放屁，你儿子什么货色，我闺女能看上他？你不说我还想不起来，小时候大志没事就往我家跑，我都碰见几次了。真说要有事，也是你儿子想勾搭我闺女。"

陈新城觉得不可思议："啥？我儿子勾搭你女儿？你得了吧，你那闺女从小就不爱说话，天天跟在我儿子屁股后面，谁看见不说晓晴想嫁给大志啊？我儿子要真看上你闺女，你们该烧高香了。你闺女现在什么情况，你不清楚吗？"

夏明舟挺着胸脯就上去了："陈新城你什么意思？你再说一句！我女儿怎么啦？怎么啦！"

陈新城哼了一声："我不说，谁家的孩子谁知道。"

话音刚落，在外面偷听的孙前程冲进来，进门就和夏明舟站到了一起："不行！你今天还非把话说清楚不可。你可以埋汰我，也可以埋汰明舟，但你埋汰我闺女不行！我闺女怎么了？你刚才的话到底什么意思？"

陈新城把头一歪："哟，看出是两口子来了，一起上阵是吧？一起来我也不怕。你闺女再好，我家看不上，这总行吧？有强买强卖的，有强嫁闺女的吗？"

孙前程气得面目狰狞："哈，强嫁闺女，你也配！明明是你家大志想占我家晓晴的便宜。"

"没错，"夏明舟怒目道，"龙生龙凤生凤，老鼠孩子会打洞，大志可真是你的遗传。"

"什么？夏明舟，你什么意思？"陈新城较着劲问道。

"这么简单的话都不懂？就你这脑子还干企业，还想管这个社区？"

两人脸贴脸，一个比一个凶，谁也不让，孙前程也作势要加入进来，形势越来越危险。此时肖长庆冲了进来，挤到中间，硬把他们分开了："行了行了，别打了。各领各娃，各回各家好不好？别打了，别打了。"

陈新城还不服气："二打一，我还怕你们？"

夏明舟也愣冲冲地往前窜："我怕你？我怕你？"

"行了行了！"肖长庆再次把他们分开，"新城，明舟，前程，马上要做儿女亲家的人了，这像什么样子？"

没想到，三个人一起冲他来了。一番争吵纠缠，几人气冲冲地回各自房间去了。

夏明舟拎着晓晴进来，把门一关，严肃地问："晓晴，你和大志是怎么回事？"

晓晴不明就里："我……和大志？我和大志哥怎么啦？"

"你是不是喜欢大志？我告诉你，这可千万不行啊。"

"妈，您说什么呢？谁说我喜欢大志哥了，我俩就是发小。"

夏明舟说："大志那孩子不正干，今天一出明天一出，听说大学的时候就到处跑，我可不希望你再找个你爹这样的。"

夏明舟还想说什么，晓晴立刻阻塞道："妈，我和大志哥没事，就算真有事，那也是我自己选的，跟您没关系。"

"怎么跟我没关系？"夏明舟说，"我是你妈，我是怕你再……"

"妈，我知道您的意思，您放心，我已经不是以前的我了。"

夏明舟看着晓晴，不知道怎么回答。

"好了妈，"晓晴起身，"我那边还有工作，先走了。"

"晓晴……"夏明舟喊了一声，但晓晴头也没回地出了门。

另一边陈新城也把大志推进房间，冷着脸盘问："你和晓晴怎么回事？"

大志一脸茫然："我和晓晴？"

"对，你和晓晴，"陈新城问，"你是不是喜欢上她了？"

大志蒙了："您说什么呢？我和晓晴啥事也没有啊。"

陈新城厉声道："我告诉你，有没有都不行啊，晓晴是离异，离异你懂吗？咱再差，也不能找个二婚的啊。"

"爸，您说什么呢！"大志耐心地解释，"且不说我跟晓晴没事，就是真有事，跟她离不离异有什么关系？"

"你这孩子，"陈新城急得团团转，"什么没关系，我们还要不要面子了？"

大志说："我喜欢一个人，就会喜欢她的全部。我要真想跟某个人结婚，也只会是一个原因，就是我爱她。我现在就可以告诉您，在婚姻这件事上，我绝对不会为了您，更不会为了所谓的面子，改变我的任何决定！"

陈新城冷笑道："你……好啊……真是长大了，翅膀硬了啊！"

"爸，我不想再聊这事了，我先走了。"说完大志转身就离开了。

大志和晓晴从两个方向出来，突然在走廊相遇，走廊里黑乎乎的，两个人站在楼梯口处，各自有些尴尬地看着对方，身后是窗外透进来的明亮的光。

晓晴问："你爸没跟你说什么吧？"

大志摇摇头："没说什么，你妈跟你说什么了吗？"

晓晴也摇摇头："没有，没有。"两人沉默了。

过了一会儿，两个人又同时开口："那我先走了……"又是一番尴尬。

两人低着头，擦肩而过，朝相反的方向走。突然晓晴回头叫住了大志："你今天说的……以后会给我讲你那些好玩的事……还算不算数？"

大志说："当然算数！只要你有空，任何时候我都可以讲给你听。"

"只要是你，我都有空。"晓晴羞涩地回过头去，快步走了。

看着晓晴离开，大志不知觉地笑了。

陈新城回到办公室，一屁股坐下，长叹一口气说："这孩子永远不听话，眼光还不行。"没想到，夏明舟随后也进来了，好巧不巧还听见了这句话。

"说谁呢？"

"说我家大志，你管得着吗？"陈新城翻了个白眼。

夏明舟提醒他："你说你家大志可以，别拐弯抹角地带上别人啊。"

陈新城转过身去："管天管地，还管得了别人教子吗？"

夏明舟冷笑道："你还教子，大志听你的吗？"

陈新城回敬她："你教育得好，晓晴听你的了吗？"

夏明舟说："那我也比你好。"

陈新城继续看报纸："我不和你理论，和你这种女人没道理可讲。"

夏明舟坐了一阵，突然站起来，胡乱把自己桌上的东西收拾起来，抱着就走。陈新城也没留她，看着她出去了。她抱着东西来到小办公室。孙前程和肖长庆坐在那里嗑瓜子，瓜子是肖长庆兜里掏出来的旧瓜子，已经被洗衣机洗过一遭。

"你俩，换一个去那屋。"夏明舟气冲冲地说。

这俩人同时站起来，不明所以。

夏明舟说："听不明白吗？我见不得陈新城这个人，一看见就烦。"

孙前程一听很高兴："好好好，这把岁数了，别生气。我去，我去。"说着收拾自己桌上的东西。突然停下来，狐疑地看看肖长庆，又看看夏明舟。

肖长庆发现他注视自己，开始不知道什么意思，突然反应过来了，于是赶快收拾自己的东西："还是我过去吧。"

夏明舟说："我和孙前程一个办公室算怎么回事？不管怎么说，我和他还是名义上的夫妻，领导干部要知道亲属回避。"

孙前程忧愁道："这怎么办？"看了肖长庆一眼。

夏明舟想了想："你俩都过去。"

陈新城那边还坐在屋里生着闷气呢，门一开，肖长庆和孙前程抬着桌子进来了。陈新城吓了一跳："这什么意思？"

孙前程看了一眼肖长庆，对陈新城说："新城啊，最近群众对咱们四个占两间屋有些意见，现在的棋牌室太小了，坐不了几个人。干脆，咱们四个一间屋办公，把那间屋改为棋牌室吧……"

隔天，天朗气清，薛大爷穿着一身崭新的西服，梳了个大背头，站在树底下夹着嗓子刻意地练声，动作虽然精心设计过，但看起来也十分僵硬。他时不时回头瞅一眼正在旁边拍摄的大瓜和小乐。大瓜和小乐都十分无奈。

晓晴和大志聊着天从旁边走了过来。

"怎么样了？"大志问。

第十八章

大瓜叹了口气，指着不远处的薛大爷："你自己看。"

大志和晓晴看向薛大爷，薛大爷正对着手机梳自己的头发，然后刻意地挺直腰板走来走去。

大志拉着晓晴说："晓晴，能不能帮我们跟大爷说一声，我们这个不是电视采访，我们就是想拍他比较自然的状态，大爷现在这个样子，不太……"

晓晴说："其实他平时也不是这个样子。这样，大志哥，你先把机器收起来，我去想想办法。"

大志让大瓜和小乐收起机器。薛大爷一看他们把机器收了，问："这就拍完了？"

晓晴说："对，拍完了，他们怕影响您休息。您穿成这样不热啊？"

薛大爷一下子放松下来，赶紧把身上的衣服一脱，坐下拿出保温杯，喝了一口："大爷我年轻的时候什么累活没干过？这点事不算啥。"

晓晴说："上次听您唱那个家乡的小调，太好听了，我以前都没听过呢。"

薛大爷一下子来了精神："晓晴，不是大爷跟你吹，这小调大爷年轻的时候学的，现在年轻人谁唱这个啊，没人学，都快失传了。"

晓晴微微笑着："那大爷您能教教我吗？我想学一学。"

"你想学啊？那大爷可太高兴了，没问题啊！你听大爷给你唱一遍啊……"

薛大爷眉飞色舞地唱着，时不时站起来，手上带着动作。晓晴一边笑，一边认真地听着，不时点点头。大志赶紧让大瓜在远处轻轻架起机器。大瓜说：这能拍到晓晴啊……"

大志点头："就要现在这个状态，没问题，拍！"

袁英时委托小岳带来了一份重要文件，文件上说集团要把养老产业当成重要的产业板块，已经报请上面批准，加大投入，在郊区兴建新城养老社区，因此决定将这个社区对外开放，也就是说，养老中心可以吸收集团以外有需要的居民入住了。

随着消息的放出，第一批社会上的居民很快搬了进来。四个人都前前后后忙碌着，夏明舟在为入住的老人做登记，陈新城负责致欢迎词，肖长庆和孙前程为新居民发放礼物，锅碗瓢盆以及床上用品之类的东西。

肖长庆扎着围裙忙得满头大汗，但情绪很高涨："接着点您哪。没什么贵重东西，是份心意，就是以后就把这儿当成家的意思。下一位。"

女人的腿出现在桌前，肖长庆转身拿起一套床上用品："您接着，没什么好东西，也就是份心意，以后，就把咱们这儿当成家吧。"

一声悦耳的声音："谢谢您！"

肖长庆突然愣住了，慢慢抬起头来，一位风韵犹存的女人站在他面前，她叫林洁。林洁似乎早就认出了他，看到他抬头，微微笑着："肖长庆，你在这儿呢？"

肖长庆东西还提在手里，人却整个傻掉了，世界好像突然变得很寂静。

林洁又冲他笑了笑："好久不见了。"

肖长庆还是没反应。

一旁的孙前程发现不对，把他手里的床上用品接过来，塞给林洁："欢迎欢迎，欢迎入住新颐养老社区。请问怎么称呼？"

"姓林，林洁，"林洁笑笑问，"肖长庆，你还好吧？"

孙前程碰了碰肖长庆："林女士问你呢？"

肖长庆这才醒过来："好，挺好的。林洁，你还好吧？"

林洁点点头："我也挺好的。真没想到在这儿碰上了你，领了这个然后呢？"肖长庆好像脑袋短路，又不知道怎么回答了。

孙前程赶快接上去："刚才登记的时候，不是根据需要自己挑了房号了吗？那边有服务员，请她领您到您挑选的房间看看去，满意了就回去搬家，不满意，再回来商量。长庆，还有别的吗？"

肖长庆摇摇头："没了，没了。"

"好，谢谢。"林洁提着床上用品走了。

顾不上发东西了，肖长庆起身离开。孙前程看着他的背影疑惑起来。

晚上，三个人在孙前程屋里吃饭，茶几上放着两盘小菜，还有一瓶黄酒，肖长庆已经喝得微醺了，孙前程趁机向他打听了他和林洁的事。

"高中同学？"陈新城和孙前程同时惊呼，"就只是个同学？"

肖长庆说："对，真的是高中同学。"

陈新城摆摆手："不对，我想起来了，当时长庆刚进厂，还没结婚，有一次咱们三个喝酒，他说过他在高中谈过对象，还是初恋呢。肖长庆，那个林什么不会是你说的那对象吧？"肖长庆一慌。

"你这么一说，我也想起来了，"孙前程说，"当时他喝多了，还找出自己写的情诗念呢，一边念一边哭，哎哟，哭得那个伤心啊！我全想起来了。"

肖长庆又呷了口酒："哎哟，你们两个大老爷们加起来都快两百岁了，怎么跟社区里那群大姐一样八卦啊。"

"我们这不是关心你吗，"孙前程说，"怎么样？你们这是多久没见了，分手以后就没见过啊，还是中间一直有联系啊？"

肖长庆举着杯子，陈新城给他添满。

"林洁确实是我高中同学，也是我的初恋。她年轻的时候啊，长得漂亮，学习又好，用现在的话说啊，那是我们班所有男生心目中的女神。"

孙前程说："这个我同意，我也见了，确实出众。那我就想问了，你这个德行人家能看上你？"

"什么叫我这个德行？我年轻的时候也不差好吧。"

陈新城说："别吹牛了，你年轻的时候我们又不是没见过，又瘦又黑跟霜打的茄子似的。"

肖长庆往嘴里扔了两颗花生米："行行行，那你们说，我不说了！"

孙前程推了陈新城一把："说说说，陈新城你别打岔。"

肖长庆说："确实，我当时是我们班同学中最不起眼的，别说跟她谈对象了，就是站到她面前，我连正眼看她一眼也不敢。人家呢，可能也没正眼看过我。我也以为我俩这辈子也不会有啥交集了，谁知道啊，那一回，我们班期中考试，宣布成绩的时候，我突然发现林洁的脸色变了，一个人在那儿抹眼泪。原来成绩一直数一数二的她，却考了一个不及格。我看到她去找老师，可老师坚持就是她考砸了。我不相信，她是那么细心的一个好学生，怎么可能考砸？于是我夜里跳窗户摸进了老师的办公室，找到了她的试卷，发现她的卷子中间缺了一页。并且，我还在桌子和墙之间的缝里发现了少的那一页，老师根本还没批改。"

"然后呢？"陈新城和孙前程凑到肖长庆跟前，揣着手问。

肖长庆说："然后林洁的分数补上了，我被学校当场抓住，因为夜闯办公室而受了学校的处分。那是我这辈子受过的唯一的，也是最让我骄傲的处分。更重要的是，林洁从此认识了我，慢慢就熟了，再后来，就顺其自然地好上了。"

"可以！"孙前程竖着大拇指，"真看不出，你还挺厉害。"

陈新城问："那后来怎么就没成呢？"

肖长庆惆怅道："考大学的时候，我俩商量要考到同一个城市，后面也很顺利，虽然不在一个学校，但是确实考去了一个城市。收到录取通知书那天，可能是我这辈子最开心的时候了。"

孙前程说："但你没去啊。"

肖长庆点头："是啊，那年夏天，我爸走了。我家里还有一个老母亲和一个没长大的妹妹，我得养这个家呀，哪能自己跑到外地上大学呢。"

陈新城问："那林洁她知道吗？"

肖长庆说："我没告诉她。当时我们感情太好了，她又那么善良，我怕她知道以后也不走了，我不能耽误她的前程啊。所以我跟她提了分手。我看得出林洁很难受，我自己更难受啊，我大哭了一场，把录取通知撕了，断了念想，后面就进了厂当了工人。"

"唉，你不容易啊，"孙前程也抓起酒杯吸溜了口酒，"你俩真是遗憾啊。"

陈新城意味深长地点头："我能理解长庆的做法，但是这事对那时候的林洁伤害肯定很大。"

"是啊，但我又能怎么办？"肖长庆苦闷道，"我也不能为了自己就不管家里了。我还记得林洁走的时候，我偷偷跑到车站去送她。我看到她趴在车窗上，好像在找人，她是在找我吗？我不知道。我躲在柱子后面不敢出来，就那么看着载着她的火车开走了。"

"那以后呢？"孙前程问。

"后来，我相亲成了家，就没再去打听她的消息。只是听说，她大学毕业以后去了外地，还成了家。"

孙前程说："长庆，我认识你这么多年，还不知道你以前这么痴情呢。这回，一定是老天爷可怜你，把她又送到你面前来了。"

肖长庆苦笑："说什么呢，人家早成家了。我也是，事情都过去这些年了，我跟你们说这些干什么！喝酒吧！"

"话不能这么说，"陈新城纠正他，"当年是你跟人家提的分手，现在她来咱们社区了，你是她以前的老情人，你得让人家住得舒舒服服的。"

孙前程眉头一皱："什么老情人，你这用词！"

陈新城说："咋啦？这词我用得不对吗？"

孙前程转头劝道："长庆，陈新城话糙理不糙，人家既然来了，你该去看望还得去看望，别躲着啊。"

第十九章

第二天一早，肖长庆醒了酒，吃过早饭把房间打扫了一圈，坐在窗前看着远处湛蓝的天空，往事一幕幕涌上心头。想起昨晚孙前程和陈新城说的话，他鼓了鼓劲儿，准备去找林洁。

他做贼似的从家里出来，溜达到林洁的门口，原地转着，犹豫着，几次举手，又收回来。孙前程在不远处看着他，示意他敲门。肖长庆又举起手，还是不敢敲。孙前程急了，跑过来，伸手就去敲门，还敲得特别响。

肖长庆吓了一大跳，转身想跑，里边已经响起了林洁的声音："哪位？"

孙前程往前推了一把肖长庆跑了。肖长庆回头看着门，声音都抖了："是我，肖长庆。"

"是你呀，"林洁笑着开了门，"有事吗？"

肖长庆干巴巴地说："你刚来，我是社区的管委会主任，例行访问。"

林洁让开了："好，那快请进吧。"

肖长庆脚步不稳，连跌带撞地进去了。

"随便坐吧，"林洁引着他坐到沙发上，"还没太收拾利索呢。"

肖长庆笑笑，局促不安地坐下。他环视了一圈，房间很洁净，林洁也穿得又朴素又干净，笑盈盈地给肖长庆递了一杯水。

"谢谢，"肖长庆接过来，"你？还好吧？"

林洁微笑："挺好的，我没想到这儿条件这么好。这么大的地方都是你们自己弄的啊？真好。"

钟表的秒针滴滴答答地走着，两人陷入尴尬的沉默。

肖长庆看了看林洁，鼓足了勇气："林洁啊，从高中毕业就再没见过你，这些年，你去哪儿了呀？"

林洁说："我大学毕业不久就结婚了，跟着我丈夫去了外地工作，后来出了一些事，我就先回来了。"

"哦，这样啊。那你的孩子呢？"

林洁笑笑："孩子在国外，挺有出息的。这些年，你也还好吧？"

肖长庆说："挺好的。你去上大学以后，我就进了电子厂，帮我妈把长莉拉扯大。再后来成了家，有俩孩子。后来老伴生病走了，我就一个人拉扯两个孩子，现在两个孩子也都成了家，我也退休了，就带着老母亲住在这儿。"

"你家倒是越来越大了，这些年过得挺累吧？"林洁关切道。

"不累，"肖长庆说，"累也累过去了，现在俩孩子生活都挺好的，老母亲身体也很好，这才有心思来这里忙活。"

"那挺好的，我还好奇，你怎么就跑到这里办养老中心了……"

"这事可说来话长了……"肖长庆话音未落，突然手机响了，"什么？墙皮掉了，没伤着人吧？那就好，我马上过去。"

肖长庆站起身来，看着林洁："不好意思啊，墙皮不是天天掉的，我这……"

林洁笑了笑："没事，你忙你的。"

肖长庆说："你刚来，收拾也挺累的，先歇着吧。以后咱们就是邻居了，又是老同学，无论遇到什么困难，你说话。"

林洁笑笑："好，有问题我就找你。"

陈新城和孙前程赶快躲到树后，伸着脑袋偷偷往外看，看到肖长庆从林洁家出来，微笑着告别，然后急火火地走了。俩人从树后出来，孙前程看着肖长庆的背影感叹："俩人看起来挺好的，有说有笑的。"

陈新城说："是啊，看着还挺般配。"

肖长庆一转头看到两人在树下像特工一样聊着什么，便朝着他们过去了。孙前程见他过来，问："怎么样，和老同学聊完了？聊得怎么样？"

肖长庆说："你还好意思问。不是说好一起去吗？到了自己跑了！"

孙前程说："我这不是给你俩创造独处的空间吗？当电灯泡多尴尬啊。"

"什么电灯泡不电灯泡的，我俩就是老同学，今天就是例行访问。我警告你俩别在外面乱说啊，人家成家都这么久了，要是有什么风言风语，让人家老头儿知道了，麻烦可大了。"

孙前程说："他老头不可能不知道。"

"你这话什么意思？"肖长庆谨慎道，"他来啦？"

孙前程指指天上："在上面啥都知道。你看这个……"陈新城把登记表递过去。

"丧偶？"

"对啊，"陈新城说，"林洁是单身，你俩聊了半天，这么重要的事她没说？"

肖长庆有些失神："没有，她没怎么提她自己的事情。"

孙前程点点头："也不是啥好事，人家不愿意提很正常。"然后拍着肖长庆的肩膀说，"这个女人啊，我看了，不知道经历过什么，像个有故事的人。就算有过家，现在孑然一身。长庆啊，年轻的时候错过了，老了老了，机会也许就这一回了，你得抓住！"

肖长庆犹豫着："抓住什么呀，自肖林他妈没了，我就从来没想过这件事。"

孙前程："你以前没想，现在为什么不想？"

肖长庆抬起头来看着他："别闹了，我都一把年纪了。"

"一把年纪怎么了？爱情和年龄没关系。"孙前程用胳膊肘顶了陈新城一下，"新城，你说是不是？"

陈新城摇摇头："我不知道啊，我可没你那么丰富的情感经历。但是我觉得，长庆一个人这么多年了，找个伴也挺好的。"

孙前程说："对对对，陈新城，你真是难得说句人话啊！"

"行了行了，"肖长庆打断他们，"你俩没事干了？厕所不修了？菜不买了？王大爷拉的裤子不洗了？老盯着我干啥啊？走了走了。"

夏明舟在家里戴着老花镜在看文件，有人敲门。她摘下眼镜，起身开门，孙前程站在门外。

"你进来，"夏明舟示意道，"我正好有话要说，你捎给姓陈的。"

"咋变成姓陈的了？"孙前程嬉皮笑脸地问。

"难道他不姓陈吗？"

"好好好，姓陈的，有啥事，你直接和姓陈的说呗。"

夏明舟撇撇嘴："我不和他说，降低我的身份。"然后拍拍桌上的文件，

"这是新城集团关于发展养老产业的规划，我看了，我发现他们把重点放到了要在郊区兴建的养老社区上，对咱们现在这个社区不够重视。这不行！这个社区建在市中心，有更大的示范效应，叫姓陈的和姓袁的说说。"

孙前程小心翼翼地商量道："明舟，咱们先不谈工作行吗？"

夏明舟硬邦邦地问："那谈什么？"

孙前程指着窗外："你看今天的月亮特别圆。"

夏明舟哼了一声："那不过是你的错觉，老眼昏花，看东西不清楚了。"

孙前程见她不解风情，叹息一声，只好把话说明白："明舟啊，肖长庆今天碰到了他年轻时候喜欢过的一个女人。他说那时候，觉得那个女人就是全世界，我想了想，还真不差，我年轻的时候……"

夏明舟马上警惕地睁大眼睛："你年轻的时候喜欢过谁？孙前程，你到底瞒着我在外面做过多少事？"

"没有，真没有！"孙前程对天发誓道。

"没有跑到我面前忏悔什么？"夏明舟瞪他一眼，"孙前程，反正咱俩这辈子就这样了，你过去做过的丑事不用告诉我，我眼不见心不乱。"

孙前程哭笑不得："好吧，你早点休息，我也去睡了。"说完沮丧地走了。

肖长庆从洗手间洗漱出来，关好门，准备上床睡了。经过母亲房间，犹豫着停下："妈，您睡了吗？"

母亲在房间里应道："没呢。"

于是肖长庆推门来了，肖母靠床坐着，肖长庆坐到床沿上："妈，您应该还记得林洁吧。上学的时候，我还带她到咱家去了一趟。"

肖母点头："我记得，后来她上大学去了。"

"对对对，"肖长庆说，"就是她，她搬到咱们这儿来了，就在咱们旁边隔几间房子，成邻居了。"

母亲没说话。

肖长庆说："她现在，也是一个人了。"

母亲还是没说话。

"妈，那时候，要不是……我俩很可能已经结婚了。"

肖母问："她挑的哪种房型啊？"

肖长庆一愣："最便宜的，一个月租金才两千。"

肖母说："那她是没钱了。"

"怎么可能？"肖长庆一愣，"虽然她丈夫走了，但是她说她儿子在国外，很有出息，她有钱的，只是生性简朴而已。"

母亲不说话，停了一阵："反正你心里有数就行。你不比年轻人，做事可以不管不顾，你可是上有老下有小，你妹妹和我亲家那帮子亲戚还要靠你呢。你苦了这么多年，要想续弦，妈不管你，可你不能给自己找个负担。"

肖长庆没再说话，站起来往外走，走到门口又停下了："妈，您还要我怎样呢？我从高中毕业就扛起了这个家，我都扛了大半辈子了，老了老了还不许我放下，您要我扛到死吗？"

肖母叹口气："我说什么了？我也没说什么呀，你自己看着办。"

肖长庆没再搭话，关上门走了。

清晨起来，肖长庆站在门口活动筋骨，实际上注意力全在林洁家门口，不时地往那边看着。终于，门一响，林洁出来了。肖长庆赶快加快了比画，装作无意中一转头，看到了林洁。

"哟，林洁，起来了？"

林洁问："你这是活动活动？"

"对，活动活动，你这是……"

林洁说："我要去散散步，要不一块儿？"

"好啊！"肖长庆立马跑过来，和林洁朝小树林走去。

露水还没完全消散，鸟儿叽叽喳喳地叫着。两人走在小树林里，有几个老人经过，时不时回头看肖长庆。肖长庆走得有些拘谨，但林洁走得很稳当。

"林洁，我看了你的登记表，你上面写的是……"

林洁淡淡地点了点头："对，他走了很多年了。"林洁爽快地回答了他，仿佛一早就知道他要说什么。

肖长庆小心地问："怎么走的啊？"

"意外。"

"哦，不好意思啊，我不该提的……"

"没关系，都这么多年了，"林洁说，"你也经历过，应该能理解。"

肖长庆点点头："对，能理解，我能理解。"

办公室里只有陈新城和孙前程，孙前程挠着头对陈新城说："林洁这个人并不简单啊。现在打听到的就是她大学毕业以后不久结了婚，和丈夫一起去了外地，具体去了哪儿，在哪儿工作我就查不到了。然后一直到七八年前，她丈夫死了，她自己回到了这里，住的还是她父母留给她的老房子。那儿房子拆迁以后，她好像就到处租房子住，后来就来了咱们这儿。"

陈新城问："那她有退休工资和社保吗？"

"好像没有，起码我没打听到。她现在的花销，应该就靠那老房子的拆迁补偿款了。那房子也不是什么好房子，也就是补个几十万吧，这些年应该花得也差不多了，所以她生活才这么简朴，到咱们这儿也选的最低一档的房子。"

"没工资和社保？"

"起码我没打听到。"

"哟，"陈新城双臂抱在怀里，"这个问题就比较严重了，那点钱能顶什么呀？万一有个病有个灾的，一把就砸进去了。"

孙前程说："新城，现在这个不重要，我担心的是长庆啊。他那一大家子已经够折磨他的了，再来个林洁，不得累死他啊？"

陈新城点头："你说得对，穷了富了咱不说，我担心的是这个人。你想想，她和她丈夫在哪儿工作都查不到，如果是普通工作，怎么可能没退休工资和社保呢？就凭这一条，就说明她来历可疑，不知道以前干过什么呀。"

孙前程也疑惑起来："你说得对，这长庆老了老了要是被人家骗了，还是初恋骗的，麻烦可就大了。"

小树林里有人放着音乐在晨练，肖长庆和林洁很默契地选了条人少的小路。

"其实我没想到能在这儿遇到你。"肖长庆含情脉脉道。

林洁笑了："我来的时候都没认出你，印象里还是你二十岁时候的样子。"

肖长庆说："我倒是一眼认出你来了。"

"是吗？别骗我了，我都老了。"

"没有，你在我这啊，"肖长庆指着自己心口，"一直……"他欲言又止，林洁也有些尴尬。

两人看到许工坐在长椅上，肖长庆赶紧过去打招呼："许工，起这么早啊？"

许工笑着点了点头："长庆，和小林遛弯呢。"

林洁笑着跟许工打了个招呼，看了看肖长庆，然后坐在许工旁边。

肖长庆一愣。

林洁说："我有些累了，想坐这儿歇会儿，你不用陪我，去忙你的就好。"

"好……好吧，"肖长庆磕磕巴巴地说。

林洁看着旁边的许工一直在看手机，问："您这是在忙什么？"

许工说："我正准备给我儿子打个电话。"

林洁好奇道："怎么给儿子打电话还要这么郑重呢？"

"不是，我怕他忙，再打扰他。"

林洁鼓励他："您还是打吧，儿子要是能接到你的电话，得多高兴啊。"

许工看了林洁一眼，随即掏出手机摆弄着。

肖长庆已经走远了，林洁回头看了他一眼，叹了口气，朝相反的方向走了。

"看见了没？"身后有人议论，"肖主任跟那个新来的肯定有事儿，听说俩人是老相好呢。"

肖长庆在办公室发呆，孙前程和陈新城一前一后走进来。孙前程看见肖长庆桌子上的蜜三刀，直接拿了一块放到嘴里："你血糖不是高吗，怎么吃这么甜的东西啊？"

肖长庆瞪了孙前程一眼。孙前程大大咧咧地又拿了一块递给陈新城："你也来一口。"陈新城吃了，孙前程问，"甜吧？"陈新城点点头。

孙前程刚想再拿，肖长庆一巴掌拍在孙前程手上。

"哎哟，干什么啊，吃你点东西，那么抠门呢。"

肖长庆说："这东西不是给你们吃的！"

陈新城和孙前程对视一眼，一起问："给林洁买的？"

肖长庆不说话了。他散步回来洗了把脸，把自己精心打扮了一番，拎着蜜三刀去找林洁，因为他记得以前林洁最喜欢吃这个，结果林洁笑了笑，说:"过去这么多年了,人总会变的。"

孙前程不明所以,问:"你俩这是发展迅速啊,到哪一步了?"

肖长庆急赤白脸道:"别胡说,没有的事,我就是老同学表达关心。"

孙前程噘着嘴笑他:"还否认,还否认,你一天天跟个驴拉磨一样围着她转悠,谁看不出来啊?"

陈新城说:"长庆,你老婆死了多年,你想重新建立家庭,我们不反对,可……"

孙前程小声道:"我们……不反对……吗?"

陈新城无辜地问:"反对吗?"

孙前程转过头来:"对,我们没有立场反对!"

陈新城重新组织了一下语言:"对,长庆啊,你想成家,也是人之常情。虽然我们没有立场反对,可是你找老婆,得找个政治上可靠的。"

"这啥意思?"肖长庆说,"我又不是和她建立党小组。再说了,她怎么就不可靠了?"

"根据……"陈新城还没说出口,孙前程急忙打断:"没啥不可靠,新城不是那意思。"

陈新城继续往下说:"根据前程调查来的情况……"

肖长庆一声大叫:"什么,你们去调查她了?"

孙前程慌忙解释:"不是调查,我们是关心你。"

陈新城义正词严:"当然是调查。长庆,你现在大小也是养老社区的领导,想成家,我们当然得调查一下女方的情况。"

"你们什么意思啊?林洁怎么啦?反革命吗?阶级敌人吗?我和她怎么啦?平白无故地你们去调查她,要是被她知道了,人家怎么想?"

孙前程赶快按住他:"长庆,你别急,你听我说。新城当领导当惯了,用词不当。我没调查,就找了两个熟人问问。谁在背后不打听人呢?长庆啊,这事儿你真得考虑清楚啊!"

"什么意思?当时说我缺个伴儿,让我去找她的也是你们,我去找了,现在你们又告诉我要考虑清楚,你们到底想干吗啊?"

"我们不是这个意思,"孙前程捋着他的后背,"长庆,我认真地问你啊,你是真喜欢她吗?"

肖长庆不说话了。

"哎哟，到这岁数了，什么喜欢不喜欢的，就是搭帮过日子。"陈新城说，"你说说张桂荣，一天到晚围着孩子转，我这个老头子都不知道被她丢到了哪里，哪还有什么喜欢不喜欢，可不得瞎着眼过吗？"

"喜欢！"肖长庆突然说了一句，坚定，斩钉截铁。

两人吃惊道："什么？"

肖长庆的声音都有点抖了："喜欢，我真喜欢。"

两人吓了一跳，互相看了一眼没敢说话。

"我也不怕你们笑话了，爱情这俩字，我认识。我和我过世的老婆也有过，但是都过去这么多年了。直到再次遇到她，我才重新知道这俩字的意思。这些天，我吃不好，睡不好，脑子里都是她。她跟我说句话，我就能开心一天。她对我笑一笑，我再忙都不累。我这辈子都快过到头了，才知道真心喜欢一个人能喜欢成这样。如果这不是爱情，这世上就没有爱情了。所以我知道我喜欢她，这个事，我比什么都肯定。"

孙前程和陈新城又互相看看。陈新城想说话，孙前程拉住他小心翼翼地说："长庆，林洁她没单位，没退休金，也没社保。"

肖长庆说："不会吧？她工作过，怎么没会没有退休金和社保？"

孙前程摇摇头："不知道发生过什么，反正我打听来的情况就是这样的。她没退休金，没社保，是靠她父母留下的老房子的拆迁款生活的。"

肖长庆摆摆手："没关系，不重要。"

陈新城问："万一她的钱花完了呢？"

肖长庆说："我有！"

陈新城问："万一她有不可告人的过去呢？"

肖长庆说："我不在乎！"

孙前程提醒道："你一大家子人家，万一你家里人不同意呢？"

肖长庆狠狠道："我说了算。"

陈新城和孙前程互相看了一眼。

孙前程竖起大拇指："爷们，我真想像长庆这样再爱一回。"

陈新城点点头："我也想。"

孙前程说："那还等什么？"

陈新城笑笑："赶快表白吧。"

肖长庆打扮得像新郎官一样，抱着一束花老老实实地走在前面，那俩在后面不远不近地跟着。院里的老人都看见了，一边聊着，一边兴致勃勃地看着。

肖长庆一边走一边回头，用求救的表情看着那俩，俩人用手势鼓励着他。肖长庆走到林洁家门口犹豫着，孙前程急得抓耳挠腮，小声喊："敲，敲呀。"

陈新城撇撇嘴："怪不得打这么多年的光棍。"

孙前程继续喊："敲！敲！不敲我又替你敲啦！"

陈新城赶快拉住他："别，你别再来这招了，啥都有替的，这事没有替的，你老实点吧。"

肖长庆死死地盯着面前的门，伸手去敲，刚一接触到门又停下了。

孙前程急得一跺脚："唉！"

陈新城意味深长道："难不成非得组织出面？"

孙前程喊："敲啊！长庆，过了这个村，可就没这个店了！"

肖长庆终于下了决心，伸出手去。也就在这时候，隔壁的门响了，肖长庆吓了一大跳，急忙往后一退。隔壁刘大妈出来了："哟，肖主任，来我家呀？有事吗？哟，怎么还带花呀。这花可真漂亮。"

肖长庆语塞："啊，啊……在门口顺手买的。刘大妈，给您吧。"说着把花往她怀里一塞，逃命似的回头跑了。

马玲跟月子中心辞掉月嫂后没几天就到了分娩的日子，过程很顺利，一个大胖小子呱呱坠地了。肖长庆和母亲从养老中心赶回来，抱着孩子左看右看，爱不够的样子，肖林夫妻二人在一旁陪着。

"哎哟，你看这小样，"肖长庆说，"你看看这孩子多像咱家的人啊，和肖林小时候一模一样。"

母亲也高兴得直抹泪："头一个是闺女，能帮着看孩子做饭，第二个是小子，给老肖家续香火，这可真是想什么来什么，长庆，你有福啊。"

肖长庆乐呵呵地说："你们听你奶奶这封建老脑筋啊，还叫伊伊帮着带孩子做饭，这都什么年代了。"

一个女孩拿着一个奶瓶出来，对肖长庆一笑，甜甜地喊了声"姑父"，又对肖母喊了声"奶奶"，转过头去对马玲说："嫂子，该喂奶了。"

第十九章

肖长庆一愣:"这不是……这不是二妮吗?"

马玲笑笑:"是二妮。这不我把订的月嫂辞了嘛,大舅一听我要生孩子,就把二妮妹妹送来了。"肖长庆闻听此言有些不安。

马玲小心地把孩子接过来:"奶奶,爸,我先去喂孩子吃点奶。"说完抱着孩子和二妮一块儿进去了。

肖长庆小声地问肖林:"你们打算让二妮在这里干下去?"

肖林点点头:"现在雇个月嫂挺贵的,一个月怎么着也得七八千,还不是最好的。二妮这,大舅说不要钱,我寻思着一个月给她个三两千就差不多了。"

二妮的事让肖长庆心烦不已,倒不是烦二妮,而是二妮的出现,让他觉得自己和岳父家那一大摊子事,始终还有所牵连。回到办公室里,他和孙前程两个人嘀咕着这件事。

孙前程说:"你老婆走了这么多年,你还和你岳父家保持这么密切的联系,本来就不正常。"

肖长庆叹了口气,自我安慰说:"倒也没啥不正常的,有门亲戚走动着,时不时还给我送点吃的喝的,也不错。再说我老婆没得早,我有责任。"

孙前程惊呼:"我的天,见过驴拉车的,没见过上了套不愿意卸下来的。好吧,你愿意拉大车,别人管不了。可你现在要找别人,如果你岳父家知道了,他们会高兴吗?"

肖长庆琢磨着:"我就在想这个。可偏偏这时候,肖林又用他大舅家的闺女来看孩子。这旧人情我这辈子还没还上,他这辈子又欠下了。"

孙前程说:"不能!绝对不能!长庆,你宁可自己花钱给他们请保姆,也不该用你那些亲戚。这家伙一辈一辈地续上,还有完吗?"

肖长庆说:"我也是担心这个。可说起来也是马玲懂事,本来都预订了保姆,因为肖林挣得不如过去多了,才换了那亲戚啊。"

孙前程说:"那你来呀,你来帮他们请保姆呀,不比欠人情债强吗?"

肖长庆下了决心:"你说得对,我马上去劝他们。"

这天夜里,肖长庆又回到家里去了。一进门就问马玲:"孩子呢?"

"爸,您来啦!"马玲在梳头,指了指洗手间说,"二妮给洗澡呢,"然后又朝着那边叮嘱,"二妮小心点。"然后陪着肖长庆坐下,"爸,有事?"

肖长庆支支吾吾地问:"二妮还行吧?"

马玲说："还行。刚来，还不知道怎么干，好在我产假长，有时间教她。"

肖长庆压低了声音："马玲，她也没生过孩子，懂什么呀？生活习惯啥的也和咱们都不一样，再说她年龄也不小了，我知道她婆家一直催她结婚呢，到时候刚和孩子建立了感情就走了，也闪孩子一下。"

马玲无奈地说："爸，这不是没办法吗？"

肖长庆说："这样，咱们还是请个育儿嫂，咱们不请金牌的，请个一般的。"

马玲说："爸，现在我们可真请不起。"

"没关系，我打听了，一个月五六千的就很好了。这个钱我出，你们自己去选一个。"肖长庆说。

马玲奇怪地看了他一眼，没说话。

第二天肖林去上班后，马玲给二妮交代了一些注意事项，便提着一兜水果去了养老中心。昨晚她和肖林聊了聊，觉得事出反常，父亲肯定有什么事瞒着他们，便想来一探究竟。结果还没见着肖长庆，就已经水落石出，真相大白了。

牛大妈老远就亲热道："马玲你来啦？你知道不，你公公恋爱啦。"

"啊？"马玲赶快拉着她到一旁，"牛大妈，我公公一把年纪了，这事可不能乱说啊。"

牛大妈指着远处坐在椅子上看书的林洁说："看见了不？就那个。"

马玲远远地打量着："这里住的不都是咱们厂的退休职工吗？我咋没见过这人？"

"现在这里也收外面的了，她就是外面来的。哎，马玲，我听说，这个人没单位。"

"没单位？"

牛大妈点点头："也就是没退休工资，也没社保。我们老姐妹几个都说，老肖这不知道怎么吃错药了。"

晚上肖林下班回来正吃着饭，马玲坐他对面嘀咕："我不反对咱爸再婚。说起来，他一个大男人，这大半辈子过得也不容易。可是这个我觉得不太好。"

肖林问："这个怎么啦？"

马玲说："你想啊，她没退休工资，也没社保，人老了用钱的地方多啊，她后半辈子可长着呢。"

肖林问:"她自己没孩子吗?"

"听说有,谁也没见过。她孩子要养她,她至于孤零零地一个人跑到那儿养老吗?肖林,爸给咱们家拉了一辈子的车,不能老了老了我们再看着他给自己找个包袱背上。"

肖林说:"马玲,我爸这辈子过得太苦了。其实,我和肖建成家以后,我俩就劝过他再找个老伴的,可一直也没合适的。只要爸高兴,谁都行。"

马玲说:"我是担心爸以后怎么办。"

肖林大口吃着饭,说:"以后的事,以后再说,只要爸高兴。"

世上没有不透风的墙,没几天二妮就得知了此事,她往老家打电话,告诉家里人姑夫马上要娶个老伴儿,而且这个老伴儿没工作,没社保,估计以后啥都得指望肖家了。

肖长庆的岳父家得知消息后,变得热闹起来,紧急召开了家庭会议。坐在当中是一个年岁很大的老头,肖长庆的老岳父。剩下的年纪不等,是岳父家的儿女们。肖长庆的大舅子率先发话:"这事儿,咱们不能不管。"

二舅子紧随其后:"可咱咋管?说起来,我姐姐去世都十来年了,姐夫一直照顾咱家,做得也算不错了。"

大舅子又说:"可如果不是他照顾得不好,咱姐也不能这么早就过世啊。姐姐走了,咱爹还在世呢,他就想撒手不管咱们了?"

三舅子也说:"说起来,姐夫是个好人,可谁知道他找的后老伴是个啥人?到时候不让他和咱们再来往,咱一点辙也没有。"

大舅子转过头:"爹,叫姐夫来,您和他谈谈呗。"

老爷子看样子已经糊涂了,半睁着眼睛:"啊。"

肖长庆的妹妹肖长莉得知消息后,也忙不迭地到养老中心来了。

肖母从屋里出来迎她:"长莉来啦,咋不进来呢?"

肖长莉问:"我哥不在家吧?"

肖母说:"没在,一把岁数了,又忙开了,成天为这个什么社区,忙得脚不沾地的。"

肖长莉把门关上,扶母亲在沙发上坐下:"妈,我听说俺哥又找了个女人?"

肖母惊道:"你也听说了?"

肖长莉说:"我前两天回家一趟,看了看孩子,顺便给马玲带了点东西。"

"你说说你哥,"肖母叹了口气,"一把岁数了,突然又动了这心思了。"

肖长莉问:"妈,我听说找的那个女人没退休工资,也没社保?"

肖母茫然:"啊?我不知道。我问,他没说。"

"是真的,马玲告诉我的。妈,她这哪里是嫁人啊,她这是找张饭票啊。"

"要是这样,不能答应。你哥辛苦一辈子,老了老了不能再压担子了。"

"妈,"肖长莉说,"我哥也不是以前的哥了。就说我家买房这件事,他一个当哥的,帮他妹妹像割他肉似的,让肖建给了我二十万还说是借的,我拿什么还呀?"

肖母语重心长道:"长莉,说话不能丧良心啊。你打小长到这会儿,你家里的大事小情,啥事不是你哥帮的?"

肖长莉委屈道:"妈,我也没说啥啊。我也是心疼我哥。他也不年轻了,自己给自己再找个包袱背上,这辈子还有出头之日吗?"

第二十章

一大家子人都知道了肖长庆和林洁的事，本来坚定地认为老父亲开心就好的肖林，因为这古怪的气氛一时也没了主意。辗转了两天，最后他决定找肖建商量一下。

肖建放下电话就起身往外走，拉开门，正好撞见肖林。

"哥，我正说出去迎你。你咋突然来了？"

肖林进到屋里："肖建，听说咱爸又找了个后老伴，你知道吧？"

"小姑给我打电话了，"肖建说，"小姑也是，咱爸的事她比咱还上心。"

肖林苦笑："小姑这辈子靠咱爸靠习惯了，她是怕爸找了后老伴不再帮她。"

肖建说："不帮她也是应该的，爸又不能管她一辈子。"

肖林言归正传："肖建，听说爸找的这个后老伴没有退休工资，也没社保。"

肖建点点头："姑也说了。不过咱爸这辈子过得够苦的，咱俩不早就劝他再找一个吗？现在好不容易碰上个他自己喜欢的。哥，您就是专门为这事来的？"

肖林为难地说："马玲有点不大乐意，怕这女的会成为咱兄弟俩的包袱。"

肖建笑笑："嫂子多想了。如果她能让爸有个幸福的晚年，哪怕爸百年以后剩下她一个人，咱们照顾她也是应该的。哥别担心，万一有那一天，有我呢。"

肖林说："我倒不是为这个担心，我是怕这女的就是为了钱来的。"

"啊，"肖建愣了一下，"这个我倒没想到，会吗？那咱了解一下。"

肖长庆正紧张地交代工作，突然接到岳父家的电话，说他的老岳父生病了，要他赶紧去一趟。他仓促地交代完工作，便慌慌张张地走了。

肖长庆一路颠簸，又是公交又是打车的，着急忙慌地赶到了城郊岳父家，结果岳父家毫无紧张、悲伤的氛围，楼下很热闹，摆着四五张桌子，一堆人见肖长庆到来，赶忙上前迎接。

肖长庆不知道说什么，哼哼哈哈地就进来了。进了屋，弯腰在老岳父面前，把礼盒一个个拿过来给他看："这个，这个是给您老人家买的鞋，穿着舒服，您换上试试？"说着他半跪到地上，亲自为老人换鞋。

老人看着他："长庆，你多大岁数了？"

"爹，我六十三了。"肖长庆一边忙活着换鞋一边回答。

老人突然拭泪："长庆，你都六十三了，头发全白了，我还没死哩。"

守在一旁的一个儿子说："爹，姐夫来家高兴呢，您说这个干什么？姐夫，爹现在一阵清楚一阵糊涂，您别管他了，下去吃饭吧。"

肖长庆问："爹，您身体这不还挺好吗？我扶着您，咱去吃饭啊。"

大舅子上前拉他："爹吃不了多少，一顿也就一碗粥，姐夫，入席吧。"

肖长庆被让到上座，酒桌上黑压压一片人头，肖长庆看着有些不安。

大舅子举着一杯酒站起来了："姐夫好长时间不来家了。这回要不是说爹病了，他还不来。不管怎么说，姐夫来了。来，大家一起举杯，欢迎姐夫。大狗、二狗，你们当小辈的也举举杯，欢迎你们姑夫。"

众人一起举杯，一张张笑脸冲着肖长庆，肖长庆不安地挨个碰杯。

养老中心那边，林洁正在自己屋里打扫房间，门被敲响了，她过去打开门："请问您是……"

肖长莉自来熟地进来了："林大姐是吧？我是肖长庆的妹妹肖长莉。"

"哦，有什么事吗？"

肖长莉打量了一下房间："条件还不错哈。"

林洁礼貌地说："请问您……"

"噢，我刚说了，我是肖长庆的妹妹。"

林洁点点头："我知道您，您今天来是……"

肖长莉说："没啥，我哥去他岳父家了，让我代替他来看看您。"

林洁不解："让您……代替他？"

肖长莉说："是啊。他不是没空吗？我这个哥啊，没别的，就是穷亲戚多，家庭负担重。我嫂子死了年数是不短了，可我哥岳父这一大家子人家还要靠他，隔三岔五他就得到岳父家看看。"

林洁摸不着头脑地看着她，不明白她在说什么。

肖长莉一本正经道："所以啊，我哥看着退休金不低，其实也没啥油水了。"

"不知道您这话是什么意思？"林洁还是很有礼貌。

"这样……我直说了吧，"肖长莉笑笑，"您不是想嫁给我哥吗？我们家的意思是……"

林洁的神情豁然一变："谁跟你说我要嫁给你哥？"

肖长莉好奇道："你成天接近我哥不是这个意思？"

"我什么时候接近过你哥？我觉得你们可能误会了，如果您是来说这个的，还是请您走吧。"

"林大姐，您别生气，"肖长莉说，"您听我解释，我嫂子死得早，我哥打了多年的光棍，看见老同学，一时动了心也是可能的。可是……"

林洁打开了门："出去！"

"你听我说……"

"我不想听，麻烦您出去，马上！"

肖长庆酒量不算大，脸上已经开始泛红了。大舅子提起酒杯，说："这第三杯酒，敬我早死的姐姐。"此话一出，酒桌上的气氛一下子凝重起来，肖长庆也神情肃然，"我姐姐是我们家最有出息的。别人家都是女孩下学供男孩，可我们家反过来。因为我姐打小学习好，爹妈都说不管男的女的，得先供出去一个，供出去一个，我们家才有希望。我姐是我们集全家之力供出去的，我姐考出去的时候也答应过，等她出息了，再想办法帮家里，帮着我们这几个弟弟妹妹都出去。谁能想到，年纪轻轻她就没了呢。"说着就拭了一把泪。

他这么一哭，几张桌上的人一起哭，还有的女人年纪很轻，见没见过这位姐姐都不好说，此刻却哭出了声。

肖长庆一抬头把酒杯里的酒喝了下去。

大舅子继续道："姐夫，我姐死得太早了。她要是得了该死的病，我们也没话说，可就那点小病……"

肖长庆站起来："我没照顾好你们姐姐，是我这个做丈夫的失职了，我对不起了。"说着给大家深鞠一躬。

"哪里，哪里？我们没姐了，有姐夫不一样吗？"

肖长庆豪言壮语道："老话说，一个女婿半个儿，可对咱家来说，你们的姐姐是老大，我就是咱们家的长子，她没了，我替她行儿女之孝。"

酒杯一下子全举了起来。

"姐夫这么说了，咱还有什么话可说啊？姐夫，咱们家就靠您了。"

肖长庆没说话，闭着眼、苦着脸又一饮而尽。

"姐夫，"大舅子凑到肖长庆跟前，"我听到句话，不知道是真是假，姐夫要续弦了？"

所有的目光都盯着他。

肖长庆吓了一跳："啊？哪有的事？"

大舅子觑着眼睛看着他："姐夫是说没这事吗？"

肖长庆支吾着："你要说有吧……是有个人，以前认识的。但这事八字还没一撇呢。"

大舅子说："姐夫，今天一家人都在这儿，我代表咱全家表个态，我姐死去多年了，姐夫想再娶，我们也不能反对。可不能因为您再娶，咱家的事您就不管了。"

肖长庆说："哪能呢？爹还是我爹，你们还是我弟弟，以前咋样还是咋样。"

"你们都听见了没？"大舅子站起来对着大伙说，"我说什么了？我早就说，咱姐夫不是白眼狼，不是忘恩负义的人，你们还不信。现在，该信了吧？"

二舅子附和道："我信！我信咱姐夫是个好姐夫，可将来的后老伴呢？姐夫，以后的事以后再说，咱先说眼前的事呗。"

"眼前的……眼前有啥事啊？"肖长庆问。

大舅子说："说起来也没啥大事，咱一家都是通情达理的人。爹老了，他把姐拉扯大，刚有了出息，她就没了……"

肖长庆说："我不是每个月都给赡养费吗？"

"姐夫，现在物价涨得这么厉害……"大舅子一副欲言又止的样子。

肖长庆说:"那咱再加,我每个月再加一百……"看看大家的目光,"二百,行吗?"

大舅子点头:"行行行。你们看,咱姐夫就是孝顺。"

二舅子顺势问道:"姐夫,你侄子下了学,一直也没个正经工作,你帮他在城里找个工作呗。"

肖长庆说:"老二不是在县里工作了吗?"

"别提了,活累,挣得还不多,跑回来了。姐夫,你这个侄子没啥大毛病,就是不爱吃苦。你就帮着他在你那里找个不用出力挣得还多的工作呗。"

肖长庆苦着脸没说话。

三舅子立马跟上:"姐夫,现在做买卖成本高,挣不着钱,弄不好还得往里赔钱。我会开车,姐夫,您帮我买辆车,我去城里跑出租呗。"

四舅子站起来:"姐夫,你看看我家那房子……"

五舅子也跟着站起来:"姐夫,你侄子年底就打算结婚了……"

一顿酒席折腾了大半天,肖长庆下午才回到养老中心来。

孙前程迎上来:"你总算回来了。"

是三舅子把肖长庆送回来的,临走了还在和他招呼着:"姐夫,我回去了,那些事,你别忘了啊。"

肖长庆来不及和他说话,只挥了挥手,急着问孙前程:"怎么啦?"

孙前程拉他往里走:"赶快吧,林洁要走了。"

肖长庆一惊:"啊?"

办公室里,陈新城和夏明舟正想方设法地挽回局面。

"林女士,如果对我们的服务有意见,尽管提。您才进来一个来月,就这么走了,给外界什么印象?是不是我们对居民照顾得不周啊?"陈新城客气地问。

林洁客气地微笑着:"不是,完全是我个人的原因。"

陈新城说:"长庆不在家,去他亲戚家去了,您好歹等他回来。"

林洁脸色一变:"陈先生,我和肖长庆是同学不假,但我入住这儿,是看了你们的宣传广告进来的,进来的时候就说过来去自由的,现在我想退住,和他有什么关系?"

陈新城只好打哈哈:"当然,没关系,没关系,我只是说毕竟是同学嘛。"

林洁还要说什么，手机响了，她看看手机，对陈新城一笑："抱歉，接个电话。"然后起身出去了。

林洁来到走廊接起电话："什么？不是说好的吗，为什么又不租了？"

电话那头说："他们那边商量了下，觉得两千这个价格还是太低了，现在有租户提出来可以付三千的。林女士您要是能付三千，这房子还是您的。"

林洁为难道："我考虑一下，再和您联系。对了小伙子，麻烦您再帮我找找别的房源，有两千块钱以下的不，尽快，拜托了。"放下电话，长长地叹了口气，黯然地看着窗外。

肖长庆由孙前程陪着慌慌张张地进来了。屋里只有陈新城和夏明舟两人，夏明舟正对陈新城说着什么，陈新城频频点头，看样子很认同。几天的工夫，忙碌的工作已经让两人之间没了过去的剑拔弩张。

肖长庆问："她呢，走了？"

夏明舟说："肖长庆，我必须跟你说清楚，如果你永远把你家那些七大姑八大姨背在自己身上，我劝你就别再想林洁的事了。"

孙前程猛咳一声，林洁进来了，一看到肖长庆也在屋里，她停了下来。

肖长庆转过身去："林洁，听说我妹妹给你惹麻烦了。对不起！我正式向你道歉，并且向你保证，这种事情再也不会发生第二次了。"

孙前程说："是啊林女士，您这样走了，长庆心里肯定不安生啊，社区里的居民怎么看他？您能不能再留一段时间，如果您觉得还不行，到那时候，您爱走爱留，我们绝不留您。"

林洁声音有点凄楚："好，我暂时在这儿住下。不过，当着大家的面，我想申明一句，我和肖长庆只是高中的同学，没有任何超过普通朋友的关系。请大家不要误会，我到这儿来只是来养老的。再见。"林洁看了一眼肖长庆就转身走了。

晚上，肖长庆一个人呆呆地坐在院子里那条长椅上，往林洁家看了看，窗户上亮着灯，突然间就灭了。肖长庆神情黯淡地低下头去。

孙前程过来坐他身边："哟，喝酒了。"肖长庆没说话，孙前程拍拍他肩膀，"不想说，就不说吧，就这么坐坐也挺好。"两人沉默地坐在那里。

陈新城过来了，也在他们身边坐下："哟，喝酒了。"

肖长庆突然就恼了："你们管我喝酒干什么？我窝囊一辈子，现在想喝点酒还不行？"

第二十章

那俩吓了一跳,赶快答应:"行,行,行。"

肖长庆沉默着,突然声音有点哽:"你们说说,你们倒是说说,我这辈子一直在拉车,家里的、外头的、父母的、儿女的、亲戚的。自从搬到这里来,外面的事我不大想,寻思着老了,能把担子卸下来了,没想到还越拉越重了。我到死能卸下这套来吗?"

陈新城说:"怎么不能?只要你想卸肯定能卸下来。"

肖长庆摇头叹息:"不能,不能啊,一大家子人呢。"

孙前程说:"是一大家子人,但他们也是人,他们应该靠自己活,不能放到你一个六十多岁的老头子身上。"

肖长庆愣了愣,继续摇头:"卸不了,卸不了啊。"

孙前程和陈新城对视一眼,同时叹气。

晚上肖长庆和衣躺在床上,昏昏沉沉地睡着,肖母坐在床边看着他。肖长庆突然抖了一下,醒了。

肖母探身过来:"醒啦?喝多了?想喝点水不?"

肖长庆看看母亲,没说话,背转身去。母亲叹息一声,颤巍巍想走。

肖长庆突然叫了一声:"妈。"肖母回来又坐下了。

"妈,"肖长庆带着哭腔埋怨,"为什么呀?凭什么呀?"

"唉,谁叫你是个老大!"肖母连声叹气。

"老大不是人吗?老大不能过好日子吗?我打十五岁就开始和您一起撑起了这个家,今年我都六十三了,这辆车我都拉了快五十年了,还没卸下套来呢,为什么我老了老了都不能喘口气呢?"

母亲颤巍巍地伸出手,在他脸上摸了一把:"你吃苦啦,让妈来吧。"

次日,肖母随便吃了点早饭,仔细地洗漱一番,梳了头,换了身衣裳,呆呆地坐在那里,身边放着一个旅行包。

"妈!"肖长莉接到肖母的电话赶过来了。

肖母抬头看她:"你过来,过来。"

肖长莉凑过来了:"妈,有事?"

肖母一动未动:"近点,把脸靠近点。"

肖长莉伸过脸来:"妈,什么事?"

肖母突然抬起手,给了她一耳光,打得肖长莉"哎哟"一声捂住了脸:"妈您干什么呀?"

肖母怒声道："叫你好事，叫你废话多！你哥帮了你一辈子，以后不许你再麻烦他，就叫他过他想要的日子吧。走！"

肖长莉捂着脸："妈上哪去啊？"

"我不光是你哥的妈，也是你的妈。你哥该养我，你也该养我。走，我去你家住段日子去。"

肖长莉委屈道："妈，我家那小房子……"

"再小的房子我不嫌。你要觉得没办法安排我，就送我到桥洞子底下。"

肖长庆还在院子里带领大家种树，有人从远处喊他："长庆，肖主任！"

肖长庆一回头，看到肖长莉愁眉苦脸地提着母亲的包领着母亲往外走。肖长庆赶快跑过去了："妈，您这是上哪儿啊？"

肖长莉解释："别提了，你说这老太太邪怪不，非说你该过自己的日子了，要跟我去住。哥，我那个破家您又不是不知道，我把她安排在哪儿啊？"

肖长庆看看母亲，母亲也看着他。肖长庆笑了，对肖长莉说："妈想住住闺女家，就让她过去住一段吧。妈，住够了，我再接您回来。"

肖母哆嗦着拉着肖长庆的手："长庆，我走了，你想干什么就干什么吧。苦了一辈子，老了就过自己想过的日子吧。"肖长庆站在那里，看着肖长莉扶着母亲带着大包小包上了一辆出租车，车开走了。一股烟尘散去。他转身往回走。

小树林里，晓晴看着许工把药服下去，大志和大瓜在旁边架着机器，画面里是许工和晓晴，大志眼睛里只有晓晴，不自觉地就把画面往晓晴身上转。

"大哥，你拍啥呢？焦点都偏了。"大瓜提醒他。大志赶紧把焦点调回来。

"许叔叔，今天我教你跟别人视频通话吧。"晓晴拿着手机说。

许工问："还可以视频啊？"

"是啊，就在您的手机上，很方便的。"

许工羞涩地微笑："我们以前那种手机，能打电话发个短信就挺好，现在这手机啊，花样一个比一个多，看得我眼花缭乱的，我老了，搞不懂了啊。"

大志坐过来："许叔叔，这手机没您想得那么复杂，您试试吧。"

许工拿着手机试了一阵，抱歉道："密码我又忘了。"

晓晴提醒他："不是还可以用指纹吗？来，试试。"

许工试了试，打开了，高兴得像个孩子似的："要说这技术，真是日新月异，我搞了一辈子电子，现在也想不通这小屏幕是怎么识别指纹的。"

大志帮他打开和儿子的视频聊天，拨号时，许工低着头，很紧张地等着。

电话接通了，出现了许建设的面孔。大志和晓晴相视一笑，往后坐了坐，让出空间给许工。许工很惊喜，两手拿住电话："喂！建设，是我，你忙着呢？"

"爸，我正准备开会呢，您看看。"许建设把镜头扫了一圈，会议室里，两侧坐着好几个西装革履的人。许工突然不知道该说什么，很明显视频那头的许建设也不知道说啥。两人沉默了片刻。

"建设，你好好的，别挂念我，我在这儿可好呢。昨天中午吃的鱼，今天中午听说是水饺。建设，你啥时候有空过来呀，我们食堂还能点菜呢，爸爸给你点你最喜欢吃的……"许工没话找话地说了一堆。

许建设打断了他："爸，对不起，我还忙着。您会视频了，以后咱们联系就方便了，等有我空了和您视频。爸，先这样，再见。"说完把视频挂了。

许工抬起头来问："他怎么挂了？"

大志说："许叔叔，他工作忙，不是说了吗，以后再和您视频。"

许工嘀咕着："忙？忙点好啊，他这么忙，也不知道啥时候是个头，身体可别忙坏了。"又转过头来对晓晴说，"晓晴，我累了，我想回去睡一会儿。"

"那您就去休息一会儿。晚上他总有时间的，晚上您再跟他视频。"

陈新城和孙前程在远处的石凳上注视着这一幕。

"这俩孩子真好啊。"孙前程感叹。

陈新城嘴一歪："好什么好！"

"我告诉你，"孙前程说，"不管你和夏明舟怎么看这事，我就一个想法，晓晴开心就是最重要的，至于你和夏明舟开不开心，我可不管。"

陈新城按住他："俩孩子的事先不提，现在肖长庆怎么样了？"

"失恋了呗。"孙前程说。

"那怎么办？这事儿咱也帮不了他啊。"

孙前程说："帮倒是能帮，我又托人联系到了林洁以前的同学。"

"你又打听？"陈新城小声张望着说，"你不怕肖长庆知道了跟你拼命啊？"

"秘密调查呀，我也是为了长庆好啊。难道你愿意看他一直这个样子？不得帮他把路都探清楚了。"

陈新城叹道："孽缘啊！孽缘啊！"

次日午后，许工和林洁安静地坐在树林里，林洁在看书，许工则虔诚地握着他的手机。他费力地学会了视频通话，但只跟儿子通了两次，每次说不上几句话，儿子那边就会被各种琐事打断。

突然，许工的身体慢慢地向一边倒下去。林洁被惊动了，吓了一跳，急忙扑过来，在许工没完全倒地以前抱住了他，同时大叫起来："来人！来人啊！"

正在不远处拍视频的大志和晓晴听到声音赶紧跑了过来，看到许工的样子也吓了一跳。大志替林洁抱住许工："晓晴，快去叫救护车！"

救护车呼啸着赶来，停在院子里，众人帮着护士往车上抬许工，许工已经昏迷了。这时候许工的手机突然在他手里响起来。肖长庆去抽手机，许工抓得太紧，抽不出来。晓晴走上前说："我试试。"

她轻轻地跟许工耳语了几句："许叔叔，把手机给我，您儿子来电话了。"

许工的手松开了，晓晴把手机接起来，打开了，是微信视频。

视频里露出许建设的面孔："爸……哎，您是……"

晓晴说："许叔叔病倒了，现在正送往急救中心，你赶快过来吧。"她把镜头对准许工。视频那头的许建设看着视频上的镜头愣住了，然后撒腿就往外跑。

急救中心的走廊里人来人往，许建设没多久就赶到了，脚步声急切、慌张，在走廊里激起巨大的回响。陈新城迎上来说："别急，正在抢救，大夫说是心肌梗死。"

许建设大声喘息着："啊？我爸有心脏病？"

肖长庆说："他有，他入社区的时候做过体检，有严重的心脏病，你之前不知道吗？"

许建设摇摇头："我不知道，他从来没说过，我一直以为他很健康。"

抢救过程一直持续到晚上，其他人尚能坐得住，许建设则像热锅上的蚂蚁一样走来走去，不时扑到急救室门口努力向里张望，冷不丁地还会抓住任何一个路过他跟前的白大褂去打听消息。

孙前程瞅了许建设一眼："早干吗来着？"

肖长庆撞了他肩膀一下："别这么说，建设是孝顺孩子，他就是太忙了。"

陈新城看看手表："十一点半了。"

急救室的门突然开了，许建设一下子扑过去，两个大夫从里边出来。

"大夫，我爸他……"

"对不起，我们尽力了。进去告个别吧。"大夫摇摇头。

许建设一下子愣在那里，大志和晓晴也愣住了。三人互相看看，似乎眼前发生的一切不是真的。陈新城率先醒过神来，走上去，拍拍建设的肩膀："进去和你爸告个别吧。"

许建设仓皇地回头看他们一眼，然后就头重脚轻地进去了，门关上。片刻，里边发出一个大男人撕心裂肺的喊声："爸！"

三人叹息了一声。孙前程看着神情悲伤的晓晴和大志："都回去吧。"

在他们身后，传出许建设的哭喊："爸，我来了，我现在有空了。您想和我说什么话，您说啊，告诉我，您别带走！"

回到养老中心，三个人都心事重重，坐在院子里的长椅上，无力地望着天空。

"我倒觉得，许工挺幸福的。活了八十岁，就这么突然一闭眼，走了，什么痛苦也没有。"陈新城说。

过了一会儿，肖长庆摇摇头说："可他把痛苦留给了孩子。你们看看建设，成啥样了。"

陈新城哼了一声："那也是他该受的。许工活着的时候他成天没空，许工这一走，他不也有空了吗？"

"唉，人啊，总是这样，"孙前程说，"总觉得还有时间还有时间，可谁知道，明天和意外哪个先来？"

许工突然离世的忧伤氛围在养老中心持续了一段日子才散去。这天，夏明舟和三个老头在办公室围绕着老人们与儿女的情感交流问题在商讨，晓晴和大志进来了。

　　孙前程问："晓晴，你怎么来了？"

　　"爸，妈，"晓晴说，"我有件事想跟你们说。"

　　夏明舟和孙前程赶紧站了起来，互看了一眼。"你要说什么？"夏明舟问。

　　"爸，妈，我想去大志哥的公司，和他一起去创业。"

　　孙前程、夏明舟和陈新城一起跳起来："什么？"

　　晓晴看看大志，大志鼓励地看着她。

　　"我大学学的就是设计专业，他们公司也正好缺一个美术方面的人，我们沟通过了，双方都没有问题。我也不能一辈子在这儿。"

　　夏明舟说："你愿意去别的地方工作，当然没问题，可为什么你突然……"

　　孙前程问："是不是你许叔叔的事情刺激到你了？晓晴，你别想太多……"

　　晓晴坚定道："爸，我没那么脆弱，我是真的希望为自己选择一次。"

　　"放心吧，叔叔阿姨，"大志说，"有我呢，晓晴不会有问题的。"

　　孙前程看了一眼大志，有些不高兴："晓晴，爸爸不是不同意，只是你不在爸妈身边，你毕竟还生着病呢，你在外面不知道能不能按时服药……"

　　晓晴说："爸，我好久没吃药了。"

　　孙前程继续反对道："爸爸妈妈担心你的身体……"忽然意识到了什么，问，"什么？你刚才说什么？"

　　夏明舟也不可思议地问："你再说一次？"

　　晓晴笑着看向大志，大志也对晓晴笑了笑。

　　"我说我停药好久了。"晓晴说，我停药也是不知不觉的，可能真的不太需要了。"

　　夏明舟愣住了，孙前程激动地问："你是说，你好了？你的病好了？"

　　晓晴认真地点了点头。肖长庆和陈新城对视了一眼，脸上也露出笑容。孙前程转过身去，不让晓晴看见自己的眼泪，然后挥了挥手："你想去哪儿就去哪儿，只要你开心，爸爸都支持你！"

　　夏明舟也眼睛红了，低头挥了挥手："想去就去吧……"

　　大志看向陈新城，陈新城也朝大志点了点头。许工去世后，大志似乎突然间明白了要如何与父亲相处，父子二人明显变得比从前更融洽了。

第二十章

肖长庆笑着走上前,搂着大志和晓晴:"大志、晓晴,既然你们做了自己的选择,那就一定要一起走下去,不管遇到再多困难,都不能放弃,记住了吗?"

大志和晓晴点了点头。

肖长庆笑着把他们推出去:"那就去吧,去做你们年轻人的事,这里就留给我们这群老家伙吧。"

大志团队拍摄的《二十四》刚上线两天,站内热度就破了两千万,晓晴的加入也让公司里的同事们很开心,大瓜和小乐特意把办公桌拼到一起,筹备了一场迎新晚宴。

"陈大志可太牛了!"大瓜喝得脸通红,"在一群老头老太太中间,竟然能一边拍着片子,一边把个人问题给解决了,我是真服了!"

大志笑着说:"去你的。"然后转头看了看四周,"对了,我妈呢?"

"阿姨说出去给晓晴买蛋糕了。"小乐说,"你是不知道,阿姨前几天知道晓晴要来,拖地都跳着舞,别提多高兴了。"

"给阿姨打电话让她回来吧,"晓晴担心道,"这么晚了,买什么蛋糕啊。"

大志连连点头。突然,大瓜的手机疯狂响。大志问:"什么情况,这么多消息,你手机坏了?"

大瓜赶紧打开手机,眼睛一下子瞪大了:"我的天!出大事了!"

"怎么了?"大志吓了一跳。

大瓜把手机递给大志,大志拿过来,发现是一则短视频,张桂荣穿着大志花里胡哨的衣服一边拖地一边跳舞的视频。页面上点赞的红心疯狂冒出来。

大志也傻了眼:"这……怎么回事?

大瓜说:"我那天闲着没事,看阿姨开心,就随手拍了个小视频发公司视频号上了……怎么这么多点击?"

小乐开心得哈哈大笑:"大志,阿姨这要成网红了啊!"

晓晴也笑了:"我看过不了几天,阿姨这点击量就超过你的了。"

大志看着视频也笑起来。恰好,张桂荣买完蛋糕,穿着大志衣服哼着歌走了进来。小伙伴们看着张桂荣都一愣。

张桂荣笑着说:"大志啊,我早就想知道,你这衣服这么多口袋能装多少东西，你别说，装得真多呢。怎么样，妈穿着好看吗？"

大志傻了一样："好看……妈你现在可太好看了！"

张桂荣大笑："是吗？晓晴，不是阿姨吹牛，阿姨年轻的时候也是有很多男孩子追的，也就是当时瞎了眼，让大志他爸爸捡了个便宜。唉，你们都看我干吗啊？"张桂荣说着就要脱下口袋马甲。

大瓜说："阿姨，你好像要红了。"说着把手机递上去。

张桂荣看着视频，既惊讶又害羞："这是……怎么回事啊……你拍阿姨这个干吗呀？赶紧删了，让熟人看到多害羞啊。"

大志说："妈，这有什么害羞的？这么多人都点赞，证明大家都喜欢你。我在想，既然已经无心插柳了，不如我们就让它柳成荫！"

养老中心的门上挂起了欢度中秋的大红灯笼。院里，几个清洁工人正在打扫卫生，食堂门口炊事员正在卸鸡鸭鱼肉。有几位老人正很快乐地和大家告别，跟着前来接他们的儿女往外走。中秋节就要到了。

陈新城高声大气地打着电话："你别管我了，就当没我这个老头，和你儿子过吧。什么？你还回来？嘿，我还寻思着你真不要老头了呢。"

孙前程进来了，示意有话要和他说。陈新城对着电话说："行，那你就到我们中心来，咱们老两口在这儿过中秋吧，别回家了。先这样。"放下电话，转头问孙前程说，"什么事？"

孙前程挡着嘴巴，神秘地说："我打听到了林洁的一些情报。"

"啊？你查到什么了"

孙前程说："我查到她大学学的专业很冷门，毕业前就被分配去了西北某个单位，但那个单位却怎么也查不到。"

陈新城问："什么意思？"

孙前程说："你是个猪脑子啊！什么单位在西北，什么样的单位我们查不到？"

"哦！"陈新城惊呼，"你是说，那些保密单位！"

孙前程点头："对啊！"

"那她岂不是个科学家？"

"很有可能，但我也打听到了，她不是到了年纪退休，是很多年前，她自己从西北回来的。"

"啊？那不就是被辞退了？如果她真的是保密单位，她干了什么被会被辞退啊？泄密？还是做了间谍？"

"你还真敢想啊，"孙前程说，"哪有那么严重，也可能就是犯了工作上的错误也说不定啊！"

"但是不能不警惕啊。"陈新城谨慎道，"这事咱们得告诉长庆，万一身边睡上个特务，咱们社区都危险啦。"

"听你说的，"孙前程白他一眼，"咱们社区有啥需要保密的，还来个特务啊？"

"那也不行，过去结婚都搞政审，现在不搞了，可这意识还得有吧？前程你盯着他，要是他还不死心，咱们就把这事告诉他。"

孙前程说："肯定不死心，长庆想请她去家里过中秋呢。"

肖长庆从出租车上下来，打开后车门，把肖母搀下来。肖母捶了捶自己的老腰："你看看，我才去长莉那边住了几天啊，我说就在她那儿过中秋呗，还非接我回来。"

肖长庆乐呵呵地说："妈，您在，咱们才像一个大家庭嘛。我也和肖林、肖建说了，都到这儿来，咱们在这儿过节。"

肖母点点头："唉，也是，一家人凑一块越来越难了。"

肖长庆扶着肖母进了屋："妈，我和您商量件事。"

肖母瞥他一眼："你说。"

肖长庆支吾了一下："那个，我想请林洁到咱们家来一块过节。"

肖母没说话。

"妈，"肖长庆继续劝道，"院里大多数老人都被子女接回家过节了，她也没个地方去，一个人在院里挺孤单的。再说了……上次出了那个事以后，我都不好意思再去找人家。但是我想今天把肖林、肖建还有长莉都叫过来，把她叫过来一块认识认识，也是给人家道个歉不是。"

"你心里还是放不下她吧？"肖母一眼就看破了他的心思。

肖长庆看着母亲，犹豫了一会儿，最后还是点了点头。

肖母把拎着的包放下，说："也难为你了，多少年没对一个人这么用过心，就随你吧。"

"人家不一定愿意来呢。"肖长庆咧开了嘴，"妈，您先歇歇，我去试试。"

第二十一章

院子里人少了，很清静，林洁穿一件外套，孤零零地坐在小树林里，望着夕阳消失的方向。

"林洁。"肖长庆慢慢向她靠近，停在离她不远的地方，小心地喊了她一声。林洁迅速地抹了一把脸，转过身来，脸上还挂着泪痕。

"你怎么哭了？"肖长庆惊了一下。

林洁没有说话，只是又擦了擦脸。

"还是因为那件事吗？"肖长叹了口气，"对不起，我再次跟你道歉！你放心，我保证肯定不会再发生了。"

林洁摇了摇头："那件事已经过去了，不是因为你。"

"那是出了什么事吗？你告诉我，我肯定能帮你。"

林洁还是摇了摇头，看向远方，没有回答。

肖长庆有点手足无措："你不想说没关系，那我陪你坐会儿？"

林洁回过头看着肖长庆，肖长庆的脸上都是关心。

夏明舟坐在沙发上闭目养神，孙前程开门进来了。夏明舟睁开眼看着他，好像突然不认识了。

"明舟，你怎么啦？好几天没见，我以为你还在社区呢，怎么又回来了？"

夏明舟缓缓开口道："孙前程，我老了吗？"

孙前程说："怎么突然问这个？"

"明舟集团日子不好过，新城集团有了先力的助力，一路攻城拔寨，明舟不是他们的对手了。我听说了，想回去挽救大局，可是他们不要我，他们甚至开会都不叫我参加。孙前程，当年明舟集团可是我一手带出来的呀。"

孙前程坐到她旁边安慰道："明舟啊，你不是已经退休了吗？明舟集团的事和你没了关系。咱们社区离不开你，你就不用再想那边的事了。"

"可是我这辈子不就干了明舟集团这一件事吗？"夏明舟忧心忡忡道，"如果明舟集团垮了，我这辈子不是白活了？"

"哪能那么说呢？"孙前程比画着说道，"你带出了一个大企业，兴盛的时候有几万职工，一年给国家缴好几个亿的税，这不就是你的贡献吗？"

夏明舟摇摇头："可明舟集团现在不行了呀。"

"那是他们年轻人的事。明舟啊，你要相信一代比一代强，他们总有他们的办法。人家不用你管，你就别再想啦。"

"这么说……"夏明舟叹了口气，"我真的老了？"

孙前程端详着她："老了，明舟，你年轻的时候多漂亮啊，可现在……"

"难道我现在丑啦？"

孙前程笑笑："不丑，一个年纪有一个年纪的风采，要是老了还和年轻人比美，那就是丑了。"

夏明舟不说话了，呆呆地坐着，突然流下泪来："一辈子还没怎么过，怎么就到头了呢？"

"没到头，还长着呢，"孙前程用哄孩子的语气说，"那段人生结束了，新的人生才开始。"

夏明舟擦擦泪站起来："好吧，今天中秋，晓晴也不回来，你也别回去了，我去做饭，咱俩一块过吧。"

孙前程吓了一跳："啊？你这辈子哪下过厨啊？还是我来吧。"

"不，"夏明舟坚决道，"你不刚说新的人生开始了吗？我得学着过，我去了。"说着转身了厨房。

孙前程做梦一样坐在了沙发上，小声念叨："夏明舟做饭给我吃，天哪，她会做什么呀？孙前程，她哪怕做出一坨屎，你也要高兴地吃下它。"

夜空中，一轮大而圆的月亮升了上来。

小树林里，肖长庆与林洁并肩坐着，默默陪伴着彼此。月亮掠过树梢时，林洁突然开口："我想他了。"

肖长庆顿了顿，问："你先生？"

"是，"林洁点点头，"那个人啊，又聪明，又好强，把事业看得比什么都重要。偏偏他干的又是国家保密项目，他啊，总觉得自己肩上担着国家的未来，没白没黑地干，试验最紧张的时候，他经常二十四小时连轴转。"

肖长庆恍然大悟："你先生是科学家啊？"

"对，我们都是，我当年去西北也是为了那些项目。"

肖长庆抿抿嘴："原来是这样……"

"我记得也是一年中秋，放了一天假，我俩好不容易凑到一起，一个月饼还没吃完，单位上突然又来电话，项目出事了，他披上衣服就走了，我不高兴了很久。后来，我们之间出了很多问题，我回来了，他却在那边发生了意外。"

肖长庆叹了口气。

林洁说："刚才坐在这里，就是突然想起来，我和他在一起的时候，好像从来没一起过一个完整的节。我有些后悔，那时候我要是没走，他可能……"

肖长庆听着她的话，神情慢慢放松起来，口吻也变得像一对老朋友。

"过去的事了，就别多想了。他这辈子虽然活得不长，可是比我们这些人都有价值。"

林洁说："我倒不这么看。谁能说一个普通人的生活就不如一个科学家有价值？在生命的意义上，所有的人都是平等的。我只是觉得可惜，他走得真是太早了。他劳累了一生，几乎没有休息过一天，没真正享受过生活，就这么走了，留下了我自己。"

"不是还有孩子吗？"肖长庆问，"孩子为什么不回来看你？"

林洁的口吻变得有点距离："哦，他太忙了。"

肖长庆很真诚地说："咱们岁数都不小了，你一个人总不是个事。孩子啥时候不忙啊？你看看许建设，这不是一辈子的遗憾吗？你别给孩子留这样的遗憾，跟着他去生活吧，你的晚年有个依靠，孩子也有个家。"

"你说的我会考虑的。谢谢你，今天陪我说了这么多话。"林洁说。

"没什么，能跟你聊这么多，我已经挺高兴了，"肖长庆说，"林洁，说到遗憾，其实有些话，我一直想说，但是这些年也没什么机会。虽然现在说这些好像也没什么意义……"

"你说吧，你都听我说这么多了，我也想听你说说。"

肖长庆说："当年我跟你分开，没跟你一起去上大学，不是因为当时我有了别的想法，是因为……那时候，我爸没了。"林洁脸色一变。

"那时候我不敢告诉你，是怕你知道以后心里有负担，再耽误了前程。所以我只好……"

林洁愣了许久，点点头："原来是这样啊。"

肖长庆问："那时候你很恨我吧？"

林洁摇了摇头："是难受过一段时间，也是那段时间，我认识了我先生。这就是命运吧，往哪边迈一步，都是一辈子的事。"

"这么多年，我一直想跟你说声对不起。"

林洁笑了笑："都这么久了，还有什么对得起对不起。你做的决定，现在的我能理解，如果你当时就告诉我，我也会理解的。都过去了。"

"谢谢你林洁，让我说出来，我心里好受多了。"

林洁笑着点了点头，肖长庆舒了口气。

"对了，林洁，今天是中秋，我想请你到我家一块过节，行吗？"

林洁看着肖长庆，一时间不知道怎么回答。

"你别误会，我就是看你一个人，所以……"肖长庆不知道要怎么解释。

"好！"林洁爽快地答应了。

肖长庆开心道："你答应了？"

"嗯，"林洁点点头，"谢谢你邀请我！"

"太好了，不过，我两个孩子，还有你见过的那个妹妹也会来。我妹妹曾经让你不愉快，我会让她亲自跟你道歉。"

林洁说："没关系的，她是有误会，误会消除了不就行了吗？我去。"

肖长庆兴奋地说："那，你先坐，我回去安排一下，到时候在门口叫你一声，你过去就行。"

肖长庆要走，林洁把肖长庆叫住："肖长庆。"

肖长庆回头："嗯？"

林洁说："刚才这些话，我没对别人说过，也不想让别人知道。"

肖长庆点点头："我明白。"然后转身继续往回走，却不自觉地叹了口气，"别再瞎想了，就这样挺好。"

陈新城老两口把桌子摆在了门口，桌上放着两盘小菜，陈新城对月独酌，张桂荣又端了两盘菜出来放桌上。"大志说他不回来了，"张桂荣边忙活着边对陈新城说,"他要和公司里的小伙伴一起过,当然,还有晓晴。"

陈新城哼了一声:"这翅膀还没硬呢,就不回家了。对了,他们公司现在已经没啥大困难了吧,你还去瞎掺和什么呢?难道现在还付不起保洁的钱吗?"

张桂荣没说话,打开自己的手机给他:"你看看。"

陈新城瞅了一眼,问:"这是什么?"

"这是他们公司的视频号。"

"什么东西?这么多人看?等等,这里面怎么还有你啊?"

"有我怎么了,"张桂荣自豪道,"这是大志他们给我拍的,虽然我不懂,但是这东西挺好玩的。"

陈新城点开张桂荣的时尚变装视频:"不是,你一把年纪了跟这群孩子瞎胡闹什么?我的妈呀,还化上妆了,你这穿的什么呀,不伦不类的。"

张桂荣一把抢过手机:"你懂什么?年纪大了就不能化妆了,就不配穿漂亮衣服了?那些孩子说了,年轻指的不是年龄,是一种心态,更是一种生活态度。你看这么多点赞和评论,都是夸我的,大志说粉丝越来越多,可高兴了。"

"行了行了,"陈新城摆摆手,"你愿意怎么跟儿子胡闹我都不管,但你不能忘了主业啊。你这段时间照顾好我了吗?你玩得倒是开心了,考虑过我过的是什么日子了吗?"

张桂荣说:"我这不是工作忙吗!等忙完这段时间,我就……"

"停,"陈新城侧着耳朵,"这话怎么听着这么熟啊?"

"这话你念叨了一辈子肯定熟啊。"张桂荣没好气地说。

"张桂荣!"陈新城佯装愤怒。

"好好好,你别急,我哪能扔下你不管。外面凉,我去给你拿件衣服。"她站起来往回走,身体突然一晃。

陈新城吓了一跳:"你怎么啦?"

张桂荣一笑:"没怎么,起猛了。"说着就走了,一边走,一边捂住嘴,努力控制住咳嗽。陈新城毫无觉察,拿出手机又看起大志的视频号,反复地看着张桂荣的变装视频。

小岳过来了,身后还跟着个农村老爷子。

"陈总!"

陈新城连忙把手机收起来:"哟,小岳来了,这位是……"

小岳说:"我爹。我一直有个梦想,想让我爹过上和城里老人一样的生活,这回过中秋我没回去,把他接到城里来了。爹,这位就是陈总。"

陈新城赶紧起身迎接:"老人家,坐,坐吧。小岳可是个好孩子,跟了我十来年了。先坐下吧,咱们一起过中秋。"

小岳父亲憨厚地笑着坐下了。

肖长庆扎着围裙在厨房里忙着煎炸烹炒,肖母则颤巍巍地往饭桌上摆筷子:"长庆啊,桌子坐不开怎么办?"

肖长庆说:"让小孩子坐在沙发上,看着电视吃,他们才高兴呢。"

肖长庆手机响了,是肖林打来的。

"肖林啊,你们什么时候到啊?菜都做好了。什么?什么?小宝怎么啦?天哪,那还过什么节啊,赶快送孩子去医院。伊伊呢?要不要我把伊伊接过来呀?噢,那好吧,赶快去医院吧。"

放下电话,肖长庆对母亲说:"肖林一家来不了了,老二突然发烧了。"

肖母急了:"那大人来不了了,伊伊能来呀。"

肖长庆叹口气:"说家里有人看着,就不过来了,随他们吧。"话还没说完,手机又响了。

"肖建,什么时候到啊?菜都出锅了。什么,陪员工?肖建,今天是中秋节哎。好吧,好吧。那我去把婷婷接过来?好,那就这样。"

放下电话,肖长庆有点愁闷,勉强笑着对母亲说:"妈,肖建也来不了了。公司放假,有些年轻员工回不了家,他要陪着员工过中秋。"

肖母说:"那把婷婷接回来呀。"

肖长庆说:"他说把婷婷带公司去了。妈,这个肖建,也不知道咋回事,就是不让我管孩子的事,哪怕把孩子交给阿姨也不让我管。"

"年轻人有年轻人的活法,不让你管,你乐得清闲,就别管了。"

肖长庆看看一桌子的菜:"妈,不用摆那么多的筷子了。"

门铃响了。肖长庆紧张地说:"妈,可能是林洁来了,妈您可……"

肖母点点头:"你放心吧。"

肖长庆解下围裙来,还不自觉地抹了把头发,出去了。打开门,果然是林洁,手里还端着一个圆盒。隔着老远对肖母问候道:"伯母,中秋节快乐。"

肖母起身，亲热地上前拉她进来："快乐快乐，林洁啊，你当年的模样我还记得呢，这么多年一点没变，赶快进来呀。"

林洁把礼盒递给肖长庆说："这月饼是我在超市买的，也不是什么好月饼，就是个意思吧。"

肖长庆手足无措道："谢谢，谢谢你。你看看，来吃顿饭呢，还破费。"

母亲把盒子接过去："是人家懂礼数。林洁，赶快陪我坐。长庆这辈子就忙着养家了，和过去的同学都生分了，你住到这里来，长庆不知道有多高兴呢。"

肖长庆孩子一样咧嘴笑着："妈，您就别说了。"

林洁的手机突然响了一下，收到一条短信，脸色一下子变了。此时门铃又响了，肖长庆并没有注意到林洁的变化，他起身打开门，肖长莉进来，身后还跟着肖长庆的二舅子和一个年轻人。

"妈，哥，我来了，"肖长莉一边进门，一边对肖长庆说，"哥，我在门口碰上了肖林他二舅。"

肖长庆有点愣："二弟，中秋节怎么过来了？"

二舅子说："姐夫，不说给梁子找个工作吗？梁子成天在家闲着也不是个事，他妈成天催着我把孩子送过来。过节放假，我这不是过来看看你吗！"

"那，进来吧，"肖长庆招呼道，"正好做了一大桌子饭。长莉，这是林洁，你认识的。二弟，这是我的老同学，今天也在咱们家过中秋。都坐下吧。"

林洁说："伯母，今天过节，我就是过来看看您。晚饭我已经吃过了。肖长庆，我就先走了。"

"啊？"肖长庆问，"不说好的过来吃饭吗？"

林洁说："我知道你们家人多，就不凑这个热闹了，过来看看伯母就行了，我先走了。"走到门口又对肖长庆说，"你能出来一下吗？有件事我对你说。"

肖长庆不知所措地看看大家，只好跟她出去了。

肖长莉看着两人的背影问："妈，我哥和她还没散呢？"

肖母瞪她："说什么呢？你还管你哥的事了？"

二舅子也说："婶子，这女人面相薄，命里没福，我姐夫不是不能找，可不该找她。"

肖母意味深长道："他二舅，我们家的事，就让长庆自己做主吧。"

门外，肖长庆被林洁说出的话惊呆了："什么，你要走？"

林洁点点头："对。过完节，我就去办手续。"

"为什么，为什么呀？不是说好的不走了吗？"

"我不适合在这儿。"

"林洁，我不是强留你，但你得把话说明白，到底出了什么事？"

林洁沉默一阵子，说："你们这儿的人在调查我。"

"啊？"肖长庆吃惊道，"调查你？"

林洁拿出手机给他看："孙前程他们都找到咱们过去的同学那儿去了。我这辈子，受人的指点受够了，我不想被人围观着生活，我找个清静的地方过去。"

肖长庆说："林洁，如果因为这个，你不要走，我去说他。我向你保证，这事我一点也不知道。"

"别说了，我主意已定了，肖长庆，你是个好人，打咱们还是同学的时候我就知道你是个好人。但是我还是想劝你，一个人活在世上，当然应该承担他应该承担的责任，可如果他把别人应该承担的也承担了，也就等于剥夺了别人的权利。作为老同学，这是我给你的建议。再见。"

肖长庆脸色沉重地回来了，母亲关切地看着他，而肖长莉和二舅子还看不出眉目，噼里啪啦说了一堆不中听的话。

"哥，这个女人真够可以的，我明明把话都说明白了，她还往上贴。"

"姐夫，你要真想再找，我哥说了，我们在咱那儿帮你找一个。咱那儿的女人，能持家，能理财，还孝顺。你这个岁数了，婶子身子还硬朗，找个能持家的女人不比什么都好吗？"

肖长莉说："咋想的？我哥还能找你们那儿的？"

二舅子反驳道："我们那儿咋了？你瞧不起我们那儿的人啊？怪不得我姐过去在你们家过得不如意。"

肖母插话问道："他二舅，这话说得，肖林他妈怎么就不如意了？"

二舅子咬着歪理不松口："要是如意，她能早死吗？"

肖长庆猛地一拍桌子，大家都静了下来。肖长庆说："你们吃吧，吃完了，各回各家。二弟，我没本事给梁子找工作，吃过饭你找个地方住下，明天回去。你们要觉得我过去对你姐不好，导致你姐早死，就去告我吧。"

二舅子尴尬地说："姐夫我不是那个意思。"

"我累了。先睡了。"肖长庆说着去了自己卧室。

二舅子在后面喊："哎，哎，今天晚上我们去哪儿住啊？"

隔日，孙前程正哼着歌收拾办公室，小岳跑进来了："孙师傅，赶快跑。"

"我跑啥啊？"孙前程好奇道。

"哎呀，别问了！赶快跑吧！再不跑来不及了！"

孙前程索性一屁股坐下了："跑？我还想飞呢。我就在这儿待着，我看……"

话还没说完，屁股上像安了弹簧，一下子跳起来了。肖长庆进来了，手里还提着一根棍子，两眼冒着火，看着他就过来了。

孙前程吓得赶快躲，一边躲一边喊："小岳，小岳。"

小岳赶快去拦肖长庆："肖师傅，你们一辈子的老伙计了，有话好好说。"

"你起开！"

孙前程伸出两手防备着，吓得声音都变了："长庆，长庆，你冷静，你冷静一点。你听我说，我是为你好，我都是为了你，你想干什么？"

"为了我？我托你了吗？求你了吗？你诚心的是吧？你和夏明舟分了一辈子，所以见不得别人好，你安的什么心哪！"

陈新城进来了，吓得赶快一个箭步冲到他俩中间，把孙前程挡在身后："长庆，冷静，冷静，不要被爱情冲昏了头脑。我告诉你，这个女人确实有问题。"

孙前程说："是真的。她不是退休的，是从西北自己回来的，她很可能是被保密单位辞退的！长庆，她的过去很复杂啊，你跟她玩不起啊。"

肖长庆怒吼："这些事情林洁都告诉过我了，用得着你装大尾巴狼？就因为那些事情，人家才想要个安静的环境生活！非要去查！我让你查！"

肖长庆突然一推陈新城："你起来，我今天非把他打个生活不能自理！"

陈新城拼命地拦："哎，哎，他也是为了帮你，你打他干吗呀？小岳，小岳，赶快掩护孙前程撤退！"

小岳过去，要拉孙前程跑，孙前程跑不动了："不行，我跑不动，小岳，你挡着我。"

陈新城继续拦着肖长庆。

"她过得那么不容易，现在你们却把她赶跑了。你安的什么心？"

陈新城说："肖长庆，组织上得对你负责。"

肖长庆喊："我不需要！我自己对我自己负责。新城你起不起来？你不起来，我可先揍你！"

肖长庆扯开陈新城要过去揍孙前程，陈新城拼命地拉，孙前程拼命地躲，小岳在中间，拉了这个又去拉那个，正闹得不可开交。门一开，林洁进来了。四个人急忙换了表情，嘻嘻哈哈假装玩闹，你推我一下，我推你一下。

陈新城说："好了好了，一把岁数了还玩这种小孩子把戏。来人了，该办公了。林女士，有事吗？"

林洁说："我是来办退养手续的。"

陈新城问："想好了？"

孙前程赶快解释："林女士，您误会了，我去打听您，是因为长庆他一心一意地想和您……"

肖长庆沉默了一会儿，说："不要再说了，给她办吧。"声音里全是疲惫。

林洁的行李已经收拾好了，办完手续，肖长庆帮她把行李放上车，林洁坐上车，车子发动了。林洁的手从车窗里伸出来向肖长庆挥了挥，没说什么多余的话，便摇上了车窗。肖长庆站在那里，直到车子完全消失，才转过身失魂落魄地回去了。他步履蹒跚地往回走，完全顾不上周围大爷大妈的窃窃私语。

办公室里，孙前程正在自责："新城，咱俩不会是把一桩好姻缘给破坏了吧？肖长庆这年纪，这家庭，有个女人愿嫁他不容易。"

陈新城说："可是没准咱俩还帮着及时阻止了一场悲剧的发生呢。"

"上次就告诉你们俩不要伸手，不要伸手！怎么就不听？"夏明舟正在审阅材料，抬头狠狠地瞪了他们一眼。门一开，肖长庆进来了。

孙前程赶忙迎上去："哟，回来了？长庆，别伤心，旧的不去，新的不来。"

"就是，"陈新城也上前道，"天涯何处无芳草啊？我和前程说了，你的事包在我俩身上，我们保证给你找一个思想进步、政治可靠的。"

夏明舟斥责道："你俩没完没了了，乱还没添够？"

肖长庆不说话，回到自己座位上收拾东西，三人看着，吓了一跳。

孙前程问："你干什么？"

肖长庆说："新城，我不干了，我岁数大了，干不动了，我以后就是这儿的一个普通居民，我回家养老去。"

"啊？至于吗？"孙前程摁住他的胳膊。

"长庆，长庆，不至于，"陈新城说，"你是咱们这儿的干部，你得把工作放到第一位。"

可不管他们说什么，肖长庆不再说话，把自己的东西简单地收拾了一下，抱着就走。

"长庆，长庆，你别走，她怎么走的，咱们再怎么把她找回来。"

"你这样可就辜负组织上对你的期待了。"

小岳站在门口，见状喊了一声："肖师傅，有什么话您和他们好好说，这是上哪儿啊？"肖长庆没吭声，径自回房间去了。小岳急忙跟了上去。

这俩互相埋怨开了。他们正在争，夏明舟却穿上外套站起来了："我走了。"

孙前程转过头问："你去哪儿？"

夏明舟说："我去把林洁找回来。"说着也出了门。

晚上，肖长庆吃了几口饭，没什么胃口，便从屋里出来，一屁股坐在长椅上开始发呆。陈新城和孙前程两人你推我我推你，到底还是过来了。

孙前程到他身边坐下："对不起啊长庆，当初是好意，没想到办砸了。"

肖长庆不说话。

陈新城也过来坐下："长庆，方法可能不对，但我们的心是好的。主要是怕你找个不可靠的，再被骗了。"

肖长庆望着远方："对你们来说，什么叫可靠，什么叫不可靠？她的过去，她的那些传言，难道比一个活生生的人站在你面前重要吗？"

孙前程郑重道："对不起！长庆。"

肖长庆说："我啊，曾经以为我这辈子就这么过去了。有一大家子人家，个个都需要我，这种被需要的感觉多好啊。自从再见到她，我才知道，我这辈子这颗心一直有块地方是空着的，需要补上，可我刚意识到，她就走了。

早知道这样，我还不如不知道。我就这么稀里糊涂地忙到死，不也是一辈子吗？"

那俩面面相觑。

陈新城说："长庆，回来继续忙吧，夏明舟已经想办法去找她了。我向你保证，我们三个一定想办法把她找回来。"

肖长庆摇头："她的性格我是知道的，既然她下决心要躲开，就不会再出现了。我累了，我去睡了。"说着站起来，摇摇晃晃地走了。

孙前程看着他的背影，对陈新城说："这歉也道了，还是不想回来啊。"

"长庆你还不知道吗？"陈新城叹口气，"他现在难受着，咱就别逼他了，慢慢来吧！"

夏明舟连续找了好几天，没有一丁点线索。孙前程怕她累着，在办公室给她打电话，说等他把手上的活忙完了跟她一起找。陈新城进来了，胡子拉碴、衣着不整的样子，刚进门去倒茶，打开茶叶桶一看，茶叶桶也空了。

孙前程被电话里的夏明舟骂了一通，叹息一声说："好吧，那你接着找，别忘了自己多大岁数了。"然后把电话挂了，转过头问陈新城，"你又怎么啦？"

陈新城说："有这老婆没这老婆一样，我还不如打光棍呢。"

孙前程瞪他："说这话也不怕丧良心。"

"哎，孙前程，我对老婆的要求和你可不一样啊。我的老婆，得上得厅堂，下得厨房，哪像你，只要一个有老婆的形式就行了。"

"你这什么意思，姓陈的？你再污蔑夏明舟我可和你急哈。你老婆这么好，你怎么和逃犯似的？"

陈新城说："我这辈子犯了一个大错误就是不该要孩子。成天一颗心就扑到她儿子身上，把老头都不知道抛哪去了。你看看，一大早，就只给我做好了早饭就走了，干净衬衣在哪里？袜子在哪里？皮鞋擦没擦？全没人管。你看看你看看，我光着脚呢。"一边发着牢骚一边打电话，"老太婆，你有完没完啊？你要跟你儿子一辈子？我问你，我袜子在哪呢？"

张桂荣的声音："袜子我不是给你放床头了吗？"

"床头？我咋没见？我告诉你我可光着脚呢。还有，中午你回来不回来？我告诉你，食堂的饭我可吃不惯，你不回来我就不吃饭了。"

大志公司里，大志和晓晴以及几个小伙伴正在讨论《夕阳》的拍摄。

"对了，晓晴，"大志转身对晓晴说，"你和我妈怎么样？当时借着流量去拍短视频，就是为了让我妈能休息休息，要是累着可就不值得了。"

"不累，不累，"晓晴笑笑，"我们就是玩的时候随便拍拍。但是数据却非常好，可能是阿姨身上那种温暖的感觉大家都喜欢吧。前几天还有广告找过来了，但是阿姨说要先试试他们的产品，你安心干你的事，我和阿姨不用你操心。"

"那就好！"大志扭头看张桂荣，"妈，您觉得呢？"

张桂荣正在旁边接陈新城的电话，突然表情痛苦，示意自己要接电话，便拿着电话去了洗手间。刚进洗手间，"我还有事，不和你说了。"说着挂掉电话冲到洗手池边，一连串的咳嗽，吐出了一口血。

张桂荣慌忙冲掉了血迹，赶紧打车去了医院做了个紧急检查。

医生指着灯箱上的几张片子为她解释："你看，左肺这儿有一块阴影，边缘不清晰，再结合其他检查结果，不太乐观。"

张桂荣艰难地问："您的意思是……"

"很有可能，是癌症。"

张桂荣身体一晃，医生赶紧扶住她。

"确诊了吗？"

医生摇了摇头："您先别着急，只是有癌症的可能性。我认为您应该尽快通知家属，入院治疗。我们还需要进一步检查、会诊，做一下活检才能有准确的结果。"

"通知家属？"

"当然，"医生说，"后续的检查是很麻烦的，没有家属陪同怎么能行？"

张桂荣点了点头，神色有些黯然。

张桂荣心事重重地回到公司，大志和大瓜几人正朝会议室走。大志边走边对身边的人说："听我的，新设备一定要上，忘了咱们以前用那些老旧的机器后期的时候添了多少麻烦吗？"

小乐答道："可公司才刚有点富余，这又是一大笔支出啊。"

大志说："有了新设备，就能把以前咱们很多想拍却没法实现的点子拍出来了，片子会变得更好，到时候还担心这点支出吗？"

第二十一章

大瓜附和："你别说，想起以前咱们想拍的那些镜头，我心都痒痒了。"

大志笑着："那就快去，记住，这种事上不要省钱。"

张桂荣听到这些话，忧心忡忡地想叫大志，但还是没喊出口，就看到会议室的门被关上了。她有些失神地坐在那里。晓晴走过来，递给张桂荣一杯茶："阿姨，我看您一直咳嗽，您多喝点水。"

张桂荣看着晓晴满脸温柔："谢谢你，晓晴。"

晓晴坐在张桂荣旁边："阿姨，我看您今天老叹气，是不是出什么事了？"

张桂荣强颜欢笑："阿姨没事啊，阿姨能有什么事？阿姨就是感冒了。"

晓晴问："你看大志忙得，要不我陪您去医院看看吧？"

张桂荣紧张地说："不用不用，这点小事麻烦什么啊，快忙你们的去吧。"

"那好吧。"晓晴站起来，张桂荣又拉住晓晴，"晓晴啊，阿姨有些话想单独跟你说，你能听进去就听，听不进去就当阿姨胡说，也别往心里去。"

"阿姨，您这说什么呢，您说吧，我肯定记心里。"晓晴说。

张桂荣说："晓晴啊，大志呢，已经三十多了，但其实呢，说话办事都还是个孩子，有时候冲动起来也不考虑后果，还是很不成熟。"

"阿姨，其实想做什么做什么，每天都开开心心的，不也挺好吗？"

张桂荣拉着晓晴的手："现在是挺好的，但他是男人啊，早晚是要经历一些痛苦的，一些他可能接受不了的痛苦。大志心思单纯，对人善良，这是他的优点，但也是他的缺点，越是单纯的孩子，越容易陷进一些事情里出不来。"

"阿姨，您怎么突然说这些啊。大志能有什么事啊？"

张桂荣摇摇头："没什么事，阿姨只是希望大志能早点长大，希望你在他身边，能多帮帮他。"

晓晴脸色有些红："我们以前是发小，现在又是同事，帮大志是应该的。"

张桂荣语重心长道："阿姨说的可不是发小和同事的事。"

晓晴脸一红，低下头。

"我是大志的亲妈，他的心思我一眼就能看出来。他现在不说，早晚都会说。"

晓晴语塞："我……"

张桂荣拍了拍晓晴的手："晓晴，你经历了那么多事情，阿姨心疼你，你现在走出来了，阿姨为你高兴。现在的你，比大志坚强得多，也成熟得多。以后不管大志遇到什么事，有你在大志身边，看着他，帮着他，阿姨就放心了。"

"阿姨……您今天怎么这么奇怪啊？"

"不奇怪，不奇怪，阿姨早就想跟你说说心里话了。"

"您说的我都记住了。再说，有您在这儿，大志他出不了什么岔子的。"

张桂荣一愣，随后笑着点了点头："对了，晓晴，那个广告的事情我想好了，告诉他们一声，尽快拍吧。"

"啊？您不是说要试试他们的鞋再决定吗？"

"不试了，不试了，时间不多了。"晓晴没来得及吃惊，张桂荣赶紧补充道，"我是说让人家等太久不好，鞋这种东西吧，试不试没关系的。阿姨还有事先走了，你跟大志说一声吧。"

晓晴点了点头，看着张桂荣离开的背影，有些疑惑。

晚上，张桂荣回到养老中心，下厨做了几样陈新城爱吃的菜，做好之后端到陈新城面前。

"知道回来了？不是在你儿子那待着吗，还记得你有个老头啊！"陈新城一脸不满。张桂荣心事重重，咳嗽着，并不想跟陈新城打嘴仗。

"你咋了，你感冒还没好啊？"

张桂荣摆摆手："我没事。"

"我就说你没事别跟着大志瞎闹腾，你看看，累着了吧。你还是老老实实回家歇着吧，我现在就给大志打电话。"

"又来了，又来了，孩子忙着呢，你捣什么乱啊。"张桂荣有气无力地说。

"连自己妈都照顾不好，还创什么业啊。"陈新城小声嘟囔。

"行了，我有事跟你说。"张桂荣夺过他的电话。

"你说啊。"陈新城点点头。

"咱结婚的时候，你说忙，咱俩就一直没去照婚纱照，你当时还说以后会补给我。现在这么多年过去了，我想咱找个时间去把婚纱照给拍了吧。"

"婚纱照？"陈新城又吃惊又羞涩，"哎哟，都这么多年过去了，咱俩都成两颗老帮菜了，还拍这个东西干什么？丢人丢人。"

张桂荣有些生气："那叫上晓晴和大志，咱一块去拍个全家福总行吧？"

"全家福？叫上晓晴？"陈新城只剩吃惊了，"他俩有事了？我就说早晚要有事，哎哟，大志就是不听我的。"

"孩子的事你少管，我就问你哪天有空，我约人家个时间。"

"不照不照，一把年纪了照什么照，我还不够害臊的。"

张桂荣生气了，站起来说："你自己吃吧，我睡觉了。"

陈新城开始大口吃饭："不吃不吃呗，反正我不照，你爱跟谁照谁照。"

不一会儿，张桂荣拿着枕头和被子往沙发上一扔。

陈新城见状："啥意思？就让我在这儿睡？"

张桂荣说："我怕我咳嗽影响你休息。"说完气冲冲地摔门进了卧室。

"真是……咳嗽你多喝热水啊……朝我撒什么气……"

第二天张桂荣起得很早，把陈新城拎起来说要教他做菜，陈新城没睡醒，一脸怨气，两个人吵吵嚷嚷，一个没教好，一个没学会，反倒生了一肚子气。

"饭你自己吃吧！"张桂荣瞪他一眼，转身洗漱出门去了。她打了辆出租，赶着到大志公司去拍广告。晓晴已经跟广告商谈妥了，就等着她去拍了。

摄影棚里各种灯光和拍摄设备已经架好，张桂荣和品牌方的工作人员简单对了一下流程，便拿起一双鞋开始彩排，走位，笑着忙活起来。

"阿姨很好，这边一点，再来一遍。"摄影师耐心地引导着。

大志看着张桂荣的样子，想起早晨晓晴对他说的话，脸上露出担心和疑惑。

短视频的广告拍摄没花多长时间，很快结束了。大瓜和小乐去送品牌方的工作人员。张桂荣坐在座位上卸妆，大志走上前来："妈，感觉怎么样？"

张桂荣笑了笑："妈也是第一次，给人家添麻烦了。"

大志说："没有，今天拍得很好。"

"对了大志，妈有件事要问你？"

大志点点头："您说。"

"这个拍广告的钱，是打到……"

大志说："打到了公司账上，等小乐那边走完流程，会打到您的卡上。"

"嗯，"张桂荣顿了顿，"那就好，到账后尽快给我打过来吧。"

大志有些疑惑，但还是没问出口："好，我会尽快让小乐给您打过去。"

张桂荣突然剧烈咳嗽，她赶紧捂住嘴巴。大志一看，张桂荣的手上都是血。大志一下子吓傻了。

第二十二章

肖长庆蹲在门口摆弄花草,孙前程慌慌张张地跑过来:"长庆,长庆。"

"别叫我,"肖长庆头也不回,"我说过,我退休了,只是这儿的普通居民。"

"张桂荣病了!"

"啊?"肖长庆一下子抬起头来,"怎么回事?"

"大志来电话,咯血了。"

"啊?咯血?陈新城呢?"

孙前程说:"已经去医院了。"

肖长庆拍拍手就出来了:"走,咱们赶紧看看去。"

正好赶上高峰期,小岳的车在马路上走走停停。陈新城坐在后座,急得满脑袋是汗:"快点,快点,还能快点吗?"

小岳也满头大汗:"陈总,这种路况我都超速了,一年的分可能已经罚完了。"

"快点,再快点!"

大志和晓晴守在检查室门口,陈新城疯狂地跑过来:"你妈呢?"

"在里边呢。"大志起身迎他。

"什么病,确诊了吗?"

"还没有,在拍 CT 呢。"

陈新城问:"可能是什么,大夫说没说?"

"没有。"

"陈叔叔,您不用太担心,"晓晴安慰道,"阿姨的身体一向很好,就是最近因为感冒一直在咳嗽。因为帮我们做事,又没得到很好的休息,可能就是支气管炎吧。"

陈新城像虚脱了一样一屁股坐在椅子上，抬头看看大志，一脸的嫌弃和不满意。转头对晓晴说："晓晴，我跑渴了，你给我去买瓶水。"

"哦，好。"晓晴点点头，便去买水去了。

晓晴走后，陈新城开始质问大志："不知道你妈病着？把你妈累倒了，你高兴了？"

"爸，您这话什么意思？

"什么意思？她多大年纪的人了，为了你还得去瞎忙活，现在进医院了，行了吧？"

大志忍了忍："爸，妈还不知道怎么样，我不想和您吵。"

"你以为我想和你吵？明明知道你妈在咳嗽，还把她当成整劳力使唤她。"

大志说："最近我一直让妈在休息，倒是您，一日三餐，吃喝拉撒，哪样不是妈伺候？"

门开了，张桂荣从里边出来，两人顿时不吵了。陈新城赶快迎上去，大志也要上去，被他一膀子扛开了。

"哟，又打到这里来了？"张桂荣故作轻松。

"你怎么样？大夫说什么了？"陈新城赶紧上前扶着她。

张桂荣没理他，数落大志："大志，谁叫你给你爸打的电话？有啥事啊？"

"大夫说什么了？"陈新城焦急地问道。

"我能有什么事？你回去忙你的吧，叫大志在这儿等结果就行了。"

陈新城说："我哪也不去，我在这儿等结果。"

张桂荣又对大志说："那，大志，公司那边离不开人，要不你和晓晴回去。"

大志也不肯走："妈，我等结果出来再回去。"

陈新城哼了一声："事没干多大，先把你妈累病了。"

"爸，您这是什么意思？"

"又来了，又来了，"张桂荣把他们隔开，"你们都走吧，我一个人在这儿等结果。"爷俩不说话了。

肖长庆和孙前程此时也慌慌张张地跑过来了。

"新城，嫂子，怎么样了？"肖长庆问。

张桂荣老远招手："我没事啊，小病，小病。"

孙前程说："嫂子，这世上谁能病您都不能病。您这个家，离了您还叫家吗？"

张桂荣看看陈新城和大志："还真是。我要没了，我看这爷俩还怎么打。"

一大帮子人谁也不肯走，都在门口等着。晓晴和大志嘀咕着："这个时候了，你还和你爸别扭着。万一真有什么，你爸在这里好吗？你去和他说啊。"

大志看看黑着脸坐在那里的陈新城，不想动，晓晴轻推他一把，大志终于过去了："爸，妈没事，您回去吧，我在这儿等结果。"

陈新城突然恼了："什么叫没事？是不是你妈死了就叫有事了？三十多岁的人了，时时处处还不让你妈省心，不把你妈累趴下就不甘心是吧？"

"新城，新城，说什么呢？"肖长庆和孙前程一起劝他。

大志脸上也搁不住了："爸，我妈在我那儿每天都很开心。回到家，一天到晚却要伺候您，还要忍受您的脾气。到底是谁不让妈省心啊？"

陈新城瞪着眼："你说什么？"

"都住嘴，都住嘴行吗？"张桂荣有气无力地喊，"这么多人，不嫌丢人吗？天哪，我还不如得个病死了，成天为你们这爷俩操心。"

爷俩这才闭上了嘴，气呼呼地各坐一边。

晓晴难过地上前："陈叔叔，阿姨最近真的没在我们那里受累，为了让她休息，大志专门让我陪着她呢，我们也不知道为什么阿姨突然这样……"

张桂荣拉着晓晴的手："晓晴，你别多想，这老东西就这么个脾气。只要是大志做的事，在他眼里就没好过。"

陈新城也缓和了语气："晓晴啊，我说的不是你。"

孙前程把头一歪："你说谁也不行啊，晓晴就在一旁，你这话说给谁听呢？"

肖长庆又赶快劝他："前程，前程，这是什么时候啊？有账以后和他算，这会儿就算了吧。"

孙前程还愤愤不平："这什么人啊这是。"

医生门打开，伸出头来："病人家属呢？"

陈新城和大志一起站起来往里走。

陈新城说:"你坐下,我去。"

大志也说:"那是我妈,我去。"然后跨一大步抢先进去了。其余几个人赶紧上前,围着张桂荣坐下。

"我这个病,我早就来看过了,"张桂荣看看他们,苦笑着说,"人活多大岁数命里注定,我倒不怕,担心的就是我们家这俩,这爷俩根本不能见面,一见面就打,等我没了,他俩怎么办啊?"

晓晴难过道:"阿姨,您别这么说,大志不会这样的……"

"不怪大志,"张桂荣笑笑,"主要怪老头子,当官当惯了,惯出了一身的坏毛病。长庆、前程,要是我没了,大志有了晓晴,现在也有了事业,我放心。可这个老陈,我死了都闭不上眼,他一直被我伺候着,衣来伸手、饭来张口,脾气不好就冲我发,等没了我,谁照顾他生活?又有谁能忍受他的坏脾气呀?"

孙前程笑嘻嘻地说:"所以,嫂子,这世上没谁也不能没了您。您哪,就放心吧,您的病我打一百个保票没事。退一万步说,就算有也肯定是初期,为了这个家,您也得好好治,您还得留着这条命伺候新城呢。再说了,如果没了您,我可不叫晓晴上你家去,光你们家这爷俩的战争晓晴就受不了。"

肖长庆也安慰道:"嫂子,大夫还没说话呢,您慌什么呢?就算是,现在的医疗这么发达,咱怕什么?为了这个家,为了大志和新城,您也得活下去。"

张桂荣苦笑:"就怕没那造化。"

医生仔细地讲解了张桂荣目前的病情,说患者之前已经检查过了,目前的检查结果和上次一样,怀疑是癌症,需要住院进一步检查。父子二人面面相觑。

"拿去办住院手续吧。"医生把开好的住院证明递了过来,然后要去按桌上的按钮叫下一个病人。

"慢着!"陈新城客气地问,"对不起大夫,给我们一分钟时间行吗?"然后拉着大志走到一旁,"你妈就在门口,怎么对她说?"

"爸,医生说我妈上次就知道了,现在还要瞒着她吗?"

"上次是上次，这次是这次！"陈新城从他手里抽出病历就回去了，"大夫，麻烦您，能不能把您的诊断改一下，别出现 CA 这俩字母？"

大夫说："我那不是写了个待查吗？老先生，病人需要的是正确面对。"

陈新城赔着笑："大夫，麻烦您改一下吧，您先改一下，我慢慢告诉她。"

"病历我们不能改，我们要负责任的。如何告诉病人，你们自己商量吧。"

陈新城只好把病历揣回口袋，对大志说："就跟你妈说，上次医生看错了，这次检查了其实是肺炎。"又对大夫说，"麻烦您在我老伴面前不要提那俩字。"

"爸……"大志犹豫着。

"听我的，走吧。"陈新城说。

张桂荣还在那儿和肖长庆、孙前程低语。爷俩出来了，几个人一起站起来问："怎么样？"

陈新城笑起来："老太婆，你说说你，一把年纪了，怎么还装神弄鬼地吓人呢？"

大家一起松了口气："没事？"

"有事，"陈新城假装不耐烦，"怎么会没事？大志，和你妈说说。"

大志磕磕巴巴地说："医生说了是肺炎。医生也说了，上次告诉您可能有那个……是可能，您没再检查，就自己吓唬自己。这次人家再查，发现就是肺炎而已。不过您岁数大了，大夫说不能轻视，让您住院再好好查查。"

陈新城上前扶着张桂荣："桂荣啊，不怪别人，怪你自己。我说什么了？大志三十多了，不小了，他自己的事情，叫他自己折腾去，你偏偏成天跟在他屁股后面。怎么样？他的事情还没成，你先自己累趴下了。好事，让你再跑，住院吧，住下来，好好把全身查查，歇几天。大志，去办住院手续吧。"

张桂荣看看他，又看看大志："真没啥事吗？"

陈新城嘁了一声："不是说了吗？肺炎。肺炎不叫事吗？大夫说年纪大的人，肺炎一定要高度重视，大志，还不赶快去办住院手续！"

大志很快去办好了手续，和陈新城一起搀扶着张桂荣进病房，晓晴提着东西跟在后面。陈新城谨慎地像对小孩一样，扶着张桂荣在病床上躺下。

"行，一辈子伺候我，这回轮到我伺候伺候你啦。躺着吧。"

张桂荣笑着说："好，我就让你伺候。新城你回趟家，把我的睡衣拿来。"

陈新城说:"住院就穿病号服呢,拿什么睡衣?"

"不行,穿人家的衣裳我觉得不舒服,把自己的衣服套在里边,你去吧。"

陈新城笑笑:"越老毛病越多。我去了,大志,好好陪着你妈。"

门一关上,张桂荣就坐起来:"大志,你告诉妈,医生到底怎么说的?"

大志一犹豫,晓晴轻咳了一声。

"妈,就是肺炎。"

张桂荣说:"你别骗妈,要是肺炎,你爸不能这样对我。你和你爸从来都不会撒谎,这两次拍的片子我都看过,医生怎么会诊断错呢?"

"妈,您别怕,"大致宽慰她,"大夫现在只是怀疑,到底是不是,还要看进一步的检查。"

"我怕什么?我都六十多岁的人了,早死晚死有什么区别啊?其实几天前,我就已经想明白了。"

晓晴说:"阿姨,这还不一定呢。"

"一定,"张桂荣苦笑道,"我的病我知道,该来的早晚会来的。当年,你姥姥就是这个病走的,你舅也是得这个病走的,现在又轮到我啦。大志,你现在懂事了,这件事,妈不能靠你爸,妈只能靠你。你爸这个人,看起来像炮仗一样,可实际上,他这辈子就靠我这双手活着,如果没了我,他可怎么办呢?"她的声音有点哽咽了。

"妈,这不是自己吓自己吗?大夫还没下结论呢。"

"做好准备总没错的。前几天我教他做菜,就是觉得,如果有一天我走了,他也不至于天天在外面吃,能吃点自己想吃的。但是你爸这个臭脾气,一辈子改不了……"

"妈……"

"还有你,大志,你虽然做得很好,但是你对钱这件事太模糊了,总是把你的那些想法放到第一位。现在老天爷帮你,让你有钱赚,但花无百日红,你有一天要赔了怎么办?妈跟你要钱,想把自己的钱也都存在一块定期理财,就是给你准备的,以防万一啊。"

大志红了眼:"妈……我知道了……"

张桂荣拍着大志的肩膀:"大志,你别在我这里耽误太多的时间,我这儿有大夫，你得和晓晴一起，把你们自己的事情干好。"

"妈，这个时候，我哪里还顾得上别的？"

张桂荣说："不行，那是你立身之本。你干好了，我就算是走了，也能放心闭眼。更何况，如果你干好了，你爸也放了心，你爷俩的关系也好了。我走了，你爷俩彼此是个依靠。"大志含着泪点头。

"那就行了，"张桂荣说，"你爸肯定会守在我身边，打明天起你该干什么就干什么，记住我刚才嘱咐的，我，什么也不知道。"

"嗯，"大志哽咽，"妈我记住了。"

此时，肖长庆和孙前程推门进来了，刚才陈新城出去的时候跟他们讲了实情，俩人现在情绪都很饱满，一唱一和的。

张桂荣的情绪也很好："前程，长庆，还真叫你们说准了，虚惊一场。不过总是得躺几天，我这一病，你们那个中心就靠你俩啦。"

孙前程说："放心吧，放心吧。我俩啊，成天绞尽了脑汁，想把陈新城从领导班子里撅出去，这回天遂人愿了。"

肖长庆说："嫂子，打明天起，我俩就把他从我们中心开除了，让他专门来照顾您。您哪，也享受一下被人伺候的待遇吧。"

几个人一起大笑起来，笑得很开心，好像什么事也没发生过。孙前程说："嫂子，您躺着，我们先回了。"然后对晓晴示意了一下，"晓晴你出来一趟。"

晓晴跟在后面出了病房，孙前程叮嘱她说："晓晴啊，大志家是遇上事了，偏偏这爷俩现在和乌眼鸡似的，这个时候，你可能在中间受点委屈，得和这个稀泥。"

"爸，您放心吧，"晓晴点点头，"我明白。"

孙前程和肖长庆从医院回到养老中心，院子里的大爷大妈们还在快乐地各自活动着，他们俩人的腿都像灌了铅一样，走得很慢。

肖长庆感叹道："唉，越活越觉得，别管穷了富了，一家人平平安安，身体健康就是幸福。"

"哎哟，两天没见夏明舟了，"孙前程说，"我去看看她有事不。"说着就着急忙慌地拐到夏明舟宿舍的方向去了。

肖长庆羡慕地看着他，自言自语道："人家都有牵挂的人，就你没有。"

第二十二章

夏明舟躺在床上。门外传来孙前程敲门声:"明舟,明舟,在家吗?"

"门没关,进来吧。"

孙前程进来了:"明舟,你怎么大白天躺着?没事吧?"说着关切地过来摸她的额头。

夏明舟把他的手挡开:"没事,下公共汽车的时候不小心闪了一下腰,躺一会儿就好了。"她吃力地挪了一下身体,说,"对了前程,我还是找不到林洁。"

"一个大活人,只要她还在本市,怎么会找不到?"孙前程纳闷道。

夏明舟摇摇头:"就是找不到了。派出所、她原来住的社区我都去过了,都没有她的消息。"

孙前程说:"要不就先别找了。她憋着一股气走的,你现在就是找到她,她也不会回来。"

夏明舟说:"可我还是想找到她,不光是为了肖长庆。"

孙前程沉默一阵:"明舟,社区的事,还需要你多操心呢。"

"说起这个来,我正想说呢,我今天回来,一进门就被人堵住了。楼上厕所又堵了,还有人把垃圾乱丢,可办公室居然没有人。姓陈的还想干吗?不想干早日把权力交出来。"

孙前程叹了口气,低声说:"明舟,陈新城的老婆张桂荣可能得癌症了。"

夏明舟吃了一惊。

孙前程说:"陈新城这个人,别看成天张牙舞爪的,真遇上事,我和长庆都担心他顶不住。这段时间,他得在医院里,社区的工作,就靠咱仨了。"

夏明舟坐起来:"我去看看乱丢垃圾的到底是谁。"

"哎,你不是腰疼吗?我帮你捶捶。"孙前程说这话时,夏明舟已经走了。

陈新城拿着包回到医院,老远就看到大志和晓晴站在病房门口嘀嘀咕咕,陈新城一下子慌了,赶快跑过去:"大志,你妈呢?"

"爸,您来啦,我妈在病房里呢。"

陈新城一下子就火了:"你妈一个人在病房里,你在病房外面站着干什么?怕她有人陪啊?"

晓晴解释说："叔，不是这样的。阿姨不让我们陪，非逼着我们回去弄我们的片子不可，因为我们跟平台那边对接项目，工作非常多。"

"那你们赶快回去吧，这儿有我呢。大志，你妈病着，你可别干让她操心的事。"

"爸，"大志说，"大夫刚才通知十点半让我们过去一趟。"

陈新城吓了一跳："十点半？有什么事没说吗？"

"没说。大夫说前面有一个会诊，然后让我们去找他。"

"前面还有会诊？"陈新城面色稍微好了一点，"那说明前面的病情比我们重，我们的病情不要紧，是吧？"

大志看看晓晴，晓晴赶快答："肯定是。"

陈新城看看手表："十点了，那还等什么？你们等我一下，我进去和你妈说一声咱们就过去。"

他走到病房门口，隔着玻璃往里看看，有点控制不住，急忙躲回来，镇定了一下，推门进去了，声音豁亮地喊："老太婆！"

张桂荣靠在病床上半躺着，陈新城说："衣服给你拿来了，哼，住个院还这么讲究，没见过你这样的。"

"老陈，胡子又没刮。"张桂荣白他一眼。

陈新城说："我没找到刮胡刀。"

"天哪，我不是放在镜柜里了吗？这头发怎么这么乱啊？出门也不梳梳，你是怕别人不知道你老婆病了吗？"

"所以，我离不开老婆，"陈新城嬉皮笑脸道，"张桂荣你得赶快好起来。"

"不就是肺炎吗？就你大惊小怪。"

"知道你没病，既然进来了，就在这儿歇歇吧。你躺着，我出去一趟。"

"上哪儿啊？"

"你活蹦乱跳的大活人一个，真想让我拿你当病人伺候啊？我们社区最近在扩大规模，我看着这里住的老人不少，看看有愿意住进我们那儿的人不，一会儿就回来了。"说着，对张桂荣一笑，然后出了门。

父子俩走到医生办公室门口，陈新城把门推开条缝往里看了看，有病人在医生面前，父子俩只好先在门口椅子上坐下了，两人都沉默着。

陈新城突然问："你说大夫叫咱们要说什么？"

大志摇摇头："我不知道。"

陈新城忐忑不安："我怎么……我怎么……"

"爸，别乱想，先听大夫的吧。"说了没几句，里边的病人出来了，两人急急忙忙进去了。

医生拿起一张报告单，说："我们经过会诊……"

陈新城吓了一跳："啊？刚才会诊是为了我老婆呀？"

"是为了另一个病人，您夫人的病我们昨天已经会诊过了。"

陈新城紧张地咽了一下："会诊的结果是……"

"大家一致的意见是，高度怀疑是恶性肿瘤。"

陈新城紧紧地抓住了桌子角，大志担心地看看他："爸……"

陈新城哑着嗓子："别打岔！"转头问医生说，"大夫，接下来要做什么？"

"我们准备明天对病人做一次活检，如果确诊，可能就需要手术了。"

"活检？怎么做？"陈新城担心地问，"病人痛苦吗？"

"您放心，小手术，其实在门诊上就可以做的，用纤维镜伸进去取一块检材就可以了。"

"得几天出结果？"

"四五天吧。"

陈新城和大志从医生办公室里出来，陈新城说："你先别回去，大志，做活检这件事，怎么和你妈说？"

大志想了想："爸，瞒不住的。"

陈新城摆摆手，说："那让我来吧。"

病房里，晓晴正给张桂荣削着水果。门一开，陈新城和大志回来了。

"哟，一块进来了，真稀罕。"张桂荣打趣道。大志冲她丢了个眼色。

张桂荣对陈新城说："老陈，我想吃水饺了，你去门口店里给我买点？"

陈新城答应："啊，好，想吃什么馅的？"

张桂荣说："人家有什么馅的你就买什么馅的，最好是素的。"

"好，那我去了。大志，你和晓晴在这儿好好陪你妈，等我回来啊。"陈新城一边说，一边冲大志丢了个严厉的眼色走了。

张桂荣看着他走后，一把抓住大志："大志，大夫怎么说？"

"妈，大夫说需要做一次活检。"

"这么说，是了？"

"妈，别这么想，就是为了准确判断一下您的病情。"

晓晴说："对啊，阿姨。要是确诊了还用做活检吗？"

大志叹息一声："我爸还想瞒着您呢。"

"让他瞒着吧，这样他心里也好受。"张桂荣笑笑。

陈新城本来想去楼下的店里买水饺，刚要进店，他忽然停住了脚，拐了个弯去了菜市场。凭借着微弱的印象，按照之前张桂荣教给他的方法挑选了一会儿，最后买了一些青菜、豆腐、鸡蛋带回了养老中心。

陈新城一头扎进厨房，系上围裙，戴上老花镜，手里拿着一本食谱，嘴里念念有词："豆腐切丁轻炒至微黄，鸡蛋炒熟切碎，青菜二斤洗清剁碎……"

有人敲门，传来孙前程的声音："新城，新城。"

陈新城继续看着食谱，头也没抬："进来。"

"你这是干吗呢？"孙前程和肖长庆走进来问。

陈新城说："张桂荣想吃水饺，我给她包水饺。"

"我的天，"肖长庆惊叹道，"陈新城，你咋不上天呢？你这辈子下过厨房吗，还包水饺？"

"长庆说得是呢。新城，你不是那块料，现学也来不及。张桂荣想吃水饺，我叫食堂给她包点。"孙前程也笑话他。

陈新城喝止："别去！她病了，我不能让她吃食堂的饭，我得亲手给她包。你们别打岔。"然后丢下食谱去洗菜，"我已经会了。"

孙前程和肖长庆互相看看，说："那就一起动手吧。"

三个大老爷们忙成一团，有的洗菜，有的炒鸡蛋，有的切豆腐。

一番手忙脚乱之后，三个老家伙终于开始包水饺了，其中最熟练的是肖长庆，另外两个都很笨。

"不行，你们包得太丑了，要是我看见就没食欲了。前程你来擀皮，我来包。"

孙前程问："这皮怎么擀啊？"

夏明舟在半开的门上敲了几下就直接进来了："我说怎么找不到人，都在这儿呢。陈新城，你太太没事吧？"转头对肖长庆说，"肖长庆，我查了查，有人物业管理费没交。"

孙前程提醒他："明舟，你问候人是不是等人家回答过了再转话题？"

328

肖长庆说："唉，本来物业管理费也没多少，有的人就是不想交，算了。"

"那不行，不能惯这毛病，"夏明舟严肃道，"我说，你们放着工作不干，在这儿包水饺？"

肖长庆说："是张桂荣想吃。孙前程，你那是在擀皮吗？你搁那摊大饼呢？"

夏明舟过来把孙前程推开："我来吧。"然后坐下去擀皮，令人意外得灵巧。

"哟，"肖长庆惊呼，"明舟这不像女强人啊。"

孙前程岔开话题："赶快包，赶快包吧，张桂荣等急了。"

一锅热腾腾的水饺出锅了，陈新城笨手笨脚但小心翼翼地把它们装进了一个饭盒里。

孙前程说："张桂荣做梦也没想过，她这辈子还能吃上陈新城做的饭，居然还是水饺。"

肖长庆说："不行，新城，你还真不能说是自己包的。"

孙前程问："为什么？"

肖长庆说："新城，你不是还瞒着她呢吗？"

陈新城点点头："是不能让她知道，她如果知道了，会怀疑的。"

夏明舟说："当然会怀疑，不是得了不治之症，男人会对女人这么好吗？"

"咦，明舟，无论你健康还是有疾病，我都会始终如一，咱们结婚的时候我宣过誓的。"孙前程说。

夏明舟撇了撇嘴，对陈新城说："快走吧。"

张桂荣打开饭盒盖，水饺还冒着热气。陈新城假装不在意地说："我回中心那边处理了点事情，回来的时候顺手在门口饭店买的。你尝尝还行不。"

张桂荣看看那些水饺，形状各异，一看就不是出于专业人士之手，不过她做出笃信不疑的样子："饭店里还能做出什么好水饺呀。"尝了一个，陈新城眼巴巴地看着她。

"行吗？"

张桂荣点点头："很好吃。"

陈新城像小孩子得了奖赏一样笑了："你要是喜欢吃，以后我隔三岔五给你……买。"为了掩饰，他赶紧转了话题，"对了，大志和晓晴呢？"

"我好好的，占那么多人干吗？"张桂荣大口吃着，"我把他俩赶回去了，他们还有工作要忙着呢。新城，我说句话，你要听着。"

"你说，我听着。"

"你不要老埋怨大志，说我去给他帮忙才生病的，这会给孩子很大压力，我这病也不是什么劳累病，跟大志没关系。"

陈新城叹了口气。

"其实这段时间，我跟儿子他们朝夕相处才发现，大志比我想象得要聪明、努力、独立。"

"都这个时候了，你就别夸他了。他那个公司，这才到哪儿啊，才刚有点小成绩，以后怎么样还说不准呢。"

"我不是替他说话，真的，这段时间，他们陪我到处跑，到处玩。给我拍视频，还拍了广告，还给那些视频取了个名字，叫不老的妈妈。妈妈哪有不老的，但我也不知道是因为太久没工作过了，还是因为太久没出去玩了，这段时间我真的很充实，很开心。这种开心，真是年轻时候才有的那种开心。新城啊，你真该看看大志努力工作时候的样子，你就知道，他真的不差。"

陈新城低声道："玩着玩着，你这不也玩到病床上了吗？你要喜欢，等你病好了，我带你出去，你想去哪玩就去哪玩。"

隔天，张桂荣根据医院的安排进去取样了。陈新城和大志、晓晴在那儿等着，陈新城坐立不安，一会儿站起来一会儿坐下。门开了，张桂荣从里边出来。陈新城赶快迎上去扶住她："怎么样？"

张桂荣说："什么怎么样？这不是完了？"

"那你疼不？"

"一点也不疼，打上麻药，还没觉着呢，完了。哟，你们都在这里干什么呀？大志，你那片子不做了？老陈，你那中心关门了？"

陈新城说："啥也不如你重要。大志，你去忙吧，我陪着你妈。"

张桂荣咂吧了一下嘴："老陈，你啥意思啊？我是得了啥重病了吗？"

陈新城吓了一跳："没有，你轻易也不得个病，病一回，我不得陪陪你呀。"

"我不用你陪，你一见大志，爷俩就吵，我可受不了。都回去，都回去，等结果出来再来也不晚。走吧。"

第二十二章

陈新城在医院陪床，但养老中心的工作还要继续，其他三个人在办公室里，严肃认真地开会商量着。

"目前咱们这儿的重点工作就这几项。明舟啊，你商场上有经验，你来负责招商引资，对开发商的进一步考核；长庆，你负责日常管理，什么食堂饭菜质量、社区卫生、老人们之间的团结问题都归你。"孙前程井井有条地安排道。

"哟，我们都管了，你管什么呀？"肖长庆问。

"我就全面主持工作吧。"孙前程两手一揣。

"什么？"肖长庆说，"有没有搞错，我是管委会主任。"

孙前程一副识大体的样子："长庆，现在，帮陈新城排忧解难是最重要的，你就别争权夺利了。"

"啊？我倒落了个争权夺利。"

"好好好，"孙前程说，"共同负责，共同负责。"

夏明舟问："刚才不是说我才有商场上的经验吗？"

那俩一起答应道："是啊。"

夏明舟又说："新颐养老社区不就是一个商业项目吗？"

孙前程犹豫道："不完全是，但也不能说不是。对吧长庆？"

肖长庆说："沾边，沾边。"

夏明舟一挥手："那就别争了，我全面负责。时候不早了，走的时候关好灯，注意防火。"说完走了。这俩面面相觑。

"什么叫鹬蚌相争，渔翁得利呀？"孙前程感叹道。

肖长庆收拾着东西："行行行，为了老陈，别争了，检查检查电，走吧。"

两人从楼里出来，一边说着什么一边往宿舍区走，两人突然一愣，长椅上，陈新城孤零零地坐着，两人互相看看，过去了，一边一个坐下。

"新城，我们还以为你在医院里呢。"

"她不让我在那儿，我也不敢在那儿。"

"怎么？"

"她刚做了活检，如果我坚持在那儿，我怕她……"

两人互相看看不说话了，三人都沉默着，肩并肩地坐着。两人想安慰陈新城，却不知道该怎么开口，就这么静静地陪着他。

过了一会儿,陈新城说:"我今天回了一趟家。我想她病着,我应该把家看得好好的,在家里亮起一盏灯,等着她回家。可你们猜怎么着?我进去,那房子还是原来的房子,可我怎么着也觉得它不是家了。我一个大老爷们,一个人像鬼似的在屋里转过来转过去,我……我居然害怕了。一个家,没有了她,它就不是家了,它只是带着顶的四面墙。多可怕呀。"

肖长庆说:"新城,张桂荣没出院以前,你就别回家了。你在这边住着,咱老哥仨能说说话,你心里也能痛快点。"

"就是,"孙前程说,"你这两天总在医院里,我和长庆都觉得浑身不得劲。你在这,我们心里踏实。"

陈新城站起来:"所以我才来找你们,有些话啊,还真是只能跟你俩说。行了,说完了,我也该走了。"

肖长庆问:"你去哪啊?"

"医院啊,"陈新城说,"我还是得回去,我得回去守着她。"

大志因为张桂荣的事日夜忧心,已经没有了工作的心情。他坐在办公桌前,紧皱着眉头,整个公司都十分低气压。

"大志,要不你先回家休息休息吧,这里有我们盯着呢。"大瓜劝道。

大志摇了摇头:"我现在根本睡不着,在这里还能安心一些。"

小乐说:"阿姨会没事的。你不吃不喝的,等她好了,你再病了怎么办?"

"没事,我再整理整理思路。"

其他小伙伴看着大志心不在焉、一脸疲惫的样子,都摇头叹息。

晓晴走过来,轻声对大志说:"其实阿姨前几天曾经找我聊过。"

"聊什么?"大志问。

"阿姨说,你虽然还不错,但是还不够成熟,太善良,所以遇到一些痛苦的事情,就很难让自己走出来。"

大志低着头:"我妈说得对。"

"但阿姨也说了,让我陪着你,看着你,帮着你。"

大志似有期待地看着晓晴。晓晴笑笑:"我答应阿姨了,哪怕阿姨不说,我也会这么做。我难过的时候,你一直在我身边。"晓晴把手放在大志手上,紧紧握住大志的手,"别害怕,有我在,不管未来发生什么,我都会跟你一起面对。"

大志握着晓晴的手，红着眼点了点头。

两人正说着话，孙前程和肖长庆进来了。晓晴站起来，吃惊道："爸，肖叔叔，你们怎么来了？"

孙前程说："晓晴，陈新城和张桂荣这辈子最大的心思就是看到大志有出息。你们不是在拍我们养老中心吗？我和你肖叔叔过来看看，参与一下意见。"

旁边几个年轻人一起站起来，热情地让他们坐下。

晓晴说："那太好了。我们正在后期呢，你们就当我们的第一批观众吧。"

陈新城伺候着张桂荣吃完饭，把病房里简单收拾了一下，坐在床边看着张桂荣入睡后，他独自从医院走了出来，漫无目的地在街上逛着，不知不觉也走到了大志的鸿志公司门前。他想要上去看看，但是犹豫了片刻，想起了什么，又转身走了。

大瓜和小乐用投影仪把片子投到大屏幕上，大志在旁边指挥着，修改着，专注工作让他暂时忘掉了烦恼。孙前程和肖长庆看着大志的样子互相点了点头。肖长庆凑到孙前程耳边："你发现没有，大志现在的样子，很像一个人。"

孙前程会心一笑："三十年前的陈新城。"

肖长庆也笑着点了点头："我还记得，当年他刚刚承包电子厂的时候，那个卖力的样子，一模一样。"

孙前程说："这爷俩看来是亲的，假不了。"

此时的陈新城偷偷地在门外，探着头，看到大志一群人在努力工作。孙前程突然回头，陈新城吓得立刻躲起来。

孙前程察觉了一样，走到门外，却发现什么人也没有，只是地上放着一袋包子，还热腾腾的，冒着热气。

孙前程笑了，自言自语："老顽固，还是放不下面子。"说完提着包子走进来，"孩子们，先别忙了，吃饭了，热腾腾的大包子，晓晴，来帮帮忙。"

"谢谢叔叔！"

肖长庆问："你啥时候买的包子，我咋不知道？"

孙前程使了个眼色，看了看大志，又指了指门外，肖长庆心领神会，与孙前程相视一笑。"这事就他能干得出来。"肖长庆说。

第二十三章

　　夜已经深了，陈新城和大志还在坐在医生办公室门口，连续好几天，父子两人不眠不休，终于熬到了要出结果的日子。夜里温度低，陈新城突然打了个哆嗦，大志看到了，犹豫一下，把身上的外套脱下来，一只手递过去："给你披上吧。"

　　陈新城摇摇头："不用。"

　　"别犟啦，"大志说，"你又不年轻了。"

　　"不用。"陈新城还是摇头。

　　"你这人。"大志叹息一声，到底还是站起来走到他身边，给他披上了。陈新城这回没拒绝。大志又回原位坐下，父子俩继续沉默。

　　"大志，"过了一会儿，陈新城开口道，"你说，你妈不会是吧？"

　　"不知道。"

　　陈新城恼了："你这孩子，你就不会说句宽人心的话？"

　　大志没吭声。

　　"自从你妈病了，我想了又想。你妈的身体一向很好，为什么说病就病了？就是因为她操心太多。就说你吧，三十了还得让你妈过去，你妈多操心啊。"

　　大志抬头看他一眼，想说什么，又忍住了。

　　陈新城继续念叨："她这个傻女人，有事和我说也好啊。可你办什么事她都瞒着我，一个人憋在心里。中医说这癌症就是郁积而至，她这病就是郁积的。"

　　大志终于忍不住了："您还在指责我。您这辈子什么时候能学会反思自己，不指责别人呢？妈为什么有事不和您说？别人一句话都说不完，您就批评开了。在咱们家里，您就永远是那个正确的，是吗？"

陈新城大怒:"你这是什么意思?"

"我什么意思您知道。妈为什么不愿意住在家里?还不是因为您!"

"叫你说,你妈这病赖我了?"

走廊另一头坐着肖长庆和孙前程,两人都听到了那边的争吵声。肖长庆不放心地站起来往那儿看了看,说:"这爷俩别真打起来。"

孙前程拉他一把:"就叫他们打吧,打到张桂荣的结果出来,就好了。"

大志怒冲冲地站起来:"好,好,我知道了,反正您永远正确,您就在这儿继续正确下去吧,我走了。"

陈新城问:"你上哪儿?"

大志说:"回去!"

"大志,"陈新城疲惫地说,"你妈的结果天一亮就出来了呀。"

大志一下子停住了。

"大志,"陈新城声音颤抖着,"如果你妈没了,这个家里,就剩咱爷俩了。"

大志在他身边的椅子上坐下,想向他伸出手,又在半路上停住了。

"我看了你妈妈的那些视频……"陈新城说。

"您看了?"

"一边看我就一边想,你妈在家里这么多年,还从来没笑得这么开心过,她才刚找到让自己开心的事,怎么能倒下呢?"

大志的手搭到他肩上:"爸,就算万一妈真的是,她还有咱俩呢,咱俩扶着妈好好治疗,咱们一家三口一起往前走。"

"大志,如果真有那一天,爸恐怕得靠你,"陈新城终于承认了自己的软弱,"爸一直觉得自己很有能耐,可在你妈这件事上,爸觉得自己不堪一击。"

大志怜悯地看着他,搂住他的脖子:"爸,放心吧,还有我呢。对不起,我总是让您和妈妈操心。以后,就把这个家交给我吧。"

陈新城靠在儿子身上:"不怪你,怪我。爸在商场上风云了一辈子,突然之间就被人家赶下来了。爸不想老,不想退出历史舞台,爸那样对你,只是害怕承认自己老。大志,这段时间其实你做得很好,做得真的很好……"

天亮了,父子俩一夜没合眼,医院里人逐渐多了起来。

陈新城身上披着儿子的外套坐在那里,像小孩子一样,紧紧地牵着大志的手,紧张地绷着脸。

"医生来了吗?"孙前程和肖长庆从走廊另一边过来了。

陈新城看了看他们,紧张得说不出话来,大志冲他们笑了笑:"孙叔叔,肖叔叔,你们也来了?医生来了,检查结果还没出来,正等着呢。"

陈新城突然神经质地站起来:"不行,我等不及了,肯定是,肯定是了,要不然为什么会这么久?"说着就要往医生办公室里冲。

大志一把抓住他:"爸,人家医生不是让咱们在这儿等吗?您一会儿去问一趟,医生会不高兴的。"

门突然开了,医生伸出头来:"张桂荣家属,进来一下。"

陈新城赶快答应一声,慌慌张张地往里走,走到门口又胆怯地站住了,回头看大志:"大志,你进去。"

"爸,咱们一块进去。"

陈新城犹豫了一会儿,哆嗦着点点头,然后像小孩子一样伸出手,让大志领着自己。

孙前程和肖长庆在后面感动地看着他们。

孙前程问:"你说会是吗?"

肖长庆盯着那父子二人的背影笑笑:"就算是,也不用怕了。"

陈新城坐在医生面前,大志站在他身后。大夫把电脑转向他们:"活检结果出来了,现在可以肯定地告诉你们……"

陈新城紧张地咽了一下唾沫,又伸手去抓大志,大志也急忙把他的手抓住。

"不是。"

陈新城一怔,不敢相信地回头看大志,大志顾不上他了,欣喜地问:"大夫,您刚才说什么?您是说我妈不是癌症?"

陈新城这才听明白,大声地说:"不是?不是癌症?大夫,您是这个意思吗?"

"对,活检结果证明她不是。另外你们看,这是她入院时和昨天分别拍的片子,经过这一段时间的抗生素治疗,她肺部的阴影有所缩小,这说明什么?她得的是炎症,开始吸收了。所以,现在可以肯定,她不是癌症,确实只是肺炎,你们可以放心了。"

陈新城又哭又笑地说:"大志,你妈不是,你妈不是!"

第二十三章

大志欣喜若狂："太好了，我现在就去告诉她。"

"停下！"陈新城喝道。

"怎么了？"

陈新城满脸的开心与得意："这种事轮得到你去说吗？忙你的去。"陈新城挺胸抬头，抢在大志前面，头也不回地朝病房走去。大志在后面苦笑着摇了摇头。陈新城大摇大摆地从医生办公室出来，肖长庆和孙前程两个人笑着迎上去。

"祝贺啊老陈。"孙前程作揖拱手。

"我说什么了？老嫂子压根不会得那个病。"肖长庆拍着胸脯。

陈新城此刻被兴奋冲击着神经，已经六亲不认，哼了一声："还你说，你说什么了？还不是拿着你老婆当年的事吓唬我？你这号人，哼。"

肖长庆被气着了："这什么人啊这是。"

孙前程说："他就是这号人，你才知道？我早就认清他的面目了。算了，爱谁谁吧，咱们回去吧。"

肖长庆摇摇头："早知道不在这里白待一夜了，以后有事别想再叫我。"

俩人气鼓鼓地走了。

太阳升起来了，大志心里松了一口气。他坐在楼下的花园里，望着外面来来往往的行人，虽然很疲惫，但他脸上挂着笑容。突然一瓶可乐递到他的眼前。大志抬起头看了一眼，笑着接过可乐，晓晴挨着他坐了下来。

"我记得有人说过，虚惊一场是人世间最好的成语。"晓晴笑着说。

陈大志点了点头："谢谢！"

"谢我干什么，一瓶可乐而已。"

"不是这个。"

"那你谢我什么？"

"谢谢你，一直陪着我。如果没有你，我真的不知道该怎么熬过来。"

晓晴羞涩道："咱们是朋友，这都是应该的。"

大志突然抬头看着晓晴，很认真地问："只是朋友吗？"

晓晴被陈大志的样子吓了一跳："啊？"

"晓晴，我喜欢你。"大志一字一句地说。

晓晴面对陈大志突然的告白，愣了。

陈大志说:"从小到大,我一直就喜欢你。"

晓晴磕磕巴巴地问:"你……为什么不早说?"

"从小到大,我无数次想告诉你,"大志说,"但是我就是不敢迈出那一步,当我知道你要结婚的时候,我跑到青藏高原,我根本不是想去拍什么牦牛,我就是想逃避而已。后来,咱们再次遇到,我还是不敢说,因为我知道你身上发生的事情,我怕你不敢再接受一段新的关系。直到我们一起经历了这么多,我才想明白,哪怕你不接受我,我也要告诉你,我想一直陪着你,保护你。"

晓晴眼睛红了。

大志郑重地问:"晓晴,你愿意吗?"

晓晴笑着点了点头。

在不远处,孙前程和肖长庆远远地看着两人拥抱在一起。

"多好啊。"肖长庆说。

孙前程没有说话,只是笑笑:"走吧。"

张桂荣正靠在床上发呆,门突然开了,陈新城喜气洋洋地进来:"老太婆,别躺床上装病了,你不是。"

"什么?"张桂荣问。

"没听懂吗?"陈新城嬉笑着说,"你不是,你不是癌症,就是肺炎,再打几天吊瓶就好了。"

"你别骗我。"张桂荣一脸严肃。

"我骗你是小狗!当然,前面我是真骗你了,但是这次没有,真没有!你确实没事了!"

张桂荣看着陈新城开心的样子,点了点头,笑了。

"老太婆,"陈新城说,"明天打完针咱们还有事。"

张桂荣撇撇嘴:"我还住着院呢,有什么事啊?"

陈新城也严肃道:"不行,这件事很重要,非办不可!"然后转过身,悄悄地打开手机,在团购网站上搜索了"全家福"三个字。

晚上,肖长庆一个人孤独地坐在院子里的长椅上。他羡慕地看向陈新城的公寓,里面灯光明亮,还时不时传出陈新城大声说话的声音。

肖长庆暗自叹息:"都成双成对的,只有你,只有你啦。"

孙前程从屋里出来了，溜达到肖长庆身边坐下，也看向陈新城宿舍的方向："你能想象得出吗？那老家伙突然把张桂荣宠成个宝啦。"

肖长庆笑笑："本来就是个宝嘛，只是自己不知道。前程啊，夏明舟也是你的宝，你得珍惜。"

孙前程苦笑："我本来就知道她是我的宝，可惜的是，她不知道。"

没多久，陈新城出来了，哼着小曲一屁股坐下，高声大气地说："我从来没想到，男人做家务居然也能做出乐趣。你知道我今天给张桂荣做了什么吗？鸡汤面。当然了，鸡被我吃了，但是汤给她留下了。"

孙前程撇撇嘴："也好意思说。"

"唉，经过这一场虚惊，我算知道了，人老了，什么也可以没有，就是不能没有老伴。"陈新城感叹道。

孙前程碰碰他，示意他别再说了，但肖长庆已经站起来走了。

"嘚瑟呢你？"孙前程冲着陈新城瞪眼，"林洁还没找到呢。"

肖长庆已经跑了好几趟派出所，但每次都一无所获。他不死心，这天又去了户籍地的派出所，警察耐心地解释说："她的户籍确实在这儿，不过人不在我们辖区居住，至于去了哪儿，我们也不知道。"

肖长庆问："不是有了她的身份证号就能查到吗？她总得用电话，总得消费吧？"

警察笑着说："老先生，那是对付犯罪嫌疑人的办法，咱们不能随便查一个公民的行踪吧？您还是想想别的招儿吧。"

肖长庆唉声叹气地从派出所出来，孤独地在街上闲逛，心里正感叹自己情缘单薄的一生，手机突然响了，他拿起来一看，来电显示是肖建。

他接起来，电话里是一个陌生的声音："您是机主的父亲吗？"

肖长庆一愣："我是，肖建怎么啦？"

"我们是交警，机主在公路上出了车祸。"

肖长庆吓了一跳："啊？肖建出车祸了？他现在怎么样了？"

"刚刚救护车已经到了，正准备送往人民医院，您尽快赶过去吧。"

肖长庆还想问点什么，电话已经断了。肖长庆愣了愣，哆嗦着给肖林打了过去。

肖林那边接起电话："爸，我上着班呢。"

"肖林，赶快，你弟弟出车祸了……"

救护车停下之后，医务人员迅速把肖建从车上抬了下来。肖建昏迷着躺在担架上，满脸是血，护士匆匆忙忙地给他扣上氧气罩，推着他往急救室赶。

"生命体征很差，必须马上准备手术。"大夫边跑边吩咐。

接到通知的小岳开着车，正载着陈新城和孙前程在公路上飞驰。陈新城忽然想起来，说："出事的不是肖建吗？孩子该放学了，他孩子有人接吗？"

孙前程赶忙掏出手机："明舟，明舟吗？"

夏明舟正黑着脸教育几个大妈："不是给你们辟出了专门跳广场舞的区域吗，为什么还跑到宿舍区来跳？"手机响了，夏明舟没好气地接起来，"孙前程，你们三个跑哪去了？你们到底想干不想干？什么？什么？接孩子？我接什么孩子啊！……什么？好吧。"放下手机，夏明舟问，"谁认识肖长庆的二儿子肖建？"

几个大妈几乎一起喊道："我认识。"

"他有事暂时回不来，让我帮忙接一下女儿。有认识他女儿的吗？"

牛大妈热情地上前："我认识，我跟你去！"

肖林等在医院门口，见到父亲下了车，赶紧上前扶住他。肖长庆哆嗦着问："你弟弟呢？怎么样了？"

肖林领着他疾步往里走："刚进了手术室，大夫正在抢救呢。"

肖长庆刚来到急救室前，一个医生迎面走过来："您是肖建的家属吗？"

"对对对，我是他父亲，我儿子现在怎么样了？"

"我们正在抢救，但是他的情况很严重，我们必须通知您做好准备。麻烦您签下字。"

肖长庆看着眼前的病危通知单和手术风险通知，瞬间感觉天旋地转，肖林赶紧扶住他。肖长庆一把拉住医生的手："我求求您一定要救我儿子的命啊！他才三十多啊！他还有女儿啊！不管花多少钱都行！我求求您一定得把我儿子的命救回来啊！"说着跪倒在医生面前。

"老先生，您先起来，我们肯定会尽力抢救的。"医生和肖林同时去扶他。

第二十三章

"我求求您大夫,我求求您了!救救他啊!"

陈新城和孙前程赶了过来,看到眼前这一幕,都愣住了。

急救室内的医护人员正用除颤仪对肖建进行抢救,肖建的身体随着一次次加压起伏着,但人却一直没有声息。

"生命体征越来越弱了。"医生说。

肖长庆在门外紧闭着双眼,双手紧握,脸色苍白,不停地向各路神佛祷告。

走廊一端响起脚步声,夏明舟领着婷婷跑过来了。肖长庆迎上去,牵住婷婷的手。婷婷害怕地问:"爷爷,我爸怎么啦?"

"他没事,"肖长庆指着急救室的门对孙女说,"婷婷,你爸就在这扇门里,你叫叫他,叫他出来。"

婷婷走到急救室门口,扒着门缝大声喊着:"爸爸,爸爸,你出来呀!"

令人惊奇的是,急救室里,奄奄一息的肖建似乎听到了婷婷的呼唤,心脏监护仪上的曲线慢慢正常起来。大夫看了长出一口气,朝护士点了点头。接着,没多久,手术室的灯变成了绿色,护士们推着肖建出来了。肖长庆等人赶紧围了过去。

大夫拦住肖长庆:"患者现在生命体征平稳了,暂时脱离了生命危险。"

肖长庆激动地说:"太好了!太好了!谢谢您大夫,谢谢您!"

孙前程和陈新城也对视一眼,各自松了口气。

大夫又说:"家属您先别激动,我刚刚说了,只是暂时脱离了生命危险,患者还要在重症病房继续监测和观察,他身上有很多伤,是需要维持平稳后才能进行下一步的检查和判断的。"

"我明白了……辛苦您!我们能去看看他吗?"肖长庆问。

大夫摇了摇头:"现在还不行。患者的生命体征完全平稳后,家属才能进病房探视。现在你们要看的话,只能在门外看。"

"爸,别担心,肖建脱离生命危险了,咱们现在应该高兴。"肖林说。

"对啊,长庆,"孙前程安慰道,"肖建福大命大,会没事的!"

"你看,前段时间我老婆不也是虚惊一场吗?"陈新城也宽慰他,"咱们一辈子没干过什么坏事,好人还是有好报的,相信大夫,就别担心了!"

肖长庆失神地点了点头。

"这边还需要一些签字和缴费，哪位家属跟我来一下？"大夫问。

"我来我来。"肖林快步跟了上去。

夜里，肖长庆穿着 ICU 的防护服，站在 ICU 的门外。整个晚上，他目不转睛地盯着昏迷的肖建。大概凌晨的时候，肖建的手指突然动了，然后慢慢睁开了眼。肖长庆激动地喊："大夫！护士！我儿子醒了！他醒了！"

大夫和护士急忙赶了过来，肖长庆跟着他们走进了病房："肖建！你醒了！没事了！没事了！"

"爸……"肖建微弱地喊了一声。

"爸在这儿呢！在呢！"肖长庆哆哆嗦嗦地抓住儿子的手。

"我疼……"肖建艰难地吐出这两个字。

肖长庆听到这两个字，心脏像被什么拧了一下，眼眶一下子红了："大夫，我儿子说他疼！他疼啊！"

"麻烦家属先出去吧。"医生说。

"哎！那是我儿子，我得看着他啊！"肖长庆不肯。

"为了患者好，您还是不要打扰我们的工作。"护士把肖长庆拉出去了。

被关在门外的肖长庆尝试着用各种角度看肖建，可医生和护士围在床边忙碌着，挡住了他的视线。

躺在床上的肖建身体没法动，但眼睛一直看向窗外，某个缝隙中，肖长庆终于看到了肖建的脸，肖建的眼睛也在执着地盯着父亲，父子二人隔空对视，似乎隐含了没来得及说出口的千言万语。

回到养老中心的陈新城和孙前程在下象棋，但显然两个人的心思都不在下棋上。

"你走啊？"孙前程提醒他。

陈新城愣了一下："啊，走，我走什么，不是该你走了？"

"该我吗？"

"算了算了，下什么棋！"

陈新城把棋盘一推，两人同时叹气。

"肖建在 ICU 待了七八天了吧，肖长庆怎么样？"

"肖长庆每天都在医院陪着呢，没日没夜的，但医院说肖建的情况还得再稳定一下,才允许家属进去探视,他这些天就只能在门外干看着。"

"唉,可怜天下父母心!"

"谁说不是呢,那天我去看他,就两个字,憔悴。"

"不过还好,儿子救回来了,要是没了,白发人送黑发人,可就不是憔悴的事了。"

"是啊,咱们这个年纪,就活个孩子了,肖长庆还是有福气的。"

陈新城叹了口气,掏出电话:"大志,最近怎么样?我跟你说啊,不要老熬夜吃外卖,多大了还天天喝可乐,得糖尿病怎么办?我啰唆?我这是提醒你呢!"

孙前程摇了摇头,突然一把抢过陈新城的电话:"大志啊,晓晴在不在?"

陈新城看着陈新城抢电话,赶紧伸手要夺,孙前程一边打电话一边躲闪着跟晓晴聊天:"好,爸爸这边你放心,你别太辛苦啊。"孙前程一下子挂了,把电话递给陈新城。

"你想姑娘自己打电话啊,抢我的干什么?"陈新城瞪他。

孙前程说:"我是想他们俩肯定在一块,方便嘛!"

陈新城又瞪他一眼:"你真是为老不尊!"

肖长庆满脸憔悴、胡子拉碴地坐在医生对面,他小心翼翼地等待着医生的诊断结果,仿佛稍有疏忽,好消息就会变成坏消息似的。

"经过这些天的观察,患者的生命体征已经很平稳了,伤么重能救回来,也是个奇迹了,过几天就可以转到普通病房了。"

"太好了!谢谢你们了。"肖长庆眼含热泪。

大夫说:"先别着急谢,我跟您说过,他伤得很重。这些天我们做了一些检查,他的身体有多处骨折,最严重的一处是胸椎这里。"

"胸椎?"肖长庆问,"很严重吗?"

"现在还不好判断,这种骨折造成的伤害可大可小,还需要等患者身体状态好一些,进一步地检查后,才能确认具体的损伤等级。"

"明白了,那什么时候能做手术?"

"暂时还不能,要等患者的身体恢复到能进行手术的条件以后才可以。可能十天,也可能半个月,要看患者的恢复情况。"

"那这段时间，他岂不是……"

"对，会很痛苦。当然，我们会用药物来尽量减轻患者的痛苦，但止痛药毕竟不是麻醉药，一些痛苦还是要患者自己来承受。"

肖长庆不说话了。

大夫宽慰他："老先生，您放心，我们会根据患者的情况尽快检查和诊断，有了具体的结果和手术方案也会第一时间告知你们。"

"好，好，"肖长庆连连点头，"那我现在能去看他了吗？"

"没问题了，但还是要注意，时间不能太长，患者现在需要的是休息。"

"好好好，太好了！"

肖长庆手里提着大包小包，走到ICU门口，通过门上的玻璃往里看了一眼，肖建躺在床上睁着眼看着天花板。肖长庆推门进来，肖建歪过头看着肖长庆："爸……"

"肖建，太好了，大夫说你现在没什么问题了，马上就可以转普通病房了，只要等身体慢慢恢复，做完手术就没事了。"肖长庆把东西放到一旁。

肖建"嗯"了一声，脸很苍白，明显在强忍痛苦。

肖长庆坐在旁边，没话找话："这是你孙叔和陈叔送来的。对了，婷婷你不用担心，住在你奶奶那儿，你哥和嫂子一会儿忙完也会过来看你，文琪那边你跟她说了吗，她啥时候回来啊？我……"

肖建旁边的手机突然响了，肖建想伸手拿，肖长庆赶紧把手机递给肖建。肖建接起电话，皱着眉头："小田，怎么老王催完你来催啊？我知道东南地区丢了单，对！是应该我负责。但是我现在在住院，我没法见他们。什么？不行！"

肖建放下电话，依然紧锁着眉头。

肖长庆怯怯地劝道："肖建啊，大夫说你现在应该多休息……"

"我知道了，爸，您要没事就先回去吧。您在医院待着，也没什么太大的意义。我这里有护工照顾，大夫和护士也能随时过来，我有问题就能解决。您已经在医院这么久了，还是回去休息吧。"

"可是爸担心……"

"不用担心我，我没问题的。您回吧。"

肖长庆站起身，看着肖建的样子，有些窘迫，片刻后："那……好吧。"

肖长庆起身往外走，一边走，一边偷偷转过脸来看他。

第二十三章

"慢走，爸。"

肖长庆点了点头，叹了口气，走了。

回到养老中心，肖长庆没进屋，而是沉重地坐在长椅上，陈新城和孙前程从各自房间里出来了。

"长庆，肖建没事了吧？"陈新城说，"没事你赶快回来上班，咱仨还得接着唱《三岔口》啊。"

孙前程见他脸色还是不好，问："怎么了，肖建不是已经要转普通病房了吗？"

肖长庆说："还要做手术，他现在每天都要打止疼针，我看着都疼啊。"

陈新城拍拍他肩膀，说："忍一忍，后面做完手术就没事了，人反正救回来了，你该高兴点啊。"

肖长庆点了点头，还是叹了口气。

"怎么还唉声叹气的？"孙前程看着他。

肖长庆说："肖建这个孩子，也不知道怎么了，这么些年对我一直客客气气的。现在他躺在病床上了，我想多关心关心他吧，但他还是那个样子。我也不知道我到底做了什么，让孩子对我这么不亲近。"

孙前程说："肖建啊，从小就独立、优秀，你确实也没怎么操过肖建的心。"

"对啊，"陈新城也说，"肖建这孩子好啊，小时候学校那个光荣榜上永远有他。你不知道，我看着你家肖建，再看大志，心里那个气啊。因为肖建，大志挨了我多少揍啊。说起来，你对他的关心还是太少了。"

肖长庆自责地说："是啊，我操心肖林，操心马玲，操心长莉，操心我媳妇娘家那些弟弟妹妹，唯独就没操心过肖建。是因为肖建长大以后就一直那么让我省心，省心到我有时候都忘了他。直到他出事了，躺在床上，我想为他操心了，他反而用不着我了。他可是我的亲生儿子啊，我真想问问他到底怎么了。"

孙前程说："肖建心气高，脾气硬，是这群孩子里最聪明，也是最成熟的，你就算问也没有用。"

陈新城说："对，父子之间的心结啊，没有那么好解的，你看我和大志，不也是经历了那么多才刚有点爷俩的样吗？"

"那咋办啊？"肖长庆苦恼地叹了口气。

345

孙前程说:"你这么想,肖建以前再厉害,现在也躺在床上了,他肯定有一大摊子事解决不了,你现在能去帮忙解决多少就解决多少,让孩子知道,你对他还是很好的,有用的,不就能缓解一下你们之间的关系嘛。"

肖长庆赞叹道:"你说得对,今天他打电话的时候我就在旁边呢,他这一倒下,他公司里一团糟,人心涣散,人脑子打成狗脑子了。"

陈新城说:"这没啥。我当政的时候就喜欢这种混乱局面,大乱才能大治嘛。他公司这事我能帮上忙。我不就是干公司的吗?要说起来,带惯了新城那样的大集团,再来干肖建这种小公司,那简直就是杀鸡用了宰牛刀。"

孙前程讥笑道:"那长庆你得让肖建给他一个豁免权,他要是把肖建的公司带垮了,肖建不能追究他的责任。"

陈新城恼了:"孙前程,你什么意思啊?"

孙前程说:"我是提醒长庆,前车之鉴。"

陈新城说:"需要肖建一个授权是真的。长庆,你和肖建说说,让他安心养伤,他的公司暂时交给我来打理,任命我当临时的总经理。我保证,交给我一个小公司,还给他一个企业集团。"

孙前程白他一眼:"又吹,又吹。"

肖长庆说:"这是个办法!我去跟肖建商量一下!"

隔天肖长庆就去医院把这个建议跟肖建说了。

肖建正躺在床上打电话,公司的大事小情乱七八糟,他的眉头就没有一刻舒展开过:"爸,不是跟您说,您去忙您的就好,不用总过来了吗?"

肖长庆语气委婉地说:"爸是想跟你聊一下,你这个病不能急,也不是一天两天就能好起来的。陈新城听说你公司的事情,他做过企业,你公司那个老王当初还是从新城出去的,你把公司交给你陈叔叔,让他代你管理几天吧?"

肖建想了想:"爸,我公司那一摊事,他不熟,也没法干啊。"

"老话说家有一老,如有一宝,只要有你的授权,他不用干什么,在你办公室坐着,给你压压阵就行,有事让他向你汇报就行了,指不定能帮上你呢。"

肖建看着肖长庆,两人对视着。肖建叹了口气:"那就试试吧,确实也没别的办法。那就麻烦陈叔了。"

肖长庆高兴道:"不麻烦,不麻烦!"

养老中心办公室里,陈新城正兴高采烈地收拾着自己的东西。旁边的夏明舟听了觉得不可思议:"什么?"

陈新城笑笑:"老骥伏枥,志在千里。你们猜怎么着?自从拿到肖建的授权,我这半夜硬没睡着,就像一个老兵,又闻到了战场上硝烟的味道。姓夏的,姓孙的,肖长庆暂时回不来,我去帮肖建管理他的公司,这一亩三分地,就交给你两口子了。随你们怎么管,开成夫妻老婆店也行。对了,还有小岳,任你们驱使,我走了。"

"姓陈的,"夏明舟义正词严道,"你拖垮了新城集团,现在又想拖垮肖建的公司?他公司是个销售公司,论销售,还有人比我更有经验吗?我当初不就是干销售起家的?"

陈新城摊开两只手,一副无辜的样子:"对不起,可惜人家委托了我,没委托你。"

夏明舟转而去指责孙前程:"你当时干吗呢?你就不会说吗?"

孙前程说:"我这个……我不是……我是怕肖建那公司小,搁不下你这大神。再说了,你过去销售都是上百亿上百亿的,他这小公司一年就几千万的销售额,你去了,不是高射炮打蚊子吗?"

夏明舟不满道:"那也比高射炮在家里生锈,弄根烧火棍子上阵强。这都什么年代了,还弄个冷兵器上战场?"

陈新城不愿意了:"谁?你刚才说谁是烧火棍子?"

夏明舟根本不理他:"我去找肖长庆。"

肖建的公司最终还是迎来了这两尊大佛。陈新城和夏明舟穿着职业装,抬头挺胸,步调一致地走进了大楼。

几个员工伸出头来看。"夏明舟?是那个夏明舟吧?我在电视上看过!""旁边那个是陈新城?新城集团的前董事长。他们怎么来咱这种小公司啊,不是来谈业务的吧?""咱们肖总一躺下,公司都啥样了,什么业务能让这两大人物来啊?""别说了,让王总看见又要骂人了。"

会议室里,陈新城和夏明舟坐在一起,对面是老王和小田。小田给陈新城和夏明舟端了杯茶:"陈总,夏总,久仰大名,肖总说有人来帮他处理公司业务,怎么也没想到是您两位啊,没想到我们肖总还认识您两位这么厉害的人物呢。"

老王客气地说:"对啊,听说两位前辈已经光荣退休了,现在莅临指导,我们这个小地方蓬荜生辉啊。"

陈新城和夏明舟听到这些话,脸上已经有些不悦。"既然肖建已经跟你们说了,那咱们就别客套了,麻烦你们二位跟我们简单说一下公司现在的情况吧。"陈新城说。

老王和小田互相使了个眼色。老王说:"我们内部是出了一些问题,但内部来解决就可以了,两位年纪也不小了,没必要为我们这些破事劳心。"

小田在一旁附和:"就是,虽然肖总躺在医院里,公司是有些不便,但有我和王总在,一些决策完全能代劳。这样,我一会儿安排一下,陪两位吃个便饭,再派车送两位回去。"

陈新城冷哼一声:"我们在商场上混了一辈子,最讲究的就是诚信,既然受了肖建的委托,哪能随随便便应付?"

老王和小田又对视一眼。老王整了整衣服,语气也变得强硬:"肖总不在,我现在是公司的最高领导,我觉得这事没必要那么麻烦,二位还是请回吧。"

夏明舟从包里拿出两张文件拍在桌子上:"不用废话了,这是肖建跟我们签好的授权委托书,你们好好看看。这段时间,我们会替肖建盯着你们公司的大小事情。记住,我们不是来跟你们商量的,是通知。"

老王和小田看着授权委托书,脸色变得很难看。

"没问题吧?"夏明舟问,"没问题咱们就开始工作吧。"

夏明舟指着小田:"你是负责销售对吧?我现在需要你提供你们公司半年来所有地区的销售明细,立刻!马上!"

陈新城指着老王:"还有你,我要你们公司这三个月你俩签署的所有文件副本。记住,是所有!"

夏明舟和陈新城一起起身。见两人还愣在那里,夏明舟催促道:"还不赶紧去,就你们这效率,在明舟集团,刚刚已经被开除了。"

陈新城不甘示弱:"在新城集团,你的离职补助都到账了!"

小田和老王赶紧点头出去了。一出门,老王就对小田说:"看见了没?这次麻烦大了。"

小田看看里边,说:"老王,别的先不管,先把他们搞定。"

"你说得对,但他们要的东西咱们真要给吗?"

"不给怎么办?授权书在那里。没事,给就给,全给!估计就是吓唬咱们,这两个老眼昏花的,还能翻出啥来不成?"

没多久,陈新城和夏明舟要的东西已经拿到手了。两人各坐在办公桌的一边,每人面前都摆着满满当当的文件,他俩快速地翻阅着,时不时用笔记录着。

小田和老王隔一会儿就从门外看一眼,隔一会儿就从门外看一眼,过了大半天了两人还在看文件,俩人十分惊讶。陈新城和夏明舟把全部材料过了一遍后,已经是下班时间了。

陈新城打着哈欠,夏明舟还是精神抖擞。两人坐在桌子的这一边,老王和小田坐在桌子的另一边。夏明舟把一张报表拍在桌子上:"最近这几个月东南地区的销售明细问题很大,具体的条目我都标出来了,这些可都是田总你负责的,你不打算解释一下?"

小田一愣。

陈新城又把另一份文件拍在桌子上:"这些人事文件是王总你签的吧?我查了下,东南地区姓景的销售经理,竟然是你妹夫,这事肖建可能都不知道吧?"

隐秘的事情被戳穿,小田和老王脸色忽然沉了下来。

陈新城说:"看来你俩心思挺多啊。东南地区丢单,肖建要负责,你们趁着肖建住院,想联合股东催他让权,这一内一外,配合得很好嘛。"

小田解释道:"没您想得那么严重,我们工作方面确实有一些失误,我们会马上处理。"

老王慌忙点头:"对对对,我们会好好处理的。"

陈新城冷笑:"没关系,有错就改还是好同志。"

老王和小田偷偷松了口气。

陈新城走到两人身边,压低声音:"我告诉你们,肖建这孩子实在,你们那些小招数在他那儿好使,在我这儿可不行。记住了,他是我陈新城的侄子,他后面可有整个新城集团帮他撑腰。"

夏明舟补充道:"还有明舟集团,以及新城集团的母公司,先力集团。"

陈新城瞪了夏明舟一眼,她明摆着戳自己的痛处,又无可奈何。

"总之,"夏明舟说,"你们下次动心思之前,好好想想。"

小田和老王赶紧点头，然后半弯着腰，目送两人出了会议室。

小田赶紧拿出手机打电话，老王在旁边站着，一脸愁容。

小田说："老景，你现在给我老老实实的，计划取消了。"

对面喋喋不休地抱怨着，老王一把夺过电话："别废话，再晚点，老子的饭碗都丢了！"

几个员工躲在远处偷看，时不时地窃窃私语。"看来不用辞职了。""那可是陈新城和夏明舟啊，放几年前，这俩凑一起，火箭都能推上天。""对啊，有他俩在这里把着，咱公司一时半会儿乱不了，安心等肖总回来吧！"

第二十四章

陈新城把两人的工作情况打电话跟肖建说了一下，肖建听完连声道谢。肖长庆在旁边听着，露出了微笑："肖建，公司那边有你陈叔叔和夏阿姨，你就不要担心了，安心养身体。"

肖建看着肖长庆，脸上也露出了久违的笑容："我知道了，爸，谢谢您……也麻烦您帮我谢谢夏阿姨和陈叔叔，多亏了他们。"

"没事没事，你现在感觉怎么样？"

肖建努力地挣扎了一下，说："腿还是有些麻。"

"没关系，做完手术就好了。对了，你出事以后有没有跟文琪说？她在国外什么时候回来？"

"还没有，"肖建转过头去，"我怕她知道以后影响她进修。"

肖长庆说："你还是告诉她一声吧，毕竟是一家人，也不能一直瞒着。"

"嗯，"肖建答应道，"我会考虑一下。"

突然，肖建的电话铃声响起，肖长庆拿起来一看："瞧，正说着呢，是文琪。那我先出去，你们聊。"

肖长庆刚出门，正好护士迎面走过来，请他去办公室一趟。

"怎么了？"肖长庆问。

"具体还是请医生给您讲解吧。"护士说。

肖长庆进了医生办公室，坐在医生对面。医生放下手里的报告说："我们给患者做了详细的检查，有些情况比我们想象得要严重，需要告知家属。"

"怎么了？"肖长庆问。

医生有点遗憾地说："他很可能再也站不起来了。"

肖长庆一愣："什么？"

医生指着片子："您看，根据我们的检查结果，他第三胸椎压缩性骨折，这种骨折造成了他现在下肢的麻木，如果不进行手术治疗，那他下半辈子可能就只能在轮椅上待着了，当然，做不做手术还是要由你们家属来决定。"

"这有什么决定不决定，得赶紧手术啊。他才三十六，他不能在轮椅上过后半辈子啊。"肖长庆说。

医生道："您先别激动，我要跟您说的是，任何手术都是有风险的，特别是胸椎的手术，风险更大。如果我们的手术成功了，他是有几率能重新站起来的。但是这种几率，也是看患者个人的身体素质和术后的复健情况，每个人都不一样。如果后期复健的效果不理想，很可能会造成永久性功能丧失。作为大夫，我们是希望你们要做好最坏的打算，也把真实的情况告诉患者。"

手术最终还是做了，肖长庆并没有把医生的话如实向肖建转述，他怕肖建的情绪影响手术，决定术后再告诉他实情。

医生从手术室出来，摘下口罩说手术很成功，但就像之前说的，依然建议要做好最坏的打算。护士把肖建推回病房，肖林跟上去照顾了。众人走后，肖长庆躲到楼梯间，握着电话纠结几番，最终还是打了出去。他想：疙瘩需要一个个解开。

"文琪吗？文琪，我是爸爸，肖建的爸爸。冒昧地给你打这个电话，是想把一个情况告诉你，你可能还不知道，肖建他出了车祸，正在住院治疗呢。"

电话那边的文琪很惊讶，但是一时不知该说什么，只能沉默着。

肖长庆等了一阵，没等到声音，继续说："文琪，对不起，我不知道你和肖建的关系出现了这么大的问题，但老话说，一个巴掌拍不响，肖建肯定也有责任。肖建他现在起不来，我代表他，向你道歉。"

文琪低声说："不需要您替他道歉，我们两个已经……"

肖长庆继续道："我听说，你已经提出了离婚，如果你们的关系已经走不下去了，爸不会强求你。但是有件事，爸想和你商量。文琪，不管怎么说，你和肖建夫妻十年，生下了一个可爱的孩子，肖建现在躺在床上，你不为肖建考虑，也不为婷婷考虑吗？婷婷这孩子，太可怜了啊！"

文琪叹了口气。

他的声音抖了："文琪啊，不管你和肖建之间谁对谁错，但现在肖建不知道还能不能站起来，不管是为了肖建，还是为了婷婷，我希望你回来，有什么问题我们当面来解决，你放心，我和肖建都不会为难你的。"

"好，您说得对。"文琪挂了电话，思来想去，又拿起电话，"你好，我要订一张去中国的机票……"

肖建醒过来后，肖林陪他说了几句话，又给他倒了点水，待一切平稳，肖长庆领着大夫站到了他面前。他本来想自己跟他说，但想了想，觉得这种重大的病情通知让大夫去说更利落一点。

肖建听完愣了一会儿，仿佛不相信自己的耳朵："您什么意思？"

医生说："您第三节胸椎压缩性骨折，手术虽然成功了，但已经对您的身体有了很大的损伤，这意味着……"

肖建痛苦地摇摇头："意味着什么？"

"意味着您很有可能双下肢功能永久性丧失。"

肖建问："你是说，我可能再也站不起来了？"

大夫点了点头："肖先生，作为您的主治大夫，我必须告知您最坏的情况。当然，经过后面的复健和治疗，也有可能恢复部分功能，但这需要您积极配合，这才是我来和您做这次谈话的目的。您的情况很严重，复健是个漫长的过程，需要您积极配合。"

肖长庆赶紧上前："肖建，听见大夫说的了没？"

肖建点点头："我听明白了大夫，谢谢您。爸，麻烦您把大夫送回去吧，我想一个人安静一会儿。"

"肖建……"

大夫小声地劝道："老先生，就让他一个人待一会儿吧，他需要一点时间来接受现实。"

肖长庆犹豫了一会儿，不放心地看着肖建，跟大夫出去了。

肖建进入医院以来，婷婷一直郁郁寡欢，不怎么说话，几天的时间就完全变了个样子。肖长庆看在眼里，急在心里，但又实在分不开心，于是委托孙前程去帮忙开导她。"放心吧，"孙前程说，"包在我身上。"

几人选了个风和日丽的好天气出来郊游。孙前程扯着风筝在前面跑，伊伊在后面大笑着追，婷婷也在追，但她的样子看起来还是闷闷不乐。肖林站在汽车旁微笑地看着他们。大志和晓晴追在后面给他们拍照。孙前程跑累了，一屁股坐在草地上，把风筝给了她俩，两个孩子扯着风筝继续跑着。

"孙叔，谢谢您。"肖林走上前，对孙前程说。

"肖林啊，"孙前程语重心长地说，"我想单独和婷婷谈谈。有些事，孩子应该知道。"

肖林问："好吗？要不要伊伊陪她？"

"不用，你们玩你们的。"

肖林点点头，过去把婷婷领了过来后，继续陪伊伊放风筝去了。

孙前程哄着婷婷说："婷婷，爷爷有点累了，能陪爷爷坐一会儿吗？咱们歇歇再回去。"

婷婷坐下，突然问道："爷爷，我爸爸没事吧？"

孙前程摸着婷婷的头："大夫正在尽力帮他治疗，所有人都在努力，你要相信你爸爸，他会好起来的。而且你妈妈马上就回来了。"

婷婷抬起头，惊喜地说："啊？"然后似乎想到了什么，低下头，"孙爷爷，妈妈回来是要跟爸爸离婚，对吗？"

孙前程惊讶道："谁跟你说的？"

"我猜的，妈妈已经很久没回家了，她以后还会回家吗？"

"婷婷，你知道什么是离婚吗？"

"就是他们要分开了，不再是一家人了，对吗？"

孙前程叹了口气："你说得对，但也说得不对。"

婷婷低着头不说话。

"婷婷啊，你要记住，如果爸爸妈妈离婚了，是因为他们有一些问题没办法解决，所以只能暂时分开。也许他们已经考虑了很久，分开之后，他们也会更开心。但不管怎么样，他们永远都是你的爸爸和妈妈，他们还是会和以前一样爱你，你们还是一家人，这些是永远不会变的。"孙前程指了指远处，"你看天上的风筝。"

婷婷抬起头。

"婷婷，那风筝飞得那么高，为什么不会丢呢？"

婷婷回答："因为他们手里有根线。"

"对，不管风筝飞多高，飞多远，只要手里握着线，风筝就永远不会丢。你就是你爸爸妈妈的那条线，只要有你在，不管他们各自去哪儿，你们总会相见，心也是永远在一起的。"

婷婷看着天上的风筝，眼睛亮了，慢慢露出笑容。孙前程看着婷婷笑了，脸上也露出欣慰的笑。

"婷婷，你看你笑得多好看。你知道吗，对一个爸爸来说，女儿的笑是能治所有病的药。你有那么爱你的爸爸，你就要多在爸爸面前笑。你笑得越多，爸爸的病就能好得越快。"

"真的吗？"

"真的。爷爷跟你拉钩。"

肖长庆坐在病房门口的长椅上，紧紧地闭着眼睛。又站起来，走到病房门口，趴到门上听了听，又回来坐下，坐了一阵，又站起来，趴到门上去听。

"肖建，没事吧？"

没人回答。

肖长庆又趴上去听，这回好像听到了什么动静，急忙打开门，发现肖建正吃力地拖着身子，试图爬到窗户上去。

肖长庆吓了一跳，冲上去抱住他："肖建，你干什么？你想干什么？"

肖建沮丧地喊道："爸，我现在是个废人了！我废了啊！您就让我走吧！"

"肖建，你胡说什么！你的病不是没有希望！"肖长庆抱住他还往回拖。

"没有希望了！我没有希望了……"肖建歇斯底里地喊道。

肖长庆怒吼："肖建，你不能这么想啊！"

肖建还在挣扎："爸，但我才三十六啊，我才三十六啊！我站都站不起来，我连跳下去都做不到啊！肖建拿起床头的笔，狠狠地往腿上戳去，"我不疼啊！我感觉不到啊！"

父子俩挣扎着，肖长庆突然把肖建摔到床上，狠狠地打了他一记耳光。

肖建被打愣了，捂着脸惊愕地看着他："爸，您打我！"

肖长庆气喘吁吁地说："对，我就打你了！打你这个没出息！打你这个没骨头！你现在就不想活啦？你忘了你还有孩子吗？婷婷她才八岁，你就打算这么丢下她了？你出事躺在那里，你哥和你嫂子工作不管了，孩子也不管了，没日没夜地在医院守着你。你奶奶那么大岁数了，为你跑到山上的庙里去磕头祈福，希望老天保佑你，所有人盼着你能活过来。好了，你活过来了！但是你现在却又要去死，你把我们当什么啊？你把你自己当什么啊？"

肖建听到这些话，低下头撕心裂肺地哭了。肖长庆一把抱住肖建，把肖建揽在怀里。

肖建抽泣着："但我扛不住啊！"

肖长庆红了眼："扛不住也要扛，扛不住爸跟你一起扛。你要真站不起来，爸管你一辈子！"

肖建心里的闸门似乎一下子打开了，趴在肖长庆怀里号啕大哭起来。

肖建哭了几分钟，慢慢平息了。肖长庆吃力地把他抱上床，又收拾了一下病房，流着汗，气喘吁吁地坐在床边休息了一会儿，待肖建情绪平稳后，剥了个橘子递到他嘴边："吃吧，慢点，爸记得你最爱吃橘子。"

肖建摇了摇头。肖长庆叹了口气，把橘子放进自己的衣兜里："你累了就休息，我就在旁边，你要上厕所就叫我。"

肖建看着肖长庆疲惫的样子，眼睛湿润了："爸，我想跟你聊聊。"

"啊？聊什么？"

肖建想了想："算了，不说了。"

"说吧，肖建，咱爷俩已经好多好多年没有正儿八经地说过话了，你想跟爸说什么就说吧。"

肖建犹豫着："爸，您知道我为什么不让您接触婷婷吗？"

"爸一直想问你呢。爸这辈子都是为了这个家和孩子们活着的，可你却不让爸接触你的孩子，宁可把婷婷托付给阿姨，也不让爸爸管，到底为什么啊？"

"爸，您想不出？"

"想不出。爸很苦恼，也问过肖林，可是没找到答案。肖建，为什么啊？"

肖建说："爸，您还记得我上初中的时候，班上那个叫崔革的男生吧？"

肖长庆回忆了一会儿："记不清了，是不是又高又壮的那个？"

肖建苦笑："您居然不记得了，您忘了他那时候是班上一霸，经常欺负人了？"

肖长庆努力想着："好像有印象，那不是小孩子玩闹吗？"

"那不是，"肖建坚定地说，"我长大了才知道，那叫校园霸凌。那时候，他就是我们班上一霸，同学们都得听他的，谁不听，他就纠合起一伙人来欺负他。偏偏我就不听他的，他纠合了几个男生欺负我，下了学把我堵在厕所里，几个人合伙打我。尽管被他们打得不轻，但我到底也没认输。可就在那一团混战中，我抓破了一个男生的脸。"

肖长庆说："我记起来了，是有那么一回，有几个学生家长找到咱们家，说你在学校打人了。"

"是。他们的家长合起伙来到咱家找到您，他们只字不提是他们的孩子先动的手，是他们五六个打我一个，偏偏说我打他们的孩子。可您，您就信了。"

肖长庆说："人家说得有鼻子有眼，那孩子的脸还破了，爸能不信吗？"

"您本来不应该信的。他们是五六个家长一块找来的，您就不想想，我就是再淘，一个人能主动去挑衅他们五六个吗？可是您根本不听我解释，您拉过我来，二话不说就给了我一耳光，还逼着我给他们道歉。这事您还记得吗？"

虽然是已经过去多年的事，肖长庆听完心里仍然一惊："记得，这事我记得。可是，肖建，爸不能护犊子啊。都是小孩子打闹，你把人家的脸打破了，道个歉不是应该的？"

"可是您知道我心里有多绝望吗？当我在厕所里被他们围着打的时候，没人能帮我，我回家的时候，我希望您能帮我。但您却……"

肖长庆不知所措道："我以为是件小事，当时我太忙了，没想那么多……"

"我知道您那时候每天忙得稀里糊涂，顾不上这些，可是您知道吗？因为您只知道逼着我道歉，所以那几个孩子更有恃无恐，从那以后，在学校里经常把我堵到没人的地方打。"

"啊？有这事？我还以为你在学校又淘了。"

肖建说："是啊。只要我灰头土脸地回家，您就教训我，我明明在外面受人欺负，但回到家还要被您训斥。"

肖长庆懊恼道："但你为什么不告诉我？你为什么什么都不说啊？"

"我说什么？您总是那么逆来顺受，孩子受了欺负，您只会逼自己的孩子向别人道歉。那件事以后，我就什么也不想对您说了。我只是暗暗地恨，暗暗地发誓，将来我要有出息，要离开这个家。如果我有了孩子，我不许您接近我的孩子，我绝不会像您一样，我要保护好自己的孩子，不许她受人欺负。"

肖长庆呆住了："肖建，你现在还在恨爸爸吗？"

肖建苦笑："早就不恨了。您那一辈人的生存哲学就是这样的，多一事不如少一事。可我不想让婷婷也经历我这样的事情，所以才……"

"对不起，对不起肖建！"肖长庆痛心疾首地说，"这些事，爸爸从来不知道，或者说，爸爸从来没意识到，爸爸对不起你，爸爸跟你道歉！"

"爸，我现在能说出来，就是看开了。"肖建平静地说。

"肖建……"

"还有一件事，我跟文琪准备离婚了。"

肖长庆点点头："爸知道。"

"您知道？"

肖长庆说："爸已经跟文琪聊过了，她过几天就会回来，有问题你们两个当面说清楚。"

"可不我想让她看见我现在这个可怜样子。"

肖长庆拉住他的手："肖建，没人觉得一个人受了伤就可怜。明明受了伤，却偏偏装作还很强大，那才可怜。见她吧，不管是分是合，把话都说清楚，后面的日子才能活得自在些。"

肖建点了点头，思考了一会儿："爸，我现在这个样子，如果文琪回来要孩子，我想把婷婷的抚养权交给她。"

肖长庆激动道："肖建，婷婷还小，哪怕你不把她交给爸，你放心她去一个完全陌生的地方，以后认一个外国人当爸爸吗？那个人会比你更疼爱她吗？我这个爸爸没当好，所以你才更要当一个好爸爸，你要保护你的女儿，保护她好好地长大！你要让她知道，你虽然病了，但她仍然可以依靠你，并且以你为榜样。如果你都放弃了，那婷婷以后会有多失望啊？那种对爸爸的失望，你不是知道的吗？"

肖建看着肖长庆的样子，慢慢地说："我知道了，爸。"

夜深人静，医院的大楼零星地亮着几处灯。肖长庆从陪护床上坐起来，他起身看着肖建，肖建已经闭着眼睡了。肖长庆轻轻地下床，蹑手蹑脚地走出门。

肖建睁开了眼，但是没有说话，只是默默地看着肖长庆背影。

肖长庆披着外套，佝偻着腰，走到病房外的一个椅子上。周围一个人都没有，他把手揣在兜里，却发现了白天剥开的橘子。他把橘子拿出来，一口一口地吃着。肖长庆想起了今天发生的种种，跟肖建的对话还在耳边环绕，他再也忍不住自己的情绪，身体开始颤抖，泪水流出。窗外透进来的灯光下，肖长庆蜷缩在椅子上，他不敢哭出声音，但却哭得撕心裂肺。

没几日，一个风姿绰约的女人推着一个简单的行李箱来到了医院。她就是肖建的妻子文琪。

"文琪？"

文琪一回头，肖长庆站在那儿。文琪有点意外，犹豫了一下："爸。"

肖长庆说："肖建告诉我你今天回来，他还不能动，你跟我来吧。"

他接过文琪的行李箱往电梯口走，文琪低着头跟在后面。

肖长庆站住："文琪，你能不能告诉我，你为什么一定要和他分手呢？是肖建哪里做得不好吗？"

"现在这样，还有必要说吗？"文琪的语气毫无波澜。

肖长庆说："我想知道。肖建是我的儿子，我现在才知道，我对他并不了解，他有许多我不知道的心思。"

"好吧，"文琪说，"爸，肖建是个好人，但我和他在一起的时候，一直活得很压抑，所以我才出国了。"

"压抑？"

"我们谈恋爱的时候，我只感觉到了他的优秀，结婚以后，才知道他的优秀是靠压抑自己的个性实现的。肖建对自己的要求很高，但同时他对别人的要求也同样高，所以和他在一起，我总是很紧张，生怕自己哪里做得不好。是到了国外，脱离了激烈竞争的环境，离开了他，我才感觉到生活的放松和美好。所以，我要离开他。"

肖长庆呆呆地说："是我。"

"什么？"文琪没听懂他的意思。

肖长庆说："是我在他小时候伤害过他，所以他才会这样。不过，和你没关系。文琪，如果你想好了，将来不会后悔，那就按你想的去做吧。"

电梯门开了。文琪犹豫了一下，说："您先上去吧，我出去一趟。"

大概过了半小时，肖建病房的门被敲响了，肖长庆过去打开门，文琪抱着一束花出现在门口。

肖长庆转头对肖建说:"文琪来了,你们谈,我先出去了。"

肖长庆把门关上,夫妻俩沉默着。肖建首先笑起来:"没想到我们会在这个地方再见吧。"

"我很抱歉,在这个时候提出来离婚。"文琪有点于心不忍地说。

"没关系,"肖建摇摇头,"这是我自己的事情,你并不知道。想好了?"

"嗯,"文琪略一犹豫,说,"想好了。"

肖建从枕头底下把离婚协议拿出来:"我让我爸打印出来,签好了,一个字也没改。谢谢你同意把婷婷的抚养权给我。"

文琪犹豫一下:"可是,你这个样子,能抚养婷婷吗?"

"能,我还有我爸我哥呢,我有一个大家庭,他们都可以帮我。你现在刚到国外,谋生不易,还是把婷婷留给我吧,将来你站稳了,婷婷也长大了,她愿意在哪儿生活随她去。"

"可是我记得你不许你父亲接近婷婷。"

"不,我已经明白了,不管父亲曾经犯过什么过错,他都是我们身后最可靠的靠山。文琪,你的话我父亲转告给了我,抱歉!希望你以后生活得好。"

文琪苦笑着点点头:"谢谢你,那……"

"再见!"肖建洒脱地对她笑了笑,"记着临走以前去看看婷婷,告诉她无论你在哪儿,你都爱她。"

"当然,我已经这样对她说过了,真没想到婷婷居然理解,"文琪笑笑,"肖建,我没想到你把她教育得这么好。我走了,再见肖建。"文琪挥了挥手。

肖建微笑着说:"再见。"

门关上了,肖建的笑容凝固在脸上,眼睛里有一团明亮的东西突然熄灭。

接下来的一段日子里,医生给出了周密的复健计划,肖建也积极地配合,但效果总是不太理想。肖长庆日夜陪护,不停地鼓励他,可惜还是收效甚微。

这天下午,肖建坐在轮椅上,肖长庆推着他在楼下花园里散步。肖建吞吞吐吐地说:"爸,文琪说帮我联系了一家国外的骨科医院,我想去试试,可能要走很长时间。"

第二十四章

肖长庆叹息一声："文琪是个好孩子，离婚了还千方百计想办法帮你治疗。"

"是啊，"肖建失落地说，"对了爸，我哥现在两个孩子，两个人又都得上班，再照顾婷婷太吃力了。"

肖长庆吞吞吐吐地说："肖建，其实我……"

"怎么了？"肖建看着肖长庆。肖长庆有些紧张，不知该怎么说。

其实肖建也已经猜到了他是什么意思，于是沉默了一会儿，说："爸，我希望您能帮我照顾婷婷。"

肖长庆惊喜道："真的吗？你真的愿意爸爸照顾婷婷吗？"

肖建点了点头："爸，我一直没机会跟您说，这段时间幸亏有您在。"

肖长庆感动道："什么话？你是我儿子，爸做什么都是应该的。现在你愿意让我照顾婷婷，爸已经……你放心吧，我回去就跟肖林说，一只羊是放，两只羊也是放，不如把伊伊也放到我那儿去，两姐妹做个伴，我接送她俩上下学。你奶奶跟你姑姑去住了，正好姐妹俩一个房间。你看这样行吗？"

"没问题，爸，这次我相信您。"

肖长庆深深地点了点头："好！"

肖建出国后，肖长庆便把伊伊和婷婷接到了养老中心，亲自照顾她们的生活起居。小姐妹俩生活比以前热闹了很多，婷婷的性格也变得越来越开朗。

肖建的那番话，像一根柔软的刺扎在肖长庆心里，因此他无微不至地照顾着两个孙女，衣食住行，方方面面，生怕重蹈覆辙。这天傍晚，肖长庆早早地就站在那里等婷婷，校车开过来，门开了，婷婷从车上下来，钱师傅殷勤地把她送到门口："肖婷婷，明天伯伯再来接你。再见。"

钱师傅是学校最近刚换的新司机，原来的刘师傅嫌开校车不挣钱，开网约车去了。婷婷没说话，只是牵住肖长庆的手。肖长庆提醒她："婷婷，钱伯伯和你再见呢，和钱伯伯再见呀。"

婷婷拉着肖长庆说："爷爷咱们回家吧。"

肖长庆抱歉地对钱师傅笑："这孩子没礼貌，钱师傅慢走啊。"然后便带着婷婷走了。

晚上吃过晚饭，婷婷和伊伊在屋里写作业，肖长庆洗碗拖地，把房间收拾了一遍。等忙活完，坐下来歇了会儿，看看时间差不多了，便推开门问：

"婷婷，写完作业了没？咱们和你爸视频呀。"

婷婷说："我不想视频，爷爷我困了，我想睡觉。"

"这孩子，你爸爸在国外一个人多孤独啊，他就想和你视频。视频完了再睡吧，不差这一会儿。"

婷婷还是说："我不想视频了，爷爷我睡了。"说着就跑回了自己房间。

"这孩子怎么啦？伊伊，你和婷婷没打架吧？"

"没有啊，"伊伊说，"爷爷，您别打岔，我作业还没写完呢。"

肖母搬去肖长莉家后，腾出来的房间正好摆上两张小床，两个女孩一人一张。婷婷躺在自己床上发呆，发觉肖长庆推门进来了，她赶快背过身去。

"婷婷，睡了？"肖长庆小声问道。

沉默了一会儿，婷婷轻声说："爷爷，我已经睡了。"

肖长庆缓步上前："婷婷，你今天是怎么啦？是不是在学校被人欺负啦？"

"爷爷别说了，没有。"

肖长庆说："婷婷，爸爸不在家，如果发生什么事情，一定要告诉爷爷。"

婷婷用被子捂住耳朵："爷爷别说了，没有。"

"困了就早点睡吧。"肖长庆走到门口，犹疑地回过头看着被窝里的婷婷。

第二天早晨，肖长庆领着婷婷和伊伊站在那里等校车，伊伊像所有活泼爱动的孩子一样摆弄着肖长庆的电动车，婷婷却紧张地紧紧牵着肖长庆的手。

校车开过来了，随着校车的驶近，婷婷的手越扯越紧，肖长庆关切地低头看她一眼："婷婷，你没事吧？"

婷婷恳求道："爷爷，我能不去上学吗？"

肖长庆看看她，又看看校车，大概知道问题出在了哪里，说："咱们不坐车了，爷爷送你去学校，行吗？"

婷婷的手顿时松了："行！"

校车在他们面前停下来，钱师傅亲自下了车："肖婷婷，上车吧。"

婷婷往后躲："我不，我爷爷送我上学。"

钱师傅说："坐车多快啊，要迟到了，快走吧。"

肖长庆拦住他："对不起，我打车送她上学，您先走吧。"钱师傅看了他一眼，然后胆怯地低下头上了车。

第二十四章

这天早晨送婷婷来到学校,亲眼看着她进了教室后,肖长庆直接去了教务处,跟接待的老师说要看校车录像。

"看校车录像?有什么问题吗?"接待的老师问。

肖长庆说:"没什么问题,我就是想看看。换了这位钱师傅还不到半个月,我就看这半个月的吧。"

老师说:"肖师傅,我们校车都有监控,不会有问题的。"

"安装监控不就是备查的吗?我想看。"肖长庆坚定道。

"好吧,"老师为难地说,"我向学校里请示请示。"

肖长庆按住他:"李老师,不是请示,家长查看监控,确保我们的孩子安全,是我们的权利,我必须看。"

李老师打了个电话,然后便开始陪着肖长庆翻查校车录像。

录像上,钱师傅在开车,婷婷坐在前排的位置,很活跃地在座位上跳上跳下,还和周围的同学说着什么,钱师傅不时地回头看她。

"您看,钱师傅对孩子很和蔼可亲的。"李老师说。肖长庆没搭话,继续往下翻着。

又一段录像,校车在学校门口停下,孩子们在下车,婷婷也跑下车,把书包忘在座位上了,于是她重新上了车,去拿自己的书包。钱师傅突然从司机座位上过来了,拉住婷婷在说什么,婷婷面露恐惧的表情。钱师傅嬉笑着,把她逼到了校车的一角,伸手要去摸她的脸,还要亲她。婷婷害怕地叫,钱师傅赶快安抚地说了几句,婷婷赶快提着书包跑了。

肖长庆气势汹汹地盯着屏幕,喘气逐渐变粗。李老师也吓了一跳:"哎呀,真没想到。肖师傅,对不起!"肖长庆还是不说话,咬牙切齿,死死地盯着屏幕。

派出所里,民警正在查阅拷贝过来的监控视频。肖长庆站在旁边,后面是学校校长,以及跟过来的几名老师。

"司机的行为肯定是不对的,"一名年轻的警察看完视频说,"但如果只发生过这一回,连猥亵都算不上。"

肖长庆生了气:"什么?小伙子,你算什么人民警察?知道保护人民吗?我家小孙女才八岁,就因为这一回,脸上的笑容就没了,连学都不想上了,你还说不严重?"

另外一个警察岁数比较大,赶快安抚道:"这位老哥,您别急。我虽然年纪不如您大，也有了孙女，今年三岁了。将心比心，如果我家孩子遇上这种事，可能我比您还生气。但是法律就是法律，法律条文有标准，如果从法律的角度看，他算得上是犯罪行为，但是情节显著轻微……"

肖长庆不解："还轻微呢，什么叫不轻微啊？"

年纪大的警察说："老哥，老哥您听我解释，法律的规定，和咱们一般人理解的不一样。猥亵儿童罪在法律上是这样定义的，指以刺激或满足实施者性欲为目的，用性交以外的方法对儿童实施的淫秽行为。"

肖长庆说："对啊，他哪一条都占啊。"

"可是，要想定义为被刑法处罚的犯罪，还要达到一定程度。老哥，他这个，在法律上，真的只能叫情节显著轻微。"

"不行，"肖长庆坚定地摇头，"我不服这个理！是，他没能把我家孩子怎么样，可你们去看看我家孩子，因为这件事，和变了一个人似的。董校长，李老师，我家孩子原来什么样你们都见过吧？可你们现在再看看她。董校长，李老师，你们是教育孩子的，这位警察兄弟，你是保护人民的，难道法律就眼看着这样一个流氓残害孩子，就拿他没办法？"

两位警察为难地互相看了一眼，低声私语着。年纪大点的警察说："老哥，真对不起，我们是执法者，要做到不枉不纵，如果只有这一次，我们可以把他叫来训诫，但对他进行更严重的惩罚，也就违背了罪行法定的精神了。"

肖长庆回身就走，董校长和李老师等人赶快追上去。董校长说："肖先生，我们校委会已经决定把他开除了，还决定在校车上安排一位女老师全程护送，保证此类事情再也不会发生。另外，我们可以请我们的心理老师对肖婷婷同学进行心理辅导，帮助她走出创伤。"肖长庆没搭腔，脚步也没停，直接离开了派出所。

傍晚放学后，校车停在那里，一位女老师站在车门口招呼着孩子们上车。婷婷郁郁寡欢地从学校里走出来，肖长庆上前迎她："婷婷，咱们上校车。"

婷婷看到校车，面露恐惧之色，拼命地往反方向挣："爷爷，我不坐车。"

"婷婷，你看，"肖长庆指着那位女老师说，"你们王老师跟在车上。"

婷婷还是往后挣："爷爷，求您，我不坐车，我再也不坐车了。"一边挣着，一边放声大哭起来。

肖长庆一把把婷婷抱在怀里，连声安抚："好，婷婷，咱们不坐，爷爷背你回去。来，趴到爷爷背上来。"婷婷这才停止了哭闹，擦了擦眼泪，说："好。"

路上，肖长庆背着婷婷走着，婷婷一声不响地趴在他背上。

肖长庆开导她："婷婷，听爷爷说啊。咱们生活的这个世界，当然是好人多，比如爷爷啊，老师啊，你在院里碰到的爷爷、奶奶，还有你同学啊。可是，这个世界上也有坏人。世界那么大，哪能没有个把坏人呢？遇到坏人呢，咱们首先不要怕，其次，你还小，保护不了自己，但你还有爷爷，还有老师呢，相信我们一定可以保护你的，我们有能力让你安全地长大，直到你可以自己保护自己，听见了吗？"

婷婷问："那，坏人会被警察叔叔抓起来吗？"

肖长庆回答不出来了。这世界有那么多事实和道理互相交叠，如何才能找到让所有人都不被伤害的规则呢？他暂时也想不出答案。

一连几天，婷婷的状态都没有好转，甚至比以前更加严重了。这天晚上，肖长庆正睡着，突然被惊醒，婷婷在隔壁房间里发出尖叫。肖长庆连鞋也没穿就跑了过去。婷婷缩在床角，惊恐地大叫着："坏人！坏人！爸爸，快来抓坏蛋啊！"

伊伊也吓坏了，在旁边喊她："婷婷你怎么啦？婷婷！"

肖长庆跑进来："婷婷，爷爷来了，爷爷在这儿。"

婷婷醒了，像不认识一样看着他，半天才叫了一声："爷爷。"

肖长庆心疼地看着她，婷婷出了一头的汗，头发都被打湿了。肖长庆温柔地说："婷婷，做噩梦了？没事了。"然后转过头去安慰伊伊，"伊伊，别害怕，妹妹做噩梦了。爷爷在这儿，睡吧。"

婷婷颤抖着问："爷爷，房间里没坏人吧？"

"没有，没有，"肖长庆拍打着她的后背，"爷爷在这儿呢。"

婷婷又央求道："爷爷您看看床底下行吗？"

肖长庆说："好！"他赶快趴到地上看了看床底，"婷婷，床底下没人，爷爷在这儿守着你们俩，睡吧。"

一夜未眠，第二天早晨天还没有全亮，肖长庆便把这件事告诉了起床晨练的另外两人。陈新城听了怒不可遏："哪有这样的道理？哪家派出所啊？

我找他们领导去！"

肖长庆说："白搭。我上网查了，也翻了网上以前一些案例，他这样的，可能法律还真拿他没办法。"

"那现在呢，就这么把他放了？"

"学校把他开除了，派出所把他叫去训了一顿。可有什么用啊？我家婷婷被吓坏了。"

孙前程说："长庆，你说他以前是开公交的？"

肖长庆点点头："学校李老师是这么说的。"

"你们说一个四十多岁的公交司机，为什么突然不干了呀？四十多岁的老司机，不正是有经验又有体力的时候吗？"

肖长庆眼睛一亮："你是说……"

孙前程点点头："他要有这毛病，不会是四十多岁突然得的吧？"

肖长庆说："可李老师说，学校聘他时做过调查，他没有犯罪记录。"

"万一以前的单位也是因为这个情节显著轻微，拿他没办法或者不想声张呢？这种事，哪个单位也不愿意张扬啊。"

陈新城点点头："有道理，四十多岁的老司机，正年富力强呢，要我是公交公司的董事长，没有原因肯定不会辞他。可他要是私底下犯了这事，我会辞他，还会替他保密。"

肖长庆说："我知道了，我去查他以前有没有案底。"

孙前程笑笑："查人，这事你就不如我了，我和你一起查。"

陈新城哼了一声："你以为这种事到外面随便打听就能打听到吗？他们公交公司所在地的派出所所长我认识，他儿子就是新城集团的。"

三个人兵分三路，各显神通，本来以为挺简单的事，奔波几天之后却一无所获。"真奇了怪了，这毛病还真是四十多岁得的？硬没打听到。""都说他忠厚老实，还说他自己有两个女儿，不可能办那种事。可他明明是干了。"陈新城和孙前程分别说。

陈新城说："长庆啊，我说句话别不爱听啊，也许他真是偶尔为之。他派出所也从来没接到过投诉或者报案。婷婷这事呢，我咨询了一下他们所长，所长说在法律上真不算严重，所以他建议我们对孩子多加疏导，别再追究了。"

肖长庆恼了："陈新城你这什么意思啊？"

陈新城咂巴着嘴："咦，我也没说什么啊？"

孙前程瞪他："自己说什么了自己不知道？一说话就不招人待见。"

夏明舟突然进来了，三个人顿时住了嘴。

夏明舟多疑地看着他们："说什么呢？一看到我就不说了。"

孙前程笑笑："没事儿，啥事儿没有，闲聊呢。"

夏明舟打量着他们："不对，你们三个这几天早出晚归，神神秘秘的，到底有什么事？"

孙前程看看肖长庆："要不，咱告诉她？这种事，女人更有经验。"

夏明舟哼了一声："好啊，果然有事瞒着我。什么事？说！"

第二十五章

"这种事没有什么情节轻微，只要做了，就得让他付出足够的代价，还得让孩子看见，才能让孩子知道，坏人做坏事就会受惩罚，她才会对这个世界有信心。"夏明舟略一沉思，便指出了问题的关键所在。

"前程，我早就说明舟才是个明白人。比你们都明白。"肖长庆被夏明舟说到了心坎上，连连点头。

"明舟是明白人还用你说吗？"孙前程白了他一眼，"我从娶她那天就知道。"

夏明舟说："还有，这种事，你们这样调查难道会有结果吗？"

肖长庆赶快上前请教："那明舟你说怎么查？"

"找公交公司呀，如果他做过，最大的可能，是受害者找到公交公司，公交公司拿钱堵住了受害者的口，然后把他开掉了，为了公司的名誉掩盖了这事。只要他做过，派出所可能不知道，公交公司肯定知道。"

"听听，明舟多明白。"孙前程在旁边鼓了两下掌。

陈新城扶着下巴："公交公司，我想想我认识他们领导层的谁。"

夏明舟面不改色，沉着冷静："我认识，他们公交车上都安着明舟的产品。"

经过夏明舟和陈新城与公交公司的交涉，事实很快查清楚了。那位钱师傅确实不是初犯——前年夏天的一个晚上，一个十五岁的女孩放学的时候搭公交车回家，光顾着玩手机坐过了站，最后车上只剩下了女孩自己，他把女孩堵在车上。事后，公交公司怕传出去对公司的名誉不好，赔给了女孩家一笔钱，签了保密协议，然后就把他开除了。

陈新城转述调查结果时，肖长庆全程捏着拳头："女孩的家长难道为了一笔钱就放过了他？"

陈新城支吾了一下："他们也去报过案，可派出所没立案。"

"为什么啊？"孙前程问，"这么说是他们派出所渎职？"

陈新城叹了口气："也……也不是。"

"那是为什么呀？"

"因为没证据。"夏明舟说。

肖长庆问："车上不是装了监控吗？"

陈新城白了夏明舟一眼："因为某集团的产品不可靠，坏了。"

夏明舟没看他，苦恼道："只能说是巧了。"

"行了行了，想想如何说服受害者家属吧。"孙前程转了话题。

陈新城说："我已经找过了。那女孩后来出现了严重的心理问题，连高中都没考上。家里当初顾忌孩子的名声，接受了公交公司的妥协方案，后来也后悔了，又觉得自己签了保密协议，所以不知道怎么办。我告诉他们，这事事关犯罪，所谓的保密协议是无效的。所以，他们已经向派出所报案了。"

几天之后，陈新城又带回消息，说那位钱师傅被警察拘留了。肖长庆听完一愣，觉得不可思议："什么？拘留十天？他猥亵儿童，怎么才拘留十天？"

陈新城说："派出所说这还是从重了。因为他真正猥亵的那个女孩没有确凿证据，而且她已经十五岁，不属于儿童了。猥亵婷婷的情节又不算严重。"

"什么叫情节不算严重！怎么才算严重！"肖长庆怒不可遏，似乎已经不想再听到这句话了。

陈新诚安抚他："你先别激动呀。"

肖长庆说："这家伙，一看就是个惯犯，法律对他这样宽大，是在纵容他继续犯罪。"

"这个世界，就是这个样。只能说，法律不是万能的。"孙前程无奈地感叹。

陈新城点点头："目前这就是我们能寻求的最大正义了。长庆，你还是得和婷婷好好说说，坏人毕竟受到惩罚了。"

第二天早上，肖长庆又领着婷婷在养老中心门口等校车。他觉得陈新城的话有道理，让犯罪分子受到惩罚是一方面，孩子的心理创伤还需要他来帮她修复。"警察叔叔已经把他抓起来了，"肖长庆弯着腰和婷婷说，"他做了坏事，受到惩罚了。"

"爷爷，他不会再出来了？"婷婷稚气的脸上仍有余悸。

肖长庆不知道怎么答了，此时校车在他们面前停下，他温柔地鼓励道："婷婷，我们上车。"

婷婷恐惧地看着校车，不肯挪步。王老师从车上下来，亲切地向婷婷伸出手："肖婷婷，上车啊。快上来看看，你同学都在车上。"

有两个女孩趴在车窗上，冲婷婷喊着："肖婷婷，赶快上来，给你占着位呢。"

肖长庆再次鼓励她："看，小朋友都在车上，上去吧。"

婷婷犹豫了一会儿，说："爷爷，那我上去了。"

肖长庆站在那里，看着婷婷上了车，和那俩女孩挤在一起，从车窗冲他招招手。肖长庆也冲婷婷挥挥手，看着校车远去。

婷婷上学后，肖长庆去拿了工具，回到院子刨树坑种树，似乎在发泄着什么，很卖力地刨，刨得满头大汗。

"哟，这是怎么啦？咱们要开会，找不着你了。"孙前程来了。

肖长庆不说话。

"别气了，那家伙不是被抓起来了吗？"孙前程知道他心里还有疙瘩。

"十天，十天，"肖长庆咬着牙说，"在里边睡一觉就出来了。我孙女呢？我孙女问我坏人是不是不会出来了，我都没法回答她！"

"这种事咱们也没办法啊……"孙前程无奈道。

肖长庆把锄头一扔："我不去，你们开吧！"

肖长庆的担心没错，十天无法抹平创伤，更无法教化一个恶人。这天傍晚放学的时候，学生们从学校里结伴出来，有的上了校车，有的被家长接走，肖长庆也站在接孩子的队伍里。婷婷从学校里出来了，她看到了肖长庆，脸上露出笑容，正准备往他那儿跑，突然一个哆嗦，原来那个钱师傅也站在门口。婷婷看到他，面露恐惧之色，一连退了好几步。

肖长庆发现了，急忙过来："婷婷，你怎么啦？"

婷婷指指钱师傅的方向，已经吓得说不出话来了。

肖长庆顺着她的手指一看，愣住了。他看到路边站着一位老师，把婷婷带过去交到老师手里，然后冲着钱师傅就跑过去了。

钱师傅看到他，吓了一跳，急忙往后退："我……我是来接我儿子的，我儿子也在这所学校里。"

"你怎么出来了？"肖长庆问。

钱师傅结巴道："十天……十天到了，我昨天就出来了。"

"滚，别让我看到你！"肖长庆恶狠狠地说。

"可是我得接我儿子。"钱师傅有点委屈地辩解。

肖长庆推他一把："滚！马上滚！不然我把你做的好事告诉你儿子。"

"我走，我走。"钱师傅答应着往反方向走去，走了几步，回过头来对肖长庆无耻地笑道，"不就是摸了摸吗？有什么了不起。"

"你……"肖长庆刚想冲过去，钱师傅已经跑了。

当天晚上婷婷又做了噩梦，大喊大叫着，躲在床角，肖长庆怎么哄她都不肯出来，一直闹腾到天亮才勉强睡了一会儿。

"我真没用，我连自己的孙女都保护不了，"肖长庆当着另外两人的面，难过地自责道，"那个混蛋大摇大摆地在外面，我却什么也做不了。"说着还狠狠地砸了一下墙。

"惩罚不了恶人，也别惩罚自己呀？"孙前程阻拦他。

"长庆，你这就不对了，"陈新城说，"你应该教育婷婷，现在是法治社会，法律已经对他做出处罚了，让婷婷正确面对。"

肖长庆跳起来："正确你个头啊！她才八岁，她被一个混蛋欺负了，你告诉她要正确面对？"

"唉，我也没说什么，你急啥啊？有本事朝那个混蛋发火去。"

"是，我没本事，我就活该受着！"说完便愤怒地走了。

"长庆！"陈新城在后面喊。

孙前程拍了拍陈新城说："现在他在气头上呢。"

陈新城叹气："我知道，但他这样解决不了问题啊。"

孙前程也叹了口气："要是我呀，我就揍那个王八蛋，有法律正义，有民间正义。法律做不到的，民间正义来补充，这才是正常社会嘛。当时晓晴受欺负，我怎么揍顾明的？"

陈新城冷笑道："然后就被那小子告了黑状。行了，肖长庆老实了一辈子，哪有这个胆子？而且我提醒你，法治社会，打人是犯法的，别给我们惹麻烦。"

晚上，婷婷刚睡了没多久，又开始说一些迷迷糊糊的梦话，两只手害怕地抱紧被子。肖长庆叹了口气，走进卧室，坐在床边整整一夜。他想，自己在肖建身上犯过的错，不能在婷婷这里重新犯一次了，创伤如果不及时抚平，疤痕将终生留在那里。有些事无论后果如何，他都应该勇敢地去做，不是为了泄愤，也不是为了弥补，而是因为他爱肖建，爱婷婷，爱自己的家人。如果这份爱被冒犯了，他势必要不顾一切地让邪恶的人付出代价。天蒙蒙亮时，肖长庆终于下定了决心。

他从衣柜里拿出一件以前的黑色夹克，然后将旁边的拖把撅成两半，又拿了块布，一层一层地把布缠在手上。看了看熟睡中的婷婷，表情十分严肃地推门走了出去。

他刚推开门，发现孙前程和陈新城也一身黑色的打扮，戴着墨镜在他家门前，两人一左一右。肖长庆愣住了，随即一股难以言表的温暖在心间弥漫。

"新城，你还记得咱上次一块打架是几几年吗？"孙前程故作冷酷地问。

"顾明那次不算的话，我记得是九几年吧，当时有群小混混骚扰咱们厂里的女员工。"陈新城说。

"一晃二十多年了啊。"孙前程仰天长叹。

陈新城伸了伸胳膊："是啊，好久没出出汗了。"

"你们……"肖长庆迟疑着问。

孙前程邪魅一笑："还愣着干什么，走吧！"

路口停着一辆挎斗式三轮摩托车，孙前程从车上拿下一个头盔扔给肖长庆，一个扔给陈新城："上！"

肖长庆浅浅一笑，把头盔往头上一戴，冲到了驾驶座上，另外两人也迅速上了车。城市正在苏醒，黎明的曙光即将点亮人间。三人在发动机的轰鸣中朝着目标方向疾驰而去，意气风发，不减当年。

"看着点路！左拐！下个路口左拐！"

"路上没车，继续加速！"

"哎呀过了过了过了，掉头！"

"好了好了，就是这里！"

三人站在一条胡同口，同时摘下墨镜，机警地打量着四周的环境。勘察地形之后，很快找到了个绝佳的藏身地点——胡同里有三个不同颜色的垃圾桶，正好一人一个，藏身隐蔽，静待时机。

过了大约一刻钟的时间，孙前程用头微微顶开了盖子，露出一双狡猾的眼睛。"干垃圾，干垃圾！"见无人响应，他伸出手敲了敲旁边写着"干垃圾"的垃圾桶。

陈新城顶开盖子："敲什么？"

孙前程小声道："叫你呢！"

陈新城记性差，伸着脑袋看了看："我是干垃圾？"

孙前程又看看另一个写着"湿垃圾"的垃圾桶，小声喊："湿垃圾！"

肖长庆马上顶起盖子来："到！"

孙前程赞许道："你看人家长庆这执行力。"

陈新城说："别闹了，你确定是这儿吗？"

"我都打听好了，"孙前程说，"这胡同白天没什么人走，又是那个王八蛋每天回家的必经之路，在这儿一定能蹲着他。"

肖长庆问："要等到啥时候啊？我这可是湿的。"

陈新城也说："对啊，我腿都酸了，非得在这里面蹲着吗？"

"你们以为我想啊？你们看！"孙前程指了指不远处头上的摄像头，"那个摄像头我查过了，从咱这儿往胡同里就是盲区了。我可提醒你们，一会儿一定得去里面打，千万不能被摄像头拍到。还有，一会儿打起来，一定找皮糙肉厚的地方打，不能让人看出外伤来。"

"有人来了，低头！"肖长庆小声喊道。

三人赶紧把盖子合上，只露出一个小缝看着外面。只见夏明舟穿着旗袍，打扮得十分艳丽，慢慢走出来。孙前程一下子从垃圾桶里冒出来："明舟！你怎么来了？穿成这样干什么？"

夏明舟瞪了孙前程一眼，示意后面有人。孙前程心领神会，立刻蹲下。

只见钱师傅哼着小曲，慢悠悠地走了过来。看见胡同口的夏明舟，钱师傅眼前一亮。夏明舟赶紧朝胡同里面走，钱师傅跟着走了过去。

钱师傅走到夏明舟跟前，淫笑道："哎，哪儿来的？怎么没见过你啊？"

夏明舟突然回身，狠狠地甩了钱师傅一巴掌，轻蔑地说："以后见了女人放尊重点！"

钱师傅站在原地捂着脸，目瞪口呆地看着她。夏明舟看了看钱师傅身后冲过来的三个老家伙："剩下的交给你们了！"说完头也不回地朝外走。

钱师傅听到这话还在蒙着，突然背后被肖长庆抡了一头盔，钱师傅"哎哟"一声，应声倒地。

肖长庆和孙前程照着躺在地上的钱师傅拳打脚踢，打得钱师傅满地打滚。他站起来想跑，却被孙前程挡在前面。孙前程喊："拉住他！别让他往那边跑！那边能拍到！"肖长庆一把将其拉倒在地，使劲往后拖，陈新城也冲了过去，二人合力把钱师傅拖了回来。陈新城一边打一边骂："我让你跑！我让你跑！"钱师傅又站起来，再次想跑，孙前程又挡在面前，钱师傅又被拖了回来。

一会儿工夫，三个老头就打得钱师傅惨叫连连。钱师傅躺在地上，哼哼唧唧的。陈新城说："行了行了，也差不多了，咱们赶紧撤吧！"

孙前程拉着肖长庆说："长庆，走走走，再晚就来人了。"

话还没说完，肖长庆揪着钱师傅的脖子，一直把他拉到摄像头底下。孙前程和陈新城看见了，吓了一跳。

"他这是干什么？那可是在摄像头底下！"

孙前程和陈新城冲过去要拉住肖长庆，但为时已晚，肖长庆抬头直勾勾地看着摄像头，又回头看看钱师傅，用力抡圆了胳膊，一巴掌打在钱师傅脸上。

派出所里，肖长庆、孙前程和陈新城一人关在一个小格子间，肖长庆和孙前程在两边，陈新城在中间。

孙前程笑道："长庆，平时没看出来，镜头感挺强啊。这一拳打得好！咱们这次也算是替天行道，为民除害了，是不是！"

陈新城不满道："什么咱们！我们俩打的时候你可没上，一直在外面看着，生怕被监控拍到！"

孙前程据理力争："那我现在不也跟你们关一块了吗？咱们是个团伙啊！"

陈新城又问肖长庆："说说！当时咋想的，什么心路历程？"

肖长庆说："这有什么心路历程啊！我就是想光明正大地打他！我得让婷婷知道，有人敢欺负她，我就能保护她。别说是一个坏人，就是十个，一百个，只要有爷爷在，她就不用怕！"

孙前程面带微笑，使劲扒着栏杆，想看肖长庆，却看不到："长庆，

第二十五章

长庆！"

肖长庆抬眼："又怎么了？"

孙前程笑笑："没啥，就是想看看纯爷们。"

"去你的！"肖长庆也露出了个微笑，心里美滋滋的。

陈新城说："虽然目前咱们很狼狈，但过程还是很提气的！你放心，甭管这次什么处理结果，反正我跟你一块扛！至于孙前程敢不敢，我就不知道了。"

孙前程哼了一声："别瞧不起人！要抗就一块抗！"

留置室的门被推开了，三人望去。一个警察站在门口喊："孙前程！陈新城！肖长庆！"

孙前程连忙答应："到！在呢，在呢。"

"我们调查了整个事件的起因，"警察说，"也给对方做了工作，他同意不追究责任了，你们可以走了。"

三人弯着腰，在一张表上签下自己的名字。

肖长庆问："这样就可以走了吧？"

"可以了，"那个年纪大的警察说，"你们几个老爷子，以后悠着点，都这个岁数了。"

肖长庆自豪道："这个岁数怎么啦？雄风不倒。"

旁边那个年纪小点的警察崇拜地看着肖长庆："老爷子，你们真酷啊。"

肖长庆对他笑笑，拍拍他肩膀："放心吧，出了这个门，我们还是遵纪守法的好公民。"

孙前程和陈新城相视一笑。

夏明舟去学校接了婷婷。一路上，婷婷都不肯相信自己的爷爷竟然真的打坏蛋去了，都走到派出所院子里了，还在反复确认："夏奶奶，我爷爷真的打了那个坏蛋吗？"

夏明舟笑笑："那可不？有这一回，那个坏蛋再也不敢欺负你了。"

婷婷想着，抬脸笑起来。

夏明舟捧着婷婷的脸，和蔼地教育道："打人呢，当然是违法的。你爷爷他们违法打人，所以进了局子，你不要学他。我们有问题还是要靠法律的。"婷婷点了点头。

此时肖长庆、孙前程和陈新城从里边出来了。"爷爷！"婷婷边喊着，边飞奔过去，一头扑进肖长庆的怀里。

肖长庆弯下腰在婷婷脸上亲了一下："婷婷，以后还怕吗？"

婷婷大声答道："不怕了！爷爷会保护我！"

晚上，三个老家伙坐在长椅上，一人拿着一瓶啤酒互相碰着。月色正浓，清风徐徐。

肖长庆问陈新城："你这辈子干过越轨的事吗？"

陈新城想了想说："这次我是路见不平一声吼，你别侮辱我啊，我可是干部。"

"你别问他，他这辈子都在条条框框里活，说句不好听的，他连个红灯都没闯过。"孙前程有点讥讽地说。

肖长庆笑笑："那我要是问你？你那些破事不得说一宿啊！"

孙前程喝了一大口啤酒："我是放荡不羁爱自由！什么叫人生？这才叫人生嘛。"

"哼，注意着点，别让人家查着你。"陈新城笑他。

孙前程感慨道："说起来，长庆这次真让我刮目相看。"

肖长庆叹了口气，望着天边："我小心谨慎、和和气气了一辈子。受委屈，挨欺负，我都能忍。但是，碰我的家人，不行！他们是我肖长庆做人最后的底线。我必须保护他们。如果保护他们要犯错，那我就错下去！如果要因此付出代价，我也绝不后悔！"

陈新城和孙前程看了他一眼，举起了杯子："爷们儿！干杯！"

第二十六章

养老中心住的人越来越多，日渐兴旺，路对面的空置商铺被一家零售公司租了去，开了一间大型超市。开业这天，超市门口挂着彩色气球和开业优惠的大幅标语，人来人往，非常热闹。老家伙们曾经对于养老中心的美好设想正一步步实现。三个人站在养老中心门口往那边看着，孙前程很兴奋："我说过什么？将来，这儿会成为城市的 CBD 的，现在是大型超市，那边还要起一幢高档写字楼，你们看着吧，大型商场也要过来了，咱们这儿的地会升值的。"

肖长庆笑着说："升不升值的，能让咱们这儿的老人们生活越来越方便就好。"

老人们成群结队地从中心出来，互相招呼着往超市那边跑。

"搬过来的时候没想过这边会变这么热闹呢。"

"快着点吧，开业大优惠，东西都打折呢。"

"哎，哎，那是抢什么呢？赶快过去。"

老人们围在一个货架前拼命地抢拖鞋，上面的牌子写着原价九元，开业优惠十块钱三双。大妈们抢得很起劲，赵大爷和薛大爷被挤出来，又奋不顾身地挤进去。

徐大妈和牛大妈等人一人推一辆车，车里放着抢来的一堆拖鞋，看到哪里有打折商品就上去抢。抢得差不多了两人又去蔬菜区挑青菜，把外面的帮扒了去，只要菜心。两个售货员在旁边劝阻："大妈，菜不许扒的，你们这样扒我们就没法卖了。"两个老大妈答应着"好好好"，趁售货员不注意又扒一层。正扒着，薛大爷和赵大爷推着购物车过来了。

"哎，买什么呢？"赵大爷问。

"这不买菜嘛，"徐大妈抱怨，"现在的菜真贵。"

"你们傻啊？"赵大爷一副天机不可泄露的表情，"这菜到晚上就减价。"两个大妈一下子明白过来，把扒了半天的菜又从购物车里拿出来丢回原处，走了。

两个售货员十分生气："这什么人啊？扒了半天又不要了。"

三个老家伙站在养老中心门口聊天，一群老人从超市出来，推着购物车过马路，浩浩荡荡的，也不顾那些狂按喇叭的汽车。

"咦，怎么还把人家车子推回来了？"孙前程问。

"孙总，人家超市说照顾我们，让我们推车子回来，我们一会儿送回去。"大妈们高兴地笑着，好像得了大便宜。

肖长庆伸着头："我看看这都买了些什么呀？"

陈新城问："买这么多啊，这是不要钱了吗？"

徐大妈说："开业打折，肯定得多买点不是。"

牛大妈说："这一车省不少钱呢。"

孙前程纳闷："不是，我就不明白了，就算打折，这些东西你们能用得着吗？牛师傅，您有几双脚啊，怎么买了这么多的拖鞋？"

牛大妈说："便宜啊，十块钱三双，原来九块钱一双的。"

肖长庆说："就算便宜，可您穿不了，这钱不是白花了吗？"

老人们被提醒了，站在那里议论着。"是啊，我一下子买了五袋盐，这得吃多久啊？""我想起来了，我家洗衣粉还有两袋呢，我这又买了三袋。"

几个老人站在那儿嘀咕一阵，一起推着车子又倒了回去。

孙前程不解："哎，怎么又回去了？"

老人们回到超市，用购物车把出口堵上了，乱纷纷地要求退货。牛大妈站在最前面喊得声音最大。一个工作人员在接待她们，看样子吵得头都大了。

"大妈们，大妈们，听我解释，我们有退货处，也肯定执行国家有关退换货的规定。可我们今天头一天开业，没想到各位会这么大面积地退货。请大家先站到一旁让别的顾客通行，我们马上帮各位办退换货的手续好不好？小票呢？各位把小票留好，凭小票退换货啊。"

牛大妈说："我们刚推出门，原路退回去不就完了吗？"其他人附和。

"我们不换，我们就是要退。"

"啊？我的小票找不到了。"

"凭什么没小票就不给退啊？信不信我们告你去？"

其他顾客不胜其烦，纷纷绕着圈躲避。

工作人员哭笑不得，努力劝说大妈们站到一旁，牛大妈她们不肯让，还堵着出口大声嚷嚷。

"这工作干得真是闹心。"

"谁说不是呢。"两个工作人员低声诉苦。

本以为忙碌的白天结束之后，晚上老人们休息了，超市里就会祥和一点，没想到吃过晚饭的老人们正聚在一起跳广场舞，突然队伍乱了，几个人从旁边兴冲冲地跑过去："快呀，超市里的菜打折了。"大爷大妈们舞也不跳了，又成群结队地往超市跑。

老人们又像上了战场一样，围在菜摊子前抢成一团，拼命地扒着菜帮，售货员努力劝阻着："别扒了，别扒了，已经打半价了，再扒我们就赔光了。"但没人听她的，大家继续疯抢着，这当中，还属一向"精打细算"的牛大妈抢得最凶。

第二天，养老中心便召开了紧急会议。夏明舟站在台上，对着话筒，正气凛然："为什么在自己家里，哪怕一根菜叶都不肯丢掉，跑到超市里，就给人家扒菜帮呢？你们这样做，丢的不是你们自己的人，败坏的是我们社区的荣誉。我们岁数是大了，但我们不能为老不尊……"

下面的老人们不愿意了。牛大妈歪着嘴道："她说谁呢，谁为老不尊？"

旁边的大妈附和："人家超市还没说话呢，怎么就显出她来了？"

夏明舟说："我提醒一句，各位的行为，已经严重违反了我们当初一致通过的新颐社区居民行为规范，如果再不改正，社区将公开点名批评，屡教不改者，将被解除入住协议。"

老人们嘻嘻哈哈的，根本没当回事。

"叫她点去。"

"法不责众，管她呢。"

会议之后，这种情况并没有明显改善，老人们还是去超市疯狂地扒菜帮、抢减价商品，醒悟过来再回到超市嚷嚷着退货。

超市方面无法解决问题，只能找上门来进行谈判，希望养老中心能够协助管理。孙前程无奈地说："同志，这事怪不得我们的人吧？既然你们减价，我们的人当然要去买，你们开超市的还挑顾客吗？"

超市的工作人员说:"对不起,我们减价当然是为了吸引顾客,可像你们这里的顾客也太出格了。一颗白菜能给我们扒掉三分之一,买西红柿捏来捏去,好好的西红柿都捏成番茄酱了。都像你们,我们超市还开不开了?我们希望你们能教育你们的居民,如果你们不采取措施,我们就要张贴告示,宣布新颐养老社区的居民是不受欢迎的人。"

陈新城不乐意地说:"同志,您这可就涉嫌歧视了。"

工作人员也丝毫没有露怯:"陈总,要想叫别人不歧视,首先得自己尊重自己。这样的老人就算我们不歧视他们,别的顾客也不愿意接近他们,直接影响到我们的营业。对不起,如果你们再不采取措施,我们只好采取措施了。"

第二天,超市就针对养老中心的居民加强了定向管理,两个保安正在盯着监视器,其中一个问:"你看,这个大妈你还记得吗?"视频里,牛大妈正在挑东西,往购物车里放。

另一个保安说:"当然记得,这个大妈扒菜帮扒得最多,退货喊得最凶,一群老头老太太里就她占便宜占得最狠。"

"成,好好盯着她。"

采购完的牛大妈随着人流从购物区出来,来到收银台,她把购物车里的东西拿出来扫码结账,挂在购物车上的一个塑料水杯却忘了拿上台。等付完账,牛大妈推车离开了。走出没多远,牛大妈发现购物车上挂着的水杯,赶紧看购物小票,意识到这个水杯没结账,她想回去结账,但下意识地把水杯往购物袋里一放,急匆匆地要离开,刚跨出去两步,牛大妈却被保安拦住了:"你不能走!"

牛大妈反问道:"干什么呀?我还得回去做饭呢。"

"对不起,你走不了了,我们怀疑你有东西没有结账。"

牛大妈昂着头:"胡说!我都结账了,小票还在这呢。"

保安直接从牛大妈包里掏出水杯。

牛大妈慌了:"这个……我是忘了结账了,我现在回去结账。"

"忘了?我们在监控里看得清清楚楚,你这是盗窃,知道吗?"

牛大妈一愣,转身就想跑,被保安一把抓住了:"想跑?抓住她!走!"

旁边的保安上前来,两人一左一右架着她就往办公室去了。

牛大妈挣扎着:"干什么?你们要干什么?"

第二十六章

养老中心办公室里，夏明舟等四个人正在就超市提出的问题商议对策。人家都找上门来了，虽然为了维护尊严辩驳了几句，说到底他们也知道问题出在自己这里。孙前程的意见是把大门改到对面去，让她们去超市不方便，这样问题就解决了。陈新城认为这不是解决问题的根本办法，没必要在这边丢完人，再让她们去对面丢人。

肖长庆一声长叹："叫我说，我就是觉得我们的老人可怜，现在的年轻人，你放着便宜菜让他们去抢，他们抢吗？可想想我们的老人是在什么条件下长大的？从他们记事开始，物质就匮乏，吃了上顿，得惦记着下顿，买了裤子，就没钱买褂子。跳蚤腿上都想抽根筋，虱子皮上都想刮点油，他们要不是这样过，能建设起今天这个社会吗？能养大这些在富足里长大的孩子吗？现在他们老了，日子不像过去了，可他们一辈子的老习惯还保留着，咱们还想改造他们，能改得过来吗？"

夏明舟表示赞同："你说得对，但改不过来也得改。受了一辈子的苦，老了老了还叫人看不起，他们要是这辈子都是这样，那才叫可怜呢。"

桌上的电话响了，陈新城接起来："新颐养老社区。什么？什么？"

没一会儿，四人匆匆来到超市保安室，牛大妈像犯人似的站在中间，四五个保安围着她。桌上，放着从牛大妈包里取出来的东西，有没结账的水杯，还有各种米面粮油。

"这是干什么呢？"陈新城问。

保安说："来，当着你们领导的面，说清楚怎么回事。"

牛大妈可怜道："同志……这个杯子我真的是忘结账了。"

保安不客气地说："忘了结账？我们可盯了你很长时间了，这些天你一直在我们超市各种占小便宜。刚刚监控里看得清清楚楚，你离开之前还拿水杯看了，你是忘了吗？"

陈新城不敢相信地说："你们是说，她有东西没结账就想走了？"

"你以为呢？这水杯就挂在购物车上，她就是不拿出来结账，要不是监控盯着她，她就直接离开了，还真不一定能抓住她。"

牛大妈哭起来："陈总，肖主任，这杯子我是真的忘了，绝对没想偷啊，这钱我补上还不行吗？"

肖长庆叹息着："同志，她一把岁数了，可能就是忘了，就原谅她一回吧。我们把钱补上，这事就这么算了吧。"

保安冷笑一声："算了？你说得好轻巧。从开业我们这儿就一直闹幺蛾子，我们哥几个的工资都快被老板扣光了。我们一直找不到原因，现在明白了，就因为靠着你们新颐社区啊。"

"小伙子，你怎么说话呢？"肖长庆不高兴了。

保安说："难道不是吗？她一人偷一个水杯，你们那好几十个老太太……"

"小伙子，你再这么说我们要告你诽谤了，"陈新城义正词严道，"首先她是不是偷，不是你们说了算的，第二，就算她犯了错，不等于我们的居民都有错。牛师傅，您要真忘了付账，赶紧道个歉。"

牛大妈转过头去："同志……"

保安打断她："别套近乎，你先把那水杯放回原处。不放，按我们超市的规矩，偷一罚十，十倍罚款。她这水杯原本多少钱来着？"

另一个保安回答："一百二十七，十倍是一千两百七。"

牛大妈哆嗦着手，答应说："放，我这就放回去。"

牛大妈赶紧拿着水杯到处找货架，但是她忘了水杯在哪儿拿的，只能一个一个货架地找，保安们都嘲笑着跟着她，也不提示水杯原先放在哪儿，购物的人都看着牛大妈这群人，对着牛大妈指指点点，窃窃私语。

"算了，牛师傅。"陈新城有点难堪地说。

"不，陈总，我得放回去，不然就罚我十倍呢。"牛大妈焦急道。

肖长庆看不下去了，过去把水杯从她手里拿下来："别找了，牛师傅！"

夏明舟说："他们没有罚款的权力，牛师傅，你回去吧，剩下的事情，我们来解决。"

牛大妈如释重负，赶快低着头想走。

两个保安拦住了她："上哪儿？偷了东西就想跑？"

陈新城说："她是我们的居民，你们让她回去吧，有什么事情我们来解决。"

保安说："那不行，她走了，我们领导拿我们是问怎么办？你们几个，把她先关到里边去。"

另外两个保安上来扯牛大妈，牛大妈拼命地想挣脱："干什么？你们干什么？来人啊，欺负老人啦！"

两个保安不由分说拉着她就往里推，牛大妈拼命地哭叫着，挣扎着，突

第二十六章

然没了声音，接着身子也软了，软绵绵地倒了下去。

四个人一字排开，坐在走廊的椅子上，谁也不说话，情绪也都很低落。王秀菊匆匆赶来了，看到他们便停下脚步："陈总，肖主任，怎么……"

陈新城不冷不热地跟她打招呼："秀菊你来了？自从你妈去了我们那儿，我还没见过你。怎么，老妈不要了？"

王秀菊问："她怎么了？"

陈新城说："她到超市里买东西忘了付钱，被超市抓住了，人家说她是偷东西，在和超市保安纠缠的过程中倒下了。"

秀菊当即反问："你们怎么这么说？你们有根据吗？"

孙前程解释："人家提供了视频，你妈确实是知道没有付账还选择离开的。"

王秀菊愣了愣："真丢人，她怎么干那种事情呢？"

"谁说不是呢？"陈新城叹气道，"医院说她是脑溢血，需要马上动手术，取出血块，需要你来签字，还有，手术的押金也需要交一下。"

"我马上去办。"

"慢着，"肖长庆抬手挡住她，"你妈就在里边，你不先去看一眼？"

王秀菊看看病房："里边没别人吧？"

一直没抬头的夏明舟抬起头来："你怕看见谁啊？"

王秀菊没回答，隔着门玻璃往里看了看，推门进去了。

孙前程瘪着嘴："看见了没？命都快没了，闺女还怕丢她的人。"

病房内，牛大妈躺在床上，挂着吊瓶，闭着眼睛打呼噜，秀菊进来了。她脸上闪过一丝厌恶，慢慢走到病床前，轻轻推了推牛大妈："妈。"

牛大妈抖了一下醒过来，看到是秀菊，脸上吃力地绽出一丝笑容，含混不清地说："菊，菊。"

王秀菊恼了："妈，您为什么偷东西啊？您不怕丢人，就不为我想想吗？万一叫我单位上的人知道了……"

牛大妈像被打了一下，低下头去："我没有偷……"

"妈，您躺着吧，我去帮您缴费。记着，您这事，一定要保密，不要让任何人知道，听见了吗？"牛大妈没抬头，秀菊匆匆走了。

秀菊从病房里出来，看着他们四个，犹豫了一下又过来了："陈总，我马上去帮我妈缴费，签字，可是我单位上最近很忙，恐怕照顾她的事情我干不了了，还得麻烦咱们这边。还有一件事，我妈这事麻烦替我们保密行吗？超市如果有什么要求，让他们告诉你们，你们告诉我，一定别让外面知道。"

陈新城说："我们向医院了解了一下，你妈这个病，加上手术，恐怕得四五万块钱呢。她当年为了供你上学，早早地离开了工厂，拿钱买断的工龄，所以也没有公费医疗，这笔钱……"

秀菊毫不含糊地答应说："我拿，上次卖房子的钱，我还没用了。"

"不是。我们几个在这儿商量，这件事虽然你妈有错在先，超市做得不能说没有错。他们限制你妈的自由，还暴力强拉她，这些都涉嫌违法了，如果我们和他们认真起来，这笔钱也许可以找他们要。"

秀菊说："我不要了，我不想把事情闹大。陈总，当初我们签过协议的，我妈现在有了病，照顾她的事情咱们那儿可以做吧？"

肖长庆继续跟她讲道理："不是，秀菊，你倒是大方，可是理不是这个理呀。四五万对你妈不是个小数。"

"肖叔，我愿意拿还不行吗？"秀菊有点不耐烦了，"我不想把事情闹大，太丢人了。我只问一句，手术以后照顾我妈的事情，咱们那儿能办吗？"

孙前程赶紧接住她的问题："能办，但得收费。你妈当初办的是活力老人的标准，如果她需要有人陪护，我们就得按新标准来收费了。"

"多少？我马上交。"

几个人没话说了。

肖长庆挥挥手："你先去吧。"

"我再说一遍，如果需要钱，可以找我，可这事一定要保密，求求各位了。"说完，秀菊便匆匆走了。

秀菊刚走没多久，三人便从医生那里得到了一个让他们感到很棘手的消息，病人拒绝治疗。

医生说："本来我们已经把她的手术排到了明天，可是她很明确地拒绝手术。她这个病，如果不做手术把血块取出来，愈后会很差，就算能活下来，肢体功能丧失的可能性也很大。"

孙前程问："她女儿已经把钱都缴了，她为什么拒绝治疗？"

医生说："手术费只是一小部分，后期康复的费用可能需要更多，病人就是考虑到花费才拒绝手术的。"

陈新城掏出手机："我们马上打电话给她女儿，她女儿虽然不愿意陪护，但拿钱我估计她会同意的。"

医生说："我们已经打过了，她女儿同意拿钱，是病人不想加重她女儿的负担，所以，如果你们不能做通她的工作，我们也只好尊重病人的意愿。"

"牛师傅，就算为您女儿着想，您也得动这个手术。您不动手术，以后就会躺在床上，难道让您女儿放弃工作来照顾您吗？"

"牛师傅，您病了，您女儿除了拿钱，都不想来照顾您，您到这时候还为她着想，图什么呀？辛苦了一辈子，还是好好治好病，再享受几天生活吧。"

三人坐在牛大妈病床前，苦口婆心地劝说，牛大妈不作声，但却固执地摇着头。他们无奈地互相看看，毫无办法。夏明舟推开门，说："你们出来一下。"

三人来到走廊上，夏明舟说："我去咨询过明舟集团的法务，他也说这事超市有不可推卸的责任，我们可以去和他们谈谈。"

孙前程说："可是一谈，恐怕这事就得传播开了，她女儿嘱咐过要保密的。"

"保密？在超市被抓到，还有密可保吗？你们自己选吧，是她女儿的脸面重要，还是她的生命健康更重要。"

于是他们重新回到牛大妈的病床前，夏明舟站在门口用手机录像。陈新城回头看了看夏明舟，确认录像功能开启后，转头问牛大妈："牛师傅，我们咨询过律师，您这事超市也有错误，您这次发病，和他们有很大关系。您同意不同意我们中心代表您去和对方谈判，要求他们承担你一部分的医疗费？"

牛大妈点了点头。

"可是，"陈新城提醒她，"您女儿王秀菊要求对这事保密，提出来医疗费她全部承担。到底是谈还是不谈，您自己做主。"

牛大妈犹豫着，吃力地问："多……多少？"

孙前程说："这次住院，您女儿交了五万的押金，大夫说基本上够前期手术的，后期康复可能比这个数还要多。"

牛大妈听闻费用后，即刻表示："谈……谈。"

陈新城再次确认:"您的意思,让我们代表您去和对方谈判,要求他们赔偿?"

牛大妈点了点头。

孙前程拿出一张纸来:"牛师傅,我们是接受了您的委托去和对方谈判的,需要您在这上面按个手印。还有,这次谈话我们全程录像了。"

牛大妈略作犹豫,然后在上面按了手印。

拿到授权证明后,四人当即去找来了以前经常跟明舟集团合作的杨律师,在杨律师的陪同下,来到超市进行谈判。超市那边也早有准备,他们已经聘请了一位姓钱的律师。

杨律师认为牛宝兰虽然有错在先,但超市作为一家商业机构,没有执法权,更不可非法拘禁、搜身,以及用暴力手段剥夺公民自由,要求超市承担牛宝兰的全部医疗费。而超市那边的钱律师则声称保安只是履行工作职责,并无不妥,牛宝兰的病是其自身原因,和保安履行工作职责的行为之间没有法律上的因果关系。

杨律师说:"你方刚才提供的监控视频已经有力地证明,从下午两点二十分牛宝兰被你们带到保安室,到五点四十通知我方,我方工作人员到达现场,牛宝兰被非法拘禁超过三小时,其间她被你方工作人员轮番盘问和恫吓,甚至还有你方工作人员的言辞和动作侮辱,致使其精神一直处在高度紧张和恐惧之中,直接导致她在五点四十分发病。牛宝兰的发病和你方的行为之间有直接的因果关系。牛宝兰的行为,能不能构成刑法意义上的犯罪尚可讨论,你方工作人员非法拘禁的行为肯定构成了犯罪。我方坚决要求你方承担牛宝兰的医疗费,我方愿意在此基础上放弃追究你方违法行为的权利。如果你方拒不承担应负的责任,我方将向公安部门报案。"

钱律师又和超市的几个人低声讨论了几句,转过头来对这边说:"对不起,不知道贵方能不能回避一下,我们需要私下里商量一下。"这边的几个人互相看看,杨律师点了点头,他们便推门出去了。

门外的走廊上,夏明舟等人围着杨律师小声商议着。杨律师说:"就算他们不懂,他们的律师也会懂,咱们有那些视频为证据,完全有理由举报他们非法拘禁的。所以,我相信他们会做适当让步。但是,如果想要对方承担全部的医疗费,恐怕也是不可能的。你们这位牛大妈倒下,到底是自身疾病造成的,而且她又涉嫌偷窃在先。"

陈新城点头:"我明白,咱们先逼他们承担全部医疗费,最后哪怕让到百分之五十,对牛大妈来说也是一笔不小的数额。杨律师,你觉得他们会让步吗?"

杨律师笑了:"他们要是不让步,就不会让咱们先回避了。"

夏明舟闷声闷气地说:"我都替超市觉得冤。"

陈新城不解:"你这是啥意思?咱们是代表牛宝兰来的,当然得保护牛宝兰的利益呀。"

孙前程说:"明舟说得也没错,自从人家开业,受到咱们多少骚扰,你们不是不清楚。又扒又捏,还有不付账就走的。这事搁你你不急啊?人家抓小偷哪里不对啊?抓到了,还要为小偷付医疗费,哪有这个道理?"陈新城不说话了。

肖长庆纠正他:"话不能这么说,牛大妈如果真的只是忘了付账,也不能说她是个小偷,只能说她有过错。我们的居民有错,我们教育,但我们的居民受了违法行为的伤害,我们也得保护他们的利益。"

杨律师笑了:"各位,你们的居民有错吗?当然有错在先。他们的行为违法了吗?肯定也违法了。你们的居民哪怕有错,她的合法权益也要受到保护,我们就是为这个来的。至于她的错误,那就看将来你们的教育了。"

讨论之后,双方重新坐下来谈判。钱律师说:"我方承认,我方工作人员的行为有分寸不当的问题,但我们认为并不构成非法拘禁。"

杨律师笑笑:"那咱们就去报案,看公安机关如何认定了。"

钱律师又说:"但我方本着人道主义的精神,同意对牛大妈做出一定的补偿,其数额不超过这次住院期间实际发生医疗费的百分之三十。"

杨律师把电脑一合:"那我们就没必要谈了,陈总,肖主任,我们直接向公安部门报案吧。"

钱律师也把电脑合上:"我们本着解决问题的诚意而来,如果贵方持这种态度,也真没必要谈了,我们就回去等公安部门的传唤了。"

杨律师显然没想到他态度如此强硬,不由得看看他们几个。孙前程看看对方,几个超市的人显得也很意外的样子。

孙前程赶忙笑着打圆场:"别啊。你们超市就建在我们对面,咱们是友邻,我们的居民以后就是你们的固定客户,咱们还要长期打交道呢。老话怎么说来着?不打不相识,何必一开始就闹到那儿去呢?杨律师,钱律师,你们搞法律的，怎么就知道报案呢，是不是我们不打官司你们没饭吃啊？坐下，接着谈，接着谈。刘总，超市开在这儿，生意不错吧？"

刘总苦着脸说："别提了，当初选址的时候，我们是看上这块地方，人口密度大，随着几幢高档写字楼起来，以后这儿居民的消费水平也会提高。可我们没想到，失窃问题和商品被有意损坏的问题这么严重。对不起，我不是说是你们的居民造成的啊，可失窃问题和商品损坏问题就是比我们其他地方的店要严重百分之二十以上，让我们防不胜防。我们那几个保安小伙子之所以那天不让她走，也是因为屡次失窃导致他们受到处罚，几个人都憋了一肚子火。你们替他们想想，因为有人偷窃，他们连奖金都拿不到，现在抓了个人，却被说成是违法，他们冤不冤？"

孙前程频频点头，十分同情："冤，连我都替他们觉得冤。所以，这事闹大了，咱们两败俱伤，还是私下里谈判解决比较好。对了，明舟，你把咱们的想法也和超市的同志交流一下呀。"

夏明舟说："是这样的，我们也注意到我们的居民素质问题。最近，我们正准备对我们的居民进行自尊自爱和遵守社会公德的教育。牛宝兰的问题，将来我们在内部也会教育处理的，同时我们向你们保证，因为我们居民引起的失窃和商品被故意损坏的问题将会越来越少，如果贵方再发现我们的居民有这种行为，可以马上向我们通报，由我们双方协商解决。"

刘总说："这样最好了，陈总，你们看这样行不行，要我们承担全部的医疗费，肯定是不公平的。就算那天她情绪受到了刺激，可说到底，病是长在她自己身上的。我们尽最大的努力，承担她这次住院费的百分之五十好不好？"

陈新城与其他三人低声商量了一下，说："我们回去和牛宝兰商量下。"

刘总又补充道："但我们有一个条件。"

陈新城问："什么条件？"

刘总说："这位牛大妈必须公开承认盗窃并赔礼道歉，允许我们拍摄视频在超市播放。"

肖长庆脸一变："那不行！你们让她以后还怎么做人？"

杨律师说："从法律上说也不行，那样侵犯了她的名誉权、隐私权，我们不可能同意的。"

刘总的态度也比较强硬："如果她不公开承认盗窃并赔礼道歉，大家看到的结果就是有人盗窃,超市反而承担了她的医疗费,以后的盗窃问题还不越来越严重?如果这一条你们不答应,我们只好走司法程序了,相信事实公开后,法官也会理解我们的保安人员为什么要采取那样的行动的。再说了,就算判我们违法,大不了我们把保安辞掉就是,可失窃问题不解决,这店就没办法开了。"

陈新城往椅子上一靠:"刘总,我一直是在我们社区内部主张严加管理的,但你们这个要求太过分了,我们没办法同意。如果你们坚持,恐怕我们也只能走报案的路了。"

超市那边又低声商量了一阵,钱律师说:"这样吧,我们再退让一步。我们补偿牛大妈一部分医疗费,牛大妈写一份道歉声明,名字也可以模糊处理,我们张贴在超市门口,这是我们最后的条件,否则我们现在就一起去公安局报案。"

谈判结束后,四个人一起去医院找牛大妈。肖长庆走在后面,情绪很低落,走着走着突然停下了:"你们去和她谈吧,我不去了。老人太可怜了,辛苦了一辈子,老了还要受人羞辱。"

孙前程往回拉他,说:"如果牛大妈不愿意,可以不同意对方的条件啊,不过是放弃百分之五十的医疗费而已。"

"她能不同意吗?"肖长庆说,"百分之五十也有两三万了,她要不是把钱看得紧,会去超市占小便宜吗?不行,我不去了。"说着回头就走了。

陈新城、孙前程和夏明舟互相看看,知道肖长庆心软,没办法,就由他去了。

三人坐在牛大妈病床前,把谈判的过程和结果跟牛大妈说了一遍,牛大妈几乎一秒钟也没犹豫,点了点头。

孙前程问她:"要不要和你闺女商量商量?"

"别……别让她……知道。"牛大妈慌忙摆手。

夏明舟突然就火了:"您居然这么痛快地就答应了?您不是说只是忘了付账吗?就真愿意背上小偷的名声,在那儿贴十五天?"

牛大妈吃力地说:"不是……不写名吗?"

"可谁不知道是您?您承认自己盗窃,以后出去怎么见人?"

孙前程拽着她的胳膊:"行了,明舟。"然后对牛大妈说,"牛师傅,您可想好了,您要是同意人家的条件,人家就起草一份道歉声明来,您得签字画押，以后不能反悔。您要不同意，对方也答应不再追究您盗窃的责任，但您的医疗费就得全部由您自己承担了。"

牛大妈低下头，说："同意。"

很快，牛大妈的道歉信写好了。超市收到后，立即进行了张贴，落款是附近一位居民。过往的行人都在超市门口驻足观看。有几位养老中心的老人都过来了，一看到那道歉信，好像是自己写的，都个个羞愧地低下了头。还有几位看看那道歉信就回去了，连超市的门也没进去。

回到养老中心，大家三五成群地围在一起议论着，肖长庆坐在长椅的一端，看着远处的老人们发呆。

大志提着摄像机过来了："肖叔？您看什么呢？"

肖长庆回过神："大志来了啊，最近拍得还顺利吗？"

"顺利，有些简单的镜头需要补一下，我一个人来就能干完。"

"顺利就好。"肖长庆点点头，说完又有些失神。

"肖叔，您怎么了？刚刚我看外面乱哄哄的，没出什么事吧？"大志问。

肖长庆摆摆手："没事，大志，好孩子，你忙去吧。"

"那您坐着，我先走了。"大志说完刚要走，肖长庆突然又喊住他："等等，大志，叔叔有事想问你。"

大志停住，利索地坐在肖长庆身边："您说。"

"你们拍片子的时候，要是发现其实老人也有些不光彩的地方，你们也会播出来吗？"

"不光彩？"

"都说家有一老，如有一宝，要真这么说，你看看，光咱们这一院子就有多少宝贝，可有些老人怎么就……怎么就没点老人样，怎么就那么不要好呢？"

大志笑了笑："肖叔，我们想过的，不是所有的老人都会美好地老去。但这就是人呀，真实的人，有光彩，有灰暗，咱俩也一样。您有属于自己光芒万丈的时刻，我也有不愿示人的阴暗角落，说到底，老人也只是人变老了而已。所以，我想我会如实拍出来的。"

肖长庆顿了顿，点了点头："人变老了。"兜里的手机突然响了，是徐大妈的号码，肖长庆接起来，喊了声"师娘"，结果电话里传出一个男人的声音："您是徐大妈的徒弟吗？徐大妈受伤了，在中心医院呢，您能不能马

第二十六章

上过来一趟?"

肖长庆吓了一跳:"徐大妈受伤了?您哪位啊?"

"我正好路过碰上了,就帮着把她送医院来了,您能过来一趟吗?"

肖长庆说:"能,能,可太谢谢您啦。麻烦您再等我一会儿,我打个车,马上就到了。"

大志问:"肖叔,出什么事了?我开车送您去。"

"好好好!"肖长庆说着,就拉上大志往外走了。

医院里,徐大妈的腿被固定着,面容痛苦,扭头看见肖长庆走进来,马上就眼泪汪汪地喊:"长庆啊……"

"师娘,你咋样啊?"肖长庆赶紧上前询问。徐大妈刚想扭身子,又是钻心地疼。

"别动别动……"肖长庆心疼地看着徐大妈被固定的腿,"师娘,您说说您,有什么事不能和中心说一声,和我说一声也行啊,一个人到外面跑啥?这不跑出麻烦来了。让玲玲看见,还不知道多难过呢。"

徐大妈说:"我就是去了一趟玲玲家,回来路上就摔倒了,唉……"

"那玲玲呢?您不是刚去玲玲家了,怎么联系不上了?"肖长庆问。

"玲玲今天也在外面找工作呢。你也知道,玲玲原来的公司倒闭以后,她就一直没找到工作,又一个人拉扯个孩子,今天我看天气好,就想去给玲玲家里干干活,拆拆洗洗干不了,洗洗刷刷总能行吧,没想到……"

肖长庆叹了口气:"您照顾好自己就是给玲玲帮忙了。"突然又想起什么,"对了,给我打电话的那个小伙子呢?是他送您来的吧?"

徐大妈说:"刚才那个小伙子可是个好人,没有他,我还不知道要在马路上躺多久呢,我这住院的押金好像还是人家帮着垫的,可得好好谢谢人家!"

肖长庆也欣慰道:"天底下还是好人多啊。师娘,我出去找找他,顺便问问大夫您的情况。"说完转身要走。

徐大妈叫住他,问:"长庆……我这看病,咱们那儿能报销吧?"

"您放心吧,您能报百分之八十多呢,您老就安心地躺着吧。"

肖长庆在一个护士的带领下见到了穿着外卖制服的年轻人,手里还提着外卖员的头盔。"就是他把老人送来的,"护士说,"还垫付了老人的住院费。"

肖长庆赶快上前握手："哎呀，谢谢，太谢谢您了。请问怎么称呼？"

他笑着答："您就是她的徒弟？我姓李，叫李梁。没啥可谢的，赶上了。"

"小李同志，我姓肖，这耽误您工作了吧，我真是不知道怎么感谢您了。"

"我正好没接单，路上碰见了，谁不得搭把手，谁家没老人啊，您别客气。"

肖长庆说："我师娘可说了，要不是您，她还不知道要在地上躺多久呢。今天她碰见您，就是碰见好心人了。对了小李同志，我师娘是在哪儿摔倒的？"

"就是马家沟公交车站旁边的那条小路，大妈就倒在路西台阶旁边。"

肖长庆想了想说："我师娘估计是想绕小路回我们养老中心。"

李梁尴尬一笑："大叔，那您到了，我就放心了……那个……"

"啊，对，医药费，"肖长庆一拍脑袋，"您帮我师娘垫了医药费吧？多少？我赶紧给您。"

"大叔，您师娘伤得不轻，我一共交了三千块钱的押金，加上刚才开的止疼针的费用，一会儿您去护士那儿看单子，一起给我就行。"

肖长庆说："小李同志，我还得赶紧去找大夫问问情况，您要是信得过我，咱们加个微信，回头我把钱转给您，您去忙吧，已经耽误您太多时间了。"

李梁点点头："大叔，叫我李梁就行，我信您。"

李梁走后，肖长庆便立刻去医生办公室询问徐大妈的病情。医生拿着片子来到病床前，说："病人目前呢，是两处髋骨骨折。"

徐大妈听了大吃一惊："骨折？还两处？天哪。"

"大夫，这样的情况算严重吗？"肖长庆问。

医生说："病人年纪大了，摔倒之后出现髋骨骨折也算比较普遍。"这时门开了，徐大妈的女儿杜玲玲火急火燎地赶了过来："妈！您没事吧？"

徐大妈赶紧朝着女儿伸出双手："玲玲，妈没事。"

杜玲玲看见徐大妈腿上和髋部都被固定着，握着她的手惊慌道："这还没事？您说您今天非要出门干什么？"

"玲玲，先别怪师娘了，听听大夫怎么说。"肖长庆说。

杜玲玲焦急地问："大夫，我妈什么情况啊？"

医生说:"病人有两处髋骨骨折,考虑到病人年纪比较大了,还有高血压,身体条件不允许手术,目前我们建议保守治疗。"

"保守治疗?需要多久啊大夫?我们是回家静养,还是一直留在医院里?"

"这要看病人的恢复情况,短了三两个月,长了可能需要半年。有条件的话,还是住院多治疗一段时间吧,不建议回家静养,还要尽量避免骨折卧床期间的各种感染,特别是肺部感染。"

杜玲玲惊呼了一声"天啊",然后不说话了。

肖长庆安慰她:"玲玲,别急,事情发生了,咱得听大夫的不是?"

徐大妈犹豫着:"大夫……我这病,得花多少钱啊?"

医生问:"有医保吗?"

"有,有,"肖长庆抢着回答,"老太太是职工退休,能报百分之八十多呢。"

医生说:"那大妈您就安心养病吧。"又对杜玲玲说,"病人家属,您跟我来补几个签字吧。"

杜玲玲跟医生出去了,肖长庆重新坐在徐大妈身边。徐大妈面色凝重,长吁短叹。

杜玲玲签完字回来,肖长庆问:"都办完啦?你忙去吧,养老中心那边今天没我事,我陪着师娘。"

杜玲玲没接茬,数落徐大妈道:"妈,您知道您这一摔要花多少钱吗?"

徐大妈怯怯地问:"多少啊?"

"三个月就要大几万,就这还不包括出现其他并发症之后的治疗费用。您说说,您在长庆哥那儿闲着晒晒太阳、遛遛弯不好吗?谁让您去我家打扫卫生啦?您也知道我现在过的什么日子,您能别再给我添乱了吗?"

肖长庆看徐大妈表情痛苦,赶紧劝她:"玲玲,别说师娘了,她也是好意。"

杜玲玲看着肖长庆说:"长庆哥,您也别劝,我还想问问您,是谁当初跟我保证,我妈去了您那儿肯定照顾得好好的?"

肖长庆低了低头:"是我说的。"

"长庆哥,您别怪我说话直,当时我冲着谁让我妈去的养老中心?我还不是冲着您?换谁我都不放心。现在我妈出来一趟,你们那儿没人管没人问，这都多久了，就您过来了。你们领导呢？用不用我回去翻翻当时签的合同，看看照看老人是不是你们的义务？你们尽到义务了吗？你们没有责任吗？"

徐大妈说："玲玲，别怪你长庆哥，是妈不好。"说着身体一动，疼得直哎哟。

"行了！妈，我今天也不用出去找工作了，您也消停会儿，我在这儿看着您。"又对肖长庆说，"长庆哥，你现在回去跟你们领导商量商量，我妈住院期间你们怎么照顾。我的情况你也知道，没法天天来陪床。"

肖长庆赶紧答应："好，好。"从病房出来，肖长庆准备回养老中心跟其他三个人商量一下，正疲惫地走着，手机响了，是杜玲玲打来的。

"玲玲啊，"肖长庆对着电话说，"什么！什么什么！师娘亲口说的？好，我去楼下等你。"

肖长庆赶紧转身回去，两个人在楼下刚碰面，杜玲玲就劈头盖脸地埋怨肖长庆："长庆哥，你也太大意了！"

肖长庆说："那小伙子？看着不像啊。"

"不像？一个不像你就把他放走了？哪有那么多好心人啊？不行，我还是报警吧。"

"不是，玲玲，你先别急，如果真是他撞的师娘，那他也跑不了，我加了他微信呢。"

肖长庆说着翻微信，又想到了什么："师娘跟我说是自己摔的，还在地上躺了一会儿，那个小伙子才过来的。"

杜玲玲说："我妈您还不知道吗，血压一上来脑子就不灵了，准是被撞倒之后记不清事了。这不，刚缓过来就全记起来了。"

肖长庆说："那小伙子还给师娘垫了钱。"

"他心里没鬼垫什么钱？你叫他来，告诉他，不来咱们马上报警。"

肖长庆叹口气，拨通了李梁的微信电话。

李梁正骑着电动车在车流中穿行，电话响了，他接起来："肖叔？"突然，他像听到什么可怕的消息，一个急刹，把电动车停在了路边，"什么！那大妈这么说？她亲口说的？"

肖长庆左右为难："李梁啊，你先回来一下吧，哪怕有误会，你也得当面跟大家说清楚不是？"

第二十六章

杜玲玲抢过电话:"我跟你说,你别心虚,你马上过来,不然我报警了啊!"

李梁情绪激动道:"我心虚什么!我帮忙还帮错了,没见过你这样的,我还忙着呢,没空去!"

杜玲玲不依不饶:"你是外卖员是吧?我要投诉你!我有你的名字!"

"你!你怎么能这样?"李梁看了一眼车上的外卖,烦躁地说,"好,我马上过去,我就不信白的能让你们说成黑的!"

杜玲玲挂掉电话,肖长庆接过手机,显然还没回过神:"玲玲,有没有可能是师娘记错了?毕竟,她刚才清清楚楚地告诉我,小伙子是送他来的人,她是自己摔的。"

"长庆哥,你总是胳膊肘往外拐是什么意思啊?敢情摔的不是你妈,你就这么冷静是吧?我不图你把我妈当亲妈照顾,至少别拿我们当傻子吧?"

肖长庆也有点急了:"玲玲,你这话重了吧?这些年我对师娘怎么样,你是知道的啊。行,一会儿啊,你好好问人家,实在说不清楚,我也支持报警。"

肖长庆和杜玲玲回到病房,一人一边坐在徐大妈的病床两侧,徐大妈目光呆滞地看着天花板。李梁上气不接下气地进来了,头盔都没顾上摘。肖长庆和杜玲玲赶紧站起来,徐大妈却紧紧闭起眼,努力把脸别向一边。

肖长庆招呼他:"李梁来了啊……"

李梁很急躁:"肖叔,这里面是有什么误会吗?您没跟他们讲清楚?"

杜玲玲开口道:"他看见什么了吗?不就是靠你一张嘴说的。"

肖长庆点头:"是,李梁啊,我毕竟不在现场,现在我师娘说是你撞的她,我们就想叫你来问问清楚。"

李梁看了一眼徐大妈,还是不敢相信:"她亲口说的?我骑车路过的时候,她都倒那儿好久了,我不过去扶,她还不知道要躺多久。要不咱让她说,让她亲口说,大妈,大妈!"

"妈,撞你的人是不是他?"杜玲玲指着李梁上前询问。

徐大妈睁开眼,却不敢看李梁,面容绝望。

"师娘,"肖长庆说,"您好好想想,到底是怎么摔的?咱可不能冤枉好人啊。您岁数大了,以后需要别人帮忙的时候有的是,要是人家帮了咱,咱再倒咬一口……"

杜玲玲语气刚硬:"长庆哥,你再这么说就出去吧,这是你和稀泥当老好人的时候吗?妈,大胆说,是谁撞的你?你怎么摔倒的?"

徐大妈还是别着脸不说话。

李梁急了:"大妈,您看看我,是我撞的您吗?"说着还往前凑,想让徐大妈看到他。

杜玲玲指着李梁:"你就站那儿!"回头对徐大妈说,"妈,你别怕,他敢乱动,我马上报警抓他,他的资料咱都有,是谁撞的你,你大胆说!"

徐大妈没转脸,只是用手指了指李梁。

李梁不敢相信地张大眼睛:"大妈,您是说我撞了您吗?大妈您看着我和我说,是我撞了您吗?"

"长庆哥,你可看见了,我妈说就是他撞的,我现在就报警!"

李梁百口莫辩:"这不是讹人吗?大妈,您摸着良心说,是我撞的您吗?"

杜玲玲掏出医药费单子:"我也不讹你,我妈医保能报销的部分我们认了,剩下的,包括后续的营养费,你必须承担!"

"天哪,这算什么事啊?"李梁紧接着用求助的目光看向肖长庆。

"不认是吧?"杜玲玲拿起手机,"我报警!今天你哪儿也别想去!"

李梁崩溃道:"好,好,报警,我不信没地方说理了!"

接到消息的孙前程和陈新城也从养老中心赶到了派出所,三个人站在一边,杜玲玲和李梁各居一角,一名警察站在中间。

警察低头看着打印出来的李梁的外卖平台数据和交通违章记录:"一个月能送一千六七百单,够可以的,上个月三个违章,这个月才过了一半,又两个违章,骑车走人行横道,人行横道不礼让行人,还闯了次红灯。"

李梁的脸色越来越难看。

"是吧,警察同志,他就是个惯犯。"杜玲玲出了口恶气似的。

孙前程截断她的话头:"怎么能这么说?他平时不守交通规则,跟到底撞没撞到徐大妈,不是两件事吗?警察同志也要讲证据的。"

警察说:"大叔是个明白人,这是交警那边提供的监控记录,你们看一下。"

所有人凑了过来,警察拿着两段监控视频边播边讲:"事发地段正好是一段监控盲区,没有采集到有效的视频信息,从一南一北两个方向看,两位当事人进入监控盲区的时间存在差异，是老太太先从南边进入盲区，过了三分钟，小伙子才从北边进入盲区，按照两人的速度预估，如果是小伙子撞了老太太，老太太倒下的位置，应该更靠北边一些。"

所有人都听懂了。

肖长庆说："那是不是能说明，不是小伙子撞的？"

杜玲玲急了："长庆哥，你这是什么意思？你的意思是我妈撒谎了，我妈是会撒谎的人吗？"

肖长庆安慰她："玲玲，你冷静一下，警察同志也在，咱们听警察的好不好？"

警察说："以目前的视频证据来看，我们无法认定是不是小伙子撞了老太太，可能需要结合后续的走访调查，看看有没有目击者，才能给出综合判断。"

陈新城说："这还无法认定？刚才这监控你们都没看明白吗？徐大妈走路的速度和小伙子骑车的速度对不上，这不就可以结案了吗？"

"但还有一种可能。"警察说。

"什么？"大家问。

"这位小伙子进入监控盲区之后，突然加速了。"

杜玲玲恍然大悟："一定是的，他肯定是接了外卖急单，不管不顾了，就是因为他加速才撞倒了我妈。"

李梁说："这个可以查，我后台有数据，那时候我一单都没接。"

杜玲玲说："那你肯定也是为了别的什么事突然加速了，警察同志，你们不是还没把他关起来审吗？审审他，他肯定有问题。"

肖长庆用求助的眼神望向警察："走访调查您什么时候安排？"

警察说："老先生别急，我们会尽快调查，有进展会马上通知你们的。"

回到养老中心办公室，夏明舟正在忙活着什么，三个人筋疲力尽地往沙发上一坐，同时叹气。夏明舟白了他们一眼："怎么了？"三人互相看看，然后肖长庆把事情经过给她讲了一遍。

"什么？还能这样？"夏明舟有点恼怒。

陈新城在旁边插话："长庆啊，你那妹妹确实有点离谱。"

肖长庆叹口气："原因你们不都清楚吗？师父师娘之前的儿子，好端端的就得了脑膜炎，八岁的时候就没了，俩人缓了好几年才有了玲玲，当时师父师娘都快四十岁了。"

陈新城哼了一声："老来得子，就是惯得。"

肖长庆感叹："说起来，玲玲也不容易。师父当年是车间主任，家里条件好，玲玲是被泡在蜜罐子里宠大的。后来师父突然走了，这心理落差能不大吗？你们还记得吗，玲玲小时候可不这样，就是师父走了以后，性格一下就变了。她怕师父走了，她和师娘无依无靠，挨欺负，才变得像刺猬，一点亏都不能吃，就好像全天下的人都要欺负她们娘俩似的。"

孙前程说："问题就是没人欺负她们啊，就咱们厂这风气，哪有那么多乱七八糟的事。"

肖长庆说："架不住外面的人欺负她们啊。别的不说，就说她那个前夫，玲玲前些年就是跟着他去南方做生意，亏了钱，把徐大妈攒的棺材本都拿出来填窟窿，前夫转头就带着别人跑了。要是师父还在，就不会有这一出。"

孙前程问："我听说玲玲从南方回来之后，不是找了个挺不错的工作吗？"

"你这都是断断续续地听说，她干了没多久，公司就倒了，从此就再没找过顺心的活，这不，现在还找呢。"

陈新城想了想："那徐大妈会不会是因为缺钱才讹人啊？"

"不可能，我师娘是职工退休，待遇都在呢。再说了，我师娘是什么样的人你还不清楚？"

孙前程说："人都是会变的，特别是老人，特别是为了孩子的老人。"

夏明舟说："长庆，你再想想，为什么徐大妈会突然改口说是小伙子撞的？"

肖长庆说："我想不出个头绪，说到底，师娘和玲玲都是苦命的人。"

夏明舟把手里的笔往桌子上一扔："谁不是苦命的人呢？"

肖长庆问："什么？"

夏明舟说："那个李梁啊，他一个月送那么多单外卖，我算了一下时间，每天至少要干十四个小时，什么人这么拼啊？"

肖长庆噌地一下站起来，孙前程吓了一跳，问："干吗去？"

肖长庆头也不回："去把这事搞清楚！"

徐大妈摔倒的街是条安静的小街，肖长庆、孙前程、陈新城跟着导航提示走了过来。虽然这条路算不上人来人往，但沿路的商铺还比较多，可他们挨家挨户打听了一圈，愣是没人看见徐大妈是怎么摔倒的。三人彻底灰了心，在路边坐着歇了一会儿就回养老中心去了。

回到办公室，夏明舟打听到了一点徐大妈的事，还挺感慨的。三人来了精神，同时发问："什么事？"

夏明舟说："就她那个闺女啊，前段时间好不容易找了份工作，结果中介公司和招聘公司都是骗子，杂七杂八的培训费交了两万多，就是拖着不让入职，再去找的时候，人去楼空了。徐大妈一个月退休金才四千多，全贴补她闺女了。"

肖长庆想了想，站起来说："我得去问问。"

孙前程问："问谁去？"

"问我师娘，我觉得这事不对。"说着出了门。另外两人见事情有转机，也马上跟了上去。

他们三人鬼鬼祟祟地来到病房门口，肖长庆手里还提着一兜水果，孙前程掏出一支录音笔，小声地试着音："地瓜地瓜，土豆土豆……"

肖长庆打断他："怎么还带这玩意儿？把我师娘当什么？"

陈新城说："长庆，你别太敏感，这是以备不时之需。"

三人轻轻推门进去了，躺在床上的徐大妈看了他们一眼，有点愧疚地垂下了眼睛："长庆，陈总，前程，你们来了啊。"

"师娘，今天感觉咋样啊？"肖长庆问。

陈新城冲着护工摆摆手，让他先出去休息一会儿。

"挺好的，"徐大妈说，"玲玲刚走，这护工师傅就来了，我现在就是离不了止疼药，长庆啊，我这把老骨头要是一直这样躺下去，还能不能站起来啊？"

"师娘，"肖长庆安慰她，"您只要按大夫说的配合治疗，仨俩月准好。"

徐大妈叹气："三个月，太折腾玲玲了。"

肖长庆说："玲玲这孩子，从小就孝顺，您不让她来，她在家也闲不住不是？对了师娘，前天我记得您跟我说是您自己摔倒的，怎么玲玲一来，您就改口了？您到底是怎么摔的？"

徐大妈不说话了。

"您可能是高血压了，脑子一糊涂，记错了，是哪次记错了呢？"

徐大妈沉默了一会儿："长庆，你问这个是什么意思……"

"师娘，我没有别的意思……"

孙前程和陈新城对视一眼。孙前程说："徐大妈，是这样的，咱们养老中心现在不是已经派护工过来，跟玲玲倒班伺候您了吗，我们是想记录一下具体情况，咱中心也好留个底。"

徐大妈紧张地问："啊？还记录，留底？留什么底？"

陈新城说："就是提升我们的服务管理水平。您私自外出，又在外面摔倒，按理说我们不该管，但从人性化服务的角度出发……"

徐大妈担心道："那你们还管不管我啊……"

"管！管！"肖长庆满口答应，"师娘，您放心，只要有我在一天，无论出现任何事，无论真相如何，都不会没人管您。"

徐大妈又不说话了。

"师娘，您说什么我都信您，只要您现在跟我仔仔细细说一遍，那天到底发生了什么。"徐大妈还是不肯说话，肖长庆只好长叹一声。

三人从医院楼里出来，肖长庆边走边思考着："师娘肯定是有话想说，可能当着你俩面不愿说，我再上去一回。"

陈新城拦住他："几回都没用，你再亲，有人家闺女亲？"肖长庆一愣。

"这不摆明了徐大妈是要为了闺女隐瞒什么，你问多少遍都一样，我看这事啊，没什么转机了。"陈新城说。

"你俩都觉得师娘是铁了心要讹李梁了？"

孙前程和陈新城互相看看，又一起看着肖长庆，不言自明。

"可……可为什么啊？"肖长庆实在摸不着头脑。

孙前程像看到了什么，往不远处一指："你们看，那是谁？"

两人顺着他手指的方向一起望去，是李梁。李梁坐在路边，表情凝重，面容憔悴，身上还穿着送外卖的衣服。他坐了一会儿，从怀里掏出一个塑料袋，塑料袋里是半个面包，李梁机械地往嘴里塞着，眼睛无神。

肖长庆呆呆地看着李梁，问那俩："你们说，他来这儿干什么？"

陈新城说："应该是不想被冤枉，想上去说理。"

孙前程叹口气："知道没证据，说也说不清。"

三人正说着呢，本来就阴沉的天，一阵急雨倾盆而下。

李梁看着手上瞬间被打湿的面包，也不躲雨，反而抬起头，任雨水冲

第二十六章

刷，随即崩溃大哭起来。三人看着李梁，表情复杂。

哭了一会儿，李梁转为小声啜泣，他突然感到自己头顶的雨水停下了，一抬头，看见三个老家伙正合力举着一把巨大的遮阳伞。

三人带着李梁来到医院门口的一家小餐馆，四人坐在桌前，服务员端上了一碗热汤。肖长庆把汤往李梁面前又推了推："趁热喝。"

李梁看看他们三人，抱着汤碗，流着泪委屈道："我妈尿毒症，在老家医院等着钱做透析，我工作实在不能停啊，为了送急单，我确实违过章，但我不能让平台停掉我的接单资格啊，那是我妈的救命钱。这倒好，我扶个老人，做个好事，被赖上了。这本来不是积德的事吗，怎么到我头上就把我毁了啊？"说着，他眼眶又开始泛红，捂住脸，把头深深地埋了下去。

陈新城问："你平时为了接单送单，饭都顾不上吃，为什么那天这么有耐心地送徐大妈去医院呢？"

李梁抬起头，痴痴地说："那个大妈让我想到我妈了……我出门在外，最放心不下的就是她，我当时也犹豫，但我一想，如果是我妈在老家摔倒，我也一定希望有人能扶她一把，送她去医院，这个世界终究不还是好人多吗？"

孙前程一脸同情地拍了下手："听听，听听，多好的小伙子啊！长庆啊，接下来的难题就是咱们的了，咱们不能让徐大妈就这样把小李讹了。"

第二十七章

"从我们的调查来看,李先生的电动车上没有发生碰撞刮擦的痕迹,而徐大妈的身体和衣服上也没有被碰的痕迹。所以,我们倾向于认为双方没发生碰撞。"警察说完调查结果,李梁长舒了一口气,而坐在他旁边的杜玲玲显得很不安:"警察同志,您这话什么意思?他没碰我妈,我妈好端端地就躺下了?像我妈这个岁数,很轻微地碰撞也可能倒地,这些你们不考虑吗?"

"可是我们连轻微碰撞的痕迹也没找到。"交警说。

"没找到不等于没碰到吧?你敢说他一点也没碰到吗?我再退一步,他骑电动车的,在我妈旁边呼啸而过了,把我妈吓倒了,他就没责任吗?"

"话是这么说。"交警苦笑着点点头。

"这就是了,"杜玲玲纠缠道,"我妈好好地走着,他从旁边过,我妈倒了,他又是扶起我妈又是送我妈上医院,还给我妈付了住院费,这不说明就是他碰的我妈吗?"

"玲玲,"陈新城插话说,"这个因果关系我怎么听着这么别扭啊?你总不能因为你妈在外面遇到事情,有人帮她就说人家有责任,将心比心吧,要这样,以后老人谁还敢帮啊?"

杜玲玲哼了一声:"哪有这么多好人啊?"

李梁侧脸看了她一眼,脸上的表情很是无奈。

另一个交警说:"我们的调查结论就是这样的,我们没办法证明双方曾经发生碰撞刮擦,但也不敢保证一定没发生碰撞刮擦。所以,我们还是建议,这事双方自行协商解决。从我们的角度,我们不认为这是一起交通事故。"

"协商?怎么协商?"李梁问。杜玲玲的样子让他看不到一点协商的余地,况且他本来也没犯什么错。

第二十七章

"这还用说吗？你撞了我妈，就得对我妈负责。我说了，我们不多要，而且我们有医保，你只承担剩下的部分和营养费就行。当然，如果我妈因此出现任何并发症，后续的治疗费用也同样承担。"

"什么？这还不多要？我凭什么啊？"

"撞了人想白撞啊？"

"我没撞，没撞啊！"李梁无奈地说。

交警提醒道："杜女士，说话要讲证据，我们现在虽然不敢说双方完全没发生碰撞刮擦，但如果这事上了法庭，谁主张谁举证，那你就得拿出李先生碰了你妈的证据来。"

杜玲玲说："我妈就是证据，她在医院里躺着呢。"

孙前程看不下去了："玲玲，有没有证据你心里清楚。"

"你这话什么意思？"杜玲玲声音提高了一个八度，"合着你们合起伙来欺负我和我妈是吧？好，我还不信没地方说理了！"

肖长庆叹息一声："玲玲啊，人家交警也没找到李先生撞师娘的痕迹，那天师娘还亲口对我说是她自己摔倒的。你看这样好不好，师娘有医保，自己承担的部分，我们养老中心替她拿了，行不行？"

杜玲玲突然愣住了："长庆哥，你是这样想的吗？"

陈新城说："我们都是这么想的，昨天也商量过了。今天我们仨都在，养老中心的事我们说了就算，徐大妈在外面摔倒，我们理应承担责任。"

杜玲玲崩溃地说："你们凭什么这样想我啊？我是为了钱吗？我是为了这个理。就因为我没有工作，我就没有能力照顾我妈，给我妈掏医药费了是吗？天呢，这都是什么世道？为什么受害者就不能理直气壮地讨公道？为什么所有人都欺负我们娘俩？"杜玲玲说完怒气冲冲地跑了出来，三个老家伙在后面追。

说又说不通，追又追不上，三人停下，面面相觑。

李梁是最后从交警队出来的，刚出来就连忙打电话跟公司沟通："派出所、交警大队全去过了，人家认定不了责任，能不能先把我的派送资格恢复？我快活不下去了！她不撤销投诉怎么办？咱们平台就这样对待骑手吗？喂？喂？"

第二天，四个人坐在办公室里发呆，因为徐大妈的事，大家的情绪都很低落。

肖长庆说："玲玲如果一心闹到法院，法院能怎么处理？"

孙前程想了想说："调解呗，还能怎么处理？"

夏明舟说："这种没法认定事实责任的情况，恐怕要调解到双方都拖不起为止。"

"那巧了，"陈新城把手一拍，"这两方都拖不起，徐大妈等着要钱看病，李梁等着赚钱给他母亲看病，怎么就让这一对人碰上了呢！"

小岳突然闯进门："不好了，快快，咱们上电视了。"

闻听此言，孙前程慌忙找出遥控器，打开电视，屏幕里正在播放一档民生节目，五人凑上前去。新闻已经播完了，背景是李梁接受采访的定格画面。记者拿着话筒慷慨激昂地总结："扶老人反被讹，好人到底还能不能做了？这个问题值得我们每一个人深思，本台记者会继续追踪报道。"

"这李梁怎么还找记者了？这不是要坏咱们名声吗？"陈新城说。

肖长庆无力地叹息一声："除了把事情闹大，他还能有什么路可走呢？"

夏明舟绝望道："这回咱们养老社区出名了。"

"消除影响，得赶快消除影响。"孙前程说。

院子里，老人们也正因此事而议论纷纷。

"不是他撞的，他干吗把人送医院去啊？""听你说的，那杜玲玲是多难缠的姑娘你不知道啊？""咦？不是你跟徐姐跳舞的时候了是吧？我相信徐姐！""我就是觉得，这不是一下子打翻了咱养老中心一群人吗？什么坏人变老了……"

医院那边，记者们已经堵在病房门口了，玲玲自己招架不住，打电话给肖长庆，肖长庆即刻带着另外俩人赶了过去。

徐大妈的病房门开着，杜玲玲挤了进来，一边挤，一边嚷道："我们不接受采访！"说着便把门关上了。

"玲玲……到底怎么了？"徐大妈还不知道发生了什么。

"妈，没事，"玲玲说，"撞你的人恶人先告状，去找电视台记者了。他找记者有什么用？明天我就找法院！妈，你放心，没人能欺负你！"

同病房的病人家属低头看看手机，又看看徐大妈："大妈，这手机上说的就是您啊？那天到底怎么回事啊？"

徐大妈惊道："啊？都上手机啦？"

"这都成热门事件啦，怎么，听您闺女的意思，真是那个外卖员撞的啊？"

杜玲玲不耐烦地说："能不能别打扰我妈！"

门口的记者和摄像师围成一团，还有不少好事的病人家属在走廊上看热闹。肖长庆、孙前程、陈新城匆匆赶来。

"您好，"记者举着话筒问，"请问您跟病人是什么关系？"

肖长庆说："我们是新颐养老中心的，你们这样打扰病人是不对的！"

此话一出，三人马上成为焦点，被团团围住。肖长庆趁乱挤进了病房。

"长庆啊……"肖长庆刚进来徐大妈就问道，"是不是都知道我的事了？"

"师娘，您别担心，"肖长庆连忙安慰，"我马上找医院让这些记者都走。您这两天怎么样？"

"长庆，我和玲玲的命怎么这么苦啊！"徐大妈说着开始潸然泪下。

"妈，您别这么说。"杜玲玲转身问肖长庆，"长庆哥，这到底是怎么回事？还恶人先告状了是吧？我马上找律师替我写诉状，我一定要告他！"

肖长庆无力道："玲玲，你也先冷静，咱们不能认死理，那可就真一条道走到黑了。"

杜玲玲反问："是不是怕影响你们养老中心声誉了？我就不明白了，明明是我们占理，你不帮我们澄清，反而过来帮他们倒打一耙是吧？你们的名声是名声，我妈的名声就不是名声了吗？我们有理我们怕什么！我去跟他们说清楚。"

杜玲玲开门，记者们立马涌了上来。

"我是病人的女儿。他要是救了我妈，我会把他当成恩人，做牛做马报答他，我从小就受的这样的教育。可我妈明明就是他撞的，现在反过来装好人也就算了，还污蔑我们反咬一口，玷污我妈的名声，颠倒是非黑白。我绝不答应！事情发展到现在，他赔不赔钱倒是小事，他得向我们公开道歉，承认他撞人的事实，否则我们和他法庭上见，我豁出命去也要帮我妈讨回这个公道！"

孙前程小跑着带着几个保安过来，几个记者和摄影师这才散去。

"妈，您听见了吗？"杜玲玲回到病房内，"您不用担心，有我呢！天底下的人都跟咱娘俩过不去您也别怕，咱们总有能讲理的地方！"

徐大妈突然抓狂地拍打着病床："我怎么还不死？我怎么还不死？"

杜玲玲大惊："妈！您说什么呢？"

"师娘，"肖长庆也开解她，"您苦了一辈子，老了老了，享清福的时候到了，别再把包袱压在自己身上了。"

徐大妈不说话。

"师娘，"肖长庆回忆起了从前，"我刚进厂的时候，我师父像父亲一样关心我，师娘也关心我，给师父带饭都给我捎上一份，我不知道吃过多少师娘做的菜。在我心里，师娘是和我母亲差不多的分量呢，那时候，全厂谁不羡慕我有这样的师父和师娘啊？"

徐大妈别开脸去："多少年前的事了，别说了。"

"不，我要说。师娘，我爹走得早，说句实话，做人的道理，他没来得及教我，这些都是我跟师父学的。师父告诉我，认认真真做事，清清白白做人。师父这样过了一辈子，我也这样学了一辈子。师娘，您知道吗，这话玲玲肯定也认同，对吗玲玲？"

杜玲玲低下头去："长庆哥，说这些干什么？"

肖长庆悲伤道："没什么，就是突然想师父了。师娘，那个叫李梁的小伙子，他妈尿毒症住着院，这小伙子为了给他妈治病，没日没夜地干活，他之所以扶您，是因为他想着万一自己妈妈在外面摔倒了，也希望有好心人去帮她妈妈。师娘，您也是个妈妈呀，要将心比心啊！咱们不能伤了好人的心啊！"

徐大妈大恸："老头子！把我带走吧老头子！"

杜玲玲慌了："妈，您这是干什么？"然后转头对着肖长庆喊道，"肖长庆，你别再来刺激我妈了！以后我们都不要见面了，你走，你走啊！"

徐大妈哭喊："玲玲，妈也是没有办法啊！"

杜玲玲问："您这话什么意思？"

"是妈自己摔倒的。"徐大妈终于对女儿说出了真相。

杜玲玲大惊："什么？"

肖长庆继续劝解："师娘，都说出来吧，咱们一起解决，您心里也亮堂。"

徐大妈流着泪对玲玲说："玲玲，妈没本事，你回来之后找工作找不到，终于找到了又上了当，妈什么都帮不了你，只能帮你打扫打扫卫生，就这点事，妈还摔倒了，妈没用啊，只会给你添乱。"

"妈……您已经帮了我很多了……"

徐大妈说："那天我听大夫说，我这个病离不了人，未来又有可能恶化，又要花那么多钱,我怎么能成为你的包袱啊?玲玲,你是苦命的孩子啊,你这些年遭的罪,受的委屈,我一点也帮不上忙。我就一时鬼迷心窍,说是小伙子撞的我。刚才,我听见你在外面说那些话,我这心啊,就像被刀子割一样难受。你那么相信我,护着我,我却撒谎骗了你,也骗了所有人。是妈做错了。"

杜玲玲愣在原地。

"唉,我为什么还不死?人老了真可怜啊。"徐大妈继续敲打着病床,既羞愧又悲伤。

肖长庆站起身来:"师娘,人老了不可怜,咱们都老了,但只要知道自尊自爱,又有亲人陪伴在身边,什么难关都不怕。"

次日,电视新闻播报了真相,李梁特意去了一趟养老中心,对肖长庆等四人表示感谢,他觉得如果不是他们说服了徐大妈,自己不知道何时才能恢复工作。

肖长庆笑笑:"不是我说服了我师娘,是她自己的良心说服了自己。"

李梁抿着嘴轻轻一笑。肖长庆又语重心长地说:"李梁啊,这段时间耽误你工作了,但我还有个请求,希望你能答应……"

李梁到底是个心地善良的人,没多犹豫,便在肖长庆的陪同下来了医院。

病房里,杜玲玲正用湿毛巾给徐大妈擦脸。敲门声响,她放下毛巾去开门,肖长庆带着李梁进来了,李梁见到杜玲玲,脸上有些纠结,杜玲玲表情复杂地低下了头。

"师娘,玲玲,人我带来了,剩下的就是你们的时间了。"肖长庆看着徐大妈,鼓励地点了点头,转身出去了。

徐大妈愣了片刻,才哆嗦着向李梁伸出手:"小伙子,对不起,是大妈鬼迷心窍,诬陷了你,你就原谅大妈吧……"

"小李同志,"杜玲玲诚恳道,"是我和我妈不对,谢谢你帮了我妈,那天我说的话也算数,我做牛做马都要报答你。"

李梁看着眼前的母女,一时间也不知该说什么,只好摆手推辞:"千万别这么说,谁都有老的时候……"

杜玲玲眼含着热泪,向李梁深深地鞠了一躬,久久不愿起身。

徐大妈的事情解决完了,过程波折,但好在没造成什么大的损伤和恶劣影响，养老中心这边也开始忙于整顿秩序，四个人每天凑到一起讨论如何提高老年人的觉悟，以及如何完善管理制度。

大志那边的纪录片《夕阳》顺利拍摄完成，最后定剪版已经出来了，他在一个片段反复观看，微微皱着眉。大瓜和小乐觉得挺好的，问他为什么皱眉，大志突然一拍桌子："不对！"

大瓜问："哪里不对？"

大志摇摇头："音乐感觉不对，你们还记得吗，这段电吉他是我录的，我总感觉情绪不到位。"

"你太谦虚了，"大瓜说，"我听着挺好的，多专业呀。"

小乐说："马上就到给平台交片的日子了，咱们再找专业吉他手来录，时间上可能来不及。"

大志眼前一亮："我知道该找谁了。"

晚上，肖林家刚吃过晚饭，马玲在屋里给孩子喂奶。大志来了，肖林赶紧招呼他坐下，然后沏了茶端了过来。

大志简单说明了来意，肖林笑笑："我？我都多少年没弹琴了。"

"哥，只有你能弹出我要的那种感觉，这么多年了，我还没见过比你更契合我片子气质的吉他手。"

肖林不置可否："你也知道，我现在在新城，工作比以前还忙，哪有时间。"

"哥，你有这犹豫的时间，跟我走，咱们就已经开录了，哪怕就给我今晚的时间，以你的水平也够了。"

肖林往马玲屋里看看，小声道："你嫂子这边估计也不同意。"

"要不我去求嫂子？"说着就要起身。

肖林拉住他："别别，大志啊，要不你先回去，我再想想。"

"哥，我那边快交片了，真没那么多时间，你就帮帮弟弟吧。"

正说着，马玲开门从屋里来到客厅，见到大志热情地说："大志啊，怎么来家里也不提前说一声，嫂子好给你准备饭啊。"

"嫂子，你来得正好，"大志说，"是这样，我的片子有段音乐出了点问题。我是来找肖林哥帮忙去录一段电吉他的，他明明是自己不想弹，非说是你不同意。"

肖林无辜地摇摇头："我可没说。"

"电吉他？"马玲看了肖林一眼，"他都多少年没弹了！"

"底子在呢，嫂子，只要你同意，我现在可就拉他走了。"

"这有什么不行的呀？肖林，人家新城叔帮你多大的忙呀，现在大志需要你，你怎么还拿架子了？快去吧。"

"不是，"肖林吞吞吐吐地说，"我就是担心……"

"担心什么，担心我在家不能自理呀？以前你整天加班的时候也没见你担心。"

大志高兴地说："太好了，嫂子，你放心，我今晚肯定尽快把我哥送回来。"

肖林带着大志来到院子里的储物间，打开灯，储物间里堆得满满的，他吃力地挪开一些东西，一把吉他露了出来。肖林小心翼翼地将其拿起来，仔细把上面的尘土擦干净。

大志激动地说："哥，这是？当年你那把……"

"时间这么久了，不知道还能不能用。"肖林将吉他和音箱连接，打开电源的那一霎，音箱里发出响亮的声音。

"竟然还能用，哥，就刚刚那声，好像怨你呢。"

肖林笑着叹了口气，摸着电吉他："走吧，你不是着急吗？"

两人来到大志的公司，大致沟通了一下，然后就开始了录制。肖林开始找不到感觉，大志便耐心地给肖林讲解片子内容，一番磨合，肖林很快就能精准地弹出大志想要的感觉。大志听得如痴如醉，身旁的小乐和大瓜也手舞足蹈。

午夜，几个人聚在大志公司的会议室里，桌上摆满了夜宵和啤酒，刚才的录音工作大家都很尽兴。大志跟肖林碰杯："哥，谢谢你！刚才我完全听入迷了，你猜我想到什么了？"

肖林放下啤酒，表情兴奋："我当然知道，咱们是啥啊？"

二人异口同声："骨头！"随后哈哈大笑。

大瓜和小乐左看看右看看："你们在聊啥啊？"

大志兴奋地说："骨头乐队，是我刚上大学的时候组的乐队，肖林哥弹吉他，我打鼓……"

晓晴诧异地问："你们还组过乐队啊？"

"当然！"大志得意地说，"我们那时候可牛了……"

"不提了，这都过去多少年了，"肖林喝了一大口酒，"说起来你可能不信，结婚之后，我就再也没碰过它。"说着，目光眷恋地看着放在一旁的吉他。

"不会吧？"大志问，"我还记得这把琴当年你取名叫小情人，你跟马玲姐结婚了，就把小情人放弃了？"

大家从没听过这段故事，都觉得很有趣，笑作一团。

养老中心那边，肖长庆正在床上睡着，最近连续的会议讨论极其耗费心神，因此他比往常睡得更早了一点。门突然被剧烈地敲响了，孙前程在门外喊着："长庆，长庆，快起来。"

肖长庆应了一声，顾不上穿鞋就往外跑，打开门问："怎么啦？"

"医院来电话，牛师傅不行了。我去叫小岳，你给新城打个电话。"

抢救室里一片惨白，几双脚进进出出，一片忙乱，病床被几个穿白大褂的医生围住，一只苍老的手从里边探了出来，跟随除颤仪的节奏而抖动。片刻，那只手突然松开了，原本属于那只手的微弱气力消散殆尽。

秀菊趴在外边的墙上，无声地哭泣着。

三人都来不及好好穿衣服，衣衫不整地来到了医院。看到秀菊孤零零地坐在走廊上，怀里抱着自己的挎包，低着头。三人慌慌张张地上前。

"秀菊，你妈怎么样了？"陈新城问。

秀菊抬起头来，突然大发悲声："陈叔叔，我……我没妈了……"

"前两天不是还见好吗？怎么说没就没了呢？"

秀菊说："她没舍得动手术，我明明把钱交上了，她就是不肯动手术，再想动的时候，晚了，我没妈了！"说完又哭了起来。几个人默然看着。

"人呢？"陈新城问。

"已经送太平间了，"秀菊说，"陈叔，我在这儿等你们，是想告诉你们，我妈的后事，我不想大办了，人没了，我明天送她去火化就行了。感谢你们一直以来对她的照顾，现在她走了，以后我们也不必打交道了。"

陈新城说："你就打算这样送你妈走？她有一些老伙伴，总要来给她送送行吧。还有，她到底在我们那儿住了一年多，协助办理她的后事也是我们的责任。"

"谢谢您,不必了,我是她的女儿,就让我来送她最后一程。明天我过去一趟,办办你们那边的手续,再收拾一下她的东西就完了。"

陈新城看看其他几个:"那……也好。"

孙前程说:"秀菊,她这个病和超市那件事有直接的关系,上次我们和超市谈判过,他们愿意承担一半的费用。这回牛师傅就这么没了,你还可以再和超市去谈判,没准他们就把全部费用都承担了。"

秀菊摇摇头:"我不谈了,陈叔,希望你们也不要再纠缠超市的事情,就让大家赶快把它忘掉吧,忘得越快越好。"

肖长庆忍不住地问:"秀菊,不管怎么说,你妈活过一回,为了养大你也吃尽了苦头。这最后,要不是怕给你增加负担,她会及时动手术,没准还能多活几年。你就忍心让她这么走?"

"肖叔,谢谢您对她的关心。可这也是我妈的生前愿望,她不喜欢在她身上大操大办。她的事情,就这么办了。"

孙前程偷偷拉肖长庆一把,小声地说:"我听说她又找了个条件不错的男朋友,没准是不想让男朋友知道。"肖长庆不说话了。

小岳的车从医院开回养老中心,三个人沉默地坐在车上,不由自主地往对面的超市看。超市门口,牛大妈的道歉信还贴在那儿,在夜晚路灯的光线下显得可笑又苍凉。

"一个人不能就这么消失了,就好像从来没来过,"肖长庆说,"新城,咱们中心给她开个追思会吧。"

肖长庆他们放下手头上的所有工作,迅速为牛大妈筹备了追思会。王秀菊事先已经接到了通知,但追思会这天她还是照常到公司上班去了,她的手机响个不停,上面显示来电是肖长庆,她看了一眼,没接。响铃结束后,屏幕上已经有十几个未接电话,还有几条肖长庆的短信。

王秀菊红着眼睛,把手机调至静音,放到了一边。手机上又收到一条信息,还是肖长庆发的,拍的几张图片,图片里是牛大妈房间整理出来的各种遗物,其中一张照片里是牛大妈笑着的样子,旁边是小时候的秀菊。

王秀菊看着手机里的照片,神情复杂。

追思会现场有一块白色的幕布,陈新城、孙前程、夏明舟、肖长庆、小岳坐在底下,背后的老人们正在互相聊着。

薛大爷说:"你说牛姐这辈子多不值啊,平时爱贪点小便宜就算了,干吗偷东西……"

赵大爷说："人都走了，说这些干什么？今天我都不想来的，你说，外面贴道歉信的也不是我，但我怎么就感觉那么丢人呢……"

刘大妈说："也不知道她那个宝贝闺女去哪了，也不来看看……"

薛大爷说："别提她那个闺女了，越提我越来气……"

刚出院的徐大妈有气无力地说："行了行了，别说了。"

幕布底下坐着的几个人听到这些话，都十分无奈。孙前程问："秀菊还是没回消息？"肖长庆点了点头。

陈新城说："算了，别等她了，开始吧。"

肖长庆走上台，看着台下的众人："今天让大家来这里，是参加牛宝兰的追思会。大家都认识她，也都知道，这牛宝兰身上有数不清的小毛病，爱贪便宜、抠门、不讲理、嚼舌根、平时咋咋呼呼，哪都有她……就连走之前……还因为偷人东西，闹得沸沸扬扬，连她闺女都不想有这样的妈。你们肯定也很奇怪，这样一个满身缺点，好像挑不出一点好的人，我们有什么好追思的，对吗？"

大家沉默着。

肖长庆继续道："但这个会，我们还是坚持要开。为什么？因为我们想让大家再看看，再想想，牛宝兰，到底是不是我们认为的那个样子……"

肖长庆指了指白色的幕布，幕布上放出了一段视频，视频里是牛大妈在超市被抓时的监控录像：牛大妈随着人流过来，来到收银台，她把购物车里的东西拿出来扫码结账，挂在购物车上的一个塑料水杯却忘了拿上台。等付完账，牛大妈推车离开了。牛大妈发现购物车上挂着的水杯，赶紧看购物小票，意识到这个水杯没结账，就在犹豫着往外走了两步路的时候，牛大妈被保安拦住了……

台下看着视频议论纷纷。

薛大爷说："这么看，牛姐也不是偷东西啊，这不就是一开始忘了付账吗？"

赵大爷说："但牛姐发现的时候可能也动了贪便宜的心思了……"

薛大爷说："那也不是偷啊，我也有忘了结账，回去才发现的事啊。你没有吗？这顶多是犯错，不是犯法啊！"

赵大爷说："那牛姐为什么要承认偷东西啊？"

孙前程站起来解释:"是因为超市提出了条件,只要牛宝兰承认偷窃并道歉,就可以帮她承担一部分医疗费用,我们这里有全程的录音录像可以证明。"

陈新城说:"对,我在场,我可以证明。"

夏明舟说:"我也可以证明!"

薛大爷说:"就为了这点钱,把一辈子名声搭上去了?"

赵大爷说:"这不值啊,她到底为了什么啊?"

肖长庆在台上突然看见了门口的王秀菊,王秀菊不知道什么时候走了进来,就一直站在那里看着。因为肖长庆的目光,所有老人都回头看向了王秀菊。

肖长庆看着秀菊,说:"没错,只要能让自己的闺女好,她就什么都不在乎。仅仅是为了给闺女省点钱,她甚至可以不要自己的名声。这就是牛宝兰!是,她一辈子活得不体面,走得也不体面,任何人都可以说她不好。但是,记住,她一定是天底下对你最好的人!"

秀菊戴着墨镜,低下了头。

肖长庆又看向老人们:"但说到底,我们怎么活着,是我们自己选择的。如果我们自己不自尊,不自爱,我们又怎么能怪社会上的年轻人,甚至我们的儿女不尊重我们,嫌弃我们?我们是老了,但老了不是可以犯错的借口,我们每个人都应该问问自己,我们该怎么老?是被人瞧不起地老,还是体面地老?怎么选,看你们自己。"

晚上,三人又静静地坐在那张连椅上,因为牛大妈的突然离世,老人们心里都觉得难过,院子里比往日冷清了很多。

陈新城问:"秀菊走了?"

孙前程说:"把他妈的遗物都带走了,走的时候还说谢谢咱们。"

肖长庆说:"到底是女儿啊。虽然晚了点,但只要她能多想想她妈的好,咱们也算对得起牛大妈了。"

两人点了点头。

孙前程问:"怎么没见夏明舟啊?"

陈新城说:"你老婆还在想办法教会老人们自尊自爱,加班呢。"

孙前程挠挠后脑勺:"这怎么教啊?"

肖长庆也挠了两下:"谁知道呢……"

他们身后不远处的办公室里仍然亮着灯，夏明舟戴着老花镜，趴在桌上奋笔疾书：第八十七条，说话不能带脏字，也不许指桑骂槐；第八十八条……

第二天上午，夏明舟把厚厚一摞纸拍到三人面前："一共一百零一条，以后再随时补充。咱们明确分工，这项工作交给我了。"

孙前程拿起来翻了翻："第三十四条，去超市不许扒菜帮，不许毁坏商品，不许疯狂抢购；第五十二条，遇到别人帮助要主动感谢，不许倒打一耙，不许反咬一口；第九十五条，去公园不许攀爬树木，不许进入花丛中照相和损坏花木……明舟，你是在管理幼儿园的小朋友吗？"

夏明舟说："没办法，他们很多人缺乏基本的修养和礼仪课，需要我们帮他们补起来。"

肖长庆说："可照这么个管法，一百零一条也不够啊。"

夏明舟重申："我说过了，随时补充，发现一条添加一条。"

陈新城点头："我支持明舟，无规矩不成方圆，以前缺了，现在该补。"

肖长庆重重地叹息一声。

夏明舟问："姓肖的，你什么意思吗？"

肖长庆说："不知道。我就是觉得我们的老人可怜。小的时候被家长管着，长大了被组织管着，老了老了又要被当成小孩子管着。我们什么时候能像一个自由的人一样活着啊？"

"等我们像人一样自尊的时候。"夏明舟说。

"可只靠管，"肖长庆犹豫着问，"就真能管出自尊吗？"

大志的纪录片《夕阳》一经发布，便取得了不错的成绩，热度接连攀升。这天，公司里所有人都挤在一台电脑前看着播放数据，爆发出热烈欢呼。大志意气风发地说："站内热度突破五千万了！我真没想到反映老年题材的片子，居然会产生这么大的反响。"

"你们看这条评论——泪目了，想起了我的母亲。"大瓜读着网友的留言，"我们的父母就是这样走过的呀。作为一个中年人，心有戚戚，希望当我老去的那一天，也能做到从容、优雅。"

"大志，你不告诉你父亲一声吗？"小乐问。

大志笑了笑："不用，他会看到的。"

第二十七章

养老中心这边，四人分组带领老年人们学习、朗诵制度手册，一天下来筋疲力尽，刚回到办公室，关上门，各自坐下，大口喘气，陈新城突然大叫了一声，把剩下的几个吓了一跳。

肖长庆问："干什么呢，一惊一乍的？"

孙前程也大叫了一声。

"你们俩今儿怎么啦？"肖长庆不解。

突然夏明舟也大叫了一声。

肖长庆赶紧对着门外喊："小岳，你打听一下今天精神病院的门诊开不。"

陈新城喜气洋洋地说："五千万，二十四小时，五千万。"

"五千二百万了！"孙前程激动道，"有了晓晴，大志终于出息了。"

陈新城转头问道："你这话什么意思？没有你女儿，我儿子就不行吗？"

"不是不行，差点意思。"

夏明舟在旁边纠正："差得大了。"

陈新城指着他们："姓孙的，姓夏的，合着你们才是两口子是吧？"

"才知道啊？"孙前程撇着嘴说。

肖长庆高兴地问："大志的片子成了？赚钱了是吗？"

陈新城拍着胸脯说："我跟你说，别说他现在赚不到大钱，就是他后面再赔了钱，他有他老爸，就放心大胆地去干，我的股权激励金还在那儿放着呢。孙前程，夏明舟，告诉你们家晓晴，她可以坐享其成了。"

夏明舟翻他白眼："瞧你能的，不是当时天天骂大志没出息的时候了，只有你有股权激励金吗？"

"就是！"孙前程自豪道，"我们家明舟的激励金比你还多！"

大志接了个电话，然后换上身衣服就准备出门。大家看他心情大好，眼睛发亮，问他："大志，你要干吗去？"

大志说："信达投资的邱总约我过去谈谈，前一段他就和我联系过了，应该是想跟我们合作。"

大家一听到这个消息，都十分开心。

"行了，大家赶紧忙吧！"大志说着便开心地出门去了。

一直到晚上，他才回到公司，谈判很顺利，他喝了点酒，面色潮红，脸上挂着笑，准备回去给对方发送方案。大志从电梯里出来，看到公司里还亮着灯，准备去推门，突然，他听到了一阵歌声，是从自己公司传出来的。大志停下脚步仔细听着，歌声不大，但声音优美，带着微微的嘶哑，别有特色。

大志听着，神情越来越激动，直接推开门，发现晓晴一边在电脑前忙碌一边唱着，唱得很忘情，她根本没发现大志进来了。大志也没惊动她，在她身后的沙发上坐下来，沉醉地听着。

晓晴唱渴了，拿着茶杯站起来去倒水，突然发现大志坐在身后，吓了一跳："你什么时候回来的？"

"晓晴，原来你唱歌这么好听？你以前怎么没告诉我你会唱歌啊？"

"这有什么好说的，在养老中心的时候，我经常给那些爷爷奶奶唱。"

"你以前学过吗？"

"以前学过，但很快我妈就不许我去学了，她说那都不是正经人干的。"

大志笑起来："唱歌就不是正经人干的？"

晓晴有点不好意思："她一定是想起了我爸，我爸以前就喜欢吹拉弹唱。"

大志说："你的嗓子，让我想起了一个人。"他从手机上打开一段音乐，一个略带沙哑的女声唱起来，还有乐器伴奏。

"真好听。她是谁啊？"晓晴问。

"是当年我们那个乐队的主唱。"大志说。

晓晴忽然想起什么："我一直想问，你们那个骨头乐队，为什么解散啊？"

"因为大家总要长大啊，都要有各自的生活，能一起玩的时间越来越少了，顺其自然的，乐队就散掉了。"

晓晴感慨道："好可惜。"

大志惆怅地说："是啊，我现在想起来，玩乐队那几年，可能是我们最疯狂，最不靠谱，但是最开心的几年。连肖建哥那种平时不怎么闹腾的人都偷偷去学过吉他。"

"啊？真的吗？"

"真的，对我们那个年纪的男孩来说，但凡去看过一场摇滚演唱会，就很难不被感染，不被征服。当我们自己站在舞台上，手上的乐器一响，生命好像一下子就全绽放了。后来，乐队解散了，我生命的一部分好像也被永远带走了。"

第二十七章

大志和晓晴都沉默了。过了一会儿,晓晴说:"你上次说你是乐队的鼓手,有空你打鼓给我听呗。"

大志笑笑:"早就不玩了。你不知道那句话吗?高山流水遇知音。没有知音,我不玩了。"

晓晴也笑笑,说:"你有我啊。"

大志一下子被提醒了,目不转睛地看着晓晴:"你?对啊,你唱得和她一样好,甚至,比她还好。晓晴,我出去一趟。"说着就匆匆出了门。

晓晴追到门口:"哎,你上哪啊?"

天已经挺晚了,马玲和孩子都睡了,肖林还趴在书房里写代码。敲门声响起,肖林抬头嘀咕了一句"谁啊",说着便出去开门去了。

"大志,这么晚了,你怎么来了?"

大志一边往里走,一边激动地说:"肖林哥,我要给你听一个东西。"

"什么东西?"

"主唱!我们乐队的主唱!我找到了!"

肖林不由得回看了一眼卧室:"什么主唱?"

"你听。"他放晓晴的录音给肖林听,肖林听着,问:"这是?"

"是晓晴!"

肖林也惊呼:"好像啊!"

大志咽了下口水,说:"哥,前几天我听你弹了琴,今天我又听到了晓晴的歌,总感觉冥冥之中,老天爷是想让我们做些什么!"

肖林吓了一跳:"你什么意思?"

"肖林哥,还记得乐队解散那时候咱俩有多苦恼吗?乐队没了,我们的魂儿好像也丢了。当初我们不就是因为没了主唱吗?现在我们有了,我们是不是可以把乐队再组起来?"

"你说什么胡话呢,都多大岁数了!"

大志热烈地劝道:"哥,只要我们心不老,年纪不是问题。哥,难道你忘了咱们组乐队的时候有多开心吗?做自己喜欢的事的时候,咱们的生活多光彩啊!"

肖林不安地揉了揉自己的头:"大志,你刚刚安顿下,也让你爸妈放了心,又瞎想什么呢?我就更不用说了,好不容易找到新工作,得挣钱养家、养孩子、交房贷，哪还有心思玩什么乐队？"

"哥，我没有想让你抛下现在的生活，我也不会那么幼稚，我就是在想，当我们辛苦工作完的时候，有没有可能再把我们曾经热爱的东西捡回来？那毕竟是咱们的青春啊！哥，你那天弹琴的时候难道不开心吗？你真打算和自己的青春告别了？"

肖林犹豫了一下，坚忍地说："告别了，青春一去不复返了。大志，那天我弹琴是为了帮你，但是玩乐队，不是我现在该做的事情。我今天的活还没干完呢，明天一早还要交……"

"哥，再想想吧。"大志抓着肖林的手。

"大志你回吧。"肖林苦笑着摇头。

大志见实在劝不动他，叹了口气，失望地说："那好吧……"

肖林把大志送到门口，大志不死心地冲着他做了个弹吉他的手势，肖林再次苦笑一下，挥手告别。

肖林回到房间，先走到婴儿床那里看了一眼小儿子有没有踢被子，然后摸黑上床躺下。

马玲睡意蒙眬地问："刚才好像有人来了。"

"没事，"肖林说，"大志找我聊了会儿，睡吧。"

马玲"嗯"了一声，便转过身去继续睡了。肖林脱去外衣，躺到床上，刚想睡，忽然又睁开了，看着黑影的深处，隐隐有音乐声和呼喊声传来，越来越响，越来越响。他叹息一声，翻个身，闭上了眼，可音乐和呼喊声没消失，反而越来越大了。

肖林索性起身，随便披了件衣服，穿过客厅出了门。他来到院子里的储物间，坐在一个纸箱子上，极轻微地弹起了自己的吉他，沉醉地闭上眼睛享受着，脸上的神情又惬意又惆怅。弹了一阵，伴随着一声长叹，他的动作停了下来，低头端详了一会儿吉他，还是把它放回原处，盖好盖子，关上灯，锁门出去了。

"醉里挑灯看剑，梦回吹角连营。八百里分麾下炙，五十弦翻塞外声，沙场秋点兵。马作的卢飞快，弓如霹雳弦惊。了却君王天下事，赢得生前身后名，可怜白发生。"他一边念叨着，一边锁门，进屋，关上门，老老实实去了卧室，一声不响地躺下了。

第二十八章

第二天晚上,肖林下班已经十点多了。他所在的部门是新城集团目前着重拓展的业务部门,因此下班总是比较晚。马玲已经准备睡了,见肖林回来,说饭在锅里,让他饿了就热着吃。她最近正在准备学校里的评选,忙得脚不沾地,她想赶紧评上特级教师,工资多了就可以把房贷扛过来。肖建伤得那么重,又在国外治病,不好再让他还房贷。

肖林跟她简单聊了几句,便直接去书房加班去了。他趴在电脑上写程序,一边写,一边不时停下来想着什么,微微叹口气。突然,电脑上的微信响了一下,他打开一看,是大志发来的一段视频。肖林犹豫了一会儿,回头看看外面,又起身过去把门关紧,然后坐回桌前,把电脑声音调小,打开了视频。

是一段他们大学时在酒吧里演出的视频,他抱着吉他站在台上,大志在后面打鼓,还有个贝斯手站在左侧,一位女歌手正在演唱。肖林又回头看看紧闭的房门,再次把声音调小,靠近屏幕去看年轻时候的自己——那时候的他留着长发,抱着吉他沉醉地弹着,看上去是那么享受。

门突然开了,马玲伸进头来,肖林吓了一跳,急忙抹一把眼,把视频关了。马玲怀疑地问:"你在干什么?眼睛怎么红了?"

"没什么,有点儿困了。"

马玲心疼道:"天天熬到下半夜,哪能不困?困了就赶快去睡吧,干不完的明天再干,老板也不能要咱的命吧。"

肖林说:"你先去睡吧,我再有半个小时就完。"

"唉,这样下去可怎么受得了?"马玲一边嘀咕着一边走了。

肖林打开那个视频又看了一眼,把它删了,趴下继续写程序。刚写了没一会儿,手机响了,是大志。肖林犹豫一下,还是接起来,压低了声音:

"几点了，你疯了？"

"我疯了，哥，我昨天把我当年的架子鼓找了出来，你猜怎么着？这么多年了，还能用，好像这些年一直在等着我回去似的。"停顿了一下，大志继续道，"哥，我又找了个贝斯手，叫大瓜，是我们公司的，真没想到，我们公司也卧虎藏龙，他当年也是玩乐队的，我一提组乐队的事，他像飞蛾投火似的就站起来了。哥，我们现在有了鼓手，有了贝斯，又有了主唱，就差你了。"

"别打我的主意，"肖林压低声音说，"再说你们仨完全可以玩了。"

"哥，没有你的吉他，我们的乐队缺半边，我们周六晚上在我公司里排练，你有空就过来看看呗。"

肖林严词拒绝："不行，我没空，你们玩你们的。"

"好，"大志说，"我们玩我们的，哥你要有空就过来看一眼。不弹，看看，看看总可以吧？"

突然，门又开了，马玲又端着一盘水果走进来。肖林赶紧挂了电话。

"怎么了？谁这个点给你打电话啊？"马玲问。

肖林紧张道："是工作的事。你别忙活了，我弄完就回去。"

忙碌了一星期，时间很快来到周六晚上，肖林下班比较早，马玲在一家餐馆定了位子，一家人准备好好吃顿饭。马玲张罗着大的，料理着小的，十分忙碌，肖林则显得有点心不在焉。

虽然马玲自己几乎没什么空吃东西，但情绪却很好："自从你去了新城，比以前还忙，"马玲笑笑，"一家人出来吃饭这种机会越来越少了，这个周六你们老板怎么回事，开恩了？"

肖林笑笑："刚被收购，压力大嘛。"

"可不是，"马玲说，"大有大的难处，咱们丢个工作都像塌了天似的，人家顶这么大一摊，压力比咱大得多。所以，只要咱们一家老小在一起，吃穿不愁，我就知足。伊伊，把你盘子里的菜吃完。二妮你也别客气，多吃点。"

伊伊伸着手："妈妈，我还想要个冰激凌。"

马玲笑着："要，要，今天啊，除了要星星你爸不能摘给你，你要别的，我敢保证他有求必应。"

第二十八章

肖林按捺不住，突然站了起来："马玲，我突然想起来，公司里还有点活，我回去看看。对了，我把车留给你，你一会儿一个人带他们回家吧。"

马玲有点意外："不是说周六休息吗？你好不容易休息一天。"

肖林搪塞道："哦，我突然想起来了，昨天的活我没干完，本来想带回家干的，忘了，留到周一不好。"说完，没等她反应过来就匆匆走了。

马玲怀疑地盯着他的背影。

二妮一边喂伊伊吃东西，一边小声嘟囔："大哥这几天跟掉了魂似的。"

马玲勉强一笑："他掉啥魂啊？他就是刚到一个新单位，太忙了。"

"可大哥就是和以前不一样了。他有时候坐在书房里也不干活，看着电脑发呆，我给他送水发现好几回了。嫂子，大哥不是在外面有人了吧？"

"别胡说，你大哥本分老实，把他这鹰撒出去也抓不回兔子来。"

二妮嘴一撇："那也不一定啊。像大哥这样的，长得又好，又能干，在俺们那儿，没人勾引才怪。"

马玲责怪道："当着孩子说啥呢？快吃饭吧。"说着别人，她自己却失魂落魄，开始不淡定了。

大志公司的办公区被拾出一大片空地当成排练场。大志打鼓，大瓜弹贝斯，主唱晓晴则有些紧张。

"没事，你就当底下都是老头老太太，你在养老中心怎么唱，在这儿就怎么唱。"大志笑着安慰她。

晓晴看看周围："你让我把这儿当养老中心？"

底下同事也都笑了。

"你可以的，晓晴，"大志诚恳地盯着她，"你要相信自己，也要相信我，你唱歌真的很好听！"

晓晴点了点头："那，我试试。"

晓晴往中间的高凳子上一坐，大志挥了挥手，大瓜的贝斯响了起来。

肖林靠在外面墙上听，嘴里念叨着："像，像那么回事啊……不对，这拍子不对啊，大志听不出来吗？"

"Stop！Stop！停！"大志连忙喊停，"大瓜，不好意思，刚才走了神，点乱了。"

大瓜叹息一声："唉，一弹起来，思绪万千，我们那伙兄弟现在都各安天涯，再也聚不起来了。哎，兄弟长这么大，没见过排练只有贝斯和鼓的，咱们乐队旋律纯靠主唱喊吗？"

大志说："你别着急，咱先把节奏练练，我也好久没打了，来，再走一遍。"

大瓜说："大志，咱俩在这再练也没有，得找把吉他来啊。"

大志说："别慌，吉他会有的，来，再走一遍。"

门外的肖林听着他们嘈嘈切切错杂弹，实在是忍不住了，推开门把脑袋伸进来说："不行，你们这拍子太乱了。"

大志一声欢呼："大瓜，我说什么了？吉他有了。"

肖林笑笑，走了进来，狡辩着说："我只是碰巧路过，实在听不下去了。"转头对晓晴道，"晓晴你嗓子很好，但是节奏有点乱，你们拍子也不对。大瓜，你弹，我带她走一遍。"

晓晴说："我也没跟过乐队，而且他俩弹的连个和弦都没有，我都不知道该从哪儿进。"

"哥，给你。"肖林一转脸，大志递过来的是把吉他，肖林接住，却又像怕烫了一样放到一旁，"你们弹就行了。"

大志猛烈地劝说着："就一会儿，就这一支曲子行吧？"

肖林看着吉他，犹豫了一会儿，拿起吉他："那就一曲，多了没有。"说完，肖林开始弹了起来。吉他一响，他突然像换了个人，不再是那个老成持重的中年男人，好像突然变得年轻了，身体每一个部位都动了起来。大志急忙打鼓跟上，接着贝斯也起来了，大志示意晓晴，晓晴也跟着节奏唱了起来。

二妮的一番话让马玲心事重重。吃过饭，二妮问她怎么了，她没回答，找了个理由打发二妮带着孩子先回家，自己则去了新城集团。刚到门口，保安就拦住了她："请问你找谁？"

"我找我老公肖林，他在你们楼里加班。"

保安想了想："肖工啊，他没来。"

马玲问："你确定？"

"当然，我从下午两点就上班了，他哪里进来过？今天不是周末吗？我们老总说了，好不容易有个周末，不许大家加班。"

第二十八章

马玲不问了，转身慢慢走了。

晚上肖林从外面回来时，家里已经关灯了，肖林把包放到沙发上，轻手轻脚地进去。刚进屋，灯开了，马玲的声音响起来："回来了？"她心里揣着事，根本睡不着。

肖林吓了一跳，问："你怎么不开灯啊？"

马玲盯着肖林："孩子睡了，我问你，快十二点了，怎么才回来？"

肖林尴尬道："在单位加班，不知不觉晚了。"

马玲不说话了。

肖林说："我先去洗澡，你快睡吧。"

为了提升居民素质，夏明舟制定完规章制度后又召开了全体大会。大爷大妈们都像孩子一样规规矩矩地坐在小马扎上，她在前面声色俱厉地讲了一番话，正在总结："大家一定要记住，你们出门代表的不是你们自己，代表的是咱们新颐社区，自己不自爱，大家蒙羞。今天的事情就不点名了，再被我抓到，别怪我不客气。散会吧。"

大家起来，各自拿着小马扎走，神情都很委屈。"这好好的来养老呢，好像进了兵营。""就是，受管一辈子了，老了老了也不让自由点。"

肖长庆正领着两个园艺工人在修剪花木，几个大妈看到他过来了，有人问："肖主任，这个中心到底是谁当家啊？夏明舟算老几，她凭什么管我们新城的人啊？"

肖长庆笑呵呵道："咱们不是正整顿纪律吗？这项工作就是夏明舟负责。大家坚持一下吧，整顿好了就没事了。"

肖长庆一回头，马玲来了。

"哟，马玲，你怎么来了？没上班啊？"

"爸，今天学校里开运动会，我请了会儿假，爸，我有点事想和您说。"

马玲把肖长庆拉到一个角落，把来龙去脉讲了一遍。肖长庆听完觉得很震惊："肖林外遇？"

"整天像丢了魂似的，三天两头往外跑，借口在单位上加班不回家，我去他单位上问过，他根本没在单位，爸您说说，他要不是搞外遇，又能是什么？"

肖长庆摇摇头："不能不能，你们十来年的夫妻了，肖林的人品性格你还不知道吗？多顾家的一个男人啊。那一段他也经常不在家，你当时多想了没？结果怎么样，还不是他工作出了问题不想让你担惊受怕吗？马玲，是不是他工作又出问题了？"

"没有啊。我侧面打听过，新城的袁总对他可欣赏了，最近还给他加薪了。爸，饱暖思淫欲，肯定是挣的钱多了，就蠢蠢欲动了。不是有句话，男人有钱就变坏吗？"

"不会，绝对不会，你们现在算有钱人吗？别说不算，就算真有了钱，肖林也不会变坏。这孩子我知道。你说他三天两头不着家，你没问问他去哪了？"

"问了，"马玲点头，"他说在单位上加班呀。"

肖长庆扶着下巴："这就奇怪了。"

马玲哭了："爸，肖林要是生外心搞外遇，那可丧了良心了。这一年，就为了让他在事业上东山再起，家里的事情我几乎全包了。宝儿都快一岁了，你问问他给孩子换过几回尿布？还有，我知道他是老大，房贷让肖建拿着，他心里不得劲，我在学校里拼命地干，评上了特级教师，也就是加了一级工资，我硬硬地把房贷自己扛了下来，这不都是为他着想吗？我把他伺候好了，家里的心不用他操了，他跑到外面找别的小女孩去了，他还是人吗？"

"马玲，马玲，你别伤心，"肖长庆像哄孩子那样，"事情一定不是你想的那样，肖林他肯定是有别的事情。"

"会有什么事情？什么事情用得着瞒我？丢工作这样的事我都和他一起扛，还会有什么事情他需要瞒着我干？肯定就是外遇呗。"

"不不不，不会的，马玲你想多了。这样吧，你先回去，千万别和他吵啊，我马上和他谈谈。"

"爸，我把丑话先说到前面，肖林可能觉得我们都两个孩子了，哪怕他就算在外面找人，我也拿他没办法。他要是这样想，可就看错我了。是穷是富我都能和他过，可他要是三心二意，那就别怪我不客气。这种事情，我是绝不会原谅的，只要发生了，没有第二条路给他选。到那时候，他可就说了不算了。"

肖长庆一皱眉："别不是风就是雨，你先让我了解一下情况再说。"

"爸，您要了解了情况，不许护着他瞒着我啊。"

"你放心吧，肖林要敢在外面寻花问柳，我第一个饶不了他。"

第二十八章

马玲擦了把眼泪:"我就请了两个小时的假,那我先走了。"

肖长庆答应着,看着她远去,掏出手机,调出肖林的电话来,犹豫着,到底还是拨了出去。

办公室里只剩陈新城一个人,他正坐在办公室里看报纸,肖长庆打完电话进来了:"新城,夏明舟成天组织大家一会儿开会,一会儿学习,一百多条规定逼着大家背,闹得民怨沸腾,你倒乐得清闲。"

"夏明舟这种人,销售员出身,就喜欢事无巨细,真正会管理的人,就像我这样,治大国如烹小鲜。"

"行了新城,我问你件事,新城集团现在连周末也不让员工休息了吗?"

"谁说的?我上次列席董事会还特别强调,我们公司不搞996,哪怕做不到885,也一定落实加班双薪制度,另外周末一定不许大家加班。怎么,你怎么突然关心起这个来了?"

肖长庆一听来了心思,惶惑地一笑:"没事,随便问问。我还有事,走了。"

傍晚,老院子客厅里的灯坏了,肖林站在梯子上给吊灯换灯泡,马玲在下面扶着梯子递灯泡,两人配合得挺默契。马玲正欲把手里的灯泡给他,肖林的手机响了。他看看来电显示,顿时把灯泡的事忘了,从梯子上下来,对马玲一笑:"接个电话。"然后便躲进书房里去了,门还被关上了。马玲怀疑地盯着他关上的门。

大志的声音从电话那端传来:"哥,你要是不来,我们骨头乐队就只能死在台上了。"

肖林吃惊道:"什么,你要把骨头再打出去?"

"当然了,我们要让圈里人知道,骨头重出江湖了。哥,来吧。"

肖林气急败坏地说:"怎么没和我提前打个招呼呢?"

"这不打招呼了吗?哥,骨头是咱俩一起带出来的,现在重出江湖,连把吉他都没有,你不怕圈里的人笑话吗?哥,来吧,哪怕唱这一晚上呢!"

梯子还支在那儿,肖林从书房里出来,匆匆对马玲说:"单位上突然打电话,有个紧急任务,我过去看看。"马玲没说话,看着他离去,慢慢地把手机掏了出来。

肖长庆和孙前程坐在路边一个大排档吃饭，两人真正的任务是在这边蹲点。

肖长庆一边夹着菜，一边埋怨："我说什么了？这天都要黑了，肖林不是老老实实在家吗？我那个儿媳妇就是想多了。"话音刚落，手机响了。肖长庆一看，急忙接了起来。

马玲都快哭了："爸，我说什么了？这不，好不容易过个周末，又找理由出去了。"

"出去了？我和你孙叔就在胡同口呢……"

孙前程突然扯他一把，小声道："出来了，出来了，那不是肖林吗？"

肖长庆一抬头，果然，肖林开车从胡同里出来了。肖长庆急忙对着电话说："不和你说了，我看看他到底去了哪里。"然后便挂了电话。

说话间，肖林的车已经从俩人身边驶了过去，肖长庆急忙招手叫了辆出租："跟上前面那辆！"

肖林的车停到一间酒吧门口，肖林下了车径直进去了。后面出租车跟着过来，肖长庆看着酒吧，目瞪口呆。孙前程在一旁伸过脑袋来："怎么样？跑酒吧来了，你还说没事。"二人下车，孙前程往酒吧走，一回头，肖长庆站在那儿，没跟上来。

"走啊？"孙前程提醒道。

"前程，这要是当场抓住了，咱们怎么办啊？"肖长庆呆呆地问。

"怎么办？把那女的骂走，自家的孩子，找个没人的地方，该打打，该骂骂，骂醒了，叫他回家过日子去呗。"

孙前程一把拉住肖长庆："快走吧！"

肖林进了门，气喘吁吁地跑到酒吧舞台旁边，大志看着肖林，两人对视一眼，笑了，多年默契尽在不言中。大瓜拿出一把吉他递给肖林，肖林接了过去，看着大志，大志伸出手，两人击了一下掌。

上了台，肖林站在台一侧弹吉他，晓晴唱歌，大志打鼓，大瓜在弹贝斯，演出的歌是《骄傲的存在》。

孙前程和肖长庆进来了，低着头在人群中四处寻找，肖长庆找得尤其仔细，俩人压根没想过要往台上去看。

肖长庆嘀咕着："没有啊……去哪儿了？"孙前程突然拉了他一把。

肖长庆问："在哪儿？"孙前程没说话，又拉他一把。

第二十八章

肖长庆瞪他:"你怎么啦?"

肖长庆看了看孙前程,才发现他像中了邪一样,目瞪口呆地看着台上。肖长庆不明所以,顺着他的目光往台上看,这一看也像遭了雷劈一样愣在那里。台上的晓晴还在引吭高歌,肖林弹着吉他给她唱和声。台下的人大声欢呼着,鼓着掌,还有人和他们一起唱起来,俩老头儿立在那里,呆若木鸡。

肖长庆声音里充满了恐惧:"前程,前程……"

孙前程磕磕巴巴地答应:"啊……啊……"

肖长庆问:"我没看错吧?那是肖林吗?"

孙前程说:"还有晓晴。"

肖长庆说:"还有大志,天哪,他们怎么……怎么跑这里来了?"

"什么?"陈新城把报纸一扔,噌地站了起来,"大志去酒吧了?去打鼓啦?"

肖长庆点头:"没错,我已经问过了,当初就是大志撺掇的这事,肖林日子过得好好的,被你儿子叫着去酒吧了。"

夏明舟不可思议地说:"你是说,晓晴她在酒吧唱歌?"

"那还有错?大志打鼓,肖林弹吉他,晓晴唱歌。天哪,这仨孩子啥时候搅和到一块去了?"

夏明舟叹息道:"那还用说吗,肯定是大志让晓晴去的!我当初说什么了?我根本就不答应他们的事,现在你看看,近墨者黑了吧?"

陈新城指着她:"你什么意思?怎么就黑了?晓晴跟着大志还委屈了是吧?"

夏明舟大怒:"你家大志好,怎么着,创业创成了,创到酒吧去了?"

陈新城也愤怒地嚷嚷着:"你说什么?怎么就一定是我家大志带去的?有什么证据啊?怕我家大志把你家晓晴带坏,你别让他们在一起啊。"

夏明舟说:"我正想说呢,你去跟你家大志说,别让他们在一起了。"

肖长庆很苦恼:"别吵了,别吵了!你们两家的孩子,谁带的谁我不管,关我家肖林什么事?肖林日子过得好好的,丢了份工作,这刚刚安定下来,就被你们两家的孩子带着去酒吧了,我们招谁惹谁了?"

那俩又一块冲他来了:"你说什么?"

陈新城说:"姓肖的,你这么说我可不愿意了,他三个当中,不是肖林最大吗？就算我家大志和他家晓晴荒唐，他们年轻，不懂事，你家肖林快四十岁的人了，应该懂啊！"

夏明舟附和："就是，谁说一定是大志带的了，没准就是他肖林带的呢，姓肖的，这事你得管！"

肖长庆拍着巴掌讲道理："夏明舟，你这话我可不爱听啊！我家肖林那么老实，平时正儿八经、勤勤恳恳地工作，怎么可能带头干这个？他又不是那些搞艺术的，想一出是一出的。"

陈新城问："你含沙射影地说谁呢？"

肖长庆斜了一眼："我说谁谁知道。再说了，肖林大几岁怎么啦？这种事还不都是年轻的撺掇的吗？要不然肖林日子过得好好的，怎么突然跑去了酒吧？"

陈新城两手叉腰："哼，那谁知道。"

肖长庆说："你家大志想一出是一出是出了名的，要不然你前一段怎么急得火上房呢？他不正干不要紧，你有钱啊，拿钱养着他就行了。可他把肖林也拖下水，肖林可拖家带口呢。他要破坏了肖林的家庭，我和你没完！"

陈新城说："我家大志又不是女的，怎么就能破坏肖林的家庭了？"

夏明舟正生着气呢，瞥了一眼看到孙前程，他正悠然自得地坐在一旁，乐滋滋地一个人喝着茶："哎，你怎么还跟个没事人似的？自家闺女的事，就一点也不关心吗？"

孙前程说："我咋不关心啦？我看见晓晴在台上唱歌，除此之外，还要我关心什么？"

夏明舟指着他："你对自己不负责任也就罢了，居然对女儿也不负责任！"

孙前程说："我不知道我要负什么责任，也不明白你们三个和乌眼鸡似的在这儿吵什么。怎么啦？出什么事啦？不就是三个孩子跑到酒吧唱歌去了吗？这有什么呀？"

大家一愣。

孙前程继续道："我家晓晴啊，以前连句话都不敢大声说，她现在居然敢站在台上大声地唱歌，唱得可真好听啊！"

肖长庆鼻子一歪："哼，没有我家肖林的伴奏，能唱得那么好听？"

陈新城也不服输："是我家大志的鼓打得好。"

孙前程笑嘻嘻地点头："没错，有肖林的吉他、大志的鼓，她才唱出来了，她这辈子，能这么快乐地唱歌，我很高兴。我不管你们，我喜欢我闺女这样。"

陈新城站起来："只有他能这么说，我可不能看着大志又活回去。我去找他。"说着就转身走了。

肖长庆也站起来："我更不能看着肖林的家就这么散了。"说着也走了。

夏明舟对孙前程甩脸色："怎么着，你就看着你闺女跟着大志混酒吧？"

孙前程点点头："我喜欢，到底随我。"

夏明舟无奈道："你行，我可不行，我去找她。"说着也走了。

只有孙前程还坐在那里喝茶，而且还笑着叹了口气："这些人啊，都忘了自己是从年轻时候过来的了。"

第二天早晨，大志接到电话便匆匆赶回了家。一进屋，发现陈新城和张桂荣坐在桌子一边，对面一把椅子是为他准备的，像是要对他进行审判。他刚坐下，陈新城就几乎要吼起来："我不找你，你打算瞒我一辈子啊？"

"爸，您这是干什么？"大志昂着头，丝毫不理亏，"我们从来没打算瞒您啊，我们还想等将来我们正式演出的时候，请你们二老去看呢。"

"大志，你跟妈妈说，你好好的，怎么又去打鼓了？"张桂荣问道。

"是啊，你公司不干了？"陈新城歪着头，不想正眼看他。

大志说："我们的公司发展得很好啊。"说完掏出一张银行卡递给陈新城。

陈新城一愣："干什么？"

"还钱啊，不是给您写欠条了吗？虽然这只是一部分，但是证明我们公司干得还不错呀。"

陈新城看着银行卡一愣："这个……待会儿再说，既然如此，不好好干，泡什么酒吧啊？"

大志笑着道："干事业也不妨碍我们玩音乐啊。"

陈新城转头对张桂荣说："你，你听他说的什么话？"

张桂荣苦口婆心地说："大志，你就不能好好地过日子吗？"

"妈，这才是我们理解的过日子啊，我们从来没有耽误主业，工作完了，就去享受生活，休息完了继续工作，不挺好的吗？"

陈新城急了："这这这……歪理邪说，反正我不同意啊！"

"爸，您又来了，你们放心吧，娱乐和工作，我们可以处理得很好。这卡您留着，用不了多久我就会把钱还清的。我还有工作，没别的事就先回去了啊。"说着大志回头就走了。

陈新城看着那张银行卡，小声嘟囔："真是越来越硬气了！"

夏明舟也把晓晴喊了回来。她自己坐在沙发上，晓晴一脸戒备地远远地坐在她对面，气氛不是很好。

"当时爸爸妈妈支持你跟着大志创业，是为了你能开心，但是不代表妈妈支持你去泡酒吧。"夏明舟直入正题。

"妈，我们不是去泡酒吧，也没有胡闹，就是去那唱歌的。"

"妈妈从小到大跟你说过无数次了，唱歌不是正经事。你喜欢唱歌，没事哼两句就行了，妈妈也没阻止过你在养老中心唱歌对不对？但你怎么能被大志忽悠去酒吧唱呢？还组什么乐队。"

晓晴低着头不说话。

夏明舟说："妈妈不能看着你继续跟大志胡闹，我去跟大志谈，他照顾不好你，我就带你回去。"

晓晴的眼神突然变得坚定："我不回去！我想留在那里，也想跟他们继续唱歌。我离开养老中心的时候，您说过，只要我开心，您就会支持我。现在，我们站在舞台上，所有人都笑着为我们鼓掌，我觉得我做了一件能让自己开心，也让别人开心的事情。我当时还在想，您要是看见肯定会很高兴，会支持我，难道，现在您说话也不算数了吗？"

夏明舟看着晓晴，一下子不知道该说什么了。

下班时间，肖林提着包从楼里出来，脚步轻快地过来，重新拾起吉他之后，他的心态比以前年轻多了。肖林正准备上车，肖长庆从一边过来了，他已经在这里等很久了。

"爸，您怎么来了？"

肖长庆勉强笑了笑，说："等你呢。"

父子俩人一起上了车，肖长庆坐在副驾，车上放着歌，肖林跟着哼。肖长庆沉默地听着，突然开口，语重心长道："肖林，偶尔放纵一下还可以，但也就是偶尔，放纵完了，就回来吧，还是得老老实实过日子。"

肖林愣了一下："爸，您都知道了？"

肖长庆点了点头。

"爸，我就是有点累，想偶尔跑出去一会儿，透透风、喘喘气，爸您放心，我不会跑太远，我早就和大志说好了，每周，我只去一回，不是什么大事。"

"不是什么大事？"肖长庆急了，"肖林，马玲已经怀疑你是不是在外面有人了！当然，这是个误会，但你们家什么情况你最了解，马玲有多辛苦你最清楚。你跑出去泡酒吧，还骗她！你让马玲心里怎么想啊？还怎么跟你过啊？"

肖林不说话了。

"这件事你已经做错了，爸劝你，回去好好跟马玲道个歉，表个态，为了你这个家，什么乐队，什么酒吧，以后千万别再去了！"

肖林叹了口气。

"听明白了吗？"肖长庆问。

肖林无奈地点点头："知道了，爸。"

第二十九章

肖林刚回到家，打开门，家里孩子哭、大人叫，已经乱成一团了。马玲正抱着小儿子往外走，伊伊哭着跟在后面，拽着她的衣服不让走。

"这是怎么啦？"肖林问。

"宝儿发高烧！"马玲说。

"走！赶紧去医院。"肖林把包一扔，就跟着马玲出了门。

到了医院，挂号，排队，看病，然后去开药，打针，忙活完已经是下半夜了。从医院出来两人已经精疲力竭，肖林开着车，马玲抱着孩子坐在后面，夫妻俩都沉默着。

肖林安慰她："大夫不是说了吗，打完针就没事了。你也别太担心了。"

马玲不说话。

肖林小心翼翼地从后视镜看她一眼："你要还不放心，明天我请个假，在家里照顾他。"

马玲还是不说话。

肖林只好识趣地闭上嘴，打开身侧的车窗，让夜风轻轻地吹进来。

回到家，马玲躺在床上哄孩子入睡，肖林端着饭走到她身边："一晚上没吃饭，吃点吧。"

马玲背对着肖林，语气冷漠："我不饿。"

"行吧，那我放这儿，我先去忙，你想吃的时候就吃。要是困了你就先睡。我把灯给你关上。"肖林小心翼翼地关上房门。

肖林来到储藏室，抱起吉他，坐在地上思考着什么。马玲开门进来，看到他的样子吃了一惊，问："你在这干吗？"

"没……没什么。"肖林有点紧张。

马玲看见肖林手上的吉他："你不是要去忙吗？"

他本来还想找个合适的时机跟马玲坦白，但事已至此，有些事恐怕是瞒不下去了。肖林咬了咬牙，说："马玲，你先别生气，有些话我想跟你聊一聊。"

　　马玲站在那里，居高临下，冷冷地看着肖林："你说吧，我听着。"

　　"马玲，我知道你在想什么，其实事情不是像你想的那样。"

　　"那你这些日子在干什么？"马玲问。她脸上没什么表情，似乎做好了所有坏的打算。

　　肖林犹豫了一下，说："我和朋友在玩乐队。"

　　"什么？"马玲声音一下子提高了。

　　肖林把手指放在嘴巴上："小点声。"

　　"你说你在玩乐队？"

　　"对，我们和大志以前组过乐队，上次大志找我配乐以后，大志想再拉起来，来拉了我几次，我都没答应，可最后没忍住去和他们玩了几回。"

　　"你说你这些日子魂不守舍，经常不打招呼就消失，就是去干这个？"

　　"我没经常……就那么几回。"

　　马玲不说话了。

　　肖林歉疚地说："马玲，对不起，我应该事先告诉你的，我错了。"

　　马玲摇摇头："我真的不理解，你以为你现在是十几二十几岁无牵无挂吗？我每天累成什么样你不清楚吗？乐队？我简直不敢相信这是你能做出来的事情。肖林，你能不能告诉我，你到底是怎么想的？"

　　"我也说不上来，"肖林表情痛苦道，"咱们家的负担重，难道我不知道吗？可是……我有时候趁你们睡了，一个人到地下储藏室里弹吉他，就觉得浑身燥得慌，血直往上涌，就身不由己地去了两回。"

　　马玲听着他的话，一下子哭了。

　　"你别哭啊……"肖林站起身，想上前安慰。

　　马玲不说话，就是默默地掉着眼泪。

　　肖林看着马玲，又看了看身边的吉他。突然走到一边，闭上眼睛，深吸一口气，然后把吉他猛地一下子折断了。

　　马玲一下子愣住了，擦了擦眼泪："你……"

　　"对不起马玲，是我没为这个家考虑，让你担心了。是我太自私了，都是我的错，我保证以后再也不会有这个念想了，我再也不去了。"

马玲抬头看着肖林。

"真的对不起！"肖林说。

"那大志呢……"

"我会找时间跟他说清楚的……"

马玲看着那把断吉他，点了点头，靠在肖林怀里。肖林抱着马玲，眼睛红了，似乎刚复燃的一点火苗，顷刻之间彻底化为灰烬。

养老中心的大爷大妈们又开始跳广场舞了，办公室里几个人仍然在为子女的事争吵，几乎吵成了一盆糨糊。孙前程从中苦口婆心地劝说着，但几乎起不到什么作用。

大志的情绪也很低落，他自己坐在办公室里，电脑亮着，屏幕上是他发给肖林骨头乐队的演唱视频，他看着肖林发来的信息，失望又难过。

晓晴敲门进来了，走到大志身边，难过道："我听说肖林哥他……"

大志摇了摇头："就这样吧，我理解他，我刚刚也在想，是我太理想化了，从来没有站在他的角度想过，反而让他困扰。人不就是这样吗，哪怕关系再亲密，也不能替别人做决定。"

"那骨头乐队……"

"没有骨头乐队了。"

晓晴叹了口气，她的电话响了，是投资方打过来的。

"好，我知道了，我们会马上改。"

"反馈出来了？"大志问。

"对，他们不太满意。"

大志擦了擦脸，叹了口气："走吧，去工作。"

孙前程不想继续和他们争辩，从办公室出来，坐在院子里的长椅上，神色复杂地看着地上树枝的光影出神。没多久，肖长庆和陈新城也出来了，看他的样子不太对劲。

"前程，怎么了？跟谁欠你钱一样。"

"是不是因为刚才被夏明舟教训了？"

孙前程没抬头，说："晓晴跟我说，他们的乐队解散了。"

陈新城看了肖长庆一眼："这不是好事吗？"

第二十九章

"你们真觉得是好事吗?"孙前程问。

肖长庆点点头:"当然是好事啊,孩子们还是懂事的,这下好了,咱们也不用操心了。"

"你们就真觉得孩子放弃自己的爱好和梦想,一头扎进现实里是对的吗?"

肖长庆郑重其事地说:"前程啊,我觉得你就是在外面待的时间太长了,心玩野了,我们普通老百姓,哪有心思天天想这些乱七八糟的,好好过日子,比什么都强。"

陈新城赞同道:"对,还好孩子们心里都有数,及时悬崖勒马,这事就到此为止了,皆大欢喜,皆大欢喜啊。"

孙前程站起身来,摇着头离开了。

几日之后,养老中心的办公室来了一个意想不到的电话,肖长庆去洗手间了,陈新城接的电话,他刚挂断,肖长庆就推门回来了。肖长庆听他讲完大吃一惊:"什么?来找林洁?"

陈新城点头:"对,他们是这么说的。林洁的经历,比我们想得还复杂。"

肖长庆连忙问:"他们人呢?现在在哪里?"

陈新城把纸片上记录的地址递过来,肖长庆湿着手来不及擦干,立刻接过来看了一眼,喊:"小岳!小岳!"

小岳开车把肖长庆送到纸片上的位置,肖长庆匆匆忙忙下了车,让小岳去停车场等他,然后他又给对方打了个电话,告诉对方自己已经到了。

这是一栋装潢略显落伍,但看得出曾经很繁华的国营宾馆。肖长庆进了大厅,做了登记,在前台工作人员的带领下,来到一间会议室,见到了那两名寻找林洁的陌生人。

"肖先生吗?"

肖长庆紧张地咽了一下口水:"是我。二位是……"

"我们是林洁女士原来工作过的单位的同事,305厂的。我姓张,他姓王,喊我们老张老王就行了,肖先生和林洁女士是……"

"哦……"肖长庆解释道,"我是林洁的高中同学,曾经是好朋友。她在我们养老社区住了几个月就搬走了,不知道去了哪里,请问二位找到她了吗?"

老张说:"我们也没有,真遗憾,我们很可能完不成任务了。"

"请问二位的任务……"

老王说:"林洁女士在我们单位工作过二十多年,为我国的科研做出过巨大贡献,后来因为种种原因辞职。最近我们单位受到了中央的表彰,大家想起了那些曾经为我国的科研发展做出过贡献的老同志,所以派我们来找她,给她恢复退休待遇。可惜,我们没能找到她。"

肖长庆:"二位请坐吧,二位能把她的故事给我讲讲吗?"

老张叹了口气,说:"她大学毕业后不久就去了我们那里,也在那里认识了她后来的丈夫,梁建。梁建是我们单位的工程师,主持一项重要的项目,经常吃住在实验室,林洁女士也是我们的业务骨干。两人因为工作,经常在一块交流,可能因为合得来,一来二去,两人就好上了,不久就结了婚。本来,两人是一对谁见了都羡慕的恩爱夫妻,可后来,他们的感情出现了问题。"

"什么问题?"肖长庆问。

老王叹息一声:"孩子的问题。结婚后不久,他们就有了一个男孩,取名叫栋栋。但是我们那里条件太艰苦了,许多同志生下孩子后都不得不把孩子送回老家让父母抚养,他们也一样。栋栋出生后不久就送回来给奶奶养了。可能因为孩子成长过程里缺少父母的陪伴,加上奶奶溺爱,栋栋到了青春期,越来越叛逆,后面听说因为打架斗殴,情节恶劣,还进了少管所。"

老张接着说:"孩子变成这样,他们作为父母比谁都难受,但一边是工作,一边是自己的孩子,又能怎么办呢?林洁作为一个母亲,她不能看着孩子越走越远。所以她要求梁先生和她一起调回来。但梁先生又怎么可能放弃手上的工作!他们之间到底发生了什么,我们也不了解,只是知道林洁女士选择了离开梁先生,一个人回来了。而梁先生从此绝口不再提林女士,把自己关在实验室里,没日没夜地工作……"

肖长庆半晌才反应过来:"所以她才没了工作?"

老张点点头:"对,她没办辞职就走掉了,那个时候,我们强调个人的牺牲,对林洁的行为,大多数人不理解,组织上也没做更多的工作,就当自动离职处理了。"

肖长庆说:"她告诉我,她先生后来出了意外。"

老张说:"是的,有一次梁先生所在的实验室意外起火。梁先生不顾大家的劝阻，一次次地冲进实验室抢救资料，最后一次进去的时候，再也没出来……"

肖长庆怔在那里："原来是这样。"

"梁先生生前，两人一直僵着，没想到就这么永别了，"老张叹息道，"在梁先生的追悼会上，她一滴眼泪也没掉，但当大家都散去以后，她抱住梁先生的骨灰就倒了下去，当夜高烧不退，几乎丢了命。她的儿子栋栋很懂事，一直守在林洁身边，守到她妈妈醒过来。"

肖长庆叹了口气，缓缓说道："做好了母亲，却又失去了丈夫，生活对她过于残酷了。"

老张说："梁先生是烈士，他的家属我们必须要照顾，那时候厂里已经考虑过恢复她的劳动关系，可是林洁拒绝了厂里的好意，什么要求也没提就走了。"

肖长庆感叹："她不会提的，她怎么会提呢？她自尊心那么强，又因为丈夫的死，心存内疚，她那个时候，怎么会接受用丈夫的死换来的照顾呢？"

老张说："是啊，所以我们等过段时间再去找她，但后来她却刻意和我们切断了联系，消失了。这些年，我们也不知道她一个女人，在外面吃了多少苦，所以我们希望能尽快找到她，让一个曾经为国家科研工作做出过贡献的人，晚年生活有依靠。"

"对，必须要尽快找到她，"肖长庆焦急地问，"连你们也查不到她最新的住址吗？"

老张说："我们查到最后的地址就是在你们那里。"

肖长庆叹息一声："她跟我说她儿子在国外，可能去找她儿子了吧。"

老张说："但愿是那样。肖先生，我们待不了太久，如果她还在国内，如果您有了她的消息，拜托您一定要及时告诉我们，顺便帮我们转告她，组织上没忘记她，她曾经工作过的单位和相处过的同事没忘记她，她是个有作为的科研工作者，她理应得到她应有的待遇。"

肖长庆点点头："一定。"

晚上，肖长庆心里一直想着林洁的遭遇，怎么也睡不着，从公寓出来，一个人坐在院子里的长椅上发呆。孙前程和陈新城在房间里看到他唉声叹气的，也出来陪他了。

孙前程想起什么，犹豫着问："你们说，她真到国外去了吗？"

肖长庆一愣："她说得很清楚，她儿子在国外，一直叫她到国外跟着他生活。她在国内就一个人了，她没理由不去啊。"

"不敢说，"陈新城瘪着嘴，摇摇头，"当初我就有点怀疑，她在国内无依无靠，连个自己的房子都没有，要去儿子那儿，为什么那时候没去，还跑到咱们这儿来，想一个人养老呢？"

肖长庆说："林洁是个很独立的女人，也许她不想依靠儿子。"

孙前程问："她儿子真在国外吗？"

肖长庆说："你什么意思？"

孙前程说："长庆你别多想，我一直怀疑这件事。那两位同志说，她儿子后来和她关系已经很好了，如果儿子在国外，为什么从来没见过她儿子和她联系？"

陈新城说："哪怕她儿子不在国外，就在国内，也应该和她有联系啊，也应该会照顾她妈妈，怎么会让林洁过这么苦的日子？"

肖长庆瞪着他们："你们什么意思？你们再说我和你们急啊。"

孙前程安抚他："长庆，你别急，我们不是怀疑林洁，可谁知道是不是有些事情，她不愿意让别人知道呢？"

陈新城说："也许她还在国内，还在我们这儿呢，她从我们这儿离开，只是为了躲避大家对她私生活的窥探。"

肖长庆一下子愣在那里，半响，怯怯地问："你们是说，她可能还在这里？"

陈新城和孙前程对视了一眼："谁知道呢。"

第二天，三人一起来到派出所，把他们的推断跟警察说了，恳求警察帮忙调查。但警察直接拒绝了。

"我上次不是告诉您了吗，"警察说，"公民个人的隐私需要保护。"

"同志，我和你说，这件事啊，非常非常重要。咱们去那边说。"孙前程急忙把两个警察拉到里屋去，边比画边说，警察一边听，一边回头看肖长庆。

肖长庆有点着急："他们在说什么呢？"

陈新城笑笑："孙前程的嘴你还不放心吗？别着急。"

过了一会儿，孙前程陪着两个警察回来了，年长的警察先抢先一步和肖长庆握手："感动，太令人感动了，您放心，我们会把这些情况汇报给领导，为国家做出贡献的人，我们不会就这么放着不管，至少也要确认她的安全。"

肖长庆高兴道："太好了，感谢你们！"

警察笑着说："当然了，也为了您这位老同志的爱情。"

"爱情？孙前程你跟警察同志都说什么了？"

孙前程在下面拉了他一下，小声警告："该说的不该说的都说了，都是为了找林洁，你就认了吧。"

与青春岁月割断了联系的肖林，重新变回以前闷闷不乐的样子了。这天，他下班打完卡出来，有人叫了他一声。转头一看，是肖长庆。

"爸，您怎么来了？"

肖长庆说："今天不是你奶奶八十八岁生日吗？叫你一起去吃饭的，马玲他们都已经去了。"

肖林木讷地答应着："我知道，那咱一起走吧。"

上车以后，肖林很自觉地把车上放的音乐关了。肖长庆看了看肖林，车里很安静。肖林主动提起林洁："林阿姨的事情我都听说了，还没有消息吗？"

肖长庆叹息一声："还没有，你也听说了？"

"对，包括您的……爱情……"

肖长庆急了："那是你孙叔添油加醋说的，爸就是看你林阿姨可怜，想帮她，我找人家也不是为了想跟人家怎么样……"

"爸，我都知道，您不用跟我解释这么多。"

肖长庆抬手把音乐打开了，想缓解一下尴尬的气氛。肖林说："爸，咱爷俩有啥说啥，如果有一天您找到林阿姨了，除了告诉她，她应该接受单位对她的安排和照顾，还会跟她提别的吗？"

"提什么？"

"比如说，问她愿不愿意跟您一起过？我提前跟您说啊，这事我和肖建绝对支持您，没有任何意见。"

"你们操心还挺多……"肖长庆尴尬道，"这事我提也没用。"

肖林说："但决定还得您做，您要不提，林阿姨肯定不会提的。"

肖长庆没有回答，只是看着窗外："先把人找到再说吧。"

肖长庆和肖林进来的时候，屋里已经坐满了。肖长庆打量了一圈，愣住了，他的二舅子和三舅子也在，一左一右陪坐在肖母身边。

"姐夫回来了？"

肖长庆笑笑，对肖林说："肖林，你二舅和三舅来了，怎么……"

二舅子笑着："好久没见姐夫和婶婶了，这不是婶子大寿吗，过来看看。"

肖长庆招呼说："还让你们挂念着，别起来了，赶紧坐吧。"

马玲把一个大蛋糕拿出来，伊伊和婷婷张罗着往上插蜡烛。肖长庆笑道："你们老奶奶八十八岁大寿，插八根意思意思就行了。快，给老太太把寿星帽戴上，吹蜡烛。"

两个孩子抢着把寿星帽给肖母戴上，肖母笑着吹蜡烛，一家人围着她唱生日歌。

三舅子问："姐夫，我们听说，您又要去找那个女的？"

"二弟，三弟，这是我自己的事，你们就别管了。"肖长庆说。

二舅子说："姐夫，要真是您一个人的事，也轮不到我们插嘴。可咱们活到这岁数，哪一个人不像条牛似的，背上背着一大家人家？这话，我不是替咱家里说的，是替肖林肖建说的，别给孩子添负担啊！"

肖长莉也在旁边插嘴道："哥，别怪我多说话，她都走了，您还要去找她，传出去也不好听啊。"

肖长庆皱皱眉："长莉，咱不说了。"

"不行，我得说，咱不能老了老了犯糊涂。"肖长莉振振有词。

肖长庆喝了一杯酒："行吧，你们都愿意说，那能不能让我先说几句？"肖长庆站起身来，看着所有人，表情无比严肃。所有人都不敢说话了。

"趁着大家都在，有几句心里话我想对大家说。我啊，这辈子，一个人拉着一辆车，车上坐着一大家人家。我没觉得哪儿不对，也没觉得自己委屈。可是啊，我以后不想像以前那样活了。你们都长大了，都有了自己的家，是到了你们对你们自己生活负责的时候了，而我，也想为我自己负责，过好我自己的下半辈子。关于林洁这事儿，找不找，找到以后做什么，这都是我自己的事，轮不到别人来说话，也不用任何人操心。以后，各自管好自己，就这样！"

大家沉默了。

肖长莉尴尬地笑笑："妈，您看我哥，这说的啥呀，我说什么了？"

"你说什么了？你哥不欠你的，以后有事自己想办法，别靠你哥了。"

肖母吃着蛋糕，对肖长莉翻白眼。

三舅子说："可是姐夫，咱们家还离不开你啊。"

"对啊……"二舅子难过地附和着。

肖林站起来，一字一句地说："二舅，三舅，小姑，我妈走了多年，我爸也早就退休了，他应该有他自己的生活了，以后你们有事找我吧，不要再打扰我爸了，我能管的一定管，能帮的一定帮。"

肖长庆无奈道："肖林，你这是……"

"肖林是个好孩子，"肖长莉说，"哥，您看您，还真生气了。来，妈生日，高兴，吃饭，快吃饭吧。为了妈健康长寿，咱们干杯！"

肖林把手里的酒一饮而尽，肖长庆看着肖林的样子，脸上流露出担忧的神色，默默地也把酒喝了。

吃完饭，肖长庆坐在客厅里，肖林穿着围裙，戴着洗碗的手套，手里拿着手机聊着农产品买卖的事。肖长庆看着肖林忙碌的样子，一时间也插不上话，他转头看向角落，发现了那把断了的琴。

"这不是肖林的琴吗？怎么坏了？"他问马玲。

马玲看了一眼："他自己把琴掰断了。"

"啊？至于吗？你是不是跟他吵架了？"

"没有，真是他自己掰断的。肖林这个人您还不知道？他平时什么都好，但是决定的事，谁劝也没用。今天他在酒桌上说，以后管他那些舅舅，我都害怕了。他已经够忙了，再添点担子，不就跟您一样了吗？"肖长庆一抬头，马玲撞上了他的眼神，尴尬地解释，"对不起爸，我不是那个意思，我是心疼他，他看着啥事没有，但您是不知道，他最近都睡不着，头发一把一把地掉，要不您劝劝他吧。"

肖长庆看着肖林的背影，点了点头。

马玲转身去了里屋，肖长庆对着刚挂完电话的肖林说："别忙了，过来坐会儿。"

肖林笑着："爸，三舅说让我帮忙卖农产品，我刚联系了个朋友，能帮忙。"

肖长庆问："你真打算以后管这些事？"

"您都管了一辈子了，现在您不管了，我当然要接过来。我是老大，这都是应该的。"

"怎么就应该的了?"肖长庆有点恼火。从前他身在其中不知是非对错,现在这些责任转嫁到肖林身上时,他忽然有种醒悟的感觉。

肖林笑着说:"爸,前段时间我去玩乐队,确实是鬼迷心窍了。但我想明白了,您是对的。我不只是我自己,我现在有伊伊,还有二宝,我得努力让他们和马玲过上好日子。肖建的腿还不知道能不能治好,万一他站不起来,我也得照顾他。当然,还有婷婷,还有您,如果您能把林洁阿姨追回来,还有林洁阿姨。"

"肖林啊,你不能把这些都扛着,这太累了!"

肖林洒脱地笑着:"累什么啊,您不也这么扛着一大家子过来了吗?我想明白了,生活本来就应该是这样,上了套,就卸不下来了。活着为了什么?就是为了家,为了孩子,为了这些责任,这不都是您教给我的吗?"

肖长庆一下子语塞了。

"爸,您不用担心我,您辛苦一辈子了,这个家您就放心地交给我吧。"

一个电话打进来,肖林接着电话又走了。肖长庆看着肖林,心疼又酸楚。

"如果一个人出生就是盲的,那他一生可能都不会痛苦。但你假如给他三天光明,三天之后他就是这个世界上最悲哀的人。悲哀不是因为他看不见,而是因为他看见过。"孙前程这样说。

肖长庆听完回味几番,没说话,默默地喝了一口酒。一张桌子上,摆着几个下酒菜,三人喝得差不多都已经醉了。

肖长庆叹了口气:"我刚说要过好自己的下半辈子,结果我儿子,却要过跟我一样的上半辈子,你说可笑不可笑?"

陈新城醉醺醺地说:"自从孩子们乐队解散以后,感觉他们越过越累。长庆,你说咱们是不是做错了?"

肖长庆说:"孩子没组乐队的时候,日子也是这样,跟咱们有什么关系?"

"话不能这么说,"孙前程纠正他,"你再次遇到林洁之前,你的日子也没变过,那现在怎么就想变了呢?"

"这是两回事。"

"是两回事,但是却一个道理。"

肖长庆和陈新城都不说话了。孙前程举了举杯,三人一饮而尽。孙前程看着另外两个人，突发奇想："要不，他们不干了，我们干吧。"

肖长庆问："干什么？"

"要不，咱们组个乐队吧？"

"前程，说什么胡话呢？"

"别理他，喝多了。"

孙前程激动道："我没喝多。你们想想，咱们的孩子因为各种原因放弃了，咱们做父母的现在应该站出来给他们做个榜样！新城你拉手风琴，长庆吹口琴，缺什么我可以来什么。咱们组乐队，去参加音乐节，咱们要让那些孩子们看看，人未老、血还热。咱们得让他们的眼皮再睁开！"

肖长庆和陈新城哈哈大笑。

晚上，也许是酒喝多了，肖长庆躺在床上翻来覆去地睡不着。他想到孙前程的提议，爬起来，披了件衣服，来到桌前，打开台灯，从抽屉里翻出一本相册，里面都是老照片。一张是三人年轻时拿着各种乐器的照片，一张是肖长庆的全家福，再下一张，是肖林的独照，那时候的肖林很年轻，笑得很开心。

突然一阵手机铃声把肖长庆从回忆中惊醒。

"什么？好！等我！我马上过去！"

陈新城、孙前程在办公室接待到访的两位警察，肖长庆着急忙慌地跑进来："林洁有消息啦？"

几个人站了起来，都没说话。肖长庆看看这个，又看看那个，声音中透出恐慌："怎么，没找到？"

"先别慌，你先坐。"陈新城示意他。

"警察同志，到底没有她的消息？"肖长庆跑到警察面前。

年长的警察说："还没，不过我们目前可以肯定的是，她没走，她还在我们城市里。"

肖长庆"啊"了一声。

"她使用过银行卡，在不同的地点取过钱，也使用过手机，不过都只有极少的几次。我们尝试着拨打她的手机，一直关机，不知道是什么原因。另外，我们找不到她租房和交水电暖费的信息。"

肖长庆问："警察同志，找不到其他信息了吗？"

警察为难道："她不是犯罪嫌疑人，目前，我们能找到的只有这么多。"

"她孩子呢？"肖长庆问，"她孩子到底是在国外，还是在国内？"

年轻点的警察说："我们查了她的户籍，她当初的户籍是落在西北的，孩子的户籍也随着她落在了西北。后来孩子上学的时候，又把孩子的户籍落在了孩子的奶奶家，再后来，孩子的奶奶死了，孩子的户籍好像是迁来了我们这儿，但我们只查到本市有几十个叫梁栋的，弄不清哪个才是她的儿子。"

肖长庆："这些梁栋中间有没有后来因为移民国外而销户的？"

警察摇摇头："没有。"

"这么说，她根本没有一个在国外的儿子？"陈新城揣测道。

孙前程思考着："可如果她儿子在国内的话，为什么不和她生活在一起？"

警察说："这个我们就不知道了。"

肖长庆又问："警察同志，能把这些梁栋的联系方式告诉我们吗？我们在其中找找看，说不定有一个就是她儿子。"

年轻警察说："很抱歉，不能，我们可以帮你们找他们询问一下，但没征得本人的同意以前，不可以泄露给他人。"

"到目前为止，我们能查到的情况就这么多了。"年长的警察总结道。

"长庆，别灰心，"孙前程安慰他，"我们离她很近了呀。只要她在这所城市里，我们就一定可以把她找到的。"

肖长庆说："我觉得有一个地方可以去问问。"

两人一起问："哪里？"

"她儿子曾经进过少管所。"

第二天一早，三人匆匆吃了点早饭，便喊上小岳去了少管所。

少管所的吴管教在得知他们的来意后，从电脑上打开档案文件夹翻找。

"梁栋？我怎么不记得有叫梁栋的孩子。"

"您再想想，"肖长庆说，"他父亲叫梁建，母亲叫林洁，父母在西北工作。"

"西北？说起这个我好像有印象。"

肖长庆急道："快想想！"

"我想起来了，"吴管教说，"那个孩子叫梁为栋。我还记得我和他谈话的时候和他说过，你的名字，寄托着你父母对你的期望，希望你以后成长为国之栋梁。那就是他了，你们看。"

第二十九章

他把电脑转过来，他们看到了一个清秀、一脸懵懂的少年，正迷茫地看着面前的世界。

"梁为栋是因为打架伤了人进来的，妈妈来的时候是我接待的，我还记得她当时的样子——从西北赶回来，一脸的疲惫。但是梁为栋不见她，说自己没有爸妈。她妈当时就崩溃了，我们劝她，孩子是需要父母陪在身边的。梁为栋在这儿一年半，她妈妈每个月都从西北坐火车跑一趟，只为了陪儿子吃顿饭，和他说几句话。而那孩子有时候心情不好了还拒绝见她，或者见了她冲她大发脾气。她都没当着孩子的面生过气，好几次我都碰到她自己在外面哭，可怜啊。"

"那您知道这孩子现在在哪吗？"肖长庆问。

吴管教说："我查一下，我们要求孩子们出去以后，他们所属的社区街道要和我们签帮教协议的。"过了一会儿，吴管教又把电脑屏幕转过来，"找到了！"

孙前程把脑袋贴上去，仔细读着："院前大街驻马巷街道办事处。"

三人从少管所出来，匆匆坐上车赶往下一个目的地。

车窗外城市的街道熙熙攘攘，肖长庆失神地望着窗外，他不知道这纷繁交错的人世间到底还让林洁经受过什么，也不知道她目前隐身于哪一个角落。

胡同口，一位大姐坐在门外扇着扇子，肖长庆拿着笔记本上前询问："大姐，您是驻马巷街道办事处马大姐吗？"

"我是啊，你们是谁啊？"

"是派出所让我们来找您的，您记不记得清河小区有个叫梁为栋的孩子？我们是他们家的亲戚，想跟您了解一下情况。"

马大姐说："你们是栋栋家亲戚啊，我当时就住在他家隔壁呢。"

"对！是栋栋！您知道栋栋他一家人去哪了吗？"

马大姐眉头一皱："那你们这亲戚可真是够远的。"

陈新城问："大姐，这话什么意思？"

"栋栋都死了好多年了，你们不知道？"

大家惊讶道："什么？死了！"

经过和马大姐的交流，他们得知，栋栋喜欢音乐，从少管所出来后在酒吧弹琴唱歌为生，可偏偏林洁极力反对他干这个工作，认为在那种地方鬼混的人都是下三烂。那时候的栋栋变得很懂事很孝顺，哪怕妈妈再怎么无理取闹，他也没跟她争吵过。有一次栋栋跟一个喝醉酒的客人打起来了，头被开了个口子，住院住了很久，林洁受不了打击，也生了场大病，为了不让妈妈担心，康复之后，栋栋便把那份工作辞了，娘俩在湖边租了个小车，卖点饮料小吃，也算是过上了安稳日子。

可是三天两天还好，时间一久，栋栋始终放不下自己热爱的音乐，又偷偷跑去了酒吧弹琴。林洁知道这件事后，跟栋栋大吵了一架。

"那是我第一次听到栋栋跟他妈吵架，吵得很激烈。"马大妈说，"最后栋栋背着琴，摔门出去了。当时正好是晚饭时间，楼下散步的人都看见了。栋栋在几条街之外的小卖部买了几瓶啤酒，疯狂地灌进肚子里，因为喝得太急，走路都晃晃悠悠的，当时旁边有人劝他，他不听，还冲人家发火，结果走到一个路口的时候，被货车撞上了……最后一把琴断在路边，琴上还沾着血。那场车祸以后，我就再也没见过林洁了。"马大妈说着还抹了抹眼泪，"这娘俩都是苦命人。"

孙前程长叹一声："原来是这样。"

陈新城恍然大悟："所以她说儿子在国外，原来她是个失独母亲。"

孙前程点点头："她肯定把儿子的死，怪在了自己头上。"

"丈夫、孩子，她已经失去了一切。"肖长庆说，"我不能看着她就这么消失，我要找到她。无论她在哪儿，我必须要找到她！"

"肖叔，"小岳问，"警察都找不到，你去哪啊？"

"她去过的地方我都要找！"肖长庆咬着牙，笃定道，"我就不信没人知道她的消息。"

第三十章

"这都多少天了,这不是大海捞针吗?"陈新城把手里的报纸一扔,望着窗外焦急地说。

这些日子以来,肖长庆到处去找林洁。小吃摊,巷子口,广场,菜市场,林洁可能去过的所有地方,他都挨个去找。他手机里保存着林洁来养老中心登记时的照片,每到一个地方,就问人家有没有见过这个人。起初他们还跟着他一起满大街地去打听,可这种漫无目的的寻找方式,很快就把其他人给拖疲了。

"很奇怪,警方说她最后一次才取了两千块钱,按理说,这两千块她应该早就花完了呀,为什么再没她的动静?"夏明舟说。

孙前程好奇道:"两千块钱能干什么?要说起来这事挺奇怪啊,现代社会,一个人活着,不可能留不下痕迹。她也不年轻了,你说她会不会……"

陈新城问:"你什么意思?"

孙前程说:"凡事咱们先往最坏处想,万一……我是说万一,这个岁数了,谁敢说没个万一呢?万一这事发生在她身上,咱们得让长庆有点思想准备。"

夏明舟叹口气:"说这些也没用,咱们再去打听打听吧。"

于是三人各自喝了一大杯水,又起身分头寻找去了。

输液管吧嗒吧嗒地往下滴着药水,肖长庆缓缓睁开了眼睛。连日辛劳终于耗干了他最后一丝精气神,在等红绿灯的间隙,他掏出手机盯着林洁的照片发呆时,突然眼前一黑晕倒在了天桥上。

肖林、马玲、孙前程、陈新城,一张张关切的面孔见他清醒过来,都长出一口气,高兴地说:"醒了,醒了。"

陈新城笑笑："哼，我说什么了？他这种人，像铁打的，打不垮的。"

孙前程问："长庆，你是咋想的？这么热的天谁在街上转悠啊？林洁也怕热啊，好好休息吧！"

肖长庆茫然地看着四周："我这是？"

"爸，您过马路的时候晕倒了，"肖林跟他解释，"还好医生说只是中暑，让您静养。"

肖长庆不说话了，目光悲哀地看着大家，突然崩溃了："我找不到她，找不到她了啊，我有感觉，她不在这个城市了。"

"爸，您别太着急了，林阿姨不定在什么地方等着您呢，您一定要好起来才可能找到她。"马玲柔声安慰。

肖长庆只悲哀地摇着头，喃喃地说："找不到了，找不到了……她走了。"

孙前程嗔怒道："别瞎说，她一个小老太太，走也走不远，早晚能找到。"

肖长庆挣扎着坐起来："现在不是躺着的时候，我得出去继续找。"说完自顾自地要拔针头，孙前程和陈新城赶紧拦着。

争执不下时，门突然开了，夏明舟闯进来："长庆，林洁出现了。"

"她在哪里？"

夏明舟拿出手机，调了张照片给他看："你看，昨天拍到的。"

照片上的林洁，正站在一台ATM机前取钱，摄像头清晰地拍下了她。

"是她，是她。"肖长庆挣扎着要下床，"明舟，这从哪里弄到的？"

夏明舟说："是因为梁为栋的事，警察同志才能帮着找人，果然找到了。"

肖长庆转头对着肖林说："肖林，去找大夫，我好了，我要出院。"

众人连忙安抚他。为了避免肖长庆情绪激动再生出什么意外，陈新城和孙前程按照线索提前赶往林洁的所在地，肖林陪着肖长庆随后跟了过去。

快傍晚的时候，陈新城和孙前程站在那里等着，一辆汽车开过来停在路边，肖林扶着肖长庆从车里下来。两个人赶忙迎了上去。

"我们已经了解清楚了，"孙前程说，"她就生活在这个小区，就那栋楼，那一户。"

陈新城说："长庆啊，我们联系了她原单位的人，他们会想办法解决林洁的生活问题，现在就剩你自己的事情了，去吧！看你本事了！"

肖长庆仓皇地迈着步子就要往小区里走，他的身体还没完全恢复，走起路来稍微有点摇晃。

"哎哎，这人，"孙前程在后面埋怨，"我们这大半天跑了多少路，磨了多少嘴皮子呀，连句客气话都没有啦？"

肖长庆回过头来，咧嘴傻傻地笑着，一迭声地说："谢谢，谢谢。"

孙前程突然叫了一声："你们看。"

在他们前面不远的地方，马路对面，林洁在人流中出现了。她还是那么安静，那么从容，在人群中静静地走着，进入了小区。

肖长庆呆在那里。孙前程在后面推了他一把："快，快呀。"

肖长庆像个孩子一样转过脸来，求救地看着大家："真是她，她回来了。"

大家一起冲他笑着，鼓励地说："去啊，她在等你。"

肖长庆紧张地点头："那……我去了。"他穿过马路向小区大门走去。

在这短短的路程中，他似乎把自己和林洁这一生的交往都重温了一遍：当年他和林洁同位，两只胳膊肘在桌子上小心地碰了一下，又赶快分开；林洁站着朗读课文，他侧脸向上看着她，她身上好像披着一层光芒；他为了林洁跳窗户去帮她寻找丢失的卷子，被两个学校的工作人员当场抓住；他在汽车站追着车跑啊跑，车把林洁带走了，他俩的生活就此分岔……

肖长庆已经到了楼下，他抬头往上看着，上面有一户的灯光亮了。他呆呆地站在那里，看着那灯光，过了很久很久，突然转身又回来了。

马路这边，所有的人都吃惊地看着他。

"我不去了。"肖长庆说。

"为什么啊？"孙前程问，"找到了，又不去了，这不是尿的时候啊？"

肖长庆说："不是尿，我找她是为了帮她，现在找到了，她的生活问题也会有人解决，那目的就达到了。如果我因为自己的想法，贸然打扰她，她拒不拒绝我倒是小事，如果她再走了怎么办？我不能上去。"

陈新城和孙前程听完他的解释，本来还想劝说什么，可话都被噎在嗓子眼里，说不出口了。两人互相看了看，问："你决定了？"

肖长庆点点头："我知道她在这里，就足够了。"

夜里的天气逐渐凉了。随便吃了点晚饭，肖长庆就从屋里出来，坐在长椅上，回想这几天发生的事。陈新城也披着衣服从屋里出来，坐在他身边，问："还不睡？"

肖长庆点了点头。

"我跟前程商量了，"陈新城说，"后面的事情我们会帮你看着，放心吧。"

"这样当然最好。"肖长庆笑笑。

两人望着天空，沉默了一会儿，肖长庆说："我一直在想她和她儿子的事。"

陈新城轻轻一笑，说："我也在想。"

这些天，林洁和儿子梁为栋的事不仅触动了他们，也让他们开始反思自己和儿女们的相处方式。做父母的，总是觉得孩子应该走他们已经走过的路，这样就能少摔跟头，但是他们好像从来没想过，他们摔过，不代表路就平了。孩子们如果走他们自己想走的路，指不定风景会更好。

陈新城叹了口气，说："如果再给林洁一次机会的话，她肯定支持儿子的想法，可惜她没有这个机会了。"

孙前程的声音从后面传过来："但你们还有机会。"

两人一回头，发现孙前程不知道什么时候站在他俩身后，笑着看着他俩。

"大晚上的，吓人呢？"陈新城嗔怒道。

孙前程坐下来："我看你们活了大半辈子，总算要开悟了，不舍得打扰啊！快快快，还有什么想法，都说出来听听。"

肖长庆摆摆手："困了，回去睡了。"

陈新城说："我也困了，这一天天，太累了。"

两人起身走了。

"怎么我一来就困了？别走啊，再聊会儿呗！"孙前程极力挽留，但没人理。

第二天早晨，约莫着肖林出门上班的时间，肖长庆站在巷子口等他。肖林一转弯，看到肖长庆站在那里，惊了一下："爸，您回来怎么也不提前说一声？"

肖长庆笑笑，说："没什么，爸爸最近想通了一些事，就是想跟你聊一聊。"

"有什么事非要当面说啊？"

肖长庆看着肖林，不知道怎么开口。肖林也疑惑地看着他。

"肖林啊，爸想跟你道个歉。"

"道歉？您跟我道什么歉啊？"

"你听爸说,爸以前总觉得活得太累,所以不希望你也跟我一样。你失业了,爸帮你去找工作。你们夫妻吵架了,爸去帮你劝和。你想自己有套房,爸就带着奶奶搬出去住。爸以前觉得这是为你好,但现在,爸觉得自己错了。"

"爸,"肖林苦笑道,"您不用跟我道歉,是我让你操心了,您没错。"

肖长庆说:"不,错了,我错在还把你当孩子,错在我一直在替你这个成年人做决定,却没有征求你的意见。而这些决定,无论好坏对错,结果都让你一个人承受了。你林洁阿姨以前跟我说过,一个人活在世上,应该承担他应该承担的责任,可如果他把别人应该承担的也承担了,也就等于剥夺了别人的权利。爸爸错了一辈子才明白这个道理。肖林啊,你小姑、舅舅,他们的生活应该他们自己去负责,而你的生活,也应该你自己说了算。千万不要学爸爸的活法,更不要背上不该你背的担子,明白了吗?"

肖林看着肖长庆,感动道:"我明白了……"

"好,那就去过你想要的日子,如果什么时候需要爸帮你,再跟爸说,好吗?"

肖林点了点头,肖长庆也如释重负地笑了。巷子的另一边,马玲听着父子二人的对话,也陷入了沉思。

晚上,肖林回到家后加班,白天和肖长庆的对话在他脑海中挥之不去。突然,马玲推门进来了。

肖林笑着问:"怎么这么晚才回来?"

"我想跟你说件事。"马玲脸上没什么表情,甚至可以算得上严肃。

"啊?"肖林吓了一跳,"你也有事跟我说?"

马玲点了点头,郑重道:"肖林,去找大志玩吧,去弹琴吧。"

"马玲,你在说气话吧。"肖林胆战心惊地问道。

"我不是说气话。"马玲说。

"我不去,"肖林摇头,"家是咱俩的,我不能把家丢给你,一个人去玩。"

马玲脸上的表情由严肃转为愧疚:"那天,你跟爸说的话我都听见了,我想了很多,你一直为了咱们这个家忙里忙外,好不容易有件能让你高兴的事,不该就这么算了。"

肖林感动道:"马玲,你真这么想?"

马玲点了点头,笑着从门外拉过一个箱子,从箱子里拿出一把崭新的吉他。

　　肖林一下子愣住了。

　　马玲说："我想明白了，既然它能让你放松，让你觉得活得有劲，那就是件好事。作为你的老婆，我不该拦着你，我该支持你。"

　　肖林接过吉他，感动得眼睛都红了。

　　"我也不懂这个，"马玲说，"不知道买得合不合适。"

　　肖林连连点头："合适……很合适……"

　　马玲说："那下次演出可得叫着我，结婚这么多年，我还没听过你弹琴呢。"

　　得到亲友的许可与支持后，肖林和大志的乐队重新开始了排练。三个老家伙去现场观摩了几次，也开始追忆起了青春时光。晚上，院子里摆了张桌子，桌子上有各色酒菜，肖长庆吹着口琴，孙前程拉着二胡，陈新城拉着手风琴。三人借着酒劲，吹拉弹唱，好不热闹。

　　肖长庆笑着停下："行了行了，再唱就扰民了。"

　　孙前程说："这太久没拉，我都快忘了调了。"

　　陈新城感慨着："乐器一响，我就又想起当年咱们在宣传队的时候了，你们还记得吗？那时候孙前程成天抢着独唱、领唱，也不听听自己的嗓子是啥样的，一张嘴能唱跑一大片。"

　　孙前程翻了个白眼："你好，你还打扮成女生唱北京的金山上呢。盘了一头的小花辫，上台一转圈，假发飞了，露出个秃头来。"

　　肖长庆说："那个时候人家都叫我新城第一琴。"

　　陈新城瘪着嘴说："吹吧，新城第一琴是说的你的口琴吗？明明说的是我的手风琴。"

　　"这人怎么这么无耻呢？就你那手风琴的水平……"

　　孙前程打断他们："你们俩就别吹了，我样样精通，我说话了吗？"

　　三人笑了，酒碰在一起，三人一饮而尽。

　　孙前程问："哥几个，上次我说想组乐队去参加音乐节的事考虑得怎么样了？"

　　肖长庆说："孩子们不是已经好了吗？"

　　"对啊，"陈新城说，"他们都继续组乐队了，咱们还去凑什么热闹啊？"

　　孙前程摇摇手指："就是因为孩子们都好了，我才更想再组乐队。"

肖长庆问:"为什么?"

"你们想想,如果有一天,咱们能跟孩子们一起站在舞台上,一起唱歌,一起欢呼,那该是件多幸福的事啊。光想想那个画面,我都激动。"

陈新城说:"你还真是想一出是一出,你知道什么叫乐队,什么叫音乐节吗?"

肖长庆笑笑:"就是,人家的乐队,现在都是吉他、贝斯、鼓。"

"管他呢,我们就上口琴、二胡。"

陈新城说:"人家唱的歌咱们都不会了。"

"管他呢,一个时代有一个时代的流行歌曲。"

陈新城无奈道:"还掰不回来了!"

肖长庆说:"甭管你怎么说,这事我不干啊,加起来两百多岁的人了,跑去跟一群孩子闹,算怎么回事?"

孙前程遗憾道:"刚觉得你俩开悟了,看来还是老样子。"

肖建结束了国外的复健训练,一家人去机场把他接了回来。肖林想带他回家去照顾,肖长庆以他们两口子工作太忙为由拒绝了,说我这不是闲着呢,让我来就行了。

肖长庆在养老中心给肖建租了间公寓,说:"这套房子我租了一个月,你刚回来,先在这边住着,正好婷婷也在这边上学,你爷俩住这套。你看,我们的墙上都有扶手,也有利于你恢复走路。"

肖建苦笑:"是啊。可能下半辈子我就离不开这个了。"

"不许胡说!婷婷妈明明说治疗有效果。"

"是啊,"肖建满脸沮丧,"是有效果,治疗了大半年,我一只脚刚有了知觉,大夫说是要让神经像新生儿一样重新长起来。等新生儿长大了,我这一辈子就过去了。"

"肖建,不许说这样没出息的话,"肖长庆生怕他振作不起来,"你又不是再也站不起来了,只是需要时间。"

"爸,"肖建低声道,"这些话我每天对自己说八遍,可一个人被困在椅子上,那种感受你们没人能懂……我自己的状况我自己清楚,您就别说了。"

"好好好,爸不说了,对了,我们帮你安排了护工,这房间里也有按钮,你有什么需要,一按,我们就过来。"

"我知道了，您别管我了，忙您的去吧，我刚回来，有点累了。"

"好好好，你先休息。"肖长庆担忧地看了他一眼，走了。

肖建打量着冷清的房子，又看看外面，院子里，有老人聊天、跳广场舞，他低头苦笑了一声，神情落寞。

肖长庆从屋里出来，孙前程、陈新城站在不远处聊着什么。三人结伴到院子里坐下，孙前程问肖长庆说："情绪不太好？还是不愿意出门？"

肖长庆点了点头。

"复健就是一个漫长又痛苦的过程，"陈新城说，"不仅是身体上的，还有心理上的，急不得。"

"那我告诉你一个好消息吧，让你高兴高兴。"孙前程故弄玄虚。

"什么好消息？"肖长庆问。

"我和前程去见过林洁了，"陈新城说，"她现在状态好多了，人家挺有礼貌，当初我俩私下里调查她的事，也好好给她道了个歉，人家也表示理解了。"

孙前程白了他一眼："又抢话！"然后转头对肖长庆补充道，"还有，虽然她一开始还是不愿意接受厂里的安排，但是在我们动之以情、晓之以理之下，最后还是接受了。"

"太好了，"肖长庆高兴地问，"还说什么了吗？"

陈新城说："你还想听什么？"

孙前程笑笑："行了，别卖关子了，她让我们替她谢谢你，谢谢你一直找她，惦记她。"

肖长庆瞪大眼睛："没了？"

"没了，你们俩的事，我们也不好多说什么。"

肖长庆平静地说："那就让她一个人安静地生活吧。"

孙前程问："你真的放得下？"

肖长庆笑着说："我最近想了很多和林洁的过去。我发现，就是因为当年我和她的感情，过程过于美好，结果又过于遗憾，才让我一辈子都念念不忘。林洁在我心里，不知不觉成了一种执念，成了一种藏在心底的心病，所以，我才那么疯狂地想去找她。但当我找到她，看到她的一瞬间，我突然明白了，对我们来说，不一定要拥有，彼此成全，彼此尊重，可能才是最好的结果。"

"怎么突然活得这么明白了？"陈新城说，"前段时间我们都以为你疯了。"

"就是因为疯过了，才明白了，因为明白了，所以才放下了。"肖长庆看破红尘似的说道。

大志公司里，组乐队的几个人一有空就凑到一起排练。这天正练着呢，肖林突然摇头示意停止："还是不对，我总觉得还缺点什么。"正说着，他手机响了，是肖长庆打来的，"爸，怎么了？肖建的爱好？"肖林犹豫了片刻，说，"我一时半会儿还真想不起来……您等我想想……"

因为肖建的情绪一直低沉，又不听别人的开导劝解，肖长庆为此日夜忧心。最后孙前程出了个主意，说应该找点他感兴趣的事来转移他的注意力。

肖林挂了电话，大志问他："肖建哥还是那样吗？"

"对啊，"肖林愁眉不展地点头，"我爸问我肖建平时有啥爱好，但是我想了半天，也想不起来他平时爱玩什么，他工作以后我就没见他玩过。"

晓晴突然想起了什么："我记得你说过，肖建哥以前是不是跟你们学过吉他？"

"对啊！"肖林听了一拍手，迅速合计了一番，放下手里的吉他起身往外走。

"哥，你去哪儿啊？"大志问。

"我去找肖建，"肖林头也不回，"你们先练着吧。"

肖建听到敲门声，坐着轮椅过去给肖林开门。

"哥，你怎么来了？"

"肖建，还习惯吗？"肖林一进门就关切地询问。

"就这样呗，早晚都得习惯。"肖建调转轮椅的方向往屋里去。

"你的吉他，还在吗？"肖林关上门，问道。

肖建愣了愣："可能还在，我家的储藏室里，你要用啊？"

"是这样，"肖林说，"我和大志他们组了个乐队，要参加音乐节，我们缺一个吉他手，我们想让你来试试。"

"什么？哥，你疯啦？"肖建觉得不可思议。

"我没疯，你成天在屋里也不是个事，你跟哥去玩玩呗，换换心情。"

"哥，我多少年不摸了，现在又这个样子，去唱歌不叫人笑话吗？"

"谁爱笑就笑，管他呢，咱们自己高兴就行，"肖林劝说道，"我跟你说，哥以前什么样你是知道的，但我重新弹了琴以后，你看哥现在这个状态，年轻了多少？什么压力弹几下就都释放了！你听哥的，去试试吧。"

肖建摇摇头："哥，我跟你们不一样，我现在是个连生活都不能自理的人，说不好听的，我现在是个残废，残废就该干残废的事，这事我不行，你要没事就先回吧。"他的语气里，除了绝望，似乎还带着点愤怒。

肖林尴尬地站着，无言以对。肖长庆突然推门进来了："残废应该干什么事啊？你怎么就残废了？你说的这是什么话啊？"

"爸，我就是觉得，我哥找我这个事是胡闹。"肖建垂着眼说。

肖长庆厉声道："怎么是胡闹了？不就是去弹个琴、唱个歌吗？"

"可是……"肖建说，"我坐着轮椅呢。"

"坐轮椅怎么了？你现在只是暂时站不起来，又不是一辈子站不起来。你手不是正常的吗，影响你弹吉他吗？"

肖建又反问他们："我都多大年纪了！"

肖林笑笑："你再大有我大？"

肖长庆也说："你再大有我大吗？我们六十多岁的人都不怕，你才三十多岁，有什么好怕的？我实话告诉你，我跟你孙叔叔、陈叔叔，也准备组乐队，参加那个音乐节。"

门外偷偷关心着父子三人的孙前程和陈新城，听到这句话对视了一下，脸上都是惊讶，前几天肖长庆还反对组乐队的事来着。

"爸，你开什么玩笑？"

"我没开玩笑，你不信是不是？你们俩人呢，进来！"

孙前程和陈新城听到召唤，忙不迭地跑了进来，看着肖长庆，像乖巧的小孩等候大人的吩咐。

"你们跟他说，咱们是不是打算组个乐队参加音乐节？"

孙前程看着肖长庆，又看了看肖建："对啊，我们早就打算好了，就想给你们做个榜样！我们几个老家伙都能疯狂一次，肖建，你们年轻人更应该无所畏惧！对不对？新城！"

陈新城也连忙点头："对啊！我们之所以没告诉你们，就是想给你们一个惊喜。肖建啊，你爸这一辈子，什么时候干过这么离经叛道的事情？现在他都做到了，你有什么做不到的？"

"你看看，我没骗你吧？"肖长庆说。

肖建不可思议地问："那你们……这是什么乐队啊？"

"我们叫……"肖长庆被问住了，但只迟疑了一会儿便喊道，"老家伙！老家伙乐队！我们叫老家伙乐队！"

孙前程和陈新城惊喜道："对，老家伙乐队！"

肖林趁机又劝道："看看咱爸他们，我们还有什么顾虑？来吧，受生活暴击的不止你一个，自艾自怜没有用。还记得当年咱们都喜欢《老人与海》那本小说吗？一个人不是生来要给打败的，你尽可以消灭他，可就是打不败他。"

肖建看着眼前这几位，笑了："哥，我好好考虑一下。"然后过了一会儿又补充道，"就算我不弹，我也一定会去现场看老家伙乐队的演出的。"

肖林陪着三人从肖建屋里走出来，问肖长庆说："爸，你刚刚是认真的吧？不是为了忽悠肖建才说的吧？"

孙前程抢着回答："一口唾沫一根钉，你爸什么时候说过假话！"

肖长庆笑了，无奈道："现在不是也得是了。"

"爸，那我就放心了，肖建这事我有办法。但需要你们配合一下。"

肖长庆问："怎么配合？"

隔日，天高云淡，惠风和畅，肖长庆推着肖建走出养老中心的门，说："难得你能答应我，出来透透气。"

肖建笑了笑："今天天气好，也不能总在屋里待着。"

他们不远处，老人们围在一起，中间不时有吉他、鼓，还有歌声传出来。肖建看着有些愣神，问："咱们中心的阿姨跳舞都用这种歌了？"

肖长庆说："我也不知道，咱们过去看看吧。"

肖建被肖长庆推着往那边去，人群中间处，竟然是大志、晓晴、大瓜、肖林，他们弹着唱着，底下的老人都跟着他们打着节拍，舞动着。

肖建看着肖林他们，一下子愣住了。这时，一把吉他递到肖建跟前，肖建抬头，是孙前程和陈新城。

"爸，这是……"他转过头看向肖长庆。

"去吧，去试试，爸陪着你。"肖长庆和蔼地笑着。

肖林也对着肖建指了指吉他，在场的所有人都看着肖建，大爷大妈们一边打节奏一边给他加油。肖建鼓起勇气，点了点头，接过吉他，然后肖建被推到中间，肖林拍了拍肖建，手上吉他一响，肖建也拨动了琴弦。

人群中爆发出了欢呼声。音乐声中，肖建弹着吉他，终于露出了久违的发自内心的笑容。三个老家伙看着人群中的孩子们，脸上都是欣慰。

"孩子们的事解决了，现在该咱们了。"

"咱们干吗去？"

"我们是老家伙乐队，去参加音乐节，当然是要排练啊！"

为了不扰民，三人把锅炉房旁边的一个封闭房间作为练习室。选曲、走位、合奏，每个流程都丝毫不肯松懈，磕磕绊绊，吵吵嚷嚷。

孙前程拿着二胡摆摆手："新城，不是我说你啊，你这手风琴进得也太快了，这都几次啦？"

陈新城瞪眼："你二胡拉起来没个完，我再不进，改你独奏得了。"

"懂不懂啊你，这个乐段就是我的二胡 solo 独奏，到时候在台上我再来个即兴，你们打好配合，乐队就是配合！"

肖长庆把他们分开："行啦，别吵了，你俩吵得比我口琴的声音都大！"

"那是你吹得不行啊。"

"就是！"

夏明舟一推门闯了进来："哎，哎，我找你们半天，怎么躲这了？"

孙前程无辜道："不是怕扰民吗？"

夏明舟说："我看你们是怕被其他人看见，笑话你们吧？"

陈新城不耐烦地说："别说没用的，有什么事，赶紧说。"

"就是，别耽误我们。"肖长庆说。

夏明舟笑了："先别排了，跟我出去看看吧。"

三个人跟着夏明舟出了练习室，一路小跑来到院子里，眼前的场景把他们吓了一跳。老人们穿着统一的服装，列成方阵，小岳站在最前面领队的位置。

"这是？"肖长庆目瞪口呆地问。

"啦啦队啊！"夏明舟说。

"都知道了？"孙前程揉着眼睛，不敢相信的样子。

"对啊！"夏明舟说，"都知道了。"

陈新城问："全来了？"

夏明舟点头:"全来了,一听说你们要去参加音乐节,咱们这儿的老人自发组织的,说一定要去给你们加油!现在你们可不是只代表你们自己了,你们现在代表了咱们这儿所有的老人!可得弄出彩来,大家说是不是?"

"是!"大家都笑着应和着。

"别的不说,有我们在,场子绝对冷不下来!"赵大爷气势满满地说。

"就是!"薛大爷应和道,"唱你们的,别害怕!"

小岳也赶紧表态:"三位叔,有我和夏总在,工作的事,不用操心。"

"来,刚刚大家怎么练的,再来一遍!"夏明舟喊了一声。

在小岳的带领下,老人们像年轻时候一样手里舞着绸子跳着、蹦着,嘴里喊着:"老家伙,加油!老家伙,加油!"

演出前夕,三人正热火朝天地排练着,袁英时带着新城集团的几个领导干部来到了养老中心。三个人只好放下手里的乐器,赶紧去接待他们。

袁英时等人坐在桌子的这一侧,三个老家伙坐在另一侧,把本就不大的办公室挤得满满当当。

"师父,肖主任,孙前程同志,"袁英时字正腔圆地说,"集团高度评价了三位的工作,是你们的努力,帮集团开辟了一块新的业务,找到了一片发展的蓝海,我代表集团领导班子向三位表示衷心的感谢!但同时集团也委派我们来征求一下三位的意见,三位中,最年轻的也六十四岁了,再继续顶在第一线合适吗?如果三位同意,集团的意思是三位把社区的领导工作移交给小岳他们这些年轻人,三位以后成为社区的顾问,各位的投入也会按照股份给几位分红。如果三位觉得宝刀不老,还想继续工作,集团也愿意派几位助手过来,继续支持三位在第一线的工作。"

三人听完,互相看了看。

陈新城说:"其实我是无所谓的,我早就退休了,可这俩,老犹恋栈,不肯下火线。"

肖长庆嘿嘿笑道:"那是谁啊,昨天晚上还半夜三更急三火四地给我们打电话,说得防止别人发动宫廷政变,推他下台。"

"我说了吗?我怎么不记得?"陈新城眼珠子一转,看向别处。

肖长庆问孙前程:"前程,前程,这些话是不是他说的?"

孙前程很奇怪,精神有点不振,没说话。

袁英时笑着说："如果三位都同意，那么我们再派几个年轻人过来跟着学习，等三位满意了，再把工作移交给他们。"

"过来吧，过来吧，这世界到底是年轻人的。"肖长庆说。

门开了，大志和晓晴一头进来，一看屋里的阵势赶快收住脚步。

大志问："开会呢？"

袁英时笑着说："开完了，你们有事就说吧。"

大志说："我们来报告一个消息，我们养老社区的纪录片《夕阳》被平台高度认可，已经安排在明天晚间黄金时间正式上线了！"

大家赶紧鼓掌，一片欢呼。

陈新城问："晚间黄金时间？跟我们抢市场是不是？"

大志一愣。

陈新城站起来说："明晚我们老家伙乐队在台上表演呢，没空给你捧场了。"

大家都笑了，只有孙前程的笑容里带着落寞。趁着大家开心热闹地聊着天，他悄悄从办公室后门溜了出来。

夏明舟穿着工作服，正在指挥几个年轻的服务员打扫卫生，无意间一转脸，看到孙前程站在她身后不远的地方看着她。

"袁英时不是来了吗？有什么事吗？"夏明舟问。

孙前程沮丧道："他们觉得我们几个都老了，想派几个年轻的来接替我们。这个地方要交给别人打理了。"

"做好了，变成别人的了。"夏明舟笑着，有点说风凉话的意思，"你这个人，永远都是这样，没办成过一件事。"

"你真这么想？"

"可不呢，一辈子瞎忙活，一辈子在路上，一辈子快成了，一辈子没结果。"

孙前程落寞地低下头。

夏明舟继续忙活着，假装不经意地补充道："不过，我可能就喜欢你这样。"

孙前程一愣："什么？"

夏明舟头也没抬："以前我怨你，怨你不靠谱，不顾家，不切实际，哪有新鲜东西你就往哪钻，哪次都是壮志凌云地走，灰头土脸地回来，生生把

第三十章

我逼成了男人，逼成了现在的夏明舟。"

"明舟……"孙前程愧疚地喊了一声，声音有点哽咽。

"有时候我也想，可能这就是命，你命里有多精彩，我命里就有多难挨。人们看到的都是我的偏执、要强、不可理喻，可谁不想精彩肆意地过好这一生呢？我们就这一个家，你洒脱，我就不能不管不顾，你自由，我就要被拴在原地。"

孙前程羞愧道："明舟，是我不好。我不是个合格的丈夫，也不是个合格的父亲。"

"可现在不一样了，你终究还是成功了。"夏明舟环顾四周，"看看，这个社区，这些老人们，工人们，没有你，就没有这一切。"

孙前程眼睛忽然亮了起来，感动地问："真的吗，你真这么想？"

夏明舟回过头来："前程，你看看身边的人，如果不是你，长庆还在家天天当老黄牛；新城被赶下台郁郁寡欢，还不知道得怎么折磨桂荣和大志；还有咱们女儿晓晴，还有我，你给了我们这么精彩的一段日子，难道还不算成功吗？"

孙前程热泪盈眶，偷亲了夏明舟一下，立马跑开了，留下夏明舟又羞又恼，但她看着孙前程的背影还是笑了。

这天晚上，三个人坐在长椅上，看着从一片破败到灯火辉煌的养老社区，心里感慨万千。

"两年了吧？"

"什么两年了？"

"自从我主导建设这个社区啊。"陈新城说。

"有金就往自己脸上贴，"肖长庆讥笑道，"那是谁啊，死活占着位子不愿意下来，这边的事情不闻不问，要不是我，再加上前程，这地方现在还不定什么样子呢。"

"你没把金往脸上贴？"陈新城回敬道，"那是谁啊，说自己一大家子人顾不上？"

肖长庆说："那也轮不到你来表功，要说起来，头一功是前程的，他先想到把这儿建成养老社区，也是他弄来了第一笔钱，要不是前程，哪有后面的事情？"

陈新城哈哈笑着，没轻重地拍了孙前程一下："前程啊，荒唐了一辈子，老了老了总算办成了件正事。"

孙前程沉默半晌，义正词严地说："没有你们，我办不成。"

三人笑笑，各持一瓶啤酒，互相碰了一下。

孙前程问："明天就上台了，哥几个不紧张吧？"

肖长庆踌躇满志地说："不紧张，年轻人不都说了吗，再不疯狂就老了！"

陈新城笑笑："但咱们已经老了。"

肖长庆若有所思地点了点头："是啊，老了，但不知道从什么时候开始，我已经不害怕变老了。"

三人沉默了一会儿，看着这个辛苦建设起来的院子和那一盏盏的灯，静静享受着眼前的时光。

陈新城说："不害怕变老，是因为咱们一直乐在其中。"

"乐在其中，是因为咱们这一辈子，过得足够精彩。"孙前程字字铿锵。

三人笑了，再次举起酒杯："敬咱们这一辈子！"

伴随着各种嘈杂的电子乐器的声音和人山人海的欢呼声，音乐节在黄昏之后隆重启幕了。孙前程整理了一下自己的衣服，陈新城系紧了自己的扣子，肖长庆把礼帽扣在头上，他们的脚步由远及近。三位老家伙，从各自的方向，大步迈向了舞台中间。

灯光熄灭，整个音乐节的现场都安静了下来，观众们只能看到三位老家伙的剪影。短暂的安静后，浓烈的摇滚乐伴奏响起，舞台上的灯光也瞬间照亮，三人紧握着话筒，用充满自信的眼神看着台下无数观众。

骨头乐队的年轻人们此时站在舞台后面，为三位老家伙伴奏着。激烈的前奏结束，三人同时张口开唱，是一首用摇滚曲风改编的老歌——《我们走在大路上》。三人的声音一出，台下瞬间爆发了巨大的欢呼声。随着他们的歌声越唱越响，台下的夏明舟和养老中心的大爷大妈啦啦队也跟着一起唱了起来。灯牌闪烁，荧光棒在摇晃，周围的年轻人被彻底感染，跟着一起哼，在三个老家伙激情卖力的演唱之下，这首歌竟慢慢变成了全场的大合唱。

演唱结束后，台下的年轻人一起张着双手，疯狂地叫着："跳水，跳水，跳水！"

肖长庆不明白，问道："他们在喊什么？"

孙前程笑着说："他们叫咱们跳水，就是跳下去，他们接着咱，这些孩子，他们忘了咱们多大岁数了。"

肖长庆抬抬头，忽然在举着双手的人群中看到了林洁，她跟其他人一样，也开心张着双手，向他喊着。肖长庆毫不犹豫地转过身来，眼睛一闭，一下子跳了下去。随着一片欢呼，他被人群接住了，余下的两人互相看了一眼，也跳入了人群中。三人像躺在小船上，起伏着，颠簸着……

舞台上的音乐声再次响起，按照节目编排，骨头乐队的年轻人此时已经走到台前，继续唱着《我们走在大路上》这首歌。狂热的观众们将三个老家伙放下，朝前涌去。结束了演出的三个老家伙，逆着人流的方向往外走。他们互相看了看彼此，又回头看了看灿烂的舞台，幸福地笑了。

图书在版编目（CIP）数据

老家伙 / 赵冬苓原作；孟祥鹏改编. —济南：山东文艺出版社, 2024.5

ISBN 978-7-5329-6822-0

Ⅰ.①老… Ⅱ.①赵… ②孟… Ⅲ.①长篇小说—中国—当代 Ⅳ.① I247.5

中国国家版本馆 CIP 数据核字（2023）第 018942 号

老家伙

LAO JIA HUO

赵冬苓　原作　　孟祥鹏　改编

主管单位	山东出版传媒股份有限公司
出版发行	山东文艺出版社
社　　址	山东省济南市英雄山路 189 号
邮　　编	250002
网　　址	www.sdwypress.com

读者服务	0531-82098776（总编室）
	0531-82098775（市场营销部）
电子邮箱	sdwy@sdpress.com.cn

印　　刷	肥城源盛印刷有限公司
开　　本	710 毫米 × 1000 毫米　1/16
印　　张	29
字　　数	460 千
版　　次	2024 年 5 月第 1 版
印　　次	2024 年 5 月第 1 次印刷
书　　号	ISBN 978-7-5329-6822-0
定　　价	68.00 元

版权专有，侵权必究。如有图书质量问题，请与出版社联系调换。